FOLIO SC

Dan Simmons

L'échiquier du mal, 2

Traduit de l'américain
par Jean-Daniel Brèque

Denoël

Cet ouvrage a été précédemment publié dans la collection Présence du futur aux Éditions Denoël.

Titre original :

CARRION COMFORT
(Warner Books, Inc., New York)

Né en 1948 dans l'Illinois, Dan Simmons a exercé pendant de nombreuses années le métier d'enseignant avant de se consacrer entièrement à l'écriture. Peu connu avant 1989, il acquiert immédiatement, avec la parution d'*Hypérion* et de *L'échiquier du mal*, le statut d'auteur majeur de la science-fiction contemporaine.

Mais Dan Simmons est également l'auteur d'œuvres plus intimes, oscillant entre science-fiction et fantastique, où il examine tout aussi brillamment les angoisses et les souffrances inhérentes à la condition humaine : *Les larmes d'Icare*, paru en 1989, *L'homme nu*, en 1992, ou le recueil de nouvelles intitulé *Le Styx coule à l'envers*.

LIVRE TROISIÈME
Finale

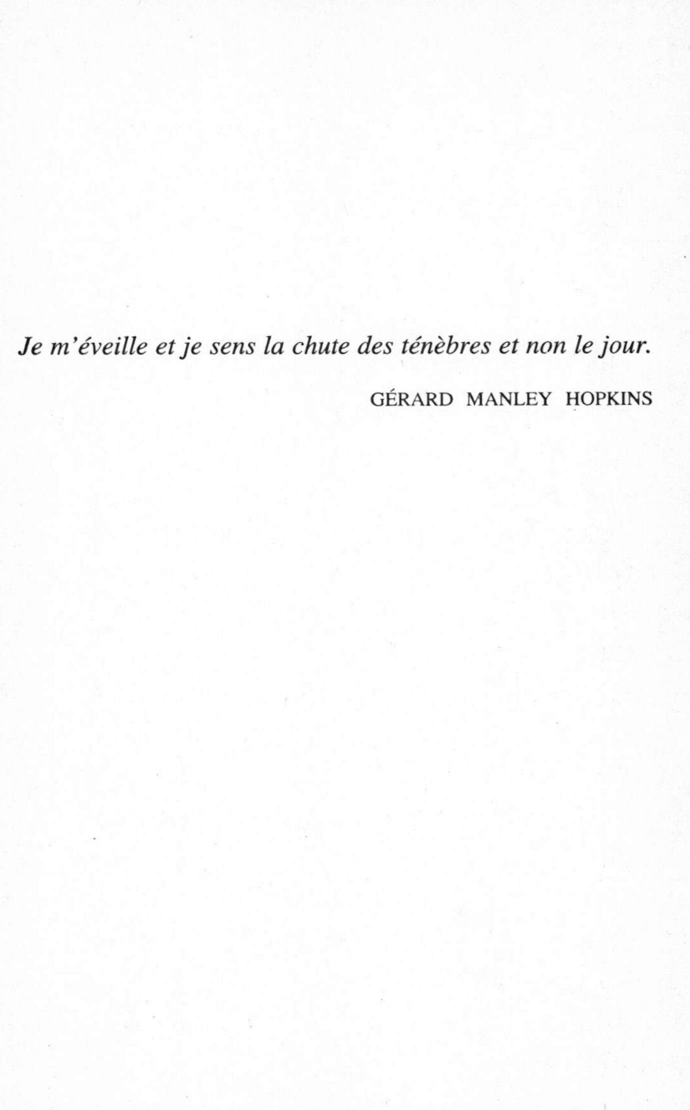

Je m'éveille et je sens la chute des ténèbres et non le jour.

GÉRARD MANLEY HOPKINS

36.
Dothan, Alabama,
mercredi 1er avril 1981

Le Centre mondial de diffusion de la Bible, vingt-trois bâtiments d'un blanc étincelant dispersés sur un terrain de plus de soixante hectares, se trouvait à huit kilomètres au sud de Dothan. Le centre du complexe était le palais de l'Adoration, une monstruosité de verre et de granit, un amphithéâtre climatisé et somptueusement moquetté capable d'accueillir six mille fidèles dans le confort le plus total. Les huit cents mètres en courbe du boulevard de la Foi étaient pavés de briques dorées, argentées et blanches représentant respectivement des dons de cinq mille, mille et cinq cents dollars. Les visiteurs qui survolaient le boulevard de la Foi, peut-être à bord d'un des trois jets privés du Centre, pensaient souvent à un large sourire blanc orné de plusieurs dents en or et d'une rangée de plombages en argent. Le sourire devenait chaque année plus large et plus doré.

Situé sur le boulevard de la Foi, en face du palais de l'Adoration, le Centre de communication biblique, un bâtiment long et bas, aurait pu être pris pour une usine d'informatique ou un centre de recherches sans la présence des six énormes antennes paraboliques posées sur son toit. Le Centre affirmait que son programme permanent, transmis par l'intermédiaire de ses trois satellites à des chaînes câblées, à des stations locales et aux stations appartenant à l'Église, était diffusé dans plus de quatre-vingt-dix pays et suivi par cent millions de téléspectateurs. Le Centre de communication abritait également une imprimerie entièrement informatisée, une usine de pressage de disques, un studio d'enregistrement et quatre ordinateurs reliés au Réseau mondial d'information évangélique.

Là où s'achevait le sourire blanc, doré et argenté, là où le boulevard de la Foi sortait du périmètre de sécurité pour devenir la départementale 251, se trouvaient l'université biblique Jimmy Wayne Sutter et l'école chrétienne d'études commerciales Sutter. Huit cents étudiants fréquentaient ces deux établissements non reconnus par l'État, et six cent cinquante d'entre eux vivaient sur le campus, hébergés dans des dortoirs où la mixité était interdite et que l'on avait baptisés Roy Rogers, Dale Evans et Adam Smith.

D'autres bâtiments, des immeubles aux façades de granit et aux colonnes de béton évoquant des églises baptistes modernes ou des mausolées nantis de fenêtres, abritaient les bureaux où travaillaient les légions d'employés de l'administration, de la sécurité, des transports, des communications et des finances. Le Centre mondial de diffusion de la Bible conservait un secret absolu sur ses revenus et sur ses dépenses, mais personne n'ignorait que la construction du complexe, achevée en 1978, avait coûté plus de quarante-cinq millions de dollars, et à en croire la rumeur, les dons consentis par les fidèles s'élevaient à environ un million et demi de dollars par semaine.

Prévoyant une croissance financière accélérée durant les années 80, le Centre se préparait à diversifier ses activités, et on inaugurerait bientôt le Centre commercial chrétien de Dothan, une chaîne d'hôtels du Repos chrétien, et un parc d'attractions biblique en cours de construction en Georgie pour un prix de revient de cent soixante-cinq millions de dollars.

Le Centre mondial de diffusion de la Bible était une organisation religieuse à but non lucratif. Les Entreprises de la Foi, soumises à l'impôt, avaient été créées pour gérer la future expansion commerciale et pour coordonner les cessions de droits dérivés. Le révérend Jimmy Wayne Sutter était le président du Centre mondial de diffusion de la Bible, ainsi que le président-directeur général et le seul membre du conseil d'administration des Entreprises de la Foi.

Le révérend Jimmy Wayne Sutter chaussa ses lunettes à double foyer et monture d'or et sourit à la caméra numéro trois. «Je ne suis qu'un humble prêcheur, dit-il, tout ce galimatias légal et financier me dépasse…

– Jimmy», dit son second couteau, un homme obèse aux lunettes cerclées d'écaille dont les bajoues tressautaient chaque fois qu'il s'excitait, comme en ce moment même, «toute cette histoire… ce contrôle fiscal, ces persécutions administratives… c'est de toute évidence l'œuvre de l'Ennemi…

– … mais je sais reconnaître une campagne de *persécution*», poursuivit Sutter, sa voix montant d'une octave et son sourire s'élargissant comme il remarquait que la caméra restait fixée sur lui. Il vit l'objectif s'élargir pour un gros plan. Tim McIntosh, le réalisateur qui officiait, avait appris à connaître Sutter en huit ans et dix mille émissions. «Et je sais reconnaître la puanteur du *Diable*. Et tout ceci *empeste* le Diable. Le Diable serait *enchanté* de faire obstacle à l'œuvre de Dieu… le Diable serait *enchanté* d'utiliser le gouvernement pour empêcher la Parole de Jésus-Christ d'atteindre ceux qui espèrent Son aide, Son pardon et Son salut…

– Et cette… cette *persécution* est de toute évidence l'œuvre de…, commença le second couteau.

– Mais Jésus-Christ n'abandonne pas Son Peuple dans l'épreuve!» hurla Jimmy Wayne Sutter. Il s'était levé et arpentait le plateau, agitant le fil du micro derrière lui comme s'il tirait sur la queue du Diable. «Jésus-Christ fait partie de *notre équipe*… Jésus-Christ domine la partie et va *confondre* l'Ennemi et ceux qui jouent dans son camp…

– Amen!» s'écria l'ancienne actrice empâtée assise parmi les invités. Jésus l'avait guérie de son cancer du sein au cours d'une émission publique enregistrée un an plus tôt à Houston.

«Loué soit Jésus-Christ!» dit le moustachu assis sur le canapé. Durant les seize dernières années, il avait écrit neuf livres sur l'imminence de la fin du monde.

«*Jésus-Christ* ne se soucie pas plus de ces... bureaucrates, cracha Sutter, qu'un noble lion ne se soucie de la morsure d'une misérable puce!

– Oui, Jésus-Christ», soupira le chanteur dont le dernier tube remontait à 1957. Les trois invités semblaient utiliser la même marque de laque et acheter leurs vêtements en solde dans le même grand magasin.

Sutter s'immobilisa, tira sur le fil du micro et se tourna vers le public. Le plateau était immense eu égard aux normes de la télévision. Plus large que la plupart des scènes de Broadway, il comprenait trois niveaux moquettés de rouge et de bleu, agrémentés çà et là de bouquets de fleurs blanches. Le niveau supérieur, où se produisaient les chanteurs, ressemblait à une terrasse et était éclairé par une aube perpétuelle — ou un crépuscule — qui faisait flamboyer les trois vitraux encastrés dans le mur. Le niveau intermédiaire était décoré par une cheminée rougeoyante qui crépitait même quand il faisait 38 à l'ombre à Dothan; en son centre se trouvait un ensemble de fauteuils et de canapés ainsi qu'un secrétaire Louis XIV derrière lequel le révérend Jimmy Wayne Sutter s'asseyait d'ordinaire sur un fauteuil à peine plus imposant que le trône des Borgia.

Le révérend descendit sur le niveau inférieur, une série de rampes et d'extensions circulaires grâce auxquelles certaines caméras pouvaient montrer Sutter tel que le voyaient les six cents spectateurs. C'était dans ce studio qu'on enregistrait «Une heure avec la Bible au petit déjeuner» ainsi que «Jimmy Wayne Sutter présente : Programme de Diffusion de la Bible», l'émission actuellement en cours de tournage. Les émissions nécessitant un plus grand nombre d'invités ou de spectateurs étaient enregistrées dans le palais de l'Adoration ou en extérieurs.

«Je ne suis qu'un humble et modeste prêcheur, dit Sutter en adoptant soudain le ton de la conversation, mais avec l'aide de Dieu et avec la vôtre, nous triompherons de ces épreuves. Avec l'aide de Dieu et avec la vôtre, nous traverserons cette ère de persécution, et la Parole de Dieu retentira avec plus de FORCE, avec plus de CLARTÉ que jamais.»

Sutter épongea son front en sueur avec un mouchoir de soie. «Mais si nous voulons rester sur les ondes, mes chers amis... si nous voulons continuer à vous apporter la Parole de Dieu, à vous transmettre le message de Ses Évangiles... c'est de votre aide que nous avons besoin. Nous avons besoin de vos prières, nous avons besoin des lettres de protestation que vous enverrez aux bureaucrates du gouvernement qui nous persécutent, et nous avons besoin de vos offrandes... nous avons besoin de tout ce que vous pourrez nous donner au nom du Seigneur pour nous aider à continuer à vous transmettre la Parole de Dieu. Nous savons que vous ne nous laisserez pas tomber. Et pendant que vous répondez à notre appel — pendant que vous remplissez les enveloppes que Kris, Kay et Frère Lyle vous ont envoyées ce mois-ci —, nous allons écouter Gail et les Guitares de l'Évangile, accompagnées par notre propre Groupe Vocal, qui vont vous rappeler qu'il n'est... "Nul besoin de comprendre, C'est Sa main qu'il faut prendre".»

Le metteur en scène entama un compte à rebours et fit un signe à Sutter lorsque la pause fut achevée. Le révérend était assis à son secrétaire; à côté de lui se trouvait un fauteuil vide. On commençait à être à l'étroit sur le canapé.

Sutter, l'air détendu et apparemment enthousiaste, sourit à l'objectif de la caméra numéro deux. «Mes amis, à propos du pouvoir de l'amour de Dieu, à propos du pouvoir du salut éternel, à propos du don reçu par ceux qui reviennent à la vie au nom de Jésus-Christ... j'ai l'immense plaisir de vous présenter notre nouvel invité. Durant de nombreuses années, celui-ci s'est égaré dans le royaume du péché qui s'étend sur la côte ouest et dont nous avons tous entendu parler... durant de nombreuses années, cette bonne âme a erré loin de la lumière du Seigneur, dans la sombre forêt de peur et de luxure qui guette ceux qui restent sourds à la Parole de Dieu... mais il est parmi nous ce soir, pour apporter le témoignage de l'infinie pitié de Jésus-Christ, de Son amour infini grâce auquel nul d'entre nous n'est jamais perdu s'il souhaite être retrouvé... Venu tout droit de Hollywood, voici le célèbre metteur en scène et producteur... *Anthony Harod!*»

Harod traversa l'immense plateau, salué par les applaudissements enthousiastes de six cents bons chrétiens qui n'avaient jamais entendu parler de lui. Il tendit la main vers Jimmy Wayne Sutter, mais celui-ci se leva d'un bond, l'étreignit et lui fit signe de prendre place sur le fauteuil réservé aux invités. Harod s'assit et croisa les jambes avec nervosité. Le chanteur lui adressa un sourire depuis le canapé, l'écrivain apocalyptique lui lança un regard glacial, et l'actrice empâtée fit une moue d'ingénue et lui envoya un baiser. Harod portait un blue-jean, ses bottes de cow-boy en peau de serpent, une chemise de soie rouge largement ouverte et son ceinturon avec la boucle à l'effigie de R2-D2.

Jimmy Wayne Sutter se pencha vers lui et joignit les mains. «Eh bien, Anthony, Anthony, Anthony.»

Harod eut un sourire hésitant et plissa les yeux pour regarder le public. La lueur des projecteurs était si intense qu'on n'apercevait que son reflet sur les lunettes de quelques spectateurs.

«Anthony, vous faites partie du milieu du show business depuis... depuis combien de temps à présent?

– Euh... seize ans», dit Harod, et il s'éclaircit la gorge. «J'ai débuté à Hollywood en 1964... euh... j'avais dix-neuf ans. J'ai débuté comme scénariste.

– Et, Anthony...» Sutter se pencha en avant, prenant une voix de conspirateur qui réussissait en même temps à être enjouée. «Toutes ces histoires ont-elles un fond de vérité... ces histoires sur les pécheurs d'Hollywood...

elles ne concernent pas tous les habitants d'Hollywood, bien sûr... Kay et moi connaissons nombre de bons chrétiens là-bas, y compris vous-même, Anthony... mais en règle générale, Hollywood est-elle une ville aussi pécheresse qu'on le dit ?

– Plutôt pécheresse, oui, dit Harod en décroisant les jambes. C'est... euh... c'est assez lamentable.

– Des divorces ?

– Partout.

– De la drogue ?

– Tout le monde en prend.

– Des drogues dures ?

– Oh oui.

– De la cocaïne ?

– On en trouve partout.

– De l'héroïne ?

– Même les stars ont des cicatrices, Jimmy.

– Y a-t-il à Hollywood des gens qui insultent le nom de Notre Seigneur Jésus-Christ ?

– Constamment.

– Des blasphémateurs ?

– C'est la grande mode en ce moment.

– Des adorateurs de Satan ?

– A en croire les rumeurs.

– Des adorateurs du tout-puissant dieu dollar ?

– Assurément.

– Et des gens qui violent le septième commandement, Anthony ?

– Euh...

– Tu ne commettras point l'adultère ?

– Ah... il est totalement ignoré, à mon avis.

– Vous avez assisté à ces fameuses soirées hollywoodiennes, Anthony ?

– A pas mal d'entre elles...

– Drogue, fornication, adultère, adoration du tout-puissant dieu dollar, adoration du Malin, irrespect des Lois de Dieu...

– Ouais, et je ne vous raconte pas les soirées les plus

chaudes. » Les spectateurs émirent un bruit à mi-chemin du toussotement et du hoquet étouffé.

Le révérend Jimmy Wayne Sutter joignit les extrémités de ses doigts. « A présent, Anthony, racontez-nous votre histoire, l'histoire de votre vie, votre chute dans cette fosse emplie de… emplie de *fange*, votre chute et votre rédemption. »

Harod eut un petit sourire et les commissures de ses lèvres se retroussèrent brièvement. « Eh bien, Jimmy, j'étais jeune… jeune et influençable… prêt à me laisser entraîner. Je confesse que l'attrait exercé par cette vie m'a conduit sur de sombres chemins pendant longtemps. Pendant des années.

– Et il y avait des compensations matérielles… » souffla Sutter.

Harod acquiesça et trouva la caméra qui le filmait. Il adressa à son objectif un regard à la fois sincère et un peu triste. « Comme vous l'avez déjà dit ici, Jimmy, le Diable a des armes puissantes. L'argent… plus d'argent que je ne pouvais en dépenser, Jimmy. Les femmes… des femmes superbes… des stars au visage célèbre et au corps superbe… il me suffisait de décrocher mon téléphone, Jimmy. Et cette fausse impression de puissance. Et cette fausse impression de réussite. Et l'alcool, et la drogue. La route de l'enfer passe parfois par une piscine chauffée, Jimmy.

– Amen ! » s'écria l'actrice empâtée.

Sutter hocha la tête, prit un air sincèrement soucieux. « Mais, Anthony, ce qu'il y a de plus terrifiant… ce que nous devons surtout redouter… c'est que ce sont ces gens-là qui produisent des films, des œuvres de prétendue distraction pour nos *enfants*. N'est-ce pas exact ?

– Vous avez raison, Jimmy. Et ils n'ont qu'un seul but en produisant ces films… réaliser un profit. »

Sutter se tourna vers la caméra numéro un qui zoomait sur son visage. Son expression n'avait plus rien d'enjoué à présent ; ses mâchoires prognathes, ses sourcils noirs, ses longs cheveux blancs ondulés, auraient pu composer le portrait d'un prophète de l'Ancien Testament. « Et ce que voient nos enfants, chers amis, c'est de la saleté. De la saleté et de l'ordure. Quand j'étais jeune... quand nous étions jeunes, mes amis... nous économisions un peu d'argent pour aller au cinéma de notre quartier... si nos parents nous en donnaient l'autorisation... et nous allions à la matinée du samedi pour y voir des dessins animés... Que sont devenus les dessins animés, Anthony ? Et après les dessins animés, nous regardions un western... Vous vous souvenez de Hoot Gibson ? Vous vous souvenez de Hopalong Cassidy ? Vous vous souvenez de Roy Rogers ? Que Dieu le bénisse... Roy était notre invité la semaine dernière... un brave homme... un homme généreux... et peut-être aussi un film de John Wayne. Et quand nous rentrions chez nous, nous savions que les bons triomphaient toujours et que l'Amérique était un pays d'exception... un pays béni du Seigneur. Vous souvenez-vous de John Wayne dans *Alerte aux marines* ? Et quand nous regagnions le sein de notre famille... vous souvenez-vous de Mickey Rooney dans *Andy Hardy ?* Quand nous regagnions le sein de notre famille, nous savions que la famille, c'était quelque chose d'important... que notre pays, c'était quelque chose d'important... que la bonté, le respect, l'autorité et l'amour du prochain, c'était quelque chose d'important... que la retenue, la discipline et la maîtrise de soi, c'était quelque chose d'important... que DIEU, C'ÉTAIT QUELQUE CHOSE D'IMPORTANT ! »

Sutter ôta ses lunettes à double foyer. Son front et sa lèvre supérieure étaient luisants de sueur. « Et que voient nos enfants AUJOURD'HUI ?! Ils ne voient que pornographie, athéisme, saleté, ordure. Si vous allez voir un film aujourd'hui... un film interdit aux moins de seize ans, je ne veux même pas parler de ces obscénités classées X qui se répandent dans tout le pays comme un cancer... n'importe quel enfant peut entrer dans un cinéma de nos jours, les interdictions aux mineurs ont presque disparu, mais c'est encore de l'hypocrisie...

l'ordure, c'est l'ordure... ce qui ne convient pas aux moins de seize ans ne convient pas non plus aux adultes qui respectent Dieu... mais les enfants vont voir ces films, oh oui ! Et ce qu'ils voient, ce sont des acteurs nus qui ne cessent de jurer... un juron après l'autre, un blasphème après l'autre... et ils voient des films qui insultent la famille, qui la *souillent*, qui insultent notre pays, qui le souillent et *souillent* les Lois de Dieu, qui se moquent de la Parole de Dieu, qui montrent à nos enfants du sexe, de la violence, de l'ordure et des obscénités. Mais que puis-je faire ? dites-vous. Que pouvons-nous faire ? Et je vous réponds : Rapprochez-vous de Dieu, imprégnez-vous de Sa Parole, accueillez Jésus-Christ en vous afin que ces saletés, que cette ordure ne vous atteignent pas, et enseignez à vos ENFANTS à accepter Jésus-Christ, à accepter Jésus-Christ dans leur CŒUR, à accepter Jésus-Christ comme leur SAUVEUR, leur Sauveur PERSONNEL, et alors ces films obscènes cesseront de les séduire, Hollywood, cette nouvelle Gomorrhe, cessera de les séduire... "Le Père a remis tout jugement au Fils... le Père lui a donné le pouvoir d'exercer le jugement... l'heure vient... où tous ceux qui gisent dans les tombeaux entendront Sa voix et sortiront; ceux qui ont fait le bien en sortiront pour la résurrection qui mène à la vie; et ceux qui auront fait le mal... *ceux qui auront fait le mal...* pour la résurrection qui mène au jugement." Évangile selon saint Jean, chapitre 5, versets 22-26-28[1].

– Alléluia!» s'écria la foule. «Que Jésus-Christ soit loué!» s'écria le chanteur. L'écrivain apocalyptique ferma les yeux et hocha la tête. L'actrice replète sanglota.

«Anthony», dit Sutter d'une voix à peine audible qui focalisa toute l'attention du public sur lui, «avez-vous accepté le Seigneur ?

– Oui, Jimmy. J'ai trouvé le Seigneur...

---

1. Traduction œcuménique, Livre de poche, pour toutes les citations de la Bible. *(N.d.T.)*

– Et L'avez-vous accepté comme votre Sauveur personnel ?

– Oui, Jimmy. J'ai pris Jésus-Christ dans ma vie...

– Et vous L'avez laissé vous conduire hors de la forêt de peur et de luxure... loin des fausses lueurs malades de Hollywood pour qu'il vous conduise à la lumière bienfaisante de la Parole de Dieu...

– Oui, Jimmy. Jésus-Christ a ramené la joie dans ma vie, Il m'a donné une raison pour continuer de vivre et pour œuvrer en Son nom...

– Que le nom de Dieu soit loué», souffla Sutter avec un sourire de béatitude. Il secoua la tête, apparemment bouleversé, et se tourna vers la caméra numéro trois. Le metteur en scène lui adressait des gestes frénétiques. «Et j'ai une bonne nouvelle à vous annoncer... dans un proche avenir, très proche, je l'espère... Anthony va consacrer son talent et son expérience à un projet très spécial du Centre de diffusion de la Bible... nous ne pouvons pas vous dire grand-chose de plus pour le moment, mais soyez assuré que nous emploierons toutes les merveilleuses ressources d'Hollywood pour apporter *la Parole de Dieu* aux millions de bons chrétiens assoiffés de distractions saines.»

Spectateurs et invités applaudirent cette annonce avec enthousiasme. Sutter se pencha sur son micro afin de couvrir le vacarme. «Demain, une émission spéciale de musique sacrée... nous accueillerons Pat Boone, Patsy Dillon, les Chanteurs de la Bonne Nouvelle, et bien sûr, Gail et les Guitares de l'Évangile...»

Les applaudissements se firent plus enthousiastes à l'apparition des prompteurs annonçant la fin de l'émission. La caméra numéro trois filma Sutter en gros plan. Le révérend sourit. «Au revoir, et rappelez-vous le verset 16 du chapitre 3 de l'Évangile selon saint Jean : "Dieu aimait tant le monde qu'il lui a donné Son unique fils, pour que tout homme qui croira en Lui ait la vie éternelle." Au revoir ! Dieu vous bénisse tous !»

Sans attendre la fin des applaudissements, Sutter et Harod quittèrent le plateau dès que le voyant rouge s'éteignit et traversèrent d'un pas vif des corridors moquettés et climatisés. Maria Chen et Kay, l'épouse du révérend, les attendaient dans le bureau de réception de Sutter. « Qu'en penses-tu, ma chérie ? » demanda Sutter.

Kay Ellen Sutter était une femme grande et maigre, qui ployait sous le poids de plusieurs couches de maquillage et celui d'une coiffure qui semblait avoir été sculptée plusieurs années auparavant et jamais modifiée depuis lors. « Merveilleux, mon chéri. Excellent.

– Il faudra couper le passage où ce crétin de chanteur a déliré sur les Juifs de l'industrie du disque, dit Sutter. Enfin, de toute façon, il y a environ vingt minutes à couper avant que l'émission soit prête à être diffusée. » Il chaussa ses lunettes à double foyer et regarda sa femme. « Où alliez-vous, mesdames ?

– J'avais envie de montrer à Maria la nursery et la crèche du dortoir des étudiants mariés, dit Kay Sutter.

– Excellent, excellent ! s'exclama le révérend. Anthony et moi avons encore quelques détails à régler, et ensuite nous vous conduirons à l'avion qui vous emmènera à Atlanta. »

Maria Chen lança un regard à Harod. Celui-ci haussa les épaules. Les deux femmes s'en furent, Kay Ellen Sutter parlant avec animation.

Le bureau du révérend Jimmy Wayne Sutter était immense, richement moquetté, et décoré dans des tons subtils — beige et terre de Sienne — qui contrastaient vivement avec le rouge, le blanc et le bleu omniprésents dans le reste du complexe. Un des murs était entièrement occupé par une baie vitrée donnant sur un pré et un bosquet épargnés par les constructeurs. Derrière le fauteuil de Sutter, un mur en teck de dix mètres de large était littéralement recouvert de photos dédicacées de gens célèbres et puissants, de certificats de mérite, de plaques, de témoignages de reconnaissance, et autres documents attestant le statut et le pouvoir durable de Jimmy Wayne Sutter.

Harod s'affala dans un fauteuil et étendit ses jambes. « Ouf ! »

Sutter ôta son veston, le posa sur le dossier de son fauteuil en cuir, s'assit, retroussa ses manches et croisa les doigts sur sa nuque. « Eh bien, Anthony, était-ce aussi pénible que vous le craigniez ? »

Harod passa une main dans ses cheveux récemment laqués. « J'espère seulement qu'aucun de mes financiers ne verra ce satané machin. »

Sutter sourit. « Pourquoi donc, Anthony ? On est mal vu dans l'industrie du cinéma quand on s'associe à une bonne cause ?

– Non, mais quand on a l'air d'un con, oui. » Harod jeta un regard vers la kitchenette située au fond du bureau. « Je peux avoir un verre ?

– Bien sûr, dit Sutter. Ça ne vous dérange pas de vous le servir vous-même ? Vous connaissez le chemin. »

Harod avait déjà traversé la pièce. Il se servit un verre de Smirnoff, y ajouta des glaçons, et prit une autre bouteille dans le placard habilement dissimulé aux regards. « Bourbon ?

– S'il vous plaît. » Lorsque Harod lui tendit son verre, le révérend demanda : « Êtes-vous heureux d'avoir accepté mon invitation à passer quelques jours ici, Anthony ? »

Harod sirota sa vodka. « Vous pensez que c'était malin de dévoiler nos batteries en me faisant figurer dans votre show ?

– Ils savaient déjà que vous étiez ici. Kepler ne vous perd pas de vue, et Frère C et lui ne cessent de me surveiller. Peut-être que votre prestation va semer la confusion chez eux.

– Elle a sûrement semé la confusion chez moi. » Harod alla se servir un autre verre.

Sutter gloussa et tria quelques papiers sur son bureau. « Anthony, n'allez surtout pas croire que mon ministère ne m'inspire que du cynisme. »

Harod cessa de mettre des glaçons dans son verre et regarda fixement Sutter. « Vous déconnez. Cette installation est le piège à gogos le plus cynique que j'aie jamais vu.

– Pas du tout, dit doucement Sutter. Mon ministère est bien réel. L'amour que m'inspire mon prochain est bien réel. Ma gratitude envers Dieu qui m'a donné mon talent est bien réelle. »

Harod secoua la tête. « Jimmy Wayne, vous avez passé deux jours à me faire visiter en long et en large votre Disneyland pour intégristes, et tout ce que j'ai pu y voir est expressément conçu pour inciter les péquenots à sortir leur fric de leur portefeuille en similicuir. Vous avez des machines destinées à trier le courrier pour mieux repérer les lettres contenant des chèques, vous avez des ordinateurs capables de lire votre correspondance et d'y répondre à votre place, vous avez des répertoires téléphoniques informatisés, vous lancez des campagnes de mailing à faire grimper Dick Viggerie[1] aux rideaux et animez des offices religieux télévisés à côté desquels les vieux épisodes de "Mister Ed" ressemblent à des émissions intellectuelles.

– Anthony, Anthony, dit Sutter en secouant la tête, vous devez dépasser le côté superficiel des choses et mieux percevoir la vérité profonde. Les fidèles de ma congrégation électronique sont… pour la plupart… des simples d'esprit, des paysans et des attardés mentaux. Mais cela ne veut pas dire pour autant que mon ministère est une fraude, Anthony.

– Ah bon ?

– Non. *J'aime* ces gens ! » Sutter tapa du poing sur son bureau. « Il y a cinquante ans, quand je n'étais qu'un jeune évangéliste… âgé de sept ans et déjà imprégné de la Parole de Dieu… allant de ville en ville avec mon père et ma tante El, je savais que si Jésus-Christ m'avait donné le Talent, c'était pour une bonne raison… et pas

1. Responsable du financement de la campagne électorale de Ronald Reagan. *(N.d.T.)*

seulement pour faire du fric.» Sutter prit une feuille de papier et l'examina avec ses verres à double foyer.

«Anthony, dites-moi qui a écrit ceci, à votre avis : les prêcheurs... "redoutent les progrès de la science tout comme les sorcières redoutent l'approche du jour et les présages annonçant la subversion des duperies qui les font vivre".»

Sutter regarda Harod par-dessus ses lunettes. «Dites-moi qui a écrit ceci, à votre avis, Anthony.»

Harod haussa les épaules. «H.L. Mencken? Madalyn Murray O'Hair?»

Sutter secoua la tête. «Jefferson, Anthony. *Thomas* Jefferson.

– Et alors?»

Sutter pointa un doigt épais sur Harod. «Vous ne comprenez pas, Anthony? En dépit de toutes les bonnes paroles prétendant que cette nation a été fondée sur des principes religieux... que cette nation est une nation chrétienne... la plupart des Pères fondateurs étaient comme Jefferson... des athées, des intellectuels, des *unitariens*...

– Et alors?

– Alors, ce pays a été fondé par une clique *d'humanistes* laïques sans cervelle, Anthony. C'est pour ça que Dieu est interdit de séjour dans nos écoles aujourd'hui. C'est pour ça que nous tuons un million de bébés par jour. C'est pour ça que les communistes sont de plus en plus puissants alors que nous parlons sans cesse de réduction des armements. Si Dieu *m'a* donné le Talent, c'est pour que j'en appelle au cœur et à l'âme de l'homme de la rue afin que nous *fassions* de ce pays une nation chrétienne, Anthony.

– Et c'est pour ça que vous voulez que je vous aide, en échange de quoi vous me protégerez de l'Island Club et me soutiendrez auprès de ses membres.

– Si vous me grattez le dos, mon garçon, dit Sutter avec un sourire, je protégerai vos arrières.

– On dirait que vous souhaitez devenir président un

de ces jours. Hier, j'ai eu l'impression qu'on ne parlait pas seulement de modifier légèrement la hiérarchie de l'Island Club.»

Sutter écarta les bras, les paumes tournées vers le ciel. «Quel mal y a-t-il à avoir un peu d'ambition, Anthony? Frère C, Kepler, Trask et Colben se sont mêlés de politique pendant des dizaines d'années. Quand j'ai *rencontré* Frère C, il y a quarante ans à Baton Rouge, c'était lors d'un meeting politique de prêcheurs conservateurs. Ce serait une excellente idée que d'installer un bon chrétien à la Maison-Blanche, pour une fois.

– Je croyais que Jimmy Carter était censé être un bon chrétien.

– Jimmy Carter était un minable. Un vrai chrétien aurait su comment régler son compte à l'Ayatollah quand ce païen a osé emprisonner des citoyens américains. "Œil pour œil, dent pour dent", dit la Bible. On aurait dû arracher toutes les dents de ces salauds de chiites.

– A en croire le N.C.P.A.C. [1], c'est grâce aux chrétiens que Reagan vient d'être élu.» Harod se leva et alla se servir une autre vodka. Les discussions politiques l'avaient toujours rasé.

«Ridicule, protesta Jimmy Wayne Sutter. C'est Frère C, Kepler et cet imbécile de Trask qui ont installé Reagan à la Maison-Blanche. Dolan et le N.C.P.A.C. sont en avance sur leur temps. Le pays se prépare à un virage à droite, mais il y aura des ratés dans sa course. En 88 ou en 92, cependant, la voie sera toute tracée pour un *véritable* candidat chrétien.

– Vous? Certaines personnes ne seraient-elles pas mieux placées?»

Sutter eut un rictus. «A qui pensez-vous?

– A ce type de la Moral Majority, comment s'appelle-t-il, déjà? Fallwell.»

Sutter éclata de rire. «Jerry a été *créé* par nos amis extrémistes de Washington. C'est un golem. Quand ses

1. National Conservative Political Action Group : mouvement d'extrême droite américain. *(N.d.T.)*

finances seront à sec, tout le monde s'apercevra que ce n'est qu'un tas d'argile. Et d'argile stupide, en plus.

– Et les autres types, les plus âgés», dit Harod, essayant de se rappeler les noms des guérisseurs et des charmeurs de serpents qu'il avait pu voir sur les chaînes câblées de L.A. «Rex Hobart...

– *Humbard*, corrigea Sutter, et Oral Roberts, je suppose. Avez-vous perdu l'esprit, Anthony ?

– Que voulez-vous dire ?»

Sutter prit un havane dans un humidificateur et l'alluma. «Les hommes dont vous me parlez ont encore de la bouse de vache collée à leurs bottes. Ce sont de braves péquenots qui passent à la télé pour vous dire : "Plaquez votre corps meurtri contre l'écran, mes amis, et je le *guérirai !*" Anthony, pouvez-vous imaginer tous ces furoncles, toutes ces hémorroïdes, tous ces eczémas... et pouvez-vous imaginer l'homme qui les a bénis en train de rencontrer des dignitaires étrangers et de dormir dans la chambre de Lincoln ?

– C'est renversant, en effet, dit Harod en entamant sa quatrième vodka. Et les autres ? Vos concurrents directs, en quelque sorte ?»

Le révérend Sutter croisa à nouveau les doigts sur sa nuque et sourit. «Eh bien, il y a Jim et Tammy, mais ils sont dans la merde la moitié du temps suite à leurs contrôles fiscaux... à côté de ça, mes ennuis paraissent négligeables. De plus, ils font des dépressions nerveuses à tour de rôle. Je n'en veux pas à Jim. Avec une femme comme la sienne, j'en ferais autant. Et puis il y a Swaggart, en Louisiane. C'est un malin, Anthony. Mais je pense qu'au fond de lui, il veut devenir une rock star comme son cousin...

– Son cousin ?

– Jerry Lee Lewis. Qui nous reste-t-il ? Pat Robertson, bien sûr. Je pense que Pat va tenter de se présenter en 84 ou en 88. Il est redoutable. A côté de son réseau, mon petit projet ressemble à un poste de radioamateur mal branché. Mais Pat a quelques défauts. Les gens oublient parfois qu'il est censé être prêtre, et Pat aussi...

– Tout ceci est très intéressant, mais nous nous éloignons de la raison pour laquelle je suis venu ici.»

Sutter enleva ses lunettes, ôta le cigare de sa bouche et fixa Harod. «Si vous êtes venu ici, Anthony, c'est parce que votre cul est en danger, et que si personne ne vous vient en aide, le Club va finir par vous utiliser pour ses petits amusements d'après-dîner sur l'île…

– Hé, je suis désormais membre à part entière du comité de direction.

– Oui, dit Sutter. Et Trask est mort. Colben est mort. Kepler se fait discret, et Frère C a été très embarrassé par le fiasco de Philadelphie.

– Avec lequel je n'avais rien à voir.

– Duquel vous avez réussi à vous extirper. Mon Dieu, quel gâchis. Cinq morts parmi les agents du F.B.I., six parmi les hommes de Colben. Une douzaine de Noirs du quartier tués. Un prêtre local assassiné. Des propriétés privées incendiées, détruites…

– Les médias ont avalé l'histoire de la guerre des gangs. La présence du F.B.I a été expliquée par les activités d'un groupe de militants terroristes noirs…

– Oui, et les répercussions de cette histoire se sont fait sentir jusque dans le bureau du maire… et même jusqu'à Washington. Saviez-vous que Richard Haines travaillait désormais dans le privé — et dans la discrétion — pour le compte de Frère C?

– Qu'est-ce qu'on en a à foutre?

– Accordé.» Jimmy Wayne Sutter eut un large sourire. «Mais comprenez que votre entrée au comité de direction survient lors d'une période… délicate.

– Vous êtes bien sûr qu'ils veulent se servir de moi pour contacter Willi? demanda Harod.

– Absolument.

– Et qu'ils comptent ensuite se débarrasser de moi?

– Au sens littéral.

– Pourquoi? Pourquoi sont-ils prêts à accepter parmi eux un vieil assassin psychopathe comme Willi?

– Je connais un proverbe du désert qui ne figure pas dans les Saintes Écritures mais qui est assez vieux pour avoir été mentionné dans l'Ancien Testament.

– Quel proverbe ?

– “Il vaut mieux que le chameau soit dans la tente et pisse dehors plutôt qu’il soit dehors et pisse dans la tente”, récita Sutter.

– Merci, révérend.

– Il n’y a pas de quoi, Anthony. » Sutter consulta sa montre. « Vous feriez bien de vous dépêcher si vous voulez arriver à Atlanta à temps pour attraper votre avion. »

Harod se hâta de reprendre ses esprits. « Savez-vous pourquoi Barent a organisé la réunion de samedi ? »

Sutter fit un geste de la main. « Je présume que Frère C a l’intention de discuter des événements de ce lundi.

– L’attentat contre Reagan…

– Oui, mais saviez-vous qui se trouvait auprès du président… trois pas derrière lui… quand le coup de feu a éclaté ? »

Harod haussa les sourcils.

« Oui, Frère C en personne. J’imagine qu’il aura beaucoup de choses à nous dire.

– Nom de Dieu. »

Jimmy Wayne Sutter grimaça. « Je vous interdis d’insulter le nom du Seigneur dans cette pièce, ordonna-t-il sèchement. Et je vous déconseille de le faire en présence de Frère C. »

Harod se dirigea vers la porte, s’immobilisa. « Au fait, Jimmy, pourquoi appelez-vous Barent “Frère C” ?

– Parce que C. Arnold Barent ne supporte pas que je l’appelle par son nom de baptême. »

Harod avait l’air stupéfait. « Vous le *connaissez* ?

– Bien sûr. Je connais Frère C depuis les années 30, une époque où nous étions encore enfants tous les deux.

– Quel est son nom de baptême ?

– En bon chrétien, C. Arnold a été baptisé Christian, dit Sutter avec un sourire.

– Hein ?

– Christian, répéta Sutter. Christian Arnold Barent. Son père était croyant, même si Frère C ne l’est pas.

– Le diable m’emporte ! » dit Harod, et il s’éclipsa avant que Sutter ait eu le temps de réagir.

37.
Césarée, Israël,
jeudi 2 avril 1981

Natalie Preston atterrit à l'aéroport David-Ben-Gourion, situé près de Lod, à 10 h 30 heure locale, venant de Vienne par le vol de la El Al. Les douaniers israéliens se montrèrent calmes et efficaces, sinon ouvertement courtois. «Heureux de vous voir de retour en Israël, Miss Hapshaw», dit le fonctionnaire qui fouillait ses bagages. C'était la troisième fois qu'elle entrait dans le pays en se servant de son faux passeport, et son cœur battait toujours la chamade lors de cette épreuve. Elle se sentit un peu rassurée à l'idée que c'était le Mossad, les services secrets israéliens, qui le lui avait procuré.

Une fois accomplies les formalités douanières, elle prit la navette de la El Al jusqu'à Tel-Aviv et alla à pied depuis la gare routière de la route de Jaffa jusqu'à l'agence I.T.S./Avis de la rue Hamasger. Elle paya le tarif hebdomadaire en vigueur et déposa une caution de quatre cents dollars, puis partit au volant d'une Opel verte 1975 dont les freins la faisaient légèrement déporter à gauche chaque fois qu'elle les utilisait.

Ce fut en début d'après-midi que Natalie sortit de l'affreuse banlieue de Tel-Aviv et commença à longer la côte en direction de Haïfa. Le soleil brillait dans le ciel, le thermomètre ne cessait de monter, et Natalie mit ses lunettes noires pour se protéger de la réverbération sur la chaussée et la mer. A une trentaine de kilomètres de Tel-Aviv, elle traversa Netanya, une petite station balnéaire nichée sur les flancs de la falaise au-dessus de la

Méditerranée. Quelques kilomètres plus loin, elle vit le panneau indiquant la direction d'Or Aqiva et quitta la route à quatre voies pour s'engager sur une étroite bande d'asphalte qui serpentait à travers les dunes jusqu'à la plage. Elle aperçut l'aqueduc romain et les remparts massifs de la cité des Croisés, puis elle suivit la vieille route côtière, passant devant l'Hôtel de Césarée, dont le terrain de golf à dix-huit trous était entouré d'une haute clôture de barbelés.

Elle prit un chemin gravillonné et suivit les panneaux indiquant la direction du kibboutz Ma'agan Mikhael jusqu'à ce que sa route vienne à croiser un chemin encore plus étroit. L'Opel parcourut quatre cents mètres parmi les bosquets de caroubiers, les épais fourrés de pistachiers et les rares pins, avant de faire halte devant un portail cadenassé. Natalie descendit de voiture, s'étira et agita les bras en direction de la maison blanche plantée au sommet de la colline.

Saul Laski descendit l'allée pour venir lui ouvrir. Il avait perdu du poids et rasé sa barbe. Ses jambes grêles émergeant de son short kaki et sa poitrine étroite protégée du soleil par un tee-shirt blanc lui donnaient l'allure d'un figurant dans *Le Pont de la rivière Kwaï*, mais sa peau bronzée et ses muscles noueux démentaient cette première impression. Son hâle accentuait un peu plus sa calvitie, mais les cheveux qui lui restaient avaient pâli et s'étaient allongés, retombant en boucles sur ses oreilles et sur sa nuque. Il avait troqué ses lunettes cerclées d'écaille contre une paire de lunettes d'aviateur à monture argentée dont les verres s'assombrissaient à la lumière. La cicatrice à son bras gauche était encore rouge vif.

Il ouvrit le portail et ils s'étreignirent brièvement.

« Ça s'est bien passé ? demanda-t-il.

– Très bien, dit Natalie. Tu as le bonjour de Simon Wiesenthal.

– Il est en bonne santé ?

– En excellente santé pour un homme de son âge.

– Il a pu te diriger vers les bonnes sources d'information ?

– Mieux que ça, il a effectué lui-même les recherches. Quand il ne trouvait rien dans son étrange petit bureau, il envoyait ses assistants fouiller les bibliothèques et les archives de Vienne.

– Excellent, dit Saul. Et le reste ? »

Natalie désigna la grosse valise posée sur la banquette arrière de sa voiture. « Elle est bourrée de photocopies. Ces documents sont horribles, Saul. Tu vas encore au Yad Vashem deux fois par semaine ?

– Non. Pas loin d'ici se trouve le Lohame HaGeta'ot, un endroit bâti par les Polonais.

– Et ça ressemble au Yad Vashem ?

– En plus petit. Cela me suffira si j'ai les noms et les historiques. Rentre, je vais refermer le portail et monter avec toi. »

Une immense maison blanche était juchée au sommet de la colline. Natalie passa devant, puis descendit le flanc sud en direction d'un petit bungalow aux murs blanchis à la chaux situé près d'une orangeraie. La vue était superbe. A l'ouest, par-delà les vergers et les champs cultivés, elle apercevait des ruines, des dunes, et les rouleaux blancs de la Méditerranée. Au sud, ondoyant sous l'effet de la chaleur, se dressaient les falaises boisées de Netanya. A l'est, un moutonnement de collines et la plaine de Saron aux senteurs d'orange. Au nord, derrière les châteaux des Templiers, des forteresses déjà anciennes à l'époque de Salomon, et les pentes verdoyantes du mont Carmel, se trouvaient Haïfa et ses rues étroites à la pierre délavée par la pluie. Natalie était heureuse d'être de retour.

Saul lui ouvrit la porte et elle entra avec ses bagages. La maisonnette était telle qu'elle l'avait laissée huit jours plus tôt ; la salle à manger flanquée de sa petite cuisine formait une longue pièce nantie d'une cheminée, meublée d'une table en bois et de quatre chaises, et les petites fenêtres déversaient une riche lumière sur les murs chaulés. Il y avait deux chambres dans la maison. Natalie porta ses valises dans la sienne et les jeta sur le grand lit. Saul avait mis des fleurs fraîchement cueillies dans le vase posé sur la table de nuit.

Il préparait du café lorsqu'elle le rejoignit dans la salle à manger. « Le voyage s'est bien passé ? demanda-t-il. Tu n'as pas eu de problèmes ?

– Aucun. » Natalie posa quelques chemises sur le bois rugueux de la table. « Sarah Hapshaw a la chance de visiter tous les endroits que Natalie Preston n'a jamais vus. »

Saul acquiesça et posa devant elle un bol blanc empli de café noir odorant.

« Des problèmes de ton côté ? demanda-t-elle.

– Aucun. Je n'en prévoyais aucun. »

Elle prit du sucre dans un bol bleu et remua son café. Elle se rendit compte qu'elle était épuisée. Saul s'assit en face d'elle et lui tapota la main. En dépit des rides qui sillonnaient son visage, il lui paraissait plus jeune que lorsqu'il portait une barbe. Trois mois plus tôt. Des siècles plus tôt.

« J'ai reçu d'autres nouvelles de Jack, dit-il. Aimerais-tu faire une petite promenade ? »

Elle regarda son café.

« Prends le bol avec toi, dit Saul. Nous irons du côté de l'hippodrome. » Il se leva et alla dans sa chambre pendant quelques instants. Lorsqu'il en revint, il avait enfilé une grande chemise kaki dont les pans flottaient au-dessus de son short. Elle ne parvenait pas tout à fait à dissimuler l'automatique calibre 45 qu'il avait passé à sa ceinture.

Ils descendirent le flanc ouest de la colline, longeant les clôtures et les orangeraies, et arrivèrent sur un petit massif de dunes rampant jusqu'aux terrains cultivés et aux jardins privés des villas. Saul descendit et s'engagea sur un aqueduc dressé huit mètres au-dessus du sable et qui courait jusqu'à la mer, près d'un hameau de ruines et d'immeubles neufs. Un jeune homme vêtu d'une chemise blanche se mit à courir vers eux en criant et en agitant les bras, mais Saul lui parla à voix basse en hébreu, et l'homme hocha la tête et s'en fut. Saul et Natalie s'avancèrent sur la surface inégale de l'aqueduc.

« Qu'est-ce que tu lui as dit ? demanda Natalie.

– Je lui ai dit que je connaissais la trinité formée par Frova, Avi-Yonah et Negev. Ces trois-là fouillent ce site depuis les années 50.

– C'est tout ?

– Oui. » Saul s'arrêta et regarda autour de lui. La Méditerranée se trouvait à leur droite ; un kilomètre et demi devant eux, un hameau de maisons neuves reflétait la lumière de l'après-midi.

« Quand tu m'as parlé de ta maison, je m'étais imaginé une cabane dans le désert, dit Natalie.

– Ça y ressemblait quand je suis arrivé ici, juste après la guerre. On a commencé par bâtir et par agrandir les kibboutzim Gaash, Kfar Vitkin et Ma'agan Mikhael. Après la guerre d'Indépendance, David et Rebecca ont construit leur ferme ici…

– Mais c'est un vrai domaine ! »

Saul sourit et sirota une dernière gorgée de café. « La propriété du baron Rothschild était un domaine. Elle est devenue l'Hôtel de Césarée.

– J'adore ces ruines. L'aqueduc, le théâtre, la cité des Croisés, tout ceci est si… *vieux*. »

Saul hocha la tête. « La présence de toutes ces époques mêlées me manquait quand je vivais en Amérique. »

Natalie ouvrit le sac rouge qu'elle portait en bandoulière et y rangea leurs bols, les enveloppant soigneusement dans une serviette. « L'Amérique me manque », dit-elle. Elle serra ses jambes contre son corps et contempla l'étendue de sable qui venait laper l'aqueduc en pierre jaune comme un océan de bronze figé. « Je *pense* que l'Amérique me manque, rectifia-t-elle. Les dernières journées étaient si cauchemardesques… »

Saul ne dit rien, et tous deux restèrent assis en silence pendant plusieurs minutes.

Natalie fut la première à reprendre la parole. «Je me demande qui est allé à l'enterrement de Rob.»

Saul lui jeta un bref regard, et ses verres polarisés reflétèrent la lumière. «D'après la lettre de Jack Cohen, le shérif Gentry a été inhumé dans un cimetière de Charleston en présence de plusieurs représentants des forces de police locales.

– Oui, mais combien de ses *proches* étaient là? Y avait-il des membres de sa famille? Son ami Daryl Meeks? Quelqu'un qui… qui l'avait aimé?» Natalie s'interrompit.

Saul lui tendit un mouchoir. «Tu ne pouvais pas y aller, c'était de la folie, dit-il doucement. *Ils* t'auraient reconnue. De plus, tu n'étais pas en état de le faire. Selon les médecins de l'hôpital de Jérusalem, la fracture de ta cheville était assez sérieuse.» Saul lui sourit et reprit son mouchoir. «J'ai remarqué que tu ne boitais presque plus aujourd'hui.

– Oui, ça va beaucoup mieux.» Elle rendit son sourire à Saul. «Bon, qui commence?

– Toi, je pense. Jack m'a envoyé des informations très intéressantes, mais je veux d'abord savoir ce que tu as appris à Vienne.»

Natalie acquiesça. «Les registres des hôtels ont confirmé leur présence… Miss Melanie Fuller et Miss Nina Hawkins — c'était le nom de jeune fille de Nina Drayton. L'Hôtel Impérial en 1925, 26 et 27. L'Hôtel Métropole en 33, 34 et 35. Peut-être ont-elles séjourné à Vienne à d'autres moments, dans d'autres hôtels qui ont perdu leurs archives à cause de la guerre ou pour d'autres raisons. Mr. Wiesenthal poursuit ses recherches.

– Et Von Borchert?

– N'est jamais descendu à l'hôtel, mais Wiesenthal a confirmé que Wilhelm von Borchert a loué une petite villa à Perchtoldsdorf, dans la proche banlieue de la ville, de 1922 à 1939. Elle a été démolie après la guerre.

– Et… le reste ? Les crimes.

– Les meurtres, dit Natalie. L'assortiment habituel de crimes crapuleux, d'assassinats politiques… de crimes passionnels, et cetera. Puis, durant l'été 1925, trois meurtres bizarres et inexplicables. Deux hommes importants et une femme — une débutante de la haute société viennoise — assassinés par des proches. Dans tous les cas, le meurtrier n'avait aucun mobile, aucun alibi et aucune justification. Les journaux ont parlé de "folie estivale" car chacun des assassins jurait ses grands dieux n'avoir aucun souvenir de son crime. Tous trois ont été reconnus coupables. Le premier a été exécuté, le deuxième s'est suicidé, et le troisième… une femme… a été enfermé dans un asile ; elle s'est noyée dans un bassin à poissons rouges huit jours après son admission.

– On dirait que nos jeunes vampires psychiques commençaient à jouer à leur petit jeu. A prendre goût au sang.

– Mr. Wiesenthal n'a vu aucun rapport entre ces faits, mais il a continué ses recherches. Sept meurtres inexpliqués pendant l'été 1926. Onze entre juin et août 1927… mais une tentative de putsch a eu lieu cette année-là, et quatre-vingts ouvriers ont été tués lors d'une manifestation qui a dégénéré… les autorités viennoises avaient autre chose à faire que de s'occuper de la mort de quelques citoyens de deuxième zone.

– Notre trio a donc changé de cible, dit Saul. Peut-être craignaient-ils de se faire remarquer en assassinant des personnes de leur propre milieu social.

– Nous n'avons trouvé aucune affaire criminelle suspecte durant l'hiver et l'été 1928, mais en 1929 il y a eu sept disparitions mystérieuses dans la station autrichienne de Bad Ischl. La presse viennoise a parlé d'un "Loup-garou du Zauner" car toutes les victimes — parmi lesquelles se trouvaient plusieurs membres de la haute société viennoise ou berlinoise — avaient été vues pour la dernière fois dans le Café Zauner, un établissement chic de l'Esplanade.

– Mais aucune confirmation de la présence de notre jeune Allemand et de ses deux amies américaines, n'est-ce pas?

– Pas encore. Mais Mr. Wiesenthal m'a fait remarquer que nombre d'hôtels et de villas privées de cette station avaient disparu depuis longtemps.»

Saul hocha la tête d'un air satisfait. Tous deux levèrent les yeux lorsqu'une escadrille de F-16 israéliens passa en trombe au-dessus de la Méditerranée, volant vers le sud.

«C'est un début, dit Saul. Nous aurons besoin d'autres détails, de beaucoup d'autres détails, mais c'est un début.» Ils restèrent silencieux durant plusieurs minutes. Le soleil baissait à l'horizon, projetant sur les dunes les ombres complexes et de plus en plus longues de l'aqueduc. Le monde semblait enveloppé d'une lumière rouge et doré. Finalement, Saul lâcha : «Hérode le Grand, un sycophante impénitent, a bâti cette ville en 22 avant Jésus-Christ, la dédiant à César Auguste. En 6 après Jésus-Christ, c'était devenu une puissante cité, et le théâtre, l'hippodrome et l'aqueduc étaient d'un blanc étincelant. Ponce Pilate a été préfet ici pendant dix ans.»

Natalie le regarda en fronçant les sourcils. «Tu m'as déjà dit ça quand on est arrivés ici, en février.

– Oui. Regarde.» Saul désigna les dunes lapant les arches de pierre. «La majeure partie de cet édifice est restée enfouie pendant quinze cents ans. L'aqueduc sur lequel nous sommes assis n'a été mis au jour qu'au début des années 60.

– Et alors?

– Alors, qu'est devenue la puissance de César? Que sont devenues les intrigues d'Hérode? Qu'est devenue la terreur qui rongeait l'apôtre Paul lorsqu'il a été emprisonné ici?» Saul laissa plusieurs secondes s'écouler. «Elles sont mortes, dit-il finalement. Mortes et enfouies dans les sables du temps. La puissance a disparu, les signes de la puissance ont été renversés et enfouis. Il ne reste rien, hormis de la pierre et des souvenirs.

– Où veux-tu en venir, Saul ?

– L'Oberst et la mère Fuller ont au moins soixante-dix ans aujourd'hui. La photographie que m'a montrée Aaron représentait un homme d'une soixantaine d'années. Comme l'a dit un jour Rob Gentry, ils sont mortels. Ils ne vont pas sortir de leur tombe à la prochaine pleine lune.

– Alors, on se contente de rester ici ? demanda Natalie d'une voix pleine de colère. On reste gentiment planqués ici jusqu'à ce que ces… ces *monstres* meurent de vieillesse ou finissent de s'entre-tuer ?

– Ici ou dans un autre endroit sûr. Sinon, tu sais ce que nous devrons faire. Nous devrons tuer, nous aussi. »

Natalie se leva et se mit à arpenter l'étroit chemin de pierre. « Tu oublies que j'ai déjà tué quelqu'un, Saul. J'ai abattu cet horrible gamin — Vincent —, celui que la vieille utilisait.

– Ce n'était plus qu'une chose. Tu ne lui as pas ôté la vie, Melanie Fuller s'en était déjà chargée. Tu as libéré le corps de ce malheureux de son contrôle.

– En ce qui me concerne, ce sont tous des choses. Nous *devons* retourner là-bas.

– Oui, mais…

– Je n'arrive pas à croire que tu puisses envisager sérieusement de les laisser tranquilles. Après tous les risques que Jack Cohen a pris pour obtenir toutes ces informations grâce à ses ordinateurs de Washington. Après toutes les recherches que j'ai effectuées à Toronto, en France et à Vienne. Après les centaines d'heures que tu as passées au Yad Vashem… »

Saul se releva. « Ce n'était qu'une suggestion. Au moins, peut-être n'est-il pas nécessaire que nous partions tous les deux…

– Ah, c'était donc *ça*. Eh bien, n'y pense plus, Saul. Ils ont tué mon père. Ils ont tué Rob. L'un d'eux m'a touchée avec son esprit répugnant. Nous ne sommes que deux et je ne sais toujours pas ce que nous pourrons faire, mais je suis *décidée* à retourner là-bas. Je retournerai là-bas, Saul, avec ou sans toi.

– D'accord.» Saul Laski ramassa le sac de Natalie, le lui tendit, et leurs mains se touchèrent. «Je voulais seulement en être sûr.

– *Moi*, j'en suis sûre. Dis-moi ce que Cohen t'a appris de neuf.

– Plus tard, après dîner.» Il lui posa doucement une main sur le bras, ils firent demi-tour pour remonter l'aqueduc, et leurs ombres se mêlèrent, se fondirent l'une dans l'autre, s'étirèrent le long des hautes vagues de sable.

Saul prépara un excellent dîner composé d'une salade aux fruits frais, d'un pain cuit au four qu'il appelait *bagele* et qui ne ressemblait ni par le goût ni par l'aspect à la pâtisserie juive connue sous ce nom en Amérique, d'un gigot de mouton cuit à la mode orientale et d'un délicieux café turc. Il faisait noir lorsqu'ils montèrent travailler dans sa chambre, et il alluma la lampe tempête.

La longue table était couverte de dossiers, de piles de photocopies, de montagnes de photographies — celles du sommet représentaient des victimes des camps de concentration au regard passif — et de douzaines de blocs-notes aux pages noircies par l'écriture serrée de Saul. Des feuilles de papier blanc couvertes de noms, de dates et de cartes de camps de concentration étaient collées aux murs blancs et rugueux. Natalie remarqua la photocopie de la vieille coupure de presse montrant l'Oberst en compagnie de plusieurs officiers S.S. souriants, juste à côté d'un tirage couleurs 20 x 25 représentant Melanie Fuller et son domestique en train de traverser la cour de leur maison de Charleston.

Ils s'assirent sur des fauteuils confortables et Saul attrapa un épais dossier. «Jack Cohen pense avoir localisé Melanie Fuller», dit-il.

Natalie se redressa sur son siège. « Où ça ?
– A Charleston. Dans sa vieille maison. »
Natalie secoua lentement la tête. « Impossible. Elle n'est pas stupide à ce point. »
Saul ouvrit le dossier et examina les feuillets à en-tête de l'ambassade d'Israël à Washington. « La maison Fuller a été condamnée en attendant que soit déterminé le statut exact de Melanie Fuller. Il aurait fallu un certain temps pour que la justice la déclare légalement décédée, encore plus longtemps pour que sa succession soit réglée. Il ne semblait pas y avoir de parents survivants. Puis un dénommé Howard Warden s'est manifesté, affirmant être le petit-neveu de Melanie Fuller. Il a produit des lettres et des documents — parmi lesquels un testament daté du 8 janvier 1978 — prouvant que les biens meubles et immeubles de la disparue lui avaient été légués à compter de cette date… et non à compter de celle de sa mort… et faisant de lui son seul exécuteur testamentaire. Selon les explications de Warden, la vieille dame s'inquiétait de sa santé fragile et redoutait de sombrer dans la sénilité. Il affirme que ce legs n'était qu'une précaution, qu'il s'attendait à voir sa grand-tante vivre encore de longues années dans sa belle maison, mais vu qu'elle était portée disparue et présumée morte, il estimait de son devoir de garder l'endroit en bon état. Il y demeure aujourd'hui avec sa famille.
– Peut-il vraiment s'agir d'un parent éloigné et perdu de vue ?
– Cela semble improbable. Jack a réussi à obtenir quelques informations au sujet de Warden. Il a grandi dans l'Ohio et s'est établi à Philadelphie il y a environ quatorze ans. Il a été nommé administrateur adjoint du parc municipal il y a quatre ans et a vécu dans Fairmount Park pendant les trois dernières années…
– Fairmount Park ! s'exclama Natalie. C'est près de là que Melanie Fuller a disparu.
– Exactement. Selon certaines sources de Philadelphie, Warden — qui est âgé de trente-sept ans — avait

une femme et trois enfants, deux filles et un garçon. La femme qui vit avec lui à Charleston correspond à la description de son épouse, mais ils n'ont qu'un enfant... un garçon de cinq ans prénommé Justin.

– Mais...

– Attends, ce n'est pas fini. La maison de Mrs. Hodges, juste à côté, a également été vendue en mars. Son acquéreur est un docteur en médecine nommé Stephen Hartman. Le Dr Hartman vit avec sa femme et leur fille de vingt-trois ans.

– Où est le problème ? Ça ne m'étonne pas que Mrs. Hodges ait souhaité quitter cette maison.

– Oui, dit Saul en remontant ses lunettes d'aviateur sur son nez, mais il semble que le Dr Hartman vienne également de Philadelphie... un neurologue très réputé... qui a soudain abandonné son cabinet, s'est marié et a quitté la ville en mars. La même semaine où Howard Warden et sa famille ont eu un soudain désir de déménager dans le Sud. La nouvelle épouse du Dr Hartman — c'est sa troisième femme, et ce mariage a stupéfié ses amis — n'est autre que Susan Oldsmith, l'ex-infirmière en chef du service de réanimation de l'Hôpital général de Philadelphie...

– Il n'y a rien d'extraordinaire à ce qu'un médecin épouse une infirmière, n'est-ce pas ?

– Non, mais selon l'enquête effectuée par Jack Cohen, le Dr Hartman avait avec l'infirmière Oldsmith des relations qualifiées de froides et purement professionnelles, jusqu'au jour où ils ont tous deux démissionné de leur fonction pour se marier. Et ce qui est peut-être plus intéressant, c'est qu'aucun des jeunes mariés n'avait une fille âgée de vingt-trois ans...

– Alors, qui... ?

– La jeune femme qui vit à Charleston sous le nom de Constance Hartman ressemble de façon frappante à une certaine Connie Sewell, une infirmière du service de réanimation de l'Hôpital général de Philadelphie qui a démissionné à peu près en même temps que l'infirmière

Oldsmith. Jack n'est pas arrivé à l'identifier de façon irréfutable, mais Ms. Sewell a quitté son appartement de façon soudaine, et ses amis n'ont aucune idée de l'endroit où elle se trouve.»

Natalie se leva et se mit à arpenter la petite pièce, sans prêter attention au sifflement de la lampe tempête ni aux ombres sinistres qu'elle projetait sur les murs. «Nous devons donc supposer que Melanie Fuller a été blessée à la suite des événements de Philadelphie. Les journaux ont parlé d'une voiture et d'un cadavre retrouvés dans la Schuylkill River, non loin de l'endroit où l'hélicoptère du F.B.I. s'est écrasé. Ce n'était pas elle. Je *savais* qu'elle était encore vivante. Je le *sentais*. Bien, elle est blessée. Elle force le type du parc à la conduire à l'hôpital. Cohen a-t-il consulté les registres d'admission des hôpitaux du coin ?

– Bien sûr. Il s'est aperçu que des agents du F.B.I. — ou des hommes se faisant passer pour tels — l'avaient précédé. Aucune trace d'une patiente nommée Melanie Fuller. Beaucoup de vieilles dames dans ces hôpitaux, mais aucune dont la description corresponde à celle de Ms. Fuller.

– Aucune importance. Ce vieux monstre a réussi à brouiller les pistes. Nous savons de quoi elle est capable.» Natalie frissonna et se frictionna les bras. «Lorsqu'elle est entrée en période de convalescence, Melanie Fuller a ordonné à ses zombis conditionnés de la ramener chez elle, à Charleston. Laisse-moi deviner... Mr. et Mrs. Warden hébergent chez eux une grand-mère invalide...

– La mère de Mrs. Warden, dit Saul avec un petit sourire. Les voisins ne l'ont jamais vue, mais certains ont parlé à Jack d'une livraison d'équipement médical. C'est d'autant plus étrange que lors de son enquête à Philadelphie, Jack a appris que la mère de Mrs. Warden était décédée en 1969.»

Natalie continuait d'arpenter la pièce avec excitation. «Et le Dr Machin...

– Hartman.

– Ouais... lui et l'infirmière Oldsmith sont là pour assurer des soins de première classe.» Natalie s'immobilisa et regarda fixement Saul. «Mais, mon Dieu, Saul, c'est si *risqué!* Et si les autorités...» Elle s'interrompit.

«Exactement, dit Saul. Quelles autorités? La police de Charleston ne va pas soupçonner la mère invalide de Mrs. Warden d'être en fait Melanie Fuller. Le shérif Gentry aurait pu avoir des soupçons... Rob avait un esprit incroyablement vif... mais il est mort.»

Natalie baissa les yeux et inspira profondément. «Et le groupe de Barent? Et le F.B.I.? Et les autres?

– Peut-être ont-ils fait une trêve. Il est possible que Mr. Barent et ses amis survivants ne puissent plus tolérer le genre de publicité qui leur a été fait en décembre dernier. Natalie, si tu étais Melanie Fuller, fuyant des créatures de la nuit comme toi qui ne veulent plus qu'on remarque leurs actes sanglants, où irais-tu?»

Natalie hocha lentement la tête. «Dans une maison dont tous les médias du pays ont parlé à la suite d'une série de meurtres bizarres. *Incroyable.*

– Oui. Et c'est une chance incroyable pour nous. Jack Cohen a fait tout ce qui était en son pouvoir sans déclencher la colère de ses supérieurs. Je lui ai envoyé un message codé pour le remercier et lui dire de suspendre son enquête en attendant de nouvelles instructions.

– Si seulement les *autres* nous avaient crus!» s'écria Natalie.

Saul secoua la tête. «Jack Cohen lui-même ne connaît et ne croit qu'une partie de l'histoire. Ce qu'il sait avec certitude, c'est que quelqu'un a assassiné Aaron Eshkol et sa famille et que je lui disais la vérité en affirmant que l'Oberst et les autorités américaines étaient impliquées pour des raisons que j'ignorais.»

Natalie se rassit. «Mon Dieu, Saul, qu'est-il arrivé aux deux autres enfants de Warden? Les deux petites filles que Jack Cohen a mentionnées?»

Saul referma le dossier et secoua la tête. «Jack n'a

rien pu trouver. Aucune manifestation de deuil. Aucune notice nécrologique, ni à Philadelphie ni à Charleston. Il est possible qu'elles aient été envoyées en pension chez un oncle ou une tante, mais Jack ne pouvait pas le vérifier de façon suffisamment discrète. Si tout ce petit monde est au service de Melanie Fuller, il me semble probable que la vieille dame s'est tout simplement lassée d'avoir à supporter autant d'enfants. »

Les lèvres de Natalie pâlirent. « Cette salope doit mourir, murmura-t-elle.

– Oui. Mais je pense que nous devons respecter notre plan initial. Surtout à présent que nous l'avons localisée.

– Sans doute, mais l'idée que personne n'ait pu la stopper...

– Nous les stopperons, nous les stopperons tous. Mais si nous voulons avoir une chance d'y parvenir, il nous faut un plan. C'est par *ma* faute que Rob Gentry est mort. Par *ma* faute qu'Aaron et sa famille sont morts. Je croyais qu'il n'y aurait aucun danger à approcher ces créatures sans se faire repérer. Mais Gentry avait raison quand il disait que c'était aussi risqué que d'essayer d'attraper des serpents venimeux en gardant les yeux fermés. » Il prit un autre dossier et en caressa la couverture. « Si nous devons pénétrer à nouveau dans ces marécages, Natalie, nous devons devenir des chasseurs et ne pas nous contenter d'attendre les assauts de ces monstres.

– Tu ne l'as pas vue, murmura Natalie. Elle est... elle n'est pas humaine. Et j'ai eu ma chance, Saul. Elle était distraite. Pendant quelques secondes, j'ai tenu dans mes mains un revolver chargé... mais j'ai choisi la mauvaise cible. Ce n'était pas Vincent qui avait tué Rob, c'était *elle*. Je n'ai pas assez réfléchi. »

Saul lui agrippa le bras. « Arrête. Tout de suite. Melanie Fuller n'est qu'une vipère dans un nid de vipères. Si tu l'avais éliminée, les autres seraient restés libres. Ils seraient même plus nombreux à l'heure qu'il est si c'est la Fuller qui a tué Colben comme nous le supposons.

– Mais si j'avais…

– Ça suffit», insista Saul. Il lui tapota les cheveux et lui caressa la joue. «Tu es très fatiguée. Demain, si tu veux, tu peux venir avec moi au Lohame HaGeta'ot.

– Oui, ça me plairait.» Elle s'inclina comme Saul l'embrassait sur le front.

Plus tard, lorsque Natalie fut allée se coucher, Saul ouvrit le mince dossier étiqueté HAROD, TONY et le lut quelque temps. Enfin, il le reposa et alla ouvrir la porte d'entrée. La lune s'était levée et baignait d'argent la colline et les dunes lointaines. L'immense maison de David Eshkol était sombre et silencieuse. Le vent apportait de l'ouest une odeur d'orange et d'océan.

Au bout de quelques minutes, Saul referma la porte à double tour, inspecta les volets et retourna dans sa chambre. Il ouvrit le premier des dossiers que Wiesenthal lui avait envoyés. Au-dessus du tas de formulaires en jargon administratif polonais et de papiers rédigés dans le langage sec de la Wehrmacht était posée la photographie d'une jeune Juive de dix-huit ou dix-neuf ans, petite bouche, joues creuses, cheveux noirs dissimulés par un fichu, immenses yeux sombres. Saul la contempla plusieurs minutes, se demandant à quoi elle avait pu penser pendant que l'appareil la fixait de son objectif officiel, se demandant comment elle était morte, quand elle était morte, qui l'avait pleurée et si les réponses à ces questions se trouvaient dans la chemise; au moins celle-ci contenait-elle les faits relatifs à son arrestation pour crime de judaïté, à sa déportation, et peut-être… peut-être… à la fermeture définitive de son dossier, le jour où tous les espoirs, toutes les pensées, tous les amours, tout le potentiel qui avait composé sa courte vie s'était envolé comme cendres emportées par la bise.

Saul soupira et se mit à lire.

Le lendemain matin, ils se levèrent tôt et Saul prépara un de ces petits déjeuners plantureux dont il avait le secret et qu'il affirmait être une tradition israélienne.

Le soleil avait à peine émergé au-dessus des collines qu'ils posaient un lourd sac à dos sur la banquette arrière de sa vénérable Land Rover et prenaient la direction du nord sur la route côtière. Quarante minutes plus tard, ils arrivaient à Haïfa, une ville portuaire s'étendant au pied du mont Carmel. «"Ta tête sur ton corps est comme le Carmel, et ses mèches sont comme la pourpre", dit Saul, étouffant le bruit du vent.

– Comme c'est beau, dit Natalie. Le Chant de Salomon?

– Le Cantique des cantiques.»

Près de la rive nord de la baie d'Haïfa, des panneaux leur indiquèrent la direction d'Akko, mentionnant également ses autres appellations : Acre et Saint-Jean-d'Acre. Natalie contempla les murailles blanches de la ville fortifiée qui luisaient à la riche lumière du matin. La journée s'annonçait chaude.

Ils quittèrent la route reliant Akko à Nahariya pour s'engager sur une route étroite conduisant à un kibboutz, dont le garde somnolent laissa passer Saul sans autre formalité qu'un geste de la main. Ils longèrent des champs verdoyants et firent halte devant un large bâtiment trapu sur lequel était apposée une pancarte proclamant, en hébreu et en anglais, LOHAME HAGETA'OT, MAISON DES COMBATTANTS DU GHETTO, et annonçant les horaires d'ouverture. Un petit homme qui n'avait que deux doigts à la main droite en sortit et bavarda avec Saul en hébreu. Saul lui glissa un peu d'argent dans la main et il les guida à l'intérieur, souriant et saluant Natalie : «*Shalom.*

– *Toda raba*, dit Natalie alors qu'ils entraient dans la salle principale. *Boker tov*.

– *Shalom.*» Le sourire du petit homme s'élargit. «*L'hitra'ot.*»

Natalie le regarda prendre congé, puis examina les vitrines abritant des journaux intimes, des manuscrits et des témoignages de la résistance désespérée du ghetto de Varsovie. Les agrandissements photographiques accrochés aux murs décrivaient la vie dans le ghetto et les atrocités nazies qui avaient mis fin à cette vie. «Ce musée est différent du Yad Vashem, dit-elle. On n'y ressent pas la même sensation d'oppression. Peut-être parce que le plafond est plus haut.»

Saul avait écarté un banc du mur et s'y était assis en tailleur. Il posa une pile de dossiers à sa gauche et un petit stroboscope à piles à sa droite. «Le Lohame HaGeta'ot est consacré à l'idée de *résistance* plutôt qu'au souvenir de l'Holocauste», dit-il.

Natalie contempla une photographie représentant une famille descendant d'un wagon à bestiaux, toutes ses possessions jetées en tas sur la terre. Elle se retourna. «Pourrais-tu m'hypnotiser, Saul?»

Saul ajusta ses lunettes. «Peut-être. Cela me prendrait beaucoup de temps. Pourquoi donc?»

Natalie haussa les épaules. «Je suis curieuse de savoir quel effet ça fait, je pense. Tu sembles y parvenir si... si facilement.

– J'ai des années d'expérience. Pendant plusieurs années, j'ai utilisé une forme d'hypnotisme pour lutter contre la migraine.»

Natalie prit un dossier, l'ouvrit et contempla la photographie d'une jeune femme. «Peux-tu vraiment réussir à intégrer ceci à ton subconscient?»

Saul se frotta la joue. «Il existe plusieurs niveaux de conscience, expliqua-t-il. J'essaie seulement de retrouver des souvenirs qui se trouvent déjà dans certains d'entre eux en... en bloquant mes blocages, pour ainsi dire. D'un autre côté, j'essaie également de me fondre en moi-même en établissant un lien empathique avec ceux qui ont partagé une expérience qui nous est commune.»

Natalie regarda autour d'elle. «Et ceci t'aide à y parvenir?

– Oui. Surtout si je dois absorber de façon subliminale une partie des données biographiques.

– De combien de temps disposes-tu?»

Saul consulta sa montre. «Environ deux heures, mais

Shmuelik m'a promis d'éloigner les touristes tant que je n'aurai pas fini.»

Natalie tira sur la sangle du sac qu'elle portait en bandoulière. «Je vais aller faire un tour et commencer à ordonner et à mémoriser les renseignements recueillis à Vienne.

– Shalom», dit Saul. Une fois seul, il lut soigneusement les trois premiers dossiers. Puis il se tourna, alluma le petit stroboscope et régla sa minuterie. Un métronome battait en mesure avec les éclairs de lumière. Saul se détendit, vida son esprit de toutes choses excepté le battement régulier de la lumière, et s'ouvrit à un autre lieu, à une autre époque.

Sur les murs autour de lui, des visages l'observaient à travers la fumée, les flammes et les années.

Natalie se tenait devant le bâtiment et regardait les jeunes kibboutznik s'affairer, un dernier camion d'ouvriers se diriger vers les champs. Saul lui avait dit que ce kibboutz avait été fondé par des survivants du ghetto de Varsovie et des camps de concentration polonais, mais la plupart des ouvriers qu'elle voyait étaient des sabras — des Juifs nés en Israël — aussi élancés et bronzés que de jeunes Arabes.

Elle se dirigea à pas lents vers la bordure du champ et s'assit à l'ombre d'un eucalyptus solitaire tandis qu'un arroseur automatique expédiait ses jets d'eau vers les récoltes sur un rythme aussi hypnotique que celui du métronome de Saul. Natalie sortit une bouteille de bière Maccabee de son sac et la décapsula avec son couteau suisse flambant neuf. Elle était déjà tiède, mais son goût était agréable, en harmonie avec la chaleur inhabituelle de ce début d'avril, avec le bruit de l'arroseur, avec le parfum de verdure et de terre mouillée.

L'idée de retourner aux États-Unis lui nouait l'estomac et accélérait les battements de son cœur. Natalie ne conservait qu'un très vague souvenir des heures et des jours qui avaient suivi la mort de Rob Gentry. Elle se rappelait les flammes, les ténèbres, les éclairs de lumière, les sirènes, mais tout cela semblait appartenir à un rêve. Elle se rappelait avoir maudit Saul et l'avoir frappé parce qu'il avait abandonné le corps de Rob dans cette maison maudite, se rappelait que Saul l'avait emportée au sein des ténèbres, sombrant dans l'inconscience sous l'effet de la douleur pour émerger l'instant d'après, tel un nageur ballotté par des flots en furie. Elle se rappelait — croyait se rappeler — Jackson courant à leurs côtés, le corps flasque de Marvin Gayle jeté sur son épaule. Saul lui avait dit plus tard que Marvin était inconscient mais vivant lorsque les deux couples de survivants s'étaient séparés dans cette nuit de ruelles ténébreuses et de sirènes hurlantes.

Elle se rappelait s'être allongée sur un banc pendant que Saul donnait un coup de téléphone dans une cabine publique, puis ce fut le jour — presque le jour, un crépuscule froid et gris et elle gisait sur la banquette arrière d'un break plein d'inconnus, Saul assis à l'avant en compagnie d'un homme dont elle avait appris par la suite qu'il s'agissait de Jack Cohen, le chef de la section du Mossad en poste à l'ambassade d'Israël à Washington.

Natalie ne gardait qu'un souvenir confus des quarante-huit heures qui avaient suivi. Une chambre de motel. Une piqûre d'analgésique pour apaiser sa cheville fracturée. Un médecin qui lui pose d'étranges attelles gonflables. Elle pleure Rob, elle l'appelle dans son sommeil. Elle hurle en se rappelant le bruit produit par la balle frappant le palais de Vincent, le monstre blanc, la tache de matière gris et rouge sur le mur. Les yeux fous de la vieille femme qui lui taraudent l'âme. « Au revoir, Nina. Nous nous retrouverons. »

Saul lui avait dit plus tard n'avoir jamais travaillé aussi dur que durant ces quarante-huit heures de conversation avec Jack Cohen. L'agent aux cheveux blancs et au visage couturé de cicatrices n'aurait jamais pu accepter toute la vérité, mais il fallait néanmoins le convaincre d'en accepter l'essence, et ce à l'aide de mensonges bien choisis. Finalement, l'Israélien avait été persuadé que Saul, Natalie, Aaron Eshkol et le cryptographe disparu nommé Levi Cole s'étaient retrouvés mêlés à un grave conflit occulte opposant d'importants hauts fonctionnaires de Washington et un ex-colonel nazi introuvable. Cohen n'avait guère été soutenu par son ambassade, ni par ses supérieurs de Tel-Aviv, mais à l'aube du dimanche 4 janvier, le break contenant Saul, Natalie et deux agents israéliens nés aux États-Unis avait franchi le pont de la Paix à Niagara Falls, passant de l'État de New York au Canada. Cinq jours plus tard, ils avaient pris un avion à Toronto et s'étaient envolés pour Tel-Aviv, nantis de nouvelles identités.

Les quinze jours qui avaient suivi restaient un brouillard pour Natalie. Son état empire de façon inexplicable le lendemain de son arrivée en Israël, sa fièvre monte, et elle n'a que vaguement conscience du vol en avion privé qui la conduit à Jérusalem, où Saul utilise ses contacts dans le milieu médical pour lui obtenir une chambre privée au Centre hospitalier hébreu de Hadassah. C'est durant cette même semaine que Saul doit subir une intervention chirurgicale. Elle passe cinq jours à l'hôpital et, dès qu'elle est capable de se déplacer avec des béquilles, elle va chaque matin et chaque soir dans la synagogue pour y admirer les vitraux créés par Marc Chagall. Natalie se sentait engourdie, comme si elle avait reçu une injection massive de novocaïne. Chaque fois qu'elle fermait les yeux avant de s'endormir, elle revoyait Rob Gentry en train de la regarder. Ses yeux bleus s'emplissant d'un triomphe éphémère avant que le couteau ne surgisse pour lui trancher la gorge…

Natalie finit sa bière et rangea la bouteille dans son sac à main, se sentant vaguement coupable de boire si tôt dans la journée alors que d'autres étaient au travail. Elle prit le premier paquet de chemises : des tas de photocopies et de documents sur la Vienne des années 20 et 30, des rapports de police traduits par les assistants de Wiesenthal, une brève biographie de Nina Drayton, dactylographiée par feu Francis Harrington et annotée par Saul de son écriture presque indéchiffrable.

Natalie poussa un soupir et se mit au travail.

Ils repartirent vers le sud en début d'après-midi et firent halte à Haïfa pour y prendre un déjeuner tardif avant que toutes les boutiques ne ferment en l'honneur du sabbat. Ils achetèrent des falafels à un vendeur de la rue HaNevi'im et les mangèrent tout en se dirigeant vers le port encore actif. Des spécialistes du marché noir s'approchèrent d'eux, tentant de leur vendre à la sauvette du dentifrice, des blue-jeans ou des Rolex, mais Saul leur lança quelques phrases bien senties en hébreu et ils s'écartèrent de leur chemin. Natalie s'accouda à la rambarde et regarda un cargo de fort tonnage s'éloigner vers le large.

«Dans combien de temps retournerons-nous en Amérique, Saul?

– Je serai prêt dans trois semaines. Peut-être plus tôt. Quand seras-tu prête, à ton avis?

– Jamais.»

Saul hocha la tête. «Mais quand seras-tu disposée à retourner là-bas?

– Quand tu voudras. Le plus tôt sera le mieux, en fait.» Elle exhala bruyamment. «Seigneur, la seule idée de retourner là-bas me coupe les jambes.

– Oui. Moi aussi. Passons nos informations et nos hypothèses en revue afin de voir s'il n'y a pas un point faible dans notre plan.

– Le point faible, c'est *moi*, dit doucement Natalie.

– Non.» Saul regarda l'eau en plissant les yeux. «Bien, commençons par supposer que les informations d'Aaron étaient exactes et qu'il y avait — au moins — cinq personnes impliquées dans la cabale dirigeante : Barent, Trask, Colben, Kepler, et Sutter, l'évangéliste. J'ai vu Trask mourir des mains de l'Oberst. Nous supposons que Colben a péri suite aux actions déclenchées par Melanie Fuller. Il nous reste donc trois personnes.

– Quatre en comptant Harod, corrigea Natalie.

– Oui, nous savons qu'il agissait apparemment de concert avec les hommes de Colben. Ça fait donc quatre. Peut-être l'agent Haines est-il le cinquième, mais je le soupçonne d'être un instrument plutôt qu'un manipulateur. Question : Pourquoi l'Oberst a-t-il tué Trask ?

– Par vengeance ? hasarda Natalie.

– Peut-être, mais j'ai eu l'impression qu'il s'agissait d'un épisode dans une lutte pour le pouvoir. Supposons pour l'instant que les opérations de Philadelphie avaient pour but de retrouver l'Oberst plutôt que Melanie Fuller. Si Barent m'a laissé vivre, c'est parce que j'étais pour lui une arme dirigée contre l'Oberst. Mais pourquoi l'Oberst m'a-t-il laissé vivre… et pourquoi vous a-t-il introduits dans l'équation, Rob et toi ?

– Pour brouiller les cartes ? Pour faire diversion ?

– C'est possible, mais revenons à notre hypothèse antérieure et supposons qu'il nous utilisait indirectement comme ses instruments. Jensen Luhar était l'assistant de William Borden à Hollywood, cela ne fait aucun doute. Jack Cohen a confirmé l'enquête de Harrington sur ce point. Luhar s'est présenté à toi dans l'avion. Il n'avait aucun besoin de le faire, à moins que l'Oberst n'ait souhaité que nous nous sachions manipulés. Et l'Oberst s'est efforcé de convaincre les factotums de Barent et de Colben que j'avais péri dans une explosion à Philadelphie. Pourquoi ?

– Il compte encore t'utiliser.

– Exactement. Mais pourquoi ne nous a-t-il pas utilisés directement ?

– Peut-être que cela lui était trop difficile. La proximité du sujet semble avoir de l'importance pour ces vampires psychiques. Peut-être qu'il n'était même pas à Philadelphie.

– Seuls ses pions conditionnés s'y trouvaient, acquiesça Saul. Luhar et son assistant blanc, Tom Reynolds. C'est Reynolds qui t'a agressée devant la maison Fuller, la veille de Noël. »

Natalie sursauta. Elle n'avait jamais entendu Saul formuler cette hypothèse. « Qu'est-ce qui te fait croire ça ? »

Saul ôta ses lunettes et les essuya avec le pan de sa chemise. «Pourquoi t'agresser ainsi sinon pour vous remettre sur la bonne piste, Rob et toi? L'Oberst souhaitait que vous soyez tous les deux à Philadelphie lors de l'ultime affrontement avec les hommes de Colben.

– Je ne comprends pas.» Natalie secoua la tête. «Quel rôle joue Melanie Fuller dans tout ça?

– Continuons de supposer que Ms. Fuller n'est alliée ni à l'Oberst ni à ses ennemis. As-tu eu l'impression qu'elle avait connaissance de l'existence des deux factions?

– Non. Elle ne m'a parlé que de Nina... Nina Drayton, je suppose.

– Oui. "Au revoir, Nina. Nous nous retrouverons." Mais si nous suivons le raisonnement de Rob... et je ne vois aucune raison de ne pas le faire... c'est Melanie Fuller qui a abattu et tué Nina Drayton à Charleston. Pourquoi la Fuller irait-elle penser que tu es l'agent d'une morte, Natalie?

– Parce qu'elle est complètement cinglée. Tu aurais dû la voir, Saul. Ses yeux étaient... déments.

– Espérons que tel est bien le cas. Même si Melanie Fuller est la plus redoutable des vipères de ce nid, sa folie risque de servir nos plans. Et que dire de ce cher Mr. Harod?

– Qu'il crève», dit Natalie, se rappelant la présence visqueuse qui s'était insinuée dans son esprit.

Saul hocha la tête et remit ses lunettes. «Mais Harod a brutalement perdu le contrôle qu'il exerçait sur toi — tout comme l'Oberst a perdu celui qu'il exerçait sur moi ce jour-là, il y a quarante ans. En conséquence, chacun de nous conserve un souvenir de l'expérience et une vague idée de... des pensées de l'autre?

– Pas tout à fait, dit Natalie. De ses sentiments. De sa *personnalité*.

– Oui, mais quelle que soit la nature de ce transfert, tu en as retiré la certitude que Tony Harod détestait exercer son Talent sur des sujets masculins?

– J'en suis persuadée. Les sentiments que lui inspirent les femmes sont *répugnants*, mais j'ai senti qu'il... qu'il n'agressait que des femmes. Un peu comme si j'étais sa mère et qu'il voulait coucher avec moi pour prouver quelque chose.

– Voilà qui est freudien en diable, mais nous allons pousser plus loin et supposer comme tu le fais que Harod ne peut influencer que des femmes. Si tel est bien le cas, alors ce nid de monstres a deux points faibles : une femme puissante qui ne fait pas partie du groupe et qui est folle à lier, et un homme qui ne fait peut-être pas partie du groupe mais qui est incapable ou peu désireux d'exercer son Talent sur les hommes.

– Génial. Et en supposant que tout cela soit vrai, que devons-nous faire ?

– Appliquer le plan dont nous avons discuté pour la première fois en février.

– Et qui risque de nous faire tuer.

– C'est fort possible. Mais si nous devons rester dans les marécages en compagnie de ces créatures venimeuses, préfères-tu passer le reste de ta vie à attendre qu'elles te piquent ou bien risquer de te faire piquer en les *traquant ?* »

Natalie éclata de rire. « C'est un drôle de choix, Saul.

– Malheureusement, nous n'en avons pas d'autre.

– Dans ce cas, allons chercher un sac de jute et entraînons-nous à attraper des serpents. » Natalie contempla le dôme doré du sanctuaire de Baha'i qui luisait sur le mont Carmel, puis se tourna vers le cargo qui disparaissait au large. « Tu sais, ça n'a aucun sens, mais j'ai l'impression que Rob aurait adoré ça. Les plans. Les préparatifs. La tension. Même si c'est dingue, même si on est tous foutus, il aurait perçu l'humour de cette situation. »

Saul posa une main sur son épaule. « Alors, remettons-nous à notre plan délirant, et ne laissons pas tomber Rob. »

Ensemble, ils se dirigèrent vers la route de Jaffa où les attendait la Land Rover.

38.
Melanie

Quel plaisir de revenir chez soi !

J'avais fini par me lasser de l'hôpital, même avec une chambre privée, l'aile où elle se trouvait isolée à ma demande et toute l'équipe médicale à mon service. En fin de compte, c'est chez soi que l'on est le mieux pour guérir et reprendre des forces.

Plusieurs années auparavant, j'avais lu des récits consacrés aux prétendues expériences extracorporelles vécues par des mourants, par des individus ressuscités après avoir été déclarés cliniquement morts, et je les avais considérés comme des affabulations — le genre d'articles à sensation si communs de nos jours. Mais c'est exactement l'impression que j'ai eue lorsque j'ai repris conscience à l'hôpital. Pendant un long moment, il m'a semblé que je flottais près du plafond de la chambre, ne voyant rien mais percevant toute chose. J'avais conscience du corps flétri et recroquevillé sur le lit, des tubes, sondes et cathéters qui y étaient attachés. J'avais conscience de l'activité des médecins, des infirmières et des aides-soignantes qui s'efforçaient de maintenir ce corps en vie. Lorsque j'ai fini par réintégrer l'univers de la vue et de l'ouïe, je me suis aperçue que c'était par l'entremise des yeux et des oreilles de tous ces gens. Et ils étaient si nombreux ! Il ne m'avait jamais été possible — ni à Willi ni à Nina, je le savais — d'Utiliser totalement un sujet tout en recevant des impressions sensorielles claires émanant d'une autre personne. Il était certes possible, avec une bonne expérience, d'Utiliser un inconnu tout en contrôlant un pion conditionné, ou encore, au prix de certains efforts, d'Utiliser deux inconnus en passant rapidement de l'un à l'autre pour ne pas perdre le contrôle de leur esprit, mais jouir d'un tel contrôle tout en bénéficiant d'impressions visuelles, auditives et tactiles comme celles que je percevais, voilà qui était tout simplement inouï. En outre, les sujets que nous Utilisons d'ordinaire ont toujours conscience de notre présence, ce qui entraîne soit la destruction de nos instruments humains soit l'effacement de leurs souvenirs lorsqu'ils ont fini de nous servir — un processus tout simple qui laisse néanmoins d'inexplicables lacunes dans la mémoire du sujet. Mais je percevais ce qui m'entourait par l'entremise d'une douzaine de personnes dont aucune n'avait conscience de ma présence.

Mais pouvais-je les Utiliser ? Avec un luxe de précautions, je me livrai à quelques expériences délicates, ordonnant à une infirmière de soulever un verre, à une aide-soignante de fermer une porte, à un médecin de prononcer quelques mots qu'il n'aurait jamais prononcés de lui-même. Je pris soin de ne pas compromettre le déroulement des soins auxquels ils procédaient. Aucun de mes sujets ne sentit ma présence dans son esprit.

Plusieurs jours s'écoulèrent. Je découvris que, pendant que mon corps gisait dans un coma apparent, maintenu en vie par des machines et une vigilance constante, apparemment confiné dans le plus petit espace imaginable, j'explorais les lieux avec une facilité dont je n'avais jamais approché ni rêvé. Je quittais ma chambre derrière les yeux d'une jeune infirmière, sentant sa vitalité et sa force animale, goûtant le chewing-gum à la menthe qu'elle mâchait, et une fois au bout du couloir, je lançais une nouvelle vrille de conscience — sans jamais perdre le contact avec ma jeune infirmière ! — en direction du directeur du service de chirurgie, prenais l'ascenseur avec lui, faisais démarrer sa Lincoln Continental, et parcourais les dix kilomètres qui le séparaient de sa maison de banlieue où l'attendait sa femme… tout en restant en contact intime avec mon infirmière, avec le vendeur de confiseries du hall, avec l'interne qui examinait des radiographies à l'étage en dessous du mien, et avec le médecin qui examinait mon corps comateux dans ma chambre. La distance n'était désormais plus un obstacle pour mon Talent. Pendant des dizaines d'années, Nina et moi nous étions émerveillées des capacités de Willi à Utiliser ses sujets à une distance hors de notre portée, mais j'étais à présent bien plus puissante que lui.

Et mes pouvoirs croissaient chaque jour.

Le deuxième jour, alors que je testais mes nouvelles perceptions et mes nouveaux talents, la famille vint à l'hôpital. Je ne reconnus pas le grand rouquin, ni sa mince femme blonde, mais je jetai un coup d'œil à la réception par l'intermédiaire de la réceptionniste, aperçus les trois enfants et les reconnus aussitôt : les enfants du parc.

Le rouquin parut fort inquiet en me découvrant. Je me trouvais au service de réanimation, une toile d'araignée de boxes disposés en parts de gâteau dont le centre était le poste des infirmières. Prisonnière de cette toile, j'étais engluée dans une autre toile encore plus serrée, faite de sondes et d'intraveineuses. Le médecin écarta le rouquin de la vitre donnant sur ce que mon infirmière appelait la Réa.

«Êtes-vous un membre de la famille ?» demanda le médecin. C'était un homme compétent et précis dont le crâne était surmonté d'une crinière de cheveux gris. Il s'appelait Hartman et je sentais le plaisir, l'anxiété et le respect que sa présence inspirait aux infirmières.

«Euh... non, dit le rouquin. Je m'appelle Howard Warden. Nous l'avons trouvée... enfin, mes gamins l'ont trouvée hier matin, elle errait dans notre... euh... dans notre jardin. Elle s'est effondrée quand...

– Oui, oui, abrégea le Dr Hartman, j'ai lu le témoignage que vous avez donné à l'infirmière des Urgences. Vous n'avez aucune idée de l'identité de cette dame ?

– Non, elle n'était vêtue que d'un peignoir et d'une chemise de nuit. Mes gamins disent qu'ils l'ont vue sortir du bois quand...

– Et aucune idée de l'endroit d'où elle vient?

– Non. Je... enfin, je n'ai pas prévenu la police. Je pense que j'aurais dû le faire. Nancy et moi, on a attendu ici pendant plusieurs heures, et quand on a compris que... la vieille dame... n'allait pas... enfin, que son état était stationnaire... on est rentrés chez nous. C'était mon jour de congé. Je comptais appeler la police ce matin, mais j'ai pensé qu'il valait mieux prendre de ses nouvelles avant...

– Nous avons déjà informé la police», mentit le Dr Hartman. C'était la première fois que je l'Utilisais. C'était aussi facile que d'enfiler un vieux manteau familier. «Ils sont venus ici et ont rédigé un rapport. Apparemment, ils n'avaient aucune idée de l'endroit d'où venait Mrs. Doe. Personne n'a signalé la disparition d'une personne âgée.

– Mrs. Doe? répéta Howard Warden. Oh, oui, Jane Doe[1]. D'accord. Eh bien, c'est un mystère pour nous, docteur. Nous habitons à trois kilomètres à l'intérieur du parc et, d'après les gamins, elle n'est même pas arrivée par le chemin d'accès.» Il jeta un regard en direction de la Réa. «Comment va-t-elle, docteur? Elle a l'air... euh... vraiment mal en point.

– Cette dame a subi une attaque très grave, dit le Dr Hartman. Peut-être même une série d'attaques.» Comme Warden le regardait sans comprendre, il poursuivit : «Elle a subi ce que nous appelons un accident cérébro-vasculaire, jadis connu sous le nom d'hémorragie cérébrale. Son cerveau a été temporairement privé d'oxygène. D'après nos premières analyses, cet incident semble avoir eu lieu dans l'hémisphère droit du cerveau

1. John Doe et Jane Doe sont les noms traditionnellement donnés aux patients, aux prisonniers ou aux cadavres non identifiés. *(N.d.T.)*

de la patiente, ce qui a eu pour conséquence une interruption des fonctions cérébrales et nerveuses. La majorité des effets sont visibles sur la moitié gauche de son visage — paupière affaissée, paralysie des membres —, mais dans un sens, ces symptômes sont peut-être rassurants, car l'aphasie... les troubles de la parole... sont généralement une conséquence des traumatismes subis par l'hémisphère gauche. Nous avons effectué un électroencéphalogramme et une tomographie et, honnêtement, les résultats obtenus sont quelque peu contradictoires. Alors que la tomographie a confirmé l'infarctus et sans doute l'occlusion de l'artère cérébrale centrale, l'électroencéphalogramme ne correspond pas à celui que nous nous serions attendus à découvrir après un incident d'une telle nature...»

Comme je commençais à me lasser de ce jargon médical, je concentrai toute mon attention sur la réceptionniste. Je lui ordonnai de quitter son poste et d'aller voir les trois enfants. «Bonjour, dis-je par sa bouche, je parie que je sais qui vous êtes venus voir.

– On ne peut voir personne», dit une petite fille de six ans, celle qui avait chanté *Hey, Jude* au lever du soleil. «On est trop petits.

– Mais je parie que je sais qui vous *aimeriez* voir, dit la réceptionniste en souriant.

– Je veux voir la gentille dame», dit le petit garçon. Il avait les larmes aux yeux.

«Pas moi, dit la plus âgée des deux fillettes.

– Moi non plus, renchérit sa sœur.

– Pourquoi donc ?» demandai-je. J'étais froissée.

«Parce qu'elle est *bizarre*, dit l'aînée. Je croyais que je l'aimais bien, mais quand j'ai touché sa main hier, elle était toute drôle.

– Qu'entends-tu par drôle ?» demandai-je. La réceptionniste portait d'épais verres correcteurs qui déformaient tout ce que je voyais. Jamais je n'ai eu besoin de lunettes, excepté pour lire.

«Drôle, dit la fillette. Bizarre. Comme la peau d'un

serpent ou quelque chose comme ça. Je l'ai lâchée tout de suite, avant qu'elle se trouve mal, mais on aurait dit que je savais qu'elle était méchante.

– Ouais, dit sa sœur.

– Tais-toi, Allie», ordonna l'aînée, qui regrettait de toute évidence de m'avoir adressé la parole.

«Moi, j'aimais *bien* la gentille dame», dit le garçonnet de cinq ans. Apparemment, il s'était mis à pleurer avant même d'arriver à l'hôpital.

Je fis signe aux deux fillettes de me suivre vers le guichet de la réceptionniste. «Venez. J'ai quelque chose pour vous.» Je fouillai dans un tiroir et en sortis deux bonbons à la menthe. Lorsque l'aînée tendit une main vers eux, je la saisis par le poignet. «D'abord, je vais vous dire la bonne aventure, murmurai-je par la bouche de la réceptionniste.

– Lâchez-moi, chuchota la fillette.

– Tais-toi, ordonnai-je sèchement. Tu t'appelles Tara Warden. Ta sœur s'appelle Allison. Vous vivez toutes les deux dans une grande maison sur la colline, dans le parc, et vous l'appelez le château. Et un de ces jours, en pleine nuit, un énorme croque-mitaine vert aux dents jaunes va entrer dans votre chambre quand il fera noir, *vous découper en morceaux* — toutes les deux — *et manger tous les morceaux.*»

Les deux fillettes reculèrent en titubant, le visage blanc comme un linge et les yeux grands comme des soucoupes.

«Et si vous répétez ce que je viens de vous dire... à votre père, à votre mère, à *n'importe qui*, siffla la réceptionniste, le croque-mitaine viendra vous manger *cette nuit!*»

Les deux fillettes retournèrent s'asseoir en tremblant, puis regardèrent la femme comme s'il s'était agi d'un serpent venimeux. Une minute plus tard, un couple de personnes âgées vint demander son chemin à la réceptionniste, et je laissai celle-ci redevenir la femme douce, simple et empressée qu'elle avait toujours été.

En haut, le Dr Hartman avait fini d'expliquer mon état de santé à Howard Warden. Au bout du couloir, l'infirmière en chef Oldsmith vérifiait les ordonnances des patients, accordant un soin tout particulier à celle de Mrs. Doe. Dans ma chambre, la jeune infirmière nommée Sewell me baignait doucement avec des compresses froides, massant ma peau avec ce qui ressemblait à de la révérence. Je n'éprouvais guère qu'une vague sensation de plaisir, mais je me sentais mieux rien qu'en pensant qu'on m'accordait toute l'attention souhaitable. Qu'il était bon d'être de retour au sein de sa famille.

Le troisième jour, durant la nuit en fait, alors que je me reposais — je ne dormais jamais vraiment, me contentant de laisser flotter ma conscience, allant de réceptacle en réceptacle en me laissant guider par le hasard —, j'eus soudain conscience d'une excitation physique que je n'avais pas ressentie depuis bien longtemps : la présence d'un homme, ses bras autour de mon corps, son bas-ventre se pressant contre moi. Je sentis mon cœur battre plus fort lorsque la plénitude de mes jeunes seins aux pointes durcies se plaqua contre son torse. Sa langue fouillait ma bouche. Je sentis ses mains tâtonner à la recherche des boutons de ma blouse d'infirmière tandis que mes propres mains débouclaient sa ceinture, ouvraient sa braguette et s'emparaient de son membre dressé.

C'était répugnant. C'était obscène. C'était l'infirmière Connie Sewell dans un placard en compagnie d'un interne.

Comme je ne pouvais pas dormir, je laissai ma conscience retourner vers l'infirmière Sewell. Je me consolai en pensant que je n'avais pas *déclenché* cet acte, que je ne faisais qu'y *participer*. La nuit passa très vite.

Je ne sais pas exactement quand m'est venue l'idée de retourner chez moi. Il était nécessaire que je reste à l'hôpital pendant ces quelques semaines, pendant un peu plus d'un mois, mais à partir de mi-février mes pensées se tournèrent de plus en plus souvent vers Charleston et ma maison. Il ne m'était guère difficile de prolonger mon séjour à l'hôpital sans attirer l'attention sur moi; dès la troisième semaine, le Dr Hartman m'avait installée dans une grande chambre située au sixième étage et la majorité du personnel me considérait comme une riche patiente dont l'état nécessitait des soins particulièrement attentifs. C'était exact.

Un des administrateurs de l'établissement, le Dr Markham, ne cessait de poser des questions à mon sujet. Il montait au sixième étage tous les jours, tournant autour de moi comme un chien ayant reniflé une piste. J'ordonnai au Dr Hartman de le rassurer. J'ordonnai à l'infirmière Oldsmith de lui donner des explications. Finalement, je pénétrai dans l'esprit de cet homme mesquin et le rassurai à ma façon. Mais il se montra entêté. Quatre jours plus tard, il était de retour, interrogeant les infirmières sur les soins exceptionnels qui m'étaient dispensés, exigeant de savoir qui payait la note lorsqu'on me faisait passer des examens, lorsqu'on me faisait subir une tomographie, lorsqu'on faisait venir un spécialiste pour recueillir son avis sur mon cas. Markham fit remarquer qu'il n'existait aucune trace administrative de mon admission, aucun formulaire n° 26479B15-C, aucun plan de financement de mon traitement, aucune information sur son paiement éventuel. L'infirmière Oldsmith et le Dr Hartman acceptèrent de se rendre à une réunion le lendemain matin, à laquelle assisteraient notre inquisiteur, le président du conseil d'administration de l'hôpital, le directeur du service comptable et trois autres grands patrons.

Ce soir-là, je rejoignis Markham alors qu'il rentrait chez lui au volant de sa voiture. La voie express Schuylkill était encombrée et cela me rappela de tristes souvenirs de la Saint-Sylvestre. Quelques centaines de mètres avant la jonction avec la voie express Roosevelt, j'ordonnai à notre ami de se garer sur l'étroite bande d'arrêt d'urgence, d'allumer ses feux de détresse et d'aller se placer devant le capot de sa Chrysler. Je l'aidai à rester planté là quelques minutes, grattant son crâne dégarni et se demandant ce qui clochait dans son moteur. Puis le moment attendu arriva enfin. Les cinq voies emplies de véhicules roulant à toute allure. Un camion sur la file de droite.

Notre ami l'administrateur fit trois pas sur la chaussée. J'eus le temps d'enregistrer le rugissement du klaxon, de voir l'expression affolée du routier s'approchant à toute vitesse et de sentir les pensées incrédules et désordonnées de Markham, puis le choc me propulsa vers mes autres réceptacles. Je partis à la recherche de l'infirmière Sewell et partageai l'impatience qui l'habitait : le jeune interne allait bientôt prendre son service.

J'ai perdu presque toute notion du temps durant cette période. J'allais du passé au présent avec autant de facilité que je passais d'un réceptacle à l'autre. J'aimais surtout revivre les étés que j'avais passés en Europe avec Nina et Wilhelm, notre nouvel ami.

Je me souviens des douces soirées viennoises, où nous nous promenions le long de la Ringstrasse, cette artère où les plus beaux fleurons de la haute société défilaient dans leurs plus beaux atours. Willi adorait aller au Colosseum de Nussdorferstrasse, mais on n'y passait le plus souvent que d'ennuyeux films de propagande allemands, et Nina et moi réussissions le plus souvent à convaincre notre jeune guide de nous accompagner au Krüger-Kino, où l'on voyait souvent des films de gangsters américains. Je me souviens d'y avoir beaucoup ri, jusqu'au soir où j'ai pleuré en regardant Jimmy Cagney éructer ses menaces dans cette horrible langue germanique : c'était le premier film parlant doublé que je voyais.

Ensuite, nous allions souvent boire un verre au Reiss-Barr de Kärnterstrasse, saluant d'autres groupes de jeunes fêtards, nous détendant dans des fauteuils en vrai cuir, si *chic*[1] et si confortables, et contemplant les jeux de lumière sur l'acajou, le verre, le chrome, le marbre et les dorures des tables. Parfois, certaines des prostituées les plus stylées de Kruggerstrasse venaient se rafraîchir avec leurs clients, ajoutant une note piquante et scandaleuse à notre soirée.

Nous allions souvent finir la nuit à Simpl, le meilleur cabaret de Vienne. Cet établissement s'appelait en fait Simplicissimus et je me souviens qu'il était dirigé par deux Juifs : Karl Frakas et Fritz Grunbaum. Même par la suite, lorsque les chemises brunes et les S.S. semaient le trouble dans les rues de la vieille cité, ces deux comédiens réjouissaient leurs clients hilares en leur proposant des portraits satiriques de nazis stéréotypés se rendant ridicules lors de soirées distinguées ou discutant des subtilités de la doctrine fasciste tout en saluant chiens, chats et passants de retentissants «Sieg Heil!». Je me rappelle Willi éclatant de rire jusqu'à en avoir les larmes aux yeux. Un soir, il a ri si fort qu'il a failli s'étouffer, et Nina et moi avons dû lui taper dans le dos et lui offrir nos verres de champagne pour le calmer. Plusieurs années plus tard, lors d'une de nos Réunions, Willi nous a appris que Frakas ou Grunbaum — je ne me rappelle plus lequel — avait péri dans un des camps que Willi avait brièvement administrés avant de partir sur le front russe.

Nina était très belle en ce temps-là. Elle avait fait couper ses cheveux blonds qui étaient coiffés à la dernière mode et son héritage lui permettait de s'offrir les plus belles robes de Paris. Je me rappelle en particulier une superbe robe de soirée verte très décolletée, dont le tissu moulait ses petits seins et dont la couleur faisait ressortir les nuances délicates de sa peau de pêche tout en flattant ses yeux bleus.

---

1. En français dans le texte. *(N.d.T.)*

Je ne sais plus qui a eu l'idée de commencer le Jeu durant cet été-là, mais je me souviens de l'excitation que nous avons ressentie en nous lançant dans la chasse. Nous Utilisions divers pions à tour de rôle — certaines de nos connaissances, des amis des cibles que nous avions choisies —, une erreur que nous ne devions plus commettre par la suite. L'année suivante, nous avons Joué avec encore plus de plaisir, enfermés dans une chambre de notre hôtel de Josefstadtterstrasse et Utilisant tous les trois le même instrument — un paysan stupide et balourd qui ne fut jamais capturé mais dont Willi se débarrassa par la suite —, et lorsque nous nous sommes retrouvés tous les trois dans son esprit, partageant les mêmes expériences et les mêmes frissons, nous avons ressenti une intimité et un plaisir qu'un quelconque ménage à trois n'aurait jamais pu nous procurer.

Je me rappelle l'été que nous avons passé à Bad Ischl. Nina fut fort amusée par le nom de la petite gare où nous avons quitté le train venant de Vienne pour prendre notre correspondance... un village du nom d'Attnang-Puchheim. En répétant ce nom sans interruption, on finissait par produire un bruit de locomotive : Attnang-Puchheim, Attnang-Puchheim. Nous riions à en perdre le souffle, puis nous riions encore. Je me souviens des regards outragés que nous lançait une vieille douairière assise de l'autre côté de l'allée centrale du wagon.

C'est à Bad Ischl que je me suis retrouvée toute seule dans le Café Zauner par un bel après-midi. J'étais allée prendre un cours de chant, comme à mon habitude, mais mon professeur était malade, et quand je suis retournée au café où Willi et Nina avaient coutume de m'attendre, notre table était inoccupée.

Je suis retournée à l'hôtel de l'Esplanade où Nina et moi étions descendues. Je me rappelle m'être demandé pour quelle excursion impromptue étaient partis mes amis et pourquoi ils ne m'avaient pas attendue. J'avais ouvert la porte de la suite et me trouvais au milieu du salon lorsque j'entendis des bruits provenant de la chambre de Nina. Je crus d'abord qu'il s'agissait de cris de détresse, et je me précipitai vers sa chambre, pensant naïvement pouvoir offrir mon aide à la femme de chambre, ou à quiconque se trouvait en danger.

C'étaient Nina et Willi, bien sûr. Ils ne couraient aucun danger. Je me rappelle la pâleur des cuisses de Nina et des flancs de Willi, faiblement éclairés par la lumière filtrant à travers les rideaux marron. Je suis restée une bonne minute à les regarder avant de faire demi-tour et de sortir de la suite en silence. Durant cette longue minute, le visage de Willi me demeura invisible, enfoui au creux de l'épaule de Nina, mais celle-ci tourna presque tout de suite vers moi ses yeux d'un bleu limpide. Je suis sûre qu'elle m'avait vue. Mais elle ne cessa pas de bouger, pas plus qu'elle ne cessa d'émettre une série de grognements animaux de sa bouche grande ouverte, si rose et si parfaite.

Vers la mi-mars, je décidai que l'heure était venue pour moi de quitter l'hôpital, de quitter Philadelphie, et de rentrer chez moi.

J'ordonnai à Howard Warden de s'occuper de mon déménagement. Mais même en sacrifiant ses économies, Howard ne pouvait disposer que d'environ 2 500 dollars. Cet homme n'aurait jamais réussi dans la vie. Nancy, d'un autre côté, clôtura le compte épargne qu'elle avait ouvert grâce à l'héritage de sa mère et contribua de 48 000 dollars à notre petite entreprise. Cette somme avait été mise de côté pour financer les études supérieures des enfants, mais cela n'était désormais plus nécessaire.

J'ordonnai au Dr Hartman de se rendre au château. Howard et Nancy attendirent dans leur chambre pendant que le docteur se rendait dans celle des filles avec ses deux seringues. Ce fut le Dr Hartman qui régla les derniers détails. Je me rappelais avoir aperçu une charmante petite clairière dans la forêt de Fairmount Park, à un peu plus d'un kilomètre du pont de chemin de fer. Le lendemain matin, Howard et Nancy prirent leur petit déjeuner en compagnie du seul Justin et — grâce à la force de mon conditionnement — ne remarquèrent rien d'inhabituel, hormis quelques vagues impressions similaires à celles que l'on éprouve au cours d'un rêve où on s'aperçoit soudain qu'on a oublié de s'habiller, où on se retrouve tout nu à l'école ou dans un quelconque lieu public.

Cela leur passa. Howard et Nancy s'adaptèrent bien vite à leur nouveau statut de parents d'un fils unique, et je me félicitai de ne pas avoir Utilisé Howard pour régler ce problème. Le conditionnement d'un sujet est toujours plus facile et plus réussi s'il ne subsiste en lui aucun vestige de traumatisme ou de ressentiment.

Le mariage du Dr Hartman et de l'infirmière Oldsmith fut célébré dans l'intimité par un juge de paix de Philadelphie, avec pour seuls témoins l'infirmière Sewell, Howard, Nancy et Justin. Je trouvais qu'ils faisaient un très beau couple, même si certains considèrent l'infirmière Oldsmith comme une femme revêche et peu souriante.

Une fois le déménagement organisé, le Dr Hartman apporta sa contribution à nos fonds. Il lui fallut un certain temps pour vendre ses actions et ses biens immobiliers, ainsi que pour se débarrasser de cette grotesque Porsche toute neuve qu'il aimait tant, mais une fois mise de côté la somme nécessaire pour régler les pensions alimentaires de ses deux ex-épouses, il put nous apporter un capital de 185 600 dollars. Vu que le Dr Hartman allait bientôt prendre une retraite anticipée, cette somme serait plus que suffisante pour nos premiers besoins.

Mais elle n'était pas suffisante pour l'acquisition de ma vieille maison ou de celle des Hodges. Je ne souhaitais plus voir des inconnus demeurer en face de chez moi. Les Warden avaient stupidement omis de faire assurer leurs enfants sur la vie. Howard avait une police d'assurance de 10 000 dollars à son nom, mais cette somme était ridicule tant le prix du mètre carré était élevé à Charleston.

En fin de compte, ce fut la mère du Dr Hartman, une femme âgée de quatre-vingt-deux ans, en parfaite santé, et demeurant à Palm Springs, qui nous légua la somme nécessaire. Le mercredi des cendres, alors que le docteur était en consultation, il apprit que sa mère venait de succomber à une soudaine embolie. Il s'envola pour la Californie ce même après-midi. L'enterrement se déroula le samedi 7 mars, et comme il avait plusieurs détails à régler avec les avoués chargés de la succession, il ne revint pas à Philadelphie avant le mercredi 11. Rien ne s'opposait à ce que Howard prenne le même avion que lui. Le montant de la succession s'élevait à un peu plus de 400 000 dollars. Nous sommes partis pour le sud une semaine plus tard, le jour de la Saint-Patrick.

Il y avait encore quelques détails à régler avant de quitter définitivement le Nord. J'étais à l'aise au sein de ma petite famille — Howard, Nancy et le petit Justin — et auprès de nos futurs voisins — le Dr Hartman, l'infirmière Oldsmith et Miss Sewell —, mais il me fallait encore me soucier de ma sécurité. Le Dr Hartman était plutôt petit et malingre, et si Howard était grand et plutôt robuste, il était aussi lent à se mouvoir qu'il l'était à réfléchir, et la graisse l'emportait chez lui sur le muscle. Nous avions besoin d'un ou deux membres supplémentaires pour assurer ma sécurité.

Howard amena Culley à l'hôpital le week-end qui précéda notre départ. C'était un véritable géant, un mètre quatre-vingt-dix et cent quarante kilos de muscles. Culley était un homme fruste, presque incapable de s'exprimer, mais aussi agile qu'une panthère. Howard m'expliqua que Culley avait travaillé comme assistant à l'entretien du parc avant d'être condamné et emprisonné sept ans plus tôt pour coups et blessures ayant entraîné la mort. Il était sorti de prison l'année précédente et on lui avait confié les tâches les plus ingrates du service d'entretien : déraciner les souches, démolir les vieux bâtiments, repaver les routes et les sentiers aménagés, pelleter la neige. Culley travaillait sans se plaindre et était en bonne voie de réinsertion.

Très large au niveau de la nuque et des mâchoires, la tête de Culley se rétrécissait pour s'achever en pointe, et son crâne était recouvert d'une brosse si courte et si rêche qu'elle semblait être l'œuvre d'un coiffeur aveugle et sadique.

Howard avait dit à Culley qu'une occasion professionnelle sans précédent se présentait à lui, mais il avait utilisé une formule beaucoup plus simple. C'est moi qui avais eu l'idée de le faire venir à l'hôpital.

«Voilà ta nouvelle patronne, dit Howard en indiquant le lit où gisait ma pauvre carcasse. Tu devras la servir, la protéger, donner ta vie pour elle s'il le faut.»

Culley émit un grognement rappelant celui d'un chat s'éclaircissant la gorge. «Elle est encore vivante, la vieille ? On dirait qu'elle est crevée.»

Ce fut à ce moment-là que j'entrai en lui. Il n'y avait pas grand-chose dans ce crâne minuscule, hormis quelques pulsions primitives : la faim, la soif, la peur, la vanité, la haine, et un besoin de plaire motivé par un vague désir d'appartenir à une cellule, d'être aimé. Ce fut cette dernière pulsion que je développai, que j'amplifiai. Culley resta assis dans ma chambre pendant dix-huit heures d'affilée. Lorsqu'il en sortit pour aller assister Howard dans les préparatifs de départ, il ne restait plus rien du Culley initial, excepté sa taille, sa force, sa rapidité et son désir de plaire. De me plaire.

Je n'ai jamais su si Culley était son nom ou son prénom.

Quand j'étais jeune, j'avais une faiblesse : je ne résistais jamais à l'envie de ramener des souvenirs de mes voyages. Même lorsque je séjournais à Vienne en compagnie de Willi et de Nina, j'achetais tellement de babioles que mes compagnons finissaient par se moquer de moi. Cela faisait plusieurs années que je n'avais pas voyagé, mais ma faiblesse pour les souvenirs n'avait pas totalement disparu.

Le soir du 16 mars, j'envoyai Howard et Culley dans les rues de Germantown. Ce triste décor urbain me semblait être le paysage d'un rêve à moitié oublié. Je pense que Howard n'aurait guère été rassuré dans ce quartier nègre — en dépit de son conditionnement — sans la présence rassurante de Culley.

Je savais ce que je voulais ; je me rappelais son prénom et son aspect physique, mais rien d'autre. Les quatre premiers adolescents que Howard interrogea soit refusèrent de lui répondre, soit lui lancèrent des insultes, mais le cinquième, un enfant de dix ans qui ne portait qu'un tee-shirt troué en dépit du froid glacial, lui dit : « Ouais, mec, c'est Marvin *Gayle* que tu cherches. Il vient juste de sortir de prison, mec, pour incitation à l'émeute ou je sais pas quelle connerie. Qu'est-ce tu lui veux, à Marvin ? »

Howard et Culley réussirent à localiser son domicile sans avoir à répondre à cette question. Marvin Gayle demeurait au premier étage d'une maison miteuse coincée entre deux immenses immeubles désaffectés. Un petit garçon ouvrit la porte, et Howard et Culley pénétrèrent dans une salle de séjour où se trouvaient un canapé affaissé recouvert d'un tissu rose, un poste de télévision antique dans lequel un animateur vert bonimentait avec enthousiasme, une photographie de Robert Kennedy et quelques images pieuses collées aux murs lépreux, et une adolescente couchée sur le ventre qui regarda les visiteurs avec des yeux hagards.

Une grosse femme noire sortit de la cuisine, s'essuyant les mains à son tablier à carreaux. « Qu'est-ce que vous voulez ?

– Nous aimerions parler à votre fils, madame, dit Howard.

– A quel sujet ? Vous n'êtes pas de la police ? Marvin n'a rien fait. Laissez mon fils tranquille.

– Non, madame, dit Howard d'une voix onctueuse, rassurez-vous. Nous venons simplement proposer du travail à Marvin.

– Du travail?» La femme jeta un regard soupçonneux à Culley, puis se retourna vers Howard. «Quel genre de *travail?*

– Laisse, maman, ça va.» Marvin Gayle se tenait sur le seuil de la porte du couloir, vêtu en tout et pour tout d'un vieux short et d'un tee-shirt trop grand pour lui. Il avait le visage flasque et les yeux vitreux, comme s'il venait tout juste de se réveiller.

«Marvin, tu n'es pas obligé de parler à ces gens si...

– Laisse, maman, ça va.» Il l'enveloppa d'un regard dur jusqu'à ce qu'elle détourne la tête, puis il s'adressa à Howard. «Qu'est-ce que tu veux, mec?

– Est-ce qu'on peut aller discuter dehors?» demanda Howard.

Marvin haussa les épaules et nous suivit dans la rue en dépit de l'obscurité et du vent glacial. La porte se referma sur les protestations de sa mère. Il regarda fixement Culley, puis s'approcha de Howard. Il y avait une vague lueur d'animation dans ses yeux, comme s'il savait ce qui allait lui arriver et accueillait son sort presque avec joie.

«Nous vous offrons une nouvelle vie, murmura Howard. Une nouvelle vie...»

Marvin Gayle fit mine de parler mais, à quinze kilomètres de là, je *poussai*, la bouche de l'adolescent de couleur devint flasque et il ne put même pas prononcer un mot. En théorie, j'avais déjà brièvement Utilisé ce garçon, lors des dernières minutes de panique qui avaient précédé mon départ de Grumblethorpe, et cela aurait dû me faciliter la tâche. Mais cela n'avait aucune importance. Avant ma maladie, je n'aurais *jamais* été capable de faire ce que je fis ce soir-là. Travaillant par l'intermédiaire des perceptions de Howard Warden tout en contrôlant simultanément Culley, mon médecin, et une demi-douzaine d'autres pions conditionnés se trouvant en autant d'endroits différents, je fus néanmoins capable de projeter ma volonté avec tant de force que le jeune nègre hoqueta, vacilla, puis fixa le vide devant lui en attendant mes ordres. Ses yeux ne semblaient plus ni drogués ni vaincus; ils n'offraient plus que l'éclat et la transparence du regard d'un malade du cerveau au stade terminal.

La somme totale de la vie, des pensées, des souvenirs et des pitoyables ambitions de Marvin Gayle avait disparu à jamais. Je n'avais jamais accompli ce type de conditionnement total en une seule tentative, et durant une longue minute le corps que j'avais presque oublié fut saisi par la paralysie pendant que l'infirmière Sewell me massait sur mon lit d'hôpital.

Le réceptacle qui avait été Marvin Gayle attendait patiemment au sein des ténèbres et de la bise.

Finalement, je m'exprimai par l'intermédiaire de Culley, n'ayant nul besoin d'articuler mes ordres mais souhaitant les entendre par les oreilles de Howard. « Va t'habiller, et donne ça à ta mère. Dis-lui que c'est une avance sur ton premier salaire. » Culley tendit au jeune nègre un billet de cent dollars.

Marvin disparut dans la maison et en ressortit trois minutes plus tard. Il ne portait qu'un blue-jean, un sweater, des tennis et un blouson de cuir noir. Il n'avait pas de valise. C'était ce que je souhaitais; nous lui préparerions une garde-robe appropriée quand nous aurions déménagé.

Durant mon enfance et mon adolescence, nous avions toujours des domestiques de couleur à la maison. Il me semblait approprié de renouer avec cette tradition à l'occasion de mon retour à Charleston.

Et je ne pouvais quitter Philadelphie sans en ramener un souvenir.

Le convoi composé de deux conduites intérieures, des camions de déménagement et de la fourgonnette de location où se trouvaient mon lit et mes appareils médicaux mit trois jours à faire le voyage. Howard nous avait précédés dans la Volvo de la famille, celle que Justin appelait «l'Ovale bleu», pour prendre les dernières dispositions, aérer la maison et préparer mon retour.

Nous sommes arrivés en pleine nuit. Culley m'a portée à l'étage sous la surveillance du Dr Hartman, l'infirmière Oldsmith maintenant le goutte-à-goutte en place.

Ma chambre étincelait à la lueur des lampes, l'édredon était retiré, les draps étaient propres et frais, l'acajou du lit, du bureau et de l'armoire sentait la cire parfumée au citron, et mes brosses étaient impeccablement rangées sur ma coiffeuse.

Nous avons tous pleuré. Des larmes coulaient sur les joues de Culley lorsqu'il me posa avec tendresse, presque avec révérence, sur le grand lit. La senteur des palmiers et des mimosas parvenait jusqu'à moi par la fenêtre entrouverte.

On apporta et installa l'équipement médical. Comme il était étrange de découvrir la lueur verte d'un oscilloscope dans ma chambre si familière. Tout le monde resta près de moi pendant une minute : le Dr Hartman et sa nouvelle épouse, l'infirmière Oldsmith, finissant d'accomplir leurs tâches médicales, Howard et Nancy entourant le petit Justin, comme s'ils posaient pour une photo de famille, la jeune infirmière Sewell me souriant depuis la fenêtre, et près de la porte, Culley, occupant toute la largeur du seuil, encore plus massif dans sa blouse blanche d'aide-soignant, et, à peine visible dans le couloir, Marvin, vêtu d'un habit à queue de pie, une cravate noire autour du cou, des gants blancs passés à ses mains propres.

Howard avait eu un petit problème avec Mrs. Hodges; elle était disposée à louer la maison voisine, mais elle refusait de la vendre. C'était inacceptable.

Mais je m'en occuperais le matin venu. Pour l'instant, j'étais chez moi — chez moi ! —, entourée de ma famille aimante. Pour la première fois depuis plusieurs semaines, je pouvais enfin dormir en paix. Il y aurait forcément quelques petits problèmes dont celui de Mrs. Hodges —, mais je m'en occuperais demain. Demain était un autre jour.

39.
35 000 pieds au-dessus du Nevada, dimanche 4 avril 1981

« Repassez la cassette, Richard », dit C. Arnold Barent.

La cabine confortablement aménagée du Boeing 747 fut à nouveau plongée dans l'obscurité et les images se remirent à danser sur l'écran vidéo géant. Le président se retourne pour répondre à une question, lève la main gauche pour saluer, grimace. Cris et confusion. Un agent des services secrets bondit en avant, apparemment soulevé par un fil invisible. Les détonations sont à peine audibles, insubstantielles. Une mitraillette Uzi apparaît comme par magie dans la main d'un autre agent. Plusieurs gorilles plaquent un jeune homme au sol. La caméra zoome sur un homme couché sur le trottoir, du sang sur son crâne chauve. Un policier gît face contre terre sur le bitume. L'homme à la mitraillette s'accroupit et lance des ordres d'une voix sèche d'agent de la circulation pendant que ses collègues maîtrisent le suspect. Un groupe d'agents a transporté le président dans sa limousine et la longue voiture noire s'éloigne du trottoir à vive allure, ne laissant derrière elle que vacarme et agitation.

« Arrêt sur image, Richard », dit Barent. La limousine se figea sur l'écran alors que les lumières se rallumaient dans la cabine. « Messieurs ? »

Tony Harod cligna des yeux et regarda autour de lui. C. Arnold Barent était perché sur le bord de son large bureau incurvé. Un téléphone et un terminal d'ordinateur étincelants étaient posés sur le meuble. L'obscurité régnait derrière les hublots de la cabine et le bruit des moteurs était étouffé par les lambris en teck. Joseph Kepler était assis en face de Barent. Son costume gris semblait sortir du teinturier, ses souliers noirs luisaient. Harod contempla son beau visage buriné et décida que Kepler ressemblait vraiment à Charlton Heston et que c'étaient tous les deux des cons. Affalé sur son siège à côté de Barent, le révérend Jimmy Wayne Sutter croisa les doigts sur son ventre proéminent. Ses longs cheveux blancs brillaient à la lueur des plafonniers. Le seul autre occupant de la cabine était Richard Haines, le nouvel assistant de Barent. Maria Chen et les autres attendaient la suite des événements dans la cabine avant.

« Il me semble que quelqu'un a tenté de tuer notre président bien-aimé », dit Jimmy Wayne Sutter de sa voix de stentor.

Barent eut un rictus. « C'est évident. Mais pourquoi Willi Borden aurait-il pris un tel risque ? Et qui était sa cible, Reagan ou moi ?

– Je ne vous ai pas vu dans le clip », dit Harod.

Barent jeta un regard noir au producteur. « Je me trouvais à cinq mètres derrière le président, Tony. Je venais de sortir du Hilton par la porte de service quand nous avons entendu les coups de feu. Richard et mes autres gardes du corps m'ont fait rentrer tout de suite.

– Je n'arrive toujours pas à croire que Willi puisse être responsable de cet attentat, dit Kepler. Nous en savons davantage que la semaine dernière. Ce Hinckley avait un dossier psychiatrique épais comme un annuaire. Il écrivait un journal intime. Son acte lui a été inspiré par son obsession pour Jodie Foster, bon Dieu. Ça ne colle pas avec le profil du vieux. Il aurait pu utiliser un des gardes du corps de Reagan ou un des flics de Washington, comme celui qui s'est fait descendre. Et le Boche est un ancien officier de la Wehrmacht, pas vrai ? Il s'y connaît assez en armes à feu pour utiliser autre chose qu'un minable calibre 22.

– Chargé avec des balles explosives, lui rappela Barent. C'est seulement par accident qu'elles n'ont pas explosé.

– C'est seulement par accident qu'une balle a ricoché sur la portière de la voiture et a touché Reagan, dit Kepler. Si Willi était dans le coup, il aurait pu attendre que vous soyez confortablement assis à côté du président, Utiliser l'agent armé d'une Uzi ou d'une Mac-10, peu importe, et vous massacrer sans courir de risques.

– Voilà qui est réconfortant, dit sèchement Barent. Qu'en pensez-vous, Jimmy ? »

Sutter s'épongea le front avec un mouchoir en soie et haussa les épaules. « Joseph n'a pas tort, Frère C. Cet assassin en herbe est fou à lier. Il me semble absurde de dépenser autant d'efforts à lui créer un pareil historique pour lui faire ensuite rater sa cible.

– Il n'a pas raté sa cible, dit doucement Barent. Le président a été atteint au poumon gauche.

– Je veux dire *vous* rater, dit Sutter avec un large sourire. Après tout, pourquoi notre ami le producteur en voudrait-il à ce pauvre Ronnie ? Ce sont tous les deux des produits d'Hollywood. »

Harod se demanda si Barent allait solliciter son opinion. Après tout, c'était la première fois qu'il participait à une réunion du comité de direction de l'Island Club.

« Tony ? dit Barent.

– Je ne sais pas, dit Harod. Je ne sais vraiment pas. »

Barent fit signe à Richard Haines. « Peut-être ceci nous aidera-t-il à prendre une décision », dit-il. Les lumières s'éteignirent et l'écran passa un film 8 mm grenu et saccadé qui avait été transféré sur bande vidéo. Scènes de foule prises au hasard. Des voitures de police, puis un défilé de limousines et de véhicules des services secrets. Harod se rendit compte qu'il regardait l'arrivée du président au Hilton de Washington.

« Nous avons confisqué toutes les photos et tous les films que nous avons pu trouver, dit Barent.

– Qui est ce "nous" ? » demanda Kepler.

Barent arqua un sourcil. «Le décès inopiné de Charles a été une grande perte, Joseph, mais nous avons encore quelques contacts auprès de certaines agences. Là, c'est ce passage.»

Le film montrait surtout les rues désertes et les nuques des badauds. Harod estima que celui qui l'avait tourné se trouvait à dix ou douze mètres du président et de son agresseur, du mauvais côté de la rue, et que ce devait être un aveugle atteint de la maladie de Parkinson. Il semblait en tout cas incapable de tenir une caméra. Il n'y avait pas de son. Lorsque les coups de feu éclatèrent, on ne perçut qu'un début d'agitation parmi la foule; le cinéaste amateur ne cherchait pas à filmer le président à ce moment précis.

«Stop!» ordonna Barent.

L'image se figea sur l'écran vidéo géant. L'angle de prise de vues était plutôt bizarre, mais on apercevait le visage d'un vieil homme entre les épaules de deux autres spectateurs. Il semblait âgé d'environ soixante-dix ans, ses cheveux blancs dépassaient de sa casquette écossaise et il observait la scène avec un intérêt évident. Ses yeux étaient minuscules et glacials.

«C'est bien lui? demanda Sutter. Vous en êtes sûr?

– Ça ne ressemble pas aux photos que j'ai pu voir, dit Kepler.

– Tony?» dit Barent.

Harod sentit des gouttes de sueur perler sur son front et au-dessus de ses lèvres. L'image figée était grenue, déformée par un objectif, un film et un angle de prise de vues également médiocres. Une tache de lumière mangeait le tiers inférieur du plan. Harod se rendit compte qu'il pouvait prétendre que l'image était trop floue, qu'il ne pouvait être sûr de rien. Il avait une chance de rester en dehors de cette histoire. «Ouais, dit-il, c'est bien Willi.»

Barent hocha la tête, et Haines fit disparaître l'image vidéo, ralluma les lumières et s'en fut. Pendant plusieurs secondes, on n'entendit que le ronronnement rassurant des moteurs. «Peut-être n'est-ce qu'une coïncidence, pas vrai, Joseph ? » dit C. Arnold Barent. Il fit le tour de son bureau et s'assit sur son fauteuil.

« Non, dit Kepler, mais ça n'a quand même aucun sens. Qu'est-ce qu'il essaie de prouver ?

– Qu'il est toujours là, peut-être, dit Jimmy Wayne Sutter. Qu'il attend son heure. Qu'il peut nous frapper, frapper n'importe lequel d'entre nous, où et quand il le souhaite. » Sutter baissa la tête, faisant enfler ses bajoues, et regarda Barent par-dessus ses verres à double foyer. « Je présume que vous allez limiter vos apparitions en public dans le proche avenir, Frère C. »

Barent joignit l'extrémité de ses doigts. « Nous ne nous reverrons plus avant juin prochain, pour l'ouverture du camp d'été de l'Island Club. Jusque-là, je serai à l'étranger… en voyage d'affaires. Je vous encourage vivement à prendre des précautions appropriées à la situation.

– Des précautions pour quoi faire ? demanda Kepler. Qu'est-ce qu'il *veut ?* Nous avons fait tout ce qui était en notre pouvoir pour lui proposer de devenir membre du Club. Nous lui avons même envoyé un message par l'intermédiaire de ce psychiatre juif, et nous sommes sûrs que celui-ci est entré en contact avec Luhar avant que l'explosion ne les tue tous les deux…

– Les cadavres n'ont pas pu être identifiés avec certitude, dit Barent. Les empreintes dentaires du Dr Laski avaient disparu des archives de son dentiste new-yorkais.

– Ouais, fit Kepler, et alors ? Le message a sûrement été transmis. Que *veut* Willi ?

– Tony ? » dit Barent. Les trois hommes regardaient fixement Harod.

« Comment diable saurais-je ce qu'il veut ?

– Tony, Tony, dit Barent, vous avez travaillé pendant des années avec ce monsieur. Vous avez mangé avec lui, parlé avec lui, plaisanté avec lui… qu'est-ce qu'il *veut ?*

– Le jeu.

– Quoi ? dit Sutter.

– Quel jeu? demanda Kepler en se penchant en avant. Il veut participer au jeu qui se déroulera sur l'île après le camp d'été?»

Harod secoua la tête. «Non. Il connaît l'existence du jeu de l'île, mais c'est *ce jeu-là* qu'il préfère. Comme au bon vieux temps — en Allemagne, je pense —, du temps de sa jeunesse folle avec les deux nanas. C'est comme un jeu d'échecs. Willi est un dingue des échecs. Il m'a dit une fois qu'il en rêvait la nuit. Il pense que nous sommes tous des pièces dans une foutue partie d'échecs.

– Les échecs, murmura Barent en se frottant le bout des doigts.

– Ouais, fit Harod, Trask a mal joué, il a envoyé ses pions dans le territoire de Willi. Boum. Trask se fait sortir de l'échiquier. Idem pour Colben. Il n'avait rien contre lui, ce n'était qu'un... qu'un coup dans une partie.

– Et la vieille femme, dit Barent, était-elle la reine qu'avait choisie Willi ou bien un de ses nombreux pions?

– Comment le saurais-je, bordel?» répondit sèchement Harod. Il se leva et arpenta la cabine, l'épaisse moquette étouffant le bruit de ses bottes. «Tel que je connais Willi, il ne lui faisait sûrement pas assez confiance pour s'en faire une alliée. Peut-être qu'il avait peur d'elle. Une chose est sûre : s'il nous a orientés sur elle, c'est parce qu'il savait que nous la sous-estimerions.

– Et nous sommes tombés dans le panneau, dit Barent. Cette femme avait un Talent extraordinaire.

– Avait? demanda Sutter.

– Rien ne prouve qu'elle soit encore en vie, dit Joseph Kepler.

– Et sa maison de Charleston? demanda le révérend. Est-ce que quelqu'un a pris la relève du groupe de surveillance mis en place par Nieman et par Charles?

– Mes hommes s'en occupent, dit Kepler. Rien à signaler.

– Et les lignes aériennes ? insista Sutter. Colben était sûr qu'elle se préparait à quitter le pays avant qu'elle panique à l'aéroport d'Atlanta.

– Ce n'est pas Melanie Fuller qui nous intéresse, coupa Barent. Comme l'a si justement fait remarquer Tony, ce n'était qu'une diversion, une fausse piste. Si elle est encore en vie, nous pouvons l'ignorer, et dans le cas contraire, la nature de son rôle n'a aucune importance. La question est de savoir comment nous devons réagir au récent... gambit... de notre ami allemand.

– Je suggère que nous ne fassions rien, dit Kepler. Grâce à l'incident de lundi, nous savons que le vieil homme est encore dangereux. S'il avait voulu contacter Mr. Barent, il pouvait le faire, nous en sommes tombés d'accord. Laissons ce vieux débris s'amuser un peu. Quand il aura fini, nous discuterons avec lui. S'il comprend les règles en vigueur, le cinquième siège du comité du Club est à lui. Sinon... enfin, *bon Dieu*, messieurs, à nous trois... excusez-moi, Tony : à nous *quatre*... nous employons des centaines de gardes du corps. De combien d'hommes dispose Willi, Tony ?

– Il en avait deux à L.A., dit Harod. Jensen Luhar et Tom Reynolds. Mais ce n'étaient pas ses employés, c'étaient ses favoris.

– Vous voyez ? dit Kepler. Attendons qu'il se lasse de jouer tout seul à son petit jeu, et ensuite, négocions. S'il ne veut pas négocier, envoyons-lui Haines et ses hommes, ou alors quelques-uns de mes plombiers.

– Non ! rugit Jimmy Wayne Sutter. Nous n'avons que trop souvent tendu l'autre joue. “Le Seigneur est vengeur, Sa colère est terrible... Face à Son indignation, qui tiendrait ? Qui se dresserait quand s'embrase Sa colère ? Sa fureur déferle comme l'incendie, les roches s'éboulent devant Lui... Il expulse ses ennemis dans les ténèbres !” Nahum, chapitre premier. »

Joseph Kepler étouffa un bâillement. « Qui parle du Seigneur, Jimmy ? Nous avons affaire à un nazi sénile obsédé par les échecs. »

Le visage de Sutter s'empourpra et il tendit un doigt épais vers Kepler. Le gros rubis enchâssé dans sa bague accrocha la lumière. «Ne vous gaussez pas de moi, avertit-il d'une voix de basse. Le Seigneur m'a parlé, Il a parlé par ma bouche, et Sa volonté est toute-puissante.» Sutter parcourut l'assistance du regard. «"Si la sagesse fait défaut à l'un de vous, qu'il la demande à Dieu qui la donne à tous avec générosité et sans faire de reproche, et elle lui sera donnée." Épître de Jacques, chapitre premier, verset cinq.

– Et qu'est-ce que Dieu a à dire sur ce problème? demanda calmement Barent.

– Cet homme est peut-être bien l'Antéchrist, dit Sutter d'une voix qui couvrait le bourdonnement des moteurs. Dieu nous ordonne de le retrouver et de le faire sortir de sa tanière. Nous devons le traiter sans la moindre pitié. Nous devons le trouver et trouver ses suppôts... "... il boira lui aussi du vin de la fureur de Dieu, et il connaîtra les tourments dans le feu et le soufre, devant les saints anges et devant l'Agneau, et la fumée de leurs tourments s'élèvera dans les siècles des siècles."»

Barent eut un petit sourire. «Jimmy, d'après votre déclaration je présume que vous êtes opposé à l'idée de négocier avec Willi et de lui proposer de devenir membre du Club?»

Le révérend Jimmy Wayne Sutter but une longue gorgée de bourbon coupé d'eau minérale. «Non, dit-il d'une voix si basse que Harod dut se pencher pour l'entendre, je pense que nous devrions le tuer.»

Barent hocha la tête et fit pivoter son fauteuil en cuir. «Égalité, dit-il. Tony, votre avis?

– Je passe, mais décider de tuer Willi, c'est bien, le retrouver et l'éliminer, c'est une autre paire de manches. L'opération dirigée contre Melanie Fuller a abouti à un véritable gâchis.

– Charles a commis une erreur et il a payé pour cette erreur.» Barent se tourna vers les deux autres. «Eh bien, puisque Tony préfère s'abstenir sur cette question, on dirait que c'est à moi que revient l'honneur du vote décisif. »

Kepler ouvrit la bouche, fit mine de parler, puis se ravisa. Sutter sirota son bourbon en silence.

« Je ne sais pas ce que notre ami Willi mijotait à Washington, dit Barent, mais je n'ai pas apprécié sa conduite. Nous allons cependant considérer que ses actes étaient motivés par le dépit et laisser courir pour l'instant. Peut-être que son obsession des échecs est notre meilleur guide en la matière. Il nous reste deux mois avant le début du camp d'été de Dolmann Island et celui de… euh… de nos autres activités. Il faut bien définir nos priorités. Si Willi s'abstient de toute nouvelle provocation, nous envisagerons d'entamer des négociations à une date ultérieure. S'il continue de se montrer aussi irritant… s'il prend une seule initiative à notre encontre… nous utiliserons toutes les ressources à notre disposition, publiques et privées, pour le retrouver et le détruire, nous inspirant pour cela des… méthodes évoquées par Jimmy lorsqu'il a cité l'Apocalypse. C'était bien l'Apocalypse, n'est-ce pas, Frère J ?

– Exactement, Frère C.

– Bien. Je pense que je vais aller dormir un peu dans mes quartiers. J'ai une importante réunion demain à Londres. Vos chambres respectives sont prêtes à vous accueillir. Où désirez-vous être déposés ?

– L.A., dit Harod.

– La Nouvelle-Orléans, dit Sutter.

– New York, dit Kepler.

– Entendu, dit Barent. Donald m'a informé il y a quelques minutes que nous étions en train de survoler le Nevada, aussi déposerons-nous Tony en premier. Je regrette que vous ne puissiez profiter de votre chambre pendant toute la nuit, Tony, mais peut-être désirez-vous vous reposer avant l'atterrissage.

– Ouais », fit Harod.

Barent se leva et Haines apparut aussitôt, ouvrant la porte donnant sur le couloir. « Rendez-vous au Camp d'Été de l'Island Club, messieurs, dit Barent. *Ciao*, et bonne chance à tous.»

Un domestique vêtu d'un blazer bleu conduisit Harod et Maria Chen à leur chambre. L'immense bureau de Barent, le salon et la chambre du milliardaire se trouvaient à l'arrière du jet aménagé. A l'avant s'étendait un couloir qui rappelait à Harod les trains européens et sur lequel donnaient les chambres d'amis, des pièces décorées dans des tons verts et corail contenant un grand lit, un canapé et une télévision en couleurs, et flanquées chacune de sa salle de bains. «Où est la cheminée? demanda Harod au domestique.

– C'est l'avion privé du cheikh Muzad qui est pourvu d'une cheminée, je pense», répondit le beau jeune homme de l'air le plus sérieux du monde.

Harod venait de se servir une deuxième vodka on the rocks et de rejoindre Maria Chen sur le canapé lorsqu'on frappa doucement à la porte. Une jeune femme vêtue d'un blazer identique à celui du domestique lui dit : «Mr. Barent vous prie ainsi que Ms. Chen de le rejoindre dans le salon Orion.

– Le salon Orion? dit Harod. Bien sûr, pourquoi pas?» Ils suivirent la jeune femme le long du couloir et franchirent une porte à verrouillage électronique qui donnait sur un escalier en colimaçon. Sur un appareil commercial, cet escalier aurait abouti à la cabine de première classe. Lorsqu'ils arrivèrent à son sommet, Harod et Maria Chen se figèrent, émerveillés. La jeune femme redescendit l'escalier et referma la porte, faisant disparaître les derniers vestiges de lumière en provenance du niveau inférieur.

La pièce était de la taille exacte d'une cabine de 747, mais on aurait dit que quelqu'un avait ôté le fuselage de l'appareil pour en faire une plate-forme ouverte sur le ciel à 35000 pieds d'altitude. Au-dessus de leurs têtes brillaient des milliers d'étoiles que la densité atmosphérique était trop faible pour faire scintiller, et l'on apercevait en dessous la masse sombre des ailes, les feux de position verts et rouges, et un tapis de nuages flottant un ou deux kilomètres plus bas. On n'entendait absolument aucun bruit, on ne percevait aucune solution de continuité entre l'avion et l'étendue infinie du ciel nocturne. Seules de vagues silhouettes suggéraient la présence de quelques meubles et d'une personne assise dans un fauteuil. Derrière eux se devinait la longue masse de l'avion, dont le fuselage, à peine éclairé par les étoiles, s'achevait par un unique point lumineux clignotant sur sa dérive.

«Bon Dieu», murmura Harod. Il entendit Maria Chen qui reprenait soudain son souffle, ayant oublié de respirer.

«Je suis ravi que ça vous plaise, dit la voix de Barent dans les ténèbres. Venez vous asseoir.»

Harod et Maria Chen s'avancèrent d'un pas prudent vers un groupe de fauteuils bas disposés autour d'une table circulaire, leurs yeux s'accoutumant peu à peu à la lueur des étoiles. Derrière eux, la première marche de l'escalier n'était matérialisée que par une bande de lumière rouge, et la porte donnant sur la cabine de pilotage se réduisait à un hémisphère sombre se découpant à l'ouest sur le semis d'étoiles. Ils s'effondrèrent sur des coussins moelleux et continuèrent à fixer le ciel.

«Il s'agit d'un composé plastique translucide, dit Barent. Il y en a plus de trente couches, en fait, mais ce matériau est d'une transparence presque parfaite et d'une robustesse supérieure à celle du plexiglas. L'ensemble est soutenu par plusieurs dizaines de membrures, bien sûr, mais celles-ci sont ultraminces et quasiment invisibles la nuit. La surface extérieure se polarise à la lumière du jour et ressemble vue de l'extérieur à une couche de peinture noire. Il a fallu un an à mes ingénieurs pour mettre ce produit au point, et il m'a fallu ensuite deux ans pour convaincre le C.A.B.[1] qu'il ne

1. Civil Aeronautics Board · Administration civile aérienne. *(N.d.T.)*

présentait aucun risque pour la navigation en haute altitude. Si ça ne tenait qu'aux ingénieurs, les avions n'auraient ni hublots ni passagers.

– C'est merveilleux», dit Maria Chen. Harod vit la lueur des étoiles se refléter dans ses yeux.

«Tony, je vous ai demandé de venir tous les deux parce que ceci vous concerne tous les deux, dit Barent.

– Quoi donc?

– La... euh... la dynamique de notre groupe. Vous avez peut-être remarqué une certaine tension dans l'air.

– J'ai remarqué que tout le monde était sur le point de perdre les pédales.

– Exactement. Les événements de ces derniers mois ont été quelque peu... euh... ennuyeux.

– Je ne comprends pas pourquoi. La plupart des gens ne s'affolent pas quand leurs collègues se font dynamiter ou noyer dans la Schuylkill River.

– La vérité, c'est que nous avons péché par excès de suffisance. Cela fait trop d'années... trop de décennies, en fait... que notre Club existe, et il est possible que les petites vendettas de Willi aient eu pour résultat un... euh... un émondage nécessaire.

– Tant qu'aucun de nous n'est destiné à être émondé, dit Harod.

– Précisément.» Barent versa du vin dans un verre en cristal et le posa devant Maria Chen. Les yeux de Harod s'étaient assez adaptés pour qu'il voie clairement les deux autres, mais les étoiles n'en étaient devenues que plus éclatantes, les nuages plus lactescents. «En attendant, reprit Barent, il est inévitable que surviennent certains déséquilibres dans une dynamique de groupe établie de façon si précaire en des circonstances qui ne sont plus d'actualité.

– Que voulez-vous dire? demanda Harod.

– Je veux dire qu'il existe une vacance du pouvoir, dit Barent d'une voix aussi glaciale que la lueur des astres. Ou plus précisément la *perception* d'une vacance du pouvoir. Grâce à Willi Borden, certains nains rêvent de devenir géants. Et rien que pour cela, il doit mourir.

– Willi ? Alors, toutes ces histoires de négociations et de recrutement éventuel, c'était de la merde ?

– Oui. Je dirigerai l'Island Club tout seul si nécessaire, mais *jamais* cet ex-nazi ne s'assiéra à notre table.

– Alors pourquoi… » Harod s'interrompit et réfléchit pendant une minute. « Vous pensez que Kepler et Sutter sont prêts à agir ? »

Barent sourit. « Cela fait bien longtemps que je connais Jimmy. La première fois que je l'ai vu prêcher, c'était il y a quarante ans, sous un chapiteau, en Louisiane. Son Talent était indiscipliné mais irrésistible ; il pouvait prendre une assemblée d'agnostiques, en faire ce qu'il voulait et les convaincre qu'ils agissaient pour la gloire de Dieu. Mais Jimmy se fait vieux, et il utilise de moins en moins souvent ses pouvoirs de persuasion, préférant compter sur le gigantesque appareil de persuasion qu'il s'est édifié. Je sais qu'il vous a invité la semaine dernière dans son petit royaume enchanté pour intégristes… » Barent leva une main pour signaler à Harod que ses explications étaient inutiles. « Ce n'est pas grave, Jimmy vous a sûrement dit que je finirais par l'apprendre… et par le comprendre. Je ne pense pas que Jimmy souhaite ruer dans les brancards, mais il perçoit un changement imminent de dirigeant et il veut se retrouver du bon côté quand la crise sera passée. Les manigances de Willi semblent — en apparence — avoir bouleversé une équation fort délicate.

– Mais pas en réalité ? dit Harod.

– Non », dit Barent, et cette syllabe prononcée d'une voix douce était aussi définitive qu'un coup de feu. « Ils ont oublié quelques faits essentiels. » Barent ouvrit un tiroir de la table circulaire et en sortit un pistolet semi-automatique à double action. « Prenez-le, Tony.

– Pourquoi ? demanda Harod, qui sentit sa peau se hérisser.

– Cette arme est bien réelle et elle est bien chargée. Prenez-la, s'il vous plaît. »

Harod accepta le pistolet et le tint des deux mains

avec une certaine répugnance. «Et maintenant, qu'est-ce que j'en fais?

– Braquez-le sur moi, Tony.»

Harod tiqua. Il ne savait pas à quelle démonstration Barent comptait se livrer, mais il ne voulait pas y participer. Il savait que Haines et une douzaine de gorilles se tenaient prêts à intervenir instantanément. «Je ne veux pas braquer ce truc sur vous. J'ai horreur de ce genre de petit jeu.

– Braquez le pistolet sur moi, Tony.

– Allez vous faire foutre», dit Harod en se levant. Il eut un geste agacé de la main et se dirigea vers la bande lumineuse qui matérialisait la première marche de l'escalier.

«*Tony*, dit la voix de Barent, *venez ici.*»

Harod eut l'impression qu'il venait de se cogner à la paroi en plastique translucide. Tous ses muscles se nouèrent et son corps tout entier se couvrit de sueur. Il essaya d'avancer, de s'éloigner de Barent, mais ne réussit qu'à tomber à genoux.

Quatre ou cinq ans plus tôt, il avait laissé Willi tenter d'exercer son pouvoir sur lui. C'était une démonstration purement amicale, inspirée par une question que Harod avait posée à Willi en l'écoutant parler du Jeu de Vienne. Lorsque Harod utilisait son pouvoir sur une femme, il savait qu'un flot de domination brûlante descendait sur sa victime; en comparaison, l'assaut de Willi lui était apparu comme une vague mais horrible pression dans son crâne, soulignée par un bruit blanc et une atroce sensation de claustrophobie. Mais pas un instant Harod n'avait perdu le contrôle de ses actes. Il avait tout de suite compris que le Talent de Willi était supérieur au sien — plus *brutal*, avait-il pensé sur le moment —, mais s'il doutait de pouvoir Utiliser un sujet tout en subissant les assauts de Willi, Harod était sûr que Willi était incapable de l'Utiliser, *lui*. «*Ja*, avait dit Willi, c'est toujours comme ça. Nous pouvons nous affronter, mais ceux qui Utilisent ne peuvent pas être Utilisés, *nicht wahr?* Nous devons tester notre force par l'intermédiaire d'un tiers, hein ? Quel dommage. Mais un roi ne peut pas prendre un autre roi, Tony. Souvenez-vous-en. »

Harod s'en était souvenu. Jusqu'à aujourd'hui.

« Venez ici. » La voix de Barent était toujours douce et mélodieuse, mais ses échos semblaient résonner jusqu'à emplir le crâne de Harod, jusqu'à emplir la cabine, jusqu'à emplir l'univers et faire trembler les astres. « *Venez ici, Tony.* »

Harod, toujours à genoux, paralysé, tomba brutalement sur le dos comme un cascadeur arraché à son cheval par des fils invisibles. Son corps entra en convulsions et ses bottes martelèrent la moquette. Ses dents se serrèrent, ses yeux s'exorbitèrent. Harod sentit un cri monter dans sa gorge et sut qu'il ne pourrait jamais le pousser, qu'il grandirait en lui jusqu'à exploser, projetant des lambeaux de sa chair dans toute la cabine. Sur le dos, les jambes raides et tressautantes, Harod sentit les muscles de ses bras se dilater et se contracter, se dilater et se contracter, ses coudes s'enfoncer dans la moquette, ses doigts se transformer en griffes, et il rampa vers l'ombre assise. « *Venez ici, Tony.* » Pareil à un bébé épileptique apprenant à ramper sur le dos, Tony Harod obéit.

Lorsque sa tête toucha la table basse, Harod sentit l'étau mental le relâcher. Son corps fut secoué d'un spasme de soulagement si violent qu'il faillit uriner. Il roula sur lui-même et se mit à genoux, posant les bras sur la table en verre noir.

« Braquez ce pistolet sur moi, Tony », dit Barent, toujours sur le ton de la conversation.

Harod sentit une rage meurtrière le posséder. Ses mains tremblaient violemment lorsqu'il chercha l'arme à tâtons, la trouva, la leva…

Le canon n'avait pas achevé de se dresser que la douleur frappa. Plusieurs années plus tôt, alors qu'il venait d'arriver à Hollywood, Harod avait souffert de calculs rénaux. La douleur avait été incroyable, insupportable. Un de ses amis lui avait dit plus tard que ça devait faire le même effet que de recevoir un coup de couteau dans le dos. Harod savait qu'il se trompait; il avait été poignardé dans le dos alors qu'il faisait partie d'un gang de jeunes à Chicago. Les calculs faisaient encore plus mal. On avait l'impression d'être poignardé de l'intérieur, comme si quelqu'un faisait courir une lame de rasoir le long de vos veines et de vos entrailles. Et cette douleur avait été accompagnée de nausées, de vomissements, de crampes et de poussées de fièvre.

Or ceci était pire. Bien pire.

Avant que le canon ne se soit dressé, Harod était recroquevillé sur la moquette, vomissant sur sa chemise en soie et s'efforçant de se rouler en boule. Et outre la douleur, la nausée et l'humiliation, il y avait cette certitude atroce : *il avait tenté de faire du mal à Mr. Barent.* Cette idée était insupportable. C'était la pensée la plus affligeante dont Tony ait jamais souffert. Il pleura, vomit et gémit de douleur. Le pistolet avait échappé à ses doigts pour retomber sur la table en verre noir.

« Oh, vous ne vous sentez pas bien, dit doucement Barent. Peut-être que Ms. Chen pourrait braquer cette arme sur moi.

– Non, hoqueta Harod en se recroquevillant un peu plus sur lui-même.

– Si, dit Barent. Je veux qu'elle le fasse. *Dites-lui de braquer ce pistolet sur moi, Tony.*

– Prenez le flingue ! hoqueta Harod. Braquez-le sur lui ! »

Maria Chen bougeait avec lenteur, comme si elle s'était trouvée sous l'eau. Elle prit le pistolet, le tint à deux mains et visa la tête de Tony Harod.

« Non ! Sur lui ! » Harod se tordit de douleur, secoué par de nouvelles crampes. « Braquez-le sur lui ! »

Barent sourit. « Elle n'a pas besoin d'entendre mes ordres pour leur obéir, Tony. »

Maria Chen souleva le percuteur avec son pouce. La gueule noire du canon était braquée sur le visage de Harod. Il vit la terreur et le chagrin qu'exprimaient les yeux de sa maîtresse. Maria Chen n'avait jamais été Utilisée jusqu'à ce jour.

«Impossible», hoqueta Harod, sentant douleur et nausée disparaître peu à peu et sachant qu'il n'avait peut-être que quelques secondes à vivre. Il se redressa péniblement et leva une main dans une tentative futile pour arrêter la balle. «Impossible... c'est une Neutre!» Il avait presque hurlé.

«Qu'est-ce qu'un Neutre? demanda C. Arnold Barent. Je n'en ai jamais rencontré, Tony.» Il tourna la tête. «Appuyez sur la détente, je vous prie, Maria.»

Le percuteur retomba. Harod entendit un *clic*. Maria Chen appuya sur la détente. Encore. Et encore.

«Suis-je distrait, dit Barent. Nous avons oublié de le charger. Maria, voulez-vous aider Tony à regagner son siège, s'il vous plaît?»

Harod s'assit, toujours tremblant, la chemise couverte de sueur et de vomissures, la tête basse, les bras sur les cuisses.

«Debra va vous raccompagner et vous aider à vous laver, Tony, et Richard et Gordon vont nettoyer la moquette. Ensuite, si vous voulez monter ici pour boire un verre avant l'atterrissage, ne vous gênez pas. Le salon Orion est un endroit unique, Tony. Mais n'oubliez pas ce que je vous ai dit au sujet de la tentation qu'ont certains de... euh... d'altérer l'ordre naturel des choses. C'est en partie ma faute, Tony. Cela fait trop longtemps que la plupart d'entre eux n'ont pas fait l'expérience d'une telle... euh... démonstration. Les souvenirs sont choses fragiles, même lorsqu'ils sont d'une importance vitale.» Barent se pencha en avant. «Lorsque Joseph Kepler viendra vous faire une proposition, vous l'accepterez. Est-ce bien compris, Tony?»

Harod hocha la tête. Des gouttes de sueur tombèrent sur son pantalon souillé.

«Répondez-moi, Tony.

– Oui.

– Et vous me contacterez aussitôt?

– Oui.

– Brave garçon», dit C. Arnold Barent, et il tapota Harod sur la joue. Il fit pivoter son fauteuil de façon que seul son dossier soit visible, obélisque noir sur un champ d'étoiles. Lorsque le fauteuil reprit sa position initiale, Barent avait disparu.

Des hommes vinrent nettoyer et désinfecter la moquette. Une minute plus tard, la jeune femme arriva, une lampe-torche à la main, et prit Harod par le coude. Il la chassa d'un geste. Maria Chen tenta de lui poser une main sur l'épaule, mais il lui tourna le dos et descendit l'escalier en titubant.

Vingt minutes plus tard, ils atterrirent à L.A.X. Une limousine avec chauffeur les attendait. Harod ne se retourna même pas pour voir le 747 d'ébène s'éloigner sur la piste et décoller.

40.
Tijuana, Mexique, lundi 20 avril 1981

Peu de temps avant le crépuscule, Saul et Natalie montèrent dans leur Volkswagen de location, sortirent de Tijuana et prirent la direction du nord-ouest. Il faisait très chaud. Une fois qu'ils eurent quitté la Highway 2 et la banlieue, ils pénétrèrent dans un labyrinthe de routes mal carrossées, traversant des bidonvilles éparpillés entre les usines abandonnées et les petits ranches. Saul était au volant, guidé par Natalie qui déchiffrait la carte fournie par Jack Cohen. Ils garèrent la Volkswagen près d'une petite taverne et se dirigèrent vers le nord, au milieu d'un nuage de poussière et d'enfants. Des feux s'allumèrent sur le flanc de la colline lorsque disparurent les derniers rayons écarlates du crépuscule. Natalie consulta la carte et désigna un sentier sinuant entre les tas d'ordures et les groupes d'hommes et de femmes rassemblés autour des feux ou assis au pied des arbres bas. A environ huit cents mètres de là, une haute clôture blanche se détachait sur le flanc noir d'une colline.

«Attendons qu'il fasse vraiment noir», dit Saul. Il posa sa valise et ôta son lourd sac à dos. «Il paraît que les bandits opèrent des deux côtés de la frontière ces temps-ci. Ce serait ironique d'avoir parcouru tant de chemin pour se faire trucider par un brigand.

– Ça ne me dérange pas de m'asseoir un peu», dit Natalie. Ils n'avaient marché qu'un peu plus d'un kilomètre, mais son chemisier de coton bleu lui collait à la peau et ses tennis étaient noirs de poussière. Les moustiques bourdonnaient à ses oreilles. L'unique réverbère des environs, éclairant un bar niché sur une colline, avait attiré tellement de papillons de nuit qu'on l'aurait dit assiégé par la neige.

Ils restèrent assis en silence pendant une demi-heure, épuisés par un voyage qui avait duré trente-six heures et au cours duquel ils avaient constamment redouté de voir leurs faux passeports percés à jour. C'était à Heathrow qu'ils avaient le plus souffert : ils avaient attendu leur avion pendant trois heures sous les yeux des gardes.

Adossée à un rocher, Natalie commençait à s'assoupir en dépit de la chaleur, des insectes et de sa position inconfortable, lorsque Saul la secoua gentiment pour la réveiller. « Ils démarrent, murmura-t-il. Allons-y. »

Une bonne centaine de candidats à l'immigration clandestine se dirigeaient en petits groupes vers la clôture. On avait allumé de nouveau feux sur le flanc de la colline. Au nord-ouest luisaient les lumières lointaines d'une ville américaine; devant eux ne se trouvaient que des collines et des canons. Une paire de phares disparut à l'est, sur une route invisible située du côté américain de la clôture.

« La police frontalière », dit Saul, et il ouvrit la voie le long du sentier raide qui remontait vers la colline suivante. Quelques minutes plus tard, ils haletaient et transpiraient sous le poids de leurs bagages emplis de papier. Ils s'efforcèrent de ne pas se mêler aux Mexicains, mais furent bientôt contraints de se joindre à une file d'hommes et de femmes en sueur, qui parlaient à voix basse, juraient en espagnol, ou avançaient dans un silence stoïque. Devant Saul, un homme élancé portait sur son dos un petit garçon de sept ou huit ans tandis qu'une femme corpulente traînait une grosse valise en carton.

La file fit halte devant le lit asséché d'un ruisseau, à vingt mètres d'un large conduit souterrain qui passait sous la clôture et la route gravillonnée courant de l'autre côté. Par groupes de trois ou quatre, les Mexicains sautèrent sur la berge opposée et disparurent dans le trou noir du conduit. Des cris s'élevaient parfois, et Natalie entendit même un hurlement qui semblait provenir de l'autre côté de la route. Elle se rendit compte que cela faisait plusieurs minutes que son cœur battait la chamade et que sa peau était inondée de sueur. Elle agrippa la poignée de sa valise et s'efforça de se détendre.

Les cinquante et quelques membres du groupe se dissimulèrent derrière des rochers et des buissons lorsqu'un véhicule de patrouille s'arrêta au niveau du conduit. Le rayon d'un projecteur balaya le ruisseau asséché et passa à moins de trois mètres de l'arbuste étique derrière lequel Saul et Natalie avaient trouvé une pitoyable cachette. Puis on entendit des cris, un coup de feu venant du nord-est, la voiture démarra sur les chapeaux de roue tandis que sa radio braillait des messages en anglais, et les immigrants recommencèrent à avancer dans le conduit.

Quelques minutes plus tard, Natalie se retrouva en train de ramper à quatre pattes derrière Saul, poussant sa lourde valise devant elle tandis que son sac à dos raclait le plafond en tôle ondulée du tunnel. Il faisait totalement noir. L'intérieur du conduit empestait l'urine et les excréments, et ses mains et ses genoux touchèrent à plusieurs reprises du verre brisé, des bouts de métal et des substances molles. Quelque part derrière elle, une femme ou un enfant se mit à pleurer dans les ténèbres jusqu'à ce qu'une voix masculine lui ordonne sèchement de se taire. Natalie était sûre que ce tunnel ne conduisait nulle part et qu'il deviendrait de plus en plus étroit, que son plafond s'effondrerait sur elle pour l'engloutir dans la boue et les excréments, que l'eau allait la submerger...

« On y est presque, murmura Saul. J'aperçois le clair de lune. »

Natalie se rendit compte que son cœur et ses poumons affolés lui faisaient mal aux côtes. Elle était en train d'exhaler lorsque Saul tomba d'une hauteur de cinquante centimètres dans le lit asséché d'un ruisseau et l'aida à sortir du conduit puant.

«Bienvenue en Amérique», murmura-t-il pendant qu'ils rassemblaient leurs bagages, puis ils se précipitèrent vers l'abri précaire d'un fossé où les attendaient sûrement les voleurs et les assassins qui avaient pour habitude de s'attaquer aux immigrants clandestins.

«Merci, chuchota Natalie entre deux hoquets. La prochaine fois, je prendrai l'avion, même si je dois voyager en troisième classe.»

Jack Cohen les attendait au sommet de la troisième colline. Il y avait garé une vieille fourgonnette bleue dont il allumait les phares toutes les deux minutes pour signaler sa présence à Saul et à Natalie. Cohen leur serra la main et dit : «Dépêchons-nous. L'endroit n'est pas sûr. Je vous ai apporté les choses que vous m'avez demandées dans votre lettre et je n'ai aucune envie de fournir des explications à la police des frontières ou aux flics de San Diego. Vite.»

L'arrière de la fourgonnette était empli de caisses. Ils y jetèrent leurs bagages, Natalie s'assit à côté du chauffeur, Saul prit place sur une caisse calée entre les deux sièges, et Jack Cohen démarra. Ils parcoururent sept ou huit cents mètres sur un chemin infesté d'ornières, rejoignirent une route gravillonnée, puis s'engagèrent sur une départementale goudronnée et prirent la direction du nord. Dix minutes plus tard, ils étaient sur la bretelle d'accès de l'Interstate et Natalie se sentait complètement désorientée, comme si les États-Unis avaient changé de façon subtile durant ses trois mois d'absence. *Non, plutôt comme si je n'avais jamais vécu ici,* pensa-t-elle en regardant défiler banlieues et supérettes. Elle contempla les voitures, les réverbères, et s'émerveilla de ce fait incroyable : des milliers de gens vaquaient tranquillement à leurs occupations comme si de rien n'était — comme si des hommes, des femmes et des enfants n'étaient pas en train de ramper dans des tunnels pleins de merde à quinze kilomètres de ces pavillons confortables, comme si de jeunes sabras à l'œil vif n'étaient pas en train de monter la garde à la lisière de leur kibboutz pendant que des tueurs masqués de l'O.L.P. — eux-mêmes encore des enfants — huilaient leur kalachnikov en attendant qu'il fasse nuit, comme si Rob Gentry n'était pas mort assassiné, mort et enterré, aussi inaccessible que son père qui venait la border chaque soir et lui racontait les aventures de Max, le basset trop curieux qui faisait toujours des…

« Vous avez trouvé une arme à Mexico, là où je vous avais dit d'aller ? » demanda Cohen.

Natalie se réveilla en sursaut. Elle était en train de dormir les yeux ouverts. Sa fatigue était telle qu'elle avait l'impression d'être bourrée de novocaïne. Elle entendit un lointain bourdonnement d'avion. Elle se concentra sur la conversation des deux hommes.

« Oui, dit Saul. Aucun problème, mais je me demandais ce qui se passerait si les *federales* la trouvaient sur moi. »

Natalie écarquilla les yeux pour mieux distinguer l'agent du Mossad. Jack Cohen avait à peine dépassé la cinquantaine, mais il semblait plus vieux, encore plus vieux que Saul à présent que celui-ci avait rasé sa barbe et laissé pousser ses cheveux. Cohen avait un visage étroit et piqueté par la petite vérole, où se remarquaient surtout de grands yeux et un nez qui avait dû être cassé plus d'une fois. On aurait dit qu'il avait lui-même essayé de couper ses fins cheveux blancs sans aller jusqu'au bout de sa tâche. Il parlait un anglais correct et idiomatique, mais avec un accent impossible à identifier — on aurait dit un Allemand ayant suivi les leçons d'un professeur gallois lui-même éduqué par un érudit de Brooklyn. Natalie aimait bien la voix de Jack Cohen. Elle aimait bien Jack Cohen.

« Faites-moi voir ce flingue », dit Cohen.

Saul attrapa un petit pistolet passé à sa ceinture. Natalie ne savait même pas que son compagnon était armé. Le pistolet n'était guère impressionnant.

Ils roulaient sur un pont, seuls sur la file de gauche. La plus proche voiture se trouvait à plus d'un kilomètre derrière eux. Cohen prit le pistolet et le jeta au-dehors; il passa par-dessus la balustrade et tomba dans le ravin. «Il vous aurait sans doute explosé dans les mains si vous aviez essayé de vous en servir, dit-il. Je regrette de vous avoir fait cette suggestion, mais je n'ai pas eu le temps de vous envoyer un contrordre. Vous avez raison au sujet des *federales :* papiers d'identité ou pas, s'ils avaient trouvé cette arme sur vous, ils vous auraient pendu par les *cojones* et vous auraient rendu visite tous les deux ou trois ans pour voir si vous étiez encore vivant. Ce ne sont pas des enfants de chœur, Saul. C'est à cause de tout ce fric que j'ai pensé que ça valait la peine de courir ce risque. Combien d'argent avez-vous pu emmener avec vous?

– Environ trente mille dollars. L'avoué de David doit transférer soixante mille dollars supplémentaires dans une banque de Los Angeles.

– C'est votre argent ou celui de David?

– Le mien. Après la guerre d'Indépendance, j'avais acheté une ferme aux environs de Netanya, et je l'ai revendue. J'ai pensé qu'il serait stupide de tenter de solder mon compte épargne de New York.

– Vous ne vous êtes pas trompé.» Ils se trouvaient à présent dans une ville. Les lampes au mercure projetaient des rectangles sur le pare-brise et bariolaient de jaune le visage de Cohen. «Mon Dieu, Saul, avez-vous une idée des difficultés que j'ai eues à faire une partie de vos achats? Cinquante kilos de plastic C-4! Un pistolet à air comprimé. Des fléchettes de tranquillisant! Bon Dieu, savez-vous qu'il n'y a que six fournisseurs de fléchettes de tranquillisant aux États-Unis et qu'il faut être diplômé en zoologie pour avoir une petite *idée* de la façon de les localiser?»

Saul eut un large sourire. «Désolé, Jack, mais vous n'avez pas à vous plaindre. Vous êtes notre seul *deus ex machina*, vous savez.»

Cohen eut un sourire bougon. «*Deus*, je n'en sais rien, mais pour ce qui est de la *machina*, j'en connais les rouages. Savez-vous que j'ai consacré deux ans et demi d'arriérés de congé à faire vos petites commissions ?

– Je vous revaudrai ça un jour ou l'autre. Avez-vous eu d'autres problèmes avec le directeur ?

– Non. Le coup de téléphone de David a tout réglé. J'espère avoir autant d'influence que lui vingt ans après ma mise à la retraite. Est-ce qu'il va bien ?

– David ? Non, il ne s'est pas encore remis de ses deux crises cardiaques, mais il s'occupe. Natalie et moi l'avons vu à Jérusalem, il y a cinq jours. Il nous a dit de vous transmettre son meilleur souvenir.

– Je n'ai travaillé qu'une seule fois avec lui. Il y a quatorze ans. Il a brièvement repris du service pour diriger une opération à l'issue de laquelle nous avons volé tout un site de missiles SAM au nez et à la barbe des Égyptiens. Ça a sauvé pas mal de vies pendant la guerre des Six Jours. David Eshkol était un tacticien hors pair.»

Ils se trouvaient maintenant à San Diego et Natalie observa la ville d'un air étrangement détaché tandis qu'ils s'engageaient sur l'Interstate 5 en direction du nord.

«Quels sont vos plans pour les prochains jours ? demanda Saul.

– Vous installer, dit Cohen. Je dois être de retour à Washington pour mercredi.

– Pas de problème. Vous resterez à notre disposition ensuite ?

– En permanence, à condition que vous répondiez à une question.

– Laquelle ?

– Que se passe-t-il vraiment, Saul ? Quel rapport y a-t-il entre votre vieux nazi, ce groupe de Washington et la vieille femme de Charleston ? J'ai beau retourner le problème dans tous les sens, je n'y comprends toujours rien. Pourquoi le gouvernement des États-Unis protégerait-il un criminel de guerre ?

– Il ne le protège pas. Certains agents du gouvernement sont également à sa recherche, mais pour leurs propres raisons. Croyez-moi, Jack, je pourrais vous en dire davantage, mais cela ne vous éclairerait guère. La majeure partie de cette affaire échappe à toute logique.

– Merveilleux, dit Cohen d'une voix sarcastique. Si vous ne pouvez pas m'en dire plus, je n'ai aucun espoir d'impliquer l'agence là-dedans, en dépit du respect que David Eshkol inspire à tout le monde.

– Cela vaut sans doute mieux. Vous avez vu ce qui est arrivé quand Aaron et votre ami Levi Cole se sont trouvés mêlés à cette histoire. J'ai fini par comprendre que je ne verrai jamais la cavalerie charger au son du clairon pour me sauver la mise au dernier moment. En fait, j'ai reculé le moment d'agir pendant des dizaines d'années, préférant attendre l'arrivée de la cavalerie. Je me rends compte à présent que je dois me charger moi-même de cette tâche… et Natalie est du même avis.

– Conneries, dit Cohen.

– Oui, mais nos vies sont régies dans une certaine mesure par la foi en des conneries. Il y a un siècle, le sionisme était une connerie, mais aujourd'hui, notre frontière — la frontière d'Israël — est la seule limite purement politique qui soit visible depuis le ciel. Là où les arbres laissent la place au désert, là s'achève Israël.

– Vous avez changé de sujet, dit Cohen d'une voix neutre. Si j'ai fait ce que j'ai fait, c'est parce que j'aimais bien votre neveu, parce que j'aimais Levi Cole comme un fils, et parce que je pense que vous allez vous attaquer à ceux qui les ont tués. Est-ce exact ?

– Oui.

– Et la femme qui à votre avis est revenue à Charleston, elle en fait partie, ce n'est pas une victime ?

– Elle fait partie du lot, oui.

– Et votre Oberst tue toujours des Juifs ? »

Saul hésita. « Il tue toujours des innocents, oui.

– Et ce *putz* de Los Angeles est impliqué là-dedans ?

– Oui.

– D'accord, je continue à vous aider, mais vous devrez me rendre des comptes un de ces jours.

– Si cela peut vous aider, Natalie et moi avons laissé une lettre scellée à David Eshkol. David lui-même ignore tous les détails de ce cauchemar. Si Natalie ou moi-même venions à mourir ou à disparaître, David ou ses héritiers ouvriront cette lettre. Ils ont reçu pour instruction de vous en communiquer le contenu.

– Merveilleux, répéta Cohen. Il me tarde que vous soyez morts ou disparus, tous les deux. »

Ils roulèrent en silence vers Los Angeles. Natalie rêva qu'elle se promenait dans le Vieux Quartier de Charleston en compagnie de Rob et de son père. C'était par une superbe soirée de printemps. Les étoiles scintillaient derrière les feuilles des palmiers ; l'air embaumait la jacinthe et le mimosa. Soudain, un chien au corps sombre et à la tête pâle surgit des ténèbres et se mit à gronder. Natalie avait très peur, mais son père lui dit que le chien était amical. Il se mit à genoux et tendit sa main droite pour que le chien la sente, mais le chien le mordit, il lui mordit et lui déchira la main, sans cesser de grogner, il lui dévora la main jusqu'à ce qu'elle ait disparu, jusqu'à ce que son bras ait disparu, jusqu'à ce que le père de Natalie ait disparu. Le chien avait changé, il avait grandi, et Natalie s'aperçut qu'elle-même avait changé, qu'elle était devenue une petite fille. Le chien se tourna vers elle, sa tête d'un blanc incongru luisant au clair de lune, et elle était trop terrifiée pour s'enfuir ou pour pousser un cri. Rob lui caressa la joue et lui fit un rempart de son corps au moment où le chien bondissait. Le chien le frappa en pleine poitrine et le jeta à terre. Pendant qu'ils se battaient tous les deux, Natalie remarqua que l'étrange tête du chien devenait plus petite, qu'elle disparaissait. Puis elle compris que le chien dévorait le torse de Rob et y enfouissait son mufle. Elle entendait des bruits de mastication.

Natalie tomba assise sur le trottoir. Elle portait des patins à roulettes et la belle robe bleue que sa tante préférée lui avait offerte pour son sixième anniversaire. Le dos de Rob se dressait devant elle, immense muraille grise. Elle regarda le revolver glissé dans l'étui de son ceinturon, mais il était protégé par une lanière fermée par un bouton-pression et elle n'avait pas la force de tendre la main. Le corps de Rob tremblait sous les assauts du chien et elle entendait très clairement les bruits de mastication.

Elle essaya de se lever, mais chaque fois qu'elle posait les pieds par terre, les patins se mettaient à rouler et elle se retrouvait sur les fesses. Un des patins s'était à moitié détaché et pendait à son pied par une lanière verte. Elle se mit à genoux, et elle n'était qu'à quelques centimètres de l'immense dos gris de Rob lorsque la tête du chien en surgit. Des lambeaux de chair et de tissu étaient encore accrochés à ses crocs et à son museau. Il se débattit pour élargir le trou; ses yeux fous brillaient, ses mâchoires puissantes claquaient comme celles d'un requin.

Natalie recula en rampant, mais elle ne put parcourir qu'une cinquantaine de centimètres. Elle était fascinée par le chien qui grondait, mordait et poussait pour pouvoir l'approcher. Son cou et ses épaules étaient sortis du trou. Un jet de salive et de sang aspergea Natalie. Elle vit la fourrure noire et poisseuse de l'animal qui luttait pour s'extirper de son terrier de chair. Elle avait l'impression d'observer une horrible naissance de cauchemar tout en sachant que cette naissance signifiait sa propre mort.

Mais c'était le visage de la chose qui fascinait le plus Natalie, qui la figeait sur place et faisait monter la terreur dans sa gorge comme un flot de bile. Car au-dessus de ses épaules puissantes et de ses pattes tressautantes, là où sa fourrure sombre et striée de sang devenait bleu-gris, puis blanche, se trouvait le masque mortuaire de Melanie Fuller, déformé par un rictus de folie qui révélait un dentier d'une taille démesurée, des crocs aux pointes étincelantes qui ne se trouvaient plus qu'à quelques centimètres des yeux de Natalie.

Le chien de cauchemar poussa un hurlement, son corps tout entier se convulsa, il bondit comme un fauve hors de sa gangue de sang, et vint enfin au monde.

Natalie se réveilla en sursaut, haletante. Elle tendit une main vers le tableau de bord et se ressaisit. Le vent qui s'engouffrait par la vitre ouverte lui apportait une odeur d'égout et de gaz d'échappement. Des phares de voitures la poignardaient depuis l'autre côté du terre-plein central.

« Le meilleur conseil que vous puissiez me donner, disait Saul à voix basse, c'est peut-être de me dire comment on fait pour tuer quelqu'un. »

Cohen lui jeta un regard en coin. « Je ne suis pas un assassin, Saul.

– Non. Moi non plus. Mais nous avons vu beaucoup de meurtres à nous deux. Froideur et efficacité dans les camps, rapidité d'exécution dans le maquis, patriotisme dans le désert, violence aveugle dans les rues. Peut-être est-il temps que j'apprenne comment procèdent les professionnels.

– Vous voulez un séminaire sur l'assassinat ?

– Oui. »

Cohen hocha la tête, prit une cigarette dans le paquet glissé dans sa poche de poitrine et actionna l'allume-cigare. « Ces trucs-là peuvent vous tuer », dit-il en exhalant un nuage de fumée. Un semi-remorque roulant à plus de 100 à l'heure les dépassa dans une bourrasque.

« Je pensais à quelque chose de plus rapide et de moins dangereux pour les innocents se trouvant à proximité », dit Saul.

Cohen sourit et reprit la parole sans ôter la cigarette de sa bouche. « La façon la plus efficace de tuer quelqu'un est d'engager quelqu'un qui fait ça bien. » Il jeta un regard à Saul. « Je parle sérieusement. Tout le monde procède comme ça : le K.G.B., la C.I.A et le menu fretin. Il y a quelques années, les Américains se sont scandalisés en apprenant que la C.I.A. avait engagé des tueurs à gages de la Mafia pour assassiner Fidel Castro. Quand on y réfléchit, c'est logique. Aurait-il été moralement défendable d'entraîner les fonctionnaires d'un pays démocratique à abattre les gens? Les films de James Bond, c'est de la merde. Les tueurs professionnels sont des psychopathes tenus en laisse, des types aussi sympathiques que Charles Manson mais mieux dressés. En faisant appel à des mafiosi, on avait de bonnes chances de voir le boulot accompli, et on empêchait du même coup ces psychopathes de tuer d'autres Américains.»

Cohen resta silencieux quelques instants, faisant luire la braise de sa cigarette chaque fois qu'il inhalait de la fumée. Finalement, il fit tomber la cendre par la vitre et dit : «Nous utilisons tous des mercenaires pour accomplir des meurtres prémédités. Lorsque je travaillais au pays, un de mes boulots consistait à convaincre de jeunes recrues de l'O.L.P. d'exécuter des leaders palestiniens. J'estime qu'un tiers des querelles intestines à l'intérieur des réseaux de terroristes sont une conséquence directe de nos opérations. Pour éliminer A, il nous suffit parfois de tirer sur D en le ratant, puis de faire savoir à D que C a été payé par B pour éliminer D sur les ordres de A, ensuite on s'assoit tranquillement pour regarder le feu d'artifice.

– Partons du principe qu'il est hors de question d'engager un tiers», dit Saul.

Natalie comprit au ton de leur voix qu'ils la croyaient endormie. Elle s'aperçut que ses yeux s'étaient presque refermés, que la lueur des phares et des réverbères ne lui parvenait plus que filtrée par ses cils. Elle se rappela s'être parfois endormie sur la banquette arrière de la voiture de ses parents, écoutant le ton rassurant de leur conversation. Mais jamais ils n'avaient eu une discussion de ce genre.

«D'accord, dit Cohen, supposons que vous ne puissiez pas engager un tueur pour des raisons politiques, pratiques ou personnelles. Dans ce cas, ça se complique. La première chose à décider, c'est de savoir si vous êtes prêt à donner votre vie en échange de celle de votre adversaire. Si tel est le cas, vous disposez d'un avantage considérable. Les méthodes de sécurité traditionnelles sont en général inefficaces. La plupart des grands assassins de l'histoire étaient prêts à donner leur vie… ou du moins leur liberté… afin d'accomplir leur mission sacrée.

– Partons du principe que le… tueur… préfère rester en vie une fois son acte accompli, dit Saul.

– Dans ce cas, la difficulté ne fait que croître. Voici quels sont vos choix : une opération militaire… nos raids de F-16 sur le Liban ne sont que des tentatives d'assassinats en masse… les explosifs, le fusil à lunette, le pistolet… à condition que vous ayez préparé votre fuite… le poison, l'arme blanche, ou le combat à mains nues.» Cohen jeta sa cigarette au-dehors et en alluma une autre. «Les explosifs sont à la mode en ce moment, mais leur utilisation est très délicate, Saul.

– Comment ça ?

– Prenez le C-4 dont vous avez dix ans de provision à l'arrière. Aussi inoffensif que de la pâte à modeler. Vous pouvez jongler avec, le sculpter, l'immerger, vous asseoir dessus, tirer dessus ou vous en servir pour boucher des trous, il n'explosera pas. Pour le faire exploser, il vous faut de l'acide nitrique, un catalyseur qui se trouve dans de petits détonateurs très soigneusement rangés dans une boîte nichée dans la paille à l'intérieur d'une autre boîte. Avez-vous déjà utilisé du plastic, Saul ?

– Non.

– Dieu ait pitié de nous. Bien, demain, nous organiserons un petit séminaire sur le plastic. Mais supposons que vous ayez mis l'explosif en place, comment procédez-vous pour le faire exploser ?

– Que voulez-vous dire ?

– Je veux dire que vos choix sont infinis — dispositif mécanique, électrique, chimique, électronique — mais qu'aucun n'est sûr. La plupart des *experts* en explosifs périssent en préparant leurs petites bombes. C'est la deuxième cause de décès chez les terroristes, juste derrière les autres terroristes. Mais supposons que vous réussissiez à installer votre explosif, à le relier à votre détonateur, à le munir d'un signal de mise à feu électrique que vous comptez activer à partir d'un transmetteur radio —, bref, supposons que tout soit prêt. Vous êtes à l'abri dans votre voiture, à une distance respectable du véhicule de votre cible. Vous attendez que ce véhicule roule en pleine campagne, loin des témoins et des innocents. Mais, alors que vous n'avez pas encore allumé votre transmetteur, la voiture de votre cible explose en croisant un bus scolaire plein d'enfants handicapés.

– Pourquoi ? »

Natalie perçut une certaine fatigue dans la voix de Saul et se rendit compte qu'il devait être aussi épuisé qu'elle.

« A cause de la porte électronique d'un garage, de la radio d'un avion, d'un talkie-walkie d'enfant, de la radio d'un cibiste, récita Cohen. Même une télécommande de télévision serait capable de déclencher votre détonateur. Il vous faut donc installer deux détonateurs pour faire exploser votre plastic, un détonateur manuel pour l'armer et un détonateur électronique pour le déclencher à distance. Les risques d'échec restent quand même élevés.

– Les autres méthodes, dit Saul.

– Le fusil. » La deuxième cigarette de Cohen était presque consumée. « Il vous permet de tuer à distance, en toute sécurité, vous laisse le temps de fuir, de bien choisir votre cible, et il est presque toujours efficace quand on s'en sert correctement. Une arme de choix. Recommandée par Lee Harvey Oswald, James Earl Ray et quantité de héros méconnus. Mais son utilisation présente quelques problèmes.

– Lesquels ?

– Premièrement, oubliez ces téléfilms de merde où on voit un tireur d'élite transporter son arme dans un attaché-case et l'assembler pendant que sa cible se met obligeamment en position. Le fusil et son viseur doivent être soigneusement ajustés pour tenir compte de la distance, de l'angle de tir, de la vitesse du vent et des caractéristiques de l'arme elle-même. Le tireur d'élite doit avoir une excellente expérience de son arme et des conditions dans lesquelles il doit l'utiliser. Un militaire spécialiste de ce genre d'exercice travaille à une distance où la cible a le temps de faire trois pas entre l'instant où la balle quitte le canon et celui où elle atteint son objectif. Avez-vous jamais manipulé un fusil, Saul ?

– Pas depuis la guerre… en Europe. Et je n'ai jamais tué un homme avec un fusil.

– Ils ne servent qu'à ça. Je vous ai procuré pas mal de trucs… dix-huit mille dollars investis dans la plus extraordinaire liste de trucs que j'aie jamais eu à rechercher… mais pas de fusil.

– Et le dispositif de sécurité ?

– Le vôtre ou le leur ?

– Le leur.

– Que voulez-vous savoir ?

– Comment fait-on pour le circonvenir ? »

Cohen prit sa cigarette entre deux doigts et scruta le tunnel de lumière que ses phares creusaient dans la nuit. « Tout dispositif de sécurité est… au mieux… une tentative désespérée pour reculer l'inévitable si quelqu'un cherche vraiment à vous tuer. Si la cible est un personnage public — quelqu'un qui a des obligations —, le service de sécurité peut seulement espérer empêcher l'assassin de s'échapper. Vous avez vu le résultat le mois dernier, quand un amateur doublé d'un dingue a décidé de tuer le président des États-Unis avec un minable calibre 22…

– Aaron m'a dit que vous entraîniez vos agents à se servir de Beretta calibre 22.

– Ces dernières années, oui, mais ils s'en servaient de près, là où leurs adversaires s'attendraient à les voir sortir un couteau, dans des situations où la rapidité et la discrétion pourraient sembler préférables à l'usage des armes à feu. Si nous devions envoyer une équipe pour tuer quelqu'un, ce serait une *équipe*... un groupe qui aurait passé des semaines à suivre sa cible, à répéter l'opération et à préparer minutieusement sa fuite. Le type qui a tiré sur le président le mois dernier s'était autant préparé que pour aller acheter un journal au kiosque du coin.

– Qu'est-ce que ça prouve ?

– Ça prouve que votre dispositif de sécurité est inexistant lorsque vos mouvements sont prévisibles. Un bon chef de la sécurité interdit à son client d'avoir un emploi du temps fixe, de suivre ses habitudes et de participer à des réunions susceptibles d'être portées à la connaissance du public. C'est ça qui a sauvé la vie à Hitler au moins une douzaine de fois. C'est la seule raison pour laquelle nous ne sommes pas arrivés à abattre les trois ou quatre Palestiniens qui figurent en tête de notre liste noire. De quelle personne parlons-nous dans cette conversation hypothétique sur la sécurité ?

– Hypothétique ? Eh bien, partons de l'hypothèse que c'est le dispositif de sécurité de Mr. C. Arnold Barent qui m'intéresse. »

Cohen sursauta. Il jeta sa cigarette au-dehors et n'en alluma pas une troisième. « C'est pour ça que vous m'avez demandé un dossier sur le Camp d'Été de Barent ?

– Notre conversation reste hypothétique », dit Saul.

Cohen se passa une main dans les cheveux. « Bon Dieu, mon ami, vous êtes dingue.

– Vous avez dit tout à l'heure que tout dispositif de sécurité était une tentative désespérée pour reculer l'inévitable. Celui de Mr. Barent est-il une exception ?

– Écoutez, quand le président des États-Unis voyage n'importe où... *n'importe où*, même pour rendre visite à des chefs d'État dans des zones bouclées et isolées... les hommes des services secrets chient des briques. Si ça ne tenait qu'à eux, le président ne quitterait jamais le deuxième sous-sol de la Maison-Blanche, et même cet endroit ne les satisfait pas totalement. Le seul endroit… le seul endroit où les agents des services secrets poussent un soupir de soulagement lorsque le président s'y trouve, c'est l'île de C. Arnold Barent… une île où tous les présidents se rendent régulièrement depuis une trentaine d'années. En juin prochain, l'Heritage West Foundation de Barent organise son camp d'été, et une cinquantaine des grands de ce monde vont pouvoir se détendre et prendre leur pied sur son île. Avez-vous une petite idée du dispositif de sécurité de cet homme ?

– Il est bon ?

– Le meilleur du monde. Si Tel-Aviv nous avisait que l'avenir de l'État d'Israël dépendait de la mort soudaine de C. Arnold Barent, j'appellerais à l'aide nos meilleurs hommes en poste au pays, j'alerterais les commandos qui ont réglé l'affaire Entebbe en deux coups de cuiller à pot, je convoquerais nos équipes de chasseurs de nazis, et nous n'aurions *même pas* une chance sur dix de réussir.

– Comment vous y prendriez-vous ? » demanda Saul.

Cohen resta silencieux pendant plusieurs minutes. « Toujours dans le cadre de notre discussion hypothétique, dit-il finalement, j'attendrais qu'il dépende du dispositif de sécurité d'un tiers… le président, par exemple… et je tenterais le coup. Mon Dieu, Saul, cette idée de tuer Barent. Où étiez-vous le 30 mars dernier ?

– A Césarée. J'ai des témoins. Vous avez une autre idée ? »

Cohen mâchonna ses lèvres. « Barent prend constamment l'avion. Qui dit avion dit vulnérabilité. Le dispositif de sécurité au sol vous empêcherait presque certainement de glisser un explosif dans la soute, mais il vous reste la possibilité d'intercepter son avion en vol ou de lui envoyer un missile sol-air. *Si* vous savez à l'avance où il se rend, quand il doit décoller et comment l'identifier en vol.

– Vous pourriez y parvenir ?

– Oui, à condition de disposer de toutes les ressources de l'armée de l'air israélienne et de ses dispositifs de détection électronique, *plus* celles des satellites et des services secrets américains, et *à condition que* Mr. Barent ait l'obligeance de survoler la Méditerranée ou l'Europe du Sud en ayant fait enregistrer son plan de vol plusieurs semaines à l'avance.

– Il a un bateau, dit Saul.

– Non, il a un yacht de soixante-cinq mètres de long, l'*Antoinette*, qui lui a coûté soixante-neuf millions de dollars il y a douze ans, quand il l'a acheté à un armateur grec aujourd'hui décédé et que je ne nommerai pas, un homme surtout connu pour avoir épousé la veuve d'un Américain qui s'était approché de trop près d'un fusil bien ajusté tenu par un ancien tireur d'élite des marines.» Cohen reprit son souffle. «Le dispositif de sécurité du "bateau" de Barent et de ses environs immédiats est aussi sophistiqué que celui de ses îles résidentielles. Personne ne sait où il se trouve à un moment donné, personne ne sait si son propriétaire se trouve à bord. Il dispose d'un pont d'envol capable d'accueillir deux hélicoptères et de plusieurs hors-bord qui lui servent d'escorte dans les eaux les plus fréquentées. Une torpille ou un Exocet pourrait le couler, mais j'en doute. Son système radar, ses capacités de manœuvre et les moyens dont il dispose pour faire face aux dégâts sont supérieurs à ceux des cuirassés les plus modernes.

– Fin de la discussion hypothétique», dit Saul, et Natalie devina au ton de sa voix que Cohen ne lui avait rien appris qu'il ne sache déjà.

«C'est ici que nous sortons», dit Cohen, et il s'engagea sur une bretelle de sortie. Le panneau routier indiquait San Juan Capistrano. Ils s'arrêtèrent à une station-service et Cohen paya avec sa carte de crédit. Natalie sortit pour se dégourdir les jambes, luttant toujours contre le sommeil. L'air était frais et elle crut sentir une odeur d'océan. Cohen s'achetait un verre de café au distributeur automatique lorsqu'elle retourna près de la fourgonnette.

« Vous êtes réveillée, dit-il. Bienvenue parmi nous.

– J'étais déjà réveillée tout à l'heure… depuis un bon moment. »

Cohen sirota son café et fit la grimace. « Une conversation plutôt bizarre, non ? Vous êtes au courant des plans de Saul ?

– Oui, nous les avons élaborés ensemble.

– Et vous avez une idée de ce qui se trouve dans la fourgonnette ?

– Si cela correspond à notre liste, oui. »

Cohen l'accompagna jusqu'au véhicule. « Eh bien, j'espère que vous savez ce que vous faites, tous les deux.

– Nous n'en savons rien, dit Natalie en lui souriant, mais nous vous remercions sincèrement de votre aide, Jack.

– Mouais, fit-il en lui ouvrant la portière, tant que je ne vous aide pas à mourir avant l'âge. »

Ils parcoururent une douzaine de kilomètres sur la Highway 74, s'éloignant de la mer, puis obliquèrent vers le nord sur une route secondaire bordée de broussailles, et arrivèrent enfin à la ferme. Le bâtiment était sombre et situé à quatre ou cinq cents mètres de la route.

« Nos agents de la côte ouest l'utilisaient comme planque, dit Cohen. Ça fait environ un an que personne n'en a eu besoin, mais quelqu'un continue de l'entretenir régulièrement. Les gens du coin pensent que c'est la résidence secondaire d'un couple de yuppies d'Anaheim Hills. »

La maison avait deux niveaux, dont le plus élevé contenait un nombre impressionnant de lits de mauvaise qualité. Les trois chambres pouvaient accueillir une douzaine de personnes. Au rez-de-chaussée, un miroir sans tain donnait sur une petite pièce meublée d'un bureau et de quelques canapés. « On a installé ça durant l'été où on a interrogé pendant plusieurs semaines un militant de Septembre Noir qui croyait s'être livré à la C.I.A. On l'a aidé à échapper au grand méchant Mossad jusqu'à ce qu'il nous ait dit tout ce qu'il savait. J'ai pensé que cette pièce serait idéale pour ce que vous comptez faire.

– C'est parfait, dit Saul. Ça nous permettra de gagner un temps précieux.

– Je regrette de ne pas pouvoir être là pour m'amuser avec vous, dit Cohen.

– Si c'est aussi amusant que ça, dit Saul en étouffant un bâillement, on vous racontera un de ces jours.

– Marché conclu, dit Jack Cohen. Je vous propose de choisir chacun une chambre et d'aller dormir. Mon avion décolle de L.A. demain matin à onze heures et demie.»

Natalie fut réveillée par une explosion aux environs de huit heures. Elle regarda autour d'elle, se demandant pendant quelques secondes où elle se trouvait, puis attrapa son blue-jean et l'enfila. Elle appela Saul, mais personne ne lui répondit. Jack Cohen non plus n'était pas dans sa chambre.

Natalie descendit et sortit, s'émerveillant de la clarté du ciel et de la chaleur de l'air. Un champ s'étendait jusqu'à la route qu'ils avaient prise pour venir ici. Elle fit le tour de la maison et trouva Saul et Cohen accroupis près d'une vieille porte qui avait été posée contre la barrière dans le sens de la longueur. Un trou large d'une vingtaine de centimètres s'ouvrait en son centre.

«Séminaire sur le plastic», lui dit Cohen lorsqu'elle s'approcha. Il se tourna vers Saul. «La charge était inférieure à quinze grammes. Imaginez de quoi sont capables vos cinquante kilos.» Il se redressa et épousseta son pantalon. «C'est l'heure du petit déjeuner.»

Le réfrigérateur était vide et débranché, mais Cohen ramena une grosse glacière de la fourgonnette et, durant les vingt minutes qui suivirent, tous trois s'affairèrent à chercher tasses et casseroles, se relayant aux fourneaux et se gênant mutuellement. Une fois l'ordre rétabli, la cuisine embaumait le café et les œufs, et ils allèrent s'asseoir à la grande table de la salle à manger, près de la baie vitrée. Alors qu'ils échangeaient des banalités, Natalie ressentit une soudaine pincée de tristesse et se rendit compte que cette pièce lui rappelait la maison de Rob. A cet instant-là, Charleston lui parut distant de plusieurs milliers de kilomètres et de plusieurs millions d'années.

Une fois le petit déjeuner achevé, ils allèrent décharger la fourgonnette. Ils durent se mettre à trois pour porter la grande caisse contenant l'électroencéphalographe. L'équipement électronique alla le rejoindre dans la pièce adjacente à la salle des interrogatoires. Ils rangèrent dans la cave les caisses de C-4 et celle qui contenait les détonateurs.

Quand ils eurent fini, Cohen posa deux petites boîtes sur la table de la salle à manger. «Un cadeau», dit-il. Elles contenaient deux pistolets semi-automatiques. Sur l'acier bleuté était gravée l'inscription suivante : COLT MK IV MODÈLE GOUVERNEMENTAL 380 AUTO. «J'aurais préféré vous donner un calibre 45 comme le mien, dit l'Israélien. Une arme à grand pouvoir de dissuasion. Mais ces trucs-là pèsent presque cinq cents grammes de moins qu'un modèle gouvernemental 45, le canon est plus court de cinq centimètres, il y a sept cartouches et non six, le recul est moins important, et ils sont plus faciles à dissimuler. Et à courte portée, ils sont tout aussi efficaces.» Il posa trois boîtes de cartouches sur la table. «Impossible de remonter à la source de cette quincaillerie. Elle faisait partie d'une livraison de l'IRA qui a été interceptée et s'est égarée en chemin.» Il posa une boîte plus volumineuse sur la table et en sortit une arme qui ressemblait à une caricature de dessin animé ou à un jouet d'enfant. Sa crosse était ridicule par rapport au long prisme de son canon. Cela aurait pu ressembler à un prototype de mitraillette si l'opercule n'avait pas été ridiculement petit et si le chargeur n'avait pas brillé par son absence. «J'ai failli appeler le *National Geographic* avant de réussir à trouver un modèle d'une portée supérieure à trois mètres, dit Cohen. La plupart des chasseurs utilisent des carabines spécialement adaptées.» Il ouvrit le magasin, prit une fléchette dans la boîte et l'inséra dans le canon. «La cartouche au CO_2 est bonne pour une vingtaine de coups. Vous voulez une démonstration?»

Natalie sortit sous le porche, regarda la fourgonnette et se mit à rire. La raison sociale était inscrite en lettres jaunes sur la peinture bleue :

PISCINES JACK & NAT
INSTALLATION/RÉPARATION
SPÉCIALISTES DES JACUZZI ET DES SAUNAS

«Elle était comme ça quand vous en avez hérité ou vous l'avez redécorée? demanda-t-elle à Cohen.

– Je l'ai redécorée.

– Ça ne risque pas d'être un peu voyant?

– Peut-être, mais j'espère le contraire.

– Comment ça?

– Vous allez fréquenter un quartier très huppé, expliqua Cohen. Sa police est une des plus méfiantes du pays. Et ses habitants sont plutôt paranoïaques. Si vous restez garés au même endroit pendant une demi-heure, on va vous remarquer. Ce truc risque de vous aider.»

Natalie gloussa et suivit les deux hommes derrière la grange. Un petit cochon trottina vers eux dans son enclos. «Je croyais que cette ferme n'était plus exploitée, dit-elle.

– En effet, dit Cohen. J'ai amené notre petit ami hier matin. Une idée de Saul.»

Natalie se tourna vers ce dernier.

«Il pèse environ soixante-dix kilos, dit Saul. Rappelle-toi le problème dont nous avons discuté avec Itzak au zoo de Tel-Aviv.

– Oh», fit Natalie.

Cohen leva le pistolet à air comprimé. «Il est d'un maniement délicat, mais on n'a aucune peine à viser.

Faites comme si le canon était votre index, visez et tirez. » Cohen braqua son arme et on entendit un *pffft*. Une fléchette à l'empennage bleu apparut au centre de la porte de la grange, à cinq mètres de là. Cohen ouvrit le pistolet et ouvrit la boîte de fléchettes. « Les bleues sont vides. Préparez vous-mêmes votre solution. Les rouges contiennent cinquante centimètres cubes, les vertes quarante, les jaunes trente et les orange vingt. Saul a des ampoules supplémentaires si vous voulez préparer votre propre dosage. » Il prit une fléchette rouge et la mit dans la culasse. « Natalie, vous voulez essayer ?

– Oui. » Elle referma le pistolet et visa la porte de la grange.

« Non, dit Saul. Voyons ce que ça donne sur notre petit ami. »

Natalie se tourna vers le cochon et le regarda d'un air dubitatif. Il renifla et tendit son groin vers elle.

« Le mélange est à base de curare, dit Cohen. Très coûteux et beaucoup moins sûr que ne le suggèrent les documentaires sur la nature. La quantité utilisée doit correspondre rigoureusement au poids de la bête. Cela ne les assomme pas totalement… il ne s'agit pas d'un véritable tranquillisant, mais plutôt d'une toxine bien spécifique qui paralyse leur système nerveux. Si le dosage est trop faible, la cible se sent engourdie comme si on lui avait injecté de la novocaïne, mais elle peut encore s'enfuir. Si le dosage est trop fort, le rythme cardiaque et le rythme respiratoire sont inhibés en même temps que les fonctions principales.

– Est-ce que ce dosage est correct ? demanda Natalie en regardant le pistolet.

– Il n'y a qu'un seul moyen de le savoir, dit Cohen. Notre ami Porky pèse le poids indiqué par Saul et les cinquante centimètres cubes sont censés convenir à une bête de cette taille. Essayez donc. »

Natalie fit le tour de l'enclos pour mieux viser sa cible. Le cochon passa la tête par la barrière comme s'il espérait une friandise de Saul ou de Jack Cohen. «Qu'est-ce que je dois viser? demanda Natalie.

– Essayez d'éviter la tête et les yeux, dit Cohen. Le cou risque de vous poser des problèmes. Visez le torse.»

Natalie souleva le pistolet à air comprimé et logea la fléchette dans le postérieur du cochon à quatre mètres de distance. L'animal fit un bond, couina et lança à Natalie un regard lourd de reproche. Huit secondes plus tard, ses pattes postérieures le trahirent, il se traîna sur ses antérieures, et il s'effondra en pantelant.

Ils entrèrent tous les trois dans l'enclos. Saul posa une main sur le flanc du cochon. «Son cœur bat trop vite. Le dosage était peut-être un peu trop fort.

– Vous vouliez que le produit agisse vite, dit Cohen. On ne peut pas le faire agir plus vite sans tuer l'animal.»

Saul regarda les yeux grands ouverts du cochon. «Est-ce qu'il peut nous voir?

– Oui, dit Cohen. Il ne reste pas conscient en permanence, mais ses sens continuent d'être opérationnels la plupart du temps. Il ne peut ni bouger ni faire du bruit, mais ce vieux Porky vous a repérés et ne vous oubliera pas.»

Natalie tapota le flanc du cochon paralysé. «Il ne s'appelle pas Porky, dit-elle.

– Ah bon?» Cohen la regarda en souriant. «Et comment s'appelle-t-il?

– Harod. Anthony Harod.»

41.
Washington, D.C., mardi 21 avril 1981

Jack Cohen pensa à Saul et à Natalie durant tout le trajet. Il s'inquiétait à leur sujet, ne sachant ni ce qu'ils préparaient ni s'ils étaient capables de réussir. Ses trente ans d'expérience dans l'espionnage lui avaient enseigné que c'étaient toujours les amateurs qui se retrouvaient sur le carreau à la fin d'une mission. Il se rappela que ceci n'était pas une mission. *Qu'est-ce que c'est, alors* ? se demanda-t-il.

Saul avait insisté — beaucoup trop insisté, pensait Cohen sur la façon dont l'Israélien s'était procuré des informations au sujet de Barent et de sa clique. Cohen avait-il pris toutes les précautions nécessaires pour ne pas être découvert lors de ses recherches informatiques? Avait-il fait preuve de prudence lorsqu'il s'était rendu à Charleston et à Los Angeles? Cohen s'était senti obligé de rappeler au psychiatre qu'il était rompu à ce genre d'exercice depuis les années 40.

Alors que l'avion approchait de Washington, Cohen se rendit compte qu'il ressentait une anxiété croissante et un vague sentiment de culpabilité, deux émotions qu'il éprouvait chaque fois qu'il organisait une mission dans laquelle il utilisait des civils. Il se répéta pour la cinquantième fois qu'il ne comptait pas utiliser ces deux-là. *Est-ce que ce sont eux qui m'utilisent?*

Cohen était sûr que Levi Cole et le neveu de Saul Laski avaient été tués par un élément incontrôlé de l'unité de contre-espionnage du F.B.I. dirigée par Col ben. L'élimination de toute la famille d'Aaron Eshkol n'en était pas moins incroyable et inexplicable. Cohen savait que la C.I.A. risquait de se retrouver dans une telle situation si elle perdait le contrôle de ses tueurs à gages — l'Israélien avait lui-même organisé en Jordanie une mission qui avait mal tourné et s'était soldée par la mort de trois civils —, mais jamais à sa connaissance le F.B.I. ne s'était comporté de façon aussi brutale. Cependant, une fois que Saul Laski lui avait fait prendre conscience des liens unissant Charles Colben et le milliardaire Barent, il lui avait été impossible d'en nier l'existence. Cohen était résolu à faire toute la lumière sur l'assassinat de Levi Cole. Celui-ci était son protégé, un jeune agent à l'esprit vif, provisoirement affecté au chiffre et aux communications pour enrichir son expérience, mais promis à un brillant avenir. Levi possédait les qualités indispensables à cette espèce des plus rares : un excellent agent de terrain. Il faisait montre d'une prudence instinctive mais était fasciné par ce jeu qu'est l'espionnage, cette lutte complexe et souvent interminable entre deux adversaires intelligents qui ne se rencontrent jamais et ignorent presque toujours le nom et la position de leur opposant.

Cohen jeta un coup d'œil par le hublot et vit la lumière de l'après-midi jouer sur les fleurs et les bourgeons. Il avait sa propre théorie sur le changement d'attitude subit du F.B.I. Peut-être que les furetages involontaires d'Aaron et de Levi avaient mis la puce à l'oreille de Colben et que celui-ci avait découvert l'existence de l'opération Jonas, un plan d'infiltration des services de contre-espionnage américains mis en place depuis sept ans. Durant la période d'arrogance qui avait suivi la guerre des Six Jours, on avait proposé à Tel-Aviv de profiter de la manne d'informations que représentaient les services américains en plaçant des taupes et des informateurs à certaines positions clés. Il n'était pas nécessaire d'infiltrer la C.I.A. et les agences de documentation extérieure; le Mossad avait procédé à des analyses poussées et savait comment exploiter les ressources du F.B.I. et des autres organismes internes. Outre le fait qu'Israël aurait accès à un réseau d'information électronique hors de portée des finances du Mossad, avaient argué les partisans du plan, les agents infiltrés auraient accès à des informations intérieures américaines — en particulier aux dossiers sur les hommes politiques que le F.B.I. avait établis depuis sa fondation afin de préserver ses intérêts — qui auraient une valeur inestimable si Israël devait affronter une nouvelle crise nécessitant le soutien de parlementaires ou de hauts fonctionnaires américains.

L'opération avait été jugée trop risquée — aussi irréaliste que le plan Gemstone né de l'esprit fertile de G. Gordon Liddy jusqu'à ce que l'horrible guerre du Kippour ait démontré aux maîtres de Tel-Aviv que la survie même d'Israël dépendait d'un réseau d'information ultramoderne comme seuls les Américains en disposaient. L'opération Jonas avait été lancée en 1974, le mois même où Jack Cohen avait pris ses fonctions de chef de groupe à Washington. Aujourd'hui, Jonas était devenu la baleine qui avait avalé le Mossad. Une quantité démesurée de temps et d'argent avait été investie dans le projet, d'abord pour le développer, ensuite pour le protéger. Les politiciens de Tel-Aviv redoutaient en permanence que les Américains ne découvrent l'existence de Jonas à un moment où le soutien des États-Unis leur était nécessaire. La plupart des informations en provenance de Washington étaient inutilisables sous peine de révéler l'existence de l'infiltration. Cohen pensait que le Mossad commençait à se comporter comme un mari trompant sa femme : il redoutait le jour où sa liaison serait découverte, mais il se sentait si honteux, et si las de se sentir honteux, qu'il souhaitait presque être percé à jour.

Cohen passa ses options en revue. Il pouvait rester en contact avec Saul et Natalie, tenant le Mossad à l'écart de leur étrange projet d'amateurs, et attendre le résultat. Ou il pouvait intervenir tout de suite. Donner l'ordre à la section côte ouest de jouer un rôle plus actif. Il n'avait pas dit à Saul que la planque était truffée de micros. Cohen aurait pu ordonner à trois agents de Los Angeles de poster une fourgonnette dans les bois, à un ou deux kilomètres de la ferme, et de lui transmettre les enregistrements en temps réel sur une ligne protégée. Cela l'obligerait à impliquer au moins une demi-douzaine d'agents du Mossad, mais il n'avait pas le choix.

Saul Laski avait dit qu'il n'avait plus l'intention d'attendre l'arrivée de la cavalerie, mais dans ce cas, pensa Cohen, la cavalerie allait venir à la rescousse que ça plaise ou non à la caravane. Cohen ne voyait aucun rapport entre l'opération Jonas et les activités de Barent, Colben et consorts, ni entre le nazi disparu et sans doute mythique de Laski et les incidents sanglants survenus à Washington et à Philadelphie, mais il se tramait *quelque chose.*

Cohen était résolu à en savoir plus, et si le directeur n'était pas d'accord, eh bien, tant pis pour lui.

Il avait emporté un sac de voyage mais ne l'avait pas gardé avec lui durant le vol car il contenait son automatique 45. La sécurité dans les aéroports devenait vraiment chiante, pensa-t-il en attendant de le récupérer sur le tapis roulant de l'aéroport Dulles.

Il se dirigea vers le parking longue durée où il avait laissé sa vieille Chevrolet bleue, se félicitant de sa décision. Il appellerait John ou Ephraïm dès cet après-midi, les avertirait que la planque était occupée et leur demanderait de la surveiller. Dans le pire des cas, Saul et Natalie auraient des renforts sur place pour les aider.

Cohen se glissa entre sa voiture et le véhicule voisin, ouvrit la portière et jeta son sac de voyage sur le siège avant droit. Il jeta un regard irrité vers l'homme qui s'approchait de lui entre les deux voitures. Le nouveau venu n'avait qu'à attendre qu'il soit sorti…

Une seconde s'écoula avant que son instinct ne l'alerte, une autre avant qu'il reconnaisse le visage mal éclairé de l'autre. C'était Levi Cole.

Cohen avait plongé la main dans la poche de son manteau lorsqu'il se rappela que son 45 était enfoui au milieu de ses chaussettes. Il leva les mains et adopta une posture de défense, mais l'identité de l'intrus l'avait plongé dans la confusion. « Levi ?

– Jack ! » C'était un appel à l'aide. Le jeune agent semblait pâle et amaigri, comme s'il avait passé plusieurs semaines en prison. Ses yeux étaient vitreux, presque dénués de vie. Il leva les mains comme pour serrer Cohen dans ses bras.

Cohen se détendit mais plaqua une main sur le torse du jeune homme pour l'arrêter. « Qu'est-ce qui se passe, Levi ? demanda-t-il en hébreu. Où étais-tu ? »

Levi Cole était gaucher. Cohen l'avait oublié. Le fourreau à ressort dissimulé dans sa manche éjecta un couteau dans sa main presque sans un bruit. Le bras de Levi jaillit si vite que son mouvement parut presque spasmodique, et Cohen eut lui aussi un spasme involontaire lorsque la lame s'insinua entre ses côtes et plongea dans son cœur.

Levi disposa le cadavre sur le siège avant gauche de la voiture et regarda autour de lui. Une limousine se gara doucement derrière la Chevrolet, la dissimulant aux regards. Levi prit le portefeuille de Cohen, y préleva billets et cartes de crédit, puis fouilla les poches de son manteau et son sac de voyage, jetant ses vêtements sur la banquette arrière. Il rassembla dans ses mains le 45, les billets d'avion, l'argent, les cartes de crédit et une enveloppe contenant des reçus. Levi coucha le cadavre sur le tapis de sol, referma la portière de la Chevrolet et se dirigea vers la limousine qui l'attendait.

Ils sortirent du parking et s'engagèrent sur la voie express en direction d'Arlington.

« Pas grand-chose, dit Richard Haines dans le micro du radio-téléphone. Deux reçus provenant de la station Shell de San Juan Capistrano. Des reçus d'un hôtel de Long Beach. Cela vous dit quelque chose ?

– Envoyez vos hommes enquêter, dit la voix de

Barent. Commencez par l'hôtel et la station-service. L'heure est-elle venue pour les hirondelles de retourner à Capistrano[1] ?

– Je pense qu'elle est passée », dit Haines sur la ligne protégée. Il jeta un regard à Levi Cole, assis à côté de lui, les yeux fixes. « Que faisons-nous de votre ami ?

– J'en ai fini avec lui, dit Barent.

– Pour aujourd'hui ou pour de bon ?

– Je pense ne plus avoir besoin de lui à l'avenir.

– Entendu, dit Haines. Nous allons nous en occuper.

– Richard ?

– Oui ?

– Commencez votre enquête tout de suite, je vous prie. Je ne sais pas ce qui a attiré l'attention du trop curieux Mr. Cohen en Californie, mais cela attire également la mienne. J'attends votre rapport pour vendredi au plus tard.

– Vous l'aurez. » Richard Haines replaça le combiné sur son socle et contempla le paysage de Virginie. Un avion passa au-dessus de lui en un éclair, gagnant rapidement de l'altitude, et il se demanda s'il s'agissait du jet de Mr. Barent en route pour une destination inconnue. Derrière le verre teinté du pare-brise, le ciel dégagé prenait la couleur d'un vieux cognac, dispensant une lumière cuivrée, vaguement pisseuse, qui faisait croire à l'imminence d'une terrible tempête.

---

1. Allusion à un phénomène naturel inexpliqué : chaque année, le 23 octobre, les hirondelles se rassemblent autour de la mission de San Juan Capistrano avant de migrer, et elles y reviennent ponctuellement le 19 mars. *(N.d.T.)*

42.
Environs de Meriden, Wyoming, mercredi 22 avril 1981

Au nord-est de Cheyenne, capitale du Wyoming, s'étend un paysage de western qui inspire à certains des sentiments lyriques et à d'autres des crises d'agoraphobie. Une fois que vous avez quitté l'Interstate pour vous engager sur les soixante kilomètres de nationale, vous découvrez d'immenses prairies, des clôtures abattues par le vent, minuscules et oubliées au cœur de cet infini verdoyant, quelques ranches situés à plusieurs kilomètres de la route, des plateaux qui se dressent au nord et à l'est tels d'énormes donjons, de rares ruisseaux bordés de broussailles, des troupeaux d'antilopes farouches, et quelques bovidés qui vous semblent indignes de l'immensité de leur pâture.

Et des silos à missiles.

Ces silos sont aussi peu impressionnants que peuvent l'être des édifices bâtis par l'homme au sein de ce paysage démesuré; des petits terrains gravillonnés, protégés par des clôtures barbelées et situés à cinquante ou cent mètres de la route. On pourrait les prendre pour des stations de pompage de gaz naturel s'il n'y avait ces girouettes en métal, ces quatre tuyaux pourvus de miroirs et ces toits de béton massif posés sur des rails rouillés. Un observateur assez hardi pour s'approcher de plus près découvrirait une pancarte accrochée aux barbelés : ENTRÉE INTERDITE — PROPRIÉTÉ DU GOUVERNEMENT DES ÉTATS-UNIS — *L'usage de la force est autorisé au-delà de ce point.* Il n'y a rien d'autre à voir.

On n'entend aucun bruit, excepté le vent soufflant sur la prairie et de rares meuglements.

La fourgonnette bleue de l'armée de l'air sortait de la base aérienne Warren à 6 h 05 et y retournait à 8 h 27 après avoir déposé les hommes de garde à leurs postes respectifs et récupéré ceux qu'ils étaient venus relever. Ce matin-là, elle transportait six jeunes lieutenants, deux affectés au Q.G. de contrôle des missiles SAC situé à douze kilomètres au sud-est de Meriden et quatre en poste au bunker se trouvant cinquante kilomètres plus loin sur la route de Chugwater.

Les deux lieutenants assis sur la banquette arrière regardaient défiler le paysage avec des yeux ternis par la routine. Ils avaient vu des photographies prises par satellite montrant la zone de quinze mille kilomètres carrés telle que la voyaient les Russes : dix anneaux de silos, des cercles de douze kilomètres de diamètre contenant chacun seize silos abritant des missiles Minuteman III à longue portée. Ces derniers temps, on évoquait souvent la vulnérabilité de ces silos un peu dépassés, ainsi que la stratégie de pilonnage des Russes, qui se faisaient fort de faire exploser au-dessus de la prairie une tête nucléaire par minute pendant plusieurs heures, et on envisageait de renforcer la protection des silos ou de les équiper d'armes plus modernes. Mais ces questions de haute politique n'intéressaient guère le lieutenant Daniel Beale et le lieutenant Tom Walters; ce n'étaient que deux employés se rendant au travail par un matin de printemps glacé.

«Tu tiens la forme aujourd'hui, Tom? demanda Beale.

– Ouais», dit Walters. Ses yeux restèrent fixés sur l'horizon lointain.

«T'as fait la fête avec les touristes pendant toute la nuit, hein?

– Non, dit Walters. Je suis rentré à huit heures.»

Beale ajusta ses lunettes de soleil et sourit. «Ouais, bien sûr.»

La fourgonnette ralentit et tourna à gauche, quittant la route pour s'engager sur une piste qui gravissait le flanc d'une colline. Elle passa devant trois panneaux ordonnant aux personnes non autorisées de faire demi-tour. A quatre cents mètres de la station de contrôle, elle fit halte devant une barrière. Chacun de ses occupants montra son badge à la sentinelle pendant que celle-ci prévenait ses collègues de leur arrivée. Le même processus se déroula à l'entrée du bâtiment principal. Le lieutenant Beale et le lieutenant Walters se dirigèrent vers le bâtiment d'accès, empruntant un long corridor grillagé, pendant que la fourgonnette faisait un demi-tour et se garait. Ses gaz d'échappement flottaient doucement dans l'air glacé du matin.

«Alors, t'as joué au billard chez Smitty?» demanda le lieutenant Beale tandis qu'ils attendaient l'ascenseur. Un garde armé d'un M-16 étouffa un bâillement.

«Non, dit le lieutenant Walters.

– Sans déconner? Je croyais que t'étais pressé de dépenser ton fric.»

Le lieutenant Walters secoua la tête, puis ils entrèrent dans la petite cage et descendirent vers le centre de commande et de lancement, situé trois niveaux plus bas. Ils subirent deux nouveaux contrôles avant d'arriver devant l'officier de garde dans l'antichambre de la salle de contrôle des missiles. Il était sept heures pile.

«Lieutenant Beale, présent pour le service, mon capitaine.

– Lieutenant Walters, présent pour le service, mon capitaine.

– Vos badges, messieurs», dit le capitaine Peter Henshaw. Il examina soigneusement les photos des deux hommes, qu'il connaissait pourtant depuis plus d'un an. Le capitaine Henshaw hocha la tête, le sergent qui l'assistait glissa une carte codée dans la fente appropriée, et la porte extérieure du sas de sécurité s'ouvrit en sifflant. Vingt secondes plus tard, la porte intérieure s'ouvrit et deux lieutenants de l'armée de l'air apparurent. Les quatre hommes se saluèrent et sourirent.

«Sergent, inscrivez dans le registre que le lieutenant Beale et le lieutenant Walters ont pris la relève du lieutenant Lopez et du lieutenant Miller à... sept heures, une minute et trente secondes, dit le capitaine Henshaw.

– Oui, mon capitaine.»

Les deux hommes épuisés tendirent à leurs camarades leurs armes et deux épais carnets à spirale.

«Rien de spécial? demanda Beale.

– Des ennuis avec les câbles de communication à 3 h 50, dit le lieutenant Lopez. Gus s'en occupe. Exercice d'alerte partiel à 4 h 20 et exercice total à 5 h 10. Terry a enregistré un signal d'alarme sur la clôture Six Sud à 5 h 35. Nous avons effectué les vérifications.

– Encore les lapins? demanda Beale.

– Défaillance des mesureurs de pression. C'est à peu près tout. Tu es réveillé, Tom?

– Oui, dit Walters en souriant.

– Ne vous laissez pas refiler des PC-380 en toc», dit le lieutenant Lopez, et les deux hommes s'en furent.

Beale et Walters refermèrent les portes du sas derrière eux dès qu'ils entrèrent dans la salle de contrôle, une pièce étroite et tout en longueur. Chacun d'eux se harnacha sur un des fauteuils bleus bien rembourrés qui coulissaient sur des rails devant les consoles installées le long des murs nord et ouest. Ils entreprirent leurs cinq premières procédures de vérification, travaillant avec efficacité et prononçant de temps en temps dans leur micro des paroles destinées aux autres militaires en poste dans le complexe. A 7 h 43, le centre de commande d'Omaha entra en communication avec eux par l'intermédiaire de la base aérienne Warren, et le lieutenant Beale se chargea de la procédure de reconnaissance en douze points. Lorsqu'il eut reposé le téléphone dans sa boîte bleue, il se tourna vers le lieutenant Walters. «Tu es sûr que tu te sens bien, Tom?

– J'ai mal à la tête.

– Il y a de l'aspirine dans la trousse.

– Tout à l'heure.»

A 11 h 56, alors que Beale ouvrait un sac contenant des sandwiches et une bouteille thermos, la base aérienne Warren envoya aux deux hommes le feu vert pour un exercice d'alerte. A 11 h 58, Beale et Walters ouvrirent le coffre-fort rouge placé sous la console numéro deux, en sortirent leurs clés et lancèrent le processus d'activation des missiles. A 12 h 10 mn 30 s, il ne leur restait plus qu'à armer et à lancer les seize missiles et leur cent vingt têtes nucléaires. Ils reçurent les félicitations de Warren, et Beale allait entamer le processus de désactivation, long de deux minutes, lorsque Walters déboucla son harnais, se leva et s'écarta de sa console.

«Qu'est-ce que tu fabriques, Tom? Il faut renvoyer les données au centre de lancement 2 avant de manger.

– J'ai mal à la tête.» Le visage de Walters était blême et ses yeux vitreux.

Beale tendit la main vers la trousse de premiers secours qui se trouvait à côté de sa thermos. «Je crois qu'il y a un tube d'Anacine là-dedans...»

Le lieutenant Walters dégaina son automatique 45 et logea une balle dans la nuque du lieutenant Beale, veillant à ce que la console ne se trouve pas dans sa ligne de mire au cas où la balle traverserait le crâne de son équipier. Elle n'en ressortit pas. Beale eut un spasme d'agonie, puis s'effondra en avant, retenu par son harnais. Du sang jaillit de ses yeux, de ses oreilles, de son nez et de sa bouche. Quelques secondes après la détonation, des voyants jaunes se mirent à clignoter et un cadran indiqua que l'on était en train d'ouvrir la porte extérieure du sas.

Walters alla sans se presser jusqu'à la porte intérieure et logea deux balles dans sa serrure électronique. Il retourna devant la console de Beale et actionna le levier qui déclenchait l'alimentation en oxygène de la salle de contrôle à présent scellée. Puis Walters regagna son siège et étudia son manuel pendant plusieurs minutes.

On entendait des coups frénétiques sur l'épaisse porte d'acier lorsque Walters se leva, franchit les sept pas qui le séparaient du siège de Beale, prit la clé qui se trouvait dans la poche du mort et l'inséra dans la fente appropriée. Il abaissa les cinq leviers qui armaient les missiles, puis fit de même sur sa propre console et inséra sa propre clé.

Le lieutenant Walters actionna l'interphone.

«... que vous faites, lieutenant?» C'était la voix du colonel Anderson, en provenance du poste de commande de Warren. «Vous savez bien qu'il faut deux hommes pour déclencher la mise à feu. Ouvrez *immédiatement* cette porte!»

Walters éteignit l'interphone et regarda le cadran numérique égrener quatre-vingt-dix secondes, puis poursuivre le compte à rebours. Selon le manuel, les explosifs étaient à présent armés et se préparaient à projeter dans les airs les chapes de béton de cent dix tonnes qui protégeaient les puits d'acier abritant les missiles Minuteman. A H moins soixante secondes, une sirène retentirait sur chaque site, en théorie pour avertir les équipes d'inspection ou de réparation présentes sur les lieux. En fait, les hurlements des sirènes n'alerteraient que les lapins, les bœufs, et peut-être un fermier passant non loin de là sur son tracteur. Les missiles Minuteman étaient déjà alimentés en carburant solide et n'attendaient qu'une étincelle électronique pour s'embraser. L'exercice d'alerte leur avait fourni une cible et un plan de vol, avait réglé leurs gyroscopes et leur système de guidage électronique. A H moins trente secondes, les ordinateurs stopperaient la procédure de mise à feu et attendraient le signal d'activation donné par les deux clés. Tant que ces deux clés ne seraient pas tournées, la procédure serait suspendue pour une durée indéfinie.

Walters se tourna vers la console de Beale. Les deux clés se trouvaient à cinq mètres l'une de l'autre. Elles devaient être tournées à moins d'une seconde d'intervalle. L'armée de l'air avait pris toutes les précautions nécessaires pour qu'un homme seul n'ait pas le temps matériel de tourner sa clé puis de se précipiter vers celle de son équipier pour la tourner à son tour.

Une grimace déforma la bouche de Tom Walters. Il alla près de la console de Beale, fit glisser sur les rails le fauteuil où gisait ce dernier, et sortit de sa poche une cuillère et deux bouts de ficelle. La cuillère, d'un type tout à fait ordinaire, provenait du mess des officiers de Warren. Walters attacha le cuilleron à la clé de Beale, disposant le manche de la cuillère à angle droit par rapport à la clé et y attachant son autre ficelle, beaucoup plus longue. Il alla jusqu'à sa console, tendit la ficelle, attendit que l'horloge indique 30, tourna sa clé et tira sur la ficelle. La cuillère remplit parfaitement son rôle et la clé de Beale tourna.

L'ordinateur enregistra le signal de mise à feu, vérifia le code que Beale et Walters avaient programmé durant l'exercice d'alerte, et commença à égrener les trente dernières secondes de la procédure.

Walters attrapa un bloc-notes et rédigea un bref message. Il se tourna vers la porte. Une tache rouge cerise luisait près de la serrure : on avait apporté un chalumeau dans le sas. L'acier résisterait encore deux ou trois minutes.

Le lieutenant Tom Walters sourit, se harnacha à son fauteuil, glissa le canon du 45 dans sa bouche, se raclant le palais, et appuya sur la détente avec son pouce.

Trois heures plus tard, le général Verne Ketchum, de l'U.S. Air Force, et son adjoint le colonel Stephen Anderson s'éloignèrent du centre de contrôle pour respirer un peu d'air frais et pour contempler le chaos. Une douzaine de véhicules militaires et trois ambulances étaient garés pêle-mêle sur le parking et sur le flanc de la colline, au-delà de la zone de sécurité. Cinq hélicoptères étaient posés sur le terrain d'atterrissage situé derrière le périmètre ouest, et Ketchum en vit deux autres qui arrivaient du sud-ouest.

Le colonel Anderson leva les yeux vers le ciel sans nuages. «Je me demande ce que les Russes pensent de tout ça.

– Au diable les Russes, dit Ketchum. Aujourd'hui, je me suis fait passer un savon par toutes les autorités, jusqu'au vice-président lui-même. Il doit me rappeler dès que je serai rentré. Tout le monde exige de savoir comment cela a pu se produire. Qu'est-ce que je vais leur dire, Steve?

– On a déjà eu quelques problèmes ici, dit Anderson. Mais jamais rien d'aussi grave. Vous avez vu le dernier rapport psy de Walters. Il date de deux mois à peine. Ce type était modérément intelligent, célibataire, il réagissait bien au stress, ses ambitions se limitaient à sa carrière, il obéissait à la lettre aux ordres de ses supérieurs, il faisait partie de l'équipe gagnante lors du dernier tournoi de Vanderburg, et il avait autant d'imagination que ce buisson. Le profil idéal pour un poste de ce genre.»

Ketchum alluma un cigare et ses yeux luirent derrière l'épaisse fumée. «Alors que s'est-il *passé*, bordel?»

Anderson secoua la tête et regarda le premier hélicoptère atterrir. «Ça n'a aucun sens. Walters savait parfaitement que la dernière phase de la séquence de mise à feu devait être effectuée en tandem avec deux autres hommes en poste dans une autre salle. Il savait parfaitement que les ordinateurs suspendraient la procédure à H moins cinq secondes à moins d'avoir reçu cette confirmation. Beale et lui sont morts pour rien.

– Vous avez son message? gronda Ketchum en mâchonnant son cigare.

– Oui, mon général.

– Donnez-le-moi.»

L'ultime message de Walters avait été enveloppé dans du plastique, ce qui paraissait insensé à Ketchum. On n'aurait sûrement pas besoin d'analyser les empreintes digitales qui s'y trouvaient. Sa teneur était aisément perceptible à travers le plastique transparent :

WvB à CAB
Pion du Roi en D6. Echec.
A vous de jouer, Christian.

«Vous pensez que c'est un code, Steve? demanda Ketchum. Ces histoires d'échecs, ça vous dit quelque chose?

– Non, mon général.

– Que veut dire C.A.B.? Civil Aeronautics Board?

– Ça n'a guère de sens, mon général.

– Et cette référence à Christian? Walters était-il croyant?

– Non, mon général. Selon l'aumônier de la base, le lieutenant était unitarien mais n'allait jamais à l'office.

– Le W et le B pourraient désigner Walters et Beale, dit Ketchum d'un air songeur, mais que veut dire ce v?»

Anderson secoua la tête. «Aucune idée, mon général. Peut-être que les services secrets ou le F.B.I. le sauront. Je pense que cet hélicoptère vert transporte l'agent du F.B.I. venu de Denver.

– Je préférerais me passer de ces types», grommela Ketchum. Il ôta son cigare de sa bouche et cracha.

«Ils doivent participer à l'enquête, mon général, dit Anderson. C'est la loi.»

Le général Ketchum se tourna vers son subalterne et lui lança un regard si peu amène que le colonel s'intéressa subitement au pli de son pantalon. «D'accord, dit Ketchum en jetant son cigare en direction de la clôture, allons discuter le coup avec ces connards de civils. De toute façon, la journée est déjà foutue.» Il pivota sur ses talons et s'avança d'un pas vif vers la délégation qui l'attendait.

Le colonel Anderson se précipita vers l'endroit où son supérieur avait jeté le cigare, s'assura qu'il était bien éteint, puis courut pour rattraper le général.

43.
Melanie

Le monde semblait plus sûr.

La douce lumière du jour me parvenait à travers les rideaux et les volets, éclairant des surfaces familières ; le bois sombre de la tête de lit, la grande armoire que mes parents avaient fait construire l'année du centenaire, mes brosses à cheveux bien rangées sur la coiffeuse, comme d'habitude, et le couvre-lit de ma grand-mère ramené sur mes pieds.

Comme il était agréable de rester ainsi étendue et d'écouter les gens s'affairer dans la maison. Howard et Nancy occupaient la chambre d'amis adjacente à la mienne, une pièce qui avait jadis été celle de Père et de Mère. L'infirmière Oldsmith dormait sur un lit à roulettes placé près de la porte de ma chambre. Miss Sewell passait le plus clair de son temps dans la cuisine, préparant à manger pour tout le monde. Le Dr Hartman demeurait de l'autre côté de la cour, mais tout comme les autres, il passait la majeure partie de son temps ici, veillant à satisfaire tous mes besoins. Culley dormait dans la petite chambre adjacente à la cuisine qui avait jadis été celle de Mr. Thorne. Il ne dormait pas beaucoup. La nuit, il montait la garde sur une chaise près de la porte d'entrée. Le jeune nègre dormait sur une paillasse, sous le porche de derrière. Il faisait encore froid la nuit, mais cela lui était égal.

Justin, le petit garçon, passait beaucoup de temps auprès de moi ; il me brossait les cheveux, regardait les livres que je souhaitais lire, et restait à ma disposition quand j'avais besoin de quelqu'un pour faire une course. Parfois, je l'envoyais dans mon «ouvroir», où il s'asseyait sur le fauteuil en osier, jouissant de la chaleur du soleil, du ciel qu'il entr'apercevait entre les branches et du parfum des nouvelles plantes que Culley avait achetées et rempotées. Mes Hummel et mes figurines en porcelaine se trouvaient dans la vitrine que j'avais fait réparer par le jeune nègre.

Il était agréable et quelque peu déconcertant de voir le monde par les yeux de Justin. Ses sens, ses perceptions, étaient si aigus, si indépendants de son esprit conscient, qu'il y avait des moments où c'en était presque douloureux. Je ne pouvais quasiment plus me passer de lui. En conséquence, il m'était de plus en plus difficile de concentrer mon attention sur les limites de mon propre corps.

L'infirmière Oldsmith et Miss Sewell, persuadées que je finirais par guérir, n'avaient pas renoncé à la thérapie qu'elles me faisaient subir. Si je leur permettais de poursuivre leurs efforts — que j'allais même jusqu'à encourager —, c'était parce que je voulais à nouveau marcher, parler, regagner le monde des vivants, mais j'étais un peu inquiète chaque fois qu'elles semblaient constater une amélioration car j'étais sûre que celle-ci ne pouvait qu'entraîner un affaiblissement de mon Talent.

Le Dr Hartman venait me voir chaque jour, il m'examinait et me dispensait ses encouragements. Les infirmières me baignaient, me retournaient toutes les deux heures, et faisaient bouger mes jambes afin d'exercer mes muscles et d'empêcher mes articulations de se rouiller. Peu de temps après notre retour à Charleston, elles avaient entamé une thérapie qui exigeait une participation active de ma part. J'étais *capable* de remuer le bras et la jambe gauches, mais il m'était alors difficile, sinon impossible, de maîtriser ma petite famille, si bien que tous ses membres, moi-même et les deux infirmières exceptées, prirent l'habitude de rester assis ou couchés durant les deux séances quotidiennes d'une demi-heure chacune, aussi calmes et aussi faciles à contrôler que des chevaux dans leurs stalles.

A la fin avril, je voyais à nouveau de l'œil gauche et j'étais plus ou moins capable de faire bouger mes membres. Une étrange sensation imprégnait toute la moitié gauche de mon corps comme si l'on m'avait injecté de la novocaïne à la mâchoire, au bras, au flanc, à la hanche et à la jambe. Ce n'était pas désagréable.

Le Dr Hartman était fier de moi. A l'entendre, mon cas était exceptionnel : j'avais été privée de fonctions sensorielles durant les premières semaines qui avaient suivi mon accident cérébro-vasculaire, je souffrais encore d'hémiparésie du côté gauche, et pourtant mes perceptions visuelles n'avaient pas été atteintes. Et je ne présentais aucun symptôme de paraphasie.

Le fait que je n'aie pas prononcé un seul mot depuis trois mois ne signifiait pas que le docteur se trompait en prétendant que je ne souffrais pas de ce trouble si fréquent chez les victimes d'incidents cérébro-vasculaires. Je parlais chaque jour par l'intermédiaire de Howard, de Nancy, de Miss Sewell ou des autres. Après avoir écouté les comptes rendus du Dr Hartman, je tirai mes propres conclusions sur ce phénomène.

Il s'expliquait en grande partie par le fait que j'avais souffert d'un infarctus ischémique à l'hémisphère droit du cerveau car, comme c'est le cas de la plupart des personnes droitières, les circonvolutions gouvernant le langage se trouvent dans l'hémisphère gauche de mon cerveau. Le Dr Hartman me fit néanmoins remarquer que les victimes d'incidents aussi graves que celui qui m'avait affectée souffraient fréquemment de problèmes de langage et de perception jusqu'à ce que ces fonctions soient transférées dans d'autres parties du cerveau encore intactes. Je me rendis alors compte que de tels transferts se produisaient chez moi en permanence grâce à mon Talent — et à présent que mon Talent avait crû dans des proportions considérables, j'étais sûre que j'aurais pu conserver toutes mes fonctions — langage, perceptions, et cetera — même si les deux hémisphères de mon cerveau avaient été affectés. J'avais à ma disposition une quantité illimitée de tissu cérébral sain ! Toute personne que je contactais devenait un donneur de neurones, de synapses, d'associations d'idées et de stockage de mémoire.

J'étais bel et bien devenue immortelle.

Ce fut à ce moment-là que je commençai à comprendre pourquoi le Jeu nous était à la fois indispensable et bénéfique. En employant notre Talent, surtout de cette façon radicale qu'exigeait le Jeu, nous *rajeunissions*. Tout comme on parvenait aujourd'hui à prolonger la vie des malades grâce à des transplantations d'organes et de tissu, *nos* vies étaient renouvelées grâce à l'Utilisation d'autres esprits, grâce à une transplantation d'énergie, grâce à un apport d'A.R.N., de neurones, de tous ces composants ésotériques qui composent l'esprit à en croire la science moderne.

Lorsque je regardais Melanie Fuller par l'intermédiaire des yeux neufs de Justin, je voyais une vieille femme endormie en position fœtale, aux bras émaciés et criblés de tuyaux, à la peau blafarde et tendue sur des os saillants, mais je savais que les apparences étaient trompeuses — que j'étais à présent plus jeune que jamais, que j'absorbais l'énergie de mon entourage comme un tournesol absorbe la lumière du soleil. Je serais bientôt prête à quitter ce grabat, ressuscitée par cette énergie rayonnante que je sentais pénétrer en moi, jour après jour, semaine après semaine.

J'ouvris brusquement les yeux en plein milieu de la nuit. *Mon Dieu, peut-être est-ce ainsi que Nina a survécu à la mort.*

Si la mort d'une petite parcelle de mon cerveau avait pu faire croître mon Talent en force et en amplitude, qu'avait-il pu arriver au Talent bien plus développé de Nina durant la microseconde qui avait suivi sa mort ? La balle qui avait jailli du Colt Peacemaker de Charles pour pénétrer dans son cerveau n'avait-elle pas déclenché une version plus dramatique de mon accident cérébro-vasculaire ?

La conscience de Nina avait peut-être envahi une centaine d'esprits serviles durant les heures et les jours qui avaient suivi notre affrontement. Ces dernières années, j'avais lu nombre d'articles sur ces patients maintenus en vie par des machines qui remplacent, stimulent ou simulent les fonctions de leur cœur, de leurs reins et de Dieu sait quels autres organes. Il ne m'était guère difficile d'imaginer la conscience de Nina, si pure et si déterminée, s'accrochant à la vie par l'intermédiaire de l'esprit des autres.

Nina pourrit dans son cercueil pendant que son Talent lui permet de rôder dans la nuit, tel un fantôme informe et maléfique.

Les yeux bleus de Nina émergent de ses orbites, soulevés par un flot d'asticots, tandis que son cerveau se régénère alors même qu'il pourrit.

L'énergie de tous ceux qu'elle Utilise pénètre en elle jusqu'à ce que Nina se lève, animée de la même jeunesse rayonnante que je sens en moi — mais Nina n'est qu'un cadavre errant dans les ténèbres.

Viendrait-elle ici ?

Tous les membres de ma famille restèrent éveillés cette nuit-là, certains près de moi, d'autres me protégeant des ténèbres, mais il me fut impossible de dormir.

Mrs. Hodges refusa de vendre sa maison jusqu'à ce que le Dr Hartman lui propose — et lui paie — une somme ridiculement élevée. J'aurais pu intervenir dans le déroulement des négociations, mais après avoir vu Mrs. Hodges, je décidai de n'en rien faire.

Moins de cinq mois s'étaient écoulés depuis que George, son époux, avait péri lors d'un regrettable accident, mais la pauvre femme avait vieilli de vingt ans. Elle avait toujours teint ses cheveux d'une couleur châtain qui ne trompait personne, mais ils pendaient à présent en longues mèches blanches. Ses yeux étaient ternes. Elle n'avait jamais été séduisante, mais elle ne se souciait plus désormais de dissimuler ses rides, ses boutons et ses tavelures derrière une couche de fond de teint.

Nous avons accepté ses conditions. L'argent ne nous poserait bientôt plus de problèmes, et dès que je revis Mrs. Hodges, je pensai aux diverses façons dont elle pourrait me servir durant les jours et les semaines à venir.

Le printemps arriva avec grâce, comme toujours dans mon Sud bien-aimé. Je laissais parfois Culley me porter dans mon «ouvroir» et même — rien qu'une fois — dans le jardin où, étendue sur une chaise longue, je regardai travailler le jeune nègre. Culley, Howard et le Dr Hartman avaient installé une haute barrière autour de notre domicile, si bien que je n'avais rien à craindre des regards indiscrets. Mais je n'aimais pas m'exposer au soleil. Il était beaucoup plus agréable de partager les perceptions de Justin lorsqu'il s'asseyait dans l'herbe ou lorsqu'il rejoignait Miss Sewell qui bronzait nue dans le patio.

Les jours se firent plus longs et plus chauds. Une douce brise pénétrait par mes fenêtres grandes ouvertes. De temps en temps, je croyais entendre les cris et les rires de la petite-fille de Mrs. Hodges et de sa camarade qui jouaient dans la cour, puis je me rendais compte que ce devait être d'autres enfants en train de courir dans la rue.

Les jours sentaient la pelouse fraîchement tondue et les nuits embaumaient le chèvrefeuille. Je me sentais en sécurité.

44.
Beverly Hills,
jeudi 23 avril 1981

En ce début d'après-midi, Tony Harod était allongé sur un lit dans le Beverly Hills Hilton Hotel et pensait à l'amour. Ce sujet ne l'avait guère intéressé jusqu'ici. A ses yeux, l'amour n'était qu'une farce ayant engendré des milliers de banalités; un mot servant d'excuse aux mensonges, aux tromperies et à l'hypocrisie qui caractérisent les relations entre les deux sexes. Tony Harod se targuait d'avoir baisé des centaines de femmes, voire des milliers, sans avoir jamais feint d'en aimer une seule, même s'il avait cru éprouver quelque chose qui ressemblait à de l'amour durant les ultimes instants de leur soumission, alors qu'il atteignait enfin l'orgasme.

Et voilà que Tony Harod était amoureux.

Il pensait constamment à Maria Chen. Ses doigts n'avaient aucune peine à se rappeler la texture de la peau de Maria Chen. Il rêvait au doux parfum de Maria Chen. Les cheveux noirs, les yeux noirs, le doux sourire de Maria Chen flottaient à la lisière de sa conscience telle une image aperçue du coin de l'œil — une image insaisissable qui s'évanouit dès qu'on tourne la tête. Le simple fait de prononcer son nom lui procurait une étrange sensation.

Harod se croisa les doigts sur la nuque et s'abîma dans la contemplation du plafond. Les draps froissés étaient encore imprégnés du parfum marin du sexe. Dans la salle de bains, la douche coulait toujours.

Harod et Maria Chen n'avaient rien changé à leur vie quotidienne. Elle lui apportait son courrier chaque matin pendant qu'il prenait son bain, répondait au téléphone, rédigeait sa correspondance, puis l'accompagnait au studio pour observer le tournage de *Traite des Blanches* et visionner les rushes de la veille. Suite à des problèmes avec les syndicats britanniques, le tournage se déroulait dans les studios de la Paramount plutôt qu'à Pinewood, à la satisfaction de Harod qui pouvait ainsi en surveiller le déroulement sans avoir à passer plusieurs semaines à l'étranger. La veille, Harod avait visionné les scènes de Janet Delacourte — le boudin de vingt-huit ans qui interprétait le rôle écrit pour une nymphette de dix-sept ans — et il avait soudain imaginé Maria Chen à sa place. Les expressions subtiles de Maria Chen au lieu des grimaces forcées de Delacourte, la nudité séduisante et sensuelle de Maria Chen au lieu de la lourde chair pâle de la starlette.

Harod et Maria Chen n'avaient fait l'amour que trois fois depuis leur retour de Philadelphie — Harod ne comprenait pas cette volonté d'abstinence, mais elle suscitait en lui un désir qui n'était plus seulement physique; Maria Chen ne quittait pas ses pensées un seul instant. Le simple fait de la voir traverser une pièce l'emplissait de plaisir.

La douche s'arrêta et Harod entendit un frou-frou de serviette-éponge, suivi par le bourdonnement d'un sèche-cheveux.

Il essaya d'imaginer une existence passée aux côtés de Maria Chen. Ils étaient tous deux assez riches pour se permettre de tout plaquer et de vivre dans le confort pendant deux ou trois ans. Ils pouvaient aller n'importe où. Harod avait toujours eu envie de prendre le large, de se trouver une petite île dans les Bahamas ou ailleurs, et d'essayer d'écrire autre chose que des scénarios pour films de gore minables. Il se vit en train de rédiger un adieu obscène à Barent et à Kepler et de foutre le camp vers les tropiques — Maria Chen revient de la plage, vêtue de son maillot de bain bleu marine; ils devisent tous les deux en buvant du café et en mangeant des croissants tandis que le soleil se lève sur le lagon. Tony Harod aimait bien se sentir amoureux.

Janet Delacourte sortit de la salle de bains en tenue d'Eve et secoua ses longs cheveux blonds sur les épaules de Harod. «Tony, mon chou, t'aurais pas une cigarette?

– Non.» Harod ouvrit les yeux pour la détailler. Janet avait le visage d'une gamine de quinze ans revenue de tout et des seins à faire bander Russ Meyer. Les trois films qu'elle avait tournés n'avaient permis de déceler chez elle aucun talent d'actrice. Elle avait épousé un milliardaire texan de soixante-trois ans qui lui avait acheté son propre pur-sang, un rôle de diva pour une unique représentation lyrique dont le Tout-Houston s'était gaussé pendant plusieurs mois, et qui était en ce moment affairé à lui acheter Hollywood. La semaine précédente, Schu Williams, le metteur en scène de *Traite des Blanches*, avait confié à Harod que Delacourte serait incapable de jouer une femme qui tombe même si on la poussait du haut d'une falaise. Harod avait rappelé à Williams d'où venaient trois des neuf millions de dollars qui finançaient le projet et lui avait suggéré de réécrire le scénario pour la cinquième fois afin d'en éliminer les scènes où Janet devait accomplir une tâche qui la dépassait — parler, par exemple — et d'y rajouter des scènes de harem ou de baignoire.

«C'est pas grave, j'en ai une dans mon sac à main.» Elle fouilla dans un fourre-tout plus volumineux que le sac de voyage de Harod.

«Tu ne dois pas retourner au studio aujourd'hui? demanda Harod. Pour refaire la scène du sérail avec Dirk?

– Non.» Elle mâchait du chewing-gum tout en fumant, réussissant à accomplir ces deux activités la bouche ouverte. «Schu dit qu'on ne pourra pas faire mieux que la prise de mardi.» Elle s'affala sur le lit, ses énormes seins reposant sur les mollets de Harod tels des melons à l'étalage.

Harod ferma les yeux.

«Tony, mon chou, c'est vrai que c'est toi qui as l'original de cette bande vidéo?

– Quelle bande vidéo?

– Tu sais bien. Celle où la petite Shayla Barrington s'amuse avec une bite.

– Oh, cette bande.

– Ouais, elle dure dix minutes et j'ai dû la voir plus de cinquante fois ici et là ces derniers mois. Je croyais que les gens se fatigueraient de la reluquer. Elle a vraiment des seins ridicules, pas vrai?

– Mmmm, fit Harod.

– J'étais à la soirée de charité où elle était invitée. Tu sais, le truc pour les gamins handicapés de je-ne-sais-plus-quoi? Elle était à la même table que Dreyfus, Clint et Meryl. Cette Shayla est si fière qu'elle croit sûrement que son caca sent la rose, tu vois ce que je veux dire? C'est bien fait pour elle, tout le monde se fout de sa gueule et la regarde d'un drôle d'air.

– C'est ce qui s'est passé ce soir-là?

– Oh oui. Don est si drôle. Il était en train de faire un discours, tu vois, il se moquait de toutes les personnes assises à cette table. Et quand ç'a été le tour de Shayla, il a dit quelque chose comme : "Et nous avons la joie de compter parmi nous une des plus gracieuses jeunes sirènes depuis qu'Esther Williams a raccroché son bonnet de bain" ou quelque chose d'approchant, tu vois, mais encore plus drôle. Alors, c'est toi qui l'as?

– Quoi donc?

– Tu sais bien, l'original de la bande vidéo?

– Si tout le monde en a une copie, qu'est-ce que ça peut te foutre de savoir où est l'original?

– Tony, mon chou, je suis curieuse, c'est tout. Je veux dire, ça serait marrant si c'était toi qui avais tourné cette bande après que la petite Shayla t'a envoyé sur les roses rapport à *Tête de planche.*

– *Tête de planche?*

– Oh, c'est comme ça que Schu appelle le projet. Tu sais, comme dans *La Mélodie du bonheur* : pendant le tournage, Chris Plummer appelait ça *La Mélodie du bon beurre.* C'est comme ça qu'on appelle le film entre nous.

– Charmant. Qui a dit que j'avais proposé le rôle principal à Barrington?

– Oh, mon chou, *tout le monde* sait qu'elle a été la première pressentie. Tu aurais eu ton budget de vingt millions si Miss Sainte-Nitouche avait signé, je crois.» Janet Delacourte écrasa sa cigarette et éclata de rire. «Bien sûr, maintenant, elle ne trouve plus *rien.* On m'a dit que Disney a annulé le projet de comédie musicale qu'elle devait tourner pour eux et que Donny et Marie n'ont pas voulu d'elle pour leur show spécial en direct de Hawaii. Sa vieille mormone de mère en a chié des briques et en a fait une crise cardiaque ou quelque chose d'approchant. *Que c'est triste.*» Elle chatouilla les orteils de Harod et fit glisser ses seins le long de ses jambes.

Tony Harod se dégagea et s'assit au bord du lit. «Je vais prendre une douche. Tu seras encore là quand j'en sortirai?»

Janet Delacourte fit claquer son chewing-gum, roula sur le dos et lui sourit. «Tu tiens à ce que je sois encore là, mon chou?

– Pas spécialement.»

Elle roula sur le ventre. «Eh bien, va te faire foutre, dit-elle sans la moindre trace d'animosité dans la voix. Je vais aller faire des courses.»

Quarante minutes plus tard, Harod sortit du Beverly Hilton et tendit ses clés à un adolescent vêtu d'une veste rouge et d'un pantalon blanc.

«Laquelle prenez-vous aujourd'hui, Mr. Harod? demanda-t-il. La Mercedes ou la Ferrari?

– Aujourd'hui, je vais rouler boche, Johnny.

– Bien, monsieur.»

Harod plissa les yeux derrière ses verres réfléchissants et contempla les palmiers et le ciel bleu. Il décréta que le climat de Los Angeles était probablement le plus chiant du monde. Seul celui des quartiers sud de Chicago où il avait grandi soutenait peut-être la comparaison.

La Mercedes s'arrêta devant lui, Harod en fit le tour, se prépara à tendre un billet de cinq dollars à son conducteur et découvrit le visage souriant de Joseph Kepler.

«Montez, Tony, dit Kepler. Nous avons à parler, tous les deux.»

Kepler se dirigea vers Coldwater Canyon. Harod le fixa derrière ses verres réfléchissants. «La sécurité du Hilton ne vaut décidément plus tripette, dit-il. On trouve même des clodos dans sa voiture à présent.»

Kepler lui adressa un sourire à la Charlton Heston. «Je connais bien Johnny. Je lui ai dit que je voulais vous faire une blague.

– Ah-ah-ah.

– Nous avons à parler, Tony.

– Vous l'avez déjà dit.

– Vous êtes un marrant, pas vrai, Tony?

– Arrêtez vos conneries. Si vous avez quelque chose à me dire, dites-le.»

La route qui menait au canon était sinueuse et la Mercedes roulait trop vite. Kepler conduisait de façon désinvolte, n'utilisant que la main droite, le poignet posé en haut du volant. «Votre ami Willi vient de se manifester, dit-il.

– Mettons les choses au point. Je veux bien bavarder avec vous, mais si vous l'appelez encore une fois "mon ami Willi", je vous fourre vos dents en or dans la gorge. D'accord, mon vieux Joseph?»

Kepler lança un regard à Harod. «Willi vient de se manifester et nous allons être dans l'obligation de réagir.

– Qu'est-ce qu'il a encore fait? Il a enculé la femme du président?

– Ce qu'il a fait est plus grave et plus dramatique.

– On joue aux devinettes ou quoi?

– Peu importe ce qu'il a fait, vous ne le lirez pas dans

les journaux, mais c'est quelque chose que Barent ne peut ignorer. Cela signifie que votre... que Willi est prêt à jouer gros et que nous sommes obligés de réagir, d'une façon ou d'une autre.

– C'est la politique de la terre brûlée, alors? On va tuer tous les Américains d'origine allemande âgés de plus de cinquante-cinq ans.

– Non, Mr. Barent a l'intention de négocier.

– Comment peut-il y parvenir s'il n'arrive même pas à retrouver ce vieux salopard?» Harod contempla les collines arides qui défilaient devant eux. «Vous ne croyez quand même pas que je suis toujours en contact avec lui?

– Vous non, mais moi si.»

Harod se redressa brusquement. «Vous êtes en contact avec Willi?

– C'est de lui que nous parlons, n'est-ce pas?

– Où... comment l'avez-vous retrouvé?

– Je ne l'ai pas retrouvé. Je lui ai écrit. Il m'a répondu. Nous entretenons une correspondance fort agréable.

– Où lui avez-vous écrit, bon Dieu?

– J'ai envoyé une lettre recommandée à sa petite maison de la forêt bavaroise.

– A Waldheim? Le vieux domaine près de la frontière tchèque? Il n'y a personne là-bas. Barent fait surveiller le coin depuis que je suis allé y faire un tour en décembre.

– Exact, mais les gardes forestiers employés par la famille continuent de veiller sur les lieux. Des Allemands nommés Meyer, le père et le fils. Ma lettre ne m'a pas été retournée et, quelques semaines plus tard, j'ai eu des nouvelles de Willi. Une première lettre postée de France. Une seconde de New York.

– Qu'est-ce qu'il vous raconte?» Harod était furieux de constater que son cœur battait deux fois plus vite que la normale.

«Willi dit qu'il souhaite seulement adhérer au Club et venir se détendre sur l'île cet été.

– Tu parles!

– Je le crois. Je pense que ce vieux gentleman était froissé de ne pas avoir été invité plus tôt.

– Et peut-être qu'il a été un peu contrarié quand vous avez essayé de le dynamiter et que vous avez envoyé sa vieille amie Nina lui faire la peau.

– Peut-être, en effet, concéda Kepler. Mais je pense qu'il est prêt à enterrer la hache de guerre.

– Qu'est-ce que Barent dit de tout ça?

– Mr. Barent ne sait pas que je suis en contact avec Willi.

– Bon Dieu, vous ne croyez pas que vous risquez gros en jouant à ce petit jeu?»

Kepler eut un large sourire. «Sa petite séance de conditionnement de l'autre jour vous a vraiment impressionné, n'est-ce pas, Tony? Non, je ne risque pas gros. Barent ne fera rien, même s'il apprend la vérité. A présent que Charles et Nieman ne sont plus de ce monde, la coalition de C. Arnold commence à trembler sur ses bases. Je ne pense pas que Barent souhaite s'amuser tout seul sur son île.

– Vous allez lui en parler?

– Oui. Vu ce qui s'est passé hier, je pense que Barent me sera reconnaissant d'avoir trouvé un moyen d'entrer en contact avec Willi. Barent acceptera d'inviter le vieux pour les réjouissances de cet été s'il est sûr que cela ne présente aucun risque.

– Comment peut-il en être sûr? Vous ne savez donc pas de quoi Willi est capable? Rien n'arrêtera ce vieux fumier.

– Précisément, mais je pense avoir convaincu notre redoutable leader qu'il était moins risqué d'accueillir Willi parmi nous, afin de garder l'œil sur lui, que de le laisser œuvrer dans l'ombre à notre élimination. En outre, Barent est persuadé que toute personne entrant en contact... euh... *personnel* avec lui cessera à jamais de représenter une menace.

– Vous pensez qu'il est capable de neutraliser Willi?

– Pas vous?» Kepler paraissait sincèrement curieux.

«Je ne sais pas, dit finalement Harod. Le Talent de Barent semble unique, mais Willi... eh bien, je ne suis pas sûr que Willi soit entièrement humain.

– Ça n'a aucune importance, Tony.

– Que voulez-vous dire?

– Je veux dire qu'il est tout à fait probable que l'Island Club va bientôt connaître un changement de dirigeant.

– Vous voulez vous débarrasser de Barent? Comment comptez-vous vous y prendre?

– Nous n'aurons rien à faire, Tony. Il nous suffit de rester en contact avec Willi, notre cher correspondant, et de l'assurer de notre neutralité au cas où il se produirait sur l'île des incidents... désagréables.

– Willi va participer au Camp d'Eté?

– Seulement durant la dernière soirée ouverte au public. Ensuite, il se joindra à nous pour la chasse organisée la semaine suivante.

– Je n'arrive pas à croire que Willi puisse se livrer ainsi à Barent. Barent doit avoir... au moins une centaine de gardes du corps à sa disposition.

– Disons plutôt deux cents.

– Ouais, le Talent de Willi est impuissant face à une armée comme celle-là. Pourquoi ferait-il une chose pareille?

– Barent donnera sa parole d'honneur qu'aucun mal ne sera fait à Willi.»

Harod éclata de rire. «Oh, d'accord, ça roule alors. Willi poserait sa tête sur un billot si Barent lui donnait sa putain de *parole*.»

Kepler avait pris la direction de Mulholland Drive. On apercevait déjà l'autoroute. «Essayez d'imaginer toutes les possibilités, Tony. Si Barent élimine le vieux gentleman, les affaires reprennent et vous êtes désormais membre actif. Si Willi a un atout dans sa manche, nous l'accueillons parmi nous les bras ouverts.

– Vous pensez pouvoir coexister avec Willi?»

Kepler entra dans un parking non loin du Hollywood Bowl. Une limousine grise aux vitres teintées l'y attendait. «Quand on fréquente les serpents depuis aussi longtemps que moi, Tony, on se fiche de la nature du poison que recèlent les crocs du nouveau venu, à condition qu'il ne morde pas ses petits camarades.

– Et Sutter?»

Kepler coupa le contact de la Mercedes. «Je viens d'avoir une longue conversation avec le révérend. Bien qu'il garde encore un certain attachement pour son ami Christian en souvenir de leur longue amitié, il est également prêt à rendre à César ce qui est à César.

– Ce qui veut dire?

– Ce qui veut dire que Willi peut être assuré que Jimmy Wayne Sutter n'entretiendra aucune animosité à son égard si le portefeuille de Mr. Barent change de mains.

– Vous voulez que je vous dise quelque chose, Kepler? Vous seriez incapable de formuler une assertion toute simple même si votre vie en dépendait.»

Kepler sourit et ouvrit la portière. Une sonnerie d'alarme retentit et il dit : «Etes-vous avec nous ou contre nous, Harod?

– Si être avec vous signifie me planquer et ne pas me mêler de vos affaires, je suis avec vous.

– Assertion toute simple, dit sèchement Kepler. *Votre ami* Willi a besoin de connaître votre position. Avec nous ou contre nous?»

Harod contempla l'immensité lumineuse du parking. Il se retourna vers Kepler et ce fut d'une voix lasse qu'il laissa tomber : «Je suis avec vous.»

Il était presque vingt-trois heures lorsque Harod eut subitement envie de manger des hot dogs avec de la moutarde et des oignons. Il reposa le script qu'il était en train de réécrire et se dirigea vers l'aile ouest, où la chambre de Maria Chen était encore éclairée. Il frappa à sa porte. «Je vais faire un tour chez Pinks. Tu viens?»

Sa voix était étouffée, comme si elle lui parlait depuis la salle de bains. «Non, merci.

– Tu es sûre?

– Oui. Merci quand même.»

Harod enfila son blouson d'aviateur et sortit la Ferrari du garage. Il se régala au volant, maltraitant sa boîte de vitesses, grillant les feux rouges et semant sans difficulté deux amateurs de rodéo qui avaient commis l'erreur de vouloir le défier sur Hollywood Boulevard.

Il y avait foule chez Pinks. Il y avait toujours foule chez Pinks. Harod mangea deux hot dogs au comptoir et en emporta un troisième. Deux jeunes mecs draguaient deux nanas entre sa voiture et la fourgonnette sombre garée à côté, et l'un d'eux avait eu l'audace de s'accouder à la Ferrari. Harod se dirigea vers lui et colla son visage au sien. «Dégage ou ça va chier, morpion.»

L'adolescent mesurait quinze centimètres de plus que Harod, mais il s'écarta de la portière comme si la voiture venait de se transformer en radiateur déréglé. Les quatre jeunes s'éloignèrent lentement, sans cesser de regarder Harod, attendant de se trouver à une distance respectable pour lui lancer des injures. Harod étudia les deux filles. La plus petite ressemblait à une chicano de classe, cheveux noirs et peau mate, vêtue d'un short de luxe et d'un tee-shirt ultracourt prêt à exploser. Harod imagina la surprise des deux minets des plages si cette poupée en chocolat venait le rejoindre dans la Ferrari pour laisser souffler un peu son tee-shirt. *Et puis merde,* pensa-t-il. *Je suis trop fatigué.*

Il s'assit au volant, finit son troisième hot dog, se rinça la bouche avec une boîte de Tab, et il venait de tourner la clé de contact lorsqu'une douce voix dit : «Mr. Harod.»

A un mètre cinquante de lui, la portière de la fourgonnette venait de s'ouvrir. Une nana noire était assise sur le siège avant droit. Son visage parut familier à Harod, et il lui adressa un sourire machinal avant de se rappeler où il l'avait déjà vue. Elle tenait quelque chose dans son giron, quelque chose qu'elle braquait sur lui.

Harod desserra le frein à main, et il tendait la main vers le levier de vitesse lorsqu'il entendit un bruit similaire à celui d'un silencieux dans un film d'espionnage et sentit une guêpe le piquer à l'épaule gauche. «Merde!» Il leva la main droite pour chasser l'insecte, eut le temps de s'apercevoir que ce n'était pas une guêpe, puis l'intérieur de la voiture bascula et le tableau de bord vint le frapper en plein visage.

Harod ne perdit pas tout à fait conscience, mais le résultat était le même. Il avait l'impression d'être banni dans le sous-sol de son esprit. Il voyait et entendait — vaguement — quelque chose, mais c'était comme regarder une vieille télé noir et blanc mal réglée tandis qu'une radio grésillait dans une pièce voisine. Puis on lui passa une cagoule sur le visage. Cela ne fit guère de différence. De temps en temps, il avait l'impression de rouler sur lui-même, comme s'il se trouvait dans un canot, mais ces sensations étaient au mieux fugaces et trompeuses, et il lui était beaucoup trop pénible d'essayer de les trier.

On le portait. Du moins le crut-il. Peut-être étaient-ce ses propres mains qui serraient ses bras et ses jambes. Non, ses propres mains étaient derrière son dos, soudées par une bande de peau et de cartilage apparem ment surgie du néant.

Harod demeura dans les limbes pendant une durée indéterminée — ni conscient ni inconscient —, flottant quelque part au sein de lui-même, dans une soupe primitive des plus agréables composée de fausses impressions et de souvenirs confus. Il avait vaguement conscience d'entendre deux voix, dont l'une était la sienne, mais cette conversation — si c'en était une lui parut ennuyeuse et il s'immergea dans les ténèbres intérieures comme un plongeur se laissant emporter par le courant au sein de profondeurs purpurines.

Tony Harod savait que quelque chose allait de travers, mais il s'en foutait complètement.

Ce fut la lumière qui le réveilla. La lumière et la douleur dans ses poignets, ainsi qu'une autre douleur qui lui rappela un passage d'*Alien*, le film de Ridley Scott, où la créature jaillit de la poitrine de ce pauvre diable. Comment s'appelait cet acteur, déjà? John Hurt. Pourquoi diable l'éblouissait-on ainsi, pourquoi avait-il mal aux poignets, et qu'est-ce qu'il avait pu boire pour se retourner le crâne comme ça?

Harod s'assit... essaya de s'asseoir. Il fit une deuxième tentative et poussa un cri de douleur. Ce cri sembla déchirer le voile qui le séparait du monde; il resta étendu et s'intéressa à des choses qui lui avaient paru jusque-là sans importance.

On lui avait passé des menottes. Il gisait sur un lit, entravé par des menottes. Son bras droit était sur l'oreiller, à côté de sa tête, attaché aux montants métalliques de la tête de lit. Son bras gauche était collé contre son flanc, mais une menotte l'attachait à quelque chose d'invisible sous le matelas. Harod essaya de soulever son bras gauche; il y eut un raclement métallique. Le montant du lit. Ou un tuyau. Ou autre chose. Il n'était pas encore prêt à lever la tête pour regarder ça de plus près. Peut-être tout à l'heure.

Avec qui j'étais hier soir? Certaines des amies de Harod étaient des adeptes du sado-maso, mais il n'avait jamais essayé de jouer les victimes. *J'ai trop bu? Vita a enfin réussi à me faire entrer dans sa chambre des plaisirs?* Il ouvrit à nouveau les yeux et les garda ouverts en dépit de la lumière qui lui poignardait le nerf optique.

Une petite pièce blanche. Un lit blanc — draps blancs, montants blancs —, des murs blancs, un petit miroir au cadre blanc sur le mur d'en face, une porte. Une porte blanche avec un bouton de porte blanc. Une ampoule nue, une seule — environ dix millions de watts vu son éclat, estima Harod —, pendant à un cordon blanc. Harod était vêtu d'une blouse blanche de malade. Il sentit les boutons dans son dos et se rendit compte qu'il était nu en dessous.

Bon, ce n'était pas Vita. Sa chambre des plaisirs avait un décor de velours et de pierre. Laquelle de ses connaissances était obsédée par les hôpitaux? Aucune.

Harod tira sur ses menottes et sentit sa peau à vif au niveau des poignets. Il se pencha sur la gauche et regarda. Plancher blanc. Poignet gauche attaché au montant blanc du lit. Inutile de recommencer à bouger, sauf s'il avait envie de vomir sur ce joli plancher blanc. Réfléchissons un peu.

Harod redécrocha quelque temps. Un peu plus tard, lorsqu'il s'aperçut qu'il n'avait pas bougé de place — la même lumière, la même pièce blanche, la même migraine, mais un peu moins forte —, il pensa à un hôpital psychiatrique. Avait-on profité de son inconscience pour le faire interner?

On ne met pas de menottes aux patients dans les hôpitaux psychiatriques. *N'est-ce pas?*

La terreur qui l'envahit alors le poussa à se débattre, à taper du pied, à tirer sur ses menottes, puis il retomba sur l'oreiller, haletant. Barent. Kepler. Sutter. Ces enculés de fils de pute l'avaient enfermé dans un endroit tranquille où il allait passer le reste de sa vie à contempler des murs blancs et à pisser dans ses draps.

Non, ils se seraient contentés de le tuer s'ils avaient voulu en finir avec lui.

Puis Harod se rappela sa virée chez Pinks, les gamins, la fourgonnette, la fille noire. C'était elle. Qu'avait dit Colben à Philadelphie? Ils pensaient que Willi l'Utilisait, ainsi que le shérif. Mais le shérif était mort... Harod était encore là-bas lorsque Kepler et Haines s'étaient arrangés pour que son cadavre soit retrouvé dans une gare routière de Baltimore, afin qu'on ne puisse pas faire le rapprochement avec le fiasco de Philadelphie.

Qui Utilisait cette fille à présent? Willi? Peut-être. Peut-être n'était-il pas satisfait du message transmis par l'intermédiaire de Kepler. Mais pourquoi tout ce cinéma?

Harod décida de cesser de réfléchir pendant quelque

temps. Ça lui faisait trop mal au crâne. Il allait attendre un visiteur. Si la fille noire revenait, et si son Utilisateur — Willi ou un autre — lui avait laissé la bride sur le cou, il y aurait des surprises.

Harod avait un besoin pressant d'uriner, et il venait de le manifester bruyamment lorsque la porte s'ouvrit enfin.

C'était un homme. Il portait une blouse verte de chirurgien, un passe-montagne noir et des lunettes à verres réfléchissants qui dissimulaient totalement ses yeux. Harod pensa aux lunettes de soleil de Kepler, puis au tueur psychopathe de la série de films qu'il avait produits avec Willi, *La Nuit de Walpurgis*. Il faillit en pisser sous lui.

Ce n'était pas Willi. Harod en eut immédiatement la certitude. En outre, son âge et son gabarit ne correspondaient pas à ceux de Tom Reynolds, le pion gay de Willi aux mains d'étrangleur. Peu importait. Willi avait eu le temps de recruter une légion de corps de rechange.

Harod *essaya* de posséder cet homme. Il essaya. Mais sa vieille révulsion l'envahit à l'ultime seconde — avec encore plus de violence que sa migraine et sa nausée récentes — et il battit en retraite avant d'avoir touché l'esprit du nouveau venu. Harod aurait eu moins de répugnance à lécher l'anus d'un homme ou à sucer son pénis. La seule idée de toucher mentalement celui-ci lui donnait des sueurs froides.

«Qui êtes-vous? Où suis-je?» La voix de Harod était à peine audible, comme si sa langue avait été un bloc de contreplaqué.

L'homme se dirigea vers le lit et contempla le corps allongé de Harod. Puis il plongea une main dans sa blouse et en sortit un pistolet automatique. Il le braqua sur le front de Harod. «Tony, dit-il avec un doux accent, je vais compter jusqu'à cinq avant de faire feu. Si vous avez l'intention de faire quelque chose, faites-le tout de suite.»

Harod tira sur ses menottes à en faire vibrer le lit.

«Un... deux... trois...»

L'esprit de Harod se tendit, mais trente ans de conditionnement l'empêchèrent d'entrer en contact avec sa cible.

«... quatre...»

Harod ferma les yeux.

«... cinq.» Le percuteur retomba et on entendit un *clic*.

Lorsque Harod ouvrit les yeux, l'homme se trouvait près de la porte et avait rengainé son arme. «Avez-vous besoin de quelque chose? demanda-t-il de sa douce voix.

– Un bassinet», murmura Harod.

Le passe-montagne s'inclina. «L'infirmière va vous en apporter un.»

Harod attendit que la porte se soit refermée, puis il plissa les paupières pour mieux se concentrer. *Une infirmière*, pensa-t-il. *Bon Dieu, une authentique infirmière, avec des roberts et un trou entre les jambes.*

Il attendit.

L'infirmière n'était autre que la Noire. La femme de Philadelphie. Celle qui lui avait tiré dessus et l'avait conduit ici.

Il se rappela son nom. Natalie. Il lui devait un chien de sa chienne.

Elle ne portait pas de passe-montagne, mais elle avait des pansements sur les tempes et des fils électriques dans les cheveux. Elle tenait à la main un bassin hygiénique qu'elle mit en position d'un geste assuré. Puis elle se recula et attendit.

Harod lui frôla l'esprit tout en se soulageant. Personne ne l'Utilisait. Il n'arrivait pas à croire qu'ils puissent être si stupides — *qui* qu'ils soient. Peut-être cette salope de négresse agissait-elle seule avec un complice. A en croire Colben, elle et son shérif en avaient après Melanie Fuller. De toute évidence, ils ne savaient pas de quoi il était capable.

Harod attendit qu'elle ait récupéré le bassinet et qu'elle se dirige vers la porte. Il devait s'assurer que celle-ci n'était pas verrouillée. Ça ressemblerait bien à Willi de les enfermer tous les deux dans la même pièce — de lui donner un sujet à Utiliser sans qu'il puisse l'Utiliser. Qu'est-ce que c'était que ces fils dans ses cheveux? Harod avait vu le même genre de truc au cinéma, mais sur des *patients*, pas sur des infirmières. Des électrodes, sans doute.

Elle ouvrit la porte.

Il l'attaqua si brutalement qu'elle laissa tomber le bassinet, aspergeant sa blouse blanche d'urine. *Pas de pot*, pensa Harod tout en lui faisant franchir le seuil, découvrant le couloir par l'entremise de ses yeux. *Va chercher les clés*, ordonna-t-il. *Tue-moi l'autre connard, va chercher les clés et fais-moi sortir d'ici.*

Le couloir faisait moins de deux mètres de long et s'achevait sur une autre porte. Celle-ci était verrouillée. Il jeta Natalie contre elle jusqu'à ce qu'il sente son épaule céder, lui ordonna de griffer les vantaux de bois. La porte ne bougea pas d'un pouce. *Et puis merde.* Il la ramena dans sa chambre. Rien qui puisse servir d'arme. Elle se dirigea vers le lit, tira sur les menottes. Si elle pouvait démonter le lit, démolir les montants... Mais cela lui prendrait du temps, vu que Harod était attaché à la tête et aux montants. Il s'examina par l'intermédiaire des yeux de la jeune femme et découvrit des joues blanches et mal rasées, des yeux fixes et écarquillés, des cheveux sales et graisseux.

Le miroir. Harod le regarda et sut qu'il s'agissait sûrement d'une glace sans tain. Il ordonnerait à Natalie de le briser à mains nues si c'était nécessaire. S'il ne donnait pas sur une sortie, il lui ordonnerait d'attaquer le connard au passe-montagne avec un éclat de verre. Si le miroir refusait de se briser, il conclurait qu'il s'agissait d'un miroir ordinaire et la regarderait s'écraser le visage dessus jusqu'à ce qu'il n'en reste plus qu'une masse d'os et de chair noire. Ça donnerait à réfléchir à ses complices. Et quand ils finiraient par rappliquer, elle leur déchirerait la gorge avec ses ongles et ce qui lui resterait de dents, puis elle s'emparerait du flingue, irait chercher les clés...

La porte s'ouvrit et l'homme au passe-montagne entra. Natalie pivota, se ramassa pour bondir. Elle rugit comme un animal enfermé dans une cage à l'heure du déjeuner.

L'homme au passe-montagne appuya sur la détente de son pistolet et lui logea une fléchette dans la hanche. Elle bondit, toutes griffes dehors. L'homme l'attrapa au vol et la posa doucement sur le sol. Il s'agenouilla près d'elle pendant une minute, lui prit le pouls, lui souleva une paupière pour examiner son œil. Puis il se redressa et se dirigea vers le lit. Sa voix était tremblante. «Espèce de salaud», dit-il. Il fit demi-tour et sortit.

Lorsqu'il revint, il était en train de remplir une seringue à un flacon. Il fit jaillir quelques gouttes et se tourna vers Harod. «Ceci va vous faire un peu mal, Mr. Harod», dit-il d'une voix tendue.

Harod essaya d'écarter son bras gauche, mais l'homme lui planta la seringue dans la hanche à travers le tissu de sa blouse. Tony Harod sentit l'engourdissement le gagner, puis il eut l'impression qu'on lui avait injecté du scotch directement dans les veines. Une flamme rugissante monta de son ventre à sa poitrine. Il hoqueta lorsque la chaleur envahit son cœur. «Qu'est-ce... que c'est?» coassa-t-il, sachant que l'homme au passe-montagne venait de le tuer. Une injection mortelle, comme disaient les journaux. Harod avait toujours été un partisan de la peine capitale. «Qu'est-ce que *c'est?*

– Taisez-vous», dit l'homme, et il lui tourna le dos alors qu'un flot de ténèbres tourbillonnantes emportait Tony Harod comme un fétu de paille.

45.
Environs de San Juan Capistrano, vendredi 24 avril 1981

Natalie émergea des brumes de l'anesthésie pour découvrir Saul en train de lui éponger le front avec douceur. Elle baissa les yeux, vit les sangles qui lui enserraient bras et jambes, et se mit à pleurer.

« Allons, allons. » Saul se pencha sur elle et lui embrassa les cheveux. « Tout va bien.

– Combien... » Natalie s'interrompit pour humecter ses lèvres. Elles lui paraissaient lointaines et caoutchouteuses. « Combien de temps ?

– Environ trente minutes. Notre mélange est peut-être trop fort. »

Natalie secoua la tête. Elle se rappela l'horreur qu'elle avait ressentie en se voyant prête, en se *sentant* prête à bondir sur Saul. Elle savait qu'elle l'aurait tué de ses mains nues. « Il fallait faire... vite, murmura-t-elle. Et Harod ? » Elle eut toutes les peines du monde à prononcer son nom.

Saul hocha la tête. « Le premier interrogatoire s'est déroulé à la perfection. Les graphes de l'électroencéphalogramme sont extraordinaires. Il ne devrait pas tarder à refaire surface. C'est pour ça que j'ai... » Il indiqua les sangles.

« Je sais », dit Natalie. Elle l'avait aidé à préparer ce lit. Son cœur battait encore à un rythme précipité, conséquence du flot d'adrénaline qui l'avait envahie lorsque Harod avait pris possession d'elle et de la peur qu'elle avait éprouvée avant d'entrer dans sa cellule.

Pénétrer dans cette cellule était la tâche la plus pénible qu'elle se soit jamais imposée.

«J'ai l'impression que ça se présente bien, dit Saul. Selon l'E.E.G., il n'a pas tenté une seule fois d'utiliser son pouvoir — sur toi ou sur moi — pendant qu'il était sous l'influence du penthotal de sodium. Ça fait environ un quart d'heure qu'il s'en dégage peu à peu... les mesures se rapprochent de celles que nous avons effectuées ce matin... et il n'a pas tenté d'entrer en contact avec toi. Je suis presque certain qu'il a besoin de voir son sujet pour pouvoir établir ou renouer le contact avec lui. Ce n'est sans doute pas nécessaire si le sujet a été conditionné au préalable, mais je pense qu'il ne pourra pas rétablir le contact avec toi tant qu'il ne te verra pas.»

Natalie s'efforça de refouler ses larmes. Les sangles ne lui faisaient pas mal, mais elles suscitaient en elle une atroce sensation de claustrophobie. Des fils allaient des électrodes plantées dans son crâne au boîtier télémétrique collé à sa taille. Saul s'était intéressé à l'équipement utilisé par ses collègues spécialisés dans l'étude des rêves et il n'avait eu aucune peine à indiquer à Cohen où il pourrait se le procurer. «Nous n'en savons rien, dit-elle.

– Nous en savons beaucoup plus qu'il y a vingt-quatre heures.» Saul lui montra deux longues bandes de papier. Le stylet relié à l'ordinateur qui analysait les mesures de l'E.E.G. y avait tracé un profil tourmenté de pics et de vallées. «Regarde. Premièrement, une activité apparemment désordonnée au niveau de l'hippocampe. Les ondes alpha émises par Harod atteignent l'intensité maximum, puis disparaissent presque complètement, puis entrent apparemment en phase de mouvement oculaire rapide. Trois virgule deux secondes plus tard... regarde...» Saul lui montra une seconde bande de papier aux pics et aux vallées identiques à ceux de la première. «Synchronisme parfait. Tu as perdu le contrôle de tes fonctions supérieures et de tes réflexes volontaires — ton système nerveux autonome est devenu lui-même l'esclave du sien. Tu as mis moins de quatre secondes pour le rejoindre dans cet état de M.O.R. altéré, si je puis dire.

«Et ici, peut-être la plus intéressante de toutes les anomalies que j'ai observées : Harod émet un rythme thêta. Impossible de s'y méprendre. Ici, ton hippocampe réagit par un rythme thêta identique, alors que l'E.E.G est plat au niveau néocortical. Natalie, cette manifestation du rythme thêta a été abondamment observée chez les rats, chez les lapins, et cetera, durant des activités spécifiques à l'espèce concernée — des manifestations d'agressivité et de domination, par exemple —, mais jamais chez un primate!

– Tu veux dire que j'ai une cervelle de rat?» dit Natalie. Cette plaisanterie lamentable ne réussit pas à lui ôter son envie de pleurer.

«Pour une raison indéterminée, Harod... et sans doute les autres... suscite cette exceptionnelle activité thêta à la fois dans son hippocampe et dans celui de ses victimes», poursuivit Saul. Il n'avait pas remarqué la tentative d'humour de Natalie. «Le résultat, c'est que toute activité néocorticale a disparu dans ton cerveau, qui s'est retrouvé dans un état de M.O.R. artificiel. Tu recevais des informations sensorielles sans pouvoir y réagir. Harod, lui, le pouvait. *Incroyable.* Ceci...» Il désigna un point du graphe de Natalie où les courbes s'aplatissaient brusquement. «... matérialise le moment précis où les toxines nerveuses contenues dans la fléchette ont commencé à agir. Remarque la différence entre les deux graphes. De toute évidence, la volonté de Harod se transformait en ordres neurochimiques dans ton corps, mais les sensations que tu éprouvais ne lui étaient pratiquement pas transmises. Il ne ressentait rien de tes douleurs, pas plus que s'il les avait rêvées. Ici, quarante-huit secondes plus tard, se place le moment où je lui ai injecté le mélange d'amatyl et de penthotal.» Saul lui montra le point où les diverses courbes traduisant l'activité cérébrale commençaient à s'infléchir.

«Mon Dieu, si seulement je pouvais l'étudier pendant un mois avec un scanner !

– Saul, et si je... et s'il réussit à rétablir le contact avec moi, s'il réussit à me contrôler ?»

Saul ajusta ses lunettes. «Je le saurai tout de suite, même si je n'ai pas les graphes sous les yeux. J'ai reprogrammé l'ordinateur pour qu'il émette un signal d'alarme dès qu'il décèlera une activité erratique dans son hippocampe, une baisse soudaine de l'intensité des ondes alpha émises par ton cerveau, ou l'apparition du rythme thêta dans le sien.

– Oui, dit Natalie en soupirant, mais que *feras*-tu ?

– Nous entamerons le programme d'étude à distance, comme prévu. Le transmetteur fourni par Jack nous permet de recevoir des données à quarante kilomètres du sujet.

– Mais s'il peut agir à cent kilomètres de distance, à mille kilomètres de distance ?» Natalie s'efforça de ne pas hausser le ton. Elle aurait voulu hurler : *Et s'il ne devait plus jamais me lâcher?* Elle avait l'impression d'être un cobaye volontaire abritant un parasite qui lui rongeait le corps.

Saul lui prit la main «Quarante kilomètres nous suffisent amplement pour l'instant. Dans le pire des cas, je reviendrai ici et je l'endormirai une nouvelle fois. Nous savons qu'il ne peut pas te contrôler quand il est inconscient.

– Il ne pourrait plus jamais y arriver s'il était mort», dit Natalie.

Saul hocha la tête et raffermit son étreinte sur sa main. «Pour l'instant, il est réveillé. Nous allons attendre quarante-cinq minutes, et s'il ne tente pas de s'emparer mentalement de toi, tu pourras te lever. Personnellement, je ne pense pas qu'il soit capable d'une telle prouesse. Quelle que soit la source des pouvoirs de ces monstres, nos observations préliminaires suggèrent qu'Anthony Harod n'est pas le plus redoutable d'entre eux.» Il se dirigea vers l'évier, en ramena un verre d'eau, et soutint la tête de Natalie pendant qu'elle le buvait.

« Saul… quand tu m'auras déliée, tu laisseras quand même l'alarme de l'ordinateur branchée et tu garderas le pistolet sur toi, n'est-ce pas ?

– Oui. Tant que cette vipère sera dans la maison, elle restera dans sa cage. »

« Deuxième interrogatoire d'Anthony Harod. Vendredi 24 avril 1981… dix-neuf heures vingt-trois. Le sujet a reçu une injection de penthotal de sodium et de méliritine C. Données également disponibles sur bande vidéo, sur E.E.G., sur polygraphes et sur biosondes.

« Tony, vous m'entendez ?

– Ouais.

– Comment vous sentez-vous ?

– Bien. Un peu drôle.

– Quand êtes-vous né, Tony ?

– Hein ?

– Quand êtes-vous né ?

– Le 17 octobre.

– De quelle année, Tony ?

– Euh… 1944.

– Et quel âge avez-vous aujourd'hui ?

– Trente-six ans.

– Où avez-vous grandi, Tony ?

– A Chicago.

– Quand avez-vous compris pour la première fois que vous aviez ce pouvoir, Tony ?

– Quel pouvoir ?

– Celui de contrôler les actes des autres.

– Oh.

– Quand, Tony ?

– Euh… quand ma tante m'a dit d'aller au lit. Je ne voulais pas. Je l'ai forcée à dire que je n'étais pas obligé d'aller me coucher.

– Quel âge aviez-vous ?

– Je ne sais pas.

– Quel âge aviez-vous environ ?

– Six ans.

– Où étaient vos parents ?

– Mon père était mort. Il s'est tué quand j'avais quatre ans.

– Où était votre mère ?

– Elle ne voulait plus de moi. Elle était fâchée contre moi. Elle m'a laissé chez Tatie.

– Pourquoi ne voulait-elle plus de vous ?

– Elle disait que c'était de ma faute.

– Qu'est-ce qui était de votre faute ?

– La mort de papa.

– Pourquoi pensait-elle ça ?

– Parce que papa m'avait battu… il m'avait fait mal… il m'avait fait mal juste avant de sauter.

– De sauter ? Par la fenêtre ?

– Ouais. On habitait au deuxième étage. Papa est tombé sur la grille avec des pointes.

– Votre père vous battait-il souvent, Tony ?

– Ouais.

– Vous vous en souvenez ?

– Maintenant, oui.

– Vous rappelez-vous pourquoi il vous a battu le jour où il s'est tué ?

– Ouais.

– Racontez-moi ce qui s'est passé, Tony.

– J'avais peur. Je dormais dans la chambre de devant, là où il y avait le placard tout noir dedans. Je me suis réveillé et j'ai eu peur. Je suis allé dans la chambre de maman, comme d'habitude, mais papa était là ce soir-là. D'habitude, il n'était pas là parce qu'il vendait des articles et qu'il était tout le temps sur les routes. Mais il était là ce soir-là et il faisait mal à maman.

– Que lui faisait-il ?

– Il était couché sur elle, il était tout nu et il lui faisait mal.

– Et qu'avez-vous fait, Tony ?

– J'ai pleuré, j'ai crié, et je lui ai dit d'arrêter.

– Vous avez fait autre chose ?

– Non.

– Que s'est-il passé ensuite, Tony ?

– Papa... s'est arrêté. Il avait l'air tout drôle. Il m'a emmené dans la salle de séjour et il m'a frappé avec sa ceinture. Il m'a frappé très fort. Maman lui disait d'arrêter mais il continuait de me battre. Ça faisait très mal.

– Et vous l'avez forcé à s'arrêter ?

– Non !

– Que s'est-il passé ensuite, Tony ?

– Soudain, papa a arrêté de me frapper. Il s'est pris la tête dans les mains et s'est mis à marcher tout drôlement. Il a regardé maman. Elle ne pleurait plus. Elle portait la robe de chambre de papa. Elle la portait tout le temps quand il n'était pas là parce qu'elle était plus chaude que la sienne. Puis papa est allé à la fenêtre et il a sauté.

– La fenêtre était ouverte ?

– Ouais. Il faisait vraiment froid. La grille était toute neuve. Le propriétaire l'avait installée juste avant Thanksgiving.

– Et quand êtes-vous allé vivre chez votre tante, Tony ?

– Quinze jours plus tard.

– Et comment avez-vous su que votre mère était fâchée contre vous ?

– Elle me l'a dit.

– Qu'elle était fâchée ?

– Que j'avais fait mal à papa.

– En le forçant à sauter ?

– Ouais.

– L'avez-vous forcé à sauter, Tony ?

– Non !

– Vous en êtes sûr ?

– Oui !

– Dans ce cas, comment votre mère savait-elle que vous pouviez forcer les gens à faire des choses ?

– Je ne sais pas !

– Si, vous le savez, Tony. Réfléchissez. Vous êtes sûr que le jour où vous avez forcé votre tante à vous laisser veiller, c'était la première fois que vous contrôliez quelqu'un ?

– Oui !

– En êtes-vous sûr, Tony ?

– Oui !

– Alors pourquoi votre mère pensait-elle que vous en étiez capable, Tony ?

– Parce *qu'elle* le pouvait !

– Votre mère pouvait contrôler les gens ?

– Oui. Depuis toujours. Maman m'obligeait à rester assis sur le pot quand j'étais tout petit. Elle m'obligeait à ne pas pleurer quand j'en avais envie. Elle obligeait papa à faire des choses pour elle quand il était là, c'est pour ça qu'il était parti tout le temps. C'était de sa faute !

– C'est elle qui l'a forcé à sauter ce soir-là ?

– Non. Elle *m'a* forcé à le forcer à sauter. »

« Troisième interrogatoire d'Anthony Harod. Vingt heures zéro sept, vendredi 24 avril. Tony, qui a tué Aaron Eshkol et sa famille ?

– Qui ça ?

– L'Israélien.

– Quel Israélien ?

– Mr. Colben a dû vous en parler.

– Colben ? Oh non, c'est Kepler qui me l'a dit. C'est ça. Le jeunot de l'ambassade.

– Oui, le jeunot de l'ambassade. Qui l'a tué ?

– Haines est allé l'interroger avec son équipe.

– Richard Haines ?

– Oui.

– Haines, l'agent du F.B.I. ?

– Oui.

– Haines a-t-il tué personnellement la famille Eshkol ?

– Je crois. Kepler m'a dit qu'il commandait l'équipe.

– Qui a autorisé cette opération ?

– Euh… Colben… Barent.

– Lequel, Tony ?

– Aucune importance. Colben était l'homme de paille de Barent. Je peux fermer les yeux ? Je suis très fatigué.

– Oui, Tony. Fermez les yeux. Dormez en attendant notre prochaine conversation. »

« Quatrième interrogatoire d'Anthony Harod. Vendredi 24 avril 1981. Vingt-deux heures seize. Penthotal de sodium injecté par intraveineuse. Amobarbital de sodium injecté à vingt-deux heures zéro quatre. Données également disponibles sur bande vidéo, sur E.E.G., sur polygraphes et sur biosondes.

« Tony ?

– Oui.

– Savez-vous où se trouve l'Oberst ?

– Qui ça ?

– William Borden.

– Oh, Willi.

– Où est-il ?

– Je ne sais pas.

– Avez-vous une idée de l'endroit où il se trouve ?

– Non.

– Avez-vous un moyen de le savoir ?

– Oui. Peut-être. Je ne sais pas.

– Pourquoi ne le savez-vous pas ? Y a-t-il quelqu'un d'autre qui sait où il se trouve ?

– Kepler. Peut-être.

– Joseph Kepler ?

– Ouais.

– Kepler sait où se trouve Willi Borden ?

– Kepler dit qu'il a reçu des lettres de Willi.

– De quand datent ces lettres ?

– Je ne sais pas. De ces dernières semaines.

– Pensez-vous que Kepler dise la vérité ?

– Ouais.

– D'où viennent ces lettres ?

– De France. De New York. Kepler ne m'a pas tout dit.

– Est-ce Willi qui a entamé cette correspondance ?

– Je ne comprends pas.

– Qui a écrit le premier — Willi ou Kepler ?

– Kepler.

- Comment est-il entré en contact avec Willi ?

– Il a écrit aux types qui gardent sa maison en Allemagne.

– A Waldheim ?

– Ouais.

– Kepler a envoyé une lettre à Willi aux bons soins des gardes forestiers de Waldheim, et Willi lui a répondu ?

– Oui.

– Pourquoi Kepler a-t-il écrit à Willi, et qu'est-ce que Willi lui a répondu ?

– Kepler essaye de jouer sur les deux tableaux. Il veut s'assurer les bonnes grâces de Willi si jamais Willi entre à l'Island Club.

– L'Island Club ?

– Ouais. Ce qu'il en reste. Trask est mort. Colben est mort. A mon avis, Kepler pense que Barent devra négocier si Willi ne relâche pas la pression.

– Parlez-moi de l'Island Club, Tony... »

Il était deux heures du matin lorsque Saul rejoignit Natalie à la cuisine. Le psychiatre était pâle et semblait épuisé. Natalie lui servit une tasse de café et ils s'assirent pour examiner une carte routière. « C'est tout ce que j'ai pu trouver, dit Natalie. Je l'ai achetée dans un restaurant routier sur l'I-5.

– Il nous faut un atlas, ou alors une photo prise par satellite. Peut-être que Jack Cohen pourra nous aider. » Saul suivit du doigt la côte de la Caroline du Sud. « Elle ne figure même pas sur cette carte.

– Non, dit Natalie, mais si elle se trouve bien à trente-six kilomètres de la côte comme le dit Harod, cela n'a rien d'étonnant. Je pense qu'elle doit être quelque part par ici, à l'est de Cedar Island et de Murphy Island... beaucoup plus au sud du Cap Romain. »

Saul ôta ses lunettes et se frotta l'arête du nez. «Ce n'est pas un petit banc de sable qui disparaît à marée haute. A en croire Harod, Dolmann Island mesure presque dix kilomètres de long et quatre de large. Tu as passé presque toute ta vie à Charleston et tu n'en as jamais entendu parler ?

– Jamais. Tu es sûr qu'il dort ?

– Oh oui. Il en a encore pour six bonnes heures.» Saul prit la carte qu'il avait dessinée en suivant les indications de Harod et la compara avec celle que Cohen avait incluse dans le dossier Barent. «Tu te sens en forme pour discuter de tout ça ?

– Ça ira.

– Bien. Barent et son groupe... du moins les survivants... se retrouveront sur Dolmann Island durant la semaine du 7 juin pour participer au Camp d'Été. Celui qui est ouvert au public. Ledit public, à en croire Harod, étant composé du genre de notables dont Jack Cohen nous a parlé. Rien que des hommes. Aucune femme. Margaret Thatcher elle-même ne serait pas admise à poser le pied sur l'île. Le personnel est exclusivement masculin. Selon Jack, il y aura plusieurs dizaines de gardes du corps. Les festivités publiques s'achèveront le samedi 13 juin. Le dimanche 14, selon Harod, l'Oberst se joindra aux quatre membres de l'Island Club — Harod inclus — pour pratiquer son sport favori pendant cinq jours.

– Son sport favori ! s'exclama Natalie. Tu parles d'un sport.

– Son sport sanglant favori, rectifia Saul. Ça se tient. Ces hommes ont le même pouvoir que l'Oberst, Melanie Fuller et Nina Drayton. Le goût de la violence les enivre tout autant, mais ce sont des personnages publics. Il leur est beaucoup plus difficile de participer, même de loin, au type d'activité auquel les trois vétérans se livraient jadis à Vienne.

– Ils se réservent donc pour cette horrible semaine annuelle.

– Oui. Et c'est aussi une façon indolore… indolore pour *eux*… de conforter leur hiérarchie interne. Cette île est un lieu incroyablement privé. Théoriquement, elle n'est même pas placée sous juridiction américaine. Lorsque Barent y séjourne, lui et ses invités demeurent dans cette zone… la pointe sud. C'est là que se trouve son domaine, ainsi que les installations du Camp d'Été. Les cinq kilomètres de pistes et de marais sont séparés par des zones interdites, des barrières et des champs de mines. C'est là qu'ils jouent leur propre version du vieux jeu de l'Oberst.

– Pas étonnant qu'il ait fait des pieds et des mains pour être invité. Combien d'innocents sont sacrifiés durant cette semaine de folie ?

– D'après Harod, chaque membre de l'Island Club se voit accorder cinq pions. Cela représente un sujet par jour pendant cinq jours.

– Où diable trouvent-ils ces malheureux ?

– C'est Charles Colben qui fournissait la plupart d'entre eux. Apparemment, ils tirent au sort leurs… comment dirais-je ? Leurs pièces. Ils les tirent au sort chaque matin pour la chasse du jour. La chasse du soir, en fait. A en croire Harod, les réjouissances ne commencent qu'un peu avant le crépuscule. Ils sont censés tester leur talent en se fiant en partie au hasard. Ils ne souhaitent pas perdre des… pièces… qu'ils ont passé un long moment à conditionner.

– Où vont-ils trouver leurs victimes cette année ? » Natalie se dirigea vers un placard et en revint avec une bouteille de Jack Daniel's. Elle en ajouta une bonne dose à son café.

Saul lui sourit. « Devine. En tant qu'apprenti vampire, ou bizuth si tu veux, ce cher Mr. Harod a reçu pour mission de fournir quinze des pions. Il doit s'agir d'hommes et de femmes en bonne condition physique qui ne manqueront à personne.

– C'est ridicule, dit Natalie. Leur disparition sera sûrement remarquée.

– Pas vraiment, soupira Saul. Il y a des dizaines de milliers d'adolescents fugueurs dans ce pays. La plupart ne reviennent jamais chez eux. Dans les établissements psychiatriques des grandes villes, on trouve des ailes entières emplies de personnes sans identité et sans famille. La police est submergée de demandes de recherche de maris ou d'épouses ayant déserté le domicile conjugal.

– Donc, ils s'emparent de deux douzaines de personnes, les expédient dans cette foutue île, et les forcent à s'entre-tuer ?» La voix de Natalie était lourde de fatigue.

«Oui.

– Tu penses que Harod a dit la vérité ?

– Il m'a peut-être transmis des informations erronées, mais les drogues l'empêchent de formuler des mensonges.

– Tu vas le laisser vivre, n'est-ce pas, Saul ?

– Oui. Notre meilleure chance de retrouver l'Oberst est de laisser ce groupe organiser leur chasse sur l'île. Éliminer Harod… ou le garder prisonnier trop longtemps… entraînerait probablement l'échec de notre plan.

– Tu penses qu'il n'échouera pas quand ce… cette *ordure* ira tout raconter à Barent et aux autres ?

– A mon avis, il est probable qu'il n'en fera rien.

– Bon Dieu, Saul, comment peux-tu en être sûr ?

– Je suis *sûr* d'une chose : Harod ne sait plus où il en est. Tantôt il est convaincu que nous sommes des agents de l'Oberst, tantôt il est persuadé que nous sommes envoyés par Kepler ou par Barent. Il est incapable de croire que nous sommes des acteurs indépendants dans ce mélodrame.

– Mélodrame, en effet. Papa me laissait veiller tard pour regarder ce genre de merde au cinéma de minuit. *Les Chasses du comte Zaroff*. C'est de la connerie, Saul.»

Saul Laski tapa du poing sur la table avec tant de force que l'on aurait cru qu'un coup de feu venait d'éclater dans la cuisine. La tasse de Natalie se renversa et son café se répandit sur la table. «Ne viens pas *me* dire que c'est de la connerie!» hurla Saul. C'était la première fois en cinq mois que Natalie l'entendait hausser le ton. «Ne viens pas *me* dire que tout ça n'est qu'un mauvais mélodrame. Va le dire à ton père, va le dire à Rob Gentry! Va le dire à mon neveu Aaron, à sa femme et à leurs enfants! Va le leur dire à tous... aux milliers de personnes que l'Oberst a envoyées dans les fours crématoires! Va le dire à mon père et à mon frère Josef...»

Saul se leva si brusquement qu'il renversa sa chaise. Il se pencha au-dessus de la table et Natalie remarqua les muscles qui saillaient sous la peau hâlée de ses avant-bras, l'horrible cicatrice de son bras gauche, son tatouage à moitié effacé. Sa voix était plus basse lorsqu'il reprit la parole, mais elle ne s'était pas apaisée : il se contentait de contrôler sa colère. «Natalie, l'histoire de ce siècle est un lamentable mélodrame écrit par des êtres lamentables aux dépens des vies et des âmes de leurs prochains. Nous ne pouvons rien y changer. Même si nous réussissons à éliminer ces... ces aberrations, le projecteur se braquera sur un autre des charognards qui animent cette farce violente. De tels actes sont accomplis tous les jours par des gens qui n'ont pas un iota de ce pouvoir psychique... des gens qui pratiquent la violence dans le cadre de l'exercice du pouvoir que leur confèrent leur caste, leur position sociale, leurs armes ou leurs électeurs... mais, *bon Dieu*, ces salopards se sont attaqués à *notre* famille, à *nos* amis, et nous les empêcherons de nuire.» Saul s'interrompit, posa les mains sur la table et pencha la tête. Quelques gouttes de sueur tombèrent sur la nappe.

Natalie lui caressa la main. «Je sais, Saul, dit-elle doucement. Excuse-moi. Nous sommes très fatigués. Nous avons besoin de sommeil.»

Il hocha la tête, lui tapota la main et se frotta les joues. «Va dormir quelques heures. Je vais installer un lit pliant dans la salle d'observation. Les sondes sont programmées pour déclencher un signal d'alarme dès que Harod se réveillera. Avec un peu de chance, nous aurons droit à sept heures de sommeil.»

Natalie éteignit la lumière et l'accompagna jusqu'au pied de l'escalier. Elle posa un pied sur la première marche, puis se retourna et dit : «Ça signifie que nous devons passer à la phase suivante comme prévu, n'est-ce pas? Aller à Charleston?»

Saul hocha la tête avec lassitude. «Je crois bien que oui. Je ne vois pas d'autre moyen. Je suis navré.

– Ce n'est pas grave», dit Natalie, qui sentait néanmoins la peur lui nouer les entrailles à l'idée de ce qui les attendait. «Je savais qu'il faudrait en passer par là.»

Saul leva les yeux vers elle. «Ce n'est pas forcément nécessaire.

– Si.» Elle commença à gravir l'escalier, murmurant la phrase suivante pour elle-même : «Si, c'est nécessaire.»

46.
Los Angeles,
vendredi 24 avril 1981

L'agent spécial Richard Haines utilisa un brouilleur du F.B.I. pour appeler le centre de communication de Mr. Barent à Palm Springs. Il n'avait aucune idée de l'endroit où se trouvait le milliardaire lorsque celui-ci décrocha.

« Richard. Qu'avez-vous à m'apprendre ?

– Pas grand-chose, monsieur. L'antenne locale du F.B.I. surveille en permanence le consulat d'Israël — conformément à la procédure en vigueur —, mais selon elle Cohen ne s'est rendu ni au consulat ni au bureau d'import-export de Los Angeles qui sert de couverture aux agents du Mossad opérant dans la région. Nous avons placé une taupe chez eux qui nous jure que Cohen ne s'est pas montré ces derniers temps.

– C'est tout ?

– Pas tout à fait. Nous avons vérifié les fichiers du motel de Long Beach et confirmé le passage de Cohen. Le réceptionniste affirme qu'il conduisait une voiture de location le jour de son arrivée — jeudi 16 —, mais que lorsqu'il est reparti le lundi matin il était au volant d'une fourgonnette, très certainement une Ford Econoline. Samedi et dimanche, une des femmes de ménage a remarqué plusieurs gros cartons — de la taille d'une caisse — rangés dans sa chambre. Elle affirme que l'un de ces cartons portait une étiquette Hitachi.

– Du matériel électronique ? Du matériel de surveillance, peut-être ?

– C'est possible, mais en règle générale, le Mossad fournit lui-même ce genre de matériel à ses agents.

– Et si Cohen travaillait en solo... ou pour le compte de quelqu'un d'autre ?

– C'est cette hypothèse que nous avons adoptée.

– Avez-vous pu vous assurer de la présence de Willi Borden dans les parages ?

– Non, monsieur. Nous avons de nouveau placé sa maison sous surveillance... elle n'est pas encore vendue... mais on ne l'y a pas vu, pas plus que Reynolds ou Luhar.

– Et Harod ?

– Eh bien, il ne nous a pas été possible de le joindre.

– Que voulez-vous dire, Richard ?

– Eh bien, monsieur, cela fait plusieurs semaines que nous avons interrompu la surveillance dont Harod faisait l'objet, et quand nous avons essayé de l'appeler, hier et aujourd'hui, sa secrétaire nous a dit qu'il était sorti et qu'elle ne savait pas où il se trouvait. Aujourd'hui, nous avons envoyé des hommes là-bas, mais il n'est pas sorti de chez lui et on ne l'a pas vu aux studios de la Paramount.

– Je suis un peu déçu, Richard. »

Un léger tremblement parcourut le corps de Haines. Il cala ses coudes sur le bureau et agrippa le combiné des deux mains. « Je suis navré, monsieur. Il m'est difficile de superviser simultanément l'enquête en cours dans le Wyoming et les recherches de notre équipe californienne.

– Qu'a donné l'enquête dans le Wyoming ?

– Euh... rien de concret, monsieur. Nous sommes sûrs que Walters, l'officier de l'Air Force qui a...

– Oui, oui.

– Eh bien, Walters se trouvait mardi soir dans un bar de Cheyenne. Le barman est presque sûr de l'avoir vu discuter avec un groupe de clients parmi lesquels se trouvait un homme répondant au signalement de Willi...

– Presque sûr ?

– Il y avait beaucoup de monde ce soir-là, Mr. Barent. Nous supposons que *c'était* Willi. Nous avons fait des recherches dans tous les hôtels et motels situés dans un périmètre s'étendant jusqu'à Denver, mais personne ne se souvient de l'avoir vu, lui ou ses deux compagnons.

– Votre rapport ressemble à une litanie d'actions futiles, Richard. Avez-vous découvert *un seul* indice susceptible de vous révéler l'endroit où se trouve Willi en ce moment ?

– Eh bien, monsieur, les ordinateurs d'Amtrak, de toutes les lignes aériennes et de toutes les compagnies d'autocars nous alerteront dès que Willi ou ses proches achèteront un billet à leur nom ou paieront avec leur carte de crédit. Nous avons ajouté à la liste des personnes recherchées le psychiatre juif qui est sans doute mort à Philly, ainsi que la petite Preston. Les Douanes sont également alertées ; le F.B.I. a classé cette affaire en priorité A-1 pour toute la semaine. Toutes nos antennes régionales et locales ont été avisées que…

– Je suis *déjà* au courant, Richard, dit doucement Barent. Je vous ai demandé si vous aviez de nouveaux indices.

– Pas depuis que nous avons repéré les incursions de Jack Cohen dans nos fichiers informatiques, mardi dernier.

– Vous pensez toujours que Cohen était Utilisé par Willi ?

– A part lui, je ne vois pas qui s'intéresserait aux relations entre le révérend Sutter, Mr. Kepler et vous-même, monsieur.

– Peut-être avons-nous fait preuve de précipitation en… euh… en envoyant un comité d'accueil à Mr. Cohen lors de son retour. »

Haines resta muet. Il avait cessé de trembler, mais une fine pellicule de sueur recouvrait son front et sa lèvre supérieure.

« Et le reçu de la station-service, Richard ?

– Euh… oui, monsieur. Nous sommes allés vérifier sur place. Le propriétaire prétend qu'il est trop occupé pour se souvenir de tous ses clients. Le carbone de la carte de crédit nous a permis de confirmer que c'était bien Cohen qui avait pris de l'essence. Le pompiste qui était de service ce jour-là a pris une semaine de vacances pour aller faire de la randonnée quelque part dans les monts de Santa Ana. De toute façon, c'est une piste aléatoire…

– Il me semble, Richard, que le moment est venu pour vous de suivre les pistes les plus aléatoires. Je veux qu'on retrouve Willi Borden et je veux qu'on m'explique le rôle de Cohen dans cette histoire. Est-ce clair ?

– Oui, monsieur.

– Je n'aimerais pas être déçu au point de devoir vous rappeler ici pour prendre des mesures disciplinaires, Richard. »

Haines essuya son visage en sueur avec la manche de sa veste de sport en popeline Joseph Banks. « Oui, monsieur.

– Bien. Ne m'avez-vous pas mentionné l'existence d'une planque… ou de plusieurs… installée par les Israéliens près de Los Angeles ? Une planque que le F.B.I. n'aurait pas encore découverte ?

– Euh… j'ai dit que c'était une possibilité, Mr. Barent. Mais ça me paraît peu probable.

– Mais c'est possible ?

– Oui, monsieur. C'est suite à l'affaire de ce Palestinien, un membre du Fatah qui était aussi le comptable de Septembre Noir. Il y a deux ou trois ans, il a accepté de passer dans le camp américain, mais les agents de la C.I.A. avec lesquels il traitait étaient en fait des hommes du Mossad commandés par Cohen. Ils l'ont donc fait venir aux États-Unis, lui ont montré qu'il était bien à L.A., puis ils l'ont planqué dans un coin où ni la C.I.A. ni le F.B.I. n'ont pu le retrouver et…

– Tout ceci est accessoire, Richard. Vous avez des raisons de croire qu'il existe une planque inconnue de vos services dans les environs de Los Angeles ?

– Oui, monsieur.

– Et plus précisément, non loin de la station-service de San Juan Capistrano ?

– Oui, monsieur, mais elle pourrait être n'importe où…

– D'accord, Richard. Voici ce que vous allez faire. Premièrement, rendez-vous immédiatement chez Mr. Harod et procédez à un interrogatoire poussé… j'ai bien dit poussé, Richard… de Miss Chen. Si Harod est là, interrogez-le. Sinon, retrouvez-le. Deuxièmement, utilisez toutes les ressources de votre bureau de Los Angeles, ainsi que toutes les forces de police locales si nécessaire, pour retrouver ce pompiste randonneur ainsi que tous les autres témoins que vous désirez interroger. Je veux savoir avec précision quel véhicule conduisait Mr. Cohen, qui l'accompagnait, et quelle direction il a prise en quittant cette station-service. Troisièmement, procédez à des recherches dans tous les magasins de fournitures électroniques de Long Beach et des environs. Tâchez d'apprendre ce que Jack Cohen ou Willi ont pu acheter. Quatrièmement, interrogez une nouvelle fois le réceptionniste et les femmes de ménage du motel de Long Beach afin d'accumuler le plus d'informations possible, même triviales. Utilisez toutes les formes de persuasion que vous estimerez nécessaires.

« Quant à moi, je vais m'efforcer de vous aider. Cet après-midi, je vous ferai envoyer une douzaine des plombiers de Joseph afin de vous assister dans votre… euh… enquête confidentielle. En outre, nous saurons bientôt où se trouve cette fameuse planque. Je vous transmettrai l'information dans les vingt-quatre heures. »

Haines se frotta les sourcils. « Mais comment… » Il s'interrompit.

Le gloussement de C. Arnold Barent ressemblait à un grésillement de parasites sur la ligne brouillée. « Richard, vous ne croyez quand même pas que Charles et vous étiez mes seules sources d'information ? Si cela s'avère nécessaire, je téléphonerai à certains de mes... euh... contacts à l'intérieur du gouvernement israélien. Compte tenu du décalage horaire, je ne pourrai sans doute pas vous donner une adresse précise avant demain matin. Ne m'attendez pas. Commencez à fouiller les environs de San Juan Capistrano dès cet après-midi. Examinez les registres de ventes immobilières, tâchez de repérer les immeubles qui restent vacants une grande partie de l'année... et en désespoir de cause, promenez-vous et cherchez une fourgonnette Econoline de couleur sombre. N'oubliez pas : vous cherchez une propriété privée dans un endroit isolé, sans doute assez loin des zones résidentielles.

– Oui, monsieur.

– Je vous recontacterai dès que possible. Et... Richard ?

– Oui, monsieur ?

– Tâchez de ne pas me décevoir à nouveau.

– Non, *monsieur.*»

47.
Los Angeles,
samedi 25 avril 1981

Harod était bâillonné et drogué quand on le relâcha à une rue de Disneyland. Lorsqu'il finit par reprendre conscience, il était assis au volant de sa Ferrari, entièrement vêtu, les mains libres, les yeux recouverts d'un simple masque de sommeil noir. Sa voiture était garée derrière une boutique de tapis en solde, entre une benne à ordures et un mur de briques.

Harod descendit de voiture et s'appuya au capot le temps que sa nausée et son vertige se dissipent. Une demi-heure s'écoula avant qu'il se sente en état de conduire.

Évitant les voies rapides, il s'engagea dans la circulation, prenant la direction de l'ouest, puis celle du nord une fois qu'il eut rejoint Long Beach Boulevard, et essaya de rassembler ses esprits. Il ne conservait des dernières quarante heures que des souvenirs flous et quasi oniriques — de longues conversations dont il ne se rappelait que des fragments —, mais les traces de piqûres et les picotements laissés par la dernière fléchette lui confirmaient qu'on l'avait drogué, séquestré et torturé.

C'était sûrement Willi. La dernière conversation — la seule dont il se souvenait intégralement — le prouvait sans l'ombre d'un doute.

L'homme au passe-montagne était entré et s'était assis sur le lit. Harod aurait voulu le regarder dans les yeux, mais les verres réfléchissants ne laissaient voir que son propre visage hâve et mal rasé.

« Tony », dit doucement l'homme de sa voix à l'accent à la fois familier et irritant, « nous allons vous laisser partir. »

A ce moment-là, Harod fut persuadé de l'imminence de sa mort.

« J'ai encore une question à vous poser, Tony. » La bouche de son tortionnaire était le seul élément humain de son visage. « Comment se fait-il que ce soit vous qui fournissiez cette année la plupart des marionnettes humaines destinées à participer au concours de l'Island Club ? »

Harod essaya de s'humecter les lèvres, mais il n'y avait plus une seule goutte de salive sur sa langue. « Je ne suis au courant de rien. »

Le passe-montagne noir oscilla d'avant en arrière, les verres réfléchissants devinrent deux disques blancs. « Oh, Tony, inutile de nier, il est trop tard. Nous savons que c'est vous qui devez fournir les corps, mais comment comptez-vous procéder ? Vous préférez utiliser les femmes, n'est-ce pas ? Les membres du Club sont-ils disposés à ne jouer qu'avec des femmes cette année ? »

Harod secoua la tête.

« J'ai besoin de comprendre comment vous allez faire avant de vous dire au revoir, Tony.

– Willi ? coassa Harod. Bon Dieu, Willi, vous n'avez pas besoin de faire tout ce cinéma. PARLEZ-moi ! »

Les deux miroirs se tournèrent vers le visage de Harod. « Willi ? Je ne pense pas que nous connaissions une personne de ce nom, n'est-ce pas ? Bien, comment se fait-il que vous puissiez fournir des sujets des deux sexes alors que nous savons tous les deux que vous en êtes incapable ? »

Harod tira sur ses menottes, s'arc-bouta pour essayer de décapiter l'homme au passe-montagne à coups de pied. Sans se presser, l'homme se leva et alla près de la tête de lit, hors de portée des mains et des pieds de Harod. Il lui agrippa les cheveux et lui souleva légèrement la tête. « Vous allez répondre à cette question, Tony. C'est l'évidence même. Peut-être y avez-vous déjà répondu. Nous voulons seulement une confirmation de votre part à présent que vous êtes conscient. Si nous sommes à nouveau obligés de vous administrer un sédatif, cela retardera nécessairement l'heure de votre libération.»

Cela retardera l'heure de votre libération : bel euphémisme pour «cela repoussera l'heure de votre mort», pensa Harod, et ça lui convenait à merveille. Si le silence — même un silence forcé — pouvait retarder l'instant où on lui logerait une balle dans le crâne, Harod était prêt à se montrer aussi silencieux que le Sphinx, bordel.

Mais il n'y croyait pas. Il savait d'après ses souvenirs fragmentaires qu'il avait déjà parlé tout son saoul; il avait déjà craché le morceau sous l'effet des produits chimiques qu'on lui avait injectés. Si ce type *était* Willi, ce qui paraissait probable, alors il finirait par savoir ce qu'il voulait. Peut-être même que ça valait mieux, dans l'intérêt de Harod. Il espérait encore que Willi avait besoin de lui. Il se rappela le visage du pion sur l'échiquier de Waldheim. Si ses deux geôliers étaient manipulés par Barent, Kepler, Sutter, ou une coalition des trois, ils désiraient seulement qu'il confirme une information qu'ils possédaient déjà ou qu'ils n'auraient aucune peine à obtenir. Quoi qu'il en soit, Harod avait besoin de *dialoguer* avec eux.

«Je paye Haines pour me procurer des corps, dit-il. Des fugueurs, des anciens détenus, des informateurs auxquels le F.B.I. a fourni une nouvelle identité. C'est lui qui va tout arranger. Ces types recevront un *salaire* et ils penseront que c'est le gouvernement qui les emploie pour monter un coup fourré. Quand ils se rendront compte que leur seule récompense sera la fosse commune, ils seront déjà enfermés dans un des enclos de l'île.»

L'homme au passe-montagne gloussa. «Vous *payez* l'agent Haines. Et qu'en pense son véritable maître ?»

Harod essaya de hausser les épaules, s'aperçut que cela lui était impossible et secoua la tête. «Je n'en ai rien à foutre et je crois que Barent non plus. C'est Kepler qui a eu l'idée de me confier ce boulot de merde. C'est mon Q.I. qu'ils veulent juger, pas l'étendue de mon Talent…»

Les verres réfléchissants oscillèrent de haut en bas. «Parlez-moi encore de l'île, Tony. Parlez-moi de ses aménagements. De ses enclos. De son camp. De sa sécurité. Dites-moi tout. Ensuite, nous aurons un service à vous demander.»

C'est à ce moment-là que Harod fut persuadé qu'il avait affaire à Willi. Il avait donc parlé pendant une bonne heure. Et il avait survécu.

Lorsque Harod arriva à Beverly Hills, il avait décidé de tout raconter à Barent et à Kepler. Il ne pouvait pas jouer éternellement sur les deux tableaux — si c'était Willi qui avait manigancé son enlèvement, le vieux souhaitait peut-être même qu'il en parle à Barent. Connaissant Willi, ça faisait probablement partie de son plan. Mais si c'étaient Barent et Kepler qui avaient voulu mettre sa loyauté à l'épreuve, son mutisme risquait d'avoir des conséquences désastreuses.

Quand Harod avait eu fini de raconter tout ce qu'il savait sur Dolmann Island et sur les activités du Club, l'homme au passe-montagne avait dit : «Très bien, Tony. Nous vous remercions de votre aide. Nous avons encore un service à vous demander avant d'être en mesure de vous libérer.

– Lequel?

– Vous dites que Richard Haines doit vous livrer les… volontaires… le samedi 13 juin. Nous vous contacterons le vendredi 12. Nous vous enverrons une ou plusieurs personnes que vous substituerez à certains des volontaires de Haines.»

Bien sûr, avait pensé Harod. *Willi va essayer de piper les dés.* Puis il perçut les conséquences de cette réflexion. *Willi compte bel et bien aller sur l'île !*

«Est-ce bien compris? demanda l'homme aux verres réfléchissants.

– Ouais, d'accord.» Harod n'arrivait pas à croire qu'on allait le relâcher. Il était prêt à dire tout ce qu'on voulait, quitte à agir ensuite selon son bon vouloir.

«Et vous ne parlerez à personne de cette substitution?

– Nan.

– Vous vous rendez bien compte que votre vie en dépend ? Maintenant et à jamais. Il n'existe pas de prescription en matière de trahison, Tony.

– Ouais, j'ai compris. » Harod se demanda si Willi ne le prenait pas pour un imbécile. Le vieux était-il devenu gâteux ? Les « volontaires », comme disait son geôlier, étaient numérotés et parqués tout nus dans un enclos en attendant qu'un tirage au sort décide des numéros des combattants et de leur ordre d'apparition. Willi n'avait aucun moyen de truquer la sélection, et s'il comptait introduire des armes sur l'île par ce biais, il était bel et bien devenu le vieillard sénile pour lequel Harod l'avait naguère pris. « Ouais, répéta Harod, j'ai compris. C'est d'accord.

– *Sehr gut* », avait dit l'homme au passe-montagne.

Et on l'avait relâché.

Harod décida qu'il appellerait Barent dès qu'il aurait pris un bain, bu un verre et discuté de toute cette histoire avec Maria Chen. Il se demanda s'il lui avait manqué, si elle s'était fait du souci pour lui. Il sourit en l'imaginant en train d'appeler la police pour signaler sa disparition. Combien de fois avait-il disparu pendant plusieurs jours — voire plusieurs semaines — sans lui dire où il allait ? Le sourire de Harod s'effaça lorsqu'il se rendit compte à quel point son style de vie l'avait rendu vulnérable au genre d'aventure qu'il venait de vivre.

Il immobilisa la Ferrari sous le regard courroucé de son fidèle satyre et se dirigea vers la maison. Peut-être appellerait-il Barent après un bon bain, un bon verre, un bon massage et…

La porte d'entrée était ouverte.

Harod resta figé plusieurs interminables secondes avant de s'engouffrer dans le vestibule, sentant le vertige induit par la drogue le gagner à nouveau, heurtant meubles et murs, appelant Maria Chen, remarquant à peine les meubles renversés jusqu'au moment où il s'emmêla les pieds dans une chaise et s'étala lourdement sur la moquette. Il se redressa d'un bond et continua à parcourir la maison en hurlant.

Il trouva Maria Chen dans son bureau, recroquevillée sur le sol derrière le secrétaire. Ses cheveux noirs étaient poisseux de sang et son visage tuméfié était presque méconnaissable. Ses lèvres bleuies étaient déformées par un rictus révélant au moins une dent cassée.

Harod sauta par-dessus le secrétaire, mit un genou à terre et posa doucement la tête de Maria Chen sur l'autre. Elle gémit lorsqu'il la toucha. « Tony. »

Jamais Tony Harod n'avait ressenti colère aussi violente, aussi incandescente, mais il s'aperçut qu'aucune obscénité ne lui venait à l'esprit. Aucun cri ne s'échappait de sa bouche. Lorsqu'il réussit à parler, sa voix n'était qu'un faible murmure. « Qui t'a fait ça ? Quand ? »

Maria Chen fit mine de prononcer un mot, mais sa bouche lui faisait trop mal et elle dut refouler ses larmes. Harod se pencha sur elle pour entendre son murmure lorsqu'elle fit une nouvelle tentative. « Hier soir. Trois hommes. Ils te cherchaient. Ils n'ont pas dit qui les envoyait. Mais j'ai vu Richard Haines... dans une voiture... avant qu'ils sonnent. »

Harod lui fit signe de se taire, la prit dans ses bras et la souleva avec un luxe de précautions. Comme il l'emportait dans sa chambre, pensant avec émerveillement qu'elle n'avait subi qu'un sévère passage à tabac dont elle n'aurait aucune peine à se remettre, il s'aperçut à sa grande surprise que ses joues étaient inondées de larmes.

Si les hommes de Barent étaient venus le chercher ici hier soir, pensa-t-il, il ne faisait plus aucun doute que c'était Willi qui l'avait kidnappé.

Il aurait bien aimé pouvoir téléphoner à Willi. Il aurait bien aimé lui dire qu'il était désormais inutile de jouer à colin-maillard, de prendre toutes ces précautions ridicules.

Harod ne savait pas ce que Willi avait l'intention de faire à Barent, mais il était tout disposé à l'aider.

48.
Environs de San Juan Capistrano, samedi 25 avril 1981

Saul et Natalie regagnèrent la planque en début d'après-midi. Si le soulagement de Natalie était évident, les sentiments de Saul étaient plus ambigus. « Le potentiel de recherche était fabuleux, dit-il. Si j'avais pu étudier Harod pendant une semaine, j'aurais rassemblé une quantité incalculable de données.

– Oui, mais il aurait sûrement fini par trouver un moyen de nous contrôler.

– J'en doute. Les barbituriques suffisaient apparemment à inhiber sa capacité d'engendrer les rythmes nécessaires au contact et à la maîtrise d'un système nerveux autre que le sien.

– Mais si nous l'avions gardé ici une semaine, on aurait sûrement lancé des recherches pour le retrouver. Quels que soient les enseignements que tu aurais retirés de tes examens, tu n'aurais pas pu mettre en œuvre la phase suivante du plan.

– Oui, en effet, acquiesça Saul d'une voix où perçait néanmoins une pointe de regret.

– Crois-tu vraiment que Harod tiendra parole et nous aidera à introduire quelqu'un sur l'île ?

– Il y a de grandes chances. Pour l'instant, Mr. Harod semble avant tout soucieux de limiter les dégâts. Il a de bonnes raisons d'agir conformément à notre plan. Et s'il choisit de ne pas coopérer, notre situation n'en empirera pas pour autant.

– Et s'il emmène l'un de nous sur l'île pour le livrer ensuite à Barent et à sa clique en prétendant l'avoir capturé ? C'est ce que je ferais à sa place. »

Saul frissonna. « Dans ce cas, notre situation aura empiré. Mais nous avons bien d'autres choses à faire avant d'envisager cette possibilité. »

La ferme était dans l'état où ils l'avaient laissée. Saul repassa quelques extraits des cassettes vidéo sous les yeux de Natalie. La seule vue de Tony Harod sur l'écran la rendait un peu malade. « Et ensuite ? » demanda-t-elle.

Saul parcourut la pièce du regard. « Eh bien, nous avons certaines tâches à accomplir. Transcrire et évaluer les interrogatoires. Entamer l'analyse informatique et l'intégration de toutes les données. Ensuite, nous lancerons l'expérience sur le biofeedback à partir des informations que nous aurons recueillies. Tu dois t'entraîner aux techniques d'hypnotisme que je t'ai enseignées et étudier tes dossiers sur Nina Drayton et la période viennoise. Nous devons tous les deux réexaminer nos plans à la lueur des données relatives à Dolmann Island, voire repenser le rôle que Jack Cohen est censé jouer dans notre entreprise. »

Natalie soupira. « Génial. Par quoi veux-tu que je commence ?

– Par rien. » Saul eut un large sourire. « Au cas où tu ne l'aurais pas remarqué lors de ton séjour en Israël, aujourd'hui est un jour de repos pour mon peuple. C'est le sabbat. Va te reposer en haut pendant que je prépare un authentique déjeuner américain pour fêter notre retour au pays : steak, patates cuites et tarte aux pommes, le tout arrosé de Budweiser.

– Saul, nous n'avons rien pour préparer un tel repas. Jack ne nous a laissé qu'un stock de conserves et de surgelés.

– Je sais. C'est pour ça que pendant que tu feras la sieste, j'irai faire quelques achats à la supérette en bas du cañon.

– Mais…

– Mais rien, ma chère.» Saul la força à faire demi-tour et lui donna une petite tape au creux des reins. «Je t'appellerai quand les steaks seront en train de cuire. Nous pourrons arroser notre retour grâce à la bouteille de Jack Daniel's que tu as planquée dans ta chambre.

– Je veux t'aider à préparer la tarte, dit Natalie d'une voix déjà assoupie.

– Marché conclu. Nous boirons du Jack Daniel's en préparant la tarte aux pommes.»

Saul prit tout son temps pour faire ses achats. Il poussait le caddie le long des allées brillamment éclairées, écoutant une musique sans charme et pensant aux ondes thêta et à l'agressivité. Il savait depuis longtemps qu'un supermarché américain était un des lieux les plus propices à l'autohypnose. Et il avait depuis longtemps l'habitude de se plonger dans une légère transe hypnotique pour réfléchir aux problèmes complexes.

Errant parmi les rayonnages, Saul se rendit compte qu'il avait passé les vingt-cinq dernières années à suivre de fausses pistes dans ses tentatives pour déterminer la nature des mécanismes de domination chez l'homme. Comme la plupart des chercheurs, il avait postulé l'existence d'une interaction compliquée de signaux sociaux, de subtilités psychologiques et de comportements d'ordre supérieur. Tout en étant conscient du caractère primitif de la possession que l'Oberst avait exercée sur lui, Saul avait cherché son origine dans les circonvolutions encore inconnues du cortex cérébral, descendant de temps en temps dans le cervelet. Les données recueillies au moyen de l'électroencéphalogramme lui suggéraient à présent que ce talent avait son origine dans le bulbe rachidien et qu'il se manifestait par l'intermédiaire de l'hippocampe en conjonction avec l'hypothalamus. Il avait longtemps pensé que l'Oberst et ses semblables représentaient une forme de mutation, une expérience de l'évolution ou une anomalie statistique illustrant les excès malsains de certaines capacités bien humaines. Les quarante heures qu'il avait passées avec Harod avaient définitivement modifié son postulat de base. Si la source de cet inexplicable talent était bien le bulbe rachidien et le système limbique datant des premiers mammifères, alors le talent des vampires psychiques devait être antérieur à l'*Homo sapiens*. Harod et ses semblables étaient des anomalies, des atavismes, des souvenirs d'une phase antérieure de l'évolution.

Saul réfléchissait encore aux ondes thêta et au mouvement oculaire rapide lorsqu'il s'aperçut qu'il avait payé ses achats et qu'on lui tendait deux sacs pleins à craquer. Obéissant à une impulsion subite, il demanda à la caissière de lui changer quatre dollars en pièces de vingt-cinq cents. Tout en transportant ses achats vers la fourgonnette, il se demanda s'il allait appeler Jack Cohen.

La logique lui conseillait de n'en rien faire. Saul était toujours décidé à ne pas impliquer l'Israélien sauf en cas de nécessité absolue, aussi ne pouvait-il pas lui faire part des événements des derniers jours. Et il n'avait rien de précis à lui demander. Pas encore. S'il appelait Jack, ce serait par pur caprice.

Saul posa les sacs dans la fourgonnette et se dirigea vers une rangée de cabines téléphoniques placées près de l'entrée du supermarché. Peut-être le moment était-il venu de céder à ses caprices. Saul était d'humeur triomphante et voulait partager son optimisme avec quelqu'un. Il tâcherait d'être circonspect, mais Jack saurait qu'il n'avait pas dépensé en vain son temps et son argent.

Saul composa le numéro du domicile de Jack, qu'il avait pris soin de mémoriser. Personne. Il récupéra ses pièces et appela l'ambassade d'Israël, demandant à la standardiste de lui passer le poste de Jack. Lorsqu'une secrétaire le pria de s'identifier, il lui répondit qu'il s'appelait Sam Turner, un nom que Jack lui avait suggéré d'employer. Il était censé informer ses subalternes que tout appel émanant de Sam Turner devait être considéré comme prioritaire.

Suivit une bonne minute d'attente. Saul tenta de refouler la sinistre impression de déjà-vu qui l'habitait. A l'autre bout du fil, un homme lui demanda : « Allô, qui est à l'appareil ?

– Sam Turner. » Saul sentit la nausée monter en lui. Il savait qu'il devait raccrocher.

« Et qui demandez-vous, s'il vous plaît ?

– Jack Cohen.

– Pouvez-vous me dire pour quelle raison vous cherchez à joindre Mr. Cohen ?

– C'est personnel.

– Êtes-vous un parent ou un ami de Mr. Cohen ? »

Saul raccrocha. Il savait qu'il était plus difficile de localiser l'origine d'un appel que ne le suggéraient les films et les séries télé, mais il était resté assez longtemps en ligne. Il appela les renseignements, demanda le numéro du *Los Angeles Times* et le composa, insérant ses dernières pièces dans la fente de l'appareil.

« *Los Angeles Times*.

– Bonjour, je m'appelle Chaim Herzog, je suis responsable adjoint du bureau d'information du consulat d'Israël et je vous appelle pour rectifier une erreur dans un article que vous avez publié cette semaine.

– Oui, Mr. Herzog. C'est du ressort des archives. Un instant, je vous les passe. »

Saul contempla les ombres longilignes qui striaient le flanc de la colline et sursauta lorsqu'une voix féminine lui dit : « Ici la morgue. » Il répéta son baratin à sa correspondante.

« Quel jour est paru cet article, monsieur ?

– Je vous prie de m'excuser, mais je n'ai pas la coupure de presse sous la main et j'ai oublié.

– Et comment s'appelle la personne dont vous m'avez parlé ?

– Cohen, Jack Cohen. » Saul s'adossa à la paroi de la cabine et observa les énormes merles qui se pressaient au bord de l'autoroute autour d'une pâture dissimulée par les buissons. Un hélicoptère passa dans le ciel, fonçant vers l'ouest à cinq cents pieds d'altitude. Saul imagina la femme des archives en train de pianoter sur le clavier de son ordinateur.

«J'ai trouvé, dit-elle. C'est dans le numéro du mercredi 22 avril, en page 4. "Un attaché d'ambassade israélien assassiné à l'aéroport de Washington." C'est bien l'article qui vous intéresse, monsieur ?

– Oui.

– C'était une dépêche d'Associated Press, Mr. Herzog. S'il y a une erreur, elle provient de leur bureau de Washington.

– Pouvez-vous me lire cet article, s'il vous plaît ? Afin que je puisse confirmer la présence de l'erreur ?

– Bien sûr.» La femme lui lut les quatre paragraphes de l'article, qui débutait ainsi : «Le corps de Jack Cohen, cinquante-huit ans, attaché à l'ambassade d'Israël et responsable des affaires agricoles, a été découvert cet après-midi dans le parking de l'aéroport international Dulles. Mr. Cohen semble avoir été victime d'un vol avec agression», pour se conclure par la phrase suivante : «La police ne possède pour l'instant aucun indice mais déclare que l'enquête suit son cours.»

«Merci», dit Saul, et il raccrocha. De l'autre côté de la chaussée, les merles abandonnèrent leur repas invisible et s'envolèrent vers le ciel, décrivant une spirale de plus en plus grande.

Saul remonta le cañon à 110 km/h, poussant au maximum son véhicule relativement peu maniable. Il avait passé une bonne minute à essayer de construire un argument logique, rationnel, rassurant, capable de le convaincre que la mort de Jack Cohen était effectivement due à une agression qui avait mal tourné. De telles coïncidences se produisaient tous les jours. Et quand bien même, affirma une partie de son esprit, quatre jours s'étaient écoulés. Si les assassins de Cohen avaient fait le rapprochement avec la planque, ils seraient déjà arrivés sur les lieux.

Impossible d'y croire. Il s'engagea dans l'allée, soulevant un nuage de poussière, et accéléra en remontant l'enfilade d'arbres et de barrières. Il n'avait pas l'automatique Colt sur lui. Il l'avait laissé dans sa chambre, à côté de celle de Natalie.

Aucune voiture devant la maison. La porte d'entrée était fermée à clé. Saul l'ouvrit et entra. «Natalie!» Aucune réaction à l'étage.

Saul regarda autour de lui, ne vit rien d'anormal, traversa d'un pas vif la salle à manger et la cuisine, entra dans la salle d'observation et trouva le pistolet à fléchettes là où il l'avait laissé. Il s'assura qu'il y avait une flèche rouge dans le chargeur, prit la boîte de munitions et regagna en courant la salle à manger. «Natalie!»

Il avait monté trois marches, le pistolet à moitié levé, lorsque Natalie apparut sur le palier. «Qu'y a-t-il?» Elle frotta ses yeux bouffis de sommeil.

«Fais tes bagages. Et sans perdre de temps. Nous devons partir tout de suite.»

Sans poser de questions, elle fit demi-tour et se dirigea vers sa chambre. Saul entra dans la sienne, attrapa le pistolet posé sur sa valise, vérifia que le magasin était plein, actionna le percuteur pour introduire une balle dans la chambre. Il s'assura que le cran de sûreté était en place et glissa le pistolet dans la poche de son blouson de sport.

Natalie avait déjà rangé sa valise dans la fourgonnette lorsque Saul y apporta sa propre valise et son sac à dos. «Que dois-je faire?» demanda-t-elle. La silhouette de son Colt était visible sous le tissu de sa jupe paysanne.

«Tu te rappelles ces deux bidons d'essence que Jack et moi avons trouvés dans la grange? Amène-les sur le perron, puis reste ici et guette l'arrivée d'une voiture dans l'allée. Ou d'un hélicoptère dans le ciel. Attends, voilà la clé de la fourgonnette. Mets le contact et tiens-toi prête à démarrer. D'accord?

– D'accord.»

Saul rentra dans la maison au petit trot et commença à débrancher ses appareils, les rangeant dans les cartons au petit bonheur la chance. Il pouvait abandonner la caméra et le magnétoscope, mais il avait besoin de l'électroencéphalographe, des boîtiers de télémétrie, des bandes, de l'ordinateur, de l'imprimante, des rames de papier et des transmetteurs radio. Il commença à transporter les cartons jusqu'à la fourgonnette. Saul et Natalie avaient mis deux jours à installer et à régler leur équipement, puis à préparer la salle des interrogatoires. Il lui fallut moins de dix minutes pour tout démanteler et charger le matériel indispensable. «Tu as vu quelque chose ?

– Rien pour le moment», répondit Natalie.

Saul hésita une seconde, puis emporta les bidons au fond de la maison, arrosant d'essence la salle des interrogatoires, la salle d'observation, la cuisine et le séjour. Sa conduite lui paraissait barbare et un peu ingrate, mais il ignorait ce que les hommes de Haines ou de Barent pourraient déduire de leurs éventuelles découvertes. Il jeta les bidons vides au-dehors, vérifia que les pièces du premier étage étaient débarrassées, et acheva de charger les objets provenant de la cuisine. Il attrapa son briquet, se dirigea vers le porche, hésita. «Natalie, est-ce que j'ai oublié quelque chose ?

– Le plastic et les détonateurs à la cave !

– Bon Dieu !» Saul se précipita vers l'escalier. Natalie avait préparé un nid de couvertures dans la fourgonnette ; elle y posa la caisse doublée contenant les détonateurs lorsque Saul la lui donna.

Il fit une dernière fois le tour de la maison, attrapa la bouteille de Jack Daniel's dans un placard et mit le feu aux traînées d'essence. Le résultat fut aussi immédiat que spectaculaire. Saul protégea son visage de la chaleur et pensa : *Je suis navré, Jack.*

Natalie était au volant lorsqu'il sortit de la maison et elle n'attendit pas qu'il ait fermé sa portière pour démarrer et foncer vers l'allée, projetant des gravillons sur l'herbe. «Quelle direction? demanda-t-elle lorsqu'ils atteignirent la route.

– Vers l'est.»

Natalie fonça vers l'est.

49.
Environs de San Juan Capistrano, samedi 25 avril 1981

Richard Haines arriva à temps pour voir un nuage de fumée monter de la planque israélienne. Il s'engagea dans l'allée et fonça vers la ferme, suivi par deux autres voitures.

La lueur des flammes était visible à travers les fenêtres du rez-de-chaussée lorsque Haines gara sa Pontiac aux plaques gouvernementales et fonça vers la galerie. Il leva le bras pour se protéger le visage, jeta un coup d'œil dans la salle à manger, essaya d'y poser le pied mais dut reculer devant la chaleur. « Merde ! » Il ordonna à trois de ses hommes d'aller derrière le bâtiment et à quatre autres de fouiller la grange et les dépendances.

La maison tout entière était la proie des flammes lorsque Haines descendit du perron et fit les trente pas qui le séparaient de sa voiture.

« Est-ce que j'appelle les renforts ? demanda l'agent chargé des liaisons radio.

– Oui, allez-y. Mais il ne restera plus rien de cette baraque quand ils arriveront. » Haines fit le tour de la maison et aperçut des flammes au premier étage.

Un agent vêtu d'un léger costume foncé courut dans sa direction, l'arme au poing. Il était haletant. « Rien dans la grange, dans l'appentis ni dans le poulailler, monsieur. Nous n'avons vu qu'un cochon en train de se promener dans la cour.

– Dans la cour ? Vous voulez dire dans un enclos ?

– Non, monsieur. On a dû le libérer. La porte de l'enclos est grande ouverte. »

Haines hocha la tête et regarda les flammes se lancer à l'assaut du toit. On avait éloigné les voitures du bâtiment et les agents attendaient la suite des événements, les poings sur les hanches. Haines se dirigea vers la Pontiac et s'adressa à l'opérateur radio. «Peter, comment s'appelle le bouseux de flic qui dirige les recherches pour retrouver le pompiste ?

– Nesbitt, monsieur. Le shérif Nesbitt, d'El Toro.

– Ils sont quelque part à l'est d'ici, n'est-ce pas ?

– Oui, monsieur. Ils pensent que le pompiste et son amie sont partis en randonnée vers Trabuco Canyon. Les gardes forestiers sont aussi à leur recherche et…

– Ils ont toujours leur hélicoptère ?

– Oui, monsieur. J'ai intercepté un message radio il y a quelque temps. Mais l'hélicoptère a peut-être reçu une autre mission. Un incendie s'est déclaré dans le Parc national de Cleveland et…

– Trouvez la fréquence de Nesbitt et mettez-moi en communication avec lui, ordonna Haines. Ensuite, passez-moi le poste de commande le plus proche de la police de la route.»

Les premiers pompiers arrivaient lorsque l'agent tendit le micro à Haines. «Shérif Nesbitt ?

– Affirmatif. Qui est à l'appareil ?

– Ici l'agent spécial Richard Haines, du Federal Bureau of Investigations. C'est moi qui ai ordonné à vos services de vous mettre à la recherche du dénommé Gomez. Il vient de se produire un événement autrement plus grave et nous avons besoin de votre aide. Terminé.

– Allez-y. Je vous écoute. Terminé.

– Je lance un avis de recherche prioritaire concernant une fourgonnette Ford Econoline de couleur sombre, modèle 1976 ou 78. Le ou les occupants sont recherchés pour incendie volontaire et pour meurtre. Ils viennent tout juste de quitter le lieu où je me trouve actuellement… dix-neuf kilomètres cinq au nord de San Juan Canyon. Nous ne savons pas s'ils ont pris la direction de l'ouest ou de l'est, mais celle de l'est semble la plus probable. Pouvez-vous établir des barrages sur la route 74 à l'est de l'endroit d'où je vous appelle ? Terminé.

– Qui c'est qui va payer la note ? Terminé.»

Haines serra le micro dans sa main. Derrière lui, une partie du toit s'effondra et les flammes bondirent vers le ciel. Un nouveau camion arriva et les pompiers commencèrent à dérouler leurs lourds tuyaux. «Ceci est une affaire extrêmement urgente qui relève de la sécurité nationale, cria-t-il. Le Federal Bureau of Investigations exige l'assistance des autorités locales. Pouvez-vous établir des barrages routiers, oui ou non ? Terminé.»

Il y eut une longue pause entrecoupée de grésillements. Puis Nesbitt reprit la communication. «Agent Haines ? J'ai deux voitures sur la route 74, à l'est de votre position. Mes adjoints étaient allés faire des recherches au camping du Geai-Bleu et dans un parc à caravanes. Je vais demander au Deputy Byers d'établir un barrage sur la route principale, au niveau de la limite du comté, à l'ouest du lac Elsinore. Terminé.

– Bien. Y a-t-il des embranchements routiers avant ce point ? Terminé.

– Négatif. Rien que des chemins forestiers. Je vais demander à Dusty de prendre sa voiture et d'en bloquer l'accès. Il nous faut un signalement plus précis des occupants de la fourgonnette, sauf si vous voulez qu'on se contente d'arrêter celle-ci. Terminé.»

Haines se tourna vers la ferme dont la façade s'affaissait, plissant les yeux pour ne pas être aveuglé par les flammes. Les minces filets d'eau crachés par les tuyaux étaient impuissants à contenir le sinistre. Il actionna le micro. «Nous n'avons pas de renseignements précis sur le nombre de suspects, ni sur leur signalement. L'un d'eux est peut-être un homme de race blanche, soixante-dix ans, cheveux blancs, parlant avec un léger accent allemand... il est sans doute accompagné d'un homme de race noire, âgé de trente-deux ans, mesurant un mètre quatre-vingt-quatre, pesant cent kilos, et peut-être également d'un homme de race blanche, âgé de vingt-huit ans, aux cheveux blonds, mesurant un mètre soixante dix-neuf. Ces hommes sont armés et extrêmement dangereux. Mais la fourgonnette est peut-être conduite par une autre personne. Localisez et immobilisez la *fourgonnette*. Prenez le maximum de précautions avant d'interpeller ses occupants. Terminé.

– Tu as entendu, Byers ?

– Roger.

– Dusty ?

– Affirmatif, Carl.

– Entendu, agent spécial Haines. Vous avez vos barrages. Vous avez besoin d'autre chose ? Terminé.

– Oui, shérif. Votre hélicoptère est-il toujours en vol ? Terminé.

– Euh... oui, Steve vient de finir de fouiller les environs de Santiago Peak. Steve, tu m'entends ? Terminé.

– Oui, Carl, j'ai tout entendu. Terminé.

– Vous voulez aussi l'hélico, Haines ? Pour l'instant, il est détaché auprès de nos services et des Eaux et Forêts. Terminé.

– Steve, dit Haines, vous êtes désormais au service du gouvernement des États-Unis dans le cadre d'une mission relevant de la sécurité nationale. Vous m'avez reçu ? Terminé.

– Ouais, lui répondit-on, mais je croyais que les Eaux et Forêts, *c'était* le gouvernement. Où voulez-vous que j'aille ? Je viens de faire le plein et j'ai environ trois heures d'autonomie à cette altitude. Terminé.

– Quelle est votre position ? Terminé.

– Euh... je vole vers le sud, entre Santiago Peak et Trabuco Peak. Je me trouve environ à douze kilomètres de vous. Voulez-vous mes coordonnées précises ? Terminé.

– Négatif, dit Haines. Venez me chercher ici. Je me trouve près d'une ferme au nord de San Juan Canyon, à huit kilomètres de Mission Viejo. Vous arriverez à trouver ? Terminé.

– Vous rigolez ? dit le pilote. Je vois la fumée d'ici.

Vous faites un barbecue ou quoi ? J'arrive dans deux minutes. Ici NL 167-B. Terminé. »

Haines ouvrit le coffre de la Pontiac. Un pompier qui passait par là regarda le tas de M-16, fusils à pompe, carabines de haute précision, gilets pare-balles et chargeurs, et poussa un sifflement. « Bordel de Dieu », dit-il pour lui-même.

Haines s'empara d'un M-16, tapota un chargeur contre le rebord du coffre pour en tasser le contenu et l'inséra dans son arme. Il ôta son veston, le plia soigneusement, le posa dans le coffre et enfila un gilet pare-balles, emplissant de chargeurs ses immenses poches. Il attrapa une casquette de base-ball bleue posée sur la roue de secours et s'en coiffa. L'agent chargé des liaisons radio l'appela. « J'ai le commandant de la police de la route en ligne.

– Donnez-lui toutes les informations relatives à l'avis de recherche que je viens de lancer. Demandez-lui s'il peut étendre le dispositif au reste du Comté d'Orange.

– Vous voulez dire… d'autres barrages routiers, monsieur ? »

Haines fixa le jeune agent. « Sur l'Interstate 5, Tyler ? Êtes-vous aussi stupide que le laisse penser cette remarque ou bien avez-vous des absences ? Dites-lui de lancer l'avis de recherche pour retrouver l'Econoline. Si ses hommes l'aperçoivent, qu'ils relèvent son numéro minéralogique, la prennent en filature et me contactent par l'intermédiaire du centre de communication de L.A. »

Barry Metcalfe, un des agents de l'antenne de L.A. réquisitionnés par Haines, se dirigea vers lui. « Dick, je ne comprends rien à ce qui se passe. Qu'est-ce qu'un groupe de terroristes libyens faisaient dans une planque israélienne et pourquoi y ont-ils mis le feu ?

– Qui a dit qu'il s'agissait de terroristes libyens, Barry ?

– Eh bien… vous avez dit lors du briefing que c'étaient des terroristes moyen-orientaux…

– Vous n'avez jamais entendu parler des terroristes israéliens ? »

Metcalfe cilla mais ne dit rien. Derrière lui, la façade de la ferme acheva de s'effondrer, projetant des bouquets d'étincelles. Les pompiers se contentaient d'arroser les dépendances les plus proches. Un petit hélicoptère Bell à la cabine en plexiglas apparut au nord-est, décrivit un cercle au-dessus de la ferme, puis se posa dans le champ. « Vous voulez que je vous accompagne ? » demanda Metcalfe.

Haines désigna l'hélicoptère. « Apparemment, ce vieux machin ne peut accueillir qu'un seul passager, Barry.

– Ouais, on le dirait tout droit sorti de "M*A*S*H".

– Restez ici. Quand l'incendie sera éteint, il faudra passer les décombres au peigne fin. Il est possible qu'on y trouve quelques cadavres.

– Génial », dit Metcalfe sans enthousiasme, et il se dirigea vers ses hommes.

Alors que Haines se dirigeait au petit trot vers l'hélicoptère, un homme répondant au nom de Swanson s'approcha de lui. C'était le plus âgé des six plombiers de Kepler que Haines avait emmenés avec lui. Swanson lui jeta un regard intrigué.

« Je me trompe peut-être, cria Haines pour couvrir le bruit des rotors, mais j'ai l'impression que c'est Willi qui a monté cette opération. Sans doute pas le vieux lui-même, mais probablement Luhar ou Reynolds. Si j'arrive à les lever, tuez ces types.

– Et la paperasse ? dit Swanson en indiquant Metcalfe et son groupe.

– Je m'en occuperai. Vous, faites votre boulot. »

Swanson hocha lentement la tête.

L'hélicoptère venait à peine de décoller, montant en spirale dans le nuage de fumée émanant de la maison, que Haines recevait un premier appel radio.

« Euh... ici le shérif adjoint Byers, voiture numéro

trois, barrage de la route 74. J'appelle l'agent Haines. Terminé.

– Je vous reçois, Byers, allez-y. » Sous l'hélicoptère apparaissait un paysage montagneux parcouru par le ruban gris pâle de la route tortueuse. La circulation était pratiquement inexistante.

« Euh… Mr. Haines, ce n'est peut-être rien, mais je pense avoir aperçu il y a quelques minutes une fourgonnette de couleur sombre… c'était peut-être une Ford… en train de faire un demi-tour à deux cents mètres de ma position. Terminé.

– Vers où se dirige-t-elle en ce moment ? Terminé.

– Vers vous, monsieur, elle remonte la 74. Sauf si elle a emprunté un des chemins forestiers. Terminé.

– Peut-elle contourner votre position en suivant un de ces chemins ? Terminé.

– Négatif, Mr. Haines. Ils se terminent tous sur une impasse ou sur un sentier, sauf le coupe-feu des Eaux et Forêts où Dusty s'est posté. Terminé. »

Haines se tourna vers le pilote, un petit homme trapu vêtu d'un anorak aux armes des Dodgers de L.A. et coiffé d'une casquette portant l'emblème des Indians de Cleveland. « Steve, pouvez-vous capter Dusty ?

– Pas toujours parfaitement, dit le pilote dans l'interphone. Ça dépend de quel côté de la colline il se trouve.

– Je veux lui parler. » Haines regarda le paysage défiler trois cents pieds plus bas. Pins et broussailles dessinaient un tapis mouvant d'ombre et de lumière. Les arbres les plus hauts poussaient au bord des ruisseaux asséchés et au creux des dépressions. Haines estima que la nuit tomberait dans une heure et demie.

Ils atteignirent le col, l'hélicoptère prit de l'altitude et décrivit des cercles. Haines aperçut l'éclat bleu du Pacifique à l'ouest et l'éclat orangé du smog flottant sur Los Angeles au nord-ouest. « Le barrage est de l'autre côté de cette colline, dit le pilote. Je n'ai vu aucune fourgonnette de couleur sombre sur la route. Vous voulez qu'on mette le cap au sud pour rejoindre Dusty ?

– Oui. Vous avez pu le capter ?

– Il n'a pas répondu aux… oups, le voilà.» Il abaissa un levier sur la console. «Fréquence vingt-cinq, Mr. Haines.

– Deputy ? Ici l'agent spécial Haines. Me recevez-vous ? Terminé.

– Euh… oui, monsieur. Je vous reçois cinq sur cinq. Euh… j'ai trouvé quelque chose qui risque de vous intéresser, Mr. Haines. Terminé.

– De quoi s'agit-il ?

– Euh… une fourgonnette Ford bleu marine, modèle 1978… Euh… je roulais sur le chemin forestier en direction de la route et je l'ai trouvée abandonnée sur le bas-côté. Terminé.»

Haines tapota son micro et sourit. «Il y a quelqu'un dedans ? Terminé.

– Euh… négatif. Mais y a plein de trucs à l'arrière. Terminé.

– Bon sang, Deputy, soyez plus précis. Quel genre de trucs ? Terminé.

– Du matériel électronique, monsieur. Je n'en suis pas sûr. Peut-être devriez-vous venir y jeter un coup d'œil. Euh… je vais aller fouiller un peu la forêt…

– Négatif, Deputy, ordonna sèchement Haines. Vérifiez que la fourgonnette ne présente aucun danger et restez où vous êtes. Quelles sont vos coordonnées ? Terminé.

– Mes coordonnées ? Euh… dites à Steve que je suis à huit cents mètres de l'entrée du coupe-feu du lac Coot. Terminé.»

Haines se tourna vers le pilote, qui hocha la tête. «Roger. Restez où vous êtes, Deputy. Gardez votre arme à portée de main et soyez aux aguets. Nous avons affaire à des terroristes internationaux.» L'hélicoptère vira sèchement à droite et plongea vers les collines boisées. «Taylor, Metcalfe, vous nous avez reçus ?

– Roger, Dick, dit la voix de Metcalfe. Nous sommes prêts à vous rejoindre.

– Négatif. Restez à la ferme. Je répète : restez à la ferme. Je veux que Swanson et ses hommes me retrouvent près de la fourgonnette. Compris ?

– Swanson ? dit Metcalfe, incrédule. Dick, c'est notre juridiction...

– Je veux *Swanson*, dit sèchement Haines. Ne m'obligez pas à me répéter. Terminé.

– Message reçu, Richard, nous arrivons », dit la voix de Swanson.

Haines se pencha par la porte ouverte lorsque l'hélicoptère survola le lac Coot à six cents pieds d'altitude et descendit vers une petite vallée. Il serra le M-16 contre lui et sourit. Il était ravi de faire le bonheur de Mr. Barent et attendait avec impatience de passer à l'action. Il savait que ce n'était sûrement pas Willi qui conduisait la fourgonnette... le vieux aurait utilisé le shérif adjoint pour franchir le barrage plutôt que d'abandonner son véhicule... mais sa proie, quelle qu'elle soit, était perdue. La forêt couvrait plusieurs centaines de kilomètres carrés, mais en choisissant de s'y enfoncer à pied, les hommes de Willi avaient scellé leur sort. Haines avait des ressources presque illimitées à sa disposition et cette « forêt » n'était qu'une vaste étendue de broussailles.

Mais Haines ne souhaitait ni utiliser ses ressources illimitées ni attendre le matin pour lancer des recherches. Il voulait en finir avec cette phase du jeu avant la tombée de la nuit.

Ce n'est peut-être ni Luhar ni Reynolds, pensa-t-il. Probablement pas. Peut-être était-ce la Noire que Willi avait Utilisée à Germantown. Elle avait complètement disparu de la circulation. Peut-être même était-ce Tony Harod.

Haines sourit en se rappelant l'interrogatoire qu'il avait fait subir la veille à Maria Chen. Plus il y réfléchissait, plus il lui paraissait probable que sa proie n'était autre que Harod. Eh bien, il était grand temps qu'on cesse de ménager ce petit connard hollywoodien.

Richard Haines avait passé plus d'un tiers de son existence à travailler pour Charles Colben et pour

C. Arnold Barent. Étant Neutre, il ne pouvait pas être conditionné par Colben, mais il avait été amplement récompensé de ses peines. Pour Richard Haines, le travail était encore plus gratifiant que l'argent ou la puissance. Il adorait son boulot.

L'hélicoptère survola une clairière à deux cents pieds d'altitude à une vitesse de 110 km/h. La fourgonnette noire était garée en son centre, les portières arrière grandes ouvertes. A côté d'elle, un 4 x 4 portant l'emblème du comté, vide. « Où diable est passé le deputy ? » dit sèchement Haines.

Le pilote secoua la tête et essaya de capter Dusty. Aucune réponse. Ils décrivirent une spirale au-dessus de la clairière et de ses environs immédiats. Haines leva son M-16 et guetta un mouvement ou une tache de couleur entre les arbres. Rien. « Faites encore un tour, ordonna-t-il.

– Écoutez, capitaine, dit le pilote, je ne suis ni officier de police, ni agent fédéral, ni héros, et j'ai fait mon temps au Viêt-nam. Cet engin est mon gagne-pain. Si on se met à nous tirer dessus, il faudra que vous cherchiez un autre coucou et un autre pilote.

– Taisez-vous et faites encore un tour. Cette affaire relève de la sécurité nationale.

– Ouais, c'était aussi le cas de Watergate. Et ça ne me plaisait pas non plus. »

Haines pivota sur lui-même et braqua le M-16 sur le pilote. « Steve, je vous le demande une dernière fois. Faites encore un tour. Si nous ne voyons rien, vous allez atterrir dans cette clairière, côté sud. *Comprendo ?*

– Ouais, *yo comprendo*. Mais ce n'est pas parce que vous me braquez avec votre M-16 que je vous obéis. Même un connard de fédéral n'oserait pas abattre un pilote s'il est incapable de piloter son engin et s'il a peur que le cadavre tombe sur le tableau de bord.

– Atterrissez », dit Haines. Ils avaient fait quatre fois le tour de la clairière et il n'avait vu personne, même pas le shérif adjoint.

Le pilote perdit rapidement de l'altitude, redressant son appareil pour éviter la cime des arbres avant de le poser à l'endroit exact que lui avait indiqué Haines.

« Descendez, ordonna l'agent du F.B.I. en levant son arme.

– Vous déconnez ! s'exclama Steve.

– Si nous devons partir en hâte, je veux être sûr que nous partirons ensemble. Maintenant, descendez avant que je fasse des trous dans votre gagne-pain.

– Vous êtes *cinglé*. » Le pilote releva la visière de sa casquette. « Je vais faire un tel foin que J. Edgar Hoover sortira de sa tombe pour vous botter le cul.

– *Descendez* », répéta Haines. Il libéra le cran de sûreté de son arme et la régla en position de tir automatique.

Le pilote procéda à quelques réglages sur le tableau de bord, les rotors ralentirent et, après avoir débouclé sa ceinture, il descendit. Haines attendit qu'il se soit éloigné d'une dizaine de mètres, puis il ôta sa ceinture à son tour et courut vers la Bronco du shérif adjoint, avançant le dos courbé, l'arme à moitié levée. Il s'accroupit près de la roue arrière gauche du 4 x 4, fouilla du regard le flanc de la colline en quête d'un mouvement, d'un éclat de métal ou de verre. Rien.

Haines leva lentement la tête. Il examina la banquette arrière, puis s'avança le long du véhicule et vérifia que les sièges avant étaient également vides. La cloison métallique qui séparait l'avant de l'arrière était pourvue de deux râteliers à fusils. Tous deux étaient vides. Haines essaya d'ouvrir la portière. Elle était verrouillée. Il mit un genou à terre et inspecta le flanc de la colline qui emplissait son champ de vision.

Si ce crétin de shérif adjoint était allé fouiller la forêt, contrairement à ses ordres, il avait sûrement pris son arme et fermé sa portière. Si. S'il y avait un seul fusil dans la voiture. S'il y avait bien un fusil. Si le shérif adjoint était encore vivant.

Haines regarda en direction de la fourgonnette, garée

à six mètres de lui, et regretta soudain de ne pas avoir attendu l'arrivée de Swanson et de son équipe pour atterrir. Dans combien de temps arriveraient-ils? Dix minutes? Un quart d'heure? Probablement moins, sauf si le lac était plus éloigné de la route qu'il ne l'avait cru en survolant le coin.

Haines vit soudain en esprit la tête de Tony Harod sur un plateau. Il sourit et courut jusqu'à la fourgonnette.

Les portes arrière étaient grandes ouvertes. Haines se glissa le long de la carrosserie brûlante pour examiner l'intérieur. Il savait qu'il formait une cible idéale pour un tireur embusqué sur la colline au sud de la clairière, mais il n'y pouvait pas grand-chose. Il avait choisi d'approcher dans cette direction parce que excepté le bosquet devant lequel se trouvait le pilote, la colline n'offrait en guise de cachettes que des petits rochers et des hautes herbes. Haines avait survolé les arbres à quatre reprises sans rien apercevoir. Il cala le M-16 contre sa hanche et acheva de faire le tour de la fourgonnette.

Des cartons, un fouillis de câbles et d'appareils électroniques. Haines reconnut un transmetteur radio et un ordinateur Epson. Un homme n'aurait pas la place de se cacher là-dedans. Haines entra dans la fourgonnette et fouilla son contenu. Le carton placé au centre du compartiment abritait trente ou trente-cinq kilos d'une matière argileuse grise soigneusement rangée dans des petites poches en plastique. «Oh, merde», murmura Haines.

Il n'avait plus envie de rester dans la fourgonnette.

«Hé, capitaine, on peut y aller? demanda le pilote.

– Oui, faites chauffer le moteur!» Haines attendit que le pilote ait regagné son appareil, puis il se pencha et courut vers la portière qui lui faisait face.

Il était arrivé à mi-chemin lorsqu'une voix trop forte pour être humaine hurla sur le flanc nord de la colline. «HAINES!» Les premières détonations se firent entendre une seconde plus tard.

50.
Environs de San Juan Capistrano, samedi 25 avril 1981

Saul et Natalie avaient à peine roulé un quart d'heure lorsqu'ils virent le premier barrage. Une voiture de police était garée en travers de la chaussée sur laquelle des signaux lumineux canalisaient la circulation. Quatre véhicules étaient stoppés sur la voie de droite, trois autres en sens inverse.

Natalie rangea la fourgonnette sur le bas-côté, au sommet d'une colline située à quatre cents mètres du barrage. « Un accident ? dit-elle.

– Ça m'étonnerait. Fais demi-tour. Vite. »

Ils refranchirent le petit col qu'ils venaient de négocier. « On remonte le cañon jusqu'au point de départ ? dit Natalie.

– Non. Il y avait une piste à environ trois kilomètres d'ici.

– Celle du terrain de camping ?

– Non, un peu plus loin, en direction du sud. Peut-être qu'elle nous permettra de contourner le barrage.

– Tu crois que le policier nous a vus ?

– Je ne sais pas. » Saul attrapa un carton derrière son siège, en sortit le pistolet automatique Colt et s'assura qu'il était bien chargé.

Natalie trouva la piste et la fourgonnette tourna à gauche, traversant des bosquets de pins et quelques prés verdoyants. Ils durent se ranger pour laisser passer un break tractant une petite caravane. Plusieurs chemins donnaient sur la piste qu'ils suivaient, mais ils semblaient trop étroits et trop peu fréquentés pour déboucher sur une route; Natalie continua de rouler sur le coupe-feu, qui devint bientôt une piste de terre battue tortueuse.

Ils aperçurent une voiture de police garée dans une clairière deux cents mètres plus bas alors qu'ils négociaient une série de lacets sur le flanc d'une colline boisée. Natalie fit halte dès qu'elle se fut assurée que la fourgonnette était invisible. «Merde! s'exclama-t-elle.

– Il ne nous a pas vus, dit Saul. C'est un shérif ou un adjoint, il est descendu de voiture, et je l'ai aperçu en train de regarder dans l'autre direction avec ses jumelles.

– Il nous verra si nous décidons de rebrousser chemin. La route est si étroite que je serai obligée de rouler en marche arrière jusqu'au troisième virage. Merde!»

Saul réfléchit durant une minute. «Ne fais pas demi-tour. Continue à descendre et voyons ce qui se passe.

– Mais il va nous *arrêter*.»

Saul fouilla le compartiment arrière jusqu'à ce qu'il ait retrouvé son passe-montagne et son pistolet à fléchettes. «Je vais descendre. Si ce n'est pas nous qu'ils cherchent, je te retrouverai de l'autre côté de la clairière, là où la route oblique vers l'est pour gravir la colline.

– Et si c'est nous qu'ils cherchent?

– Alors je te retrouverai plus tôt. Je suis pratiquement sûr que ce type est tout seul. Peut-être qu'on va savoir ce qui se passe dans le coin.

– Et s'il veut fouiller la fourgonnette?

– Laisse-le faire. Je vais tâcher de m'approcher le plus possible, mais occupe-le le temps que je traverse la clairière. J'arriverai par le sud, à gauche de la fourgonnette si possible.

– Saul, ce n'est sûrement pas l'un d'entre eux, n'est-ce pas?

– Ça me semble peu probable. Ils ont dû demander l'aide des autorités locales.

– C'est donc... un innocent.»

Saul acquiesça. « Par conséquent, nous devons veiller à ce qu'il ne lui arrive aucun mal. Et à *nous* non plus. » Il examina le flanc boisé de la colline. « Donne-moi cinq minutes pour me mettre en position. »

Natalie posa une main sur la sienne. « Sois prudent, Saul. Il n'y a plus que nous deux maintenant. »

Il tapota ses minces doigts à la peau si fraîche, hocha la tête, prit son attirail et se dirigea vers les arbres à pas de loup.

Natalie attendit six minutes, puis démarra et descendit la pente à faible allure. L'homme adossé à la Bronco portant l'emblème du comté sembla surpris lorsqu'elle pénétra dans la clairière. Il dégaina son pistolet et cala son bras droit sur le capot pour mieux viser. Lorsque la fourgonnette arriva à six mètres de lui, il porta à ses lèvres le mégaphone électrique qu'il tenait de la main gauche. « HALTE ! »

Natalie serra le frein à main et leva les mains au-dessus du volant pour qu'il les voie bien.

« COUPEZ LE MOTEUR. DESCENDEZ DE VOITURE. GARDEZ LES MAINS EN L'AIR. »

Elle sentit son cœur battre dans sa gorge lorsqu'elle coupa le contact et ouvrit la portière. Le shérif — ou le shérif adjoint — semblait très nerveux. Lorsqu'elle s'immobilisa les mains en l'air près de la fourgonnette, il jeta un regard sur la Bronco comme s'il avait voulu lancer un appel radio mais hésitait à lâcher arme et mégaphone. « Que se passe-t-il, shérif ? » demanda-t-elle. Elle se sentait toute drôle en prononçant le mot de shérif. Cet homme ne ressemblait pas le moins du monde à Rob ; il était grand, mince, âgé d'une cinquantaine d'années, et son visage était sillonné de rides comme s'il avait passé sa vie à regarder le soleil en face. « SILENCE ! ÉLOIGNEZ-VOUS DU VÉHICULE. C'EST ÇA. GARDEZ LES MAINS DERRIÈRE LA NUQUE. MAINTENANT, COUCHEZ-VOUS PAR TERRE. COUCHEZ-VOUS, J'AI DIT. A PLAT VENTRE. »

Une fois étendue sur l'herbe jaune, Natalie demanda : « Que se passe-t-il ? Qu'est-ce que j'ai fait ?

– TAISEZ-VOUS. LE PASSAGER MAINTENANT DEHORS ! TOUT DE SUITE ! »

Natalie essaya de sourire. « Je suis toute seule, monsieur. Écoutez, c'est sûrement une erreur. Je n'ai jamais eu à payer d'amende de ma…

– SILENCE ! » Le policier hésita une seconde, puis posa le mégaphone sur le capot de sa voiture. Natalie remarqua son air penaud. Il jeta un nouveau coup d'œil en direction de la radio, sembla se décider et fit le tour de la Bronco d'un pas vif, gardant son revolver braqué sur Natalie tout en jetant des regards nerveux en direction de la fourgonnette. « Ne bougez pas d'un pouce ! cria-t-il en arrivant près de la portière ouverte. S'il y a quelqu'un là-dedans, vous avez intérêt à lui dire de sortir en vitesse.

– Je suis toute seule, je vous dis. Que se passe-t-il ? Je n'ai rien…

– Taisez-vous. » Soudain, le shérif adjoint plongea maladroitement sur le siège de la fourgonnette, braqua son arme vers le compartiment arrière et se détendit quelque peu. Sans quitter le véhicule, il visa de nouveau Natalie. « Si vous bougez d'un pouce, mam'selle, je vous découpe en morceaux. »

Natalie resta allongée dans une position inconfortable, les coudes dans la poussière, les mains derrière la nuque, et regarda par-dessus son épaule en direction du policier élancé. L'arme qu'il braquait sur elle lui paraissait énorme. Sa colonne vertébrale se tendait déjà dans l'attente de la balle qui transpercerait sa chair. Et si *c'était* l'un d'eux ?

« Les mains derrière le dos. *Exécution !* »

Dès que les mains de Natalie se furent croisées sur ses reins, le policier se pencha sur elle et lui passa les menottes. La joue de Natalie tomba sur le sol et elle avala une bouffée de poussière. « Vous ne me faites même pas la lecture de mes droits ? » dit-elle, sentant l'adrénaline et la colère commencer à chasser la peur qui la paralysait.

« Au diable vos droits, mam'selle », dit le shérif adjoint en se redressant, de toute évidence beaucoup plus rassuré. Il rengaina son pistolet à canon long. « Debout. On va appeler le F.B.I. et on verra bien ce qui se passe ici.

– Bonne idée », dit une voix étouffée derrière eux.

Natalie roula sur le flanc et découvrit Saul près de la fourgonnette, passe-montagne sur la tête et lunettes à verres réfléchissants sur les yeux. Il brandissait l'automatique Colt de la main droite et tenait dans la gauche le pistolet à fléchettes.

« N'essayez même pas d'y penser ! » dit sèchement Saul comme le shérif adjoint se figeait, la main sur la crosse de son arme. Natalie regarda le Colt, le masque noir, les disques argentés des lunettes de Saul, et se sentit elle-même effrayée. « Par terre, à plat ventre. *Exécution !* »

Le policier sembla hésiter et Natalie comprit que sa vanité entrait en conflit avec son instinct de conservation. Saul inséra une balle dans le canon, arma son Colt avec un déclic parfaitement audible. Le policier se mit à genoux et s'étendit à plat ventre sur le sol.

Natalie roula sur elle-même et observa la suite des événements. La situation était dangereuse. Le pistolet du shérif adjoint était encore dans son étui. Saul aurait dû lui ordonner de le jeter avant de s'allonger à terre. A présent, Saul serait obligé de se mettre à sa portée pour le lui prendre. *Nous ne sommes que des amateurs*, pensa-t-elle. Elle espéra que Saul se contenterait de lui planter une fléchette dans le postérieur et d'en rester là.

Mais Saul avança d'un pas vif vers le policier, posa un genou au creux de ses reins, lui coupant le souffle, et lui pressa le visage contre le sol avec le canon de son arme. Puis il jeta le pistolet du policier à trois mètres de là et lança un trousseau de clés à Natalie. « Il y a sûrement celle de tes menottes dans le lot, lui dit-il.

– Merci mille fois. » Natalie se contorsionna pour faire passer ses mains sous ses fesses et ses jambes entre ses bras.

«A nous deux, dit Saul au policier en accentuant la pression de son arme. Qui a organisé ces barrages routiers?

– Allez au diable.»

Saul se redressa vivement, recula de quatre pas et tira une balle dans le sol, à dix centimètres du visage du policier. Surprise, Natalie lâcha les clés.

«Mauvaise réponse, reprit Saul. Je ne vous demande pas de me révéler un secret d'État, je veux seulement savoir qui a autorisé ces barrages. Si je n'ai pas une réponse dans cinq secondes, je vous loge une balle dans le pied gauche et je remonte le long de votre jambe jusqu'à ce que vous parliez. Un... Deux...

– Espèce de salaud.

– Trois... Quatre...

– Un agent du F.B.I.!

– Soyez plus précis. Comment s'appelle-t-il?

– Je ne sais pas!

– Un... Deux... Trois...

– Haines! Un agent qui vient de Washington. J'ai reçu un message radio il y a vingt minutes.

– Où se trouve Haines en ce moment?

– Je ne sais pas... je le jure.»

La seconde balle souleva un nuage de poussière entre les longues jambes du shérif adjoint. Natalie inséra la plus petite des clés dans les menottes, qui s'ouvrirent aussitôt. Elle se frictionna les poignets puis courut récupérer l'arme du policier.

«Il est à bord de l'hélicoptère de Steve Gorman, dit celui-ci. Il vole au-dessus de la route.

– Haines vous a-t-il donné le signalement des occupants de la fourgonnette ou seulement celui du véhicule?»

Le policier leva la tête et les regarda en plissant les yeux. «Les deux. Une fille de race noire âgée d'une vingtaine d'années accompagnée d'un homme de race blanche.

– Vous mentez, dit Saul. Vous n'auriez jamais osé vous approcher de la fourgonnette si vous aviez su qu'on recherchait deux personnes. De quoi Haines nous accuse-t-il ?»

Le policier marmonna quelque chose.

«Plus fort ! ordonna sèchement Saul.

– D'être des terroristes, répéta le shérif adjoint d'une voix maussade. Des terroristes internationaux.»

Saul éclata de rire derrière le tissu noir de son masque. «Il n'a pas tort. Les mains derrière le dos, Deputy.» Les verres réfléchissants se tournèrent vers Natalie. «Passe-lui les menottes. Donne-moi son arme. Reste sur le côté. S'il essaie de se jeter sur toi, je serai obligé de le tuer.»

Natalie referma les menottes autour des poignets du policier, puis recula. Saul lui rendit l'arme confisquée. «Nous allons lancer un appel radio, Deputy. Je vais vous dicter le message. Vous avez le choix entre mourir tout de suite ou appeler la cavalerie et espérer être sauvé.»

Une fois l'appel bidon lancé, Natalie et Saul conduisirent le policier sur le versant de la colline qui dominait la clairière côté sud et l'attachèrent au tronc d'un petit pin. Deux arbres étaient tombés l'un sur l'autre, le tronc du plus grand reposant sur un rocher haut d'un mètre vingt. Les branches proliférantes dissimulaient la roche et fournissaient un excellent abri à qui souhaitait observer la clairière située soixante mètres en contrebas.

«Reste ici, dit Saul. Je redescends chercher le pentobarbital et les seringues. Ensuite, j'irai récupérer le fusil dans la Bronco.

– Mais ils vont *arriver*, Saul ! Haines sera bientôt là. Utilise le pistolet à fléchettes !

– Je ne suis pas satisfait de cette drogue. Ton pouls était trop précipité quand je t'en ai injecté une dose. Si ce pauvre diable a des problèmes cardiaques, il risque de ne pas supporter le choc. Reste ici. Je reviens tout de suite.»

Natalie s'accroupit derrière le rocher tandis que Saul courait vers la Bronco, puis disparaissait dans la fourgonnette.

« Vous êtes dans la merde, mam'selle, souffla le shérif adjoint. Enlevez-moi les menottes, rendez-moi mon arme, et vous avez encore une chance de vous en sortir vivante.

– Fermez-la! » murmura Natalie. Saul gravissait la pente en courant, tenant un fusil, un mégaphone et un petit sac à dos bleu. Elle entendit un bruit de rotor au loin, un bruit qui se rapprochait. Loin d'être effrayée, elle se sentait terriblement excitée. Natalie posa l'arme du policier par terre et dégagea le cran de sûreté du Colt que lui avait laissé Saul. Elle cala ses deux mains sur le rocher pour s'entraîner à viser la fourgonnette, dont les portières arrière étaient maintenant ouvertes, tout en sachant que sa cible était beaucoup trop éloignée.

Saul s'engouffra dans le rideau de branches et d'aiguilles de pin au moment précis où l'hélicoptère apparaissait au-dessus de la crête derrière eux. Il s'accroupit, haletant, remplit une seringue à une bouteille. Le policier jura et protesta lorsqu'il lui fit une piqûre, se débattit quelques instants, puis s'effondra, anesthésié. Saul ôta son passe-montagne et ses lunettes. L'hélicoptère perdit de l'altitude pour décrire un nouveau cercle autour de la clairière, et Saul et Natalie se tapirent sous la voûte de branches.

Saul vida son sac à dos, attrapa une boîte rouge et blanc et en sortit des cartouches à chemise de cuivre qu'il inséra une par une dans le fusil du policier. « Natalie, je m'excuse de ne pas t'avoir consultée avant de prendre ma décision. Je ne pouvais pas laisser passer cette occasion — Haines est enfin à ma portée.

– Hé, ce n'est pas grave. » Elle était trop excitée pour rester en place, ne cessait de passer de la position à genoux à la position accroupie. Elle s'humecta les lèvres. « Saul, c'est le *pied.* »

Saul la regarda fixement.

« Je veux dire, je sais que c'est terrifiant et tout ça, mais c'est aussi terriblement *excitant.* On va abattre ce type, et ensuite on fichera le camp et... *aïe!* »

Saul avait agrippé son épaule et la serrait fort. Il posa le fusil contre le rocher et plaqua la main droite sur son autre épaule. « Natalie… En ce moment nos organismes sont saturés d'adrénaline. Ça te *semble* terriblement excitant. Mais on n'est pas à la télévision. Les acteurs ne vont pas se relever pour aller boire un café après la fusillade. Quelqu'un va être blessé dans les minutes qui viennent et ça ne sera pas plus excitant que ce qui suit un accident de la route. *Concentre-toi.* Que l'accident arrive à quelqu'un d'autre. »

Natalie hocha la tête.

L'hélicoptère décrivit un dernier cercle, disparut quelques instants derrière la crête sud, puis revint pour se poser dans un nuage de poussière et d'aiguilles de pin. Natalie se coucha à plat ventre et cala son épaule contre le rocher tandis que Saul s'étendait, le fusil à l'épaule.

Saul inspira le parfum de la résine et du sol cuit par le soleil et pensa à un autre lieu, à un autre moment. Après s'être évadé de Sobibor en octobre 1944, il avait rejoint les rangs d'un groupe de partisans juifs baptisé *Chil* qui opérait dans la forêt des Hiboux. En décembre, avant qu'il ne devienne l'assistant du médecin, on lui avait donné un fusil et on lui avait ordonné de monter la garde.

C'était par une nuit froide et claire — la pleine lune bariolait la neige de bleu — et un soldat allemand avait pénétré en vacillant dans la clairière où Saul s'était posté. Ce soldat n'était qu'un adolescent dépourvu de casque comme de fusil. Son crâne et ses mains étaient enveloppés de chiffons, ses joues blanchies par les engelures. En voyant les insignes de son régiment, Saul l'avait aussitôt identifié comme un déserteur. Huit jours auparavant, l'Armée rouge avait lancé une offensive d'envergure dans la région, et même s'il devait s'écouler encore dix semaines avant la défaite totale de la Wehrmacht, ce jeune homme avait décidé de battre en retraite à l'exemple de plusieurs centaines de ses camarades.

Yechiel Greenshpan, le leader du *Chil*, avait donné des instructions précises en ce qui concernait les déserteurs allemands. Ils devaient être abattus et leurs corps jetés dans le fleuve ou laissés sur place. Inutile de prendre la peine de les interroger. Seule entorse à cette règle : s'abstenir de tirer si l'on risquait de révéler la position des partisans aux rares patrouilles allemandes. La sentinelle devait alors poignarder le déserteur ou le laisser passer.

Saul avait lancé un «Qui va là ?» Il aurait pu tirer. Le groupe dont il faisait partie s'était abrité dans une caverne à plusieurs centaines de mètres de là. Il n'y avait aucune activité allemande dans les parages. Mais il avait lancé une sommation à l'Allemand au lieu de lui tirer dessus.

Le garçon était tombé à genoux dans la neige et s'était mis à pleurer, suppliant Saul en allemand. Saul avait contourné sa position jusqu'à ce que le canon de son antique Mauser ne soit plus qu'à moins d'un mètre de la tête blonde. A ce moment-là, Saul avait pensé à la Fosse — aux corps blancs qui tombaient en avalanche, à l'emplâtre collé sur la joue du sergent de la Wehrmacht qui fumait une cigarette en balançant les jambes au-dessus de l'horreur.

Le garçon pleurait. Le givre luisait sur ses longs cils. Saul avait levé son Mauser. Puis il avait reculé d'un pas et dit en polonais : «Va-t'en», regardant le jeune Allemand lui lancer un coup d'œil incrédule puis ramper dans la clairière et s'enfuir en trébuchant.

Le lendemain, alors que le groupe se dirigeait vers le sud, ils avaient trouvé le corps gelé du garçon gisant à plat ventre dans la rivière. Ce même jour, Saul était allé voir Greenshpan et lui avait demandé de le nommer aide-soignant auprès du Dr Yaczyk. Le leader du *Chil* l'avait regardé un long moment avant de lui répondre. Les partisans n'avaient que faire d'un Juif qui ne voulait pas ou ne pouvait pas tuer les Allemands, mais Greenshpan savait que Saul était un survivant de Chelmno et de Sobibor. Il avait accepté.

Saul était reparti à la guerre en 1948, en 1956, en 1967 — seulement pour quelques heures — et en 1973. Chaque fois, ç'avait été en tant que médecin. A l'exception des heures horribles où il avait traqué *Der Alte* sous le contrôle de l'Oberst, Saul n'avait jamais tué un être humain.

A plat ventre sur un tapis d'aiguilles de pin chauffées par le soleil, Saul regarda sa montre au moment où l'hélicoptère se posait. Le pilote avait choisi le côté sud de la clairière, et son appareil était en partie occulté par la Bronco du shérif adjoint. Le fusil de celui-ci était un vieux modèle — crosse en bois, levier d'éjection manuel, guidon tout simple. Saul ajusta ses lunettes et regretta de ne pas avoir un viseur télescopique. Il avait réussi à ignorer tous les conseils dispensés par Jack Cohen : son arme lui était peu familière, il ne s'en était jamais servi, son champ de tir était encombré, et il n'avait aucune issue de secours.

Saul pensa à Aaron, à Deborah et aux jumelles, et il introduisit une balle dans la chambre.

Le pilote descendit le premier et s'écarta lentement de l'hélicoptère. Saul en fut surpris et contrarié. L'homme qui restait dans la cabine était armé d'un fusil automatique et portait des lunettes noires, une casquette à large visière et une veste épaisse. A soixante mètres de distance, gêné par le soleil qui se reflétait sur le pare-brise de l'hélicoptère, Saul ne pouvait être sûr qu'il s'agissait de Richard Haines. Il n'ouvrit pas le feu. Puis il sentit la nausée monter dans sa gorge, persuadé qu'il avait commis une grave erreur. Il avait entendu Haines appeler Swanson par radio lorsqu'il était allé récupérer le fusil dans la Bronco. C'était *forcément* Haines. Mais il suffisait à l'agent du F.B.I. de se planquer et d'attendre l'arrivée des renforts. Saul posa le mégaphone près de sa main gauche et visa une nouvelle fois. L'homme au gilet pare-balles choisit cet instant pour bouger, courant le dos courbé pour s'abriter derrière la Bronco. Saul n'eut pas le temps de tirer, mais il reconnut ses mâchoires fortes et ses cheveux soigneusement coiffés. C'était bien Richard Haines qu'il avait devant lui.

« Où est-il ? murmura Natalie.

– Chut. Derrière la fourgonnette à présent. Il a un fusil. Reste planquée. » Il posa le mégaphone devant lui, vérifia qu'il était allumé et serra son arme des deux mains.

Le pilote appela Haines et celui-ci lui répondit depuis la fourgonnette. Le pilote se dirigea lentement vers l'hélicoptère et, cinq secondes plus tard, l'agent fédéral apparut et se mit à courir.

« Haines ! » Natalie sursauta en entendant la voix amplifiée de Saul dont la colline opposée leur renvoya l'écho. Le pilote se précipita vers les arbres et la silhouette en gilet pare-balles pivota sur elle-même, mit un genou à terre et commença à arroser le versant de la colline en tir automatique. Le bruit des détonations parut dérisoire à Saul. Un projectile traversa les branches en geignant deux mètres au-dessus d'eux. Saul serra la poignée poisseuse contre sa joue, visa et tira. Sous l'effet du recul, la crosse lui heurta l'épaule avec une force surprenante. Haines était toujours debout, toujours en train de tirer, balayant la colline du feu meurtrier de son M-16. Deux balles atteignirent le rocher devant Saul et une troisième s'encastra dans le tronc au-dessus de lui avec un bruit de hache fendant le bois. Saul regretta de ne pas avoir mieux abrité le shérif adjoint.

Il avait vu les aiguilles de pin sauter en l'air devant Haines, un peu sur sa gauche. Il leva à nouveau son arme pour viser et aperçut à la lisière de son champ de vision le pilote qui se réfugiait parmi les arbres. Saul vit le canon du M-16 cracher ses flammes. Une dernière salve atteignit le rocher derrière lequel Natalie s'était recroquevillée en position fœtale, puis il y eut un silence soudain, Haines éjecta le chargeur vide, en attrapa un autre dans la poche de son gilet, et Saul, après avoir soigneusement visé, lui tira dessus.

Un câble invisible sembla tirer l'agent spécial en arrière. Ses lunettes de soleil et sa casquette s'envolèrent, et il atterrit sur le dos, les jambes écartées, le fusil à deux mètres de sa tête.

Le silence était assourdissant.

Natalie s'était redressée sur ses genoux et regardait par-dessus le rocher, le souffle court. «Oh, Seigneur, murmura-t-elle.

– Est-ce que ça va?

– Ouais.

– Reste ici.

– Pas question.» Elle se leva en même temps que lui et descendit sur ses talons.

Ils avaient parcouru douze mètres lorsque Haines roula sur lui-même, se mit à genoux, récupéra son fusil et fonça vers les arbres de l'autre côté. Saul mit un genou à terre, tira, rata. «Merde! Par ici.» Il entraîna Natalie sur leur gauche, à travers les broussailles.

«Les autres vont arriver, haleta Natalie.

– Oui. Pas un bruit.» Ils continuèrent leur route, avançant d'arbre en arbre. Le versant de la colline d'en face était trop dénudé pour que Haines aille dans la même direction. Il était obligé de rester planqué ou de se diriger vers eux. Saul se demanda si le pilote était armé.

Saul et Natalie progressèrent le plus rapidement possible, s'abritant derrière les arbres et veillant à ne pas s'approcher de la clairière. Alors qu'ils arrivaient à l'endroit où Haines avait pénétré dans la forêt, Saul fit signe à Natalie de se planquer dans un petit bosquet et continua d'avancer à croupetons, regardant constamment à droite et à gauche. Ses munitions tintaient dans les poches de sa veste de sport. Il commençait à faire noir sous les arbres. Les moustiques faisaient leur apparition, bourdonnant autour de son visage en sueur. Il avait l'impression que plusieurs heures s'étaient écoulées depuis l'arrivée de l'hélicoptère. Un coup d'œil à sa montre lui apprit que six minutes avaient passé.

Un éclat dans un rectangle de lumière sur le sol d'aiguilles sombres. Saul tomba à plat ventre et avança en rampant. Il stoppa, saisit le fusil de la main gauche et tendit la droite pour toucher le sang qui avait aspergé terre et aiguilles. D'autres taches étaient visibles sur sa gauche avant de disparaître dans l'épaisseur de la végétation.

Saul avait commencé à reculer lorsque éclata derrière lui, légèrement sur sa gauche, un tir d'arme automatique tonitruant, affolé, qui n'avait plus rien de ridicule. Il pressa sa joue contre le sol, ordonnant à son corps de s'enfoncer dans la terre tandis que les balles déchiraient les branches, lacéraient les troncs et traversaient la clairière en geignant. Il entendit au moins deux impacts métalliques, mais ne leva pas la tête pour voir quel véhicule avait été touché.

Un cri horrible à environ dix mètres de lui, puis un gémissement sourd qui sembla monter vers les ultrasons. Saul se redressa d'un bond et courut sur sa gauche, rattrapant ses lunettes lorsqu'une branche les lui arracha, manquant de s'effondrer sur Natalie qui s'était abritée derrière une souche pourrie. Il se jeta à plat ventre près d'elle et murmura : « Ça va ?

– Oui. » Elle indiqua de son arme un bosquet de jeunes pins et d'épicéas dissimulant à moitié une ravine sur leur gauche. « Ça venait de par là. Ce n'était pas nous qu'il visait.

– Non. » Saul examina ses lunettes. La monture était tordue. Il tapota les poches de sa veste. Les cartouches tintèrent. Le pistolet était toujours dans sa poche gauche. Ses coudes étaient maculés de boue. « Allons-y. »

Ils avancèrent en rampant, Natalie à trois mètres sur la droite de Saul. Lorsqu'ils approchèrent du petit ruisseau qui coulait dans la ravine, les broussailles se firent plus denses et ils virent de jeunes pousses d'épicéas et de sapins, des groupes de bouleaux et des bouquets de fougères. Ce fut Natalie qui trouva le pilote. Elle faillit poser le bras sur sa poitrine en contournant un gros genévrier. Il avait presque été coupé en deux par le tir automatique du M-16. Ses abdominaux étaient réduits en lambeaux écarlates et ses doigts étaient crispés autour des cordons gris et blanc de ses intestins, comme s'il avait essayé de les remettre en place. La tête du petit homme était rejetée en arrière, sa bouche était grande ouverte sur un cri interrompu, ses yeux vitreux fixés sur une petite parcelle de ciel bleu entre les frondaisons.

Natalie se retourna et vomit en silence sur les fougères.

« Viens », murmura Saul. Le ruisseau faisait assez de bruit pour couvrir sa voix.

Ils virent des petits astérisques de sang sur un tronc abattu derrière un rideau d'épicéas. Haines avait dû se planquer là quelques minutes plus tôt, puis il avait entendu le pilote avancer parmi les broussailles en quête d'un abri.

Saul scruta la forêt. Où était parti Haines ? A gauche, au-delà d'un espace dégagé de sept mètres de long, la lisière de la dense forêt qui emplissait la vallée et s'étendait de l'autre côté de la colline en direction du sud-ouest. A droite, la ravine peuplée d'arbustes, qui s'étrécissait quarante mètres plus haut pour disparaître derrière un bosquet de genévriers.

Saul devait se décider. En choisissant une direction, il s'exposerait au tir de son ennemi si celui-ci avait opté pour l'autre. La clairière se trouvait à sa gauche et il décréta que Haines avait préféré l'éviter et prendre à droite. Saul recula et tendit son fusil à Natalie, collant sa bouche à son oreille pour lui murmurer : « Je vais là-haut. Planque-toi sous le tronc. Donne-moi quatre minutes précises, puis tire une balle en l'air. Si tu n'entends rien, attends encore une minute et tire encore une fois. Si je ne suis pas revenu dans dix minutes, retourne à la fourgonnette et fous le camp d'ici. Il ne peut pas voir la route depuis là-haut. Tu as compris ?

– Oui.

– Tu as toujours ton passeport. Si ça tourne mal, utilise-le pour regagner Israël. »

Natalie ne dit rien. Elle était très tendue, mais le pli de ses lèvres était ferme et résolu.

Saul lui adressa un hochement de tête et traversa le rideau d'épicéas en rampant, gravissant la pente sans s'écarter du ruisseau.

Il sentit une odeur de sang. Il vit de nouvelles taches rouges en se faufilant dans les tunnels qui couraient entre les genévriers. Il se déplaçait trop lentement ; trois minutes s'étaient écoulées et il était encore trop près de la ravine. Sa main droite était poisseuse de sueur autour de la crosse du Colt et ses lunettes ne cessaient de glisser sur son nez. Ses coudes et ses genoux lui faisaient mal, il respirait avec difficulté. Des mouches attirées par une constellation de sang vinrent lui effleurer le visage.

Plus que trente secondes. Haines n'était sûrement plus très loin, sauf s'il avait couru. Il en était bien capable. La portée du M-16 était vingt fois supérieure à celle du pistolet de Saul. Celui-ci contenait huit balles, y compris celle qui était déjà logée dans la chambre. Les poches de Saul étaient emplies de munitions destinées au fusil du policier, mais il avait laissé les trois chargeurs de rechange du Colt près du tronc d'arbre auquel il avait attaché le shérif adjoint.

Peu importait. Plus que vingt secondes avant le coup de feu. Ça ne servirait à rien s'il était trop loin de sa proie. Saul rampa sur les coudes et sur les genoux, haletant, conscient du bruit qu'il faisait. Il tomba en avant sous une branche de genévrier et ouvrit la bouche pour respirer, essaya de contrôler son souffle.

Les échos de la détonation résonnèrent dans la ravine.

Saul roula sur le dos, se plaquant le bras sur la bouche pour étouffer le bruit de son souffle. Rien. Ni coup de feu ni mouvement au-dessus de lui.

Il resta étendu, le pistolet près du visage, sachant qu'il devait continuer d'avancer, de gravir le flanc de la colline. Il resta immobile. Le ciel s'assombrissait. La lueur rosée du crépuscule se refléta sur un groupe de cirrus et une étoile scintilla au-dessus de la ravine. Saul leva la main gauche pour regarder sa montre. Douze minutes s'étaient écoulées depuis l'arrivée de l'hélicoptère.

Saul inspira l'air frais. Sentit l'odeur du sang.

Cela faisait trop longtemps que Natalie avait tiré. Saul levait à nouveau la main gauche lorsque retentit la seconde détonation, plus près cette fois-ci. La balle ricocha sur un rocher dix mètres au-dessus de la ravine.

Richard Haines jaillit des broussailles à deux mètres et quelques de Saul et arrosa la ravine en tir automatique. Saul vit le canon cracher le feu et sentit une odeur de poudre. La salve déchiqueta le buisson qu'il venait de traverser. Les arbustes au tronc épais de cinq centimètres étaient fauchés par une faux invisible. Les balles s'écrasaient sur les rochers de la rive est, labouraient les fourrés de la rive ouest et soulevaient la terre en contrebas. L'air était imprégné d'un parfum de résine et de poudre. Haines tirait, tirait, tirait. Lorsque le silence se fit, Saul était si engourdi qu'il mit deux ou trois secondes à réagir. Il entendit un cliquetis lorsque Haines éjecta le chargeur vide du M-16, un claquement sec lorsqu'il en inséra un autre. Les brindilles craquèrent lorsque l'agent spécial se redressa. Puis Saul se mit debout, vit Haines à moins de trois mètres de lui, tendit le bras droit et tira à six reprises.

L'agent spécial lâcha son arme et s'assit en poussant un grognement. Il lança un regard curieux à Saul, comme s'ils avaient été deux enfants en train de jouer à la guerre, et que Saul avait triché. Haines avait les cheveux en bataille, son gilet pendait sur son flanc, son visage était maculé de poussière. Sa jambe gauche était écarlate. Trois des balles tirées par Saul avaient dû se loger dans le gilet et le faire tomber, mais l'épaule gauche de Haines était fracassée et une balle s'était plantée dans sa gorge. Saul écarta un genévrier, s'accroupit à un mètre de Haines et vit des éclats d'os au niveau de sa clavicule. Il poussa le M-16 de côté.

Haines était assis les jambes écartées, les souliers pointés vers le ciel. Son bras blessé pendait suivant un angle écœurant, mais sa main droite posée sur sa cuisse lui donnait un air détendu. Ses lèvres bien dessinées s'ouvrirent et se refermèrent à plusieurs reprises et Saul vit du sang sur sa langue.

« Ça fait mal », dit Haines d'une toute petite voix.

Saul hocha la tête. Il se pencha au-dessus de l'homme pour examiner ses blessures, agissant par instinct professionnel autant que par habitude. Haines perdrait certainement son bras gauche mais sa vie pouvait encore être sauvée — à condition que les secours ne tardent pas, qu'on lui transfuse une bonne quantité de sang et qu'on l'évacue par hélicoptère dans les vingt ou trente prochaines minutes. Saul pensa à Aaron, à Deborah et aux jumelles, à la dernière fois qu'il les avait vus. Le Yom Kippour. Les enfants s'étaient endormies sur le canapé entre Aaron et lui, plongés dans leur discussion.

« Aidez-moi, murmura Haines. Je vous en supplie.

– Non », dit Saul, et il lui tira deux balles dans la tête.

Natalie gravissait le flanc de la colline, l'arme au poing, lorsque Saul descendit la ravine. Elle regarda le M-16 qu'il tenait à la main, ses poches emplies de chargeurs, et haussa les sourcils.

« Mort, dit Saul. Pressons-nous. »

Dix-sept minutes s'étaient écoulées depuis l'arrivée de l'hélicoptère lorsque la fourgonnette redémarra.

« Un instant, dit Saul. Tu es allée jeter un coup d'œil au flic après la fusillade ?

– Oui. Endormi mais indemne.

– Bien. Attends un peu. » Saul descendit de la fourgonnette, le M-16 à la main, et se tourna vers l'hélicoptère, à douze mètres de là. Ses deux réservoirs à essence étaient visibles. Saul régla son arme sur tir manuel et tira. On entendit un bruit évoquant celui d'une barre de fer frappant une bouilloire, mais il n'y eut pas d'explosion. Il tira à nouveau. L'air s'emplit soudain d'une forte odeur de carburant. La troisième balle déclencha un incendie qui engloutit le moteur avant de monter vers le ciel.

« Fonce ! » dit Saul en regagnant son siège d'un bond.

Ils dépassèrent la Bronco. Ils venaient à peine de sortir de la clairière lorsque le second réservoir explosa, projetant la cabine dans les arbres et roussissant la carrosserie de la Bronco.

Deux voitures noires apparurent sur les lacets de la colline, quatre cents mètres derrière eux.

« Vite ! dit Saul comme ils s'enfonçaient dans les profondeurs de la forêt.

– On n'a guère de chances de s'en tirer, pas vrai ?

– Non. Tous les flics du Comté d'Orange et du Comté de Riverside vont se lancer à nos trousses. Avant le lever du jour, ils auront établi des barrages sur cette route, fermé toutes les voies d'accès à l'Interstate 15, et envoyé des hélicos et des 4 x 4 fouiller les collines. »

Ils traversèrent un petit ruisseau et franchirent un col à 110 km/h dans un nuage de gravillons. Natalie négocia un virage serré, contre-braqua à la perfection et dit : « Est-ce que ça en valait la peine, Saul ? »

Il leva les yeux, renonçant à redresser la monture de ses lunettes. « Oui. »

Natalie hocha la tête et descendit une longue ligne droite menant à une forêt encore plus sombre.

51.
Dothan, Alabama, dimanche 26 avril 1981

Ce matin-là, devant huit mille spectateurs présents dans le palais de l'Adoration et sous les yeux de deux millions et demi de téléspectateurs, le révérend Jimmy Wayne Sutter prononça un sermon si puissant et si virulent que plusieurs personnes présentes se levèrent avec enthousiasme pour parler dans des langues inconnues tandis que des milliers d'autres se précipitaient vers leur téléphone pour communiquer leur numéro de carte de crédit Visa ou MasterCharge aux gardiens de la foi. La retransmission de l'office religieux dura quatre-vingt-dix minutes, dont soixante-douze consacrées au sermon du révérend Sutter. Jimmy Wayne lut à ses fidèles des extraits de l'Épître aux Corinthiens, puis imagina un Paul contemporain écrivant de nouvelles lettres aux Corinthiens dans lesquelles il commentait l'état de décrépitude morale et le futur incertain des États-Unis. A en croire l'apôtre tel qu'il s'exprimait par la bouche du révérend Jimmy Wayne, les États-Unis d'aujourd'hui étaient une nation qui avait oublié la prière en faveur de la pornographie, où un humanisme laïque rampant dévoyait une jeunesse sans défense et l'initiait aux rites secrets du péché et du socialisme, où régnaient la permissivité, la promiscuité, la possession démoniaque promue par les clips vidéo et par Donjons et Dragons, et où la pourriture ambiante se manifestait avant tout par le refus des pécheurs d'accepter Jésus-Christ comme leur sauveur personnel et de donner généreusement à des causes chrétiennes aussi méritoires que le Centre mondial de diffusion de la Bible, téléphone 1-800-555-6444.

Lorsque le groupe vocal eut fait résonner ses derniers accords triomphants, lorsque le voyant rouge s'éteignit sur les neuf imposantes caméras, le révérend Jimmy Wayne Sutter traversa les couloirs privés conduisant à son bureau, accompagné de ses trois gardes du corps, de son comptable et de son conseiller médiatique. Sutter les abandonna tous les cinq dans l'antichambre et commença à se déshabiller dès qu'il pénétra dans son saint des saints, laissant sur la moquette un sillage de vêtements poisseux de sueur et se retrouvant tout nu devant le bar. Comme il se servait une bonne dose de bourbon, le fauteuil en cuir placé derrière son bureau pivota et un vieil homme au visage rougeaud et aux yeux pâles dit : « Un sermon très stimulant, James. »

Sutter sursauta, aspergeant d'alcool son bras et son poignet.

« Bon sang, Willi, je ne vous attendais que cet après-midi.

– *Ja*, mais j'ai décidé d'arriver un peu en avance. » Wilhelm von Borchert joignit le bout de ses doigts et regarda en souriant le corps nu de Sutter.

« Vous êtes passé par l'entrée privée ?

– Bien sûr. Vous auriez préféré que j'arrive avec les touristes pour saluer les hommes de Barent et de Kepler ? »

Jimmy Wayne Sutter grommela, finit son verre, entra dans sa salle de bains privée et ouvrit le robinet de la douche. « Frère Christian m'a appelé ce matin à votre sujet, dit-il en haussant la voix pour couvrir le bruit de l'eau.

– Ah, vraiment ? dit Willi sans cesser de sourire. Que voulait notre cher vieil ami ?

– Seulement me dire que vous n'aviez pas chômé ces derniers temps.

– *Ja?* Qu'ai-je donc encore fait ?

– Haines. » La voix de Sutter résonna sur les murs carrelés lorsqu'il entra dans la cabine de douche.

Willi apparut sur le seuil de la salle de bains. Il portait un complet blanc et une chemise lavande au col ouvert. « Haines, l'agent du F.B.I. ? Que lui est-il arrivé ?

– Comme si vous ne le saviez pas. » Sutter frictionna son ventre proéminent et savonna ses organes génitaux. Son corps rose et glabre le faisait ressembler à un énorme rat nouveau-né.

« Faites comme si je ne savais rien et racontez-moi tout. » Willi ôta sa veste et la suspendit à un crochet.

« Barent a suivi la piste israélienne après la mort de Trask, bafouilla Sutter en se plaçant sous le pommeau. On a découvert qu'un attaché d'ambassade israélien avait accédé à des archives informatiques confidentielles. Des archives relatives à Frère C et au reste d'entre nous. Mais je ne vous apprends rien, n'est-ce pas ?

– Continuez. » Willi ôta sa chemise et la posa au-dessus de sa veste. Il enleva ses mocassins italiens à trois cents dollars.

« Barent a éliminé le gêneur et Haines a remonté sa piste jusqu'à la côte ouest, là où vous jouiez à vos petits jeux. Hier soir, Haines a failli mettre la main sur vos hommes, mais il a eu un petit accident. Quelqu'un l'a attiré dans la forêt et l'a abattu. Qui Utilisiez-vous ? Luhar ?

– On n'a pas capturé les suspects ? » Willi plia soigneusement son pantalon sur la commode. Il portait un caleçon bleu impeccablement repassé.

« Non. On a envoyé un million de policiers dans les bois mais ils n'ont encore trouvé personne. Comment vous êtes-vous débrouillé pour les faire filer ?

– Secret professionnel. Dites-moi, James, me croiriez-vous si je vous disais que je n'ai aucun rapport avec cette histoire ? »

Sutter éclata de rire. « Évidemment ! Tout comme vous me croiriez si je vous disais que tous les dons que nous recevons servent à financer des achats de Bibles. »

Willi ôta sa montre en or. « Est-ce que cette affaire risque d'être nuisible à nos plans ou à notre calendrier, James ?

– Je ne vois pas pourquoi, dit Sutter en rinçant ses longs cheveux argentés. Frère Christian sera encore plus impatient de vous faire venir sur l'île afin de s'occuper de votre cas.» Sutter ouvrit la porte coulissante et contempla la nudité de Willi. L'énorme sexe de l'Allemand était en érection. Son gland était presque pourpre.

«Nous n'allons plus hésiter, n'est-ce pas, James ? dit Willi en entrant dans la cabine à côté de l'évangéliste.

– Non.

– Comment savons-nous ce que nous devons faire ? demanda Willi sur le ton de la litanie.

– Le Livre de l'Apocalypse, dit Sutter en gémissant comme la main de Willi soupesait doucement ses testicules.

– Et quel est notre but, *mein Liebchen?* demanda Willi en caressant le pénis du gros homme.

– Le Second Avènement, gémit Sutter en fermant les yeux.

– Et à quelle Volonté obéissons-nous ? murmura Willi en embrassant Sutter sur la joue.

– A la Volonté de Dieu ! répondit le révérend Jimmy Wayne, imprimant à ses reins un mouvement calqué sur celui de la main de Willi.

– Et quel est notre instrument divin ? murmura Willi à l'oreille de Sutter.

– Armagueddon ! s'exclama Sutter. Armagueddon !

– Que Sa Volonté soit faite ! cria Willi en accentuant le mouvement de sa main sur le pénis de Sutter.

– Amen ! s'écria Sutter. Amen !» Il ouvrit la bouche pour accueillir la langue avide de Willi au moment précis où il éjaculait, et de minces rubans de sperme tournoyèrent pendant plusieurs secondes sur le sol de la cabine avant de disparaître pour toujours par la bonde.

52.
Melanie

Willi m'inspirait des songeries romantiques. Peut-être était-ce dû à l'influence de Miss Sewell; c'était une jeune femme sensuelle et pleine de vitalité qui avait des besoins bien précis et la capacité d'aimer les assouvir. De temps en temps, lorsque ses pulsions nuisaient à la qualité de son service, je lui permettais de passer quelques minutes avec Culley. Il m'arrivait parfois de vivre ces brefs interludes de violente passion charnelle en adoptant son point de vue. Ou celui de Culley. Je me suis même permis un jour d'occuper simultanément leurs deux personnalités. Mais c'était toujours à Willi que je songeais lorsque les flots de leur passion parvenaient jusqu'à moi.

Willi était si beau durant cette période idyllique qui a précédé la guerre — la Seconde Guerre mondiale. Son mince visage aristocratique et ses cheveux blonds témoignaient sans conteste de ses origines aryennes. Nina et moi aimions être vues en sa compagnie et je crois qu'il était fier de parader au bras de ces deux Américaines séduisantes et enjouées — la beauté blonde aux yeux bleu pervenche et la jeune brune plus timide, plus posée, mais non moins ensorcelante, aux longs cils et aux cheveux bouclés.

Je me souviens d'une promenade dans Bad Ischl — avant la venue des heures sombres — durant laquelle Willi lança une plaisanterie et, profitant de mon fou rire, prit ma main dans la sienne. Je ressentis aussitôt un choc électrique. Je cessai brusquement de rire. Nous nous sommes penchés l'un vers l'autre, ses superbes yeux bleus m'ont détaillée, nous étions assez proches l'un de l'autre pour sentir la chaleur de nos corps. Mais il n'y eut pas de baiser. Pas encore. En ce temps-là, le refus faisait partie de la danse de la séduction, une sorte de jeûne destiné à ouvrir l'appétit pour le festin qui allait suivre. Les jeunes gloutons d'aujourd'hui ignorent ces subtilités et cette retenue; il leur faut satisfaire leur appétit sur-le-champ. Il n'est guère étonnant que tout plaisir ait pour eux le goût du champagne éventé, que toute conquête n'ait pour fruit que la déception.

Je pense à présent que Willi serait tombé amoureux de moi cet été-là si Nina ne l'avait pas séduit de si grossière façon. Après cette horrible journée de Bad Ischl, j'ai refusé pendant plus d'un an de jouer à notre Jeu viennois, j'ai même refusé de les retrouver en Europe l'année suivante, et lorsque j'ai repris mes relations avec eux, ce fut sur de nouvelles bases beaucoup plus strictes. Je comprends à présent qu'à ce moment-là Willi et Nina avaient mis fin à leur liaison depuis longtemps. La flamme de Nina brûlait haut et clair mais durant peu de temps.

Les derniers étés que nous avons passés à Vienne, Willi était quasiment obsédé par son Parti et par son Führer. Je me rappelle qu'il portait sa chemise brune et son brassard hideux lors de la première de *Das Lied von der Erde*, sous la baguette de Bruno Walter en 1934. C'est pendant cet été horriblement chaud que nous avons logé avec Willi dans une vieille maison sinistre qu'il avait louée sur le Hohe Warte, non loin du domicile d'Alma Mahler. Jamais cette femme prétentieuse ne nous a invités à ses réceptions, et nous lui avons rendu la pareille. Plus d'une fois j'ai été tentée de m'intéresser à elle au cours du Jeu, mais la stupide obsession politique de Willi ne nous permettait guère de jouer à cette époque.

A présent que je soignais mes blessures, couchée dans mon lit dans ma maison de Charleston, je me rappelais souvent cette époque, je pensais souvent à Willi, et je me demandais comment les choses auraient tourné si, par le plus infime des soupirs, des sourires ou des regards, je l'avais encouragé un peu plus tôt et l'avais aidé à ignorer la désastreuse campagne de séduction menée par Nina.

Peut-être ces songeries me préparaient-elles sans que j'en aie conscience aux événements à venir. Au cours de ma maladie, le temps avait perdu une grande partie de sa signification à mes yeux, et peut-être étais-je désormais capable d'explorer les corridors du futur aussi facilement que j'errais dans ceux du passé. C'est difficile à dire.

Vers le mois de mai, je m'étais tellement habituée aux soins dispensés par le Dr Hartman et l'infirmière Oldsmith, à la thérapie douce de Miss Sewell, aux services rendus par Howard, Nancy, Culley et le jeune nègre, et à la constante présence à mes côtés du tendre Justin, que j'aurais pu me contenter de vivre dans ce statu quo douillet pendant des mois, voire des années, si quelqu'un n'était pas venu frapper à notre portail de fer par une chaude soirée de printemps.

C'était la messagère que j'avais déjà rencontrée. Celle qui répondait au nom de Natalie.

Elle était envoyée par Nina.

53.
Charleston,
lundi 4 mai 1981

Plus tard, Natalie devait se souvenir de leur voyage comme d'un rêve long de quatre mille cinq cents kilomètres.

Il commença par le miracle du 4 x 4.

Ils avaient erré toute la nuit dans les ténèbres du Parc national de Cleveland, rebroussant chemin et quittant le coupe-feu après avoir aperçu des phares sur les lacets d'une colline, empruntant des pistes à peine plus praticables que des sentiers. Puis ces pistes avaient disparu et seule la faible densité des arbres dans une petite vallée leur avait permis de progresser, suivant le lit d'un ruisseau asséché pendant six kilomètres, roulant en feux de position sur un sol cahoteux, puis gravissant une pente et suivant une ligne de crêtes où l'herbe dissimulait souches et rochers. Plusieurs heures s'écoulèrent. Puis l'inévitable se produisit. Saul était au volant et Natalie avait réussi à s'assoupir en dépit des cahots qui secouaient la fourgonnette. Le rocher invisible se trouvait à mi-hauteur d'une pente qu'ils gravissaient péniblement en seconde. Il épargna l'essieu avant, mais démolit le carter, démantibula l'arbre de transmission, et la fourgonnette s'immobilisa sur ce qui restait de l'essieu arrière.

Saul prit une lampe-torche, rampa sous le véhicule et réapparut au bout de trente secondes. « Fichu. On continue à pied. »

Natalie était trop épuisée pour pleurer ou en avoir seulement envie. « Qu'est-ce qu'on emporte ? »

Saul balaya le compartiment arrière avec le faisceau de sa lampe. « L'argent. Il est dans le sac à dos. La carte. Une partie de la nourriture. Les pistolets, je pense. » Il considéra les deux fusils. « Est-ce que ça vaut la peine de les prendre ?

– Est-ce qu'on va tirer sur des policiers innocents ?

– Non.

– Alors, abandonnons aussi les pistolets. » Natalie jeta un regard circulaire sur la sombre muraille des collines boisées, puis contempla le ciel étoilé. « Saul, est-ce que tu sais où on est ?

– On avait pris la direction de Murrieta, mais on a fait tellement de tours et de détours que je suis complètement perdu.

– Est-ce qu'ils réussiront à nous suivre ?

– Pas en pleine nuit. » Saul consulta sa montre. Il était quatre heures du matin. « Ils retrouveront notre piste dès le lever du jour. Ils fouilleront d'abord les chemins forestiers. Un hélicoptère finira tôt ou tard par repérer la fourgonnette.

– Est-ce qu'il est utile d'essayer de la camoufler ? »

Saul regarda en haut de la colline. Une centaine de mètres les séparaient des arbres les plus proches. Le reste de la nuit leur serait nécessaire pour couper assez de jeunes pousses, les transporter jusqu'à la fourgonnette et camoufler celle-ci. « Non. Faisons nos bagages et fichons le camp. »

Vingt minutes plus tard, ils gravissaient la colline, soufflant et haletant, Natalie portant le sac à dos et Saul la valise contenant leur argent et les dossiers dont il refusait de se séparer. « On s'arrête une minute, dit Natalie lorsqu'ils arrivèrent au niveau des arbres.

– Pourquoi ?

– Parce qu'il faut que j'aille aux toilettes. » Elle attrapa des Kleenex dans le sac à dos, prit une lampe-torche et s'avança entre les arbres.

Saul poussa un soupir et s'assit sur la valise. Il se rendit compte qu'il commençait à somnoler chaque fois qu'il fermait les yeux et que, chaque fois qu'il somnolait, la même image lui venait lentement à l'esprit : Richard Haines, le visage livide et l'air surpris, remuant les lèvres, sa voix se faisant entendre un instant plus tard, comme dans un film mal doublé : « Aidez-moi. Je vous en supplie. »

« Saul ! »

Il se ressaisit, dégaina le Colt qu'il avait glissé dans sa poche et courut vers les arbres. Natalie se tenait à dix mètres de lui, éclairant de sa lampe un 4 x 4 Toyota rouge vif aux lignes copiées sur celles d'une Land Rover.

« Est-ce que je rêve ? demanda-t-elle.

– Alors je fais le même rêve », dit Saul. La voiture était si neuve qu'elle semblait sortie d'un hall d'exposition. Saul éclaira le sol ; il ne vit aucune piste, mais aperçut la trace du 4 x 4 entre les arbres. Il essaya d'ouvrir les portes et le coffre arrière : fermés à clé.

« Regarde, il y a un papier glissé sous l'essuie-glace. » Natalie l'attrapa et l'éclaira. « C'est un message. "Chers Alan et Suzanne : Aucun problème pour arriver. Nous partons en randonnée à quatre kilomètres en aval de la Little Margarita. Apportez la bière. Amitiés, Heather et Carl." » Elle éclaira la lunette arrière. Un pack de Coors était posé derrière la banquette. « Génial ! On le fait démarrer et on l'emprunte ?

– Tu sais faire démarrer une voiture sans clé de contact ? demanda Saul en se rasseyant sur sa valise.

– Non, mais ça a l'air tout simple à la télé.

– Tout est toujours simple à la télé. Avant de tripoter le système d'allumage — qui est sans doute électronique et hors de portée de mes faibles talents de mécanicien —, réfléchissons quelques instants. Comment Alan et Suzanne sont-ils censés récupérer la bière ? Les portières sont fermées à clé.

– Ils ont un double des clés.

– Peut-être, à moins qu'elles n'aient été cachées dans un endroit convenu d'avance. »

Elles se trouvaient dans le second endroit que Natalie

examina : le tuyau d'échappement. Le porte-clés était aussi neuf que la voiture et portait l'emblème du concessionnaire Toyota de San Diego. Lorsqu'ils ouvrirent la portière, Natalie eut les larmes aux yeux en sentant l'odeur de skaï et de voiture neuve.

«Je vais voir si je peux faire descendre cet engin en bas de la colline, dit Saul.

– Pourquoi?

– Je vais y transférer l'équipement qui nous est nécessaire — le C-4, les détonateurs et l'électroencéphalographe.

– Tu crois qu'on en aura encore besoin?

– J'en aurai besoin pour l'expérience de biofeedback.» Saul lui ouvrit la portière, mais elle recula d'un pas. «Qu'y a-t-il?

– Récupère-moi quand tu reviendras ici.

– Tu as oublié quelque chose?»

Natalie se tortilla. «Oui. J'ai oublié d'aller aux toilettes.»

Ils trouvèrent un seul barrage sur leur route. Le Toyota roulait à merveille sur le sol inégal et, au bout de deux kilomètres, ils aperçurent deux sillons parallèles donnant sur un chemin forestier qui débouchait sur une route gravillonnée. Peu de temps avant l'aube, ils se rendirent compte qu'ils longeaient depuis un moment une clôture grillagée, et Natalie demanda à Saul de s'arrêter le temps qu'elle déchiffre la pancarte fixée au grillage. «Propriété du gouvernement des États-Unis — Entrée interdite — par ordre du commandant, Camp Pendleton, U.S.M.C.

– On était encore plus perdus que je ne le pensais, dit Saul.

– Amen. Tu veux une autre bière?

– Pas encore.»

Ils tombèrent sur un barrage établi à l'entrée d'un petit village du nom de Fallbrook après avoir parcouru un kilomètre et demi sur une route goudronnée. Dès qu'ils s'y étaient engagés, Natalie s'était tapie derrière les sièges, se dissimulant sous une couverture et essayant de trouver une position confortable. «Ça ne durera pas longtemps, avait dit Saul en écartant canettes et appareils pour lui permettre de respirer. Ils recherchent une jeune femme de race noire et un complice de sexe masculin non identifié roulant dans une fourgonnette de couleur sombre. J'espère qu'ils ne chercheront pas noise à un type tout seul dans une Toyota toute neuve. Qu'en penses-tu?»

Natalie lui avait répondu par un ronflement.

Il la réveilla cinq minutes plus tard en apercevant le barrage routier. Près d'une voiture de la police de la route garée en travers de la chaussée, deux hommes à l'air endormi buvaient du café dans une bouteille thermos. Saul avança au ralenti et s'arrêta à leur niveau.

Le premier policier resta près de son véhicule tandis que le second fit passer son gobelet dans sa main gauche et se dirigea lentement vers la voiture. «Bonjour.»

Saul hocha la tête. «Bonjour, monsieur. Que se passe-t-il?»

Le policier se pencha pour regarder à travers la vitre. Il examina les caisses entassées à l'arrière. «Vous venez du Parc national?

– Oui.» Saul savait que les coupables avaient tendance à trop parler, à expliquer chacun de leurs faits et gestes. Lorsqu'il avait assisté la police de New York dans l'affaire Son of Sam, un lieutenant expert en interrogatoires lui avait dit que les coupables les plus malins se faisaient toujours prendre en défaut à cause de leurs histoires trop plausibles. A en croire l'expert, les innocents tendaient à s'exprimer de façon incohérente, à se sentir coupables sans raison.

«Vous y avez passé la nuit? demanda le policier en reculant pour mieux distinguer l'endroit où se trouvait Natalie, dissimulée sous la couverture, le sac à dos et le pack de bière.

– La nuit dernière et celle d'avant.» Saul regarda le

second policier qui se rapprochait de son équipier. « Que se passe-t-il ?

– Vous avez campé là-haut ? » Le premier policier sirota son café.

« Oui, et j'ai essayé mon nouveau 4 x 4.

– Il est superbe. Il est tout neuf ? »

Saul acquiesça.

« Où l'avez-vous acheté ? »

Saul lui donna le nom du concessionnaire qui figurait sur le porte-clés.

« Où demeurez-vous ? »

Saul hésita une seconde. Il y avait une adresse new-yorkaise sur le faux passeport et le faux permis que Cohen lui avait procurés. « A San Diego. Depuis environ deux mois.

– Où ça à San Diego ? » Le policier était tout sourire mais Saul remarqua que sa main droite était posée sur la crosse de son pistolet et que le rabat de son étui était ouvert.

Saul n'était passé à San Diego qu'une fois, six jours auparavant, lorsque Jack Cohen leur avait fait traverser la ville par l'autoroute. Il était si tendu et si épuisé par son périple que tous les détails de cette nuit s'étaient gravés dans son esprit. Il se rappelait au moins trois sorties par leur nom. « Sherwood Estates. 1990 Spruce Road, à côté de Linda Vista Road.

– Oh, oui, dit le policier. Le dentiste de mon beau-frère avait son cabinet sur Linda Vista. Vous habitez près de l'université ?

– Pas trop près. Je suppose que vous n'allez pas me dire ce qui se passe ? »

Le policier scruta l'intérieur de la Toyota, comme pour mieux distinguer le contenu des caisses. « Des problèmes du côté du lac Elsinore. Où est-ce que vous avez dit que vous êtes allé camper ?

– Je ne vous l'ai pas dit, mais c'était du côté de la Little Margarita. Et si je ne rentre pas à la maison, ma femme va rater la messe et je vais avoir des ennuis. »

Le policier hocha la tête. « Vous n'auriez pas aperçu par hasard une fourgonnette noire ou bleu marine ?

– Non.

– Je m'en doutais. Il n'y a aucune route entre ici et le lac Coot, après tout. Et des randonneurs ? Une femme noire ? Âgée d'une vingtaine d'années ? Et un type plus vieux, peut-être un Palestinien ?

– Un Palestinien ? Non, je n'ai vu personne, excepté un jeune couple, Heather et Carl. Ils étaient en pleine lune de miel. J'ai essayé de ne pas les déranger. Il y a des terroristes moyen-orientaux dans le coin ?

– Peut-être. On recherche une jeune Noire et un Palestinien qui trimbalent un véritable arsenal. Je n'ai pas pu m'empêcher de remarquer votre accent, Mr...

– Grotzman. Sol Grotzman.

– Hongrois ?

– Polonais. Mais je suis citoyen américain depuis la fin de la Seconde Guerre mondiale.

– Bien, monsieur. Est-ce que ces chiffres veulent bien dire ce que je pense ? »

Saul baissa les yeux sur son bras nu posé sur le rebord de la portière. « C'est un tatouage que l'on m'a fait dans un camp de concentration nazi. »

Le policier hocha lentement la tête. « Je n'en avais jamais vu. Désolé de vous retarder, Mr. Grotzman, mais j'ai encore une question importante à vous poser.

– Oui ? »

Le policier recula d'un pas, reposa sa main sur la crosse de son revolver et se tourna vers l'arrière de la Toyota. « Combien coûtent ces jeeps japonaises, exactement ? »

Saul éclata de rire. « Trop cher à en croire ma femme, monsieur. Beaucoup trop cher. » Il salua les deux hommes et continua sa route.

Ils traversèrent San Diego, prirent l'I-8 en direction de l'est, roulèrent d'une traite jusqu'à Yuma, garèrent le Toyota dans une petite rue et allèrent déjeuner dans un McDonald's.

«Il faut trouver une autre voiture», dit Saul en sirotant son milk-shake. Il se demandait parfois ce que sa grand-mère casher penserait en le voyant.

«Déjà? dit Natalie. On va devoir apprendre à les faire démarrer sans clé?

– Si tu veux essayer, vas-y. Mais je pensais à une méthode plus simple.» Saul indiqua un vendeur de voitures d'occasion de l'autre côté de la rue. «Nous pouvons sacrifier une partie des trente mille dollars qui dorment dans ma valise.

– D'accord, mais prenons un modèle avec l'air conditionné. On va traverser pas mal de désert dans les deux ou trois prochains jours.»

Ils quittèrent Yuma à bord d'un break Chevrolet vieux de trois ans et pourvu de l'air conditionné, d'une direction automatique, de freins automatiques et de vitres automatiques. Saul avait déconcerté le vendeur à deux reprises — lorsqu'il lui avait demandé si la voiture était également équipée de cendriers automatiques et lorsqu'il avait payé la somme demandée sans essayer de marchander. Ils se félicitèrent de ne pas avoir perdu de temps. Lorsqu'ils retournèrent dans la petite rue où ils avaient garé le Toyota, un groupe d'adolescents basanés étaient en train de casser une de ses vitres à coups de pierre. Ils s'égaillèrent en riant et en leur faisant des gestes obscènes.

«Charmant, commenta Saul. Je me demande ce qu'ils auraient fait du plastic et du M-16.»

Natalie lui lança un regard étonné. «Tu ne m'avais pas dit que tu avais gardé le M-16.»

Saul rajusta ses lunettes et regarda autour de lui. «Il faut chercher un quartier plus tranquille. Suis-moi.»

Ils se rendirent au centre commercial le plus proche, où Saul transféra le contenu du Toyota dans la Chevrolet, abandonnant le 4 x 4 vitres ouvertes et la clé sur le tableau de bord. «Je ne veux pas qu'on l'abîme, expliqua-t-il, seulement qu'on le vole.»

Vingt-quatre heures plus tard, ils décidèrent de rouler de nuit et Natalie, qui avait toujours rêvé de visiter le sud-ouest des États-Unis, n'en garda que le souvenir d'un ciel étoilé éclairant le ruban monotone d'une autoroute, d'une aube triomphante bariolant le monde grisâtre de rose, d'orange et d'indigo, et du vacarme de la climatisation dans les minuscules chambres de motel qui sentaient le tabac froid et le désinfectant.

Saul s'enfonçait de plus en plus en lui-même, laissant le plus souvent le volant à Natalie et lui demandant de s'arrêter un peu plus tôt chaque matin afin qu'il puisse passer du temps avec ses dossiers et ses machines. Lorsqu'ils arrivèrent dans l'est du Texas, Saul passait des nuits entières à l'arrière du break, assis en tailleur devant l'ordinateur et l'électroencéphalogramme reliés à la batterie qu'il avait achetée dans un Radio Shack de Fort Worth. Natalie n'osait même pas allumer l'autoradio de peur de le déranger.

« Tu vois, la solution, c'est le rythme thêta, disait-il les rares fois où il lui adressait la parole. C'est le signal idéal, l'indicateur infaillible. Je ne peux pas le créer moi-même, mais je peux le capter par l'entremise de la boucle du biofeedback de façon à *reconnaître* ce qu'il indique. En m'entraînant à réagir à la pointe alpha initiale, je peux conditionner le mécanisme de déclenchement de mes suggestions posthypnotiques.

– Est-ce une façon de contrer leurs... pouvoirs ? » demanda Natalie.

Saul rajusta ses lunettes et plissa le front. « Non, pas vraiment. Je ne pense pas qu'il existe une façon de contrer un tel talent à moins de le posséder soi-même. Il serait intéressant de tester une variété d'individus dans des conditions de...

– Alors à quoi ça *sert* ? s'écria Natalie, exaspérée.

– Cela nous donne une chance... une *chance* de créer une sorte de système d'alarme dans le cortex cérébral. Une fois élaboré un conditionnement approprié au moyen du biofeedback, je pense être en mesure d'utiliser le phénomène du rythme thêta pour déclencher les suggestions posthypnotiques et me rappeler les données que j'ai mémorisées.

– Les données ? Tu veux parler de toutes les heures que tu as passées au Yad Vashem et à la Maison des Combattants du Ghetto…

– Au Lohame HaGeta'ot. Oui. Les heures que j'ai passées à lire les dossiers que t'a envoyés Wiesenthal, à mémoriser les photographies, les biographies et les bandes magnétiques tout en me plongeant dans un léger état de transe favorisant l'activité de la mémoire…

– Mais à quoi ça sert de partager les souffrances de tous ces gens si cela ne te protège pas de nos vampires psychiques ?

– Imagine un projecteur de diapositives en forme de manège. L'Oberst et ses semblables ont le pouvoir de faire tourner ce manège neurologique et d'y insérer leurs propres diapos, d'imposer leur surmoi et leur volonté sur cet ensemble de souvenirs, de craintes et de préférences que nous appelons une personnalité. Je veux seulement insérer d'autres diapositives dans le projecteur.

– Mais tu n'es pas sûr que ça marchera ?

– Non.

– Et tu ne penses pas que ça marcherait avec moi ? »

Saul ôta ses lunettes et se frotta l'arête du nez. « *Quelque chose* de comparable serait possible dans ton cas, Natalie, mais ce quelque chose devrait être expressément conçu en fonction de ton histoire personnelle, de tes traumatismes, de tes capacités d'empathie. Je ne serais pas capable d'élaborer le processus d'apprentissage hypnotique susceptible de créer ton type de… euh… de diapos.

– Mais même si ce truc *marche* dans ton cas, il n'aura aucun effet sur les autres vampires, seulement sur l'Oberst.

– Sans doute. Seuls lui et moi possédons l'expérience commune nécessaire pour concevoir les personnalités que je suis en train de créer… que j'essaie de créer… durant ces séances d'empathie.

– Et ça ne l'arrêtera pas? Ça ne fera que le plonger dans la confusion pendant quelques secondes, à condition que tous ces mois de travail et de manipulation aboutissent à quelque chose?

– Exactement.»

Natalie secoua la tête et contempla les deux cônes lumineux qui éclairaient le ruban d'asphalte infini. «Alors comment peux-tu passer autant de temps là-dessus, Saul?»

Il ouvrit le dossier qu'il était en train d'étudier et regarda la photo d'une jeune fille au visage blême et aux yeux effrayés, vêtue d'un manteau et d'un foulard sombres. Le pantalon noir et les bottes d'un Waffen S.S. étaient visibles dans le coin de l'image, en haut à gauche. La jeune fille était en train de se tourner vivement vers l'objectif et son visage était flou. Elle tenait une petite valise de la main droite, mais au creux de son bras gauche était nichée une poupée de chiffon sans doute confectionnée par sa mère. La photographie n'était accompagnée que d'un court texte dactylographié en allemand sur le papier à en-tête de Simon Wiesenthal.

«Même si j'échoue, ça en valait la peine, dit doucement Saul. Les puissants ont eu leur content d'attention, même lorsqu'on a exposé la nature maléfique de leur pouvoir. Les victimes ne forment encore qu'une immense foule anonyme. Des chiffres. Des fosses communes. Ces monstres ont fertilisé notre siècle avec les fosses communes où gisent leurs victimes, et il est grand temps que les misérables se voient offrir un nom et un visage — et une *voix*.» Saul éteignit la lampe-torche et s'adossa à son siège. «Excuse-moi, mon obsession commence à l'emporter sur mes facultés de raisonnement.

– Je commence à comprendre ce que c'est que l'obsession.»

Saul contempla Natalie à la douce lumière du tableau de bord. «Et tu es toujours décidée à agir en fonction de la tienne?»

Natalie eut un rire nerveux. «Je ne vois pas d'autre moyen, et toi? Mais plus on se rapproche du but, plus je me sens terrifiée.

– On n'est pas obligés de poursuivre. On peut aller à l'aéroport de Shreveport et prendre l'avion pour Israël ou pour l'Amérique du Sud.

– Non, pas question», affirma Natalie.

Au bout d'une minute, Saul lui dit : «Non, tu as raison.»

Ils échangèrent leurs places et Saul conduisit pendant plusieurs heures. Natalie s'assoupit. Elle rêva de Rob Gentry, de son air choqué, incrédule, lorsque le couteau lui avait tranché la gorge. Elle rêva que son père l'appelait à Saint Louis et lui disait que tout cela n'était qu'un malentendu, que tout allait bien, que sa mère elle-même était rentrée et se portait à merveille, mais lorsqu'elle entrait chez elle, la maison était plongée dans l'ombre, les pièces étaient emplies de toiles d'araignée poisseuses, l'évier débordait d'un liquide sombre et pâteux. Natalie, qui était soudain redevenue une petite fille, courait en pleurant dans la chambre de ses parents. Mais son père n'était pas là, et sa mère, lorsqu'elle écartait son linceul de toiles d'araignée, n'était plus sa mère. C'était un cadavre pourrissant dont le visage n'était qu'un crâne recouvert d'une chair flétrie et dont les yeux étaient ceux de Melanie Fuller. Et le cadavre riait.

Natalie se réveilla en sursaut, le cœur battant. Ils roulaient sur l'autoroute. Dehors, il faisait plus clair. «Le jour s'est déjà levé? demanda-t-elle.

– Non, dit Saul d'une voix infiniment lasse. Pas encore.»

Les cités du Vieux Sud étaient des constellations de faubourgs longeant l'Interstate : Jackson, Meridian, Birmingham, Atlanta. Ils sortirent de l'autoroute à Augusta et prirent la route 78 pour pénétrer en Caroline du Sud. Même de nuit, Natalie commença à reconnaître le paysage : Saint George, où elle était allée en colonie de vacances à l'âge de neuf ans, durant cet été interminable qui avait suivi la mort de sa mère…. Dorchester, où la sœur de son père avait vécu jusqu'à ce qu'elle meure d'un cancer en 1976… Summerville, où elle partait en balade le dimanche après-midi pour photographier les vieilles demeures… Charleston.

Charleston.

Ils entrèrent dans la ville lors de leur quatrième nuit de voyage, peu de temps avant quatre heures du matin, cette heure sombre de la nuit où l'esprit semble le plus faible. Les lieux familiers de son enfance apparurent comme déformés, distordus, aux yeux de Natalie, le quartier pauvre mais bien tenu de Saint Andrews lui sembla aussi dénué de substance qu'une image floue projetée sur un écran terne. Aucune lumière aux fenêtres de sa maison. Aucune pancarte A VENDRE dans son jardin, aucune voiture inconnue dans son allée. Natalie n'avait aucune idée de ce qu'étaient devenus sa propriété et ses objets personnels après sa soudaine disparition. Elle regarda la maison à la fois étrange et familière, la petite véranda où, cinq mois auparavant, Saul, Rob et elle avaient discuté du mythe stupide des vampires psychiques, et ne ressentit aucune envie de rentrer chez elle. Elle se demanda qui avait hérité des photographies de son père — les épreuves signées Minor White, Cunningham, Milito, et les œuvres plus modestes de son père — et découvrit à sa grande surprise qu'elle avait les larmes aux yeux. Elle continua sa route sans ralentir.

« On n'est pas obligés d'aller dans le Vieux Quartier cette nuit, dit Saul.

– Si », répliqua Natalie. Elle prit la direction de l'est et traversa le pont pour pénétrer dans la vieille ville.

Une seule lumière brillait dans la maison de Melanie Fuller. Au premier étage, dans ce qui avait été sa chambre. Ce n'était ni une lumière électrique, ni la douce lueur d'une bougie, mais un pâle éclat vert aux pulsations régulières, telle la phosphorescence du bois pourri au fond des ténèbres d'un marécage.

Natalie agrippa le volant des deux mains pour faire cesser ses tremblements.

« La clôture a été remplacée par un mur et par un portail en fer, dit Saul. C'est une véritable forteresse. »

Natalie regarda la lueur vert pâle palpiter derrière les volets.

« Nous n'avons pas la preuve qu'il s'agit bien d'elle, poursuivit Saul. Les informations de Jack étaient vagues et vieilles de plusieurs semaines.

– C'est elle.

– Allons-nous-en. Nous sommes fatigués. Trouvons une chambre pour la nuit, et demain, nous chercherons un lieu sûr où entreposer notre matériel. »

Natalie passa en prise et s'engagea lentement dans la rue obscure.

Ils trouvèrent un motel bon marché au nord de la ville et dormirent comme des souches pendant sept heures. Natalie se réveilla à midi, vulnérable et désorientée, fuyant une série complexe de rêves frénétiques où des mains cherchaient à la saisir en passant par des vitres brisées.

Épuisés et irritables tous les deux, ils achetèrent du poulet dans un fast food et allèrent déjeuner dans un parc près du fleuve. Il faisait chaud, plus de vingt-cinq degrés, et le soleil était aussi impitoyable que les projecteurs d'une salle d'opération.

« Je suppose que tu devrais t'abstenir de sortir durant la journée, dit Saul. Quelqu'un risque de te reconnaître. »

Natalie haussa les épaules. « Ce sont eux les vampires et c'est nous qui devons sortir la nuit. Ce n'est pas juste. »

Saul plissa les yeux pour contempler les reflets du soleil sur le fleuve. « J'ai beaucoup réfléchi au pilote et au shérif adjoint.

– Et alors ?

– Si je n'avais pas forcé le shérif adjoint à appeler Haines, le pilote serait encore vivant. »

Natalie sirota son café. « Haines aussi.

– Oui, mais je me suis rendu compte sur le moment que si j'avais dû sacrifier le pilote *et* le shérif adjoint, je n'aurais pas hésité. Et tout ça pour tuer un homme.

– Il a massacré ta famille. Il a essayé de te tuer. »

Saul secoua la tête. « Mais ces deux hommes n'étaient pas des combattants. Tu vois où ça nous mène ? Pendant vingt-cinq ans, je n'ai eu que mépris pour les terroristes palestiniens en keffieh à carreaux qui s'attaquent aux innocents parce qu'ils sont trop faibles pour lutter au grand jour. A présent, nous avons adopté les mêmes tactiques parce que nous sommes trop faibles pour affronter ces monstres.

– Ridicule. » Natalie regarda une famille qui piqueniquait au bord de l'eau. La mère ordonnait au plus jeune de ses trois enfants de ne pas s'approcher du fleuve. « Tu n'as pas fait exploser un avion en vol, tu n'as pas attaqué un bus à la mitraillette. Ce n'est pas nous qui avons tué ce pilote, c'est Haines.

– C'est à cause de nous qu'il est mort. Réfléchis une minute, Natalie. Suppose que tous ces monstres — Barent, Harod, Melanie Fuller, l'Oberst — suppose qu'ils se trouvent tous à bord du même avion de ligne en compagnie d'une centaine de passagers innocents. Serais-tu tentée de conclure cette histoire en y posant une bombe ?

– Non.

– Réfléchis, insista Saul. Ces monstres sont responsables de centaines — de milliers — de morts. Il suffit de laisser mourir une centaine d'innocents pour mettre fin à leurs agissements. Est-ce que ça n'en vaudrait pas la peine ?

– Non, dit Natalie avec fermeté. Ça ne marche pas comme ça. »

Saul hocha la tête. « Tu as raison, ça ne marche pas comme ça. En adoptant un tel état d'esprit, nous deviendrions des monstres tout comme eux. Mais en sacrifiant la vie du pilote, nous avons déjà commencé à le faire. »

Natalie se releva, furieuse. « Où veux-tu en venir, Saul ? Nous avons déjà parlé de ça à Tel-Aviv, à Jérusalem et à Césarée. Nous sommes conscients des risques. Écoute, mon *père* était une victime innocente. Ainsi que Rob... et Aaron, Deborah et les jumelles... et Jack aussi... et... » Elle s'interrompit, croisa les bras et se tourna vers le fleuve. « Où veux-tu en venir ? »

Saul se leva à son tour. « J'ai décidé que tu n'accomplirais pas la phase suivante de notre plan. »

Natalie se retourna et le regarda fixement. « Tu es dingue ! C'est notre seule chance de frapper les autres !

– Ridicule. Nous n'avons pas encore trouvé d'autre moyen, c'est tout. Nous y arriverons. Nous avons agi avec trop de précipitation.

– Trop de précipitation ! » s'écria Natalie. Les pique-niqueurs se tournèrent vers elle. Elle parla un peu moins fort mais d'un ton aussi déterminé. « Trop de précipitation ? Le F.B.I. et la moitié des flics du pays sont à nos trousses. Nous connaissons le jour — *le jour* — où tous ces salopards vont se retrouver ensemble. Ils sont un peu plus forts et un peu plus méfiants chaque jour, alors que nous sommes un peu plus faibles et un peu plus terrifiés. Il n'y a plus que nous deux à présent, et j'ai une telle trouille que je ne serai plus capable de rien dans huit jours... et tu dis qu'on a agi avec trop de précipitation ! » Elle s'était remise à crier en achevant sa phrase.

« D'accord, dit Saul, mais j'ai décidé que ce ne serait pas toi qui te chargerais de ça.

– Qu'est-ce que tu racontes ? C'est forcément moi qui dois y aller. On l'a décidé à la ferme de David.

– Nous nous sommes trompés.

– Elle se *souviendra* de moi !

– Et alors ? Nous la convaincrons qu'on lui a envoyé un nouvel émissaire.

– C'est-à-dire toi, hein ?

– C'est raisonnable, dit Saul.

– Non, répliqua sèchement Natalie. Et tous ces faits, ces chiffres, ces dates, ces lieux, ces morts que j'ai mémorisés depuis la Saint-Valentin ?

– Ils n'ont guère d'importance. Si elle est aussi folle que nous le pensons, la logique n'aura guère de prise sur elle. Si elle est saine d'esprit, nos informations ne sont pas assez précises, notre récit est trop vague.

– Oh, bon Dieu, c'est *génial!* Ça fait cinq mois que je rassemble mes forces et mon courage pour passer à l'action, et voilà que tu me dis que ce n'est pas nécessaire et que, de toute façon, ça ne marcherait pas.

– Ce n'est pas ce que j'ai dit, déclara Saul d'une voix apaisante. Je dis simplement que nous devrions prendre le temps de chercher une autre solution et que, de toute façon, ce n'est pas à toi que cette tâche doit incomber. »

Natalie soupira. « D'accord. Et si on ne reparlait de ça que demain matin ? Ce voyage nous a épuisés. J'ai besoin d'une bonne nuit de sommeil.

– Entendu. » Saul la prit par le bras, le serra légèrement, et ils regagnèrent leur voiture.

Ils décidèrent de louer pour quinze jours un bungalow comprenant deux chambres adjacentes. Saul y entreposa son matériel et travailla jusqu'à neuf heures du soir, puis Natalie l'obligea à s'interrompre pour manger le dîner qu'elle avait préparé.

« Ça marche ? » demanda-t-elle.

Saul secoua la tête. « La réussite du biofeedback est aléatoire même dans le meilleur des cas. Ce n'est pas facile. Je suis persuadé que les données que j'ai mémorisées peuvent être rappelées par suggestion posthypnotique, mais je ne suis pas encore arrivé à élaborer le mécanisme de déclenchement. Il m'est rigoureusement impossible de reproduire le rythme thêta et je ne peux pas stimuler la pointe alpha.

– Tout ton travail n'aura donc servi à rien.

– Pour l'instant.

– Est-ce que tu vas aller dormir ?

– Plus tard. Je veux encore travailler quelques heures.

– Bien. Je vais nous faire un peu de café avant de retourner dans ma chambre.

– Merci. »

Natalie alla dans le petit coin cuisine, fit bouillir de l'eau sur une plaque chauffante, rajouta une demi-cuiller de café instantané dans chaque tasse pour rendre la mixture encore plus forte, et versa dans la tasse de Saul une quantité soigneusement dosée de phenthiazine, la drogue dont Saul lui avait expliqué le fonctionnement au cas où elle aurait dû endormir Tony Harod.

Saul grimaça en goûtant son café.

« Comment le trouves-tu ? demanda Natalie en sirotant le sien.

– Il est bon et il est fort. Exactement comme je l'aime. Tu ferais mieux d'aller te coucher. J'en ai sans doute pour un moment.

– Entendu. » Natalie l'embrassa sur la joue et se dirigea vers la porte donnant sur sa chambre.

Une demi-heure plus tard, elle revint à pas de loup, vêtue d'une longue jupe, d'un chemisier foncé et d'un léger sweater. Saul dormait sur la chaise en vinyle vert, l'ordinateur et l'électroencéphalogramme étaient encore allumés, et une pile de dossiers était posée sur ses genoux. Natalie éteignit les machines, posa les chemises sur la table, plaça sur la pile la note qu'elle venait de rédiger, ôta les lunettes de Saul et l'enveloppa dans une légère couverture. Elle posa doucement une main sur son épaule pendant quelques secondes, puis s'en fut.

Natalie s'assura que le break ne contenait aucun objet de valeur. Le C-4 était rangé dans le placard de sa chambre, les détonateurs dans celle de Saul. Elle se rappela la clé du bungalow et la rapporta dans sa chambre. Elle n'avait ni sac à main ni passeport, rien qui puisse révéler quoi que ce soit sur son compte.

Natalie s'engagea prudemment dans le Vieux Quartier, respectant feux de signalisation et limitations de vitesse. Elle gara le break près du restaurant Chez Henry, conformément au message qu'elle avait laissé à l'intention de Saul, puis marcha le long de quelques pâtés de maisons et arriva devant la demeure de Melanie Fuller. La nuit était chaude et humide, les feuilles des arbres semblaient se concerter pour occulter la lueur des étoiles et consumer tout l'oxygène de l'air.

Lorsqu'elle arriva devant la maison Fuller, Natalie n'hésita pas une seule seconde. Le portail était fermé, mais il était pourvu d'un heurtoir ouvragé. Natalie fit cogner le métal contre le métal et attendit dans l'obscurité.

Il n'y avait aucune lumière dans le bâtiment à part la lueur verte émanant de la chambre de Melanie Fuller. Aucune lumière ne s'alluma, mais au bout d'une minute, deux hommes s'avancèrent dans l'obscurité. Le plus grand des deux marchait en traînant les pieds, montagne de chair glabre aux yeux porcins, au regard vague et au crâne difforme de débile profond. «Qu'est-ce que vous voulez?» marmonna-t-il, détachant chaque mot comme si un synthétiseur mal réglé s'exprimait par sa bouche.

«Je veux parler à Melanie, dit Natalie à voix haute. Dites-lui que Nina est ici.»

Les deux hommes restèrent figés durant une bonne minute. Les insectes bourdonnaient dans la haie et un oiseau de nuit battit des ailes en s'envolant du palmier près de la baie vitrée du premier étage. A plusieurs rues de distance, une sirène poussa un hurlement suraigu qui s'interrompit brusquement. Natalie se concentra sur ses jambes en coton qui menaçaient de la trahir.

Finalement, le colosse prit la parole. «Entrez.» Il ouvrit le portail d'un tour de clé et, d'un geste vif, attira Natalie dans la cour et referma le verrou derrière elle.

Quelqu'un ouvrit la porte d'entrée de l'intérieur. Natalie ne vit que les ténèbres. Avançant d'un pas vif entre les deux hommes, le bras droit toujours prisonnier de l'étreinte du géant, elle entra dans la vieille maison.

54.
Melanie

Elle disait venir de la part de Nina.

Pendant une minute, je me suis sentie si terrifiée que je me suis réfugiée dans mon corps et ai essayé de ramper hors de mon lit, agitant bras et jambes, arrachant mes drains, traînant la partie morte de mon organisme comme un tas de viande froide. L'espace d'une seconde, je perdis le contrôle de toute ma famille — Howard, Nancy, Culley, le docteur et les infirmières, le jeune nègre toujours dissimulé dans l'ombre de la cour, un couteau de boucher à la main —, puis je me détendis, laissai mon corps regagner son état de tranquillité fœtale et repris le contrôle de mes gens.

J'envisageai tout d'abord d'ordonner à Howard, Culley et au jeune Noir de la tuer dans la cour. L'eau de la fontaine leur permettrait de nettoyer les éventuelles traces de sang sur le pavé. Howard emmènerait ensuite le corps dans le garage, l'envelopperait dans un rideau de douche pour ne pas salir la Cadillac du Dr Hartman, et Culley ne mettrait que cinq minutes à aller le jeter à la décharge.

Mais je n'en savais pas assez. Pas encore. Si elle était vraiment envoyée par Nina, je devais en apprendre davantage. Dans le cas contraire, je voulais savoir qui la manipulait avant de faire quoi que ce soit.

Culley et Howard la firent entrer dans la maison. Le Dr Hartman, l'infirmière Oldsmith, Nancy et Miss Sewell se rassemblèrent au rez-de-chaussée tandis que Marvin montait la garde dehors. Justin me tint compagnie à l'étage.

La négresse qui se disait envoyée par Nina regarda

ma famille réunie à l'autre bout du salon. «Il fait sombre ici», dit-elle d'une voix étrangement faible.

Je n'allume que rarement les lumières. Je connais si bien la maison que je pourrais la parcourir les yeux bandés, les membres de ma famille n'ont guère besoin des lumières électriques, sauf quand ils prennent soin de moi, et dans ma chambre, la douce lueur des moniteurs suffit en général à mes besoins.

Si cette fille de couleur s'exprimait vraiment en lieu et place de Nina, il me parut étrange que celle-ci ne soit pas encore habituée aux ténèbres. Il devait pourtant faire noir à l'intérieur de son cercueil. Si elle mentait, elle apprendrait bientôt à connaître le noir.

Le Dr Hartman prit la parole en mon nom. «Que voulez-vous?»

La négresse s'humecta les lèvres. Culley l'avait aidée à s'asseoir sur le divan. Les membres de ma famille étaient tous debout. Quelques rais de lumière éclairaient faiblement un visage blanc ici, un bras blanc là, mais nous ne formions à ses yeux qu'un groupe confus de masses sombres. «Je suis venue te parler, Melanie», dit-elle. Il y avait dans sa voix un frémissement que je n'avais jamais perçu dans celle de Nina.

«Il n'y a personne de ce nom ici», dit le Dr Hartman dans les ténèbres.

La négresse éclata de rire. Percevais-je dans son rire l'écho légèrement rauque de celui de Nina? Cette pensée me glaça les sangs. «Je sais que tu es là, dit-elle. Tout comme je savais où te trouver à Philadelphie.»

Comment avait-elle réussi à me retrouver? J'ordonnai à Culley de placer ses grosses mains derrière la nuque de la fille.

«Nous ne savons pas de quoi vous parlez, mademoiselle», dit Howard.

La fille secoua la tête. *Pourquoi Nina utiliserait-elle une négresse?* me demandai-je. «Melanie, je sais que tu es là, répéta-t-elle. Je sais que tu ne te sens pas bien. Je suis venue t'avertir.»

M'avertir de quoi? A Grumblethorpe, les murmures m'avaient déjà avertie, mais sa voix ne faisait pas partie des murmures. Elle était arrivée plus tard, quand les choses avaient mal tourné. Un instant. Ce n'était pas elle qui m'avait retrouvée — c'était moi qui l'avais dénichée! Vincent était allé la chercher et me l'avait amenée.

Et elle avait tué Vincent.

Si cette fille était bel et bien un émissaire de Nina, peut-être avais-je quand même intérêt à la tuer. Nina comprendrait ainsi qu'il ne fallait pas me traiter à la légère, que je ne lui permettrais pas d'éliminer mes pions sans réagir.

Marvin attendait toujours dehors, armé du long couteau que Miss Sewell avait laissé sur le billot de boucher. Mieux valait s'occuper d'elle dehors. Je n'aurais pas à me soucier des taches sur le tapis et sur le parquet.

«Ma jeune dame, fis-je dire au Dr Hartman, nous ne voyons absolument pas de quoi vous voulez parler. Il n'y a personne ici du nom de Melanie. Culley va vous raccompagner.

– Attendez!» s'écria la fille alors que Culley l'agrippait par le bras. Il commença à l'entraîner vers la porte. «Attendez un instant! dit-elle d'une voix totalement différente de celle de Nina, traînante et indolente.

– Adieu», avons-nous dit tous les cinq à l'unisson.

Le garçon de couleur l'attendait derrière la fontaine. Je n'avais pas Festoyé depuis plusieurs semaines.

Arrivée près de la porte, la fille se débattit pour tenter d'échapper à l'étreinte de Culley. «Willi n'est pas mort!» s'écria-t-elle.

J'ordonnai à Culley de stopper. Nous étions tous immobiles. Au bout de quelques instants, je fis dire au Dr Hartman : «Pardon?»

La négresse nous jeta un regard insolent. «Willi n'est pas mort, répéta-t-elle calmement.

– Expliquez-vous», dit Howard.

Elle secoua la tête. «Je ne parlerai qu'à toi, Melanie. Rien qu'à toi. Si tu tues cette messagère, je n'essaierai plus de te recontacter. Ceux qui ont tenté de tuer Willi et qui projettent de te tuer auront le champ libre.» Elle se retourna et contempla le coin de la pièce d'un air détaché, indifférente à l'énorme main de Culley qui enserrait toujours son bras. On aurait dit une machine que l'on venait de débrancher.

Dans ma chambre, avec le silence de Justin pour seule compagnie, j'étais en proie à l'indécision. J'avais mal à la tête. Tout cela ressemblait à un mauvais rêve. Je voulais que cette femme s'en aille et me laisse tranquille. Nina était morte. Willi était mort.

Culley la ramena au centre du salon et la fit asseoir sur le divan.

Nous avions tous les yeux fixés sur elle.

J'envisageai d'Utiliser cette fille. Parfois — fréquemment —, lorsque l'on passe dans un autre esprit, durant une seconde de domination absolue, on perçoit un flot de pensées superficielles qui accompagne les impressions sensorielles. Si Nina Utilisait cette fille, je serais sans doute incapable de triompher de son conditionnement, mais je pourrais peut-être percevoir la présence de Nina. Et dans le cas contraire, j'aurais un aperçu de ses véritables motivations.

«Melanie va descendre», dit Howard, et à la seconde où la fille réagit — terreur ou satisfaction, je n'aurais su le dire —, je me glissai dans son esprit.

Je ne rencontrai aucune résistance. Je m'étais préparée à lutter avec Nina pour le contrôle de ce pion et, devant cette absence de réaction, je trébuchai mentalement ainsi qu'une personne s'avançant dans le noir et cherchant à s'appuyer sur un meuble inexistant. Le contact fut très bref. Je perçus une impression de panique, un éclair de contrariété caractéristique des pions qui n'ont pas été conditionnés depuis leur dernière Utilisation, et un grouillement de pensées fugitives pareilles à de petits animaux s'égaillant dans les ténèbres. Mais aucune pensée cohérente. J'entrevis une image — un vieux pont de pierre chauffé par le soleil et traversant un océan de dunes et d'ombres. Elle ne signifiait rien à mes yeux. J'étais incapable de l'associer à un quelconque souvenir de Nina, mais je m'étais tenue à l'écart de celle-ci pendant les années qui avaient suivi la guerre et ne pouvais être sûre de rien.

Je me retirai.

La fille eut un spasme, se redressa sur son siège, jeta un regard circulaire sur la pièce obscure. Nina reprenant le contrôle de son pion ou un imposteur jouant la comédie?

«Ne refais *jamais* ça, Melanie», dit la négresse, et je perçus le premier écho convaincant de Nina Drayton dans son ton impérial.

Justin entra dans le salon, une bougie à la main. La flamme éclairait son visage d'enfant par le bas et faisait paraître ses yeux infiniment anciens. Et complètement fous.

La négresse le regarda, me regarda, comme un cheval effarouché regarde un serpent qui s'approche de lui.

Je posai la bougie sur la table basse de style géorgien et regardai la négresse dans les yeux. «Bonjour, Nina.»

Elle cligna lentement des yeux. «Bonjour, Melanie. Tu ne viens pas m'accueillir en personne?

– Je suis légèrement indisposée en ce moment. Peut-être descendrai-je le jour où tu consentiras à venir en personne.»

La fille noire eut un infime sourire. «Cela me serait également difficile.»

Le monde tournoya devant moi et, l'espace de quelques secondes, j'eus toutes les peines du monde à garder le contrôle de ma famille. *Et si Nina n'était pas morte?* Et si elle n'avait été que grièvement blessée?

J'ai vu le trou dans son front. Ses yeux bleus qui roulaient dans leurs orbites.

Les cartouches étaient fort vieilles. Et si la balle lui avait fracturé le crâne, y avait pénétré, mais n'avait pas plus causé de dommage à son cerveau que mon propre incident cérébro-vasculaire n'en avait causé au mien?

On avait annoncé sa mort aux actualités. J'avais vu son nom sur la liste des victimes.

Ainsi que le mien.

Près de mon lit, un des moniteurs émit un signal d'alarme suraigu. Je me forçai à respirer régulièrement et à calmer les battements de mon cœur. Le signal s'interrompit.

En observant la scène d'un autre point de vue, je vis que l'expression de Justin ne s'était pas modifiée durant les quelques secondes qui venaient de s'écouler. La flamme vacillante de la bougie transformait son visage enfantin en masque démoniaque. Il était assis sur le fauteuil en cuir préféré de Père et la pointe de ses petits souliers se dressait vers le plafond.

«Parle-moi de Willi, dis-je par sa bouche.

– Il est vivant, dit la fille.

– Impossible. Son avion a explosé et tous les passagers ont péri.

– Tous, sauf Willi et ses deux gardes du corps. Ils sont descendus avant le décollage.

– Alors pourquoi t'es-tu attaquée à *moi* sachant que tu n'avais pas réussi à tuer Willi?» demandai-je sèchement.

La fille hésita une seconde. «Ce n'est pas moi qui ai fait exploser l'avion», dit-elle finalement.

Dans ma chambre, mon cœur se mit à battre plus fort et les pics verts gagnèrent de l'altitude sur le moniteur de l'oscilloscope. «Qui est responsable, alors?

– Les autres, répondit-elle d'une voix neutre.

– Quels autres?»

La fille inspira profondément. «Il existe un groupe de personnes douées du même pouvoir que nous. Un groupe très secret de...

– Pouvoir? l'interrompis-je. Tu veux parler du Talent?

– Oui.

– Ridicule. Nous n'avons jamais rencontré personne qui ait plus d'une parcelle de notre Talent.» J'ordonnai à

Culley de lever les mains dans les ténèbres. Le cou de la fille était mince et droit. Aussi fragile qu'une brindille.

«Ces gens-là ont le Talent, dit la négresse d'une voix ferme. Ils ont essayé de tuer Willi. Ils ont essayé de te tuer. Tu ne t'es jamais demandé qui était responsable des événements de Germantown? De la fusillade? De l'hélicoptère qui s'est écrasé dans le fleuve?»

Comment Nina pouvait-elle être au courant? Comment quiconque pouvait-il être au courant?

«Peut-être es-tu l'une d'entre *eux*», dis-je avec ruse.

Elle hocha calmement la tête. «Oui, mais en ce cas, serais-je venue te mettre en garde? J'ai essayé de t'avertir à Germantown, mais tu n'as pas voulu m'écouter.»

Je rassemblai mes souvenirs. La négresse avait-elle essayé de m'avertir de quoi que ce soit? Les murmures étaient tellement insistants; j'avais tant de mal à me concentrer. «Vous étiez venus me tuer, toi et le shérif.

– Non.» La tête de la fille pivota lentement, comme celle d'une marionnette rouillée. Barrett Kramer avait les mêmes gestes. «C'est Willi qui avait envoyé le shérif. Lui aussi était venu t'avertir.

– Qui sont donc ces autres gens?

– Des gens célèbres. Des gens puissants. Des gens qui se nomment Barent, Kepler, Sutter et Harod.

– Ces noms ne signifient rien pour moi.» Soudain, je me mis à crier d'une voix suraiguë, enfantine, la voix de Justin. «Vous mentez! Vous n'êtes pas Nina! Vous êtes morte! Comment pouvez-vous connaître l'existence de ces gens?»

La fille resta muette quelques secondes, comme si elle hésitait à poursuivre. «J'ai connu certains d'entre eux à New York, dit-elle finalement. Ils m'ont convaincue de faire... ce que j'ai fait.»

Il y eut un silence si long et si profond que, par l'entremise de huit paires d'oreilles différentes, j'entendis les colombes roucouler sur la gouttière au-dessus de la baie vitrée du premier étage. J'ordonnai au jeune Noir de tenir son couteau de la main gauche, tant la droite était nouée de crampes. Miss Sewell avait reculé à pas de loup jusqu'à la cuisine et se tenait à présent sur le seuil, le hachoir à viande dissimulé derrière son dos. Culley frémit d'impatience et son appétit me rappela la vivacité et la cruauté de Vincent.

«Ils t'ont persuadée de me tuer, dis-je, et ils t'ont promis d'éliminer Willi pendant que tu t'occupais de moi.

– Oui.

– Mais ils ont échoué, et toi aussi.

– Oui.

– Pourquoi me racontes-tu tout ça, Nina? Je ne t'en déteste que davantage.

– Ils m'ont trahie, dit-elle. Ils m'ont abandonnée quand tu es venue me tuer. Je veux que tu les *achèves* avant qu'ils s'en prennent de nouveau à toi.»

J'ordonnai à Justin de se pencher en avant. «Parle-moi, Nina, murmurai-je. Parle-moi du bon vieux temps.»

Elle secoua la tête. «Nous n'avons pas le temps, Melanie.»

Je souris, sentis la salive de Justin humecter ses quenottes. «Où nous sommes-nous rencontrées, Nina? Où avons-nous pour la première fois comparé nos carnets de bal?»

La négresse trembla légèrement et porta une main à son front. «Melanie, mes souvenirs... j'ai des trous de mémoire... ma blessure.

– Elle ne semblait pas te gêner tout à l'heure, répliquai-je sèchement. Qui allait pique-niquer avec nous sur Daniel Island, Nina, ma chère? Tu te souviens de lui, n'est-ce pas? Qui étaient nos soupirants cet été-là?»

La fille chancela, les mains sur les tempes. «Melanie, je t'en supplie, je me souviens et puis j'oublie... j'ai mal...»

Miss Sewell s'approcha d'elle par-derrière. Ses épaisses semelles de crêpe ne faisaient aucun bruit sur le tapis.

«Qui a été la première victime de notre Jeu cet été-là, à Bad Ischl?» demandai-je pour laisser à Miss Sewell le temps de faire les deux pas qui la séparaient de l'imposteur. Je savais que la négresse ne répondrait pas. On verrait si elle pouvait encore imiter Nina une fois que sa tête aurait roulé sur le sol, quittant son corps encore assis sur le divan. Peut-être Justin aimerait-il ce nouveau jouet.

«La première était cette danseuse berlinoise — je crois me souvenir qu'elle s'appelait Meier — j'ai oublié la plupart des détails, mais nous l'avons repérée au Café Zauner, comme d'habitude.»

La scène se figea.

«Hein? fis-je.

– Le lendemain... non, c'était deux jours plus tard, un mercredi... il y a eu ce ridicule petit glacier. Nous avons abandonné son corps dans la glacière... suspendu à un crochet de fer... Melanie, ça fait mal. Je me souviens et puis j'oublie aussitôt!» La fille se mit à pleurer.

Justin s'avança sur le siège du fauteuil, en descendit et fit le tour de la table basse pour poser une main sur l'épaule de la messagère. «Nina, dis-je, pardonne-moi. Je suis navrée.»

Miss Sewell prépara du thé et sortit mon service en porcelaine Wedgwood. Culley apporta d'autres bougies. Le Dr Hartman et l'infirmière Oldsmith montèrent m'examiner pendant que Howard, Nancy et les autres prenaient place dans le salon. Le jeune nègre resta dehors, dissimulé dans les buissons.

«Où est Willi? demandai-je par la bouche de Justin. Comment va-t-il?

– Il va bien, dit Nina, mais je ne sais pas exactement où il se trouve car il doit rester à l'abri.

– Pour se protéger de ces gens dont tu m'as parlé?

– Oui.

– Pourquoi nous veulent-ils du mal, Nina, ma chère?

– Ils ont peur de nous, Melanie.

– Mais pourquoi? Nous ne leur avons fait aucun mal.

– Ils ont peur de notre... de notre Talent. Et ils redoutaient d'être percés à jour à cause des... des excès de Willi.»

Le petit Justin hocha la tête. «Willi connaissait-il aussi leur existence?

– Je le pense. D'abord, il a voulu se joindre à... à leur club. A présent, il souhaite seulement survivre.

– Leur club?

– Ils ont toute une organisation secrète. Un lieu où ils se retrouvent chaque année pour chasser des victimes choisies à l'avance.

– Je comprends pourquoi Willi souhaitait se joindre à eux. Pouvons-nous lui faire confiance à présent?»

La fille marqua un temps. «Je crois que oui. Mais dans tous les cas, nous devons nous allier tous les trois pour nous protéger mutuellement face à cette menace.

– Parle-moi encore de ces gens.

– D'accord, mais plus tard. Une autre fois. Je... je me fatigue vite...»

Justin lui adressa son sourire le plus angélique. «Nina, ma chérie, dis-moi où tu es en ce moment. Laisse-moi te rejoindre, laisse-moi t'aider.»

La fille sourit mais ne dit rien.

«Très bien, dis-je. Est-ce que je vais revoir Willi?

– Peut-être, dit Nina, mais dans le cas contraire, nous devrons œuvrer de concert avec lui jusqu'au jour J.

– Le jour J?

– Dans un mois. Sur l'île.» La fille se passa la main sur le front à plusieurs reprises, et je vis à ses tremblements à quel point elle était épuisée. Nina avait dû mobiliser toute son énergie pour la faire parler et bouger. Je vis soudain en esprit le cadavre de Nina en train de pourrir dans les ténèbres du tombeau, et Justin frissonna.

«Parle-moi encore, dis-je.

– Plus tard, dit Nina. Nous nous reverrons pour discuter de ce qui doit être fait... de la façon dont tu peux nous aider. A présent, je dois partir.

– Très bien.» Ma voix d'enfant ne pouvait dissimuler la déception que je ressentais.

Nina — la négresse — se leva, alla lentement près du fauteuil de Justin et l'embrassa — m'embrassa — doucement sur la joue. Combien de fois Nina m'avait-elle gratifiée du baiser de Judas avant de me trahir? Je repensai à notre dernière Réunion.

«Adieu, Melanie, murmura-t-elle.

– Au revoir, Nina, ma chère», répliquai-je.

Elle alla jusqu'à la porte, regardant à droite et à gauche comme si elle craignait d'être arrêtée par Culley ou par Miss Sewell. Nous étions tous assis, souriant à la lueur des bougies, une tasse de thé sur les genoux.

«Nina», dis-je lorsqu'elle arriva devant la porte.

Elle se retourna lentement et je repensai au chat d'Anne Bishop lorsque Vincent avait fini par le coincer dans la chambre de l'étage. «Oui, ma chère?

– Pourquoi m'as-tu envoyé cette négresse, ma chère?»

La fille eut un sourire énigmatique. «Enfin, Melanie, tu n'as jamais envoyé un domestique de couleur faire une course?»

J'acquiesçai. Elle s'en fut.

Dehors, l'adolescent de couleur armé du couteau de boucher se tassa dans les buissons et la regarda passer. Culley dut sortir pour lui ouvrir le portail.

Elle tourna à gauche et s'engagea lentement dans la rue obscure.

J'ordonnai au jeune Noir de la suivre dans les ténèbres. Une minute plus tard, Culley rouvrit le portail et la suivit à son tour.

55.
Charleston,
mardi 5 mai 1981

Natalie se força à marcher lentement le long du premier pâté de maisons. Lorsqu'elle tourna au coin de la rue, désormais hors de vue de la maison Fuller, elle dut choisir entre s'effondrer sur le trottoir ou se mettre à courir.

Elle courut. Elle sprinta jusqu'à la rue suivante, s'arrêta au coin pour regarder derrière elle, et aperçut une silhouette sombre en train de traverser une cour, fugitivement éclairée par les phares d'une voiture qui tournait au coin de la rue. Le jeune homme lui sembla vaguement familier, bien qu'elle ne pût distinguer ni son visage ni ses traits. Mais elle vit le couteau qu'il tenait dans sa main. Une seconde silhouette, plus massive, apparut au coin de la rue. Natalie courut en direction du sud jusqu'à la rue suivante, tourna à gauche, haletante, les poumons en feu, luttant pour ignorer sa douleur.

Le pâté de maisons où elle avait laissé le break était mieux éclairé, mais les boutiques et les restaurants étaient fermés, les trottoirs désertés. Natalie pila net, ouvrit la portière avant gauche et s'engouffra dans la voiture. L'espace d'une seconde, la panique s'empara d'elle lorsqu'elle ne trouva pas la clé de contact à sa place et s'aperçut qu'elle n'avait ni sac à main ni poches dans ses vêtements. Puis elle se rappela qu'elle avait laissé les clés sous le siège afin que Saul les retrouve aisément quand il viendrait rechercher le break. Alors qu'elle se penchait pour les attraper, la portière avant droite s'ouvrit et un homme entra dans la voiture.

Natalie s'ordonna de ne pas hurler, se redressa et leva les poings par pur réflexe.

«C'est moi.» Saul rajusta ses lunettes. «Est-ce que ça va?

– Oh, mon Dieu», hoqueta Natalie. Elle chercha les clés à tâtons, les trouva, et démarra en trombe.

Quinze mètres devant eux, une ombre se détacha des buissons et se mit à courir. «Tiens bon!» cria Natalie. Elle fit gémir la boîte de vitesses et s'engagea sur la chaussée, atteignant 80 km/h au bout de la rue. Les phares éclairèrent le jeune homme pendant deux secondes, puis il s'écarta d'un bond.

«Bon Dieu! dit Natalie. Tu as vu qui c'était?

– Marvin Gayle, dit Saul en se calant contre le tableau de bord. Tourne ici.

– Mais qu'est-ce qu'il fabrique ici?

– Je n'en sais rien. Tu ferais mieux de ralentir. Personne ne nous suit.»

Natalie décéléra et prit l'autoroute en direction du nord. Elle s'aperçut qu'elle riait et pleurait en même temps. Elle secoua la tête, éclata de rire, et s'efforça de parler d'une voix égale. «Mon Dieu, ça a marché, Saul. Ça a marché. Et moi qui n'ai jamais fait de théâtre à l'école. Ça a marché. Incroyable!» Elle décida de donner libre cours à son rire et s'aperçut en fait qu'elle pleurait à chaudes larmes. Saul lui serra l'épaule et elle se tourna vers lui pour la première fois depuis son arrivée inopinée. L'espace d'une horrible seconde, elle sut que Melanie Fuller s'était jouée d'elle, que le vieux monstre les avait découverts, qu'il connaissait leurs plans, qu'il avait réussi à s'emparer de Saul…

Natalie s'écarta pour échapper à son étreinte.

Saul parut intrigué pendant une seconde, puis secoua la tête. «Non, tout va bien, Natalie. Je me suis réveillé, j'ai trouvé ton message, et j'ai appelé un taxi qui m'a déposé à une rue de Chez Henry…

– La phenothiazine», murmura Natalie en s'efforçant à grand-peine de surveiller la circulation sans quitter Saul des yeux.

«Je n'ai pas fini mon café. Il était trop amer. En outre, tu as utilisé les mêmes proportions que pour Anthony Harod, et il est plus petit que moi.»

Natalie le regarda sans rien dire. Une partie de son esprit se demanda si elle n'était pas en train de devenir folle.

Saul rajusta ses lunettes. «Bien. Nous avions conclu que ces… créatures… n'avaient pas accès aux souvenirs. J'étais censé te passer sur le gril, mais autant commencer par moi. Dois-je te décrire la ferme de David à Césarée ? Les restaurants que nous fréquentions à Jérusalem ? Le chemin que Jack Cohen nous avait indiqué pour sortir de Tijuana ?

– Non. Ça ira.

– Et toi ? Est-ce que ça va ?»

Natalie essuya ses larmes du revers de la main et éclata de rire. «Oh, mon Dieu, Saul, c'était *horrible*. La maison était plongée dans l'ombre et un géant attardé accompagné d'un autre zombi m'ont amenée dans la salle de séjour… le salon… peu importe, et ils étaient une demi-douzaine debout dans le *noir*. Bon Dieu, on aurait dit des cadavres qui se faisaient passer pour des mannequins — il y avait une femme dont la blouse blanche était boutonnée de travers et qui gardait tout le temps la bouche grande ouverte — et je n'arrivais pas à *penser*, j'étais sûre que je n'allais plus pouvoir parler, que j'allais perdre la voix, et quand ce petit… cette petite *chose* est arrivée avec sa bougie, c'était pire qu'à Grumblethorpe, pire que tout ce que j'avais pu imaginer, et ses yeux… c'étaient les yeux de Melanie Fuller, Saul, des yeux fixes, des yeux fous… oh, mon Dieu, je n'ai jamais cru au diable ni à l'enfer, mais ce petit monstre sortait tout droit d'un *cauchemar* imaginé par Dante ou Jérôme Bosch, et elle ne cessait de me poser des questions par sa bouche, je n'arrivais pas à y répondre, et je savais que cette infirmière, cette créature déguisée en infirmière qui se trouvait *derrière* moi, allait me sauter dessus, et puis Melanie… enfin, ce petit garçon démoniaque, mais c'était *bien* Melanie… a parlé de

Bad Ischl, et ça a fait *clic* dans mon esprit, Saul, ça a fait clic, et toutes ces heures passées à mémoriser le dossier monté par Wiesenthal me sont revenues à l'esprit, je me suis souvenue de la danseuse, la danseuse berlinoise, Berta Meier, et le reste est allé tout seul, mais j'étais terrifiée à l'idée qu'elle allait encore me poser des questions sur les premières années, mais elle a arrêté, Saul, je crois qu'on la *tient*, je crois qu'elle a mordu à l'hameçon, mais j'ai eu si *peur*... » Natalie s'interrompit, haletante.

« Gare-toi là. » Saul désigna le parking désert d'un restaurant Kentucky Fried Chicken.

Natalie arrêta la voiture et passa au point mort, luttant pour reprendre son souffle. Saul se pencha vers elle, lui prit le visage dans ses mains et l'embrassa sur les deux joues. « Tu es la personne la plus courageuse que j'aie jamais connue, ma chérie. Si j'avais eu une fille, j'aurais été fier qu'elle te ressemble. »

Natalie acheva de sécher ses larmes. « Saul, il faut retourner en vitesse au motel et brancher l'électroencéphalogramme. Tu dois me poser des questions. Elle m'a *touchée*... je l'ai senti... c'était pire que lorsque Harod... c'était glacial, Saul, aussi glacial et aussi visqueux que... je ne sais pas... que quelque chose qui sort de son tombeau. »

Saul hocha la tête. « Elle croit que c'est *toi* qui sors du tombeau. Espérons qu'elle redoute suffisamment Nina pour ne pas tenter de t'arracher à sa prétendue némésis. En toute logique, elle ne pouvait qu'essayer d'utiliser son pouvoir tant que tu étais à sa portée.

– Son Talent, elle appelle ça “le Talent”, et je l'ai entendue prononcer la majuscule. » Natalie regarda autour d'elle, les yeux luisants de peur. « Il faut rentrer au motel, Saul, et établir une quarantaine de vingt-quatre heures, comme prévu. Tu dois me poser des questions, t'assurer que je me... *rappelle* quelque chose. »

Saul eut un petit rire plein de douceur. « Natalie, nous brancherons l'électroencéphalogramme pendant que tu dormiras, et tu vas dormir, mais il est inutile que je t'interroge. Ton petit monologue m'a convaincu que tu n'as changé en rien… tu es la même jeune femme belle et courageuse que tu as toujours été. Arrête-toi là, je vais prendre le volant.»

Natalie s'effondra sur l'appuie-tête et Saul les ramena au motel tout proche. Elle pensait à son père — se rappelait les moments qu'ils avaient partagés dans la chambre noire ou à la table familiale —, se rappelait le jour où elle s'était coupé le genou sur un bout de métal rouillé derrière la maison de Tom Piper elle devait avoir cinq ou six ans, sa mère était encore de ce monde; elle s'était précipitée chez elle, avait couru dans les bras de son père qui avait lâché la tondeuse à gazon pour l'attraper, regardant d'un air affolé son genou et sa chaussette blanche tachée d'écarlate, mais elle n'avait pas pleuré, et il l'avait prise dans ses bras et portée dans la maison sans cesser de lui dire : «Ma petite fille si courageuse, ma petite fille si courageuse.»

Et il avait raison. Natalie ferma les yeux. Il avait raison.

«C'est le commencement, disait Saul. Cette fois-ci, c'est le commencement. Et pour eux, c'est le commencement de la fin.»

Les yeux clos, le cœur enfin apaisé, Natalie hocha la tête et pensa à son père.

56.
Melanie

Une fois le jour venu, j'avais peine à croire que Nina m'avait contactée. J'éprouvai d'abord une certaine anxiété à l'idée d'avoir été découverte, de me retrouver vulnérable. Mais cette réaction initiale s'estompa bientôt pour être remplacée par une résolution nouvelle et un regain d'énergie. Cette fille, quelle que soit la personne qu'elle représentait, m'avait encouragée à penser de nouveau à l'avenir.

Ce jour-là, je pense que c'était le mercredi 6 mai, la négresse ne revint pas, aussi passai-je à mon tour à l'action. Le Dr Hartman fit le tour des hôpitaux, prétendant être en quête d'un poste mais recherchant en fait les patients atteints d'une longue maladie et dont l'état de santé serait susceptible de correspondre à celui de Nina. Ayant à l'esprit mon propre séjour à l'hôpital de Philadelphie, il se garda bien de consulter le personnel médical ou administratif mais accéda aux fichiers informatiques des divers établissements et, sous couvert de vouloir se faire une idée de leur potentiel, examina les ordonnances, les dossiers médicaux et le registre des équipements. Ses recherches se prolongèrent jusqu'au vendredi et je ne reçus ni visite de la négresse ni message de Nina. Le week-end venu, le Dr Hartman avait inspecté tous les hôpitaux, toutes les maisons de repos et tous les centres médicaux qui m'intéressaient. Il était également allé faire un tour à la morgue du comté — celle-ci affirmant que le corps de Mrs. Drayton avait été confié aux bons soins de ses héritiers qui avaient procédé à son incinération —, mais cela ne fit que confirmer la possibilité de sa survie… ou de la mise au secret de son cadavre… car en me glissant subrepticement dans l'esprit de chacun des employés, j'en trouvai un — un quinquagénaire légèrement stupide répondant au nom de Tobe — qui portait l'empreinte mentale caractéristique d'un sujet Utilisé à qui on avait ordonné d'oublier son épreuve.

Cette même semaine, Culley commença à visiter les cimetières de Charleston, cherchant une tombe vieille de moins d'un an susceptible d'abriter le corps de Nina. Comme sa famille était originaire de Boston, j'envoyai Miss Sewell dans le Nord lorsque ces recherches s'avérèrent infructueuses — je ne souhaitais pas me passer de la présence de Culley — et elle trouva le caveau de famille des Hawkins dans un petit cimetière privé situé au nord de la ville. Elle pénétra dans la crypte dans la nuit du vendredi, bien après minuit, et la fouilla de fond en comble, armée d'une pioche et d'un démonte-pneu achetés dans un K-Mart de Cambridge. Il s'y trouvait en tout onze Hawkins, dont neuf adultes, mais tous semblaient reposer ici depuis au moins un demi-siècle. En contemplant par les yeux de Miss Sewell le crâne défoncé d'un homme qui ne pouvait être que le père de Nina — la dent en or qui nous faisait tant rire était nettement visible —, je me demandai, pour la énième fois, si ce n'était pas elle qui l'avait poussé sous les roues d'un tramway en 1921, vexée qu'il lui ait interdit de s'acheter le coupé bleu qu'elle désirait tant cet été-là.

Les Hawkins qui peuplaient la crypte n'étaient faits que d'os, de poussière et de tenues d'apparat depuis longtemps pourries, mais par acquit de conscience, j'ordonnai à Miss Sewell de fracasser chaque crâne et de regarder à l'intérieur. Nous ne trouvâmes que poussière grise et nids d'insectes. Ce n'était pas là que se cachait Nina.

En dépit du caractère décevant de ces recherches, je me félicitai de penser aussi clairement. Mes mois de convalescence m'avaient quelque peu plongée dans la confusion, avaient émoussé mes perceptions d'ordinaire aiguës, mais je sentais à présent revenir mon ancienne rigueur intellectuelle.

J'aurais dû deviner que Nina ne souhaitait pas être inhumée avec sa famille. Elle haïssait ses parents et méprisait son unique sœur, qui était morte très jeune. Non, si Nina était bel et bien un cadavre, j'imaginais que je la trouverais dans une belle demeure récemment acquise, peut-être ici même, à Charleston, vêtue de belles robes et maquillée tous les jours, gisant dans une bière luxueuse et entourée d'une véritable nécropole de domestiques des morts. J'ordonnai à l'infirmière Oldsmith de revêtir ses plus beaux atours et d'aller déjeuner à la Salle de la Plantation, le restaurant de Mansard House, mais je n'y perçus aucun signe de la présence de Nina et, bien que son sens de l'ironie soit aussi aigu que le mien, elle n'aurait pas été stupide au point de revenir en ce lieu.

N'allez pas croire que j'aie consacré toute une semaine à chercher en vain une Nina qui n'existait peut-être pas. J'ai également pris des précautions pratiques. Le mercredi, Howard s'est envolé pour la France et a commencé à préparer mon futur séjour dans ce pays. La ferme n'avait pas changé depuis dix-huit ans. Mon coffre-fort de la banque de Toulon contenait toujours mon passeport français, renouvelé à peine trois ans auparavant par les bons soins de Mr. Thorne.

Je constatai les incommensurables progrès de mon Talent lorsque je perçus sans difficulté les impressions reçues par Howard alors qu'il se trouvait à plusieurs milliers de kilomètres de moi. Jadis, seuls des pions parfaitement conditionnés comme Mr. Thorne pouvaient voyager ainsi loin de moi, n'agissant que d'une façon programmée à l'avance qui me privait de tout contrôle direct.

En contemplant par les yeux de Howard les collines boisées de la Côte d'Azur, les vergers et les rectangles orange des toits du village niché dans la vallée, je me demandai pourquoi il me semblait si difficile de fuir l'Amérique.

Howard revint le samedi soir. Toutes les dispositions avaient été prises pour que Howard, Nancy, Justin et la «mère invalide» de Nancy puissent quitter le pays en moins d'une heure. Culley et les autres nous suivraient un peu plus tard, à moins qu'une action d'arrière-garde ne s'avère nécessaire. Je n'avais aucune intention de perdre mon équipe médicale personnelle, mais même si j'y étais obligée, on trouve en France d'excellents médecins et d'excellentes infirmières.

A présent que j'avais préparé une éventuelle retraite, je n'étais plus aussi sûre de vouloir fuir. L'éventualité d'une ultime Réunion avec Nina et Willi n'avait rien de déplaisant. La longue période d'errance, de douleur et de solitude que j'avais vécue m'avait d'autant plus troublée que j'avais l'impression de ne pas avoir réglé toutes mes affaires. J'avais été prise de panique lorsque Nina m'avait téléphoné à l'aéroport d'Atlanta, six mois plus tôt, mais l'arrivée d'une représentante de Nina — si c'en était bien une — était beaucoup moins troublante.

D'une façon ou d'une autre, pensais-je, je finirais bien par connaître la vérité.

Le jeudi, l'infirmière Oldsmith se rendit à la bibliothèque et fit des recherches sur les noms mentionnés par la négresse. Elle trouva plusieurs articles de journaux et un livre récent consacrés à C. Arnold Barent, un milliardaire qui fuyait la publicité, vit que le nom de James Sutter était mentionné dans plusieurs articles consacrés aux prédicateurs des ondes, que plusieurs volumes traitaient de la vie d'un astronome nommé Kepler — qui ne nous intéressait guère, vu qu'il était mort depuis plusieurs siècles —, mais ne trouva aucune trace des autres noms cités par la messagère. Ces livres et ces articles échouèrent à me convaincre. Si la fille n'était pas envoyée par Nina, elle mentait presque certainement. Si elle était envoyée par Nina, il était également possible qu'elle mente. Nina n'aurait pas eu besoin d'évoquer une conspiration de personnes douées du Talent pour se tourner vers moi.

Était-il possible que la mort ait plongé Nina dans la folie? me demandai-je.

Le samedi, je réglai un dernier détail. Le Dr Hartman avait déjà rencontré Mrs. Hodges et son gendre pour leur proposer d'acheter la maison de l'autre côté de la cour. Je savais où elle habitait. Je savais aussi qu'elle se rendait tous les samedis au marché de la vieille ville afin d'y acheter les légumes frais qu'elle aimait tant consommer. Je savais également qu'elle s'y rendait toute seule.

Culley se gara près de la voiture de la fille de Mrs. Hodges et attendit que la vieille dame sorte du marché. Lorsqu'elle se dirigea vers lui, les bras chargés de légumes, il s'approcha d'elle et lui dit : «Attendez, je vais vous aider.

– Oh, non, ce n'est...» Culley s'empara d'une poche, agrippa Mrs. Hodges par le bras gauche et la conduisit vers la Cadillac du Dr Hartman, la propulsant sur le siège avant comme un adulte l'aurait fait d'un enfant capricieux. Elle s'escrimait sur la portière verrouillée pour sortir de la voiture lorsque Culley s'assit au volant, tendit une main aussi large que la tête de cette vieille femme stupide et lui serra le cou. Elle s'effondra contre la portière. Culley s'assura qu'elle respirait encore, puis rentra à la maison, écoutant du Mozart sur la chaîne stéréo de la voiture tout en essayant stupidement de fredonner à l'unisson.

Le dimanche 10 mai, la messagère noire de Nina se présenta au portail peu de temps avant midi.

J'envoyai Howard et Culley à sa rencontre. Cette fois, j'étais prête à la recevoir.

57.
Dolmann Island, samedi 9 mai 1981

Natalie et Saul décollèrent de Charleston peu de temps après 7 h 30. C'était la première fois depuis quatre jours que Natalie ne portait pas le boîtier de télémétrie et elle se sentait étrangement nue — et libre —, comme si sa quarantaine venait réellement de s'achever.

Le petit Cessna 180 survola le port de Charleston, se tourna vers le soleil levant, puis obliqua sur la droite, passant au-dessus d'une eau bleu-vert là où la baie se fondait dans l'océan. Folly Island apparut sous l'aile droite. Natalie aperçut le canal côtier qui courait vers le sud à travers un labyrinthe de criques, baies, estuaires et marécages.

« On en a pour combien de temps ? » demanda Saul. Il était assis à côté du pilote, sur le siège avant droit. Natalie, placée derrière lui, avait à ses pieds un gros sac enveloppé de plastique.

Daryl Meeks jeta un coup d'œil à Saul, puis se tourna vers Natalie. « Environ une heure et demie. Un peu plus si le vent du sud-est nous joue des tours. »

Le pilote n'avait guère changé depuis que Natalie l'avait rencontré chez Rob Gentry sept mois plus tôt ; il portait des lunettes de soleil en plastique bon marché, des chaussures Dockside, un short en jean et un sweat-shirt arborant en lettres fanées la légende WABASH COLLEGE. Natalie trouvait toujours qu'il ressemblait à une version plus jeune et plus chevelue de Harry Dean Stanton.

Elle s'était rappelé que le vieil ami de Rob Gentry était un pilote privé et il lui avait suffi de consulter les pages jaunes pour trouver l'adresse de son bureau à l'aérodrome de Mount Pleasant, de l'autre côté du fleuve. Meeks s'était souvenu d'elle et, après avoir évoqué le souvenir de Rob pendant quelques minutes, il avait accepté de les emmener tous les deux survoler Dolmann Island. Natalie et Saul lui avaient expliqué qu'ils écrivaient un reportage sur C. Arnold Barent, le milliardaire reclus, et Meeks les avait apparemment crus. Natalie le soupçonnait de leur avoir appliqué un tarif de faveur.

La journée était chaude et le ciel sans nuages. Natalie vit les pâles eaux côtières qui se mêlaient aux eaux pourpres de l'Atlantique le long du rivage aux lignes tourmentées, l'étendue vert et brun de la Caroline du Sud qui se perdait dans l'horizon brumeux du sud-ouest. Ils n'échangèrent que quelques paroles durant le vol, Saul et Natalie restant perdus dans leurs pensées, Meeks contactant de temps en temps les contrôleurs aériens, de toute évidence ravi de voler par une si belle journée. Il leur indiqua deux masses lointaines à l'ouest alors que leur trajectoire les conduisait de plus en plus loin au-dessus de l'océan. «La plus grande des deux îles, c'est Hilton Head. Le rendez-vous des gens de la haute. Je n'y ai jamais mis les pieds. L'autre, c'est Parris Island, le camp des marines. On m'y a offert un séjour tous frais payés il y a quelques interventions armées de cela. A cette époque, on savait transformer les garçons en hommes et les hommes en robots, et tout ça en moins de dix semaines. A ce qu'on m'a dit, ça n'a pas changé.»

Au sud de Savannah, ils longèrent de nouveau la côte, apercevant des îles sablonneuses et verdoyantes que Meeks identifia l'une après l'autre : Sainte Catherine, Blackbeard, Sapelo. Il obliqua sur la gauche, adopta un cap de 112 degrés et désigna une nouvelle masse dix-huit kilomètres plus loin. «Et ça, c'est Dolmann Island, mille sabords!»

Natalie prépara son appareil photo, un Nikon muni d'un objectif 300 mm, le fixant à un petit trépied et le calant contre la vitre latérale. Elle utilisait une pellicule à haute sensibilité. Saul posa son carnet de croquis et son porte-bloc sur ses genoux et examina les cartes et les diagrammes extraits du dossier fourni par Jack Cohen.

« Nous allons l'aborder par le nord, cria Meeks. Longer le rivage est comme prévu, puis faire le tour pour jeter un coup d'œil au vieux manoir. »

Saul hocha la tête. « Vous pourrez vous approcher ? »

Meeks eut un large sourire. « On vous a à l'œil dans ce coin-là. Théoriquement, la partie nord de l'île est une réserve naturelle, et comme elle est située sur un couloir aérien, il est pratiquement interdit de la survoler sans autorisation. En fait, l'Heritage West Foundation possède toute l'île et veille sur elle comme si c'était une base de missiles russe. Essayez de la survoler et, dès que vous aurez atterri, le C.A.B. vous bottera le cul et suspendra votre licence aussitôt après avoir vérifié votre immatriculation.

– Vous avez fait ce que nous avions décidé ? demanda Saul.

– Ouaip. Je ne sais pas si vous l'avez remarqué, mais la plupart de ces chiffres sont dessinés à la bande adhésive rouge. En décollant la bande, on obtient un autre numéro. Okay, regardez par ici. » Meeks désigna un navire gris qui dérivait vers le nord quinze cents mètres à l'est de l'île. « C'est un de leurs bateaux de surveillance. Muni d'un radar. Il y a aussi des hors-bord qui se baladent un peu partout au cas où un pauvre naïf aurait l'idée saugrenue d'aller sur Dolmann Island pour pique-niquer ou observer la faune.

– Et en juin, au moment où se déroule le camp ? »

Meeks éclata de rire. « C'est à ce moment-là que la marine et les gardes-côtes se mettent de la partie. Rien n'approche Dolmann Island par la mer, sauf les privilégiés munis d'un carton d'invitation. A en croire la rumeur, la compagnie a armé des hélicoptères à turbine qui décollent du terrain que je vous montrerai tout à l'heure, sur le rivage sud-ouest. Des amis m'ont raconté qu'ils obligent à atterrir n'importe quel appareil approchant à moins de cinq kilomètres. Okay, voilà la plage nord. C'est la seule étendue de sable que vous verrez sur l'île, mis à part la plage aménagée près du manoir et du camp.» Meeks se tourna vers Natalie. «J'espère que vous êtes prête, m'dame. On ne repassera plus de ce côté-ci.

– Prête!» cria Natalie. Elle commença à mitrailler le paysage qu'ils survolaient à quatre cents pieds d'altitude, longeant la plage à quatre cents mètres de distance. Elle se félicita d'avoir choisi un appareil à embobinage automatique, dont elle n'avait pas l'usage en temps normal.

Saul et elle avaient longuement étudié les cartes fournies par Cohen, mais la réalité était bien plus intéressante, même si elle n'en percevait qu'une série d'images floues : palmiers, bancs de sable et autres détails.

Dolmann Island ressemblait aux îles côtières du type de celles qu'ils avaient aperçues plus tôt; c'était un L grossièrement dessiné qui s'étendait du nord au sud sur une longueur de treize kilomètres et mesurait quatre mille trois cents mètres de largeur à sa base, se rétrécissant là où la terre s'incurvait vers l'est pour dessiner la barre du L.

Après la longue plage de sable blanc qui occupait la pointe nord de l'île, on apercevait sur sa côte est les salines, les marais et la forêt subtropicale qui occupaient un tiers de sa superficie. Une explosion d'ailes blanches au-dessus des palmiers et des cyprès confirma la présence d'une population d'aigrettes dans la réserve naturelle annoncée. Natalie continua de mitrailler à vitesse maximum, apercevant des ruines calcinées parmi les fourrés au sud d'une pointe rocheuse.

«Les décombres de l'ancienne clinique pour esclaves, cria Saul en annotant sa carte. La forêt a englouti la plantation Dubose qui était juste derrière. Il y a un cimetière d'esclaves quelque part… regardez, voilà la zone de sécurité ! »

Natalie leva les yeux de son viseur. Le terrain s'était élevé à mesure qu'ils approchaient de la base du L et la forêt, toujours aussi impénétrable, était à présent plus hétérogène, chênes-verts, cyprès et pins parasols se mêlant aux palmiers et à la végétation tropicale. Elle aperçut des casemates de béton à moitié enfouies dans le sol, tels des blockhaus sur la côte normande, une route goudronnée, ruban noir et lisse sinuant entre les palmiers, puis une zone dégagée large de cent mètres et bordée de hautes clôtures, une balafre de désert qui tranchait l'île sur toute sa largeur. On aurait dit que le sol était pavé de coquillages acérés. Natalie mit son téléobjectif en place et prit plusieurs photos.

Meeks ôta ses écouteurs. « Les mecs, si vous entendiez ce que me raconte l'opérateur du bateau de surveillance. Dommage que ma radio soit bousillée. » Il adressa un large sourire à Saul.

Ils approchaient du pied du L et Meeks obliqua brutalement pour ne pas le survoler.

« Plus haut ! » cria Saul.

Le Cessna prit de l'altitude et Natalie eut une meilleure vue des lieux. Elle troqua son appareil contre un Ricoh à embobinage manuel muni d'un objectif grand angle et s'empressa de mitrailler, se penchant sur la gauche pour prendre quelques vues de la côte qu'ils venaient de survoler.

Le rivage nord de la barre du L ressemblait à une tout autre île : au sud de la zone de sécurité se trouvait une forêt de pins et de chênes-verts, puis des collines qui montaient en douceur jusqu'à une hauteur de soixante mètres au niveau du rivage sud et au sein desquelles étaient disséminés des bâtiments construits avec soin. La route longeait la plage aménagée sur la côte nord, ruban d'asphalte poli courant à l'ombre des palmiers et des vieux chênes-verts. On apercevait des toitures vertes parmi les feuilles, et une clairière herbue ornée de bancs disposés en cercle devint visible au centre de l'île lorsque l'avion prit une altitude de cinq cents pieds.

«Les dortoirs du camp et l'amphithéâtre, dit Saul.

– Cramponnez-vous», dit Meeks, et ils obliquèrent une nouvelle fois sur la gauche, survolant un groupe de récifs évoquant une faux pourpre, afin d'éviter de passer au-dessus du port de plaisance et des longs quais de béton situés sur la pointe sud-est de l'île. «Ça m'étonnerait qu'on nous tire dessus, dit Meeks en souriant, mais on ne sait jamais.»

Passé le port, ils obliquèrent sur la droite, longeant les falaises du rivage est. Meeks indiqua le point culminant de l'île, un peu plus au sud, où on apercevait une toiture au-dessus des chênes-verts et des magnolias flamboyants. «Le Manoir. Dans le temps, c'était la plantation Vanderhoof. Un vieux prêcheur qui avait épousé une riche héritière. Bâtie en 1770 avec une charpente en cyprès. Il y a vingt et une lucarnes au-dessus du deuxième étage... plus de cent vingt chambres, à ce qu'on dit. Cette folie a survécu à quatre ouragans, à un tremblement de terre et à la guerre de Sécession. L'héliport est de ce côté de la forêt... ici, dans cette clairière.»

Le Cessna obliqua sur la droite, perdit de l'altitude et longea le sommet des falaises blanches qui dominaient les vagues écumeuses d'une hauteur de soixante mètres. Natalie prit cinq photos au téléobjectif et deux autres au grand angle. Le Manoir était visible au bout d'un long corridor de chênes-verts; un énorme bâtiment battu par les intempéries et flanqué d'une pelouse impeccable qui s'étendait sur quatre cents mètres jusqu'à la falaise.

Saul consulta sa carte, puis lorgna le toit du Manoir qui disparaissait derrière les immenses chênes. «Il doit y avoir une route... ou une avenue qui donne sur le Manoir par le nord...

– Live Oak Lane, dit Meeks. A quinze cents mètres d'ici, elle relie le port au versant sud de la colline, de l'autre côté du Manoir, et aboutit sur les jardins. Mais ce n'est pas une route. C'est une allée gazonnée large de trente mètres, bordée de chênes-verts hauts de trente mètres et vieux de deux cents ans. On y a installé des projecteurs ressemblant à des lanternes japonaises… je les ai aperçus la nuit à une distance de quinze kilomètres. C'est le chemin que prennent les V.I.P. quand ils arrivent le soir au Manoir. Voilà la piste ! »

Ils avaient parcouru trois kilomètres le long du pied du L et les falaises avaient laissé la place à une côte rocheuse, puis à une plage de sable blanc, lorsque apparut le terrain d'atterrissage : une longue entaille noire qui s'enfonçait dans la forêt en direction du nord-est.

« Ceux qui arrivent par avion empruntent aussi Live Oak Lane, dit Meeks. Mais ils font moins de chemin. Cette piste est capable d'accueillir même un jet privé. Et on pourrait sans doute y faire atterrir un 727 en cas d'urgence. Cramponnez-vous. »

Ils obliquèrent sur la droite en arrivant au-dessus de la pointe sud-ouest de l'île, laissant la plage derrière eux. Le montant du L était interrompu par une crique derrière laquelle la zone clôturée s'étendait sur toute la largeur de l'isthme. Ces cent mètres de néant paraissaient déplacés au sein de la luxuriance tropicale : un Mur de Berlin transporté dans le Jardin d'Eden. Au nord de la zone de sécurité, le rivage occidental de l'île était exempt de toute construction, même en ruine, palmiers, pins et magnolias proliférant jusqu'au bord de l'eau.

« Comment expliquent-ils cette zone de sécurité ? » demanda Saul.

Meeks haussa les épaules. « Elle est censée séparer la réserve naturelle des terrains privés. En fait, toute l'île est une propriété privée. Pour leur camp d'été — quel nom ridicule, hein ? — ils reçoivent des cargos entiers de premiers ministres et d'anciens présidents. En parquant les V.I.P. au sud de l'île, le service de sécurité a moins de souci à se faire. Ce qui ne veut pas dire que le reste de l'île n'est pas surveillé. Voilà le bateau chargé de la surveillance du rivage ouest. » Il tourna la tête vers la gauche. « Dans trois semaines, il y en aura une douzaine d'autres, ainsi que des gardes-côtes, un vrai bazar. Même si vous arriviez à poser le pied sur l'île, vous n'iriez pas très loin. Elle grouillera d'agents des services secrets et de gardes privés. Si vous faites un reportage sur C. Arnold Barent, vous devez déjà savoir qu'il tient à sa vie privée.»

Ils approchaient de la pointe nord de l'île. Saul la désigna et dit : «J'aimerais atterrir ici.»

Meeks tourna ses lunettes de soleil vers lui. «Écoutez, mon vieux, on ne risquait pas grand-chose en faisant enregistrer un plan de vol bidon. Peut-être même qu'on peut violer l'espace aérien de Barent en toute impunité. Mais si je pose une seule roue sur cette piste, je peux dire adieu à mon avion.

– Je ne parlais pas de la piste. La plage de la pointe nord est rectiligne, son sable est bien tassé, et elle me semble assez longue pour qu'on puisse s'y poser.

– Vous êtes dingue.» Meeks plissa le front et tripota son tableau de bord. L'océan était visible derrière la pointe de l'île.

Saul sortit quatre billets de cinq cents dollars de sa poche de poitrine et les posa sur la console.

Meeks secoua la tête. «Ça ne suffira pas à me payer un nouvel avion, ni à payer mes frais d'hôpital si jamais on se crashe sur un rocher ou sur du sable trop mouvant.»

Natalie se pencha en avant et posa une main sur l'épaule du pilote. «Je vous en prie, Mr. Meeks, dit-elle en élevant la voix pour couvrir le bruit du moteur, c'est très important pour nous.»

Meeks se retourna pour la regarder. «Vous n'avez pas l'intention d'écrire un article, n'est-ce pas?»

Natalie jeta un regard à Saul, puis se retourna vers Meeks et secoua la tête. «Non.

– Est-ce que ça a un rapport avec la mort de Rob?

– Oui.

– Je m'en doutais.» Meeks hocha la tête. «Je n'ai jamais cru les bobards qu'ils ont racontés sur la présence de Rob à Philadelphie et sur le rôle du F.B.I dans cette histoire. Est-ce que Barent est impliqué là-dedans ?

– Nous le pensons. Mais il nous faut des informations complémentaires. »

Meeks désigna la plage qu'ils étaient en train de survoler. « Et vous comptez les trouver en vous baladant ici pendant quelques minutes ?

– Peut-être, dit Saul.

– Merde, murmura Meeks. Je suppose que vous êtes des terroristes, tous les deux, mais les terroristes ne m'ont jamais fait aucun mal et ça fait des années que je me fais baiser par des salauds comme Barent. Cramponnez-vous. » Le Cessna obliqua sur la droite et fit demi-tour pour survoler à nouveau la plage à deux cents pieds d'altitude. La bande de sable était au mieux large de dix mètres et bordée d'une végétation luxuriante. Des ruisseaux et des criques la fragmentaient au nord-ouest. « Elle ne fait pas plus de cent vingt mètres de long. Je dois me poser au ras des vagues et espérer que je ne tomberai pas sur un trou ou sur un rocher. » Il consulta ses instruments, puis examina les rouleaux d'écume et la cime des arbres. « Le vent vient de l'ouest. Cramponnez-vous. »

Le Cessna tourna de nouveau à droite et survola la mer, perdant régulièrement de l'altitude. Saul resserra sa ceinture de sécurité et se cala contre le tableau de bord. Derrière lui, Natalie mit ses appareils photo à l'abri, glissa l'automatique Colt sous son chemisier, vérifia sa ceinture et se prépara à l'atterrissage.

Meeks mit le moteur au ralenti et le Cessna descendit si lentement qu'il sembla flotter au-dessus des vagues pendant une minute. Saul vit que leur trajectoire les conduirait dans les rouleaux plutôt que sur le sable, mais à la dernière seconde, Meeks mit les gaz, bondit au-dessus d'un amas de rochers dont la taille paraissait soudain alarmante et posa son appareil sur le sable mouillé trois mètres plus loin.

L'avion piqua du nez, le pare-brise se couvrit d'embruns, Saul sentit la roue gauche patiner, puis Meeks s'activa sur ses commandes, semblant faire fonctionner simultanément le manche à balai, le gouvernail, les freins et les ailerons. L'empennage descendit à son tour et le Cessna se mit à ralentir, mais pas assez vite : les criques qui leur avaient paru si lointaines se précipitaient vers eux derrière le disque flou de l'hélice. Cinq secondes avant qu'ils ne tombent dans une ravine, Meeks inclina l'appareil sur la droite, une gerbe d'écume arrosa la vitre près de Saul, puis l'avion fit un tête-à-queue, la roue gauche quitta le sol pendant que la droite frôlait le bord de la crique, et le Cessna s'immobilisa face à l'est, l'hélice tournant au ralenti. Derrière le pare-brise, on distinguait trois sillons parallèles sur toute la longueur de la plage.

«Trois minutes, dit Meeks en se préparant déjà à repartir. Je serai à l'autre bout de la plage et si le vent tombe, ou si je vois un bateau rappliquer du côté de Slave Point, adios! La dame reste avec moi pour me donner un coup de main avec le gouvernail.»

Saul hocha la tête, déboucla sa ceinture et ouvrit la portière, sentant le vent et l'hélice décoiffer ses longs cheveux. Natalie lui tendit un lourd sac enveloppé dans une toile de plastique qui laissait voir deux poignées de cuir.

«Hé! s'écria Meeks. Vous ne m'aviez pas dit que…

– Allez-y!» cria Saul, et il courut vers la lisière de la forêt, près de l'endroit où la crique disparaissait sous les feuilles de palmier et les fleurs tropicales.

Un vrai marécage. Saul était dans l'eau jusqu'aux genoux à dix mètres de la plage, la frange de palmiers et de magnolias dissimulant des cyprès antiques et des chênes noueux aux branches couvertes de mousse d'Espagne. Une orfraie jaillit de son nid à deux mètres de lui et une forme fendit l'eau trois mètres sur sa droite, laissant un sillage en forme de V et lui rappelant ce que Gentry avait dit au sujet de la chasse aux serpents en nocturne.

Les trois minutes étaient presque écoulées lorsque Saul consulta sa boussole et estima qu'il était arrivé assez loin. Calant le lourd sac sur son épaule droite, il regarda autour de lui et vit un cyprès antique frappé par la foudre dont les deux plus basses branches se tendaient au-dessus de l'eau saumâtre comme les bras calcinés d'un homme en train de hurler. Il se dirigea vers lui et eut de l'eau jusqu'à la taille avant d'atteindre son tronc massif. La foudre avait découpé une profonde entaille dans l'écorce, mettant au jour le cœur pourri.

Un courant boueux tirailla la jambe gauche de Saul lorsqu'il plaça le sac à l'intérieur de l'arbre, le poussant pour le mettre hors de vue et le calant à l'aide de branches mortes arrachées au tronc grisâtre. Il recula de dix pas, vérifia que le sac était bien invisible, puis entreprit de mémoriser la forme du vieil arbre et sa position par rapport à la crique, à d'autres arbres et au morceau de ciel qu'il apercevait au-dessus du rideau de mousse et des branches noueuses. Puis il fit demi-tour et reprit la direction de la plage.

La boue le retenait, essayait de l'engloutir, menaçait de lui arracher les bottes ou de lui briser les chevilles. Sa chemise était recouverte d'une couche d'eau saumâtre d'où montait une odeur de mer et de corruption. Branches et fougères le giflaient tandis qu'un essaim d'insectes agressifs flottait autour de sa tête et de ses épaules en sueur. La végétation lui semblait à présent incommensurablement plus épaisse, sa lutte lui paraissait éternelle. Puis il franchit le dernier rideau de branchages, pénétra en trébuchant dans la crique peu profonde, en gravit la bordure pour regagner la plage et se rendit compte que malgré sa boussole, il avait émergé trente mètres à l'ouest de son point d'entrée.

Le Cessna avait disparu.

Saul resta figé une seconde, la gorge serrée, incrédule, puis se mit à courir et aperçut quinze mètres plus loin le reflet du soleil sur le verre et le métal. Une dune lui avait caché l'avion, qui lui semblait à présent incroyablement lointain. Il entendit le grondement du moteur au moment où il se remit à courir sur le sable mouillé, remarquant avec un sens du détail qui tenait du détachement que la marée semblait monter; les vagues recouvraient déjà le sillage de l'avion et la bande de sable utilisable devenait de plus en plus étroite. Après avoir fait les deux tiers du chemin, il haletait tellement qu'il n'entendit le bourdonnement du hors-bord qu'au moment où il l'aperçut en train de contourner la pointe nord-est de l'île dans un jaillissement d'écume. Au moins cinq silhouettes sombres armées de fusils. Saul accéléra l'allure, foulant l'écume pour se diriger droit sur le Cessna. Si l'avion commençait à décoller, Saul aurait le choix entre plonger dans la mer ou se faire découper en morceaux par l'hélice.

Il était à trois mètres de l'avion lorsque trois petits nuages de sable jaillirent sous l'aile gauche; un bien étrange spectacle, comme si un animal fouisseur ou une puce de sable géante se dirigeait vers lui. Il entendit le staccato des coups de feu une seconde plus tard. Le hors-bord n'était plus qu'à deux cents mètres de la plage, à portée de fusil de l'avion. Saul supposa que seules la violente houle et la vitesse du bateau avaient empêché le tireur d'atteindre sa cible.

La portière gauche s'ouvrit et Saul franchit les six derniers mètres au pas de course, bondit sur l'emplanture et s'effondra sur son siège, trempé de sueur. L'avion fonça au moment même où il s'engouffrait dans la porte, pivotant sur lui-même et s'engageant sur l'étroite bande de sable pendant que Natalie s'escrimait avec la porte qui refusait de se fermer. On entendit un choc sourd lorsqu'une balle se planta dans le fuselage, et Meeks jura, manipula un levier placé au-dessus de sa tête, mit les gaz et empoigna la commande de contrôle des vibrations.

Saul se redressa sur son siège et regarda par le pare-brise au moment précis où le Cessna, qui n'avait toujours pas décollé, arrivait au bout de la plage et se précipitait vers la crique et l'embouchure des ruisseaux. Des rocs acérés et des fourrés se dressaient devant eux.

Mais il y avait un mètre de vide en dessous d'eux, et cela fit toute la différence. La roue droite effleura les eaux, puis ils décollèrent, évitant les rochers d'une vingtaine de centimètres, virant sur la droite pour survoler les vagues, s'élevant à vingt pieds d'altitude, puis à trente. Saul regarda sur la droite et vit le hors-bord qui fonçait toujours sur eux en sautant au-dessus des rouleaux. Des flammes jaillirent des fusils.

Meeks appuya sur les pédales et tira sur le manche à balai, puis le repoussa, faisant décrire au Cessna une étrange trajectoire en rase-mottes dont le but était d'interposer les arbres de la pointe ouest entre eux et le hors-bord.

Saul, qui n'avait pas eu le temps d'attacher sa ceinture, se cogna la tête au plafond, ricocha sur la porte toujours ouverte et s'accrocha au siège et à la console pour ne pas tomber sur le pilote ou sur les commandes.

Meeks lui lança un regard noir. Saul attacha sa ceinture et regarda autour de lui. Des arbres défilaient sur leur gauche. A huit cents mètres en avant, trois hors-bord fonçaient sur eux, la proue dressée au-dessus de l'eau.

Meeks soupira et inclina l'avion sur la droite, permettant à Saul d'apercevoir la silhouette sombre d'une raie qui nageait entre deux eaux. Il aurait suffi de la longueur d'un bras pour combler la distance séparant les vagues de l'extrémité de l'aile.

L'avion se redressa et fila vers l'ouest, laissant île et hors-bord derrière lui mais volant à une altitude si basse qu'ils le sentirent prendre de la vitesse en regardant défiler les vagues. Saul regretta que l'appareil ne soit pas muni d'un train d'atterrissage rétractable et résista à l'envie de lever les pieds au-dessus du sol. Meeks coinça le manche à balai entre ses genoux pendant qu'il attrapait un mouchoir rouge et se mouchait bruyamment.

«Il faut qu'on aille atterrir sur le terrain privé de mon

pote Terence, à Monck's Corner, et qu'on appelle Albert pour lui dire d'enregistrer l'autre plan de vol, au cas où ils contacteraient les aéroports du Nord. Quel bordel.» Il secoua la tête, mais son sourire trahissait sa jubilation.

«Je sais que nous avions convenu de vous donner trois cents dollars, dit Saul, mais je pense que cette petite bringue ne les valait pas.

– Ah non?

– Oh non.» Saul fit signe à Natalie, qui fouilla dans son sac et en retira quatre mille dollars en liasses de cinquante et de vingt dollars. Saul les posa au bord du siège du pilote.

Meeks posa les liasses sur ses cuisses et les feuilleta. «Écoutez, si je vous ai aidés à trouver des informations sur le meurtre de Rob Gentry, ça me suffit et je n'ai pas besoin de bonus.»

Natalie se pencha en avant. «Vous nous avez beaucoup aidés. Mais gardez quand même le bonus.

– Est-ce que vous allez me dire quel rapport il y a entre Rob et ce salaud de Barent?

– Quand nous en saurons davantage, répondit Natalie. Et nous risquons d'avoir encore besoin de votre aide.»

Meeks gratta son sweat-shirt et sourit de toutes ses dents. «Quand vous voudrez, m'dame. Mais ne laissez pas la révolution commencer sans moi, d'accord?»

Il alluma un transistor suspendu par une lanière à un des leviers du tableau de bord. Ils volèrent vers le continent au rythme d'une musique de reggae et de couplets en espagnol.

58.
Melanie

Le pion de Nina partit en promenade avec Justin.

Elle frappa au portail peu de temps avant onze heures du matin, une heure où les gens comme il faut vont à la messe. Lorsque Culley l'invita à entrer, elle refusa poliment et demanda l'autorisation d'emmener Justin — «le garçon», disait-elle faire un tour en voiture.

Je réfléchis quelques instants. L'idée de voir Justin quitter l'enceinte de notre demeure me troublait — de tous les membres de ma famille, c'était lui mon préféré —, mais le fait que la négresse n'entre pas dans la maison avait ses avantages. En outre, cette excursion pouvait contribuer à résoudre le mystère de la cachette de Nina. Finalement, la fille attendit près de la fontaine pendant que l'infirmière Oldsmith revêtait Justin de ses plus beaux atours — un short bleu et une chemise de marin —, et il rejoignit la négresse dans sa voiture.

Celle-ci ne m'apprit rien; c'était une Datsun presque neuve qui avait l'aspect et l'odeur d'une voiture de location. La fille était vêtue d'une jupe grège, de hautes bottes et d'un chemisier beige — elle n'avait apparemment ni sac à main ni portefeuille susceptible de contenir des papiers d'identité. Mais si elle était l'instrument conditionné de Nina, elle n'avait plus d'identité, bien sûr.

Nous avançâmes lentement le long d'East Bay Drive, puis empruntâmes la voie express pour nous diriger vers Charleston Heights. Là, près d'un petit parc qui donnait sur les installations portuaires, la fille se gara, attrapa une paire de jumelles, le seul objet posé sur la banquette arrière, et conduisit Justin vers une grille en fer forgé. Elle étudia l'amas de ponts roulants noirs et de navires gris, puis se tourna vers moi.

«Melanie, es-tu prête à sauver la vie de Willi tout en protégeant la tienne?

– Bien sûr», répondis-je de mon contralto enfantin. Je ne me concentrais pas sur ses paroles mais sur le break qui venait de se garer à l'autre bout du parking. Il était conduit par un homme dont le visage était dissimulé par les ombres, la distance et une paire de lunettes noires. J'étais sûre d'avoir aperçu ce véhicule derrière nous quand nous roulions dans East Bay Drive, peu de temps après avoir quitté Calhoun Street. Mon excitation enfantine de façade m'avait permis de dissimuler les regards en coin de Justin.

«Bien.» La négresse me répéta alors cette histoire invraisemblable de gens doués du Talent organisant une version bizarre de notre Jeu sur une île perdue en mer.

«En quoi puis-je t'aider?» demandai-je, faisant adopter aux traits de Justin une expression de souci et d'intérêt. Presque personne ne se méfie d'un enfant. Pendant que la négresse m'exposait ses plans, je réfléchis aux choix qui se présentaient à moi.

Jusqu'ici, je n'aurais guère retiré de bénéfices en Utilisant la fille. Mon coup de sonde expérimental m'avait montré que : a) soit Nina l'Utilisait mais n'était nullement disposée à me résister si je tentais de lui en retirer le contrôle; b) soit la fille était un pion superbement conditionné qui ne nécessitait aucune supervision de la part de Nina ou de *quiconque* l'avait conditionné; c) soit personne ne l'Utilisait.

A présent, les choses avaient changé. Si le conducteur du break avait un rapport quelconque avec la négresse, Utiliser celle-ci était un excellent moyen pour moi d'obtenir des informations.

«Tiens, regarde dans les jumelles, dit-elle en les tendant à Justin. C'est le troisième navire à partir de la droite.»

Je me glissai dans son esprit au moment où je prenais les jumelles. Je la sentis sursauter, j'entr'aperçus d'étranges graphiques sur un oscilloscope — un appareil qui m'était devenu familier depuis que le Dr Hartman en avait installé un dans ma chambre —, puis je m'emparai d'elle. La transition fut aussi souple que la nouvelle puissance de mon Talent me permettait de l'espérer. La négresse était jeune et robuste; je sentais la vitalité qui l'habitait. Une telle force risquait de m'être utile dans les minutes à venir, pensai-je.

Je laissai Justin près de la grille avec ses ridicules jumelles et me dirigeai vers le break d'un pas vif, espérant que la fille avait apporté quelque chose susceptible de me servir d'arme. Le véhicule était garé à l'autre bout du parking et le soleil se reflétait sur son pare-brise, aussi constatai-je qu'il était vide seulement lorsque j'arrivai à mi-chemin.

J'ordonnai à la fille de s'arrêter et de regarder autour d'elle. Il y avait plusieurs personnes dans le parc : un couple de gens de couleur se promenant près de la grille; une jeune femme vêtue d'une tenue de jogging allongée sans honte au pied d'un arbre, ses mamelons nettement visibles sous le léger tissu de son tee-shirt; deux hommes d'affaires en grande discussion près d'une fontaine d'eau potable; un homme plus âgé à la barbe court taillée m'observant près de sa voiture; et une famille entière assise autour d'une table de pique-nique.

L'espace d'une seconde, je sentis ma vieille panique monter en moi alors que je cherchais du regard le visage de Nina. Il était midi, la journée était splendide, et je m'attendais d'un instant à l'autre à découvrir un cadavre pourrissant assis sur un banc ou dans une voiture, des yeux bleus roulant au sein d'un flot d'asticots…

Justin ramassa une branche morte d'un geste nonchalant d'enfant joueur et, l'agitant comme une épée, se rapprocha de la négresse, la suivant de près lorsque je lui ordonnai de se diriger vers le break. Je scrutai l'intérieur de la voiture et découvris une profusion d'appareils électroniques et des câbles qui serpentaient jusque sur les sièges avant. Justin se retourna pour surveiller les autres visiteurs du parc.

J'ordonnai à la négresse de regarder sur la banquette arrière. Soudain, je ressentis une légère douleur que je refoulai aussitôt et commençai à perdre le contrôle de mon sujet. L'espace d'une seconde, je sus avec certitude que Nina tentait de me ravir la fille, puis je me rendis compte qu'elle s'effondrait sur le sol. Je me concentrai sur la conscience de Justin à temps pour la voir tomber le long de la portière, se cognant la tête à la carrosserie. On lui avait tiré dessus.

Je reculai sur les petites jambes de Justin, sans lâcher la branche qui m'avait paru si redoutable mais qui m'apparaissait à présent comme une vulgaire brindille. Les jumelles pendaient toujours autour de mon cou. Je m'approchai d'une table de pique-nique déserte, regardant dans tous les sens, ignorant qui était mon ennemi et de quelle direction il allait surgir pour m'attaquer. Personne ne semblait avoir remarqué l'incident, personne ne paraissait voir le corps gisant entre le break et un coupé bleu. J'ignorais l'identité de son assassin autant que la méthode qu'il avait employée. Justin avait eu le temps d'apercevoir une tache rouge sur son chemisier beige, mais elle m'avait paru trop petite pour être un impact de balle. Je repensai aux silencieux et aux armes sophistiquées que j'avais vues dans des films policiers avant que j'ordonne à Mr. Thorne de me débarrasser à jamais de mon poste de télévision.

J'avais commis une erreur en Utilisant la fille. A présent, elle était morte — du moins le supposais-je, je n'avais aucun intérêt à laisser Justin approcher de son corps — et Justin était prisonnier dans ce parc situé à plusieurs kilomètres de chez nous. Je m'éloignai à reculons du parking, me dirigeant vers la grille. Un des deux hommes en costume trois-pièces commença à marcher dans ma direction, et je me tournai pour lui faire face, agitant la branche et grondant comme une bête sauvage.

Il se contenta de me jeter un coup d'œil machinal et se dirigea vers le pavillon qui abritait les toilettes. J'ordonnai à Justin de faire demi-tour et de courir vers la grille, et il fit halte dans le coin le plus reculé du parc, le dos collé au fer forgé glacial.

Le corps de la négresse n'était pas visible de sa position. Deux hommes descendirent de leurs grosses motocyclettes et se dirigèrent vers moi.

Culley et Howard se précipitèrent dans le garage où se trouvait la Cadillac. Howard dut descendre de voiture pour ouvrir la porte. Il faisait très noir là-dedans.

L'infirmière Oldsmith me fit une piqûre pour calmer les battements précipités de mon cœur. Une étrange lumière tombait sur le couvre-lit de Mère, se reflétait sur les eaux de la Cooper River pour éclairer le visage de Justin, filtrait à travers les vitres sales du garage pour découper la silhouette de Howard qui s'escrimait sur la serrure.

Miss Sewell trébuche dans l'escalier, le nègre dans la cuisine se prend la tête dans les mains et gémit sans raison, la vision de Justin se brouille, s'éclaircit, il y a des nouveaux venus sur la pelouse… comme il est difficile de contrôler autant de personnes à la fois, j'ai mal à la tête, je m'assieds sur mon lit, je me regarde par les yeux de l'infirmière Oldsmith… où est le Dr Hartman ?

Maudite Nina !

Je fermai les yeux. Tous mes yeux, excepté ceux de Justin. Aucune raison de paniquer. Justin était trop petit pour conduire la voiture, même s'il en trouvait les clés, mais par son intermédiaire, je pouvais Utiliser la première personne qu'il apercevrait pour le reconduire à la maison. Mais j'étais tellement fatiguée. J'avais tellement mal à la tête.

Culley sortit du garage en marche arrière, manquant écraser Howard, fonçant sans l'attendre le long de l'allée, emportant des fragments de bois pourri sur le coffre et sur la lunette arrière.

J'arrive, Justin. Tu n'as aucune raison de t'inquiéter. Et même s'ils s'emparent de toi, les autres resteront ici, avec moi.

Et si ce n'était qu'une manœuvre de diversion? Culley est parti. Howard rampe dans le garage, tente de se relever. Et si les agents de Nina étaient en ce moment précis occupés à franchir le portail? A escalader les murs?

Je me concentrai sur Marvin, le jeune homme de couleur, lui ordonnant d'aller chercher une hache dans l'arrière-cour et de monter la garde devant la porte. Il tenta de me résister. Cela ne dura qu'une seconde, *mais il tenta de me résister.* Son conditionnement n'était pas achevé. Il subsistait une trop grande partie de sa personnalité.

Je l'obligeai à avancer dans la cour, derrière la fontaine. Personne. Miss Sewell le rejoignit et ils montèrent la garde. Je réveillai le Dr Hartman, qui faisait la sieste dans le salon des Hodges, et lui ordonnai de venir à mon chevet. L'infirmière Oldsmith prit un fusil à pompe dans le placard et rapprocha sa chaise de mon lit. Culley se trouvait dans Meeting Street, tout près de la sortie de Spruil Avenue qui donnait sur le port. Howard montait la garde dans l'arrière-cour.

Je me sentais mieux. J'avais repris le contrôle de la situation. Ce n'était qu'un accès de cette vieille panique que seule Nina pouvait causer. A présent, c'était passé. Si quelqu'un menaçait Justin, je le forcerais à s'empaler sur la grille en fer forgé. Je serais enchantée de l'aider à s'arracher les yeux et…

Justin avait disparu.

J'avais détourné mon attention de lui et l'avais laissé sous l'emprise de son conditionnement. L'avais abandonné le dos à la grille, le dos au fleuve, un garçonnet de six ans défiant le monde avec son bâton.

Il avait disparu. Je ne recevais de lui aucune impression sensorielle. Je n'avais senti aucun impact, ni balle ni coup de couteau. Peut-être avais-je été distraite par la douleur de Howard, par le sursaut de révolte du nègre ou par la maladresse de Miss Sewell. Je n'en savais rien.

Justin avait disparu. Qui viendrait me coiffer tous les soirs ?

Peut-être que Nina ne l'avait pas tué, qu'elle s'était contentée de l'enlever. Dans quel but ? Pour se venger parce que j'avais causé la mort de sa stupide négresse de messagère ? Nina pouvait-elle être mesquine à ce point ?

Oui.

Culley entra dans le parc et le parcourut de sa démarche pesante jusqu'à ce que les gens se mettent à le dévisager. A me dévisager.

La voiture de location était toujours là, vide. Le break avait disparu. Le corps de la négresse avait disparu. Justin avait disparu.

J'ordonnai à Culley de poser ses avant-bras massifs sur la rambarde et contemplai le fleuve douze mètres plus bas. Ses eaux étaient agitées de courants grisâtres.

Culley se mit à pleurer. Ainsi que moi-même. Ainsi que nous tous.

Maudite Nina !

Tard dans la nuit, alors que j'étais plongée dans le demi-sommeil que me dispensaient les drogues, on frappa violemment au portail. Encore à moitié endormie, j'envoyai dans la cour Culley, Howard et le jeune nègre. Je me figeai en découvrant notre visiteur.

C'était la négresse de Nina, le visage couleur de cendre, les habits déchirés et maculés de boue, les yeux fixes. Elle tenait dans ses bras le corps flasque de Justin. L'infirmière Oldsmith écarta les rideaux et observa la scène sous un autre angle à travers les lattes du volet.

La fille leva un doigt longiligne et le pointa droit sur ma fenêtre, droit sur *moi*.

« *Melanie !* » Elle hurla si fort que je crus qu'elle allait réveiller tous les habitants du Vieux Quartier. « Melanie, ouvre *immédiatement* ce portail. Je ne parlerai qu'à toi. »

Son doigt resta pointé sur moi. Il me sembla qu'un

long moment s'écoulait. Les courbes vertes du moniteur prenaient de plus en plus d'amplitude. Nous avons tous fermé les yeux, puis les avons rouverts. La négresse était toujours là, le bras toujours levé, le regard toujours aussi impérieux, exprimant une arrogance que je n'avais pas vue depuis la dernière fois que j'avais déjoué une manœuvre de Nina.

Lentement, avec hésitation, j'envoyai Culley ouvrir le portail, lui ordonnant de s'écarter avant que la créature envoyée par Nina ne puisse le toucher. Elle entra dans la cour d'un pas vif, se dirigea vers la porte et pénétra dans la maison.

Le reste d'entre nous s'écarta pour la laisser passer lorsqu'elle franchit le seuil du salon. Elle posa Justin sur le divan.

Je ne savais pas quoi faire. Nous avons attendu.

59.
Charleston,
dimanche 10 mai 1981

Saul observait Justin et Natalie dans le parc, écoutant la conversation retransmise par le micro que cette dernière avait placé sous le col de son chemisier, lorsque retentit un signal d'alarme. Il se tourna vivement vers l'ordinateur portable posé sur le siège à côté de lui, pensant une seconde qu'il devait s'agir d'une panne du boîtier de télémétrie, des électrodes ou des batteries plutôt que de l'événement qu'ils avaient tous deux redouté. Un simple regard lui confirma que son équipement fonctionnait parfaitement. Le graphique montrait nettement l'apparition du rythme thêta, les pics et les vallées du rythme alpha traduisaient l'entrée en phase de mouvement oculaire rapide. A ce moment-là, il trouva la réponse à la question qui le tourmentait depuis plusieurs mois et comprit en même temps que sa vie était en danger.

Saul regarda au-dehors et vit que Natalie se tournait dans sa direction alors même qu'il s'emparait du pistolet à fléchettes, ouvrait la portière et s'éloignait du break à croupetons, s'efforçant d'interposer plusieurs véhicules entre Natalie, le petit garçon et lui. *Non, ce n'est pas Natalie*, se dit-il, et il s'immobilisa derrière la dernière voiture garée dans le parking, à sept ou huit mètres du break.

Pourquoi la vieille avait-elle décidé d'Utiliser Natalie ? Saul se demanda si sa filature avait été assez discrète. Il ne pouvait pas laisser la Datsun s'éloigner

— le microphone et le transmetteur qu'ils avaient ajoutés à l'attirail de Natalie avaient une portée inférieure à huit cents mètres — et la circulation était pratiquement inexistante. Les succès de la semaine passée et l'expédition de la veille leur étaient montés à la tête. Saul jura à voix basse et s'accroupit pour observer Natalie à travers les vitres d'une Ford Fairmont blanche.

Elle se dirigeait vers le break, suivie à quinze pas de distance par le garçonnet qui avait ramassé une branche morte sur le gazon. Soudain, Saul éprouva une envie irrésistible de tuer l'enfant, de vider le chargeur de son Colt dans ce petit corps, d'en chasser les démons par la mort. Il inspira profondément. Il avait donné plusieurs conférences, à Columbia et ailleurs, sur l'étrange et perverse tendance de la violence contemporaine telle qu'elle se manifestait dans des livres et des films comme *L'Exorciste, La Malédiction* et leurs innombrables imitations, remontant à *Un bébé pour Rosemary*. Saul percevait cette prolifération d'enfants-démons comme le symptôme de peurs et de haines enracinées dans l'inconscient; les représentants de la «génération du moi» s'étaient révélés incapables d'endosser le rôle de parents responsables et de renoncer à leur propre enfance prolongée, le sentiment de culpabilité inhérent au phénomène du divorce s'était vu transféré sur l'enfant — qui n'était pas vraiment un enfant, mais plutôt une créature ancienne et maléfique, susceptible de *mériter* les mauvais traitements résultant de l'égoïsme des adultes —, et l'ensemble de la société s'était révolté avec colère après vingt ans de culture populaire dominée par et vouée à la jeunesse : beauté des jeunes, musique de jeunes, films de jeunes, mythe médiatique de l'enfant-adulte forcément plus calme, plus sage et plus «branché» que les adultes infantiles de la maisonnée. Saul affirmait par conséquent que la haine et la peur de l'enfant qui se manifestaient dans les livres et les films populaires avaient leurs racines dans des craintes et des anxiétés largement partagées, ainsi que dans l'angoisse universelle propre à l'époque. La vague de brutalités, de mauvais traitements et d'abandons dont étaient victimes les enfants américains, avertissait-il, avait des antécédents historiques et finirait par s'atténuer, mais tout devait être mis en œuvre pour écarter et éliminer ce type de violence avant qu'il n'empoisonne le pays.

Saul s'accroupit, regarda par la lunette arrière la répugnante créature qui avait été le petit Justin Warden, et décida de ne pas l'abattre. Pas encore. En outre, abattre un enfant de six ans dans un parc un dimanche après-midi était le plus sûr moyen de ne pas passer inaperçu.

Natalie s'approcha du break et regarda à l'intérieur, se penchant légèrement pour scruter la banquette arrière, tournant le dos à Saul. Au même instant, le petit garçon dirigea son regard vers les personnes assises autour d'une table toute proche. Saul se redressa, cala le pistolet à fléchettes sur le toit de la Ford, tira et se baissa aussitôt.

Il était sûr d'avoir raté sa cible, sûr qu'elle était hors de portée du minuscule pistolet à air comprimé, puis il aperçut les petites plumes rouges plantées dans le chemisier de Natalie un instant avant qu'elle ne s'effondre. Il aurait voulu se précipiter vers elle, s'assurer que ni la drogue ni la chute ne l'avaient blessée, mais Justin se tourna dans sa direction et Saul se jeta à quatre pattes derrière la Ford, ouvrant fébrilement la petite boîte de fléchettes pour en insérer une dans le pistolet.

Deux petites jambes nues s'immobilisèrent à deux mètres de son visage. Il leva la tête à temps pour découvrir un gamin de huit ou neuf ans en train de ramasser un ballon bleu. Le petit garçon regarda Saul, puis l'arme qu'il tenait. « Hé, m'sieur, vous allez tuer quelqu'un ?

– Va-t'en, siffla Saul.

– Vous êtes un flic ? » demanda le garçonnet d'un air intéressé.

Saul secoua la tête.

« C'est un pistolet Uzi, non ? insista le gamin en calant

le ballon sous son bras. Ça ressemble à un Uzi avec un silencieux.

– Va chier», murmura Saul, employant la réplique préférée des soldats britanniques en Palestine occupée lorsqu'ils étaient en butte aux gamins des rues.

Le petit garçon haussa les épaules et retourna à ses jeux. Saul leva la tête à temps pour voir Justin s'éloigner du parking en courant, agitant sa branche morte devant lui.

Saul prit une décision et se dirigea vers les tables de pique-nique, s'éloignant lui aussi des voitures. Il aperçut le tissu de la jupe de Natalie, qui gisait toujours sur le pavé. Il avança d'un bon pas, interposant un rideau d'arbres entre Justin et lui. Personne ne semblait avoir remarqué Natalie pour l'instant. Deux motocyclettes pénétrèrent dans le parking en pétaradant.

Saul avança en petite foulée, s'approchant d'une douzaine de mètres de l'endroit où se tenait Justin, acculé à la grille en fer forgé qui dominait le fleuve. Le petit garçon avait les yeux fixes, vitreux. Sa bouche était entrouverte et un filet de salive coulait sur son menton. Saul s'appuya contre un arbre, respira, et vérifia que son arme était chargée et prête à fonctionner.

«Hé! dit un homme vêtu d'un costume gris signé Brooks Brothers. Chouette jouet. Il faut un permis pour ce truc-là?

– Non.» Saul jeta un coup d'œil derrière l'arbre pour s'assurer que Justin n'avait pas bougé. Le petit garçon, les yeux toujours dans le vague, était à quinze ou vingt mètres de lui. Trop loin.

«Pas mal, dit le jeune homme au costume gris. Ça tire des 22 ou des plombs?»

Son compagnon, un jeune homme blond et moustachu vêtu d'un costume bleu et coiffé avec soin, se joignit à la conversation. «Où est-ce qu'on trouve ce genre de trucs, mon vieux? Dans un K-Mart?

– Excusez-moi», dit Saul. Il fit le tour de l'arbre et se tourna vers la grille. Justin ne daigna même pas lui accorder un regard. Ses yeux vitreux étaient fixés sur un point situé au-dessus du parking. Saul cacha le pistolet dans son dos et longea la grille en direction de la silhouette figée du petit garçon. Il s'arrêta au bout de vingt pas. Justin ne bougeait toujours pas. Se faisant l'impression d'un chat traquant une souris en caoutchouc, Saul franchit les quinze pas qui les séparaient, brandit son pistolet et logea une fléchette aux plumes bleues dans la cuisse nue du petit garçon. Lorsque Justin s'effondra, toujours rigide, Saul était là pour l'attraper. Personne ne semblait avoir remarqué quoi que ce soit.

Il se retint de courir mais regagna néanmoins le break d'un bon pas. Les deux motards aux cheveux longs étaient plantés sur le trottoir, les yeux fixés sur la forme inerte de Natalie. Aucun d'eux ne faisait mine de l'aider.

«Pardon, s'il vous plaît.» Saul se faufila entre eux, enjamba Natalie, ouvrit la portière arrière gauche du break, et posa délicatement Justin à côté des batteries et du récepteur radio.

«Hé, mec, dit le plus gros des deux motards, elle est morte ou quoi?

– Oh, non.» Saul se força à glousser, souleva à grand-peine la jeune femme, l'installa sur le siège avant et la poussa dans l'habitacle. Son soulier gauche glissa et tomba sur le pavage avec un bruit mat. Saul le ramassa et regarda en souriant les motards incrédules. «Je suis médecin. Elle vient d'avoir une crise d'épilepsie bénigne induite par un œdème cardio-pulmonaire neurologiquement déficient.» Il monta dans le break, posa le pistolet sur le siège et continua de sourire aux deux hommes. «Le petit aussi. C'est... euh... c'est de famille.» Saul démarra et passa en marche arrière, s'attendant à voir une voiture transportant les zombis de Melanie Fuller lui bloquer la sortie du parking. La rue était déserte.

Saul fit le tour du quartier pour s'assurer qu'on ne le suivait pas, puis retourna au motel. Leur bungalow était presque invisible depuis la rue, mais il vérifia que celle-ci était déserte avant de les transporter à l'intérieur, d'abord Natalie et ensuite le garçon.

Les électrodes de Natalie étaient toujours en place, dissimulées par ses cheveux mais en état de fonctionnement. Le microphone et le boîtier de télémétrie fonctionnaient également. Saul examina l'ordinateur avant de le débrancher et de le sortir de la voiture. Le rythme thêta avait disparu, ainsi que les pics caractérisant la phase de mouvement oculaire rapide. Les indications de l'électroencéphalogramme correspondaient bien à un profond sommeil sans rêve induit par la drogue.

Après avoir transporté le matériel dans le bungalow, Saul installa confortablement Justin et Natalie et mesura leur activité cérébrale. Il actionna le second boîtier, fixa des électrodes au crâne du garçonnet et lança le programme qui afficherait simultanément les deux graphes de l'électroencéphalogramme sur l'écran de l'ordinateur. Celui de Natalie correspondait toujours à un état de sommeil normal. Celui de Justin était une ligne droite traduisant un état de mort cérébrale clinique.

Saul prit le pouls du petit garçon, mesura ses battements de cœur et ses réactions rétiniennes, puis sa tension artérielle, testa divers stimuli — sons, odeurs, douleur. L'ordinateur n'indiquait toujours aucune trace de fonction cérébrale supérieure. Saul brancha boîtiers et palpeurs, vérifia les cellules du transmetteur, passa en mode d'affichage individuel, et utilisa deux électrodes supplémentaires. Les résultats ne varièrent pas d'un iota. Justin Warden, six ans, était légalement mort, son cerveau était réduit à un bulbe rachidien assurant le fonctionnement régulier de son cœur, de ses reins et de ses poumons, son corps n'était plus qu'une enveloppe vide.

Saul se prit la tête dans les mains et resta un long moment dans cette position.

« Que faisons-nous ? » demanda Natalie. Elle en était à sa deuxième tasse de café. Elle avait dormi presque une heure sous l'effet du tranquillisant, mais il lui avait fallu un quart d'heure de plus pour pouvoir penser clairement.

«Nous le gardons sous sédatif, je pense. Si nous lui permettons de se réveiller, Melanie Fuller risque de reprendre le contrôle. Le petit garçon qui s'appelait Justin Warden — ses souvenirs, ses attachements, ses craintes, tout ce qui faisait de lui un être humain — a disparu pour toujours

– Tu en es vraiment sûr?» demanda Natalie d'une voix pâteuse.

Saul soupira, posa sa tasse de café et y ajouta un peu de whisky. «Non, avoua-t-il. J'aurais besoin d'un matériel plus sophistiqué, de tests plus complexes, d'un registre d'observations moins limité. Mais vu les indications obtenues, je dirais qu'il est pratiquement impossible qu'il recouvre un embryon de personnalité humaine, sans parler de ses propres souvenirs.» Il but une longue gorgée.

«Et nous qui rêvions de les libérer...

– Oui.» Saul reposa brutalement sa tasse vide. «Ça paraît sensé quand on y réfléchit. Plus le conditionnement effectué par la vieille est puissant, moins la personnalité du sujet a de chances de survivre. Je pense que les adultes fonctionnent avec un résidu de leur identité... de leur personnalité... il serait stupide de kidnapper toute une équipe médicale comme elle l'a fait si elle n'avait pas accès aux talents de ses membres. Mais même en ce cas, ce genre de contrôle mental... de vampirisme psychique... doit tuer la personnalité d'origine au bout d'un certain temps. C'est comme une maladie, un cancer de l'esprit qui ne cesse de proliférer, les cellules affectées éliminant les cellules saines.»

Natalie frotta sa tête encore douloureuse. «Est-il possible que certains de ses... de ses gens... aient été moins contrôlés que les autres? Soient moins infectés que les autres?»

Saul écarta les doigts de la main pour exprimer sa perplexité. «Possible? Oui, je pense. Mais s'ils ont été suffisamment conditionnés — altérés — pour qu'elle ait confiance en eux, je crains que leurs personnalités et leurs fonctions supérieures n'aient été sérieusement endommagées.

– Mais l'Oberst t'a utilisé, dit Natalie d'une voix neutre. Et j'ai été agressée deux fois par cette sangsue de Harod, et au moins deux fois par cette vieille sorcière.

– Et alors ? dit Saul en ôtant ses lunettes et en se frottant le nez.

– Alors, est-ce qu'ils nous ont altérés ? Est-ce que le cancer prolifère dans notre cerveau ? Est-ce que nous sommes devenus différents ? *Différents*, Saul ?

– Je ne sais pas. » Il resta immobile jusqu'à ce que Natalie détourne les yeux.

« Excuse-moi. Mais c'était si... horrible... d'avoir cette vieille sorcière dans mon esprit. Jamais je ne me suis sentie plus impuissante... ça doit être pire que le viol. Au moins, quand ton corps est violé, ton esprit continue de t'appartenir. Et le pire... le pire c'est que... quand ça t'est arrivé une ou deux fois... tu... » Natalie était incapable de poursuivre.

« Je sais, dit Saul en la prenant par la main. Une partie de toi-même désire que ça recommence. Comme une horrible drogue aux effets secondaires douloureux mais engendrant une dépendance également forte. Je sais.

– Tu ne m'as jamais parlé de...

– Ce n'est pas quelque chose dont on souhaite discuter.

– Non. » Natalie frissonna.

« Mais ce n'est pas le cancer dont nous parlions tout à l'heure. Je suis sûr que cette dépendance est une conséquence du conditionnement poussé que ces créatures infligent à leurs sujets élus. Ce qui nous amène à un nouveau dilemme.

– Lequel ?

– Si nous suivons notre plan, il sera nécessaire d'infliger un tel conditionnement à au moins une personne innocente — et peut-être à plusieurs.

– Ce ne serait pas *pareil*… ce serait temporaire, dans un but bien précis.

– En ce qui concerne *nos* buts, ce serait temporaire. Mais nous savons à présent que les effets risquent d'être permanents.

– Bon Dieu ! s'exclama Natalie. Ça n'a aucune *importance !* C'est notre plan. Tu en vois un autre ?

– Non.

– Alors, nous continuons, dit Natalie avec fermeté. Nous continuons même si ça doit nous coûter notre esprit et notre âme. Nous continuons même si d'autres innocents doivent en souffrir. Nous continuons parce qu'il le faut, parce que nous le devons à nos morts. Nos familles, les êtres qui nous étaient chers, ont payé le prix, et maintenant, nous continuons… leurs assassins doivent payer… si nous renonçons, ça veut dire qu'il n'y a pas de justice. Nous continuons quel que soit le prix à payer. »

Saul opina. « Tu as raison, bien sûr, dit-il avec tristesse. Mais c'est précisément le même impératif qui pousse le jeune Palestinien à poser une bombe dans un bus, le séparatiste basque à tirer dans la foule. Ils n'ont pas le choix. Sont-ils si différents de tous les Eichmann qui ne faisaient que suivre les ordres ? Ne renoncent-ils pas à toute responsabilité personnelle ?

– Non, ce n'est pas pareil. Et pour le moment, je suis trop frustrée pour me préoccuper de ce genre de considération éthique. Je veux seulement savoir ce qu'il faut faire et le *faire*. »

Saul se leva. « S'il faut en croire Eric Hoffer, une personne frustrée renonce aux responsabilités plus facilement qu'à la retenue. »

Natalie secoua la tête avec véhémence. Saul aperçut les filaments des électrodes qui plongeaient sous le col de son chemisier. « Je n'ai pas l'intention de *renoncer* à mes responsabilités, dit-elle. Je *prends* mes responsabilités. En ce moment même, je suis en train de me demander s'il faut oui ou non ramener ce garçon à Melanie Fuller. »

L'expression de Saul trahissait sa surprise. « Le ramener ? Comment pouvons-nous faire une chose pareille ? Il...

– Il est en état de mort cérébrale, coupa Natalie. Elle l'a assassiné aussi sûrement qu'elle a assassiné ses deux sœurs. Il me servira quand je retournerai là-bas ce soir.

– Tu ne peux pas retourner là-bas aujourd'hui, dit Saul en la regardant comme il aurait regardé une étrangère. Il est trop tôt. Elle est trop instable.

– C'est pour ça que je dois y aller *tout de suite*, dit Natalie avec fermeté. Pendant qu'elle est encore sous le choc. La vieille est à moitié cinglée, mais elle n'est pas stupide, Saul. Nous devons nous assurer qu'elle est bien convaincue. Et il n'est plus temps de tergiverser. Je dois cesser d'être l'inconnue que je suis à ses yeux... une messagère... une créature ambiguë... et *devenir* Nina Drayton dans l'esprit de ce vieux monstre. »

Saul secoua la tête. « Nos hypothèses de travail sont encore fragiles et basées sur des informations incomplètes.

– Mais nous n'avons que ça. Alors fonçons. Si nous sommes résolus à continuer, nous ne devons plus nous contenter de demi-mesures. Nous devons discuter, toi et moi, jusqu'à ce que j'aie trouvé quelque chose que *seule* Nina Drayton aurait su, quelque chose qui surprendra même Melanie Fuller.

– Les dossiers de Wiesenthal, dit Saul en se frottant le front d'un air absent.

– Non, quelque chose de plus puissant. Quelque chose que tu aurais pu apprendre lors des deux séances que tu as accordées à Nina Drayton à New York. Elle jouait avec toi, mais tu t'es quand même comporté comme un thérapeute. Les gens sont parfois plus ouverts qu'ils ne le croient. »

Saul joignit les extrémités de ses doigts et regarda dans le vague pendant quelques instants. « Oui, il y a quelque chose. » Ses yeux tristes se fixèrent sur Natalie. « C'est un risque terrible pour toi. »

Natalie hocha la tête. «Ensuite, nous passerons à la phase suivante, et c'est moi qui serai malade en pensant au risque que tu vas prendre. Mettons-nous au boulot.»

Ils parlèrent pendant cinq heures, passant en revue des détails dont ils avaient discuté à d'innombrables reprises mais qui devaient à présent être aiguisés comme une épée de combat. Leur conversation s'acheva à huit heures du soir, mais Saul suggéra à Natalie d'attendre encore quelques heures.

«Tu penses qu'elle dort ? demanda-t-elle.

– Peut-être pas, mais même un démon comme elle doit être assujetti aux toxines de la fatigue. Du moins c'est le cas de ses pions. En outre, nous avons affaire à une personnalité authentiquement paranoïaque dont nous projetons d'envahir l'espace personnel — le territoire — et la façon primitive dont ces vampires psychiques utilisent leur hypothalamus me pousse à croire qu'ils accordent une énorme importance à leur territoire. Dans ce cas, une invasion nocturne sera beaucoup plus efficace. Cela faisait partie des tactiques usuelles de la Gestapo.»

Natalie contempla les feuillets qu'elle avait noircis de notes. «Nous choisissons donc la paranoïa comme angle d'attaque ? Nous supposons qu'elle présente les symptômes classiques du schizophrène paranoïde ?

– Pas seulement. N'oublions pas que nous avons affaire à un Degré Zéro selon Kohlberg. Melanie Fuller est à bien des égards restée à la phase infantile de son développement. Peut-être est-ce le cas de tous ses semblables. Leur talent parapsychique est une malédiction en ce sens qu'il les empêche d'évoluer au-delà du niveau exigence/gratification immédiate. Tout ce qui s'oppose à leur volonté est inacceptable, d'où leur paranoïa et leur propension à la violence. Tony Harod est peut-être plus avancé que la plupart d'entre eux — son talent s'est peut-être développé plus tardivement et avec moins de succès —, mais il utilise son pouvoir limité à seule fin d'assouvir les fantasmes masturbatoires d'un préadolescent. Et outre l'ego infantile et la paranoïa avancée de Melanie Fuller, nous devons prendre en compte le chaudron émotionnel de sa jalousie d'écolière et de son attirance homosexuelle refoulée pour Nina Drayton telle qu'elle s'est exprimée par leur longue rivalité.

– Génial. En termes d'évolution, ce sont des surhommes. En termes de développement psychologique, des attardés. Et en termes de développement moral, des sous-humains.

– Pas sous-humains. Seulement non existants.»

Ils restèrent silencieux un long moment. Ni l'un ni l'autre n'avaient mangé depuis le petit déjeuner. L'écran de l'ordinateur affichait le paysage tourmenté des pensées de Natalie.

Saul s'ébroua. «J'ai résolu le problème du déclenchement des suggestions posthypnotiques.»

Natalie se redressa sur son siège. «Comment ça, Saul?

– J'avais commis une erreur en essayant de conditionner une réaction au rythme thêta ou à la pointe alpha artificielle. Je ne peux pas créer le premier et la seconde est trop peu fiable. C'est la phase de mouvement oculaire rapide en état de veille qui doit déclencher le processus.

– Tu peux la reproduire en état de veille?

– Peut-être. Mais ce n'est pas encore assez fiable. Au lieu de cela, je vais développer un stimulus intermédiaire — un son de cloche, peut-être — et utiliser la phase M.O.R. naturelle pour le déclencher.

– Des rêves, dit Natalie d'une voix songeuse. Auras-tu assez de temps?

– Presque un mois. Si nous pouvons convaincre Melanie de conditionner les gens dont nous avons besoin, je dois pouvoir convaincre mon propre esprit de se conditionner lui-même.

– Mais tous ces rêves que tu feras. Les mourants… le désespoir des camps de la mort…»

Saul eut un pauvre sourire. «Je fais déjà ces rêves.»

Il était minuit passé lorsque Saul conduisit Natalie dans le Vieux Quartier, se garant à une centaine de mètres de la maison Fuller. Le break était vide de tout matériel électronique; Natalie ne portait ni microphone ni électrodes.

La rue et le trottoir étaient déserts. Natalie attrapa Justin sur la banquette arrière, écarta tendrement une mèche de cheveux de son front et se pencha vers la vitre ouverte pour dire à Saul : «Si je ne ressors pas de là, exécute le plan comme prévu.»

Saul indiqua d'un hochement de tête la banquette arrière où était posé un large ceinturon portant dix kilos de C-4 répartis en petits paquets. «Si tu ne ressors pas de là, j'irai te chercher. Si elle t'a blessée, je les tuerai tous et je ferai de mon mieux pour exécuter le plan comme prévu.»

Natalie hésita, puis lâcha : «D'accord.» Elle se retourna et emporta Justin vers la maison, qui n'était éclairée que par une lueur verte émanant du premier étage.

Natalie posa le garçonnet inconscient sur l'antique divan. La maison sentait la poussière et la moisissure. La «famille» de Melanie Fuller s'était rassemblée autour d'elle. Parmi les cadavres ambulants, on comptait le colosse aux allures de débile mental que la vieille appelait Culley, un petit homme aux cheveux roux qui était sans doute le père de Justin même s'il ne lui avait pas fait l'aumône d'un regard, deux infirmières vêtues de blouses blanches crasseuses, dont l'une était si mal maquillée qu'elle ressemblait à un clown aveugle, et une femme vêtue d'un chemisier à rayures déchiré qui jurait avec sa jupe imprimée. La pièce n'était éclairée que par la bougie crachotante que Marvin venait d'apporter. L'ex-chef de bande tenait un long couteau dans sa main droite.

Natalie Preston s'en fichait. Son organisme était si

saturé d'adrénaline, son cœur battait si fort, son esprit était si imprégné de la personnalité qu'elle avait reconstituée au fil des semaines et des mois, qu'elle ne souhaitait qu'une chose : *passer à l'action*. N'importe quoi était préférable à cette longue période d'attente, d'angoisse, de fuite… « Melanie, dit-elle avec son plus bel accent de débutante sudiste, voilà ton petit jouet. Ne recommence plus *jamais*. »

La masse de chair blanche répondant au nom de Culley s'avança lourdement pour examiner Justin. « *Est-il mort* ?

– Est-il mort ? répéta Natalie en imitant sa voix. Non, ma chère, il n'est pas mort. Mais il pourrait l'être, il devrait l'être, et toi aussi. Mais à quoi pensais-tu donc ? »

Culley marmonna une réponse, prétendit avoir douté de sa qualité d'émissaire de Nina.

Natalie éclata de rire. « Ça te dérange que j'Utilise une Noire ? Ou bien es-tu jalouse, ma chère ? Pour autant que je m'en souvienne, tu n'aimais pas non plus Barrett Kramer. As-tu jamais aimé *un seul* de mes nombreux assistants, ma chère ? »

L'infirmière au visage de clown prit la parole. « Prouve-moi qui tu es ! »

Natalie se tourna vivement vers elle. « *Ça suffit, Melanie !* » hurla-t-elle. L'infirmière recula d'un pas. « Choisis une bouche pour t'exprimer et arrête d'en changer. Je suis lasse de cette comédie. Tu as perdu tout sens de l'hospitalité. Si tu tentes encore de t'emparer de ma messagère, je tuerai le pion que tu auras choisi pour cela, et ensuite je m'attaquerai à toi. Mon pouvoir a considérablement crû depuis que tu m'as abattue, ma chère. Ton Talent n'a jamais été l'égal du mien et tu n'as désormais plus aucune chance de te mesurer avec moi. *Tu as compris ?* » Natalie hurla cette question en direction de l'infirmière aux joues bariolées de rouge à lèvres, qui recula à nouveau d'un pas.

Natalie se retourna, regarda l'un après l'autre chaque visage cireux, et s'assit sur la chaise la plus proche de la table basse. «Melanie, Melanie, pourquoi faut-il que nous nous querellions? Je t'ai pardonnée de m'avoir tuée, ma chérie. Sais-tu à quel point la mort peut être douloureuse? Sais-tu à quel point il m'est difficile de me concentrer depuis que ton pistolet antique m'a logé un morceau de plomb dans le cerveau? Si je peux te pardonner cela, comment peux-tu être assez *stupide* pour nous mettre en danger — Willi, toi, *nous tous* — au nom de ces vieilles rancunes? Passons l'éponge, ma chère, ou, *par Dieu, je brûlerai cette tanière, je la raserai, et je me débrouillerai sans toi.*»

Cinq pions de Melanie étaient présents dans la pièce, sans compter Justin. Natalie était presque sûre qu'il y en avait d'autres à l'étage, au chevet de la vieille, et peut-être également dans la maison des Hodges. Lorsqu'elle cessa de crier, les cinq pions eurent un sursaut nettement visible. Marvin se cogna à une haute vitrine de bois et de cristal. Les assiettes en porcelaine et les figurines délicates frémirent sur les étagères.

Natalie avança de trois pas et fixa du regard le visage clownesque de l'infirmière. «Regarde-moi, Melanie.» C'était un ordre pur et simple. «Me reconnais-tu?»

Les lèvres fardées remuèrent faiblement. «Je... je ne... c'est difficile de...»

Natalie hocha lentement la tête. «Après toutes ces années, tu as encore des difficultés à me reconnaître? Melanie, es-tu repliée sur toi-même au point de ne pas te rendre compte que personne d'autre que moi ne pourrait savoir autant de choses sur toi... sur nous... ou qu'un autre que moi se contenterait de t'éliminer à cause du danger que tu représentes?

– Willi..., articula l'infirmière-clown.

– Ah, Willi. Notre cher Wilhelm. Penses-tu que Willi soit assez rusé pour monter une telle supercherie, Melanie? Penses-tu qu'il soit assez subtil? Willi n'aurait-il pas réglé ses comptes avec toi comme il l'a fait avec cet artiste à l'Hôtel Impérial de Vienne?»

L'infirmière secoua la tête. Le rimmel coulait de ses

yeux; elle s'en était appliqué une telle couche que son visage ressemblait à une tête de mort à la lueur de la bougie.

Natalie se pencha vers elle, effleura sa joue bariolée et murmura : «Melanie, si j'ai assassiné mon propre père, penses-tu que j'hésiterais à te tuer si tu te dressais à nouveau sur mon chemin ?»

Le temps sembla se figer dans la maison obscure. Natalie aurait pu se trouver dans une pièce peuplée de mannequins abîmés et mal fagotés. L'infirmière-clown battit des paupières, délogeant ses faux cils, roulant lentement des yeux. «Nina, tu ne m'avais jamais dit ça...»

Natalie recula, stupéfaite de sentir les larmes couler sur ses joues. «Je ne l'ai jamais dit à personne, ma chère», murmura-t-elle, sachant que sa vie était perdue si Nina Drayton avait parlé à son amie Melanie de ses confidences au Dr Laski. «J'étais furieuse contre lui. Il attendait le tramway. J'ai *poussé...*» Elle leva vivement les yeux, les rivant à ceux, vitreux, de l'infirmière. «Melanie, je veux te voir.»

Le visage bariolé alla de gauche à droite. «C'est impossible, Nina. Je ne me sens pas bien. Je...

– Ce n'est pas impossible, répliqua sèchement Natalie. Si nous devons œuvrer ensemble... en toute confiance... je dois m'assurer que tu es ici, bien vivante.»

A l'exception de Natalie et du garçonnet encore inconscient, toutes les personnes présentes secouaient la tête à l'unisson. «Non... impossible... je ne me sens pas bien..., dirent simultanément cinq bouches.

– Adieu, Melanie», dit Natalie, et elle fit demi-tour vers la porte.

L'infirmière se précipita vers elle et l'agrippa par le bras avant qu'elle l'ait atteinte. «Nina... ma chérie... ne pars pas, je t'en prie. Je suis si seule ici. Il n'y a personne pour jouer avec moi.»

Natalie resta rigide, envahie par la chair de poule.

«D'accord, dit l'infirmière au visage macabre, par ici. Mais d'abord... pas d'armes... rien.» Culley s'approcha de Natalie et la palpa, lui comprimant les seins de ses grosses mains, faisant ramper ses doigts le long de ses jambes, la touchant partout, fouillant, sondant. Natalie ne le regarda pas. Elle se mordit la langue pour refouler le cri hystérique qui montait dans sa gorge.

« Viens », dit l'infirmière et, conduits par Culley qui avait attrapé la bougie, les processionnaires allèrent du salon au hall d'entrée, du hall d'entrée au grand escalier, de l'escalier au palier, où leurs ombres se dressèrent sur le mur haut de trois mètres cinquante, aboutissant à un couloir aussi noir qu'un tunnel. La porte de la chambre de Melanie Fuller était fermée.

Natalie se rappela le jour où elle était entrée dans cette chambre, six mois plus tôt, le pistolet de son père dans la poche de son manteau, et où elle avait entendu des bruits dans le placard où s'était caché Saul Laski. Il n'y avait pas de monstres dans la maison ce jour-là.

Le Dr Hartman ouvrit la porte. Un soudain courant d'air éteignit la bougie et la scène ne fut plus éclairée que par la douce lueur verte des moniteurs placés de part et d'autre du grand lit à baldaquin. De fins voiles de dentelle pendaient du ciel de lit tels des linceuls pourris, telle l'épaisse toile dissimulant la tanière d'une veuve noire.

Natalie avança de trois pas et le médecin leva une main crasseuse pour lui intimer l'ordre de s'arrêter sur le seuil.

C'était bien assez près.

La créature allongée dans le lit avait jadis été une femme. Une grande partie de ses cheveux était tombée par paquets mais ceux qui subsistaient étaient soigneusement coiffés et s'étalaient sur l'immense oreiller comme une aura d'un bleu maladif. Son visage était celui d'une momie, flétri, marbré de plaies et creusé de rides cruelles, sa partie gauche affaissée comme un masque mortuaire en cire que l'on aurait trop approché des flammes. Sa bouche édentée s'ouvrait et se refermait sans cesse comme la gueule d'une tortue plusieurs fois centenaire. L'œil droit de la créature ne cessait de rouler, se fixant de temps en temps sur le plafond pour ne laisser voir ensuite que sa sclérotique, un œuf enchâssé dans un crâne, protégé par un lambeau flasque de parchemin jauni.

Derrière le voile grisâtre, le visage se tourna vers Natalie, sa gueule de tortue émit un bruit de clapotement.

« Je rajeunis sans cesse, n'est-ce pas, Nina ? dit l'infirmière-clown derrière Natalie.

– Oui.

– Je serai bientôt aussi jeune qu'avant la guerre, à l'époque où nous allions tous au Simpl. Tu t'en souviens, Nina ?

– Simpl. Oui. A Vienne. »

Le médecin leur fit signe de repartir, referma la porte. Ils restèrent un instant sur le palier. Soudain, Culley tendit son énorme main et prit gentiment celle de Natalie. « Nina, ma chérie, dit-il d'une voix de fausset presque aguicheuse. Je ferai tout ce que tu voudras de moi. Dis-moi ce que je dois faire. »

Natalie s'ébroua, regarda sa petite main emprisonnée dans celle de Culley. Elle serra la poigne du colosse, lui tapota le bras de sa main libre. « Demain, Melanie, je t'emmènerai faire une autre promenade. Justin sera réveillé et en pleine forme si tu souhaites l'utiliser.

– Où irons-nous, Nina, ma chère ?

– Commencer nos préparatifs. » Natalie serra une dernière fois les mains calleuses du géant et se força à descendre d'un pas mesuré l'escalier infiniment long. Marvin montait la garde près de la porte, les yeux ternes et inexpressifs, un long couteau à la main. Lorsque Natalie arriva dans l'entrée, il lui ouvrit la porte. Elle fit halte, utilisa les ultimes ressources de sa volonté pour lever les yeux vers le groupe de monstres qui l'observaient dans le noir depuis le palier, sourit et dit : « *Adieu*[1] et à demain, Melanie. Ne t'avise plus de me décevoir.

1. En français dans le texte. *(N.d.T.)*

– Non, dirent les cinq pions à l'unisson. Bonne nuit, Nina.»

Natalie se détourna, sortit, laissa Marvin lui ouvrir le portail, et partit sans se retourner une seule fois, même lorsqu'elle passa près du break où l'attendait Saul, inspirant profondément à plusieurs reprises, refoulant ses sanglots par la seule force de sa volonté.

60.

Dolmann Island, samedi 13 juin 1981

Au bout d'une semaine, Tony Harod en avait plus que marre de se mêler aux riches et aux puissants. Ses observations lui avaient permis de constater que les riches et les puissants avaient une nette tendance à être des connards.

Le dimanche précédent, Maria Chen et lui étaient arrivés à bord d'un avion privé dans un trou perdu de Georgie nommé Meridian, l'endroit le plus étouffant et le plus infernal que Harod ait jamais connu, pour apprendre qu'un autre avion privé allait les amener sur l'île. A moins qu'ils ne préfèrent s'y rendre en bateau. Harod ne s'était même pas posé la question.

Les cinquante-cinq minutes de traversée avaient été plutôt agitées, mais même lorsqu'il s'était penché sur la rambarde pour vomir sa vodka and tonic et son déjeuner, Harod n'avait pas regretté d'avoir troqué un vol de huit minutes contre une séance de montagnes russes en pleine mer. La marina de Barent — ou son port de plaisance privé, peu importait — était le cabanon le plus impressionnant que Harod ait jamais vu. C'était un bâtiment haut de trois étages, aux murs étouffés par les cyprès gris, dont l'intérieur était aussi vaste et aussi majestueux que celui d'une cathédrale, impression renforcée par les vitraux projetant des pinceaux de lumière colorée sur les vaguelettes et sur les hors-bord aux cuivres luisants et aux pavillons en berne. Ce lieu dissimulé aux yeux du monde était le plus ostentatoire qu'il lui ait été donné de visiter.

Les femmes n'étaient pas admises sur l'île pendant la semaine du Camp d'Été. Harod le savait déjà, mais il râla quand même en se voyant obligé de perdre un quart d'heure pour déposer Maria Chen sur le yacht de Barent, un bâtiment aux lignes aérodynamiques, d'un blanc étincelant et de la taille d'un terrain de football, abritant dans sa coque tout le matériel de communication indispensable à Barent. Pour la millième fois, il se fit la réflexion que C. Arnold Barent n'aimait pas être tenu à l'écart des affaires du monde. Un hélicoptère au fuselage futuriste était posé sur la dunette, au repos mais de toute évidence prêt à décoller au moindre coup de sifflet de son maître.

La mer était envahie de bateaux : fins hors-bord emplis de gardes armés de M-16, bateaux-radars trapus aux antennes tournant en permanence, yachts privés flanqués de navires de surveillance en provenance d'une douzaine de pays et, visible à présent qu'ils dépassaient la pointe de l'île pour se diriger vers le port, un cuirassé de la marine américaine voguant à un kilomètre et demi du rivage. C'était un bâtiment impressionnant, un requin à la peau gris ardoise qui fonçait sur eux à pleine vitesse, toutes antennes et tous pavillons dehors, tel un lévrier affamé fondant sur un lapin impuissant.

« Qu'est-ce que c'est que ce truc, bordel ? » demanda Harod au pilote.

L'homme au maillot rayé sourit, révélant des dents étincelantes qui faisaient ressortir son teint hâlé. « C'est l'U.S.S. *Richard S. Edwards*, monsieur. Un cuirassé de classe Forrest-Sherman. Il croise ici chaque année à l'occasion du Camp d'Été de l'Heritage West Foundation pour assurer la protection des invités étrangers et des dignitaires américains.

– C'est toujours le même bateau ?

– Le même *navire*, oui, monsieur. En théorie, il effectue tous les ans des manœuvres de blocus autour de l'île. »

Le cuirassé avait viré de bord et Harod aperçut le nombre 950 peint en blanc sur sa coque. « Qu'est-ce que c'est que cette boîte là-haut ? Près du canon arrière ou je ne sais quoi.

– Un ASROC, monsieur, dit le pilote en virant à bâbord. Modifié pour l'A.S.W. par retrait du MK-42 cinq pouces et de deux MK-33 trois pouces.

– Oh.» Harod s'accrocha à la rambarde, sentant l'écume se mêler à la sueur sur son visage livide. « On est bientôt arrivés ? »

Un chariot électrique de luxe conduit par un homme vêtu d'un blazer bleu et d'un pantalon de toile gris amena Harod au Manoir. Live Oak Lane était une large allée de gazon aussi bien entretenue qu'un terrain de golf, bordée de chênes massifs dont les murailles jumelles semblaient se fondre à l'horizon et dont les énormes branches s'entremêlaient à une hauteur de trente mètres, formant une voûte mouvante de feuilles et de lumière à travers laquelle on apercevait des bribes de ciel nuageux dont les couleurs pastel contrastaient avec le vert des frondaisons. Pendant qu'ils glissaient silencieusement le long de ce tunnel formé par des arbres plus anciens que les États-Unis, les cellules photoélectriques perçurent l'approche du crépuscule et allumèrent une théorie de projecteurs tamisés et de lanternes japonaises dissimulés parmi les branchages, le lierre et les épaisses racines, créant une illusion de forêt magique, de bois enchanté vibrant de lumière et de musique, des haut-parleurs soigneusement dissimulés diffusant dans l'air vespéral la mélodie cristalline d'une sonate pour flûte. Un peu plus loin, parmi les chênes-verts, des centaines de minuscules carillons éoliens ajoutèrent leurs notes éthérées à la musique lorsque la brise venue de l'océan fit frémir le feuillage.

« Vos arbres sont foutrement grands, dit Harod alors qu'ils arrivaient à quatre cents mètres de l'immense jardin en terrasses situé derrière la façade nord du Manoir.

– Oui, monsieur», dit le chauffeur, qui poursuivit sa route.

C. Arnold Barent n'était pas là pour l'accueillir, mais le révérend Jimmy Wayne Sutter apparut devant lui, le visage cramoisi, un grand verre de bourbon à la main. L'évangéliste traversa un immense hall désert carrelé de noir et blanc qui évoqua à Harod la cathédrale de Chartres, un lieu qu'il n'avait pourtant jamais visité.

« Anthony, mon garçon, rugit Sutter, bienvenue au Camp d'Été. » L'écho de sa voix résonna pendant plusieurs secondes.

Harod leva la tête et resta bouche bée comme un touriste, contemplant l'immense espace bordé de mezzanines et de balcons, de lofts et de couloirs entr'aperçus, dominé à cinq étages de hauteur par une voûte que soutenaient des chevrons délicatement ouvragés et un labyrinthe de poutres étincelantes. Le toit lambrissé de cyprès et d'acajou était orné d'une verrière en vitrail filtrant une lumière rougeâtre qui donnait une nuance de sang aux couleurs sombres du bois, de plusieurs lucarnes, et d'une chaîne massive qui supportait un chandelier si robuste qu'un régiment de Fantômes de l'Opéra aurait pu s'y balancer sans le déloger.

« La vache, dit Harod. Si c'est ça l'entrée de service, je veux voir l'entrée principale. »

Sutter fronça les sourcils d'un air réprobateur pendant qu'un domestique en blazer bleu et pantalon gris traversait l'immensité carrelée pour attraper le sac de voyage de Harod et se mettre à sa disposition.

« Préférez-vous loger ici ou dans l'un des chalets ? demanda Sutter.

– Un des chalets ? Vous voulez dire un des bungalows ?

– Oui, si l'on peut qualifier de bungalow un cottage cinq étoiles où sont servis des repas de chez Maxim's. La majorité des invités préfèrent y loger. C'est un Camp d'Été, après tout.

– Ouais, laissez tomber. Je prendrai la chambre la plus confortable de cette baraque. J'ai déjà fait mon temps chez les scouts. »

Sutter fit un signe au domestique. « La suite Buchanan, Maxwell. Je vous montrerai le chemin dans une minute, Anthony. Accompagnez-moi au bar. »

Ils se dirigèrent vers une petite pièce lambrissée d'acajou pendant que le valet empruntait l'ascenseur pour gagner les étages supérieurs. Harod se servit une vodka bien tassée. « Ne me dites pas que cette baraque a été construite au dix-huitième siècle. Elle est trop grande, bordel.

– L'édifice érigé par le pasteur Vanderhoof était déjà impressionnant pour son époque, dit Sutter. Les propriétaires successifs du Manoir l'ont encore agrandi.

– Alors, où est passé tout le monde ?

– Les invités de moindre importance sont en train d'arriver. Les princes, les potentats, les anciens premiers ministres et les émirs du pétrole nous rejoindront demain matin à onze heures pour le brunch d'ouverture. Ce n'est que mercredi que nous apercevrons notre premier ex-président.

– Youpi. Où sont Barent et Kepler ?

– Joseph nous rejoindra plus tard dans la soirée. Notre hôte n'arrivera que demain. »

Harod se rappela la dernière vision qu'il avait eue de Maria Chen, accoudée au bastingage du yacht. Kepler lui avait dit que toutes les assistantes, secrétaires, maîtresses et épouses qui n'avaient pas pu être larguées avant d'arriver sur l'île étaient les bienvenues à bord de l'*Antoinette* pendant que leurs seigneurs et maîtres se déboutonnaient sur Dolmann Island. « Est-ce que Barent est à bord de son bateau ? »

Le prédicateur des ondes écarta les bras. « Seuls le Seigneur et les pilotes de Christian savent où il se trouve à un moment donné. Les douze prochains jours constituent la seule période de l'année où un ami — ou un adversaire — pourrait le localiser avec certitude. »

Harod jura et avala une gorgée d'alcool. « Ça n'aiderait pas cet hypothétique adversaire. Vous avez vu ce nom de Dieu de cuirassé en arrivant ?

– Anthony, avertit Sutter, je vous ai déjà dit de ne pas offenser le nom du Seigneur.

– A quoi s'attendent-ils? A un débarquement des marines russes?»

Sutter se resservit un bourbon. «Vous ne croyez pas si bien dire, Anthony. Il y a quelques années, un chalutier russe est venu rôder à quelques encablures de la plage. Il avait quitté son poste habituel, au large de Cap Canaveral. Inutile de vous dire que comme la plupart des chalutiers russes naviguant au large des côtes américaines, celui-ci était aussi truffé de récepteurs radio que l'immeuble voisin de l'ambassade des États-Unis à Moscou.

– Qu'est-ce qu'ils pouvaient donc capter à plus d'un kilomètre de distance?»

Sutter gloussa. «Seuls les Russes et leur Antéchrist pourraient vous le dire, j'imagine, mais cela a troublé nos invités et inquiété Frère Christian, d'où le gros chien méchant que vous avez vu patrouiller aux alentours.

– Tu parles d'un chien méchant. Est-ce que tout ce dispositif de sécurité revient en deuxième semaine?

– Oh, non, ce qui se passe durant la période de Chasse est exclusivement réservé à notre regard.»

Harod regarda fixement le prêtre aux joues rouges. «Jimmy, pensez-vous que Willi va se pointer le prochain week-end?»

Le révérend Jimmy Wayne Sutter redressa vivement la tête, ses yeux porcins plus brillants que jamais. «Oh oui, Anthony. Il ne fait aucun doute que Mr. Borden sera présent à l'heure convenue.

– Comment le savez-vous?»

Sutter eut un sourire béat, leva son verre et dit à voix basse : «C'est écrit dans l'Apocalypse, Anthony. Tout cela a fait l'objet de prophéties écrites il y a plusieurs millénaires. Nous n'accomplissons rien qui n'ait été gravé dans les corridors du temps par un Sculpteur qui voit le grain de la pierre avec infiniment plus d'acuité que nos pauvres yeux.

– Vraiment?

– Oui, Anthony, en vérité. Vous pouvez parier votre cul de païen là-dessus. »

Les lèvres minces de Harod dessinèrent un sourire. « Je crois que c'est déjà fait, Jimmy. Je ne pense pas être prêt pour la semaine qui va venir.

– Elle n'a aucune importance, dit Sutter en fermant les yeux et en collant le verre glacé contre sa joue. Cette semaine n'est qu'un simple prélude, Anthony. Un simple prélude. »

Cette semaine de prélude parut interminable à Harod. Il se mêla à des hommes dont il avait maintes fois vu la photo dans *Time* et dans *Newsweek* et découvrit que — si l'on exceptait l'aura de puissance qui émanait d'eux comme l'odeur de la sueur d'un sportif de haut niveau — ces hommes étaient visiblement humains, fréquemment faillibles et le plus souvent stupides lorsqu'ils tentaient frénétiquement d'échapper aux conseils d'administration, réunions au sommet et congrès planétaires qui servaient de barreaux à leur cage dorée.

Le soir du mercredi 10 juin, Harod se retrouva assis sur la cinquième rangée de l'amphithéâtre en train de regarder un vice-président de la Banque mondiale, le prince héritier du troisième pays exportateur de pétrole le plus riche de la planète, un ancien président des États-Unis et son ancien secrétaire d'État se livrer à une danse hawaiienne, coiffés de balayettes en guise de perruques, portant des noix de coco évidées en guise de seins et vêtus de feuilles de palmier en guise de jupe, pendant que quatre-vingt-cinq hommes parmi les plus puissants de l'Occident sifflaient, hurlaient, bref se conduisaient comme des étudiants lors de leur premier monôme. Harod contempla le feu de joie et pensa au montage provisoire de *Traite des Blanches* qui attendait depuis trois semaines que l'on compose sa bande-son. Le compositeur et chef d'orchestre était payé trois mille dollars par jour pour se tourner les pouces au Beverly Hilton en attendant de diriger un orchestre symphonique qui mettrait en boîte une musique absolument identique à celle qu'il avait composée pour ses six précédents films — une pâtée de violons romantiques et de cuivres héroïques que le son Dolby rendrait encore plus indigeste.

Le mardi et le jeudi, Harod était allé voir Maria Chen sur l'*Antoinette*, lui avait fait l'amour dans sa somptueuse chambre aux silences de soie et de lambris. Puis il lui avait parlé avant de regagner l'île pour les festivités de la soirée.

« Qu'est-ce que tu fais de tes journées ? avait-il demandé.

– Je lis. Je travaille sur le traitement pour Orion. Je réponds au courrier en retard. Je prends le soleil.

– Tu as vu Barent ?

– Pas une seule fois. Il n'est pas sur l'île ?

– Si, je l'ai aperçu deux ou trois fois. Il a toute l'aile ouest du Manoir à sa disposition — lui et son favori de la journée. Je me demandais seulement s'il venait parfois faire un tour ici.

– Tu es inquiet ? » Maria Chen roula sur elle-même pour s'allonger sur le dos et écarta une mèche de cheveux noirs de sa joue. « Ou tu es jaloux ?

– Mon cul. » Harod, toujours en tenue d'Adam, se leva et se dirigea vers l'armoire à liqueurs. « Je préférerais encore qu'il te baise. On aurait au moins une chance de savoir ce qui se trame dans le coin. »

Maria Chen se leva avec souplesse, se dirigea vers Harod, qui lui tournait le dos, et lui passa les bras autour du corps. « Tony, tu es un menteur. »

Harod se retourna, furieux. Elle se serra un peu plus contre lui, lui soupesa doucement les testicules de la main gauche.

« Jamais tu n'accepteras que quelqu'un s'approche de moi. Jamais.

– Connerie. Tu dis des conneries.

– Non, murmura Maria Chen en lui caressant le cou du bout des lèvres. Je t'aime. Et toi aussi, tu m'aimes.

– Personne ne m'aime.» Harod aurait voulu rire en prononçant cette réplique, mais il ne put émettre qu'un hoquet étouffé.

«Je t'aime, dit Maria Chen, et tu m'aimes aussi, Tony.»

Il l'écarta, la tint à bout de bras et lui lança un regard furibond. «Comment peux-tu dire une chose pareille?

– Parce que c'est vrai.

– Pourquoi?

– Pourquoi est-ce vrai?

– Non, pourquoi nous aimons-nous?

– Parce qu'il le faut», dit Maria Chen en le conduisant vers l'immense lit moelleux.

Plus tard, écoutant le clapotis de l'eau et une foule de bruits nautiques qu'il ne pouvait identifier, allongé tout contre Maria Chen, une main posée sur son sein droit, les yeux fermés, Harod s'aperçut que, peut-être pour la première fois depuis qu'il était assez grand pour penser, il ne redoutait absolument rien.

L'ex-président partit le samedi après le festin tropical de midi et, à sept heures du soir, il ne restait plus sur l'île que des bureaucrates de grade moyen ou inférieur, des Cassius et des Iago en veste en peau de requin et jeans signés Ralph Lauren. Harod pensa que le moment était bien choisi pour regagner le continent.

«La Chasse commence demain, dit Sutter. Vous ne voulez sûrement pas manquer les festivités.

– Je ne veux pas rater l'arrivée de Willi. Barent est-il toujours sûr de sa venue?

– Il arrivera avant le coucher de soleil. Point final. Joseph répugne à révéler la nature de ses sources. Peut-être en fait-il un peu trop. J'ai l'impression que cela irrite Frère Christian.

– C'est Kepler que ça regarde.» Harod posa le pied sur le pont du petit yacht.

«Êtes-vous sûr d'avoir besoin de ces deux pions supplémentaires? demanda le révérend Sutter. Nous en avons plein dans l'enclos. Tous jeunes, forts et sains. La plupart viennent de mon centre de réhabilitation pour fugueurs. Et il y a un grand choix de femmes pour vous, Anthony.

– Je tiens à employer deux des miens. Je serai de retour durant la nuit. Demain matin au plus tard.

– Bien, dit Sutter, une étrange lueur dans l'œil. Je ne voudrais pas que vous ratiez le début. Cette année risque d'être exceptionnelle.»

Harod lui fit adieu de la tête, puis le moteur du yacht se mit à rugir et ils s'éloignèrent lentement du port, accélérant une fois atteints les hauts-fonds. Le yacht de Barent était le plus grand des bâtiments restants, exception faite des navires-radars et du cuirassé qui se préparait à prendre le large. Comme d'habitude, un hors-bord plein de gardes armés les intercepta, vérifia l'identité de Harod, et les suivit jusqu'à ce qu'ils atteignent l'*Antoinette*. Maria Chen attendait près de l'échelle de la poupe, un sac de voyage à la main.

Leur voyage nocturne fut moins agité que leur première traversée. Harod avait demandé qu'on mette une voiture à sa disposition et une petite Mercedes fournie par l'Heritage West Foundation les attendait derrière la marina de Barent.

Harod prit le volant, empruntant la route 17 jusqu'à South Newport et prenant ensuite l'I-95 pour rejoindre Savannah.

«Pourquoi Savannah ? demanda Maria Chen.

– On ne me l'a pas dit. Le type que j'ai eu au téléphone s'est contenté de me dire où je devais me garer — près d'un canal dans les faubourgs de la ville.

– Et tu penses que c'est l'homme qui t'a kidnappé ?

– Ouais. J'en suis sûr. Il a le même accent.

– Tu penses toujours que c'était l'œuvre de Willi ?»

Harod roula en silence une bonne minute. «Ouais, dit-il finalement, c'est la seule hypothèse sensée. Barent et les autres ont déjà la possibilité de glisser des sujets conditionnés parmi le gibier s'ils le souhaitent. Willi a besoin d'un atout dans sa manche.

– Et tu es prêt à faire ce qu'il te demande ? Tu te sens toujours loyal envers lui ?

– Rien à foutre de la loyauté. Barent a envoyé Haines chez moi... pour te passer à tabac... uniquement pour me montrer qui était le maître. Personne n'a le droit de me traiter de cette façon. Si c'est un coup fourré de Willi, je m'en fous. Qu'il se débrouille.

– Ce n'est pas dangereux ?

– Les pions, tu veux dire ? Je ne vois pas comment ils pourraient être dangereux. On vérifiera qu'ils ne sont pas armés et une fois qu'ils seront sur l'île, ils n'ont aucune chance de pouvoir foutre le bordel. Même le vainqueur de ces foutus jeux olympiques du gore se retrouvera six pieds sous terre dans un ancien cimetière d'esclaves, quelque part dans l'île sous les palétuviers.

– Quel est le but de Willi, alors ?

– Je n'en sais foutre rien, dit Harod en sortant à l'échangeur de l'I-16. Notre rôle est de suivre les événements et d'y survivre. Au fait... tu as apporté le Browning ? »

Maria Chen sortit l'automatique de son sac à main et le tendit à Harod. Conduisant d'une main, il sortit le chargeur de la crosse, l'examina et le remit en place en appuyant l'arme sur sa cuisse. Il la glissa à sa ceinture, la dissimulant sous les pans de sa chemise hawaiienne.

« Je déteste les armes à feu, dit Maria Chen d'une voix neutre.

– Moi aussi. Mais il y a des gens que je déteste encore plus, et l'un d'eux est un salopard à l'accent polack coiffé d'un passe-montagne. Si c'est lui que Willi a l'intention d'expédier sur l'île, je vais avoir du mal à ne pas lui faire sauter la tête avant d'embarquer.

– Ça ne ferait pas plaisir à Willi. »

Harod hocha la tête, tournant pour s'engager sur une route secondaire qui conduisait à une jetée abandonnée située le long du canal de Savannah à Ogeechee. Un break les y attendait. Harod se gara à vingt mètres de distance, comme convenu, et fit un appel de phares. Un homme et une femme descendirent du break et se dirigèrent vers lui.

«J'en ai marre de m'inquiéter de ce qui ferait plaisir à Willi, à Barent ou à quiconque», dit Harod en serrant les dents. Il descendit de voiture et dégaina l'automatique. Maria Chen ouvrit son sac de voyage et en sortit des chaînes et des menottes. Lorsque l'homme et la femme ne furent plus qu'à cinq ou six mètres d'eux, Harod se pencha vers sa maîtresse et sourit. «Il est grand temps qu'ils se soucient de ce qui ferait plaisir à Tony Harod.» Il leva son arme et visa le front d'un homme mal rasé aux longs cheveux grisonnants. L'homme fit halte, regarda fixement le canon du pistolet de Harod et ajusta ses lunettes du bout de l'index.

61.
Dolmann Island,
dimanche 14 juin 1981

Saul avait l'impression d'avoir déjà vécu tout cela.

Le bateau accosta à minuit passé et Tony Harod fit descendre Saul et Miss Sewell sur le quai en béton. Puis ils attendirent tandis que Harod, censé contrôler ses pions, rengainait son arme. Deux chariots électriques s'approchèrent, conduits par des hommes vêtus d'un blazer bleu et d'un pantalon gris, et Harod dit à l'un d'eux : « Emmenez ces deux-là dans l'enclos. »

Saul et Miss Sewell s'assirent sur le siège central, surveillés par un homme armé d'un fusil automatique. Saul jeta un coup d'œil à sa compagne ; son visage était dénué de toute expression. Elle n'était pas maquillée, ses cheveux étaient ramenés en arrière, sa robe bon marché pendait sur son corps. Le chariot fit halte au poste de contrôle situé au sud de la zone de sécurité, puis s'engagea dans un no man's land pavé de coquillages écrasés, et Saul se demanda quelles informations étaient relayées à Natalie par l'entremise du jeune familier de Melanie Fuller.

Derrière la grille nord de la zone de sécurité, ils découvrirent des installations de béton brillamment éclairées. Dix autres pions venaient d'arriver, et Saul et Miss Sewell les rejoignirent dans une cour grande comme un terrain de basket et entourée de clôtures de fil de fer barbelé.

On ne voyait ni blazers bleus ni pantalons gris de ce côté-ci de la zone de sécurité. Des hommes vêtus de treillis kaki et coiffés de casquettes noires serraient dans leurs bras des fusils automatiques. Grâce au dossier monté par Cohen, Saul savait qu'il s'agissait de membres de l'armée privée de Barent, et grâce à l'interrogatoire de Harod effectué deux mois auparavant, il savait également que chacun d'eux avait été soigneusement conditionné par son maître.

Un homme de haute taille portant un holster sous l'aisselle s'avança et ordonna : « Allez, *déshabillez-vous !* »

Les douze prisonniers — des hommes jeunes en majorité, parmi lesquels Saul distingua néanmoins deux adolescentes échangèrent un regard terne. Tous semblaient drogués ou en état de choc. Saul connaissait bien cette expression. Il l'avait vue sur le visage de ceux qui s'approchaient de la Fosse de Chelmno ou descendaient du train à Sobibor. Miss Sewell et lui commencèrent à se dévêtir, mais la plupart des autres restèrent sans réaction.

« *Déshabillez-vous*, j'ai dit ! » cria l'homme au holster, et un garde s'avança, leva son fusil, et donna un coup de crosse au prisonnier le plus proche, un garçon de dix-huit ou dix-neuf ans aux verres épais et aux dents proéminentes. Il s'effondra sans un bruit, face contre terre. Saul entendit ses dents se briser sur le béton. Les neuf autres jeunes gens commencèrent à se déshabiller.

Miss Sewell fut la première à avoir fini. Saul remarqua que son corps paraissait plus jeune que son visage et arborait une cicatrice d'appendicectomie livide.

Les gardes ordonnèrent aux prisonniers de se mettre en rang, tous sexes confondus, et les guidèrent le long d'une longue rampe qui s'enfonçait sous terre. Saul aperçut du coin de l'œil des couloirs carrelés donnant sur l'axe central qu'il foulait. Des hommes vêtus de treillis venaient parfois observer le défilé des pions, et ceux-ci durent se presser contre le mur lorsque apparut un convoi de quatre jeeps qui emplit le tunnel de bruit et de gaz d'échappement. Saul se demanda si l'île tout entière n'était pas parcourue de tunnels souterrains.

On les fit entrer dans une pièce nue et brillamment éclairée où des hommes vêtus de blouses blanches et portant des gants de chirurgien leur sondèrent la bouche, l'anus et le vagin. Une des jeunes femmes se mit à sangloter et un garde la fit taire d'une gifle.

Saul se sentait étrangement calme alors même qu'il se demandait d'où venaient ses compagnons de captivité, s'ils avaient déjà été Utilisés, si son comportement différait notablement du leur. De la salle d'examen, on les conduisit dans un long couloir apparemment taillé dans le roc. Les murs suintants étaient peints en blanc et recelaient de petites niches hémisphériques contenant des silhouettes nues et silencieuses.

Les prisonniers firent halte pendant que Miss Sewell pénétrait dans une niche, et Saul comprit qu'il aurait été inutile de construire des cellules de taille normale, les prisonniers ne devant pas séjourner sur l'île plus d'une semaine. Puis ce fut à son tour.

Les niches étaient creusées à différentes hauteurs, étages de croissants aux mâchoires d'acier découpés dans la pierre blanche. Celle de Saul était à un mètre vingt au-dessus du sol. Il y entra. La pierre était fraîche au toucher, la niche juste assez large pour qu'il puisse s'étendre. Une rigole et un trou puant creusé au fond de l'étroite geôle servaient de toilettes. Les barreaux hydrauliques s'abaissèrent pour se loger dans des trous profonds, mais il subsistait un espace haut de cinq centimètres par où on pouvait glisser un plateau-repas.

Saul s'étendit sur le dos et contempla la pierre à quarante centimètres de son visage. Quelque part dans le couloir, un homme se mit à crier d'une voix rauque. Un bruit de pas, des coups sur la chair et le métal, et le silence se fit. Saul se sentait calme. Il ne pouvait plus revenir en arrière. Bizarrement, il ne s'était jamais senti aussi proche de sa famille — ses parents, Josef, Stefa — depuis plusieurs dizaines d'années.

Saul sentit ses yeux se fermer et il les rouvrit, les frotta, puis remit ses lunettes. Étrange qu'on lui ait permis de garder ses lunettes. Il essaya de se rappeler si les prisonniers nus qui s'entassaient dans la Fosse de Chelmno avaient eu l'autorisation de garder leurs lunettes. Non. Il avait fait partie d'un groupe chargé d'entasser à la pelle des centaines, des milliers, des tonnes de lunettes sur une grossière chaîne roulante où d'autres prisonniers séparaient le verre du métal, l'acier du métal précieux. Le Reich ne gaspillait rien, ne laissait rien perdre. Sauf les êtres humains.

Il se força à ouvrir les yeux, se pinça les joues. La pierre était glaciale, mais il savait qu'il n'aurait aucune peine à glisser dans le sommeil. A glisser dans les rêves. Il n'avait que rarement dormi durant les trois semaines précédentes, car chaque fois qu'il entrait en phase de mouvement oculaire rapide, cela déclenchait les suggestions posthypnotiques qui formaient désormais ses rêves.

Cela faisait huit jours qu'il n'avait plus besoin du stimulus du son de cloche. Le M.O.R. suffisait à lui seul à déclencher les rêves.

Étaient-ce des rêves ou des souvenirs? Saul ne le savait plus. Ces rêves ou ces souvenirs étaient devenus réalité. Les jours qu'il avait passés auprès de Natalie à faire des plans et des préparatifs étaient des rêves. C'était pour cette raison qu'il se sentait aussi calme. L'obscurité, le corridor glacé, les prisonniers nus, les cellules — tout cela était bien plus proche de sa réalité onirique, des horribles souvenirs des camps de la mort, que les chaudes journées durant lesquelles il avait observé Natalie et Justin. Natalie et la créature morte qui ressemblait à un enfant…

Saul essaya de penser à Natalie. Il ferma les yeux, serra les paupières à en pleurer, rouvrit les yeux en grand et pensa à Natalie.

Elle avait trouvé la solution jeudi, trois jours auparavant. «Saul! s'était-elle écriée, reposant les cartes sur la table de la cuisine et se tournant vers lui. Nous ne sommes pas *obligés* d'agir seuls. Nous *pouvons* avoir quelqu'un pour surveiller l'évacuation pendant que quelqu'un d'autre restera à Charleston! » Derrière elle, les agrandissements des photos prises à Dolmann Island recouvraient le mur de la pièce comme une mosaïque grenue.

Saul avait secoué la tête, trop harassé pour réagir à son enthousiasme. « Comment ? Il n'y a plus personne, Natalie. Ils sont tous morts. Rob. Aaron, Cohen. Et Meeks doit piloter l'avion.

– Non — il y a quelqu'un! dit-elle en se frappant le front du plat de la main. Ça fait des semaines que je n'arrête pas d'y penser — il existe quelqu'un qui serait prêt à se joindre à nous. Et je peux le contacter dès demain. Je ne dois plus revoir Melanie avant notre promenade de samedi. »

Elle lui fit part de son idée et, dix-huit heures plus tard, il la regardait descendre de l'avion de Philadelphie, flanquée de deux Noirs. Jackson semblait avoir vieilli durant les six derniers mois, son crâne chauve luisait sous les néons du terminal, les rides de son visage témoignaient de l'état de neutralité tacite prévalant désormais entre lui et le monde. Le jeune homme qui s'avançait à droite de Natalie était diamétralement opposé à Jackson : corps squelettique, démarche souple, visage fluide sur lequel les expressions coulaient comme la lumière sur le mercure. Les échos de son rire suraigu résonnèrent dans le couloir du terminal, attirant l'attention des passagers. Saul se rappela qu'on le surnommait Poisson-chat.

Plus tard, alors qu'ils roulaient vers Charleston, Jackson demanda : « Laski, vous êtes sûr que c'est bien Marvin ?

– C'est bien lui. Mais il a... changé.

– La Sorcière Vaudou s'est emparée de lui ? » demanda Poisson-chat. Il tournait le bouton de l'autoradio en quête d'une station correcte.

« Oui. » Saul n'arrivait toujours pas à croire qu'il

abordait ce sujet avec quelqu'un autre que Natalie. «Mais nous avons peut-être une chance de le récupérer… de le sauver.

– Ouais, mec, et c'est ce qu'on va faire, dit Poisson-chat. Je préviens les copains et le Soul Brickyard va débarquer dans cette ville pourrie comme des morpions sur une chatte, tu piges ?

– Non, dit Saul, ça ne marcherait pas. Natalie a dû vous expliquer pourquoi.

– Ouais, dit Jackson. Mais qu'est-ce que vous en pensez, Laski ? Combien de temps on doit attendre ?

– Quinze jours. D'une façon ou d'une autre, tout sera fini dans quinze jours.

– Quinze jours, d'accord. Ensuite, on fera le nécessaire pour récupérer Marvin, que vous ayez fini ou non ce que vous devez faire.

– Nous aurons fini.» Saul regarda le colosse assis sur la banquette arrière. «Jackson… je ne sais pas si c'est votre nom ou votre prénom.

– C'est mon nom. J'ai renoncé à mon prénom quand je suis revenu du Viêt-nam. Il ne me servait plus à rien.

– Et je m'appelle pas vraiment Poisson-chat, Laski. Mon nom, c'est Clarence Arthur Theodore Varsh.» Il serra la main de Saul et lui sourit. «Mais tu sais, mec, comme t'es un copain de Natalie, tu peux m'appeler Mr. Varsh.»

Le jour précédant celui du départ s'était révélé le plus pénible. Saul était sûr que tout irait de travers — la vieille ne respecterait pas leur accord, elle avait été incapable d'effectuer le conditionnement prévu durant les trois semaines de mai où Justin et Natalie avaient observé le port à la jumelle. Les informations de Cohen étaient erronées — ou elles étaient correctes, mais les procédures avaient été modifiées durant les derniers mois. Tony Harod ne répondrait pas quand on lui téléphonerait — ou il préviendrait les autres une fois sur l'île — ou il tuerait Saul et le pion de Melanie Fuller dès qu'ils seraient en mer. Ou il amènerait Saul sur l'île, mais Melanie Fuller choisirait ce moment-là pour se retourner contre Natalie, la massacrant pendant que Saul serait réduit à l'impuissance et attendrait la mort.

Puis le samedi arriva et ils prirent la route de Savannah, arrivant sur le parking près du canal avant le crépuscule. Natalie et Jackson se dissimulèrent dans les fourrés à une soixantaine de mètres du lieu de rendez-vous, Natalie armée du fusil qu'ils avaient trouvé dans la Bronco du shérif adjoint en Californie et qu'ils avaient décidé de conserver lorsqu'ils avaient planqué le M-16 et une bonne partie de leur stock de C-4.

Poisson-chat, Saul et la créature que Justin avait identifiée comme Miss Sewell avaient attendu, les deux hommes buvant de temps en temps du café dans une bouteille Thermos. A un moment donné, la tête de la femme avait pivoté comme celle d'une poupée de ventriloque, et elle avait regardé fixement Saul. «Je ne vous connais pas.»

Saul l'avait regardée sans rien dire, impassible, s'efforçant d'imaginer l'esprit responsable de tant d'années de violence insensée. Miss Sewell avait fermé les yeux avec la soudaineté mécanique d'un coucou suisse. Personne n'avait plus prononcé un mot jusqu'à l'arrivée de Tony Harod, peu de temps avant minuit.

Saul avait bien cru que le producteur allait lui tirer dessus durant les longues secondes où il avait braqué son arme sur lui. Les tendons saillaient sur la gorge de Harod et Saul vit que le doigt posé sur la détente était livide de tension. Il avait été terrifié à ce moment-là, mais il s'agissait d'une terreur contrôlable — rien à voir avec l'angoisse de la semaine précédente ni avec la peur abjecte de la Fosse et le désespoir de ses rêves nocturnes. Quoi qu'il arrive, Saul avait *choisi* son destin.

Finalement, Harod s'était contenté d'insulter Saul et de lui donner deux coups de crosse sur le visage, lui ouvrant une légère entaille sur la joue droite. Saul n'avait rien dit, n'avait pas fait mine de résister, et Miss

Sewell était demeurée également impavide. Natalie avait ordre de tirer seulement si Harod abattait Saul ou s'il Utilisait un tiers pour l'attaquer dans l'intention de le tuer.

Saul et Miss Sewell prirent place sur la banquette arrière de la Mercedes, poignets et chevilles enchaînés. La secrétaire eurasienne de Harod — Maria Chen, à en croire les rapports de Harrington et de Cohen — les avait soigneusement attachés tout en prenant garde à ne pas interrompre la circulation du sang dans leurs membres. Saul l'observa avec intérêt, se demandant comment elle en était arrivée là, quelles étaient ses motivations. Tel était l'éternel défaut de son peuple, soupçonnait-il : les Juifs avaient toujours cherché à comprendre la raison des choses, ils débattaient encore du Talmud lorsque leurs tortionnaires frustes les conduisaient au four crématoire; leurs assassins ne se souciaient jamais de la fin et des moyens, pas plus que de la morale, l'essentiel étant que les trains arrivent à l'heure et que les formulaires soient correctement remplis.

Saul Laski eut un sursaut un instant avant de plonger dans les rêves induits par la phase de M.O.R. Il avait intégré une centaine de biographies fournies par Simon Wiesenthal dans son catalogue de personnalités accessibles par hypnose, mais seule une douzaine d'entre elles revenaient régulièrement dans les rêves qu'il s'était conditionné à faire. En dépit des heures qu'il avait passées au Yad Vashem et au Lohame HaGeta'ot, il ne rêvait pas de leurs visages, car il voyait le monde par leurs yeux, mais le paysage de leur vie, dortoirs et ateliers, barbelés et visages hagards, était redevenu celui de l'existence de Saul Laski. Couché dans une niche de pierre au cœur de Dolmann Island, il comprit qu'il n'avait jamais quitté le paysage des camps de la mort. En fait, c'était le seul pays dont il pouvait se considérer comme un authentique citoyen.

Alors qu'il arrivait au seuil du sommeil, il sut qui

allait le visiter en rêve cette nuit : Shalom Krzaczek, un homme dont il avait mémorisé la vie et le visage, deux éléments qu'il avait perdus à présent que ses souvenirs étaient devenus réalité, deux données égarées au sein de la mémoire. Saul n'avait jamais mis les pieds dans le ghetto de Varsovie, mais il s'en souvenait désormais chaque nuit — les réfugiés fuyant l'incendie par les égouts, les excréments leur tombant dessus dans les conduites obscures et de plus en plus étroites où ils avançaient en file indienne, leurs jurons, leurs prières pour que personne ne meure devant eux, leur bloquant le passage, des dizaines d'hommes et de femmes paniqués rampant et se frayant un chemin dans la fange aryenne, espérant parvenir derrière les murs, derrière les Panzer; Krzaczek conduit Leon, son petit-fils âgé de neuf ans, dans les égouts aryens, sous une pluie d'excré ments aryens, dans une eau qui monte sans cesse, les étouffe, menace de les noyer, et une lumière apparaît, mais Krzaczek émerge seul à la lumière aryenne, et il fait demi-tour, force son corps à s'insinuer à nouveau dans ce trou étroit et puant où il a déjà passé deux longues semaines. Pour retrouver Leon.

Sachant que ce rêve serait le premier d'une série de rêves qui n'en étaient plus, Saul l'accepta. Et s'endormit.

62.
Dolmann Island, dimanche 14 juin 1981

Une heure avant le coucher du soleil, Tony Harod vit le jet privé transportant Willi se poser en douceur sur la piste découpée en tranches par les ombres des chênes. Barent, Sutter et Kepler le rejoignirent dans le petit terminal climatisé. Harod était tellement persuadé que Willi ne se montrerait pas sur l'île qu'il faillit avoir un hoquet de surprise en découvrant les visages familiers de Tom Reynolds, Jensen Luhar et William Borden.

Les autres ne semblaient nullement choqués. Joseph Kepler fit les présentations comme s'il était un ami de longue date de Willi. Jimmy Wayne Sutter lui serra la main en s'inclinant et en lui adressant un sourire énigmatique. Harod regarda fixement Willi, qui lui dit : « Vous voyez, mon cher Tony, le paradis *est* une île. » Barent se montra des plus gracieux, serrant la main du producteur avec enthousiasme et lui agrippant le bras comme un politicien en campagne. Willi avait revêtu sa tenue de soirée : cravate noire et queue-de-pie.

« Quel plaisir de vous rencontrer enfin. » Barent sourit de toutes ses dents sans lui lâcher la main.

« *Ja* », dit Willi en souriant.

Le groupe se rendit au Manoir dans une caravane de chariots électriques, ramassant en chemin secrétaires et gardes du corps. Maria Chen accueillit Willi dans la grande salle, l'embrassant sur les deux joues et lui adressant un sourire radieux. « Bill, nous sommes si heureux de vous revoir. Vous nous avez horriblement manqué. »

Willi hocha la tête. «Votre beauté et votre intelligence m'ont également manqué, ma chère, dit-il en lui faisant le baise-main. Si jamais vous vous lassez des mauvaises manières de Tony, je serais enchanté de vous avoir à mon service.» Ses yeux pâles étincelèrent.

Maria Chen éclata de rire et raffermit son étreinte sur sa main. «J'espère que nous pourrons bientôt travailler tous ensemble.

– *Ja*, très bientôt, peut-être.» Willi la prit par le bras et ils suivirent Barent et les autres dans la salle à manger.

Le banquet se prolongea bien après neuf heures. Il y avait plus de vingt personnes autour de la table — seul Tony Harod n'avait amené qu'une secrétaire —, mais lorsque Barent se dirigea vers la salle de jeu située dans l'aile ouest du bâtiment, ils se retrouvèrent seuls tous les cinq.

«On ne commence pas tout de suite, n'est-ce pas?» demanda Harod avec une certaine inquiétude. Il ne savait pas s'il pourrait Utiliser la femme qu'il avait ramenée de Savannah et il n'avait même pas encore vu les autres pions.

«Non, pas encore, dit Barent. La coutume veut que nous nous occupions des affaires de l'Island Club dans la salle de jeu avant de choisir les pions de la nuit.»

Harod examina la pièce. Impressionnante, elle rappelait à la fois une bibliothèque, le fumoir d'un club anglais de l'époque victorienne et la salle de réunion d'un conseil d'administration : deux murs couverts de livres et pourvus de galeries et d'échelles, des fauteuils en cuir, des lampes tamisées, deux tables de billard — français et américain —, et près du mur du fond, une immense table circulaire recouverte de feutrine verte et éclairée par un plafonnier. Autour d'elle étaient disposés cinq fauteuils à oreillettes.

Barent appuya sur un bouton dissimulé dans un lambris et les lourds rideaux s'écartèrent lentement, révélant une baie vitrée large de neuf mètres qui donnait sur les jardins illuminés et sur le long tunnel de Live Oak Lane. Harod était sûr que le verre légèrement polarisé était à l'épreuve des regards indiscrets tout autant qu'à celle des balles.

Barent leva la main avec emphase, comme pour présenter la pièce et la vue imprenable à Willi Borden. Celui-ci hocha la tête et s'assit dans le fauteuil le plus proche. La lueur du plafonnier transforma son visage en masque ridé et ses orbites en cavernes obscures. «*Ja*, très agréable. A qui est ce siège?

– C'était… euh… celui de Mr. Trask, dit Barent. Il vous revient de droit.»

Les autres prirent place, Sutter indiquant son siège à Harod. Il s'assit sur le luxueux fauteuil de vieux cuir, croisa les doigts sur la feutrine et pensa à Charles Colben, qui avait nourri les poissons pendant trois jours avant qu'on le retrouve dans les eaux sombres de la Schuylkill River. «C'est un chouette club. Qu'est-ce qu'on fait maintenant — on apprend le serment secret et on chante des chansons?»

Barent eut un petit rire plein d'indulgence et parcourut l'assistance du regard. «Je déclare ouverte la vingt-septième séance annuelle de l'Island Club. Avons-nous à régler de vieilles affaires en instance?» Silence. «Avons-nous à régler de nouvelles affaires?

– Y aura-t-il d'autres séances plénières pour discuter d'éventuelles nouvelles affaires? demanda Willi.

– Bien sûr, dit Kepler. Tout membre peut demander la tenue d'une séance durant la semaine, sauf en période de jeu.»

Willi opina. «Dans ce cas, je porterai mes propositions à votre attention lors d'une future séance.» Il sourit à Barent, révélant des dents jaunies par la lueur du plafonnier. «Je suis un nouveau membre et dois me comporter en conséquence, *nicht wahr?*

– Absolument pas, dit Barent. Nous sommes tous égaux autour de cette table… des pairs et des amis.» Il se tourna vers Harod pour la première fois. «Étant donné qu'il n'y a aucune affaire à traiter ce soir, sommes-nous tous prêts à aller visiter l'enclos et à choisir un pion pour cette nuit ? »

Harod hocha la tête, mais Willi reprit la parole. « J'aimerais utiliser un de mes propres sujets. »

Kepler plissa le front. « Bill, je ne sais pas si... je veux dire, vous en avez la possibilité, mais nous essayons d'éviter d'utiliser nos... euh... nos pions permanents. Les chances de gagner la partie cinq nuits d'affilée sont... euh... vraiment très minces, et nous ne voudrions pas que l'un de nous se sente offensé ou nous quitte dans de mauvaises dispositions parce qu'il aura... euh... perdu un auxiliaire de valeur.

– *Ja*, je comprends, mais je préférerais quand même utiliser un de mes propres hommes. C'est permis, n'est-ce pas ?

– Ouaip, dit Jimmy Wayne Sutter, mais il devra être inspecté et il restera dans l'enclos comme les autres s'il survit à la première nuit.

– Entendu. » Willi eut un nouveau sourire, accentuant l'impression qu'avait Harod de contempler un crâne aveugle. « Vous êtes fort aimables de céder au caprice d'un vieil homme. Si nous allions visiter l'enclos et choisir les pions du jeu de cette nuit ? »

C'était la première fois que Harod mettait le pied au nord de la zone de sécurité. Le complexe souterrain le prit par surprise, bien qu'il ait deviné l'existence d'un quartier général quelque part sur l'île. Il aperçut une trentaine d'hommes vêtus de treillis en poste dans les couloirs ou dans les salles de contrôle, mais le dispositif de sécurité lui parut inexistant comparé à celui qui avait prévalu pendant le Camp d'Été. La majorité des forces de Barent devait être en mer — à bord du yacht ou des bateaux de surveillance — et s'affairer à éloigner les intrus de l'île. Harod se demanda ce que ces gardes pensaient des enclos et des jeux. Cela faisait vingt ans qu'il travaillait à Hollywood ; il savait que l'être humain était capable de tout à condition qu'on le paye le juste prix. Certaines personnes étaient même capables de nuire gratuitement à leur prochain. Barent n'avait sûrement eu aucun mal à recruter ses sbires, peut-être même n'avait-il pas eu à user de son Talent.

Les cellules étaient d'étroites niches creusées à même le roc dans un couloir bien plus ancien et bien plus étroit que les autres tunnels du complexe. Il suivit les autres le long des niches contenant des silhouettes nues et recroquevillées sur elles-mêmes et pensa pour la vingtième fois que toute cette histoire ressemblait à un film de série B. Si un connard de scénariste lui avait présenté un synopsis de ce genre, il l'aurait étranglé séance tenante et se serait arrangé pour le faire exclure de la Guilde à titre posthume.

«Cet enclos est antérieur à la venue du pasteur Vanderhoof et même à la vieille plantation Dubose, dit Barent. Un historien et archéologue que j'avais engagé pour l'étudier a émis l'hypothèse que ces niches étaient utilisées par les Espagnols pour enfermer des éléments rebelles de la population indigène, bien que les Espagnols n'aient que rarement établi des bases aussi avancées vers le nord. Quoi qu'il en soit, ces niches ont été creusées dans le roc avant 1600. Il est fort intéressant de penser que Christophe Colomb a été le premier esclavagiste de cette partie du globe. Il a expédié plusieurs milliers d'Indiens en Europe et en a soumis ou massacré plusieurs milliers d'autres dans les îles elles-mêmes. Il aurait exterminé toute la population indigène sans l'intervention du pape, qui l'a menacé d'excommunication.

– Le pape est sans doute intervenu parce que son pourcentage n'était pas assez important, intervint le révérend Jimmy Wayne Sutter. Pouvons-nous choisir nos pions parmi ces prisonniers?

– Oui, mais laissez de côté les deux que Mr. Harod a amenés hier soir, dit Barent. Je présume qu'ils sont réservés à votre utilisation personnelle, Tony?

– Ouais.»

Kepler s'approcha de Harod et lui donna un coup de coude. «Jimmy me dit que l'un d'entre eux est un homme, Tony. Avez-vous élargi vos préférences ou bien s'agit-il d'un de vos amis très chers ?»

Harod contempla la coiffure parfaite, la dentition parfaite et le bronzage parfait de Joseph Kepler, et envisagea sérieusement de réduire ce portrait à une approximation beaucoup moins parfaite. Il ne dit rien.

Willi haussa un sourcil. «Un pion mâle, Tony? Je vous laisse tout seul quelques semaines et vous en profitez pour me surprendre. Où est cet homme ?»

Harod fixa le vieux producteur du regard mais ne parvint pas à déchiffrer sa contenance. «Quelque part par là», dit-il en indiquant le fond du couloir d'un geste vague.

Les cinq hommes se dispersèrent, examinant les corps comme les jurés d'un concours canin. Ou bien on avait ordonné aux prisonniers de se tenir tranquilles ou bien la seule présence du groupe les avait fait taire, car on n'entendait que des bruits de pas et des gouttes qui tombaient dans la partie la plus sombre de l'antique tunnel.

Harod allait d'une niche à l'autre, agité, cherchant les deux pions qu'il avait ramenés de Savannah. Willi se jouait-il encore de lui, ou bien avait-il mal interprété la situation ? Non, bon sang, seul Willi avait pu s'arranger pour qu'il introduise sur l'île des pions spécialement conditionnés. A moins que Kepler ou Sutter ne mijote quelque chose. A moins que Barent n'ait une idée derrière la tête. A moins que ce ne soit un piège pour discréditer Harod.

Il avait la nausée. Il s'avança en hâte le long du couloir, scrutant les visages pâles et terrifiés derrière les barreaux, se demandant si son propre visage était aussi terrifié que les leurs.

«Tony.» Willi était à vingt pas de lui. Le ton de sa voix était autoritaire. «C'est *lui*, votre pion mâle ?»

Harod le rejoignit en hâte et regarda l'homme gisant

dans la niche devant lui. L'obscurité était épaisse, une barbe naissante creusait les joues maigres de l'homme, mais Harod était sûr que c'était celui qu'il avait ramené de Savannah. Que trafiquait donc Willi ?

Willi se pencha sur les barreaux. L'homme lui rendit son regard, les yeux rougis par le sommeil. Ces deux-là semblaient se connaître intimement. « *Wilkommen in der Hölle, mein Bauer*, dit Willi.

– *Geh zum Teufel, Oberst* », dit le prisonnier sans desserrer les dents.

L'écho du rire de Willi résonna dans l'étroit couloir et Harod sut qu'il s'était planté dans les grandes largeurs.

A moins que Willi ne se foute de lui.

Barent s'approcha d'eux, ses cheveux gris luisant doucement à la lueur de l'ampoule nue. « Y a-t-il quelque chose de drôle, messieurs ? »

Willi tapa Tony sur l'épaule et sourit à Barent. « Une petite plaisanterie que me racontait mon protégé, C. Arnold. Rien de plus. »

Barent les regarda sans rien dire, hocha la tête et rebroussa chemin.

Willi n'avait pas lâché l'épaule de Harod, et il la serra jusqu'à lui arracher une grimace de douleur. « J'espère que vous savez ce que vous faites, Tony, siffla-t-il, le visage cramoisi. Nous en reparlerons plus tard. » Willi se retourna et suivit Barent et les autres, qui se dirigeaient vers le complexe de sécurité.

Secoué, Harod examina l'homme qu'il avait pris pour le pion de Willi. Nu, le visage pâle et presque dévoré par les ombres, recroquevillé sur la pierre glaciale derrière les barreaux, il semblait vieux, frêle, usé par les ans et les épreuves. Une cicatrice livide courait sur son bras gauche et ses côtes étaient visibles à l'œil nu. Aux yeux de Harod, il paraissait complètement inoffensif ; seule la lueur de défiance émanant de ses grands yeux tristes exprimait une éventuelle menace.

« Tony, dit le révérend Jimmy Wayne Sutter, dépêchez-vous de choisir votre pion. Nous voulons retourner au Manoir et commencer la partie.»

Harod hocha la tête, jeta un dernier regard à l'homme derrière les barreaux, et s'éloigna, examinant les autres prisonniers en quête d'une femme assez jeune et assez forte mais néanmoins facile à dominer en vue des activités de cette nuit.

63.
Melanie

Willi était vivant !

Je regardai derrière les barreaux par les yeux de Miss Sewell et le reconnus aussitôt, en dépit du halo de lumière crue qui entourait ses quelques mèches de cheveux blancs.

Willi était vivant. Nina ne m'avait donc pas menti sur ce point. Mais je ne comprenais pas grand-chose à la situation : Nina et moi avions amené nos pions sur cette île pour les sacrifier à des jeux vicieux et Willi — dont la vie était en danger, à en croire Nina — devisait gaiement en compagnie de ses prétendus geôliers.

Willi n'avait presque pas changé durant les six derniers mois — peut-être ses traits étaient-ils un peu plus marqués par sa vie de débauche. Lorsque son visage m'apparut, découpé par la lumière crue sur le mur sombre du couloir, j'ordonnai à Miss Sewell de détourner les yeux et de s'enfouir au fond de sa cellule avant de me rendre compte à quel point j'étais stupide. Willi s'adressa en allemand à l'homme que la négresse de Nina avait appelé Saul, lui souhaitant la bienvenue en enfer. L'homme lui répondit d'aller au diable. Willi éclata de rire et adressa quelques mots à un homme plus jeune aux yeux de reptile, puis un monsieur très soigné de sa personne s'approcha d'eux. Willi l'appela C. Arnold et je compris qu'il devait s'agir du légendaire Mr. Barent sur lequel Miss Sewell avait effectué des recherches. En dépit du caractère sordide des lieux et de la mauvaise qualité de la lumière, je constatai aussitôt qu'il s'agissait d'un homme bien éduqué, raffiné même. Sa voix avait le même accent de Cambridge que celle de mon cher Charles, son blazer était coupé de façon exquise, et c'était, à en croire les recherches de Miss Sewell, l'un des huit hommes les plus riches du monde. Voilà quelqu'un, pensai-je, qui serait capable d'apprécier mon éducation et ma maturité, qui serait capable de me comprendre. J'ordonnai à Miss Sewell de se rapprocher des barreaux, de lever les yeux et de battre des cils de son air le plus aguicheur. Mr. Barent ne sembla pas remarquer son manège. Il s'éloigna avant même que Willi et son jeune ami ne soient partis.

«Que se passe-t-il?» demanda la négresse de Nina, qui m'avait dit se nommer Natalie.

J'ordonnai à Justin de lui lancer un regard courroucé «Regarde par toi-même.

– Je ne peux pas pour l'instant. Comme je te l'ai expliqué, j'ai du mal à établir le contact à une telle distance.» La lueur des bougies du salon se reflétait dans ses yeux. Je ne voyais aucune trace des prunelles bleues de Nina dans ces iris couleur de boue.

«Dans ce cas, comment arrives-tu à contrôler ton sujet, ma chère?» Le léger zézaiement de Justin accentuait encore la douceur de ma voix.

«Il est bien conditionné. Que se passe-t-il?»

Je soupirai. «Nous sommes toujours dans ces cellules minuscules. Willi vient de passer...

– Willi! s'écria la fille.

– Pourquoi es-tu aussi surprise, Nina? Tu m'as dit toi-même que Willi avait reçu l'ordre de se rendre sur l'île. Me mentais-tu lorsque tu as prétendu être en contact avec lui?

– Bien sûr que non, répliqua sèchement la fille, regagnant sa contenance avec une rapidité et une assurance qui me rappelaient Nina. Mais ça fait un moment que je ne l'ai pas vu. A-t-il l'air en bonne santé?

– Non.» J'hésitai et décidai de la mettre à l'épreuve. «Mr. Barent était là.

– Ah bon ?

– Il est très... impressionnant.

– En effet, n'est-ce pas ? »

Percevais-je un soupçon de malice dans sa voix ? « Je comprends pourquoi tu t'es laissé convaincre de me trahir, ma chère Nina. As-tu... couché avec lui ? » Je détestais cette expression ridicule, mais ne voyais aucune façon moins grossière de lui poser la question.

La négresse se contenta de me regarder sans rien dire et, pour la centième fois, je maudis Nina d'avoir Utilisé cette... domestique... au lieu d'une personne que j'aurais pu traiter d'égal à égal. Même la répugnante Miss Barrett Kramer aurait fait une interlocutrice convenable.

Nous restâmes assises en silence, la négresse perdue dans les songeries que Nina avait glissées dans sa tête, tandis que je continuais de percevoir les impressions limitées — l'obscurité du couloir, la froideur de la pierre — transmises par Miss Sewell, l'image du pion de Nina que Justin surveillait avec attention, et l'esprit de notre ami marin. Le contact avec celui-ci était de loin le plus difficile à maintenir, pas seulement à cause de l'éloignement — car ce facteur n'était plus un obstacle pour moi depuis ma maladie —, mais surtout parce que notre connexion devait rester subtile et quasiment imperceptible jusqu'au moment où Nina en déciderait autrement.

Du moins le pensait-elle. Si j'avais accepté ce défi, c'était parce je souhaitais jouer le jeu de Nina et parce qu'elle avait sous-entendu que je serais incapable d'établir et de maintenir le contact avec un sujet que je n'avais vu qu'à la jumelle. Mais à présent que je lui avais prouvé le contraire, je n'avais guère besoin de suivre le reste de son plan. Cela m'apparaissait désormais avec d'autant plus de clarté que je comprenais mieux les limitations que la mort avait imposées au Talent de Nina. Je ne pensais pas qu'elle aurait été capable d'Utiliser un sujet à trois cents kilomètres de distance avant notre petite dispute survenue six mois plus tôt, mais j'étais sûre qu'elle ne m'aurait *jamais* révélé sa faiblesse ni ne se serait placée en situation de dépendance vis-à-vis de moi.

Et elle dépendait de moi désormais. La négresse était assise dans mon salon, vêtue d'un sweater lâche et étrangement informe qu'elle avait passé par-dessus sa robe, et Nina aurait tout aussi bien pu être sourde et aveugle. Quoi qu'il arrive sur l'île, elle ne le saurait — j'en étais de plus en plus persuadée — que si je daignais le lui dire. Je ne l'avais pas crue une seconde quand elle m'avait dit qu'elle contrôlait par intermittence le pion dénommé Saul. J'avais effleuré l'esprit de celui-ci pendant le voyage en bateau, et si j'avais bien perçu les résonances caractéristiques d'une personne ayant déjà été Utilisée — massivement Utilisée à une certaine période —, ainsi qu'un labyrinthe de pensées profondément enfouies et potentiellement dangereuses, comme si Nina avait piégé son esprit d'une façon inexplicable, je n'en avais pas moins acquis la conviction qu'elle ne le contrôlait pas présentement. Je savais que même le mieux conditionné des pions était d'une utilisation limitée si les circonstances venaient à évoluer de façon imprévue. De nous trois, c'est toujours moi qui ai eu le Talent le plus développé lorsqu'il s'agit de conditionner un sujet. Nina avait l'habitude de me taquiner sur ce point, affirmant que j'avais peur de faire de nouvelles conquêtes; Willi n'avait que mépris pour toute relation à long terme, allant d'un pion à l'autre avec le même enthousiasme superficiel qui le poussait à aller d'un amant à l'autre.

Non, Nina allait être fort déçue si elle espérait entrer en action sur l'île par l'entremise d'un instrument conditionné. Et c'est à ce moment-là que j'ai senti la balance pencher de mon côté — après toutes ces années! Ce serait désormais à moi de jouer, à moi de choisir le moment, le lieu et les circonstances.

Mais je tenais à savoir où se trouvait Nina.

La négresse assise dans mon salon — dans le salon!

Père en serait mort de honte! — sirota son thé avec insouciance, ignorant que dès que j'aurais trouvé un autre moyen de localiser Nina, ce pion de couleur qui m'embarrassait tant serait éliminé d'une façon si originale que même Nina en serait impressionnée.

Je pouvais me permettre d'attendre. Chaque heure qui s'écoulait voyait ma position se renforcer et celle de Nina s'affaiblir.

L'horloge de l'entrée venait de sonner onze heures et Justin commençait à somnoler lorsque les geôliers vêtus de treillis ouvrirent bruyamment l'antique porte en fer située au bout du couloir et firent lever les barreaux hydrauliques de cinq cages. Celle de Miss Sewell ne faisait pas partie du nombre, pas plus que celle du pion de Nina, qui se trouvait juste au-dessus d'elle.

Je regardai s'éloigner quatre hommes et une femme, de toute évidence déjà Utilisés, et me rendis compte avec un sursaut que le grand nègre musclé était celui que Willi avait eu des difficultés à contrôler lors de notre dernière Réunion — Jensen quelque chose.

J'étais curieuse. En faisant appel à toutes les ressources de mon Talent, en m'éloignant mentalement de Justin, de ma famille, de l'homme assoupi dans sa petite cabine qui tanguait doucement, en m'éloignant de *tous* — même de ma propre personne —, je réussis à me projeter dans l'esprit d'un garde, suffisamment pour percevoir de vagues impressions sensorielles, comme si j'avais observé le reflet d'une télévision mal réglée, et suivis le groupe qui remontait le couloir, franchissait la porte en fer et l'antique herse, s'engageait dans le corridor souterrain par lequel nous étions arrivés, et gravissait la longue rampe obscure qui menait à la nuit tropicale aux relents de végétation pourrissante.

64. Dolmann Island, lundi 15 juin 1981

Le deuxième jour, Harod se vit contraint d'essayer d'Utiliser l'homme qu'il avait amené de Savannah.

La première nuit avait été pour lui un véritable cauchemar. Il avait eu d'énormes difficultés à contrôler la femme qu'il avait choisie — une grande et robuste Amazone aux mâchoires carrées, aux seins minuscules, aux cheveux courts et mal taillés, une marginale convertie à la foi et provenant du cheptel que Sutter entretenait au Centre mondial de diffusion de la Bible pour fournir des pions à l'Island Club. Mais ce n'était pas un pion très maniable; Harod avait dû mobiliser toutes les ressources de son Talent pour l'obliger à suivre les quatre pions mâles jusqu'à la clairière située à cinquante mètres au nord de la zone de sécurité. On avait dessiné sur le sol un large pentagramme dont chaque pointe était entourée d'un cercle tracé à la craie. Les quatre autres pions se mirent en position — Jensen Luhar gagnant son cercle d'un pas décidé — et attendirent que la femme contrôlée par Harod fasse péniblement de même. Harod savait qu'il avait des excuses : il avait l'habitude de contrôler les femmes dans des circonstances plus intimes, celle-ci était beaucoup trop hommasse à son goût, et — ce dernier facteur n'étant pas le moins important — il était terrifié.

Les autres joueurs, assis confortablement autour de la grande table ronde de la salle de jeu, regardèrent Harod s'agiter sur son siège, luttant pour garder le contact avec son pion et l'amener en position. Lorsqu'elle se retrouva immobile à peu près au centre du cercle, il concentra son attention sur la pièce et hocha la tête, essuyant la sueur qui maculait son front et ses joues.

«Bien, dit C. Arnold Barent avec un soupçon de condescendance dans la voix, nous sommes apparemment tous prêts. Vous connaissez tous les règles du jeu. Tout joueur dont le pion survivra jusqu'à l'aube mais n'aura tué personne se verra accorder quinze points, mais perdra définitivement ledit pion. Si votre pion amasse cent points en éliminant les autres *avant* le lever du soleil, il… ou elle… pourra être utilisé lors de la partie de demain soir si vous le désirez. Nos nouveaux membres ont-ils bien compris ?»

Willi sourit. Harod opina sèchement.

Kepler posa les coudes sur la feutrine et se tourna vers Harod. «Je vous rappelle que si votre pion est éliminé en début de partie, vous avez la possibilité d'assister à la suite dans la salle de contrôle située dans la pièce voisine. Il y a plus de soixante-dix caméras dans la partie nord de l'île. La couverture est excellente.

– Mais il est préférable de rester dans la partie», dit Sutter. Une fine pellicule de sueur recouvrait son front et sa lèvre supérieure.

«Messieurs, dit Barent, si vous êtes prêts. La fusée éclairante sera lancée dans trente secondes. Ce sera le signal du départ.»

La première nuit fut un cauchemar pour Harod. Les autres avaient fermé les yeux et pris aussitôt le contrôle de leurs pions tandis qu'il passait près de trente secondes à rétablir le contact avec le sien.

Puis il se retrouva dans l'esprit de la femme, sentant la brise caresser sa peau nue, ses petits mamelons se durcir dans l'air nocturne, apercevant vaguement Jensen Luhar qui se penchait vers elle — vers Harod — et lui disait, arborant le rictus caractéristique de Willi : «Vous serez le dernier, Tony. Je vous garde pour la fin.»

Puis la fusée explosa cent mètres au-dessus de la voûte formée par le feuillage des palmiers, les quatre hommes se mirent à bouger, et Harod ordonna à son pion de faire demi-tour et de s'engouffrer dans la jungle en direction du nord.

Suivirent plusieurs heures sorties d'un rêve enfiévré, peuplées de branchages, d'insectes, de terreur — la sienne et celle de son pion —, des heures de course folle à travers la jungle et les marais. Il se crut à plusieurs reprises arrivé à la pointe nord de l'île, pour émerger des arbres devant la clôture qui entourait la zone de sécurité.

Il essaya de développer une stratégie, de battre le rappel de ses ressources pour passer à l'action, mais à mesure que les heures passaient avec une lenteur de cauchemar, il se retrouva réduit à bloquer la sensation de douleur transmise par son pion — pieds en sang, peau lacérée par les branches — et à le forcer à aller de l'avant, un gourdin de fortune à la main.

A peine une demi-heure après le début de la partie, il avait entendu le premier hurlement, à quinze mètres à peine du petit fourré de bambous où son pion s'était dissimulé. Lorsque la femme en avait émergé un quart d'heure plus tard, rampant à quatre pattes, il avait découvert le cadavre du colosse blond Utilisé par Sutter qui gisait face contre terre, le cou tordu à cent quatre-vingts degrés.

Plusieurs heures plus tard, alors qu'il émergeait d'un marécage infesté de serpents, le pion de Harod poussa un hurlement lorsque le grand Portoricain contrôlé par Kepler jaillit de sa cachette et lui assena un coup de gourdin. Harod sentit la femme tomber et rouler sur elle-même, pas assez vite pour éviter un second coup dans le dos. Il bloqua la douleur qu'elle ressentait mais sentit l'engourdissement l'envahir tandis que le Portoricain éclatait d'un rire dément et levait son arme pour lui donner le coup de grâce.

Le javelot — un arbuste élagué et taillé en pointe —

fendit les ténèbres et transperça la gorge du Portoricain, trente centimètres de bois ensanglanté jaillissant de sa pomme d'Adam. Le pion de Kepler porta une main à son cou, tomba à genoux, s'effondra sur une épaisse fougère, tressauta à deux reprises et cessa de vivre. Harod força son pion à se mettre à quatre pattes, puis à genoux, tandis que Jensen Luhar pénétrait dans la clairière, arrachait la lance de fortune du cou du cadavre et en pointait le bout ensanglanté à quelques centimètres des yeux de la femme. «Plus qu'un, Tony, dit le colosse noir avec un sourire étincelant, ensuite c'est votre tour. Bonne chasse, *mein Freund.*» Luhar tapota le pion de Harod sur l'épaule puis disparut, se fondant dans la nuit.

Harod fit courir la femme le long de l'étroite plage, indifférent au fait qu'il l'exposait à la vue, trébuchant sur les rochers et les racines qui parsemaient le sable, tombant dans les vagues, cherchant avant tout à s'éloigner de l'endroit où devait se trouver Luhar — où devait se trouver Willi.

Il n'avait pas vu le pion de Barent — un culturiste aux cheveux coupés en brosse — depuis le début de la partie, mais il savait instinctivement que Luhar n'en ferait qu'une bouchée. Harod trouva une cachette idéale dans les ruines de la vieille plantation. Il ordonna à son pion meurtri de se frayer un chemin parmi les lianes, les fougères et les vieilles poutres, lui faisant longer un mur calciné dans le coin le plus reculé de l'édifice. Il n'obtiendrait pas les vingt-cinq points que rapportait la mort d'un adversaire, mais les quinze points que lui vaudrait sa survie lui permettraient de se classer, et il n'aurait pas besoin de partager les sensations de son pion lorsque les hommes de Barent viendraient l'éliminer.

L'aube était proche et Harod et son pion commençaient à somnoler, les yeux fixés sur un bout de ciel découpé par le feuillage où les étoiles laissaient la place aux nuages, lorsque le visage de Jensen Luhar apparut devant eux, un sourire de cannibale aux lèvres. Harod hurla lorsque son énorme main descendit sur la femme, la tirant par les cheveux, la jetant sur un tas de détritus coupants à l'autre bout de l'enclos des esclaves.

«La partie est terminée, Tony», dit Luhar/Willi, et son corps noir oint de sueur et de sang occulta la lueur des étoiles lorsqu'il se pencha sur Harod.

Luhar tabassa et viola le pion de Harod, puis il lui agrippa le visage et la nuque et lui brisa le cou d'un seul geste brutal. Seul le meurtre de la femme rapporta des points à Willi; le viol était autorisé mais gratuit. Comme l'horloge indiquait deux minutes et dix secondes avant le lever du soleil au moment où périt le pion de Harod, celui-ci se vit refuser ses quinze points.

Les joueurs dormirent tard le lundi matin. Harod se leva le dernier, se rasa et se doucha dans un état d'hébétude, puis descendit pour le brunch peu avant midi. Les autres se narraient leurs exploits en riant, les trois anciens s'empressant de féliciter Willi — Kepler jurait de prendre sa revanche lors de la partie de cette nuit, Sutter évoquait la chance des débutants, Barent souriait de son air le plus sincère et se félicitait de compter Willi au sein du groupe. Harod commanda deux Bloody Mary au bar et s'assit dans un coin tranquille pour ruminer ses pensées.

Jimmy Wayne Sutter fut le premier à venir lui parler, traversant l'immense carrelage noir et blanc alors que Harod attaquait son troisième Bloody Mary. «Anthony, mon garçon», dit Sutter, debout près de lui devant les portes de la terrasse qui donnait sur les falaises, «il faudra faire mieux ce soir. Frère Christian et les autres apprécient le style et l'enthousiasme bien plus que les points accumulés. Utilisez donc l'homme, Anthony, et montrez-leur qu'ils ont pris une bonne décision en vous admettant au club.» Harod le regarda sans rien dire.

Kepler l'aborda alors qu'ils visitaient les installations du Camp d'Été à la demande de Willi. Il gravit avec souplesse les dix derniers degrés de l'amphithéâtre et gratifia Harod de son sourire à la Charlton Heston. «Pas mal,

Harod, vous avez failli survivre jusqu'à l'aube. Mais laissez-moi vous donner un petit conseil, d'accord, mon garçon ? Mr. Barent et les autres apprécieraient un peu d'initiative de votre part. Vous avez amené votre propre pion mâle. Utilisez-le ce soir… si vous en êtes capable. »

Barent pria Harod de monter dans son chariot électrique lorsqu'ils retournèrent au Manoir. « Tony, dit le milliardaire en souriant doucement devant son silence renfrogné, nous sommes enchantés que vous vous soyez joint à nous cette année. Je pense que les autres joueurs apprécieraient que vous utilisiez un pion mâle le plus tôt possible. Mais seulement si vous le souhaitez, bien sûr. Rien ne presse. » Ils regagnèrent la propriété en silence.

Willi passa à l'attaque le dernier, abordant Harod alors qu'il sortait du Manoir pour aller passer une heure à la plage avec Maria Chen avant le dîner. Il s'était éclipsé par une porte dérobée et cherchait son chemin dans les allées tortueuses du jardin, un labyrinthe rendu encore plus complexe par les hauts massifs de fleurs et de fougères, lorsqu'il franchit un petit pont ouvragé, tourna à gauche pour entrer dans un jardin japonais, et se retrouva face à face avec Willi, assis sur un long banc blanc, évoquant l'image d'une araignée pâle au centre d'une toile de fer. Tom Reynolds se tenait debout derrière lui, et en voyant ses yeux ternes, ses cheveux blonds et raides, et ses doigts longilignes, Harod pensa — pour la énième fois — que le pion de Willi ressemblait à un chanteur de rock reconverti en bourreau.

« Tony, murmura Willi de sa voix rauque, il est grand temps que nous ayons une petite conversation.

– Pas maintenant. » Harod fit mine de poursuivre sa route. Reynolds s'avança pour lui bloquer le passage.

« Savez-vous ce que vous faites, Tony ? demanda Willi à voix basse.

– Et vous ? » répliqua sèchement Harod, regrettant aussitôt la faiblesse de sa repartie mais soucieux avant tout de s'éloigner.

«*Ja*, je sais ce que je fais. Et si vous me mettez des bâtons dans les roues, vous allez réduire à néant plusieurs années d'efforts et de préparatifs.»

Harod regarda autour de lui et comprit que ce cul-de-sac fleuri était hors de vue du Manoir et des caméras de surveillance. Il ne souhaitait pas rebrousser chemin jusqu'à la propriété et Reynolds l'empêchait toujours de passer. «Écoutez, dit-il d'une voix où perçait l'anxiété, je me fous de toutes vos manigances, je ne comprends foutre rien à ce que vous racontez et *je ne veux pas être mêlé à tout ça*, okay?»

Willi sourit. Ses yeux ne semblaient pas humains. «*Ja*, très bien, Tony. Mais nous allons entamer la finale et je ne supporterai pas qu'on contrarie mes plans. Est-ce clair?»

En entendant la voix de son ex-associé, Harod fut plus terrifié qu'il ne l'avait jamais été. Il resta incapable de parler pendant plusieurs secondes.

Willi changea de ton, adoptant un registre presque badin. «Je présume que vous avez retrouvé mon Juif quand j'en ai eu fini avec lui à Philadelphie. Vous ou Barent. Cela n'a aucune importance, même s'ils vous ont demandé de faire ce gambit à leur place.»

Harod fit mine de prendre la parole, mais Willi lui ordonna de se taire d'un geste de la main. «Utilisez le Juif ce soir, Tony. Il ne m'est plus d'aucune utilité, mais il y aura une place pour *vous* dans mes projets par la suite… *si* vous ne me compliquez pas l'existence dans les jours à venir. *Klar?* Est-ce clair, Tony?» Ses yeux gris ardoise de bourreau taraudèrent le cerveau de Harod.

«Oui», réussit-il à dire. L'espace d'une seconde de vision hallucinatoire, Harod comprit que Willi Borden, Wilhelm von Borchert, était *mort*, qu'il avait devant lui un cadavre, et que ce qui lui souriait n'était pas seulement un crâne sculpté dans des os acérés, mais le réceptacle d'un million d'autres crânes, n'était pas seulement une bouche, mais une gueule grouillante de crocs d'où montait la puanteur du charnier et de la fosse commune.

«*Sehr gut*. Je vous reverrai ce soir, Tony, dans la Salle de Jeu.»

Reynolds s'écarta, arborant le même simulacre du sourire de Willi que Harod avait vu sur le visage de Jensen Luhar la nuit précédente, quelques secondes avant que le Noir ne brise le cou de son pion.

Il descendit sur la plage et rejoignit Maria Chen. En dépit de la chaleur du sable et du soleil, il ne pouvait s'empêcher de trembler.

Maria Chen lui posa une main sur le bras. «Tony?

– Rien à foutre, dit-il sans cesser de claquer des dents. Rien à foutre. Qu'ils prennent le Juif. Je ne sais pas qui tire les ficelles, je ne sais pas ce qu'ils mijotent, mais qu'ils le prennent ce soir. Rien à foutre. Qu'ils aillent se faire foutre, tous autant qu'ils sont.»

Le banquet du deuxième soir fut fort calme, comme si tous les convives pensaient déjà aux heures à venir. A l'exception de Harod et de Willi, ils avaient visité l'enclos quelques heures plus tôt, choisissant leurs pions et les inspectant avec autant de soin que des pur-sang. Barent fit savoir à l'assemblée qu'il Utiliserait un sourd-muet jamaïquain qu'il avait fait venir sur l'île, un homme qui avait fui sa patrie après avoir tué quatre personnes à l'issue d'une querelle familiale. Kepler avait mis un certain temps à choisir son pion, prêtant une attention toute spéciale aux hommes les plus jeunes, passant à deux reprises devant la cage de Saul sans l'examiner. Finalement, il avait choisi un des fugueurs fournis par Sutter, un garçon mince et élancé aux longs cheveux et aux jambes robustes. «C'est un lévrier, dit-il pendant le dîner. Un lévrier avec des crocs.» Sutter annonça qu'il avait jeté son dévolu sur un pion déjà conditionné, un dénommé Amos qui l'avait servi comme garde du corps pendant deux ans au Centre mondial de diffusion de la Bible. Amos était un homme courtaud et puissant, à la moustache de pirate et à la carrure d'arrière-ligne.

Willi était apparemment disposé à Utiliser de nouveau Jensen Luhar. Harod se contenta de dire qu'il Utiliserait un homme — le Juif — et ne prit pas part au reste de la conversation.

Barent et Kepler avaient parié plus de dix mille dollars sur le résultat de la partie de la veille, et ils doublèrent la mise ce soir-là. Tous tombèrent d'accord pour affirmer que les enjeux étaient exceptionnellement élevés, la concurrence exceptionnellement rude, pour une deuxième nuit de tournoi.

Le ciel était nuageux lorsque le soleil se coucha, et Barent annonça que le baromètre avait chuté et qu'une tempête approchait du sud-est. A dix heures et demie, ils quittèrent la salle à manger, y laissant secrétaires et gardes du corps, et empruntèrent l'ascenseur privé lambrissé de teck qui conduisait à la salle de jeu, où ils s'enfermèrent.

Le plafonnier luisait au-dessus de la grande table verte et transformait les cinq visages en masques d'ombre. Derrière la baie vitrée, on apercevait les éclairs qui labouraient le ciel à l'horizon. Barent avait donné l'ordre d'éteindre les projecteurs du jardin et de l'enceinte pour profiter de la splendeur de la tempête et, alors que tous contemplaient les éclairs dans un calme précaire, il annonça : «La fusée éclairante sera lancée dans trente secondes. Ce sera le signal du départ.»

Quatre joueurs fermèrent les yeux, le visage tendu par l'expectative. Harod contempla les éclairs blancs qui découpaient les silhouettes des arbres le long de Live Oak Lane et illuminaient l'intérieur des lourds nuages noirs.

Il ignorait totalement ce qui arriverait lorsqu'on ferait sortir le dénommé Saul de sa cage. Il n'avait aucune intention de se glisser dans son esprit et, privé de pion, serait hors jeu dans la partie de cette nuit. Cela lui convenait parfaitement. Il n'avait aucune idée de ce qui se tramait, ignorait lequel des joueurs avait truqué les cartes en amenant le Juif sur l'île, comment il comptait s'en servir, et s'en souciait comme d'une guigne. Il serait complètement détaché des événements qui allaient survenir lors des six prochaines heures, il serait complètement en dehors de la partie. De cela, il était sûr.

Jamais il ne s'était autant trompé.

65.
Dolmann Island,
lundi 15 juin 1981

Saul se languissait dans sa niche depuis plus de vingt-quatre heures lorsqu'il entendit un mécanisme grincer dans les murs et vit les barreaux d'acier se relever. Il resta quelques secondes à se demander ce qu'il devait faire.

Il n'avait eu aucun mal à accepter sa condition de prisonnier; elle l'avait mis étrangement à l'aise, comme si quarante années superflues s'étaient évanouies, le ramenant à l'instant essentiel de son existence. Il était resté étendu pendant vingt heures dans l'étroite niche de pierre et avait pensé à la vie, se rappelant dans leurs moindres détails les heures que Natalie et lui avaient passées à se promener près de la ferme de Césarée, le soleil sur le sable et la brique, les eaux vertes et paresseuses de la Méditerranée. Rires et conversations, larmes et confidences peuplaient ses souvenirs, et les rêves s'emparaient de lui dès qu'il s'endormait, lui apportant de nouveaux témoignages de vie face à la brutalité de son dénuement présent.

Les gardes lui avaient servi deux repas dans la journée et il les avait absorbés. Les plateaux en plastique contenaient de la viande et des nouilles déshydratées. Un menu d'astronaute. Saul ne s'attarda pas sur le contraste ironique entre ce repas de navette spatiale et l'enclos à esclaves du dix-septième siècle; il mangea tous les plats, but toute l'eau, et fit des exercices destinés à empêcher les crampes de nouer ses muscles, le froid de gagner son corps.

Il se faisait du souci pour Natalie. Chacun d'eux savait depuis plusieurs mois quelle tâche l'attendait et dans quelle solitude il devrait l'accomplir, mais leur séparation avait eu quelque chose de définitif. Saul pensa au soleil sur le dos de son père, au bras de Josef passé autour de l'épaule de celui-ci.

Saul gisait dans des ténèbres empuanties par quatre siècles de peur et pensait au courage. Il pensait aux Africains et aux Indiens d'Amérique qui avaient croupi dans ces cages de pierre, reniflant — tout comme lui — l'odeur du désespoir humain, ignorant qu'ils finiraient par triompher, que leurs descendants revendiqueraient avec succès la lumière, la liberté et la dignité refusées à ceux qui avaient attendu en ce lieu les chaînes ou la mort. Dès qu'il fermait les yeux, il voyait les wagons à bestiaux entrant en gare de Sobibor, les corps émaciés inextricablement mêlés, cadavres déjà froids en quête d'une introuvable chaleur, mais par-delà cette image de chair gelée et d'yeux accusateurs, il apercevait les jeunes sabras des kibboutzim qui partaient de bon matin travailler dans les vergers ou s'armaient le soir venu pour faire leur ronde, le regard franc et confiant, trop confiant peut-être, mais vivant, si vivant : leur seule existence était une réponse aux yeux interrogateurs des cadavres entassés dans les wagons et triés sur une voie de garage durant l'hiver 1944.

Saul se faisait du souci pour Natalie et avait peur pour lui-même, terriblement peur, de cette peur qui contracte les testicules et qu'on ne ressent que lorsqu'une lame s'approche des yeux ou de la langue, mais il la reconnaissait et l'accueillait avec joie — sachant parfaitement qu'elle ne l'avait jamais quitté —, la laissait couler en lui plutôt que de s'y noyer. Mille fois il avait pensé à sa tâche et aux obstacles qui pourraient se dresser sur sa route. Il passa ses options en revue. Il envisagea la marche à suivre au cas où Natalie réussirait à manipuler la vieille exactement comme prévu et au cas plus probable où Melanie Fuller laisserait sa folie lui dicter ses actes. Si Natalie venait à mourir, il irait de l'avant. Si rien ne se passait comme prévu, il irait de l'avant. S'il ne lui restait plus aucun espoir, il irait de l'avant.

Saul gisait dans la niche obscure creusée dans la pierre, pensait à la vie et à la mort, la sienne et celle des autres. Il envisagea toutes les possibilités, puis en inventa quelques autres.

Mais lorsque les barreaux se relevèrent pour disparaître dans la pierre, lorsque quatre prisonniers quittèrent leur niche pour se diriger vers la porte, Saul Laski passa une minute d'éternité à se demander ce qu'il devait faire.

Puis il glissa hors de sa cage et se redressa. La pierre était glaciale sous ses pieds. La créature qui avait été Constance Sewell le regarda derrière les barreaux d'acier, les yeux à moitié dissimulés par le voile de ses cheveux emmêlés.

Saul courut dans les ténèbres pour rejoindre les autres qui se dirigeaient vers la porte.

Assis dans la Salle de Jeu, les yeux mi-clos, Tony Harod regardait les quatre hommes qui attendaient le début de la partie. Le visage de Barent était calme et impavide, les extrémités de ses doigts jointes sur son menton, la commissure de ses lèvres retroussée sur un léger sourire. La tête de Kepler était inclinée en arrière et son front sillonné par la concentration. Jimmy Wayne Sutter était penché en avant, les bras posés sur la feutrine verte, le front et les lèvres maculés de sueur. Willi était si enfoncé dans son siège que la lumière n'accrochait que son front, ses pommettes et l'arête de son nez. Mais Harod avait l'impression que ses yeux étaient grands ouverts et fixés sur lui.

Il sentit la panique l'envahir lorsqu'il se rendit compte de l'absurdité de sa position; il n'avait aucun moyen de savoir ce qui se passait. Il n'avait aucune envie d'effleurer la conscience du pion juif et savait que même s'il tentait de le faire, celui qui contrôlait le Juif lui refuserait l'accès de son esprit. Harod dévisagea ses partenaires une dernière fois. Lequel était capable de manipuler simultanément deux pions? En toute logique, c'était sûrement Willi — comme le suggéraient ses mobiles et l'étendue de son Talent —, mais pourquoi lui avait-il joué ce petit numéro dans le jardin? Harod était plongé dans la confusion et dans la terreur. Peu lui importait à présent de savoir que Maria Chen l'attendait en bas et qu'elle avait dissimulé son arme sur le bateau amarré au quai dans le cas où un départ précipité s'avérerait nécessaire.

«Qu'est-ce que ça veut dire, bon Dieu!» s'écria Joseph Kepler. Les quatre hommes avaient ouvert les yeux et fixaient Harod.

Willi se pencha sous le cône de lumière, le visage écarlate. «Qu'est-ce que vous êtes en train de faire, Tony?» Ses yeux glacials se posèrent sur les trois autres. «Mais est-ce bien Tony? Est-ce là la conception que vous avez de l'honneur?

– Attendez! Attendez! cria Sutter, les yeux de nouveau fermés. Regardez. Il s'enfuit. Nous pouvons… tous ensemble…»

Les yeux de Barent évoquaient ceux d'un prédateur se réveillant avant la chasse. «Bien sûr, dit-il à voix basse, les mains toujours jointes. Laski, le psychiatre. J'aurais dû le reconnaître plus tôt. L'absence de barbe m'a trompé. La personne responsable de cette farce a un piètre sens de l'humour.

– Farce, mon cul, dit Kepler, qui avait refermé les yeux. Rattrapez-le.»

Barent secoua la tête. «Non, messieurs, la partie de cette nuit est annulée en raison de cette irrégularité. Mes forces de sécurité vont ramener Laski dans sa cellule.

– *Nein!* dit sèchement Willi. Il est à *moi*.»

Barent se tourna vers lui sans cesser de sourire. «Oui, il est peut-être bien à vous. Nous verrons. En attendant, j'ai déjà pressé le bouton qui alerte la sécurité. Mes hommes surveillent toujours le début de chaque partie et ils sauront qui ils doivent retrouver. Vous pouvez participer à la capture du psychiatre si vous le souhaitez, Herr Borden, mais veillez à ce qu'il ne meure pas avant d'avoir été interrogé.»

Willi émit un son qui ressemblait à un grondement animal et ferma les yeux. Barent tourna son regard mortellement placide vers Harod.

Saul avait suivi les quatre autres pions jusqu'en haut de la rampe, émergeant dans la moiteur d'une nuit tropicale rendue encore plus oppressante par des menaces de tempête. Aucune étoile n'était visible, mais les éclairs lui permirent de distinguer les arbres et une clairière située au nord de la zone de sécurité. Il trébucha, tomba à genoux, mais se releva aussitôt pour rejoindre les autres. Un immense pentagramme était dessiné sur le sol de la clairière et les quatre pions avaient déjà pris place à ses pointes.

Saul envisagea de s'enfuir à ce moment-là, mais la lueur des éclairs lui révéla la présence de deux gardes armés de M-16 munis de viseurs nocturnes. Mieux valait attendre. Saul alla se placer entre Jensen Luhar et un mince jeune homme aux cheveux longs. Sans qu'il sache pourquoi, il lui semblait approprié que tous soient entièrement nus. Il était le seul des cinq pions à ne pas être en excellente condition physique.

La tête de Jensen Luhar pivota comme un buste posé sur une table tournante. «Si tu peux m'entendre, mon petit pion, dit la créature en allemand, je te dis adieu. Je ne te tuerai pas avec colère. Ta mort sera rapide.» La tête de Luhar se tourna ensuite vers le ciel, attendant — ainsi que les autres — un signal quelconque. Les éclairs transformaient le corps puissant du Noir en une statue aux reflets argentés.

Saul pivota, leva le bras et lança la grosse pierre qu'il avait ramassée lorsqu'il était délibérément tombé une minute plus tôt. Le projectile atteignit Luhar sous l'oreille gauche et le colosse s'effondra aussitôt. Saul fit demi-tour et se mit à courir. Il avait traversé les fourrés et pénétrait dans la forêt tropicale avant que les trois autres pions aient eu le temps de réagir. Nul coup de feu ne retentit.

Ses cinq premières minutes de course ne furent qu'une fuite éperdue. Les aiguilles de pin et les feuilles de palmier lui coupaient la plante des pieds, les branches basses et les fourrés lui lacéraient les côtes, son souffle se faisait rauque dans sa gorge. Puis il se ressaisit et s'accorda une pause, accroupi à la lisière d'un bosquet de bambous, l'oreille tendue. A sa gauche, il entendait le murmure des vagues et un lointain bruit de moteur. Cet étrange bruit râpeux était peut-être celui d'un mégaphone rugissant au-dessus des eaux, mais il ne put distinguer aucun mot.

Saul ferma les yeux et essaya de visualiser les cartes et les photos de l'île, se rappelant les nombreuses heures qu'il avait passées avec Natalie dans la kitchenette du bungalow. Il y avait plus de six ou sept kilomètres — presque huit — jusqu'à la pointe nord. Il savait que la forêt où il se trouvait deviendrait bientôt une véritable petite jungle, laissant la place à des marais salants un kilomètre et demi avant la pointe nord mais se transformant à nouveau en jungle marécageuse avant de s'achever sur la plage. Les seules structures qu'il rencontrerait en chemin étaient les ruines de l'hôpital des esclaves, les fondations envahies par la végétation de la plantation Dubose, près de la pointe rocheuse le long de la côte est, et les tombes de guingois du cimetière des esclaves.

Saul jeta un regard aux bambous brièvement illuminés par un éclair et éprouva une envie irrésistible de se dissimuler parmi eux, de ramper en leur sein, de se recroqueviller en position fœtale et de devenir invisible. Il savait qu'en agissant ainsi, il ne ferait qu'avancer l'heure de sa mort. Les monstres du Manoir — trois d'entre eux, du moins — avaient passé des années à se traquer dans ces quelques kilomètres carrés de jungle.

Lors des interrogatoires effectués à la planque, Harod avait parlé à Saul de la « chasse aux œufs de Pâques » qui se déroulait la dernière nuit : les membres de l'Island Club lâchaient tous les prisonniers non utilisés — une douzaine d'hommes et de femmes nus et impuissants — puis Utilisaient leurs pions préférés pour les traquer, armés de couteaux et d'armes de poing. Barent, Kepler et Sutter connaissaient sûrement toutes les cachettes possibles et imaginables, et Saul ne pouvait s'empêcher de penser que Willi savait précisément où il se trouvait. Il s'attendait d'un instant à l'autre à sentir le contact répugnant du vieil homme dans son esprit, sachant qu'une telle catastrophe aurait pour conséquence de réduire à néant plusieurs mois d'efforts et de préparatifs, toute une vie de rêves sacrifiée en vain.

Saul savait que sa seule chance était de fuir vers le nord. Il s'écarta des bambous et se remit à courir tandis qu'éclairs et grondements annonçaient l'arrivée imminente de la tempête.

« Le voilà, dit Barent en désignant une pâle silhouette nue un instant avant qu'elle ne sorte de l'écran d'un moniteur de la cinquième rangée. Aucun doute, c'est bien Laski, le psychiatre. »

Sutter, confortablement assis sur un des profonds canapés de la salle des moniteurs, sirota son bourbon bien tassé et croisa les jambes. « Ça n'a jamais fait aucun doute. La question est la suivante : qui l'a introduit dans le jeu et pourquoi ? »

Les trois autres se tournèrent vers Willi, mais le vieil homme observait un moniteur de la première rangée sur lequel on voyait des gardes emporter un Jensen Luhar encore inconscient. Les trois autres pions avaient été envoyés dans la jungle à la recherche de Laski. Willi se tourna vers ses partenaires et eut un petit sourire. « Faire intervenir le Juif aurait été un acte stupide de ma part. Je n'ai pas l'habitude de commettre des actes stupides. »

C. Arnold Barent s'écarta des moniteurs et croisa les bras. «Pourquoi serait-ce stupide, William ?»

Willi se gratta la joue. «Vous associez tous le Juif à ma personne, même si c'est *vous*, Herr Barent, qui lui avez fait subir son dernier conditionnement et êtes le seul parmi nous à ne rien craindre de lui.»

Barent tiqua mais resta muet.

«Si j'avais voulu introduire... comment dirais-je ?... une carte truquée dans votre jeu, pourquoi n'aurais-je pas choisi un pion inconnu de vous tous ? Et en bien meilleure condition physique ?» Willi sourit et secoua la tête. «Non, réfléchissez une minute et vous verrez qu'il aurait été absurde d'agir ainsi. Je n'ai pas l'habitude d'agir de façon stupide et vous seriez stupides de penser le contraire.»

Barent se tourna vers Harod. «Tony, maintenez-vous toujours votre histoire d'enlèvement et de chantage ?»

Harod était effondré sur un canapé et se mordillait les phalanges. Il leur avait dit toute la vérité, craignant de les voir se retourner contre lui et désireux de détourner les soupçons. A présent, ils le considéraient comme un menteur et il n'avait réussi qu'à atténuer la peur bien naturelle que leur inspirait Willi. «Je ne sais pas qui est responsable, bordel, mais il y a ici quelqu'un qui se fout de nous. Quel avantage pourrais-je retirer si c'était moi ?

– Quel avantage, en effet ? dit Barent sur le ton de la conversation.

– A mon avis, c'est une diversion», dit Kepler en jetant un regard tendu à Willi.

Ce fut le révérend Jimmy Wayne Sutter qui éclata de rire. «Une diversion ? Pour quoi faire ? Cet endroit est isolé du monde extérieur. Cette partie de l'île est interdite à tous, sauf aux hommes de Frère C, et ce sont tous des Neutres. Je suis sûr que dès que cette irrégularité a été constatée, tous nos assistants ont été... euh... escortés jusqu'à leurs chambres.»

Harod leva la tête, affolé, mais Barent se contenta de

sourire. Il se rendit compte qu'il avait été stupide d'espérer que Maria Chen puisse l'aider en cas de pépin.

«Une diversion? Pour quoi faire? répéta Sutter. L'humble prêcheur que je suis trouve cette diversion bien peu convaincante.

– Il y a quand même *quelqu'un* qui le contrôle, dit sèchement Kepler.

– Peut-être pas», dit Willi à voix basse.

Tous se tournèrent vers lui. «Mon petit Juif s'est montré étonnamment persistant au fil des ans. Imaginez ma surprise lorsque je l'ai vu arriver à Charleston il y a sept mois.»

Barent avait cessé de sourire. «Wilhelm, êtes-vous en train d'affirmer que cet... homme... est venu ici de son propre chef?

– *Ja.*» Willi sourit. «Mon pion du bon vieux temps me suit encore.»

Kepler était livide. «Vous admettez donc que c'est à cause de vous qu'il est ici, même s'il est venu de sa propre volonté pour vous retrouver.

– Pas du tout, dit Willi d'un ton affable. C'est à cause de votre génie que toute la famille du Juif est morte en Virginie.»

Barent se tapota les lèvres du bout des doigts. «En supposant qu'il connaissait les responsables de cet acte, comment a-t-il pu apprendre autant de choses sur l'Island Club?» Il s'était tourné vers Harod avant même d'avoir fini sa phrase.

«Comment pouvais-je savoir qu'il opérait *seul?* demanda Harod d'une voix plaintive. Ils n'arrêtaient pas de m'injecter leurs putains de *drogues.*»

Jimmy Wayne Sutter se leva pour s'approcher d'un moniteur où on apercevait une pâle silhouette nue se frayer un chemin parmi des pierres tombales noyées dans la végétation. «Alors qui est son allié en ce moment? demanda-t-il, si doucement qu'on aurait pu croire qu'il parlait tout seul.

– *Die Negerin*, dit Willi. La fille noire. Celle qui accompagnait le shérif à Germantown.» Il éclata de rire, inclinant la tête en arrière et révélant les plombages de ses molaires usées par l'âge. «*Die Untermenschen* se soulèvent, comme le redoutait le Führer.»

Sutter se détourna de l'écran au moment où y apparaissait le pion jamaïquain de Barent, en train de s'engager d'un pas assuré dans le cimetière que Saul venait de traverser avec difficulté. «Où est la fille, alors?» demanda-t-il.

Willi haussa les épaules. «Aucune importance. Y a-t-il des négresses dans votre enclos?

– Non, répondit Barent.

– Alors, elle est ailleurs. Peut-être rêve-t-elle en ce moment de se venger de la cabale qui a tué son père.

– Ce n'est pas nous qui avons tué son père, dit Barent, toujours plongé dans ses réflexions. C'est Melanie Fuller ou Nina Drayton.

– Exactement.» Willi se mit à rire. «Encore une ironie du destin. Mais le Juif est sur l'île, et il est presque certain que c'est *die Negerin* qui l'a aidé à y venir.»

Ils se tournèrent tous vers les moniteurs, mais on n'y voyait qu'Amos, le pion de Sutter aux allures de lutteur de sumo, qui se frayait un chemin parmi les hautes herbes au sud de la vieille plantation Dubose. Sutter ferma les yeux pour mieux se concentrer sur lui.

«Nous devons interroger Laski, dit Kepler. Il faut que nous sachions où se cache cette fille.

– *Nein*, dit Willi en regardant Barent d'un air résolu. Nous devons tuer le Juif le plus vite possible. Même s'il est complètement fou, il risque de se révéler dangereux pour nous.»

Barent décroisa les bras et se remit à sourire. «Vous êtes inquiet, William?»

Willi haussa de nouveau les épaules. «C'est la seule solution raisonnable. Si nous collaborons tous ensemble pour éliminer le Juif, cela prouvera qu'aucun de nous n'est responsable de sa présence. Quant à la fille, il ne sera pas difficile de la retrouver, *nicht wahr?* A mon avis, elle a dû retourner à Charleston.

– Votre avis ne me suffit pas, dit sèchement Kepler. Je vote pour que nous interrogions cet homme.

– James ? » dit Barent.

Sutter ouvrit les yeux. « Tuons-le et reprenons la partie, dit-il avant de refermer les yeux.

– Tony ? »

Surpris, Harod leva la tête. « Vous voulez dire que j'ai encore le droit de vote ?

– Nous nous occuperons de votre cas en temps utile, dit Barent. Pour l'instant, en tant que membre à part entière de l'Island Club, vous pouvez voter sur cette question. »

Harod retroussa les lèvres sur ses petites dents pointues. « Alors je m'abstiens. Foutez-moi la paix et faites ce que vous voulez de ce type. »

Barent se caressa les lèvres et contempla un moniteur vide. L'espace d'une seconde, un éclair satura la cellule hypersensible et emplit l'écran d'une lueur incandescente. « William, je ne vois pas comment cet homme pourrait représenter une menace pour nous, mais je pense avec vous qu'il n'en représentera plus aucune une fois mort. Nous n'aurons aucune difficulté à retrouver la fille, ainsi que ses éventuels complices assoiffés de vengeance. »

Willi se pencha en avant. « Pouvez-vous attendre que Jensen — mon pion — soit rétabli ? »

Barent secoua la tête. « Cela ne ferait que retarder la partie. » Il attrapa un microphone sur la console. « Mr. Swanson ? dit-il en portant un écouteur à son oreille. Êtes-vous en train de poursuivre le pion qui est parti vers le nord ? Bien. Oui, je vous confirme qu'il se trouve dans le secteur vingt-sept bravo six. Oui, il est temps que nous fassions subir à cet intrus un préjudice extrême. Ordonnez aux bateaux de patrouille de converger sur la plage et dites à l'hélicoptère numéro trois de quitter son poste pour les rejoindre. Oui, utilisez les infrarouges si possible et transmettez les données recueillies par les cellules photoélectriques aux équipes de recherches. Non, je n'en doute pas, mais faites vite, s'il vous plaît. Merci. Ici Barent, terminé. »

Natalie Preston était assise dans la maison obscure de Melanie Fuller, au cœur du Vieux Charleston, et pensait à Rob Gentry. Elle avait souvent pensé à lui au cours des derniers mois, presque chaque soir avant de s'endormir, mais depuis son retour d'Israël elle s'était efforcée de refouler son chagrin et ses regrets et d'emplir son esprit d'une résolution qui lui paraissait nécessaire. Ça n'avait pas marché. Depuis son arrivée à Charleston, elle s'était débrouillée pour passer devant la maison de Gentry une fois par jour, en général le soir. A plusieurs reprises, elle avait quitté Saul quelques heures pour se promener dans les rues tranquilles où Gentry et elle s'étaient promenés ensemble, se rappelant les détails les plus banals de leurs conversations mais aussi les sentiments plus profonds qui les avaient habités, des sentiments qui s'étaient épanouis bien que tous deux aient su que leur relation amoureuse serait à la fois compliquée et contrariée par les événements. Elle était allée se recueillir sur sa tombe à trois reprises, chaque fois bouleversée par un chagrin que nulle vengeance ne serait capable de compenser ou de faire disparaître, se jurant chaque fois de ne plus revenir.

Natalie entamait la seconde nuit interminable qu'elle devait passer dans le musée des horreurs de Melanie Fuller et savait sans l'ombre d'un doute que si une chose devait lui permettre de survivre aux heures et aux jours à venir, c'était l'amour plutôt qu'un quelconque désir de vengeance.

Elle avait passé un peu plus de vingt-quatre heures au sein de la ménagerie de zombis de Melanie Fuller. Cela ressemblait à l'éternité.

La nuit de dimanche à lundi avait été la pire. Elle était restée dans la maison Fuller jusqu'à quatre heures du matin, ne la quittant qu'une fois assurée que Saul était en sécurité jusqu'au massacre du soir suivant. S'il survivait jusque-là. Natalie n'avait d'autres informations que celles que le vieux monstre lui avait données par la bouche de l'enfant mort-vivant qui avait jadis été Justin Warden. Nina ne pouvait pas contrôler Saul à une telle distance, lui avait-elle dit; elle avait besoin de l'aide de Melanie afin de sauver Willi et elles-mêmes de la colère de l'Island Club. Cette supercherie lui paraissait de moins en moins convaincante au fil des heures.

Lors de cette première nuit, Justin était resté de longs moments aveugle et silencieux, les autres membres de la «famille» de Melanie demeurant eux aussi immobiles comme des mannequins. Natalie en avait conclu que la vieille s'affairait à contrôler Miss Sewell et l'homme que Justin et elle avaient passé des semaines à observer à la jumelle depuis le parc donnant sur le fleuve. Mais il était encore trop tôt pour faire intervenir ce dernier. A en croire Justin, Melanie avait observé le massacre de la première nuit par les yeux d'un garde. Natalie avait imité de son mieux les accents péremptoires de Nina pour ordonner à Melanie de se montrer prudente et de ne pas révéler sa présence. Justin lui avait lancé un regard noir, puis était resté silencieux pendant une heure, laissant Natalie impuissante et privée d'informations. Elle s'attendait à sentir la vieille pénétrer dans son esprit pour la tuer. Pour les tuer toutes les deux.

Natalie était assise dans la maison puant l'ordure et la pourriture et tentait de penser à Rob, à ce qu'aurait dit Rob dans de telles circonstances, aux plaisanteries qu'il aurait faites. A minuit et quelques, elle contrefit la voix hautaine de Nina pour exiger qu'on allume les lumières. Le géant nommé Culley actionna un commutateur, allumant une lampe de quarante watts à l'abat-jour à moitié déchiré. La lueur crue était encore pire que les ténèbres. Le salon était empli de poussière, de vêtements abandonnés, de toiles d'araignée et de débris de nourriture. On apercevait un épi de maïs à moitié entamé et déjà racorni sous le divan affaissé. Des pelures d'orange traînaient sous la table basse de style géorgien. Quelqu'un, Justin peut-être, avait maculé de confiture de fraises ou de framboises les accoudoirs du fauteuil et du canapé, y laissant des empreintes qui évoquaient des taches de sang. Natalie entendait des rats courir dans les murs, peut-être même dans les couloirs; il leur était facile de pénétrer dans la maison par les fenêtres cassées qu'elle apercevait chaque fois qu'elle traversait la cour. On entendait parfois des bruits en provenance de l'étage, mais ils n'étaient sûrement pas dus aux rats. Natalie pensa au cadavre vivant qu'elle avait entrevu dans la chambre, corps jadis féminin et à présent aussi difforme et flétri qu'une tortue séculaire arrachée à sa carapace, maintenu en vie par des perfusions et des machines. Elle se demandait parfois — durant de longues périodes où aucun des membres de l'obscène «famille» ne semblait ni bouger ni respirer — si Melanie Fuller n'était pas morte, si ces automates de chair et de sang ne continuaient pas tout simplement de concrétiser les ultimes fantasmes de son cerveau en décomposition, marionnettes dansant au rythme des derniers spasmes du marionnettiste.

«Ils tiennent ton Juif», zézaya Justin quelque temps après minuit.

Natalie sursauta, émergeant de sa somnolence. Culley se tenait derrière le fauteuil où était assis le petit garçon, les traits découpés par la lampe posée sur la table basse. Marvin, Howard et l'infirmière Oldsmith se trouvaient quelque part dans l'ombre, derrière Natalie. «Qui l'a capturé?» hoqueta-t-elle.

Le visage du garçonnet semblait factice à la lueur crue de l'ampoule, une frimousse de poupon moulée dans du plastique écaillé. Natalie se rappela le mannequin grandeur nature qu'elle avait aperçu à Grumblethorpe et se rendit compte avec un pincement au cœur que Melanie s'était arrangée pour transformer le petit garçon en une imitation de cette chose pourrissante.

« Personne ne l'a capturé, répondit sèchement Justin. Il y a une heure, ils ont ouvert les barreaux et l'ont fait sortir de sa cage pour participer aux réjouissances de cette nuit. Tu n'as donc *aucun* contact avec lui, Nina ? »

Natalie se mordilla les lèvres et regarda autour d'elle. Jackson était en poste dans la voiture, à un demi-pâté de maisons de là, tandis que Poisson-chat observait la maison depuis une ruelle toute proche. Ils auraient tout aussi bien pu se trouver sur une autre planète. « Il est trop tôt, Melanie. Dis-moi ce qui se passe. »

Justin lui sourit de toutes ses dents de lait. « Je ne pense pas, Nina, ma chérie, siffla-t-il. Il est temps que tu me dises où *tu* es. » Culley fit le tour du fauteuil. Marvin sortit de la cuisine. Il tenait à la main un long couteau qui accrocha la lueur de l'ampoule. L'infirmière Oldsmith gronda derrière Natalie.

« Stop », murmura Natalie. Sa gorge s'était serrée à la dernière seconde et ce qui aurait dû être un ordre émis par la voix autoritaire de Nina ne fut qu'une prière étouffée.

« Non, non, non », siffla Justin en glissant à bas de son siège. Il se dirigea vers elle à croupetons, effleurant des doigts le tapis oriental taché comme une mouche grimpant le long d'un mur. « Il est temps de tout nous dire, Nina, sinon tu vas perdre ta domestique de couleur. Montre-moi, Nina. Montre-moi le Talent qu'il te reste encore. Si tu es Nina. » Le visage de l'enfant était devenu un masque féroce, comme si des flammes invisibles faisaient fondre sa tête de poupon.

« Non », dit Natalie en se levant. Culley lui bloqua l'accès à la porte. Marvin contourna le divan. Il fit courir la lame du couteau sur la paume de sa main, la maculant de son sang rouge vif.

« Il est temps de tout nous dire », murmura Justin. On entendit des bruits d'agitation à l'étage. « Ou il est temps de mourir pour ta négresse. »

Le vent frappa l'île avant la pluie, secouant frénétiquement les palmiers, projetant dans les airs une ondée de branches et de feuilles coupantes. Saul tomba à genoux et leva les bras pour se protéger des mille griffes du feuillage. Les éclairs découpèrent la scène chaotique en une succession d'images stroboscopiques auxquelles les coups de tonnerre fournissaient une bande sonore tonitruante.

Saul était perdu. Il se blottit sous une grande fougère pour s'abriter des éléments et chercha à se repérer dans la nuit plongée dans le chaos. Il avait atteint les marais salants, puis son sens de l'orientation l'avait trahi et, croyant émerger à la lisière de la jungle, il s'était retrouvé une heure plus tard dans le cimetière des esclaves. Un hélicoptère rugit au-dessus de sa tête, fouillant la jungle de son projecteur aussi incandescent que les éclairs.

Saul rampa un peu plus sous la fougère, ignorant de quel côté du marais il se trouvait. Lorsqu'il avait parcouru une deuxième fois le cimetière, quelques heures plus tôt, le pion maigre aux cheveux longs avait jailli de l'ombre derrière un pan de mur et s'était jeté sur lui, dents et griffes dehors. Épuisé, terrifié, Saul avait saisi l'objet le plus proche — une barre de fer rouillée qui avait peut-être jadis soutenu une croix — et tenté de résister aux assauts du garçon. Il l'avait frappé à la tempe, lui ouvrant une large entaille. Le pion s'était effondré, assommé. Saul s'était agenouillé près de lui, lui avait tâté le pouls, puis était reparti en courant vers la jungle.

L'hélicoptère refit son apparition alors que Saul s'engouffrait sous les cyprès qui bordaient le marais. L'appareil passa six mètres au-dessus de la cime des arbres, luttant contre le vent, mais le bruit de celui-ci couvrait sans peine celui des rotors. Saul ne redoutait guère l'hélicoptère; il était trop instable pour fournir une bonne plate-forme de tir et il ne pensait pas que ses occupants puissent le voir tant qu'il resterait à couvert.

Saul se demanda pourquoi le soleil ne s'était pas encore levé. Il était persuadé que son épreuve durait déjà depuis plusieurs heures, suffisamment d'heures pour meubler une douzaine de nuits. Il s'accroupit près d'un cyprès, respira à fond et examina ses jambes et ses pieds. On aurait dit qu'un bourreau les avait lacérés avec des lames de rasoir. L'espace d'une seconde, il s'imagina qu'il portait des chaussures écarlates et des chaussettes rayées rouge et blanc.

Le vent se calma, présageant une averse imminente; Saul leva la tête vers le ciel et cria en hébreu : «*Hoy!* Tu as d'autres surprises en réserve?»

Un faisceau horizontal le poignarda, venu de derrière les cyprès. Il pensa d'abord que c'était un éclair, puis se demanda comment l'hélicoptère avait réussi à se poser, mais comprit une seconde plus tard qu'il se trompait. Les cyprès dissimulaient une étroite plage : c'était l'océan. Les hors-bord fouillaient le rivage de leurs projecteurs.

Saul rampa vers le sable sans se soucier d'être vu. La seule plage de cette partie de l'île se trouvait sur la pointe nord. Il avait réussi. Combien de fois était-il arrivé à quelques mètres de la plage avant de replonger dans la jungle, complètement désorienté?

A cet endroit, la plage était large d'à peine trois ou quatre mètres et les vagues venaient s'écraser sur les rochers. Le vent et le tonnerre avaient étouffé le bruit des rouleaux avant de se calmer quelque peu. Saul tomba à genoux dans le sable et regarda la mer.

Deux bateaux au moins croisaient derrière la barrière d'écume, poignardant la plage du faisceau incandescent de leurs puissants projecteurs. Un éclair découpa leur silhouette l'espace d'un instant et Saul vit qu'ils étaient à moins de cent mètres de distance. Il aperçut nettement les formes sombres des hommes armés de fusils.

Un des faisceaux remonta la plage et le rideau d'arbres dans sa direction et il courut vers la jungle, s'enfonçant parmi les fougères et les hautes herbes un instant avant d'être découvert. Accroupi derrière une petite dune, il réfléchit à sa position présente. L'intervention de l'hélicoptère et des hors-bord montrait clairement que Barent et sa clique avaient cessé de le poursuivre avec leurs pions et avaient presque certainement identifié leur proie. Saul espérait que sa présence avait semé la confusion, sinon la zizanie, dans leurs rangs, mais il n'y comptait guère. Il n'est jamais profitable de sous-estimer l'intelligence et la ténacité de l'ennemi. Saul était retourné en Israël durant les heures les plus noires de la guerre du Kippour et savait parfaitement que la suffisance pouvait se révéler fatale.

Il se mit à courir parallèlement à la plage, écartant les fourrés qui se dressaient devant lui, trébuchant sur les racines des palétuviers, ne sachant même pas s'il allait dans la bonne direction. Il se jetait à terre toutes les deux ou trois minutes, chaque fois que surgissait le faisceau du projecteur ou que grondait le rotor de l'hélicoptère. Ses poursuivants savaient qu'il se trouvait dans cette partie de l'île, cela ne faisait aucun doute. Il n'avait vu ni caméra ni cellule photoélectrique durant les heures précédentes, mais il était sûr que Barent et sa clique utilisaient toutes les ressources de la technologie pour enregistrer leurs jeux écœurants et pour s'assurer qu'un pion évadé n'avait aucune chance de survivre sur l'île ne serait-ce que quelques semaines.

Saul trébucha sur une racine invisible et tomba, heurtant du front une épaisse branche avant de plonger dans quinze centimètres d'eau stagnante. Il resta assez conscient pour rouler sur lui-même et agripper une poignée d'herbe coupante pour se hisser vers la plage. Du sang coulait sur sa joue et dans sa bouche; il avait le même goût que l'eau salée du marécage.

D'autres bateaux convergeaient vers la plage. Saul en aperçut quatre depuis sa cachette, sous les branches basses d'un cyprès; le plus proche n'était qu'à trente mètres du rivage, secoué par l'océan agité. Il commençait à pleuvoir et Saul pria pour que se déclenche un déluge tropical qui réduirait la visibilité à zéro et noierait ses ennemis comme les soldats de Pharaon. Mais l'averse demeura relativement clémente, simple prélude à une véritable tornade ou phénomène passager à l'issue duquel le ciel s'ouvrirait sur une aube tropicale qui scellerait le destin de Saul.

Il attendit cinq minutes, se tapissant derrière un tronc d'arbre abattu lorsque les hors-bord se rapprochaient ou que l'hélicoptère passait au-dessus de lui. Il avait envie de rire, de se dresser pour leur lancer des pierres et des jurons durant les quelques secondes de répit qui lui seraient accordées avant les premières balles. Il attendit, jeta un coup d'œil vers la plage lorsqu'un bateau frôla le rivage, projetant un peu plus d'écume sur le sable.

Des explosions retentirent dans la jungle derrière lui. L'espace d'une seconde, il crut que les éclairs venaient de tomber tout près, puis il entendit un bruit de rotor et comprit que ses poursuivants lâchaient des charges explosives depuis l'hélicoptère. Ces déflagrations étaient trop puissantes pour être dues à des grenades; Saul en sentait les vibrations dans le sol et dans le tronc du cyprès. Secousses et explosions se firent plus violentes. Ils devaient déjà lâcher leurs bombes à proximité de la plage, peut-être à vingt ou trente mètres de sa position, à intervalles de soixante ou quatre-vingts mètres. En dépit de la pluie, une odeur de fumée parvint à ses narines en provenance de la plage, sur sa droite. Si la tempête venait toujours du sud-est, pensa-t-il, ces effluves de fumée confirmaient qu'il se trouvait bien près de la pointe nord de l'île, mais du côté nord-est, encore assez loin de l'endroit d'où le Cessna avait décollé et à plus de quatre cents mètres de la crique.

Il lui faudrait des heures pour gagner celle-ci par la jungle en longeant la plage, et il se perdrait sûrement s'il tentait de prendre un raccourci dans le marécage.

Une explosion déchira la nuit à moins de deux cents mètres au sud. On entendit un hurlement incroyable, un vol de hérons fondit vers le ciel nocturne, puis retentit un long cri jailli de la gorge d'un être humain. Saul se demanda s'il s'agissait d'un pion, ou d'une patrouille se dirigeant vers lui et que l'hélicoptère avait bombardée par mégarde.

Il entendit distinctement un bruit de rotor qui se rapprochait de lui par le sud. Puis le staccato d'une arme automatique : on tirait au jugé sur la jungle depuis l'un des hors-bord.

Saul regretta d'être nu. Une eau glacée gouttait sur lui depuis les feuilles, ses membres lui faisaient souffrir le martyre, et chaque fois qu'il baissait les yeux, les éclairs lui révélaient son ventre flasque et émacié, ses jambes pâles et osseuses, ses organes génitaux contractés par le froid et la peur. Ce spectacle n'était guère de nature à l'emplir d'assurance et à lui donner envie de se jeter dans la bataille. Il lui donnait plutôt envie de prendre un bon bain chaud, d'enfiler plusieurs couches de vêtements et de trouver un lit bien confortable. Cela faisait plusieurs heures que son corps était propulsé par l'adrénaline et il en supportait maintenant les conséquences. Il était glacé, perdu, terrifié, coque d'humanité exempte de toute émotion hormis la terreur, de toute motivation hormis la volonté de survivre, une pulsion atavique et dépassée dont il avait oublié la raison d'être. Bref, Saul Laski était redevenu l'homme qu'il était lorsqu'il travaillait à la Fosse quarante ans auparavant, à la seule différence que l'espoir et la force de la jeunesse lui faisaient désormais défaut.

Mais ce n'était pas la seule différence, comprit Saul en levant les yeux vers la tempête de plus en plus violente. « J'ai *choisi* de venir ici ! » cria-t-il en polonais à la face des cieux, se souciant comme d'une guigne d'être entendu par ses poursuivants. Il leva le poing mais ne le secoua pas, se contenta de le serrer, en signe de résolution, de triomphe, de défi, de résignation… lui-même n'aurait su le dire.

Saul traversa le rideau des cyprès, tourna à gauche après avoir foulé les oyats, et courut sur la plage nue.

« Harod, venez ici, dit Jimmy Wayne Sutter.

– Une minute. » Harod était resté seul dans la salle des moniteurs. Les caméras placées au niveau du sol ne montraient plus rien d'intéressant, mais un des hors-bord patrouillant autour de la pointe nord était pourvu d'une caméra noir et blanc et l'hélico qui larguait du napalm et des charges explosives dans la forêt disposait quant à lui d'une caméra couleurs. Harod trouvait que les prises de vue étaient nulles — il leur aurait fallu une Steadicam pour filmer depuis l'hélico et les images houleuses retransmises par les deux moniteurs lui donnaient la nausée —, mais il était bien obligé d'admettre que le budget de ce son et lumière dépassait celui de toutes les productions qu'il avait pu monter avec Willi et approchait sans doute celui de l'orgasme incendiaire imaginé par Coppola pour la fin d'*Apocalypse Now*. Harod avait toujours pensé que Coppola avait fait une connerie en coupant les scènes au napalm de son avant-dernière version et il n'avait guère été consolé en les voyant défiler lors du générique final dans la version définitive. Il regretta de ne pas avoir amené une Steadicam et une Panavision montée sur chariot pour filmer ce feu d'artifice — les prises de vues lui auraient sûrement servi à *quelque chose*, ne serait-ce qu'à bâtir un scénario autour.

« Venez, Tony, nous vous attendons, dit Sutter.

– Une minute. » Harod engloutit une poignée de cacahouètes et sirota sa vodka. « Selon les messages radio, ils ont coincé ce pauvre con au nord de l'île et ils vont brûler la jungle jusqu'à...

– Venez ici *tout de suite* », ordonna sèchement Sutter.

Harod se tourna vers l'évangéliste. Il y avait presque une heure qu'ils discutaient d'arrache-pied dans la salle de jeu, et à en juger par la gueule que faisait Sutter, quelque chose ne tournait pas rond. « Ouais. J'arrive. » Avant de quitter la pièce, il jeta un regard par-dessus son épaule et eut le temps d'apercevoir un homme nu qui courait sur la plage sous l'œil des caméras.

L'atmosphère qui régnait dans la salle de jeu était aussi tendue que celle des scènes de carnage diffusées par les moniteurs. Willi était assis en face de Barent, et Sutter alla se placer à côté du vieil Allemand. Barent avait les bras croisés et semblait très contrarié. Joseph Kepler faisait les cent pas devant la baie vitrée. Les rideaux étaient ouverts, les vitres striées de pluie, et Harod aperçut Live Oak Lane lorsqu'un éclair illumina la scène. On entendait gronder le tonnerre en dépit des murs épais et du double vitrage. Harod consulta sa montre : 0 h 45. Il se demanda avec lassitude si Maria Chen était toujours en garde à vue ou si tous les assistants avaient été libérés. Il regrettait amèrement d'avoir quitté Beverly Hills.

« Nous avons un problème, Tony, dit C. Arnold Barent. Asseyez-vous. »

Harod s'exécuta. Il s'attendait à entendre Barent, ou plus probablement Kepler, lui annoncer qu'il ne faisait plus partie de l'Island Club et qu'il ne serait bientôt plus de ce monde. Il savait que son Talent serait impuissant face à celui de Barent, de Kepler ou de Sutter. Il ne pensait pas que Willi lèverait le petit doigt pour lui venir en aide. Peut-être que c'était Willi qui lui avait envoyé le Juif pour le discréditer et l'éliminer, pensa-t-il soudain, l'esprit aussi clair que celui d'un condamné à mort. *Pourquoi*? se demanda-t-il. *En quoi suis-je une menace pour Willi? En quoi mon élimination lui profiterait-elle?* Si l'on exceptait Maria Chen, il n'y avait sur l'île aucune femme qu'il puisse utiliser. La trentaine d'hommes qui se trouvaient au sud de la zone de sécurité étaient tous des Neutres grassement payés par Barent. Le milliardaire n'aurait pas besoin de son Talent pour éliminer Tony Harod, il lui suffirait d'appuyer sur un bouton. « Ouais, dit-il d'une voix lasse, qu'est-ce qu'il y a?

– Votre vieil ami Herr Borden nous a réservé une surprise pour cette soirée », dit Barent d'une voix glaciale.

Harod battit des paupières et se tourna vers Willi.

Cette «surprise» serait sûrement à ses dépens, mais il ne voyait pas ce que Willi pouvait avoir en tête.

«Nous avons seulement suggéré d'amender le règlement de l'Island Club, dit Willi. C. Arnold et Mr. Kepler n'approuvent pas notre proposition.

– Votre proposition est insensée, bordel! s'exclama Kepler, toujours debout près de la fenêtre.

– Silence!» ordonna Willi. Kepler obtempéra.

«Nous? dit Harod, hébété. Qui est "nous"?

– Le révérend Sutter et moi-même, répondit Willi.

– Il s'avère que mon vieil ami James est également l'ami de Herr Borden depuis plusieurs années, dit Barent. Les événements prennent une tournure fort intéressante.»

Harod secoua la tête. «Est-ce que vous avez une idée de ce qui est en train de se passer à la pointe nord de votre putain d'île?

– Oui.» Barent ôta de son oreille un écouteur couleur chair plus petit qu'un sonotone et tapota le minuscule micro qui y était relié par un fil. «Cela n'a guère d'importance comparé à notre discussion. Si absurde que cela paraisse, votre vote est décisif alors que vous faites partie du comité de direction depuis à peine une semaine.

– Je ne sais même pas de quoi vous discutez, bon sang.»

Willi prit la parole : «Nous avons proposé un amendement qui permettrait à l'Island Club d'exercer ses activités cynégétiques sur... euh... sur une plus grande échelle.

– A l'échelle du monde», dit Sutter. Le visage de l'évangéliste était cramoisi et couvert de sueur.

«Du monde?»

Barent eut un sourire sardonique. «Ils souhaitent utiliser comme pions des nations plutôt que des individus.

– Des nations?» répéta Harod. Un éclair tomba quelque part derrière Live Oak Lane, assombrissant le verre polarisé de la baie vitrée.

« Bon Dieu, Harod ! s'écria Kepler. Vous ne savez rien faire que répéter ce que vous entendez ? Ces deux imbéciles veulent faire sauter la planète ! Ils exigent que nous jouions avec des missiles et des sous-marins plutôt qu'avec des individus. Que nous anéantissions des nations pour marquer des points. »

Harod s'accouda à la table et regarda fixement Willi et Sutter. Il était incapable d'ouvrir la bouche.

« Tony, dit Barent, est-ce la première fois que vous avez connaissance de cette proposition ? »

Harod hocha la tête.

« Mr. Borden ne l'a jamais évoquée avec vous ? »

Harod secoua la tête.

« Vous voyez à quel point votre vote est important, dit doucement Barent. Cet amendement aurait pour conséquence un profond changement dans la nature de nos joutes annuelles. »

Kepler eut un rire cassé. « Il aurait pour conséquence la destruction de cette putain de planète.

– *Ja*, dit Willi. Peut-être. Et peut-être pas. Mais ce serait une expérience fascinante. »

Harod s'affala sur son siège. « Vous déconnez, articula-t-il d'une voix aiguë de jeune garçon pubère.

– Pas le moins du monde, dit Willi avec onctuosité. J'ai déjà montré à quel point il était facile de circonvenir les dispositifs de sécurité militaire du niveau le plus élevé. Mr. Barent et ses amis savent depuis plusieurs dizaines d'années à quel point il est facile d'influencer les chefs d'État. Il nous suffit d'élargir le champ de nos activités pour rendre nos jeux infiniment plus fascinants. Nous serions certes obligés de parcourir le monde et d'établir une base plus sûre au cas où la concurrence se ferait plus… euh… plus rude, mais nous sommes sûrs que C. Arnold pourra régler ce genre de détails. *Nicht wahr*, Herr Barent ? »

Barent se frictionna la joue. « Sans aucun doute. Ce n'est pas l'absence de ressources qui motive mon objection — pas plus que le temps qu'il serait nécessaire de consacrer à une partie jouée à si grande échelle —, mais le gaspillage de ressources, humaines et autres, que ne manquerait pas d'entraîner un jeu de cette envergure.»

Jimmy Wayne Sutter eut un rire de gorge familier à des millions de téléspectateurs. «Frère Christian, vous ne croyez quand même pas que vous emporterez votre fortune au paradis, n'est-ce pas?

– Non, répondit doucement Barent, mais je ne vois pas pourquoi je la détruirais sous prétexte que je ne serai plus là pour en profiter.

– *Ja*, mais ce n'est pas mon avis, dit Willi d'une voix neutre. Vous avez envisagé de traiter de nouvelles affaires. La proposition a été déposée. Jimmy Wayne et moi votons oui. Vous et ce lâche de Kepler votez non. A votre tour, Tony.»

Harod sursauta. Impossible de résister à la voix de Willi. «Je m'abstiens. Allez vous faire foutre, tous autant que vous êtes.»

Willi tapa du poing sur la table. «Harod, espèce de suppôt de la juiverie! *Votez!*»

Harod sentit un étau se resserrer autour de sa tête, l'acier lui pénétrer le crâne. Il saisit ses tempes et ouvrit la bouche sur un hurlement muet.

«Stop!» ordonna Barent, et l'étau s'évanouit. Harod faillit pousser un cri de soulagement. «Il a voté, continua Barent. Il a parfaitement le droit de s'abstenir. N'ayant pas obtenu de majorité, la proposition est repoussée.

– *Nein.*» Une flamme bleue semblait luire dans les yeux gris et glacials de Willi. «N'ayant pas obtenu de majorité, nous sommes dans une impasse.» Il se tourna vivement vers Sutter. «Qu'en pensez-vous, Jimmy Wayne? Pouvons-nous rester sur une impasse?»

Le visage de Sutter était luisant de sueur. Il regarda fixement un point situé au-dessus de la tête de Barent et récita : «Les sept anges qui tenaient les sept trompettes se préparèrent à en sonner. Le premier fit sonner sa trompette : grêle et feu mêlés de sang tombèrent sur la terre; le tiers de la terre flamba...

« Le deuxième ange fit sonner sa trompette : on eût dit qu'une grande montagne embrasée était précipitée dans la mer. Le tiers de la mer devint du sang...

« Le troisième ange fit sonner sa trompette : et, du ciel, un astre immense tomba, brûlant comme une torche. Il tomba sur le tiers des fleuves et sur les sources des eaux...

« Le quatrième ange fit sonner sa trompette : le tiers du soleil, le tiers de la lune et le tiers des étoiles furent frappés...

« Alors je vis, et j'entendis un aigle qui volait au zénith proclamer d'une voix forte : "Malheur ! Malheur ! Malheur aux habitants de la terre, à cause des sonneries de trompette des trois anges qui doivent encore sonner !"

«Le cinquième ange fit sonner sa trompette : je vis une étoile précipitée du ciel sur la terre. Et il lui fut donné la clé du puits de l'abîme...[1] » Sutter s'interrompit, vida son verre de bourbon et s'assit en silence.

« Et qu'est-ce que cela signifie, James ? » demanda Barent.

Sutter sembla sortir brusquement d'un rêve. Il s'essuya le visage avec la pochette en soie lavande qui se trouvait dans la poche de poitrine de son complet blanc. « Cela signifie qu'il ne peut pas y avoir d'impasse, murmura-t-il d'une voix rauque. L'Antéchrist est parmi nous. Son heure est enfin venue. Nous ne pouvons qu'accomplir ce qui est écrit et témoigner des tribulations qui vont descendre sur nous. Nous n'avons pas le choix. »

Barent croisa les bras et sourit. « Et lequel d'entre nous est votre Antéchrist, James ? »

Les yeux fous de Sutter allèrent de Willi à Barent. « Que Dieu ait pitié de moi. Je ne sais pas. J'ai vendu mon âme pour le servir et *je ne sais pas.* »

Tony Harod s'écarta de la table. « Ça devient trop dingue pour moi. Je me casse.

---

1. Apocalypse de Jean, chapitre VII, versets 6-13. *(N.d.T.)*

– Restez où vous êtes, ordonna Kepler. Personne ne sortira de cette pièce tant que la question ne sera pas réglée.»

Willi s'enfonça dans son siège et croisa les doigts sur son ventre. «J'ai une suggestion à vous faire, murmura-t-il.

– Je vous écoute, dit Barent.

– Je vous suggère d'achever notre partie d'échecs, Herr Barent.»

Kepler cessa de faire les cent pas et fixa du regard Willi, puis Barent. «Partie d'échecs. Quelle partie d'échecs?

– Ouais, dit Tony Harod. Quelle partie d'échecs?» Il se frotta les yeux et revit en esprit son propre visage sculpté dans l'ivoire.

Barent sourit. «Mr. Borden et moi avons entamé il y a plusieurs mois une partie par correspondance. Un divertissement bien inoffensif.»

Kepler s'adossa mollement à la baie vitrée. «Oh, Seigneur, grand Dieu tout-puissant...

– Amen, dit Sutter, les yeux à nouveau vitreux.

– Plusieurs mois, répéta Harod. Plusieurs mois. Vous voulez dire que pendant que toute cette merde nous tombait dessus... Trask, Haines, Colben... vous étiez en train de jouer à une *putain de partie d'échecs?*»

Sutter émit un son qui tenait du rire et de l'éructation. «Si quelqu'un adore la bête et son image, s'il en reçoit la marque sur le front ou sur la main, il boira lui aussi du vin de la fureur de Dieu, marmonna-t-il. Et il connaîtra les tourments dans le feu et le soufre, devant les saints anges et devant l'agneau. La fumée de leurs tourments s'élève aux siècles des siècles[1].» Sutter eut une nouvelle éructation. «A tous, petits et grands, riches et pauvres, hommes libres et esclaves, elle impose une MARQUE sur la main droite ou sur le front... et son chiffre est six cent soixante-six[2].

---

1. Apocalypse de Jean, chapitre XIV, versets 9-11. *(N.d.T.)*
2. Apocalypse de Jean, chapitre XII, versets 16 et 18. *(N.d.T.)*

– Taisez-vous, dit Willi d'une voix affable. Êtes-vous d'accord, Herr Barent ? La partie est presque achevée, il nous suffit d'en jouer la finale. Si je gagne, nous organiserons nos… jeux… sur une plus grande échelle. Si vous gagnez, je me contenterai de l'organisation présente.

– Nous nous en étions arrêtés au trente-cinquième coup, dit Barent. Votre position n'était pas… euh… enviable.

– *Ja.* » Willi eut un large sourire. « Mais je saurai m'en contenter. Je n'exigerai pas d'entamer une nouvelle partie.

– Et si cette partie s'achève sur une impasse ? »

Willi haussa les épaules. « En cas d'impasse, c'est vous qui gagnez. Je n'emporterai la décision que si ma victoire est évidente. »

Barent contempla les éclairs.

« Ne faites pas attention à ces conneries ! s'écria Kepler. Il est complètement fou !

– Taisez-vous, Joseph. » Barent se tourna vers Willi. « D'accord. Achevons cette partie. Utiliserons-nous les pièces disponibles ?

– Cela me convient parfaitement, dit Willi avec un large sourire qui exhiba sa denture parfaite. Nous rendons-nous au rez-de-chaussée ?

– Oui. Un instant, s'il vous plaît. » Il attrapa son écouteur et resta silencieux quelques secondes. « Ici Barent. Envoyez une équipe à terre et éliminez immédiatement le Juif. C'est compris ? Bien. » Il posa écouteur et micro sur la table. « Nous sommes prêts. »

Harod les suivit jusqu'à l'ascenseur. Sutter, qui marchait devant lui, trébucha, se retourna et lui agrippa le bras. « En ces jours-là, les hommes chercheront la mort et ne la trouveront pas, lui murmura-t-il avec insistance. Ils souhaiteront mourir et la mort les fuira[1]

1. Apocalypse de Jean, chapitre IX, verset 6. *(N.d.T.)*

– Va te faire foutre», dit Harod en dégageant son bras.

Les cinq hommes prirent l'ascenseur et descendirent en silence.

66.
Melanie

Je me rappelle encore nos pique-niques dans les collines des environs de Vienne : les coteaux au parfum de résine, les champs couverts de fleurs, la Peugeot de Willi garée près d'un ruisseau ou d'un point de vue exceptionnel. Lorsque Willi ne portait pas sa ridicule chemise brune et son brassard, il était l'image même de l'élégance estivale : costume en soie et canotier blanc de jeune gandin, cadeau de quelque artiste de cabaret. Avant Bad Ischl, avant la trahison de Nina, la seule présence de ces deux êtres superbes suffisait à me donner du plaisir. Nina n'a jamais été aussi belle que durant ces derniers étés idylliques, et même si nous étions toutes deux trop âgées pour être qualifiées de jeunes filles — voire de jeunes dames, vu les canons de l'époque —, je me sentais jeune rien qu'en contemplant ses cheveux blonds, ses yeux bleus et son enthousiasme.

Je sais aujourd'hui que c'est la trahison de Bad Ischl, encore plus que la première trahison de Nina, celle qui avait coûté la vie à mon cher Charles, qui a sonné le glas de ma jeunesse et prolongé celle de Nina. Dans un sens, j'avais servi de Festin à Nina et à Willi durant toutes ces années.

Il était temps que cela cesse.

Je décidai de mettre un terme à mon attente lors de ma deuxième nuit de veille en compagnie de la négresse de Nina. Une démonstration de force s'imposait. J'étais sûre que même si je me débarrassais de la domestique de couleur, Willi serait capable de me dire où se cachait Nina.

Ma concentration laissait à désirer, je l'avoue. Au cours des précédentes journées, à mesure que je sentais mon corps recouvrer jeunesse et vitalité, j'avais éprouvé certaines difficultés à contrôler les membres de ma famille ainsi que mes autres sujets. Quelques minutes après que Miss Sewell eut vu le dénommé Saul sortir de l'enclos en compagnie de Jensen Luhar et de trois autres prisonniers, je dis à la fille de couleur : « Ils tiennent ton Juif. »

Les réactions incertaines du pion de Nina trahissaient la précarité du contrôle qu'elle exerçait sur lui. Je resserrai mon emprise sur mes gens et exigeai de Nina qu'elle me dise où elle se cachait. Elle refusa de m'obéir, ordonnant à sa misérable domestique de se diriger vers la porte. J'étais sûre que Nina avait perdu tout contact avec l'île et par conséquent avec Willi. La fille était littéralement à ma merci.

Je déplaçai Culley de façon qu'il puisse s'emparer de la négresse en un rien de temps et ordonnai au nègre de Philadelphie de sortir de la cuisine. Il avait un couteau à la main. « Il est temps de tout nous dire, dis-je à Nina d'une voix taquine. Ou il est temps de mourir pour ta négresse. »

Nina n'hésiterait pas à sacrifier cette fille. La vie d'un pion — même le mieux conditionné — avait sûrement moins de valeur à ses yeux que sa propre sécurité. Je préparai Culley à foncer sur la fille et à lui agripper le cou de ses grosses mains. Sa tête ferait un angle impossible avec son corps, elle connaîtrait le sort des poulets que Mama Booth tuait derrière la maison avant le dîner. Mère choisissait la volaille ; Mama Booth l'attrapait, lui tordait le cou, et jetait le tas de plumes dans la véranda avant que l'oiseau ait compris ce qui lui arrivait.

La fille choisit ce moment pour me surprendre. Je m'attendais que Nina lui ordonne de se battre ou de s'enfuir, à moins qu'elle ne tente de prendre le contrôle d'un de mes gens, mais la négresse resta où elle était et souleva son pull trop large, révélant une ceinture ridicule — une bandoulière de bandit mexicain — chargée de petits carrés de pâte à modeler enveloppés dans du cellophane. Des fils les reliaient à un gadget qui ressemblait à un petit poste à transistors. «Melanie, stop!» hurla-t-elle.

J'obéis. Les mains de Culley se figèrent dans le vide, déjà tendues vers la gorge étique de la négresse. Je ne ressentais nulle inquiétude, seulement une certaine curiosité devant cette nouvelle manifestation de la folie de Nina.

«Ce sont des explosifs», haleta la fille. Sa main se posa sur un bouton du poste à transistors. «Si tu me touches, je déclenche la mise à feu. Si tu essaies de t'insinuer dans mon esprit, le moniteur la déclenchera automatiquement. L'explosion rasera complètement ce mausolée puant.

– Nina, Nina, fis-je dire à Justin, tu es épuisée. Assieds-toi une minute. Je vais demander à Mr. Thorne de nous servir le thé.»

C'était une erreur tout à fait naturelle, mais la négresse retroussa les lèvres sur un rictus qui n'avait rien d'aimable. «Mr. Thorne n'est plus là, Melanie. Décidément, ton cerveau tourne à la sauce blanche. Mr. Thorne… quel que soit son vrai nom… a tué mon père avant qu'un fumier de tes amis le tue à son tour. Mais tout était de ta faute, espèce de vieux sac de pus. C'est toi qui as organisé tout ça, comme une araignée au centre de… *ne fais pas ça!*»

Culley avait à peine bougé. Je lui ordonnai de baisser lentement les mains et de reculer d'un pas. Puis j'envisageai de m'emparer du système nerveux de la fille. Il ne me faudrait que quelques secondes pour y parvenir — le temps qu'un de mes gens la maîtrise et l'empêche de presser le petit bouton rouge. Mais n'allez pas croire que je prenais une seule seconde au sérieux ses ridicules menaces. «De quelle sorte d'explosif s'agit-il, ma chère? demandai-je par la bouche de Justin.

– Du C-4.» La voix de la négresse était posée, mais je

percevais sans peine la rapidité de son souffle. «Un explosif de l'armée... du plastic... et j'en ai six kilos sur moi, assez pour souffler cette maison et démolir une partie de la demeure des Hodges.»

Cela ne ressemblait guère à Nina. Dans ma chambre, le Dr Hartman ôta maladroitement une intraveineuse de mon bras et commença à me retourner sur le flanc droit. Je le chassai de mon bras valide. «Comment pourrais-tu déclencher l'explosion si je m'emparais de ta petite négrillonne?» demandai-je par l'entremise de Justin. Howard attrapa un Colt 45 dans ma table de nuit, ôta ses chaussures et descendit l'escalier à pas de loup. Grâce à Miss Sewell, j'étais toujours en contact avec un des gardes qui portaient la forme inanimée de Jensen Luhar dans le tunnel pendant que leurs équipiers continuaient de poursuivre le pion que la négresse avait appelé Saul. On entendait les signaux d'alarme jusque dans l'enclos des prisonniers. Une tempête approchait de l'île; le radio d'un des navires de surveillance signala des creux de deux mètres.

La négresse fit un pas vers Justin. «Tu vois ces fils?» demanda-t-elle en se penchant. De minces filaments descendaient de son cuir chevelu jusque dans le col de son chemisier. «Ces électrodes transmettent le relevé de mes ondes cérébrales au moniteur. Je me fais bien comprendre?

– Oui», fit Justin. Je n'avais pas la moindre idée de ce qu'elle racontait.

«Les ondes cérébrales ont un graphe bien défini, poursuivit la fille. Elles sont aussi caractéristiques que des empreintes digitales. Dès que ton esprit malade et pourri touchera le mien, cela induira un rythme que l'on appelle le rythme thêta — on le trouve chez les rats, les lézards et les formes de vie inférieures dans ton genre —, le petit ordinateur du moniteur le décèlera aussitôt et il déclenchera la mise à feu. Tout ça en moins d'une seconde, Melanie.

– Tu mens.

– Eh bien, tu n'as qu'à tenter le coup.» La fille avança d'un pas et poussa brutalement Justin, faisant tomber le pauvre enfant à la renverse. Il entra en collision avec le fauteuil préféré de Père et se retrouva assis dessus. «Tu n'as qu'à tenter le coup, répéta-t-elle d'une voix furibonde, vas-y, vieille salope desséchée, on se retrouvera en enfer.

– Qui êtes-vous?

– Personne. Une femme dont tu as assassiné le père. Un homme dont tu ne te souviens même pas, j'en suis sûre.

– Vous n'êtes pas Nina?» Howard était arrivé en bas de l'escalier. Il leva son arme, prêt à bondir sur le seuil et à tirer.

La fille se tourna vers Culley, puis vers le hall. La lueur verte en provenance du palier permettait de distinguer la silhouette sombre de Howard. «Si tu me tues, dit-elle, le moniteur percevra l'interruption de mes ondes cérébrales et déclenchera aussitôt la mise à feu. L'explosion tuera toutes les personnes qui se trouvent dans la maison.» Je ne percevais nulle peur dans sa voix, rien qu'un sentiment qui ressemblait à de l'exaltation.

Elle mentait, bien entendu. Ou plutôt, c'était Nina qui mentait. Cette négresse, cette fille des rues, n'avait aucun moyen de connaître les détails de la vie de Nina: la mort de son père, le Jeu viennois. Mais elle m'avait *déjà* accusée d'avoir tué son père lors de notre première rencontre, à Grumblethorpe. Mais en étais-je bien sûre? Mon esprit n'était que confusion. Peut-être que la mort avait plongé Nina dans la folie, au point de la persuader que c'était *moi* qui avais poussé son père sous les roues d'un tramway à Boston. Peut-être que durant ses dernières secondes de vie, la conscience de Nina avait trouvé refuge dans le cerveau inférieur de cette fille — était-ce une des femmes de chambre de Mansard House? — et que ses souvenirs étaient désormais inextricablement mêlés à ceux d'une domestique de couleur. A cette idée, je faillis éclater de rire par l'entremise de Justin. Comme cela aurait été ironique!

Quelle que soit la vérité, je n'avais rien à redouter de ses prétendus explosifs. Je connaissais le terme de « plastic », mais j'étais sûre qu'une telle substance ne ressemblait pas à de la pâte à modeler. Ne ressemblait même pas à du plastique. De plus, je me rappelais le jour où mon père avait dû faire dynamiter un barrage de castors dans notre propriété de Georgie, juste avant la guerre ; seuls lui et le métayer avaient été autorisés à accompagner les artificiers au bord du lac, et ces derniers avaient installé explosifs et détonateurs avec un luxe de précautions. Les explosifs étaient trop dangereux pour qu'on les transporte sur cette ceinture ridicule. Quant au reste de son histoire — ordinateur et ondes cérébrales —, il n'avait aucun sens. De telles idées relevaient des revues de science-fiction bon marché que Willi dévorait avant la guerre. Et même si de telles choses étaient possibles — ce dont je doutais fort —, elles dépassaient l'entendement d'une négresse. Moi-même, j'avais du mal à saisir ce concept.

Mais il ne serait guère avisé de provoquer Nina. Il était toujours possible que l'attirail de son pion dissimule de la vraie dynamite. Je ne voyais aucune raison de contrarier Nina, du moins pour l'instant. Elle était aussi folle que le chapelier de Lewis Carroll et cela la rendait d'autant plus dangereuse. « Que veux-tu ? » demandai-je.

La fille humecta ses lèvres épaisses et regarda autour d'elle. « Fais sortir tous tes gens de cette pièce. Sauf Justin. Qu'il reste assis où il est.

– Bien sûr », ronronnai-je. Le jeune nègre, l'infirmière Oldsmith et Culley sortirent du salon par diverses portes. Howard recula d'un pas pour laisser passer Culley, mais il ne baissa pas son arme.

« Dis-moi ce qui se passe », demanda sèchement la négresse. Son doigt resta à proximité du bouton de l'appareil fixé à sa ceinture.

« Que veux-tu dire, ma chère ?

– Sur l'île, insista la fille. Qu'est-il arrivé à Saul ? »

Justin haussa les épaules. « J'ai cessé de m'intéresser à son sort. »

La fille avança de trois pas et je crus qu'elle allait frapper le pauvre enfant. « Bon Dieu ! Dis-moi ce que je veux savoir ou je déclenche la mise à feu. Ça en vaudra la peine, je saurai que tu es morte… que tu grilles dans ton lit comme une grosse rate rôtie à la broche. Décide-toi, salope. »

J'ai toujours détesté la grossièreté. La répugnance que m'inspirait une telle vulgarité était encore accentuée par les images évoquées par la négresse. Si ma mère a toujours redouté les inondations, le feu a toujours été ma *bête noire*[1]. « Ton Juif a lancé une pierre sur l'homme de Willi et s'est enfui dans la forêt avant que la partie ait eu le temps de commencer. Deux gardes ont emporté le pion nommé Jensen Luhar dans l'infirmerie de cette ridicule ruche souterraine. Cela fait plusieurs heures qu'il est inconscient.

– Où est Saul ? »

Justin fit la grimace. Sa voix était plus geignarde que je ne l'aurais souhaité. « Comment le saurais-je ? Je ne peux pas être partout à la fois. » Je ne voyais aucune raison de lui dire que le garde que j'avais contacté par l'intermédiaire de Miss Sewell venait de jeter un coup d'œil dans l'infirmerie juste à temps pour voir le nègre de Willi se redresser sur sa table et étrangler les deux hommes qui venaient de l'y allonger. Ce spectacle me causa une étrange sensation de déjà-vu, puis je me rappelai le Kruger-Kino de Vienne où j'avais vu *Frankenstein* avec Willi et Nina durant l'été 1932. Je me rappelle avoir hurlé lorsque la main du monstre avait frémi avant de se dresser pour étrangler le médecin qui se penchait sur lui sans se douter de rien. Je n'avais aucune envie de hurler à présent. J'ordonnai à mon garde de s'éloigner, et il passa devant une salle où d'autres gardes regar-

1. En français dans le texte. *(N.d.T.)*

daient plusieurs rangées d'écrans de télévision avant de faire halte à l'entrée de l'aile administrative. Je ne voyais aucune raison de faire part de ces événements à la négresse de Nina.

« Quelle direction a pris Saul ? » demanda-t-elle.

Justin croisa les bras. « Pourquoi ne *me* le dis-tu pas puisque tu es si maligne ?

– D'accord. » La négresse baissa les paupières jusqu'à ce qu'on n'aperçoive plus de ses yeux que deux croissants de sclérotique. Howard attendait toujours dans l'ombre du couloir. « Il court vers le nord, dit-elle. Il traverse une épaisse jungle. Il y a... une sorte de bâtiment en ruine. Je vois des croix. C'est un cimetière. » Elle ouvrit les yeux.

Je poussai un gémissement et m'agitai sur ma couche. J'étais pourtant *persuadée* que Nina était incapable de contacter son pion. Mais il y avait moins d'une minute que j'avais vu sur un écran la scène qu'elle décrivait. J'avais perdu la trace du nègre de Willi dans le labyrinthe des tunnels. Se pouvait-il que Willi Utilise cette fille ? Il semblait aimer Utiliser les gens de couleur et les membres des races inférieures. Si c'était Willi, alors où était Nina ? Je sentis la migraine m'envahir.

« Que veux-tu ? demandai-je à nouveau.

– Tu vas continuer à suivre le plan, dit la fille, toujours debout près de Justin. Exactement comme prévu. » Elle consulta sa montre. Sa main s'était éloignée du bouton rouge, mais je n'avais pas oublié son histoire d'ordinateur et d'ondes cérébrales.

« Il me semble peu raisonnable de poursuivre, observai-je. Le manque de sportivité de ton Juif a gâché le programme de la soirée et je ne pense pas que les autres seront...

– La ferme. » Le langage de la fille était toujours vulgaire, mais son ton était bien celui de Nina. « Tu vas continuer à agir comme prévu. Sinon, nous verrons ce que le C-4 laissera de cette baraque.

– Tu n'as jamais aimé ma maison. » Justin fit la moue.

« *Exécution, Melanie.* Si tu désobéis à mes ordres, je le saurai aussitôt. Ou du moins rapidement. Et je ne te laisserai aucun *répit* avant l'explosion. *Exécution.* »

J'étais à deux doigts d'ordonner à Howard de l'abattre. Personne ne me parle sur ce ton chez moi, encore moins une traînée de négresse dont la place n'est pas dans mon salon. Mais je me maîtrisai et ordonnai à Howard de baisser son arme. Il me fallait prendre d'autres détails en considération.

Cela ressemblait bien à Nina — ou à Willi, d'ailleurs — de me provoquer ainsi. Si je tuais la négresse, j'aurais tout le salon à nettoyer et je n'aurais plus aucun moyen de découvrir la cachette de Nina. Et il était toujours possible qu'une partie de son histoire ait un fond de vérité. Cet Island Club si bizarre dont elle m'avait parlé était bien réel, même si Mr. Barent était apparemment un gentleman contrairement à ses dires. Ce groupe représentait de toute évidence une menace pour moi, même si je ne voyais pas de quelle façon Willi était en danger. Si je laissais passer cette occasion, non seulement je perdrais Miss Sewell, mais il me faudrait vivre dans l'angoisse durant les semaines et les mois à venir, ignorant quel moment mes ennemis choisiraient pour frapper.

En dépit de la demi-heure mélodramatique qui venait de s'écouler, je me retrouvais obligée d'entériner l'alliance que j'avais passée avec la négresse de Nina — ramenée à mon point de départ d'il y avait quelques semaines.

« Très bien, soupirai-je.

– *Tout de suite*, ordonna la fille.

– Oui, oui », murmurai-je. Justin s'affala sur son siège. Les membres de ma famille se statufièrent. Mes gencives grincèrent lorsque je serrai les mâchoires, fermai les yeux, et tendis mon corps dans un effort surhumain.

Miss Sewell leva les yeux lorsque la lourde porte de l'enclos s'ouvrit à grand bruit. Le garde assis dans la guérite bondit sur ses pieds lorsque le nègre de Willi entra. Il leva son pistolet mitrailleur. Le nègre le lui arracha et le frappa au visage du plat de la main, lui cassant le nez et projetant des éclats d'os dans son cerveau.

Le nègre tendit une main vers la guérite et abaissa un levier. Les barreaux de toutes les cellules se levèrent et, alors que les autres prisonniers se recroquevillaient dans leurs niches, Miss Sewell sortit de la sienne, s'étira pour réactiver sa circulation et se tourna vers l'homme de couleur.

«Bonjour, Melanie, dit-il.

– Bonsoir, Willi.

– Je savais que c'était toi, dit-il doucement. Incroyable que nous arrivions à percer à jour nos déguisements respectifs, même après toutes ces années. *Nicht wahr?*

– Oui. Aurais-tu l'obligeance de trouver un vêtement à mon pion? Il n'est pas convenable qu'elle reste toute nue.»

Le nègre de Willi sourit mais hocha la tête, puis il se pencha sur le cadavre du garde et lui arracha sa chemise. Il en enveloppa les épaules de Miss Sewell. Je me concentrai sur les deux boutons qui restaient pour les fermer. «Vas-tu m'amener dans la grande maison?

– Oui.

– Est-ce que Nina est ici, Willi?»

Le nègre plissa le front et arqua un sourcil. «T'attendais-tu à la trouver ici?

– Non.

– Tu vas rencontrer d'autres personnes, dit-il, exhibant les dents fortes de son pion de couleur.

– Mr. Barent. Sutter... et les autres membres de l'Island Club.»

Le pion de Willi se mit à rire de bon cœur. «Melanie, mon amour, tu m'étonneras toujours. Tu ne sais rien, mais tu réussis toujours à tout savoir.»

Le visage de Miss Sewell afficha une moue qui m'était coutumière. «Ne sois pas méchant, Willi. Cela ne te sied pas.»

Il se remit à rire. « Oui, oui ! s'exclama-t-il. Pas de méchancetés cette nuit. C'est notre dernière Réunion, *Liebchen*. Viens, les autres nous attendent. »

Je le suivis le long des corridors et de la rampe qui conduisait à la sortie. Je ne vis aucun garde, mais restai en contact avec celui que j'avais placé près de l'aile administrative.

Nous sommes passés devant une haute clôture sur laquelle le corps d'un garde crépitait et fumait, crucifié sur les fils électriques. Je vis des silhouettes pâles courir dans les ténèbres, les autres prisonniers nus qui fuyaient dans la nuit. Les nuages couraient dans le ciel. La tempête était toute proche. « Ceux qui m'ont fait tant de mal vont le payer cette nuit, n'est-ce pas, Willi ?

– Oh oui ! gronda-t-il sans desserrer les dents. Oh oui, ils vont le payer, Melanie, mon amour. »

Nous nous sommes dirigés vers l'immense maison inondée de lumière blanche. J'ordonnai à Justin de pointer sur la négresse de Nina un doigt accusateur. « C'est ce que tu voulais ! criai-je d'une voix suraiguë de petit garçon. C'est ce que tu voulais. Maintenant, *regarde !* »

67.
Dolmann Island,
mardi 16 juin 1981

Saul n'avait jamais vu un tel déluge. Lorsqu'il se mit à courir sur la plage, une masse d'eau s'abattit sur lui, menaçant de l'aplatir sur le sable comme un rideau de théâtre tombant sur un acteur resté un instant de trop sur scène. Les faisceaux lumineux des hors-bord et de l'hélicoptère ne faisaient qu'éclairer la trajectoire floue des grosses gouttes argentées qui criblaient le sol comme des missiles. Saul courut, glissant sur un sable qui avait pris la consistance de la boue, étrangement persuadé qu'il ne pourrait jamais se relever s'il venait à tomber.

L'averse diminua d'intensité aussi soudainement qu'elle s'était déchaînée. L'eau lui martelait la tête et les épaules, le grondement du tonnerre et le staccato des gouttes sur le feuillage étouffaient tous les autres bruits, et voilà qu'en un instant la pression se relâchait, il voyait devant lui à plus de dix mètres de distance en dépit des volutes de brume, il entendait les hommes qui se mettaient à crier en l'apercevant. Devant lui jaillirent de petits geysers de sable et il se demanda l'espace d'une seconde s'il s'agissait de coques ou de crabes quittant leur abri après la tempête avant de comprendre qu'on lui tirait dessus. Le bruit du rotor couvrit celui de l'orage et une forme massive passa en un éclair au-dessus de sa tête, un faisceau aveuglant fouilla la plage à sa recherche. L'hélicoptère changea brutalement de direction, fendant la brume devant lui avant de faire demi-tour six mètres au-dessus du sable battu par les vagues. Les moteurs des hors-bord gémirent lorsque leurs coques fendirent la ligne blanche des brisants.

Saul trébucha, réussit à retrouver l'équilibre, continua de courir. Il ne savait pas où il se trouvait. Il était sûr que la plage de la pointe nord était plus étroite, la lisière de la jungle moins éloignée du rivage. L'espace d'une seconde, alors que l'hélicoptère achevait sa manœuvre et l'éclairait de son projecteur, il fut persuadé que le déluge l'avait empêché de repérer la crique. La nuit, la tempête et la marée avaient altéré le paysage et il était passé devant son point de repère sans le voir. Il continua sa course, le souffle court, la gorge serrée, la poitrine en feu, entendant des impacts de balle et voyant des geysers de sable jaillir de toutes parts.

L'hélicoptère remonta la plage en rugissant, menaçant de le décapiter avec ses patins. Saul se plaqua au sol, et le sable râpeux comme du papier de verre lui lacéra la poitrine, le ventre et les organes génitaux. Il enfouit sa tête dans le sable lorsque l'appareil passa au-dessus de lui dans un vacarme infernal. Peut-être qu'une balle perdue toucha son moteur, peut-être qu'un mécanisme atteignit son point de rupture, Saul n'aurait su le dire, mais il entendit un bruit évoquant celui d'une bétonneuse emplie de boulons ; l'hélicoptère tressauta et fit une embardée au moment précis où il survolait son corps gisant dans le sable. Cinquante mètres plus loin, le pilote essaya de prendre de l'altitude, mais il ne réussit qu'à virer vers le large, puis à obliquer vers la jungle, rotor principal et rotor de queue cherchant à l'entraîner dans deux directions opposées. L'hélicoptère fonça droit sur les arbres.

Il sembla durant quelques secondes que le pilote voulait utiliser les pales de son rotor pour se frayer un chemin à travers les frondaisons — des fragments de feuilles de palmier volaient au-dessus de la cime des arbres comme des ouvriers s'écartant devant un tacot en folie dans un film de Mack Sennett — mais l'hélicoptère apparut bientôt au-dessus de la lisière de la forêt, décrivit un improbable looping, et la lueur de son projecteur braqué vers le ciel se refléta sur le plexiglas de son cockpit luisant de pluie. Saul se plaqua au sol une nouvelle fois tandis que des fragments de verre et de métal arrosaient la plage sur une largeur de cinquante mètres.

Le cockpit heurta le sable, rebondit au-dessus des vagues comme une pierre lancée assez fort pour faire ricochets, puis s'enfonça dans trois mètres d'eau. Une seconde plus tard, les charges explosives encore à bord sautèrent, la mer se mit à briller comme une flamme dans un globe vert, et un geyser d'écume jaillit sur une hauteur de douze mètres avant de retomber vers Saul. Des débris divers criblèrent le sable pendant trente bonnes secondes.

Saul se releva, s'épousseta et contempla la scène d'un air hébété. Il venait de comprendre qu'il se trouvait dans le lit d'un petit ruisseau parcourant une large dépression creusée dans la plage lorsque la première balle l'atteignit. Il ressentit une vive douleur à la cuisse gauche et pivota juste à temps pour encaisser au niveau de l'omoplate droite une seconde balle qui le projeta dans le courant boueux.

Deux hors-bord se préparaient à accoster pendant qu'un troisième restait au large. Saul gémit et roula sur lui-même pour examiner sa cuisse. La balle lui avait labouré la chair en dessous de la hanche. Il tenta de palper son dos de la main gauche, mais son omoplate était engourdie. Sa main était ensanglantée lorsqu'il la retira, mais cela ne lui apprenait pas grand-chose. Il leva le bras droit et agita les doigts. Au moins son bras était-il encore en état de marche.

Au diable, pensa-t-il en anglais, et il rampa vers la jungle. A vingt mètres de là, la coque du premier hors-bord racla le sable et quatre hommes en descendirent, l'arme au poing.

Toujours couché à terre, Saul leva les yeux et vit les nuages s'écarter. Les étoiles refirent leur apparition tandis que les éclairs illuminaient toujours le monde au nord et à l'ouest. Puis le dernier nuage passa, tel un immense rideau se levant sur le troisième et dernier acte.

Tony Harod s'aperçut qu'il était mort de trouille. Les cinq hommes étaient descendus dans la grande salle, où les gardes du corps de Barent avaient déjà disposé deux fauteuils face à face de part et d'autre du sol carrelé. Les Neutres de Barent montaient la garde à chaque porte et à chaque fenêtre, sentinelles armées des plus incongrues avec leurs blazers et leurs pantalons gris. Un petit groupe d'entre eux entourait Maria Chen, un assistant de Kepler répondant au nom de Tyler, et Tom Reynolds, l'autre pion de Willi. Derrière la porte-fenêtre, Harod aperçut l'hélicoptère personnel de Barent posé dans une petite dépression devant les falaises, entouré d'un escadron de Neutres qui clignaient des yeux sous la lueur des projecteurs.

Barent et Willi semblaient les seuls à comprendre ce qui se passait. Kepler continuait de faire les cent pas et de se tordre les mains comme un condamné à mort tandis que Jimmy Wayne Sutter restait immobile, le sourire aux lèvres et les yeux vitreux, comme un amateur de peyotl en plein trip. « Alors, où est votre putain d'échiquier ? » demanda Harod.

Barent sourit et se dirigea vers une longue table Louis XIV où se trouvaient disposés un buffet, des verres et des bouteilles. La table voisine était encombrée d'appareils électroniques, et Swanson, l'agent du F.B.I., s'était posté à côté avec un micro et un écouteur. « Il n'est pas nécessaire d'avoir un échiquier pour jouer, Tony, dit Barent. Ce jeu est avant tout un exercice mental.

– Et vous dites que ça fait plusieurs mois que vous jouez par correspondance, tous les deux ? » La voix de Joseph Kepler était tendue. « Depuis décembre dernier, après que nous avons lâché Nina Drayton sur Charleston ?

– Non.» Barent fit un signe à un domestique vêtu d'un blazer bleu, qui lui servit une coupe de champagne. Il le goûta et eut un hochement de tête approbateur. «En fait, Mr. Borden m'a contacté pour entamer l'ouverture quelques semaines avant les événements de Charleston.»

Kepler eut un rire sec. «Et vous m'avez laissé croire que j'étais le seul à pouvoir le contacter alors que Sutter et vous avez toujours été en liaison avec lui?»

Barent jeta un regard à Sutter. Celui-ci contemplait le paysage avec des yeux fixes. «Le révérend Sutter avait contacté Mr. Borden longtemps auparavant.»

Kepler se dirigea vers la table et se servit un whiskey bien tassé. «Vous vous êtes servi de moi, tout comme vous vous êtes servi de Colben et de Trask.» Il avala son verre cul sec.

«Joseph, dit Barent d'une voix apaisante, Charles et Nieman étaient au mauvais endroit au mauvais moment.»

Kepler eut un nouveau rire et se resservit un verre. «Des pièces capturées. Évacuées de l'échiquier.

– *Ja*, acquiesça Willi d'une voix joviale, mais j'ai moi aussi perdu quelques pièces.» Il saupoudra de sel un œuf dur et y mordit à belles dents. «Herr Barent et moi n'avons guère ménagé nos reines lors de l'ouverture.»

Harod s'était approché de Maria Chen; il lui prit la main. Elle avait les doigts glacés. Les gardes de Barent étaient à plusieurs mètres de distance. Elle se pencha vers Harod et murmura : «Ils m'ont fouillée, Tony. Ils savaient que j'avais planqué une arme à bord du bateau. Il n'y a plus aucun moyen de quitter l'île à présent.»

Harod hocha la tête.

«Tony, chuchota-t-elle en lui étreignant la main, j'ai peur.»

Harod parcourut la vaste pièce du regard. Les hommes de Barent venaient de braquer des projecteurs sur une portion du carrelage noir et blanc. Chaque carreau mesurait environ un mètre vingt de côté. Harod compta huit rangées de carreaux éclairés, chaque rangée comportant huit carreaux. Il comprit qu'il avait devant lui un gigantesque échiquier. « Ne t'inquiète pas, murmura-t-il, je te tirerai de là, je le jure.

– Je t'aime, Tony », chuchota la belle Eurasienne.

Harod la regarda pendant une bonne minute, lui étreignit la main, puis retourna près du buffet.

« Ce que je ne comprends pas, Herr Borden, dit Barent, c'est comment vous avez empêché Mrs. Fuller de quitter le pays. Les hommes de Richard Haines n'ont jamais réussi à savoir ce qui s'est passé à l'aéroport d'Atlanta. »

Willi éclata de rire et ôta des fragments de blanc d'œuf de ses lèvres. « Un coup de téléphone. Un simple coup de téléphone. Il y a quelques années de cela, j'avais pris la précaution d'enregistrer certaines conversations téléphoniques entre Melanie et ma chère Nina. Il m'a suffi de faire un petit montage sonore. » Il prit une voix de fausset. « Melanie ? Melanie, ma chérie, ici Nina... Melanie ? Ma chérie, ici Nina... » Willi se remit à rire et attrapa un autre œuf dur.

« Et vous aviez déjà choisi Philadelphie comme champ de bataille pour le milieu de partie ? demanda Barent.

– *Nein*. J'étais prêt à jouer là où Melanie choisirait de se terrer. Mais Philadelphie était un lieu fort acceptable dans la mesure où il permettait à mon associé Jensen Luhar de passer inaperçu parmi les autres Noirs. »

Barent secoua la tête avec regret. « Ces escarmouches nous ont coûté fort cher. Nous n'avons pas toujours très bien joué, tous les deux.

– *Ja*, j'ai perdu ma reine en échange d'un cavalier et de quelques pions, dit Willi en plissant le front. C'était nécessaire si je voulais éviter une conclusion trop rapide et trop ambiguë, mais je n'ai pas joué à mon meilleur niveau. »

Swanson s'approcha de Barent et lui murmura quelques mots à l'oreille. « Veuillez m'excuser quelques instants», dit le milliardaire, qui se dirigea vers la table où était installé l'équipement radio. Lorsqu'il en revint, il lança un regard noir à Willi. «Qu'est-ce que vous mijotez, Mr. Borden?»

Willi se lécha les doigts et ouvrit de grands yeux innocents.

«Qu'y a-t-il? demanda Kepler. Que se passe-t-il?

– La majorité des prisonniers sont sortis de l'enclos, dit Barent. Deux gardes au moins ont péri au nord de la zone de sécurité. Mes hommes viennent de repérer l'associé noir de Mr. Borden accompagné d'une femme… le pion que Mr. Harod a amené sur l'île… à moins de quatre cents mètres d'ici, dans Live Oak Lane. Quelles sont vos intentions, monsieur?»

Willi écarta les bras, les paumes levées vers le ciel. «Jensen est un associé de longue date que j'estime énormément. Je le faisais venir ici pour qu'il participe à la fin de la partie, Herr Barent.

– Et la femme?

– J'avais également l'intention de l'utiliser, je l'avoue.» Le vieil homme jeta un regard circulaire sur la grande salle, où se trouvaient deux douzaines de Neutres armés de mitraillettes Uzi et de fusils automatiques. On en apercevait d'autres postés sur les balcons qui dominaient la scène. «Vous n'allez pas me dire que ces deux pions nus représentent une menace à vos yeux», conclut-il en gloussant.

Le révérend Jimmy Wayne Sutter se détourna de la fenêtre. «Si le Seigneur crée de l'extraordinaire, si la terre, ouvrant sa gueule, les engloutit avec tout ce qui leur appartient, s'ils descendent vivants au séjour de la mort, vous saurez que ces gens avaient méprisé le Seigneur.» Il fit de nouveau face à la nuit. «Nombres, chapitre seize.

– Merci du fond du cul, on avait bien besoin de ça», dit Harod. Il décapsula une bouteille de vodka hors de prix et en but une gorgée à même le goulot.

«Silence, Tony, ordonna sèchement Willi. Eh bien,

Herr Barent, me permettez-vous de faire venir mes pions ici pour que nous achevions notre partie ? »

Kepler agrippa Barent par la manche de son veston, les yeux luisants de rage ou de terreur. « Tuez-les ! » Il désigna Willi. « Tuez-*le !* Il est complètement fou. Il veut détruire cette putain de planète parce qu'il ne supporte pas de savoir qu'il va bientôt mourir. Tuez-le avant qu'il ait le temps de…

– Taisez-vous, Joseph. » Barent fit un signe à Swanson. « Amenez-les ici, et nous commencerons.

– Un instant », dit Willi. Il ferma les yeux pendant trente bonnes secondes. « En voilà une autre. » Willi ouvrit les yeux. Son sourire s'élargit encore. « Une autre pièce vient d'arriver. Cette partie sera encore plus agréable que je ne l'avais escompté, Herr Barent. »

Le sergent S.S. au menton orné d'un emplâtre avait tiré sur Saul et l'avait jeté dans la Fosse parmi des centaines d'autres Juifs nus et morts. Mais Saul n'était pas mort. Il rampait dans de soudaines ténèbres sur le sable humide de la Fosse et sur la chair lisse et glaciale de ces cadavres qui avaient été des hommes, des femmes et des enfants venus de Lodz et d'une centaine d'autres villes et villages polonais. L'engourdissement qui avait gagné son épaule droite et sa cuisse gauche laissait la place à une douleur insoutenable. On lui avait tiré deux balles dans le corps, on l'avait jeté dans la Fosse — enfin ! —, mais il était toujours vivant. Vivant. Et furieux. La rage qui lui parcourait les veines était plus forte que la douleur, plus forte que la fatigue, la terreur et la résignation. Saul rampait sur les corps nus et le sol humide de la Fosse, et sa colère alimentait sa volonté de rester en vie. Il s'avança dans le noir.

Il était vaguement conscient de vivre une expérience hallucinatoire et le psychiatre qu'il était en était fasciné, se demandait si ses blessures récentes en étaient la cause, s'émerveillait du réalisme de ces deux moments qui se confondaient à quarante années d'intervalle.

Mais pour une autre partie de son esprit, cette expérience était la réalité même, une résolution du principal conflit de son existence — une honte et une obsession qui l'avaient *privé* de vie pendant quarante ans, une fixation qui l'avait empêché de goûter aux joies du mariage et de la famille, d'entretenir des espoirs pour l'avenir, obnubilé qu'il était par son échec. Il avait échoué à mourir. Il avait échoué à rejoindre les autres dans la Fosse.

Et voilà qu'il y avait réussi.

Les quatre hommes qui avaient débarqué sur la plage échangèrent des cris et se déployèrent sur une trentaine de mètres. Leurs armes arrosèrent la jungle. Saul se concentra sur sa tâche, rampant dans des ténèbres presque absolues, tâtant le terrain de ses mains, sentant le sable et les oyats laisser la place à une eau saumâtre où flottait du bois mort. Il plongea le visage dans l'eau et le releva dans un hoquet, secouant la tête pour en chasser gouttes et brindilles. Il avait perdu ses lunettes, mais elles ne lui manquaient guère dans une telle obscurité; qu'il soit à dix mètres ou à dix kilomètres de l'arbre qu'il cherchait, cela n'avait aucune importance. La lueur des étoiles était incapable de franchir l'obstacle du feuillage et seuls les vagues contours de ses doigts quelques centimètres devant ses yeux lui prouvaient que la balle qui s'était logée dans son épaule droite ne l'avait pas rendu aveugle.

Saul se demandait quelle était la gravité de sa blessure, où s'était logée la balle — un rapide examen ne lui avait pas permis de trouver un point de sortie — et combien de temps il survivrait sans intervention médicale. Ces questions lui parurent bien théoriques lorsqu'une nouvelle salve déchiqueta les feuilles soixante centimètres au-dessus de sa tête. Des morceaux de branches tombèrent dans l'eau stagnante avec un bruit mou. Moins de dix mètres derrière lui, un homme cria : «Par ici! Il est parti par là! Kelty, Suggs, suivez-moi. Overholt, reste sur la plage et surveille-la au cas où il y reviendrait!»

Saul se remit à ramper, puis se redressa lorsque l'eau arriva au niveau de sa taille. De puissants rayons lumineux éclairèrent la jungle derrière lui de leurs faisceaux jaunes. Il avança en titubant sur quatre ou cinq mètres, puis trébucha sur une souche invisible, s'éraflant les cuisses dans sa chute et avalant une gorgée d'eau saumâtre.

Alors qu'il se mettait à genoux et émergeait à l'air libre, un pinceau lumineux lui balaya les yeux.

« Le voilà ! » Le rayon de la torche s'écarta l'espace d'une seconde et Saul se plaqua contre la souche pourrissante alors que les premières balles fendaient l'air. L'une d'elles traversa le bois friable à moins de vingt centimètres de sa joue et fila au-dessus de l'eau avec un bourdonnement d'insecte en furie. Saul eut un mouvement de recul instinctif et, au même instant, un des trois rayons lumineux qui fouillaient les alentours se posa sur le tronc d'un arbre frappé par la foudre et ouvert en son milieu.

« Sur la gauche ! » cria quelqu'un. Le vacarme des armes automatiques était infernal ; la voûte des arbres donnait l'impression que les trois hommes tiraient à l'intérieur d'un endroit clos.

Profitant de la pénombre momentanée, Saul se redressa et se dirigea vers l'arbre distant de six mètres. Un rayon lumineux se pointa dans sa direction, le captura, le laissa échapper lorsque l'homme qui tenait la torche leva son arme. Saul remarqua distraitement que les balles sifflaient à ses oreilles comme des abeilles enragées. Il fut aspergé d'eau saumâtre lorsqu'un des hommes arrosa le marécage sur toute sa largeur, logeant quelques projectiles dans l'arbre.

Les torches le localisèrent alors qu'il atteignait l'arbre et plongeait une main dans le tronc.

Le sac qu'il y avait dissimulé avait disparu.

Saul plongea au moment précis où les balles labouraient le tronc là où sa tête et ses épaules s'étaient trouvées un instant plus tôt. Les balles qui s'enfonçaient dans l'eau émirent un bruit étrange lorsqu'il se mit à ramper sur le fond, agrippant racines et plantes aquatiques pour ne pas remonter à la surface. Il émergea derrière l'arbre en hoquetant, priant pour trouver un bâton, une pierre, n'importe quoi de solide qu'il puisse brandir dans leur direction lorsqu'il gaspillerait ses ultimes secondes de vie à les affronter. Sa colère était désormais un sentiment transcendant qui lui faisait totalement oublier ses souffrances. Il l'imagina jaillissant de son crâne telles les cornes de lumière dont la légende voulait que Moïse ait été coiffé lorsqu'il était descendu du Sinaï, tels les étroits rais de lumière qui traversaient l'arbre creux criblé de balles.

Ce fut un de ces rayons lumineux qui lui permit d'apercevoir quelque chose qui brillait dans le tronc juste en dessous du niveau de l'eau.

« Par ici ! » hurla l'homme qui avait crié quelques instants plus tôt, et les coups de feu s'interrompirent tandis que deux de ses poursuivants s'avançaient dans le marécage, se déployant sur leur droite en quête d'un bon angle de tir. Le troisième homme se dirigea vers la gauche, braquant sa torche devant lui.

Saul serra le poing et frappa l'écorce là où elle semblait la plus fragile. Une fois. Deux fois. Sa main traversa le bois à la troisième tentative et ses doigts se refermèrent sur le plastique. Le sac était tombé au fond.

« Tu le vois ? » cria un homme sur sa gauche. La mousse d'Espagne qui pendait aux branches basses barrait en partie la route aux rayons de leurs torches.

« Rapprochez-vous, merde ! » dit l'homme placé à sa droite. Il était presque visible derrière le tronc.

Saul agrippa le plastique glissant et essaya de faire passer le sac par la brèche qu'il avait ouverte dans l'écorce. Il était trop large. Saul le lâcha et attaqua l'écorce des deux mains, élargissant la brèche à coups d'ongles. Le bois pourri et calciné s'effrita en longs lambeaux, mais le tronc était par endroits dur comme l'acier.

« Je le vois ! » hurla un homme sur sa gauche, et Saul dut plonger pour éviter une nouvelle rafale, les mains griffant toujours le bois au milieu des geysers.

Le vacarme s'interrompit au bout de deux ou trois secondes et Saul émergea en hoquetant, secouant la tête pour chasser l'eau de ses yeux.

« … Barry, espèce de connard ! criait un homme à moins de huit mètres de lui. Je suis dans ta ligne de tir, idiot ! »

Saul plongea une main à l'intérieur du tronc et ne trouva que de l'eau. Le sac était tombé encore plus bas. Il s'avança et engouffra son bras gauche dans la brèche. Ses doigts se refermèrent sur une poignée au-dessus d'une lourde masse.

« Je le vois ! » cria l'homme sur sa droite.

Saul recula, percevant la présence des deux hommes derrière lui à une soudaine tension dans son omoplate douloureuse, et tira de toutes ses forces. Le sac se coinça dans la brèche, encore trop gros pour passer au travers.

L'homme qui se trouvait sur sa droite cala sa torche et tira. Un nouveau trou dans le bois laissa passer la lumière quelques centimètres au-dessus de la tête de Saul. Il s'accroupit, changea de main, tira une nouvelle fois. Le sac resta coincé. Une deuxième balle passa entre son bras droit et son flanc, suivie par un sillage de feu. Saul se rendit compte que si les deux autres ne tiraient pas, c'était uniquement parce que leur équipier était droit devant eux, s'approchait pour lui donner le coup de grâce sans cesser de l'épingler du rayon de sa torche.

Saul saisit le plastique des deux mains, se recroquevilla, et se jeta en arrière de toutes ses forces. Il s'attendait à ce que la poignée lâche, ce qu'elle fit, mais pas avant que le sac ne jaillisse du tronc dans une explosion d'écorce saturée d'humidité. Saul serra le sac mouillé contre lui, faillit le lâcher, le récupéra et fit demi-tour en courant.

L'homme tira une troisième balle, puis passa en tir automatique au moment où Saul sortait du champ de sa torche. Un autre rayon lumineux le trouva, mais disparut soudain lorsque l'homme qui tenait la torche se mit à hurler et à jurer. Un deuxième fusil entra en action après s'être déplacé de cinq ou six mètres. Saul courut en regrettant d'avoir perdu ses lunettes.

L'eau lui arrivait à peine aux genoux lorsqu'il trébucha sur un tronc et roula sur un îlot couvert de fourrés et de débris divers. Il entendit au moins deux hommes se diriger vers lui lorsqu'il retourna le sac, trouva la fermeture à glissière, l'ouvrit et sortit le sac étanche qu'il contenait.

«Il a trouvé quelque chose! cria un homme. Dépêche-toi!» Ils s'engagèrent dans la zone peu profonde que Saul venait de traverser.

Saul attrapa la bandoulière chargée de C-4, la posa sur l'herbe, puis attrapa le M-16 qui avait appartenu à Haines. Il n'était pas chargé. Veillant à ne pas faire tomber le sac dans l'eau, Saul chercha un des six chargeurs, le palpa pour le mettre dans le bon sens et l'inséra dans le magasin. Durant son récent séjour à Charleston, il avait passé des dizaines d'heures à démonter, remonter, charger et utiliser le fusil mitrailleur, sans jamais se demander *pourquoi* Cohen lui avait affirmé quelques mois plus tôt que toute personne désirant se servir d'un fusil devait d'abord apprendre à l'assembler les yeux fermés.

Les rayons lumineux balayèrent le tronc d'arbre derrière lequel Saul s'était tapi et, à en juger par les bruits d'éclaboussures qui lui parvenaient, le plus proche des deux hommes n'était qu'à trois mètres de lui et se rapprochait rapidement. Saul roula sur lui-même, régla son arme en position de tir semi-automatique avec l'aisance que confère un long entraînement, cala la crosse de plastique contre son bras et logea une rafale de balles dans le torse et le ventre du premier homme à une distance de moins de deux mètres. L'homme battit des jambes et sembla s'élever dans les airs alors que sa torche tombait dans l'eau. Son équipier se figea à six mètres de Saul et poussa un cri inintelligible. Les balles tirées par Saul remontèrent le rayon de sa torche. On entendit un fracas de verre et de métal, puis un cri, et les ténèbres descendirent sur la scène.

Saul battit des paupières, aperçut une lueur verte à quelques mètres de lui, et comprit que la torche du premier homme brillait toujours sous les cinquante centimètres d'eau croupie.

« Barry ? » La voix provenait de l'endroit où les trois hommes avaient essayé de le cerner, à une douzaine de mètres de là. « Kip ? Qu'est-ce qui se passe ? Je suis blessé. Arrêtez de déconner. »

Saul attrapa un autre chargeur dans le sac, rangea la ceinture de C-4 et se dirigea vivement vers le troisième homme en s'efforçant de rester dans l'ombre.

« Barry ? répéta celui-ci, distant à présent de six mètres. Je fous le camp. Je suis blessé. Tu m'as logé une balle dans la jambe, espèce de connard. »

Saul continua sa progression, n'avançant que lorsque l'homme faisait du bruit.

« Hé ! Qui va là ? » cria le garde dans les ténèbres.

Saul entendit distinctement le clic d'un cran de sûreté. Il se plaqua contre un arbre et dit : « C'est moi. Overholt. Éclaire-moi.

– *Merde* », dit le garde, et il alluma sa torche. Saul jeta un coup d'œil derrière son arbre et vit un homme vêtu d'un uniforme gris à la jambe ensanglantée. Il tenait une mitraillette Uzi et s'escrimait sur une torche. Saul le tua d'une balle dans la tête.

Son treillis était une combinaison une pièce qui s'ouvrait par une fermeture à glissière sur le devant. Saul éteignit la torche, ôta l'uniforme du cadavre et l'enfila dans le noir. On entendait des cris sur la plage. La combinaison était trop grande, les bottes trop petites même sans chaussettes, mais jamais Saul n'avait été aussi heureux de se vêtir. Il plongea une main dans l'eau pour chercher la casquette que portait l'homme, la trouva et s'en coiffa.

Le M-16 et l'Uzi à la main, trois chargeurs de rechange dans une poche, une lampe-torche passée à sa ceinture, Saul rebroussa chemin jusqu'à l'endroit où il avait laissé son sac. Le C-4, les chargeurs du M-16 et l'automatique Colt étaient secs et prêts à fonctionner. Il fourra l'Uzi dans le sac, le referma, le passa sur son épaule et sortit du marécage.

Un second hors-bord avait accosté à vingt mètres du premier et le quatrième homme avait rejoint les cinq nouveaux venus. Il pivota lorsque Saul émergea de la forêt près de la crique et traversa la plage.

« C'est toi, Kip ? » cria l'homme pour couvrir le bruit des rouleaux et du vent.

Saul secoua la tête. « C'est moi, Barry, dit-il en portant une main à sa bouche.

– Qu'est-ce que c'était que cette fusillade ? Vous l'avez eu ?

– Vers l'est ! » cria Saul, et il indiqua la plage derrière les six hommes. Trois gardes levèrent leurs armes et se mirent à courir dans cette direction. L'homme qui l'avait hélé attrapa un talkie-walkie et transmit un message d'un air excité. Deux des hors-bord qui patrouillaient derrière les vagues obliquèrent vers l'est et commencèrent à balayer la lisière de la jungle avec leurs projecteurs.

Saul se dirigea vers le premier bateau, attrapa la petite ancre posée sur le sable, la jeta sur la banquette arrière et grimpa, posant le sac sur le siège du passager. Le sang qui coulait dans son dos avait taché la longue lanière. Le hors-bord était pourvu de deux moteurs et d'un allumage électronique nécessitant l'emploi d'une clé. La clé était sur le tableau de bord.

Saul démarra, s'éloigna de la plage dans un jaillissement d'écume et de sable, traversa les brisants et se dirigea vers le large. Deux cents mètres plus loin, il obliqua vers l'est et passa à la vitesse supérieure. La proue du bateau s'éleva, il franchit la pointe nord-est de l'île et fonça vers le sud à quarante-cinq nœuds. Saul sentait ses os vibrer chaque fois qu'une vague venait battre la coque. La radio émit un grésillement ; il l'éteignit. Un hors-bord se dirigeant vers le nord lui lança un signal lumineux ; il l'ignora.

Saul abaissa le M-16 pour le protéger de l'écume. Les gouttes d'eau qui perlaient sur ses joues mal rasées le rafraîchissaient comme une bonne douche. Il savait qu'il avait perdu du sang, qu'il continuait d'en perdre — sa jambe saignait toujours et son dos était poisseux —, mais même dans l'état de dépression provisoire qui était le sien après la bataille, la détermination brûlait en lui comme une flamme vive. Il se sentait fort, il se sentait furieux.

Un kilomètre et demi devant lui, une lueur verte clignotait au bout du long quai qui conduisait à Live Oak Lane, au Manoir, et à l'Oberst Wilhelm von Borchert.

68.
Charleston,
mardi 16 juin 1981

Il était minuit passé et Natalie Preston avait l'impression d'être prisonnière d'un de ses cauchemars d'enfant. Durant l'été et l'automne qui avaient suivi la mort de sa mère, elle avait réveillé son père au moins une fois par semaine, profondément marquée par un événement survenu lors de la cérémonie funèbre.

L'établissement funéraire était géré à l'ancienne mode et on ne pouvait visiter la chapelle ardente qu'à heures fixes. Amis et parents avaient défilé pendant des heures devant le cercueil ouvert près duquel Natalie était assise, triste et muette, étreignant la main de son père. Elle n'avait cessé de pleurer durant les deux journées précédentes et se trouvait à présent vide de larmes, mais elle avait une forte envie d'aller aux toilettes et en informa son père. Il se leva pour la conduire dans la pièce voisine, mais un nouveau contingent de parents venait de faire son apparition et une vieille tante se proposa pour emmener Natalie. Elle la prit par la main et lui fit traverser plusieurs couloirs et franchir plusieurs portes avant de lui faire monter un escalier et de lui désigner du doigt une porte blanche.

Lorsque Natalie ressortit, lissant soigneusement sa jupe bleu marine, la vieille tante avait disparu. Se fiant à son sens de l'orientation, Natalie tourna à gauche au lieu de tourner à droite, franchit plusieurs portes, traversa plusieurs pièces, descendit un escalier, et se retrouva perdue au bout d'une minute. Elle n'était nullement effrayée. Elle savait que la chapelle et les salles de réception occupaient une bonne partie du rez-de-chaussée et qu'elle finirait par retrouver son père en ouvrant la bonne porte. Ce qu'elle ne savait pas, c'était que l'escalier du fond descendait directement à la cave.

Natalie avait examiné deux pièces complètement nues lorsqu'elle ouvrit une porte et découvrit des tables en acier, des rangées de gros flacons contenant un liquide sombre et de longues aiguilles creuses attachées à de fins tuyaux. Elle porta les deux mains à sa bouche, recula dans le couloir et fonça dans une large porte battante. Elle se retrouva au centre d'une grande pièce emplie de boîtes avant que ses yeux ne s'accoutument à la chiche lumière filtrant à travers les rideaux tirés.

Natalie se figea. Un silence total régnait dans la pièce. Les objets qui l'entouraient n'étaient pas des boîtes; c'étaient des cercueils. Leur bois sombre semblait absorber la mauvaise lumière. Plusieurs couvercles étaient relevés, comme celui du cercueil de sa mère. A moins de deux mètres d'elle se trouvait une petite boîte blanche — exactement de sa taille — ornée d'un crucifix. Natalie devait comprendre quelques années plus tard qu'elle était entrée dans un entrepôt ou dans une salle d'exposition, mais elle était pour l'instant persuadée de se trouver en présence d'une douzaine de cercueils occupés. Elle s'attendait d'une seconde à l'autre à voir les cadavres livides se dresser avec raideur, tourner la tête vers elle et ouvrir les yeux, comme dans les films d'épouvante qu'elle regardait avec son père le vendredi ou le samedi soir.

Il y avait bien une autre porte, mais elle semblait infiniment lointaine et Natalie devrait passer à portée de quatre ou cinq cercueils noirs pour l'atteindre. Elle s'avança lentement, gardant les yeux fixés sur la porte, attendant que les mains pâles fondent sur elle mais refusant de courir ou de crier. Cette journée était trop importante; c'était l'enterrement de sa mère et elle aimait sa mère.

Natalie franchit la porte, monta un escalier bien éclairé, et arriva dans le hall près de l'entrée. « Ah ! te voilà, ma chérie ! » s'exclama la vieille tante, et elle la ramena à son père dans la pièce voisine tout en la grondant et en lui ordonnant de ne plus aller jouer n'importe où.

Cela faisait une douzaine d'années qu'elle n'avait plus repensé à ce cauchemar, mais à présent, assise dans le salon de Melanie Fuller en face de Justin, qui la regardait avec des yeux de vieille folle dans son pâle visage joufflu, elle avait les mêmes réactions que dans son rêve, lorsque les couvercles des cercueils se levaient, lorsqu'une douzaine de cadavres se dressaient avec raideur, lorsque deux douzaines de mains s'emparaient d'elle et l'entraînaient — elle ne hurlait pas, mais ne cessait de se débattre — vers le petit cercueil blanc qui n'attendait qu'elle.

« A quoi penses-tu, ma chère ? » demanda une voix sénile dans une bouche d'enfant.

Natalie sursauta, retrouvant sa lucidité. C'était la première fois qu'un mot était prononcé depuis que le petit garçon avait hurlé sa remarque incompréhensible, vingt minutes plus tôt. « Que se passe-t-il ? » demanda-t-elle.

Justin haussa les épaules, mais eut un large sourire. On aurait dit que ses dents de lait avaient été taillées en pointe.

« Où est Saul ? » Les doigts de Natalie se posèrent sur le moniteur fixé à sa ceinture. « Dis-le-moi ! » ordonna-t-elle. C'était Saul qui avait eu l'idée de relier le boîtier de télémétrie aux explosifs, mais il n'avait pas voulu qu'elle puisse l'utiliser en présence de Melanie. Ils avaient fini par arriver à un compromis : plutôt que de déclencher l'explosion du C-4, le moniteur était censé transmettre un signal au receveur dont Jackson était muni. Natalie avait relié les fils au C-4 dès que Saul était parti pour l'île. Durant les vingt-sept heures qui venaient de s'écouler, elle avait espéré à plusieurs reprises que le vieux monstre allait tenter de pénétrer dans son esprit, déclenchant aussitôt l'explosion. Natalie était épuisée et minée par la terreur, et il lui semblait parfois préférable d'en *finir*. Elle ne savait pas si le C-4 pourrait tuer la vieille qui gisait à l'étage, mais elle était sûre que les zombis de Melanie ne lui permettraient pas de s'en approcher davantage.

« Où est Saul ? répéta-t-elle.

– Oh, ils l'ont capturé », répondit le petit garçon d'un ton insouciant.

Natalie se leva. Elle entendit des bruits dans les pièces voisines. « Tu mens.

– Vraiment ? » Justin sourit. « Pourquoi ferais-je une chose pareille ?

– Que s'est-il passé ? »

Justin haussa les épaules et étouffa un bâillement. « Il est grand temps que je dorme, Nina. Et si nous poursuivions cette conversation demain matin ?

– *Dis-le-moi !* » Les doigts de Natalie se posèrent sur le bouton de mise à feu.

« Oh, d'accord, dit le garçonnet avec une moue. Ton ami hébreu a réussi à échapper aux gardes, mais l'homme de Willi l'a capturé et ramené au Manoir.

– Le Manoir, souffla Natalie.

– Oui, oui. » Le petit garçon tapa du pied sur le fauteuil. « Willi et Mr. Barent veulent lui parler. Ils sont en train de jouer. »

Natalie regarda autour d'elle. Quelque chose bougea dans l'entrée. « Est-ce que Saul est blessé ? »

Justin haussa les épaules.

« Est-ce qu'il est *vivant ?* »

Le garçonnet fit la grimace. « Je t'ai *dit* qu'ils voulaient lui parler, Nina. Ils ne peuvent pas parler à un mort, n'est-ce pas ? »

Natalie leva sa main libre pour se ronger un ongle. « Il est temps de faire ce que nous avons prévu.

– *Non*, rétorqua le petit garçon. La situation ne correspond absolument pas à celle que tu m'as demandé d'attendre. Ils sont en train de jouer, c'est tout.

– Tu mens. Ils ne peuvent pas jouer si l'homme de Willi est dehors et s'il emmène Saul au Manoir.

– Ils ne jouent pas à ce jeu-là», dit Justin en secouant la tête devant une telle stupidité. Natalie avait du mal à se rappeler qu'il n'était qu'une marionnette de chair et de sang manipulée par le cadavre en sursis qui gisait à l'étage. «Ils jouent aux *échecs*.

– Aux échecs.

– Oui. Le gagnant décidera de la nature du prochain jeu. Willi veut des enjeux plus importants.» Justin secoua la tête comme une vieille dame. «En bon wagnérien, Willi a toujours été fasciné par Ragnarok. Ça vient de son sang allemand, je présume.

– Saul est blessé, on l'emmène au Manoir, et ils sont en train de jouer aux échecs», récapitula Natalie d'une voix atone. Elle se rappela cette journée, sept mois plus tôt, où Rob et elle avaient écouté Saul Laski raconter une deuxième fois son histoire : les camps de la mort et le château perdu au cœur de la forêt polonaise où le jeune Oberst avait défié *Der Alte* pour une ultime partie.

«Oui, oui, dit Justin, tout heureux. Miss Sewell va jouer, elle aussi. Dans l'équipe de Mr. Barent. Quel bel homme!»

Natalie recula d'un pas. Elle avait longuement discuté avec Saul de la marche à suivre en cas d'échec. Il lui avait recommandé de déclencher le détonateur à retardement et de s'enfuir, même si en agissant ainsi elle devait épargner Barent et sa clique. Elle pouvait également continuer à bluffer Melanie, à lui forcer la main, dans l'espoir d'anéantir Barent ainsi que les autres membres de l'Island Club.

Natalie voyait à présent une troisième possibilité. Le jour ne se lèverait que dans six heures. Bien qu'animée du désir de faire justice et de venger le meurtre de son père, elle se rendait compte que son amour pour Saul importait bien plus à ses yeux. Elle savait aussi que Saul n'avait fait que parler dans le vide en évoquant la façon dont il se tirerait du guêpier où il s'était fourré ; il n'avait aucun plan.

Natalie savait que son désir de justice exigeait d'elle qu'elle suive le plan à la lettre, mais son cœur ne se souciait guère de justice en ce moment : elle devait avant tout trouver un moyen de sauver Saul.

« Je vais m'absenter quelques minutes, dit-elle avec fermeté. Si Barent essaie de quitter l'île, où s'il se produit ce dont je t'ai parlé, fais exactement ce que nous avons décidé. Je parle *sérieusement*, Melanie. Je ne tolérerai aucun échec. Ta propre vie en dépend. Si tu échoues, l'Island Club tentera sûrement de te tuer, mais je t'aurai tuée avant. Tu as compris, Melanie ? »

Justin la regarda sans rien dire, un léger sourire sur son visage poupin.

Natalie se détourna de lui et se dirigea vers l'entrée. Quelqu'un se déplaça vivement dans les ténèbres, franchit le seuil de la salle à manger. Justin la suivit. Quelqu'un bougea sur le palier de l'étage et on entendit du bruit dans la cuisine. Natalie s'arrêta dans l'entrée, le doigt toujours posé sur le bouton rouge. Les électrodes lui picotaient le cuir chevelu. « Je serai revenue avant l'aube », dit-elle.

Justin leva les yeux pour lui sourire, le visage modelé par la faible lueur verte qui émanait de l'étage.

Cela faisait six heures que Poisson-chat surveillait la maison Fuller lorsque Natalie en sortit. Ce n'était pas prévu. Il appuya deux fois sur le bouton d'appel de la petite C.B. — produisant ce que Jackson appelait un « couinement » — et s'accroupit derrière les buissons pour voir ce qui allait se passer. Il n'avait pas encore aperçu Marvin, mais dès qu'il l'aurait repéré, il tenterait d'arracher son chef des griffes de la Sorcière Vaudou, quoi qu'il arrive.

Natalie traversa la cour d'un bon pas, puis attendit qu'une silhouette indistincte lui ouvre le portail.

Elle traversa la rue sans regarder derrière elle et

tourna à droite devant la ruelle où s'était posté Poisson-chat plutôt que de se diriger vers l'endroit où était garé Jackson. Ça voulait dire qu'elle était sans doute suivie. Poisson-chat «couina» trois fois, avertissant Jackson qu'il devait faire le tour du pâté de maisons pour gagner le point de rendez-vous, puis il se tapit dans sa cachette et attendit la suite des événements.

Dès que Natalie fut hors de vue, un homme émergea de l'ombre et traversa la rue en courbant les épaules. La lueur du réverbère arracha un reflet bleuté au canon de son pistolet. Un automatique de gros calibre, apparemment. «Merde.» Poisson-chat attendit une minute pour vérifier qu'un deuxième larron ne suivait pas le premier, puis il longea la rue, se cachant derrière les voitures garées près du trottoir côté est.

Il ne reconnaissait pas le type au pistolet — il était trop petit pour qu'il s'agisse de ce monstre de Culley, qu'il avait aperçu dans la cour, et trop blanc pour qu'il s'agisse de Marvin.

Poisson-chat courut en silence jusqu'au coin de la rue, rampa sous les buissons et jeta un coup d'œil à la scène. Natalie était arrivée à mi-chemin du pâté de maisons et se préparait à traverser. Le type au pistolet s'avançait lentement dans l'ombre de ce côté de la chaussée. Poisson-chat «couina» à quatre reprises et le suivit, rendu invisible par son anorak et son pantalon noirs.

Il espérait que Natalie avait débranché son foutu C-4. Les explosifs le rendaient nerveux. Il avait vu les bribes de chair qui restaient de Leroy, son meilleur pote, quand ce crétin avait fait exploser la dynamite qu'il transportait. Poisson-chat n'avait pas peur de la mort — il n'espérait pas atteindre les trente ans —, mais il voulait que son cadavre soit en un seul morceau, un corps souriant vêtu de son plus beau costume à sept cents dollars, afin que Marcie, Sheila et Belinda puissent pleurer sur lui toutes les larmes de leur corps.

Averti par le signal, Jackson remonta la rue à toute

vitesse et se gara sur la gauche de la chaussée pour protéger Natalie pendant qu'elle montait. Le type au pistolet cala son arme sur le toit d'une Volvo et visa le reflet d'un réverbère sur le pare-brise, juste devant le visage de Jackson.

Ça a dû sacrément chauffer chez la Sorcière Vaudou, pensa Poisson-chat. *La vieille doit être furax.* Il se mit à courir, porté par ses Adidas à cinquante dollars parfaitement silencieux, et faucha les jambes du type au pistolet, lui faisant perdre l'équilibre. Il heurta du menton le toit de la voiture et Poisson-chat lui cogna la tête contre la vitre par acquit de conscience, attrapant son arme et en bloquant le percuteur par mesure de sécurité. Les acteurs de cinéma se lancent les flingues comme des jouets, mais Poisson-chat avait vu des frères se faire descendre par des armes tombées à terre. *C'est pas les gens qui tuent les gens,* pensa-t-il en allongeant le type dans l'ombre sur le trottoir, *c'est ces putains d'armes à feu.*

Jackson «couina» deux fois lorsqu'il s'éloigna avec Natalie. Poisson-chat regarda autour de lui, vérifia que le type était toujours dans les pommes, et appuya sur le bouton d'appel. «Hé, frangin, qu'est-ce qui se passe ?»

La voix de Jackson était déformée par l'appareil bon marché réglé à faible volume. «Natalie n'a rien, mec. Et toi, ça va ?

– Y avait un type avec un gros quarante-cinq qui en voulait à ta gueule, mec. Maintenant, il dort.

– Il dort, hein ?

– Comme un ange. Qu'est-ce que j'en fais ?» Poisson-chat était armé d'un couteau, mais ils avaient décidé de ne pas laisser traîner de cadavres dans ce quartier blanc et bien fréquenté.

«Planque-le dans un endroit calme, dit Jackson.

– Génial. D'accord.» Poisson-chat traîna l'homme inconscient dans un fourré sous un saule pleureur. Il s'épousseta et appuya sur le bouton. «Qu'est-ce que vous allez faire, tous les deux ? Vous revenez par ici ou vous partez en lune de miel ?»

La voix de Jackson était déformée par la distance. «Plus tard, mec. Reste cool. On reviendra. Planque-toi.

– Merde, tu vas promener ta nana, et moi, je reste dans cette putain de ruelle.

– C'est ça l'ancienneté, mon vieux, dit Jackson d'une voix à peine audible. Je faisais partie du Soul Brickyard que tu n'étais qu'une bosse dans le calebar de ton père. Planque-toi, mon frère.

– Va te faire foutre.» Poisson-chat ne reçut aucune réponse : la voiture devait être hors de portée. Il empocha la C.B. et regagna la ruelle à pas de loup, s'assurant que la Sorcière Vaudou n'avait pas lancé d'autres soldats à l'attaque.

Cela faisait moins de dix minutes qu'il s'était planqué entre une poubelle et une clôture, se repassant un souvenir vidéo arrêts sur image et avance rapide — de Belinda dans un lit du Chelten Arms, lorsqu'il entendit un murmure dans la ruelle derrière lui.

Poisson-chat se releva d'un bond, faisant jaillir son cran d'arrêt de sa poche. L'homme qui se dressait devant lui était trop grand et trop chauve pour être réel.

Culley lui fit sauter le couteau de la main d'un revers de sa grosse patte. De la main droite, il le saisit à la gorge et le souleva au-dessus du sol.

Poisson-chat cessa de respirer, sa vision se brouilla, mais alors même que l'étau de chair se refermait autour de son cou, il shoota dans les couilles de l'homme-montagne et lui assena sur les oreilles deux coups à lui crever les tympans. Le monstre ne daigna même pas broncher. Alors que les doigts de Poisson-chat se tendaient vers ses yeux, il accentua la pression sur sa gorge, on entendit un craquement, et Poisson-chat se retrouva avec le larynx brisé.

Culley jeta le corps agité de spasmes sur le gravier et l'observa d'un air impassible. Son agonie dura trois bonnes minutes, durant lesquelles aucun atome d'air ne put franchir sa gorge obstruée. Culley dut lui planter une botte sur la poitrine pour l'empêcher de faire trop de bruit. Puis il récupéra le couteau et effectua quelques expériences destinées à prouver que le jeune Noir était bien mort. Il alla ensuite au coin de la rue, souleva le corps inanimé de Howard et, sans effort apparent, transporta ses deux fardeaux dans la maison qu'éclairait seulement une lueur verte à l'étage.

Il se remit à pleuvoir alors qu'ils étaient à mi-chemin de Mount Pleasant. Jackson tenta une nouvelle fois d'appeler Poisson-chat, mais la distance et le mauvais temps semblaient avoir eu raison de la C.B.

« Tu penses qu'il s'en tirera ? » Natalie s'était débarrassée du C-4 dès qu'elle était montée dans la voiture, mais elle avait gardé le moniteur sur elle. Un signal d'alarme retentirait dès l'apparition du rythme thêta. Cela ne la rassurait guère. Son seul espoir était que Melanie hésite à remettre en question l'autorité de Nina. Elle se demanda si elle n'avait pas signé son propre arrêt de mort en disant au vieux monstre qu'elle n'était pas un pion de Nina.

« Poisson-chat ? dit Jackson. Ouais, il est pas né de la dernière pluie. Et puis, il faut bien que quelqu'un surveille la maison pour s'assurer que la Sorcière Vaudou ne va pas foutre le camp. » Il jeta un coup d'œil à Natalie. Les essuie-glaces balayaient le pare-brise strié de pluie sur un rythme monotone. « Il y a un changement de plan, Nat ? »

Elle acquiesça.

Jackson fit passer le cure-dents qu'il suçotait d'un coin de sa bouche à l'autre. « Tu vas aller sur l'île, pas vrai ? »

Natalie poussa un soupir. « Comment l'as-tu deviné ?

– Le pilote habite dans ce coin. C'est lui que tu as appelé cet après-midi pour lui dire que tu avais peut-être du boulot pour lui ?

– Oui, mais je pensais plutôt aller le voir demain, quand tout serait fini. »

Le cure-dents changea encore de place. «Est-ce que tout sera bien fini demain, Natalie ?»

Natalie regarda droit devant elle, par-delà le pare-brise que l'averse rendait opaque. «Oui», dit-elle avec fermeté.

Debout dans la cuisine de son mobile home, son corps malingre enveloppé dans un peignoir bleu mangé aux mites, Daryl Meeks lorgna ses deux hôtes encore dégoulinants. «Qu'est-ce qui me dit que vous n'êtes pas deux révolutionnaires noirs en train de m'embarquer dans un complot à la con ?

– Rien, répondit Natalie. Je vous demande de me croire sur parole. Les salauds dans cette histoire, c'est Barent et sa clique. Ils ont capturé mon ami Saul et je veux le tirer de là.»

Meeks gratta ses joues mal rasées. «En venant ici, vous n'avez pas remarqué qu'il pleuvait des cordes et qu'il soufflait un vent de force deux ?

– Si, dit Jackson, on a remarqué.

– Et vous voulez aller faire un tour en avion, c'est ça ?

– Oui, dit Natalie.

– Je ne sais pas quel est le tarif pour ce type d'excursion», dit Meeks en ouvrant une boîte de bière Pabst.

Natalie sortit une grosse enveloppe de sous son pull-over et la posa sur la table de la cuisine. Meeks l'ouvrit, hocha la tête et sirota sa bière.

«Vingt et un mille trois cent soixante-quinze dollars et dix-neuf cents», dit Natalie.

Meeks se gratta le crâne. «Vous avez cassé la tirelire de l'O.L.P. exprès pour moi, hein ?» Il avala une longue gorgée de bière. «Et puis merde, la nuit est idéale pour voler. Attendez-moi ici pendant que je me change. Servez-vous une bière si ce n'est pas interdit par le règlement du K.G.B.»

Natalie regarda la pluie arroser la piste, des rideaux de pluie qui l'empêchaient de distinguer le petit hangar situé à quarante mètres de là.

« Je vais avec toi, dit Jackson.

– Non, répondit-elle distraitement sans cesser de regarder autour d'elle.

– Dis pas de *conneries* », gronda Jackson. Il souleva la lourde sacoche noire qu'il avait récupérée dans la voiture. « J'ai du plasma, de la morphine, des bandages... toute une trousse de secours. Qu'est-ce qui se passe si tu réussis à ramener ton copain et s'il a besoin d'un toubib ? Tu as pensé à ça, Nat ? Suppose que tu réussisses à le faire sortir de l'île et qu'il meure pendant le voyage retour — c'est ce que tu veux ?

– D'accord.

– Je suis prêt ! » dit Meeks depuis l'entrée. Il portait une casquette bleue aux armes des YOKOHAMA TAIYO WHALES, un vieux blouson d'aviateur en cuir, un jean, des baskets vertes, et un ceinturon pourvu d'un holster qui abritait un Smith & Wesson calibre 38 à canon long et à crosse de nacre. « Deux règles à respecter. Primo, si je dis qu'on ne peut pas atterrir, ça veut dire *qu'on ne peut pas*. Et je garde quand même un tiers du fric. Secundo, ne dégainez pas cette saleté de Colt dans mon zinc si vous n'avez pas l'intention de vous en servir, et vous n'avez pas intérêt à l'utiliser comme argument pour me convaincre, ou alors vous rentrez à la nage.

– D'accord », dit Natalie.

Natalie n'était montée qu'une fois dans des montagnes russes, en compagnie de son père, et avait sagement décidé de ne jamais renouveler l'expérience. Leur trajet fut mille fois pire.

La cabine du Cessna était minuscule, chaude et humide, le pare-brise était une véritable cascade, et Natalie ne sut qu'ils avaient décollé que lorsque les secousses qui agitaient l'appareil gagnèrent encore en intensité. Le visage de Meeks, éclairé par la seule lueur rouge du tableau de bord, paraissait à la fois démoniaque et débile. Natalie était sûre que la terreur qui l'habitait la faisait paraître également débile. De temps en temps, Jackson faisait un bond sur la banquette arrière et poussait un juron, puis le silence n'était plus interrompu que par la pluie, le vent, divers gémissements mécaniques, le tonnerre, et le ronronnement pitoyablement ténu du moteur.

« Jusqu'ici, ça va, dit Meeks. On ne va pas pouvoir monter au-dessus de cette merde, mais on l'aura laissée derrière nous avant d'atteindre Sapelo. Jusqu'ici, ça baigne. » Il se tourna vers Jackson. « Nam ?

– Ouais.

– Troufion ?

– Toubib dans le cent unième.

– Jusqu'au DEROS[1] ?

– Non. J'étais en Lurp[2] avec deux copains quand un connard d'A.R.V.N.[3] a fait sauter sa Claymore[4].

– Les deux autres s'en sont tirés ?

– Non. On les a renvoyés chez eux dans des sacs à viande. On m'a offert une autre médaille et on m'a rapatrié juste à temps pour voter pour Nixon.

– T'as fait ça ?

– Tu déconnes.

– Ouais. Jamais un politicien ne m'a rendu un service, à moi non plus. »

Natalie regarda les deux hommes sans rien dire.

Le Cessna fut soudain illuminé par un éclair qui sembla transpercer son aile droite. Au même instant, une bourrasque tenta de le renverser cul par-dessus tête et il descendit de deux cents pieds comme un ascenseur

---

1. Date of Expected Return from Overseas : date de rapatriement d'un soldat. Le voyage lui-même. Les soldats américains n'étaient censés accomplir qu'un certain temps — douze à treize mois — au Viêtnam. *(N.d.T.)*

2. Argot pour L.R.R.P., Long Range Reconnaissance Patrol : patrouille avancée en terrain ennemi. *(N.d.T.)*

3. Army of the Republic of Vietnam : armée régulière sud-vietnamienne. Le sigle A.R.V.N. désigne également un soldat sud-vietnamien. *(N.d.T.)*

4. Mine antipersonnel. *(N.d.T.)*

privé de son câble. Meeks tripota un levier, tapota un voyant où une boule noir et blanc tournoyait comme un radeau dans la tempête, et bâilla. «Encore une heure vingt, dit-il en étouffant un autre bâillement. Jackson, il y a une Thermos quelque part à tes pieds. Et aussi des cookies, je crois. Sers-toi un peu de caoua et fais passer. Moi, je veux une Hostess Ding-Dong. Vous voulez quelque chose, Miz Preston ? En tant que passagère de première classe, vous avez droit à un repas offert par la compagnie.»

Natalie se tourna vers la vitre. «Non merci.» Un éclair déchira une masse nuageuse mille pieds *en dessous* d'elle, lui révélant des fragments de nuages noirs flottant comme les oripeaux d'une robe de sorcière. «Pas tout de suite.» Elle essaya de fermer les yeux.

69.
Dolmann Island,
mardi 16 juin 1981

Saul coupa le moteur et laissa le hors-bord dériver doucement jusqu'au quai. Un feu vert clignota, transmettant son message futile en direction de l'océan désert. Saul amarra le bateau, lança le sac en plastique sur le quai, puis sauta à son tour, mettant un genou à terre et se tenant prêt à tirer. Le quai et ses environs immédiats étaient déserts. Des chariots électriques garés sur la route en asphalte qui longeait le rivage en direction du sud attendaient d'hypothétiques passagers. Son bateau était la seule embarcation amarrée au quai.

Saul jeta le sac par-dessus son épaule et se dirigea prudemment vers les arbres. Même si la majorité des hommes de Barent fouillaient le nord de l'île à sa recherche, il était sûr que les abords du Manoir étaient bien protégés. Il trotta dans l'obscurité qui régnait entre les arbres, s'attendant d'un instant à l'autre à recevoir une balle dans le corps. Rien ne bougeait en dehors des frondaisons agitées par la brise. Il commençait à apercevoir les lumières du Manoir. Son seul objectif présent était d'y parvenir vivant.

Live Oak Lane n'était pas éclairé. Saul se rappela la scène que Meeks lui avait décrite, les lanternes japonaises allumées en l'honneur des dignitaires et des V.I.P., mais cette nuit l'allée gazonnée était plongée dans les ténèbres. Il progressa lentement, allant d'arbre en arbre, de buisson en buisson. Au bout d'une demi-heure, il était arrivé à mi-chemin du Manoir sans avoir aperçu un seul garde. Soudain, il se figea, en proie à une terreur plus profonde que la peur de la mort : et si Barent et Willi étaient déjà partis ?

C'était fort possible. Barent n'était pas du genre à s'exposer au danger. Saul comptait bien utiliser à son profit la confiance en soi du milliardaire — toute personne l'ayant approché, Saul y compris, était conditionnée pour ne lui faire aucun mal —, mais l'intervention de Willi à Philadelphie et l'improbable évasion de Saul avaient peut-être modifié les données du problème. Inconscient du danger, Saul serra son fusil contre son torse et se mit à courir entre les rangées d'arbres, le sac cognant son épaule blessée.

Il n'avait parcouru que deux cents mètres et commençait à haleter lorsqu'il se figea, mit un genou à terre et leva son arme. Un corps nu gisait face contre terre au pied d'un petit chêne-vert. Saul jeta un coup d'œil à droite et à gauche, changea le sac de position et sprinta vers le corps.

La femme n'était pas tout à fait nue. Une chemise déchirée et ensanglantée lui recouvrait un bras et une partie du dos. Elle gisait sur le ventre, le visage dissimulé par ses cheveux, les bras en croix, les doigts agrippant la terre, et à en juger par la position de sa jambe droite, elle avait dû être abattue en pleine course. Saul jeta autour de lui un regard soupçonneux, se tint prêt à tirer et lui palpa la nuque en quête d'un pouls.

Elle tourna vivement la tête et Saul eut le temps d'apercevoir les yeux fous et la bouche grande ouverte de Miss Sewell avant que ses dents ne se referment sur sa main gauche. Elle émit un bruit qui n'avait rien d'humain. Saul grimaça et leva le M-16 pour lui assener un coup de crosse, mais Jensen Luhar tomba des branches comme une masse et lui plaqua un bras puissant sur la gorge.

Saul hurla et lâcha une rafale de tir automatique, tentant de viser Luhar mais ne réussissant qu'à déchiqueter le feuillage au-dessus de lui. Luhar éclata de rire et lui arracha le M-16 des mains, le jetant à six mètres de là. Saul se débattit, essaya de glisser son menton entre sa gorge et le bras de Luhar qui menaçait de l'étrangler, essaya d'arracher sa main gauche des mâchoires de la femme. Il leva la main droite au-dessus de son épaule, cherchant à atteindre le visage et les yeux du Noir.

Luhar éclata de rire une nouvelle fois et souleva Saul dans les airs. Il sentit la chair de sa main gauche se déchirer, puis le Noir pivota sur lui-même et le lança à deux ou trois mètres de là. Saul atterrit sur sa jambe blessée, roula sur son épaule en feu et courut à quatre pattes vers le sac où se trouvaient le Colt et l'Uzi. Du coin de l'œil il aperçut Luhar, le corps luisant de sueur et de sang, qui avait pris une pose de catcheur. Miss Sewell était à quatre pattes, les cheveux en bataille, prête à bondir. Du sang coula sur son menton lorsqu'elle cracha un morceau de chair.

Il était à moins d'un mètre du sac lorsque Luhar fonça sur lui, rapide et silencieux, et lui expédia un coup de pied dans les côtes. Saul roula sur lui-même plus de quatre fois, sentant ses poumons se vider d'air et son corps d'énergie, et il essaya de se redresser alors même que son champ de vision se réduisait à un long tunnel obscur au centre duquel grimaçait le visage de Luhar.

Le Noir lui décocha un nouveau coup de pied, jeta son sac dans les ténèbres, et l'agrippa par les cheveux. Il le souleva jusqu'à lui et le secoua comme un prunier. « Réveille-toi, petit pion, dit-il en allemand. Le temps est venu de jouer. »

Les lumières de la grande salle éclairaient huit rangées de cases. Chacune d'elles était un carreau noir ou blanc d'un mètre vingt de côté. Tony Harod avait devant lui un échiquier large de près de dix mètres. Les hommes de Barent chuchotaient dans l'ombre et un bourdonnement étouffé montait de l'équipement radio, mais seuls les membres de l'Island Club et leurs assistants se tenaient en pleine lumière.

«Cette partie a été fort intéressante jusqu'ici, dit Barent. Mais j'ai pensé à plusieurs reprises qu'elle ne pouvait s'achever que par un résultat nul.

– *Ja*», dit Willi en émergeant des ombres. Il était vêtu d'un complet blanc et d'un pull à col roulé blanc qui lui donnaient l'aspect d'un prêtre en négatif. Les plafonniers faisaient luire ses rares cheveux blancs et accentuaient les ombres de son visage taillé à la serpe. «J'ai toujours eu un faible pour la défense Tarrasch. Elle était très en vogue durant ma jeunesse et s'est quelque peu démodée depuis, mais je la considère toujours comme une tactique efficace à condition d'utiliser les variations appropriées.

– C'était un jeu de positions jusqu'au vingt-neuvième coup. Mr. Borden m'a offert le pion de la tour de son roi et je l'ai pris.

– Un pion empoisonné», dit Willi en fronçant les sourcils.

Barent sourit. «Peut-être aurait-il été fatal à un joueur moins expérimenté. Mais à la fin de l'échange, il me restait cinq pions contre trois à Mr. Borden.

– Et un fou, dit Willi en se tournant vers Jimmy Wayne Sutter, toujours debout près du bar[1].

– Et un fou, acquiesça Barent. Mais deux pions peuvent triompher d'un fou en fin de partie.

– Qui c'est qui gagne ?» demanda Kepler. Il était ivre mort.

Barent se frictionna le cou. «Ce n'est pas aussi simple, Joseph. Pour le moment, les noirs — c'est moi — ont un avantage certain. Mais les choses évoluent vite en fin de partie.»

Willi s'avança sur l'échiquier. «Voulez-vous que nous échangions nos pièces, Herr Barent ?»

Le milliardaire eut un petit rire. «*Nein, mein Herr*.

– Alors, allons-y.» Willi se tourna vers les hommes qui se tenaient à la lisière de l'échiquier.

---

1. En anglais, le fou est appelé *bishop* — évêque. *(N.d.T.)*

Swanson murmura quelques mots à l'oreille de Barent. «Un instant.» Il se tourna vers Willi. «Qu'est-ce que vous mijotez encore?

– Laissez-les entrer, dit Willi.

– Pourquoi le ferais-je? Ce sont vos hommes.

– Exactement. Comme vous l'avez sûrement déjà constaté, mon Noir est sans armes, et j'ai fait venir mon pion juif pour qu'il me serve comme au bon vieux temps.

– Il y a une heure, vous nous conseilliez de le tuer.»

Willi haussa les épaules. «Tuez-le si bon vous semble, Herr Barent. De toute façon, il est déjà presque mort. Mais il me semble fort ironique qu'il ait fait tout ce chemin rien que pour me servir une nouvelle fois.

– Vous prétendez toujours qu'il est venu sur l'île de son propre chef? demanda Kepler.

– Je ne prétends rien du tout. Je demande l'autorisation de l'Utiliser pour cette partie. Tel est mon bon plaisir.» Willi adressa à Barent un sourire entendu. «De plus, Herr Barent, vous avez pris soin de conditionner le Juif. Vous n'auriez rien à craindre de lui même s'il était armé jusqu'aux dents.

– Pourquoi est-il venu ici, alors?»

Willi éclata de rire. «Pour me tuer. Allez, décidez-vous. J'ai envie de jouer.

– Et la femme?

– C'était le pion de ma reine. Je vous l'offre.

– Le pion de votre *reine*. Est-ce qu'il est toujours sous son contrôle?

– Ma reine n'est plus sur l'échiquier. Mais vous pourrez lui poser la question quand elle sera là.»

Barent claqua des doigts et une douzaine d'hommes armés s'avancèrent vers lui. «Faites-les entrer. Si leur comportement est suspect, tuez-les. Dites à Donald que je risque de m'envoler de l'*Antoinette* plus tôt que prévu. Dites aux patrouilles de regagner le port et doublez la garde au sud de la zone de sécurité.»

Tony Harod n'aimait pas du tout la tournure que prenaient les événements. Apparemment, il n'avait aucun moyen de quitter cette putain d'île. L'hélicoptère de Barent l'attendait derrière la porte-fenêtre, le jet de Willi près de la piste d'atterrissage, et même Sutter avait un avion à sa disposition; mais pour autant qu'il puisse en juger, Maria Chen et lui étaient coincés. Et voilà que débarquait un nouveau peloton de gardes escortant Jensen Luhar et les deux pions que Harod avait ramenés de Savannah. Luhar était tout nu, une montagne de muscles noirs. La femme ne portait qu'une chemise déchirée et ensanglantée qu'elle avait dû piquer à un garde. Son visage était maculé de terre et de sang, mais c'étaient surtout ses yeux qui inquiétaient Harod; ils étaient écarquillés de façon presque comique derrière le voile de ses cheveux sales, deux iris ronds bordés de sclérotique. Mais si la femme avait l'air mal en point, le type dénommé Saul était dans un état carrément lamentable. Apparemment, c'était grâce à la poigne de Luhar qu'il réussissait encore à rester debout devant Barent, ce qui tenait encore du miracle : son visage était en sang et son treillis virait à l'écarlate au niveau du torse et de la cuisse gauche. Sa main gauche semblait avoir été broyée par un étau. Des gouttes de sang en tombaient sur un carreau blanc. Mais son regard n'exprimait que défiance et vivacité.

Harod ne comprenait rien à ce qui se passait. De toute évidence, Willi connaissait cet homme et cette femme — il avait même avoué que le Juif était un de ses anciens pions —, mais Barent semblait disposé à croire que ces deux prisonniers en piteux état étaient venus sur l'île de leur propre chef. Willi avait affirmé plus tôt que le Juif avait été conditionné par *Barent*, mais ce n'était pas le milliardaire qui l'avait fait venir sur l'île. Il semblait le considérer comme un agent indépendant. Et la conversation qu'il eut avec la femme s'avéra encore plus bizarre. Harod était plongé dans la plus totale perplexité.

« Bonsoir, docteur Laski, dit Barent à l'homme blessé. Navré de ne pas vous avoir reconnu plus tôt. »

Laski resta muet. Son regard se posa sur Willi, assis dans un grand fauteuil, et il ne broncha pas même lorsque Jensen Luhar le força à tourner la tête pour faire face à Mr. Barent.

« C'est votre avion qui a atterri sur la plage nord il y a quelques semaines, reprit Barent.

– Oui, dit Laski sans quitter Willi des yeux.

– Une excellente ruse. Dommage qu'elle n'ait pas réussi. Admettez-vous être venu ici pour nous tuer ?

– Pas vous, seulement lui. » Il ne désigna pas Willi, mais ce n'était pas nécessaire.

« Oui. » Barent se frotta les joues et se tourna vers Willi. « Eh bien, docteur Laski, avez-vous toujours l'intention de tuer notre invité ?

– Oui.

– Êtes-vous inquiet, Herr Borden ? »

Willi se contenta de sourire.

Barent fit alors une chose incroyable. Quittant le siège où il s'était installé juste avant l'arrivée des trois pions, il se dirigea vers la femme, s'empara de sa main crasseuse et la baisa délicatement. « Herr Borden m'informe que j'ai l'honneur de m'adresser à Miz Melanie Fuller, dit-il d'une voix plus onctueuse que de la margarine fondue. Est-ce exact ? »

La femme aux yeux fous sourit et minauda. « Absolument », dit-elle avec un fort accent sudiste. Elle avait du sang séché sur les dents.

« Quel plaisir de faire votre connaissance, Miz Fuller, dit Barent sans lui lâcher la main. Je suis grandement déçu que nous ne nous soyons pas rencontrés plus tôt. Puis-je me permettre de vous demander ce qui vous amène sur notre petite île ?

– Simple curiosité, monsieur. » L'apparition aux yeux fous bougea légèrement et Harod aperçut sa toison pubienne entre les pans de sa chemise.

Barent se redressa sans cesser de sourire ni de peloter la main crasseuse de la femme. «Je vois. Il était inutile de venir incognito, Miz Fuller. Vous serez la bienvenue sur cette île quand vous le souhaiterez, et je suis sûr que les... euh... installations du Manoir vous paraîtront beaucoup plus confortables.

– Merci, monsieur.» Le pion sourit. «Je suis indisposée pour le moment, mais je m'empresserai de profiter de votre invitation dès que ma santé me le permettra.

– Excellent.» Barent lui lâcha la main et regagna son fauteuil. Les gardes se détendirent et abaissèrent leurs Uzi. «Nous allions achever une partie d'échecs. Nos nouveaux invités doivent nous rejoindre. Miz Fuller, voulez-vous me faire l'honneur de laisser jouer votre pion dans mon camp? Je vous promets qu'aucune menace de capture ne viendra gâcher votre plaisir.»

La femme lissa sa chemise en lambeaux et passa une main qui se voulait délicate dans ses cheveux en bataille, dégageant en partie son front. «C'est à moi que vous faites un honneur, monsieur.

– Merveilleux. Herr Borden, je suppose que vous désirez utiliser vos deux pièces?

– *Ja*. Mon vieux pion me portera chance.

– Bien, nous reprenons donc au trente-sixième coup?»

Willi hocha la tête. «Je venais de prendre votre fou. Puis vous avez entrepris de recentrer votre roi.

– Ah, je vois que mes stratégies sont transparentes aux yeux d'un maître.

– *Ja*. En effet. Jouons.»

Natalie poussa un soupir de soulagement lorsqu'ils émergèrent de la masse nuageuse quelque part à l'est de Sapelo Island. Le vent secouait toujours le Cessna et les étoiles éclairaient un océan constellé d'écume, mais au moins n'avait-elle plus la sensation de se trouver sur des montagnes russes. «Encore trois quarts d'heure de vol», dit Meeks. Il se passa une main sur le visage. «Les vents contraires nous ont retardés d'une demi-heure.»

Jackson se pencha vers Natalie et lui murmura : « Tu crois vraiment qu'on va nous laisser atterrir ? »

Natalie colla sa joue à la vitre. « Si la vieille agit comme elle l'a promis. Peut-être. »

Jackson eut un reniflement qui se voulait un rire. « Et tu penses qu'elle le fera ?

– Je ne sais pas. Le plus important à mon avis, c'est de tirer Saul de ce guêpier. Nous avons fait tout notre possible pour convaincre Melanie qu'il était dans son intérêt d'agir selon nos plans.

– Ouais, mais elle est folle. Les fous n'agissent pas toujours dans leur intérêt, ma vieille. »

Natalie sourit. « Ce qui explique sans doute pourquoi nous sommes ici, pas vrai ? »

Jackson lui posa une main sur l'épaule. « Tu as pensé à ce que tu allais faire si Saul est mort ? » demanda-t-il doucement.

Natalie eut un hochement de tête presque imperceptible. « On va le sortir de là. Ensuite, je retournerai à Charleston pour tuer ce monstre. »

Jackson se redressa, s'étendit sur la banquette arrière, et s'endormit au bout d'une minute. Natalie regarda l'océan jusqu'à en avoir mal aux yeux, puis se tourna vers le pilote. Meeks la regardait d'un air bizarre. Voyant qu'elle lui rendait son regard, il toucha du doigt la visière de sa casquette et concentra toute son attention sur le tableau de bord.

Grièvement blessé, luttant de toutes ses forces pour ne pas perdre conscience, Saul était néanmoins ravi de se trouver là. Il ne quittait jamais l'Oberst des yeux plus de quelques secondes. Après presque quarante ans de quête, Saul Laski se trouvait dans la même pièce que l'Oberst Wilhelm von Borchert.

La situation n'était guère idéale. Saul avait joué le tout pour le tout, laissant Luhar le terrasser alors qu'il *aurait pu* s'emparer à temps de ses armes, dans l'espoir d'être amené en présence de l'Oberst. C'était le scénario qu'il avait exposé à Natalie quelques mois plus tôt, alors qu'ils partageaient une tasse de café en contemplant le crépuscule israélien au parfum d'orange, mais les conditions présentes n'étaient guère idéales. Saul aurait une chance d'affronter l'assassin nazi seulement si celui-ci était le seul à tenter d'user sur lui de son talent psychique. Mais tous les mutants ataviques étaient présents — Barent, Sutter, Kepler, et même Harod et le pion de Melanie Fuller — et Saul redoutait que l'un d'entre *eux* ne tente de s'emparer de son esprit, réduisant à néant ses maigres chances de surprendre l'Oberst. De plus, lorsqu'il avait fait part de son scénario à Natalie, Saul avait toujours décrit l'affrontement final comme un duel dans lequel il aurait l'avantage physique. A présent, il lui fallait mobiliser toutes les ressources de sa volonté pour ne pas s'effondrer; sa main gauche était blessée et inutilisable, une balle était logée près de sa clavicule, tandis que l'Oberst paraissait en parfaite condition physique, lui rendait quinze bons kilos de muscle, et était entouré de deux pions superbement conditionnés et d'une demi-douzaine de personnes qu'il pourrait utiliser à son gré. Et les gardes au service de Barent abattraient sûrement Saul de sang-froid s'il lui prenait l'envie de faire un pas sans en avoir reçu l'ordre.

Mais Saul était heureux. Pour rien au monde il n'aurait souhaité se trouver ailleurs.

Il secoua la tête pour mieux se concentrer sur ce qui se passait. Barent et l'Oberst étaient assis et le milliardaire disposait les pièces humaines sur l'échiquier. Pour la deuxième fois de la journée, Saul eut une expérience hallucinatoire : la grande salle ondoya comme la surface d'un étang et il vit soudain devant lui le bois et la pierre d'un manoir polonais, des *Sonderkommandos* vêtus de gris qui festoyaient au pied de tapisseries plusieurs fois centenaires sous les yeux de *Der Alte* assis dans son gigantesque fauteuil, perdu dans son uniforme de général, pareil à une momie flétrie enveloppée de lambeaux trop grands pour elle. Les ombres projetées par les torches dansaient sur les murs, le carrelage et les crânes rasés des trente-deux prisonniers juifs épuisés qui se tenaient au garde-à-vous entre les deux officiers allemands. Le jeune Oberst écartait de son front une mèche de cheveux blonds, posait le coude sur son genou et souriait à Saul.

L'Oberst sourit à Saul. « *Willkommen, Jude.*

– Allons, allons, dit Barent, nous devons tous jouer. Joseph, veuillez vous placer sur la case F6. »

Kepler recula d'un pas, le visage horrifié. « Vous déconnez, bon Dieu ! » Il heurta violemment le buffet, renversant plusieurs bouteilles.

« Pas le moins du monde, répliqua Barent. Veuillez vous dépêcher, Joseph. Herr Borden et moi souhaitons conclure cette partie le plus tôt possible.

– Allez au *diable !* » Kepler serra les poings et les tendons saillirent sur sa gorge. « Je ne vais pas me laisser utiliser comme un pion minable pendant que vous... » Il s'interrompit comme un disque défectueux dont on aurait brusquement soulevé le saphir. Ses lèvres remuèrent l'espace d'une seconde sans émettre le moindre son. Son visage vira à l'écarlate, au pourpre, au noir, puis il tomba de tout son long sur le carreau. On aurait dit que des mains invisibles lui serraient les bras derrière le dos, que des cordes invisibles lui liaient les chevilles, puis il se mit à ramper, le corps agité de spasmes, tel un ver humain sorti de l'imagination d'un enfant au cerveau dérangé, se cognant menton et poitrine à chaque mouvement. Joseph Kepler parcourut ainsi le carrelage sur une longueur de plus de huit mètres, y laissant un sillage de sang, avant d'arriver sur la case F6. Lorsque Barent le libéra, ses muscles eurent un frémissement visible à l'œil nu, une giclée d'urine inonda son pantalon et coula sur le carreau.

« Veuillez vous relever, Joseph, dit doucement Barent. Nous souhaitons commencer la partie. »

Kepler se mit péniblement à genoux, regarda le milliardaire d'un air hébété, puis se redressa en silence sur ses jambes flageolantes. Son luxueux pantalon italien était souillé de sang et d'urine.

« Comptez-vous nous Utiliser tous de cette manière, Frère Christian ? » demanda Jimmy Wayne Sutter. L'évangéliste se tenait au bord de l'échiquier de fortune ; son épaisse crinière blanche luisait sous l'éclat des projecteurs.

Barent sourit. « Je ne vois aucune raison d'Utiliser qui que ce soit, James. Pourvu que les pièces ne fassent pas obstacle au bon déroulement de la partie. Et vous, Herr Borden ?

– Moi non plus. Venez ici, Sutter. En tant que fou, vous êtes la seule pièce maîtresse survivante à l'exception du roi. Prenez place à gauche de la case initiale de la reine. »

Sutter leva la tête. Sa chemise de soie était imbibée de sueur. « Est-ce que j'ai le choix ? » murmura-t-il. Sa voix d'orateur était rauque et éraillée.

« *Nein*. Vous devez jouer. Venez. »

Sutter se tourna vers Barent. « Je veux dire : ai-je la possibilité de choisir mon camp ? »

Barent arqua un sourcil. « Vous êtes depuis longtemps un fidèle serviteur de Herr Borden. Désirez-vous à présent changer de camp, James ?

– "Je ne retire nul plaisir de la mort du pécheur. Croyez-en Notre-Seigneur Jésus-Christ et vous serez sauvés." Évangile selon saint Jean, chapitre III, versets 16 et 17. »

Barent gloussa et se frotta le menton. « Herr Borden, votre fou souhaite apparemment passer dans l'autre camp. Voyez-vous une objection à ce qu'il achève la partie du côté des noirs ? »

Le visage de l'Oberst était aussi renfrogné que celui d'un gosse capricieux. « Prenez-le et qu'il aille au diable. Je n'ai pas besoin de cette grosse tante.

– Venez, James, dit Barent à l'évangéliste en sueur. Placez-vous à gauche du roi. » Il désigna une case blanche à une rangée de celle où le pion du roi noir s'était trouvé en début de partie.

Sutter se mit en position à côté de Kepler.

Saul eut une lueur d'espoir à l'idée que la partie puisse se dérouler sans que les vampires psychiques utilisent leur pouvoir sur leurs pions. Tout ce qui retarderait l'instant où l'Oberst tenterait de pénétrer dans son esprit était le bienvenu.

L'Oberst se pencha sur son fauteuil massif et eut un petit rire. «Puisque me voilà privé de mon allié intégriste, il m'amuserait assez de promouvoir mon vieux pion au rang de fou. *Bauer, verstehst du*? Viens, Juif, prends ta place.»

Sans attendre qu'on l'y force, Saul s'empressa de traverser le carrelage pour se placer sur une case noire de la première rangée. Il se trouvait à moins de trois mètres de l'Oberst, mais Luhar et Reynolds protégeaient leur maître et une vingtaine de gardes surveillaient le psychiatre de près. Ses blessures le faisaient atrocement souffrir — sa jambe gauche était raide, son épaule en feu — mais il s'efforça de n'en rien laisser paraître.

«Comme au bon vieux temps, hein, petit pion? dit l'Oberst en allemand. Excusez-moi, je veux dire : Herr *Fou.*» Il sourit de toutes ses dents. «Pressons, il me reste trois pions à placer. Jensen en E3, *bitte*. Tony en A3. Tom ira en B5.»

Saul regarda Luhar et Reynolds se mettre en place. Harod ne bougea pas. «Je ne sais même pas où est A3», dit-il.

L'Oberst eut un geste agacé. «La deuxième case devant celle de la tour de la reine. *Schnell!*»

Harod battit des paupières, puis se dirigea vers une case noire à gauche de l'échiquier.

«Placez vos trois derniers pions», dit l'Oberst à Barent.

Le milliardaire opina. «Mr. Swanson, je vous prie. A côté de Mr. Kepler.» Le G-Man moustachu regarda autour de lui, posa son arme par terre et alla se placer sur une case noire, derrière Kepler et sur sa gauche. Saul se rendit compte que c'était le pion du cavalier du roi et qu'il n'avait pas bougé de sa case initiale.

«Ms. Fuller, reprit Barent, si vous voulez bien conduire votre charmant pion sur la case initiale du pion de la tour de la reine… Oui, c'est cela.» La créature qui avait jadis été Constance Sewell s'avança d'un pas hésitant et alla se placer quatre cases devant Harod. «Ms. Chen, poursuivit Barent, à côté de Miz Sewell, s'il vous plaît.

– Non! s'écria Harod alors que Maria Chen s'avançait vers l'échiquier. Elle ne joue pas!

– *Ja*, intervint l'Oberst. Sa beauté ne peut que rehausser l'intérêt de la partie, *nicht wahr?*

– Non!» Harod se tourna pour faire face à l'Oberst. «Elle n'a rien à voir avec cette histoire.»

Willi sourit et pencha la tête vers Barent. «Comme c'est touchant. Je suggère que nous autorisions Tony à changer de place avec sa secrétaire si sa position est… euh… menacée. Êtes-vous d'accord, Herr Barent?

– Oui, oui. Ils peuvent échanger leurs places si Harod le désire, à condition que cela ne perturbe pas le déroulement de la partie. Ne traînons pas. Nous devons encore placer nos rois.» Barent se tourna vers ses gardes du corps et ses assistants.

«*Nein.*» L'Oberst se leva et s'avança sur l'échiquier. «Les rois, c'est *nous*, Herr Barent.

– Que voulez-vous dire, Willi?» demanda le milliardaire d'une voix lasse.

L'Oberst écarta les bras et sourit. «Cette partie est très importante. Nous devons montrer à nos amis et collègues que nous encourageons leurs efforts.» Il prit sa place, deux cases à droite de Jensen Luhar. «En outre, Herr Barent, les rois ne peuvent pas être pris.»

Barent secoua la tête mais se leva et alla se placer sur la case D6, à côté du révérend Jimmy Wayne Sutter.

Celui-ci tourna vers lui des yeux vitreux et dit à voix haute: «"Dieu dit à Noé: Pour moi la fin de toute chair est arrivée. Car à cause des hommes la terre est emplie de violence et je vais les détruire avec la terre…"

– Oh, ferme ta gueule, vieille pédale! s'écria Tony Harod.

– Silence ! » beugla Barent.

Durant la brève période de calme qui suivit, Saul essaya de visualiser l'échiquier tel qu'il se présentait à l'issue du trente-cinquième coup :

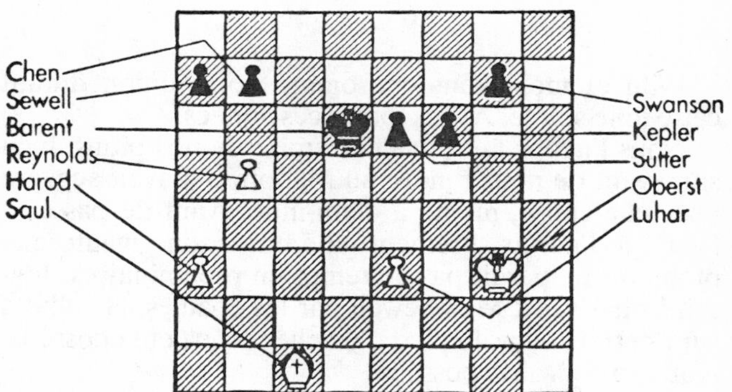

Saul était un trop modeste joueur pour prévoir avec certitude l'évolution de la partie — il savait qu'il allait assister à un combat entre deux maîtres —, mais il comprenait néanmoins que Barent avait retiré un avantage certain des échanges précédents et qu'il semblait sûr de l'emporter. Saul ne voyait pas comment les blancs pourraient réussir à obtenir mieux qu'une partie nulle, mais l'Oberst avait déclaré que Barent serait proclamé vainqueur dans un tel cas de figure.

Une chose était sûre : en tant que seule pièce maîtresse dans un camp qui ne comptait plus que trois pions, le fou allait être souvent joué, même à ses risques et périls. Saul ferma les yeux et s'efforça de refouler une soudaine vague de douleur et de faiblesse.

« Très bien, Herr Borden, dit Barent à l'Oberst. A vous de jouer. »

70.
Melanie

Willi et moi avons consommé notre union durant cette folle soirée. Après toutes ces années.

Nous l'avons fait par l'entremise de nos pions, bien sûr, avant de nous rendre au Manoir. S'il avait suggéré une telle chose, même à demi-mot, avant de passer à l'acte, je l'aurais sûrement giflé, mais son gigantesque pion noir ne perdit pas de temps en préliminaires. Jensen Luhar saisit Miss Sewell par les épaules, la culbuta sur l'herbe douce au pied d'un chêne-vert et la posséda. Nous posséda. Me posséda.

Alors même que le nègre pesait de toute sa masse sur Miss Sewell, je ne pus m'empêcher de me souvenir des murmures que Nina et moi échangions lorsque, adolescentes, nous passions la nuit dans le même lit. Nina, qui se piquait d'être blasée, me racontait d'une voix essoufflée des histoires de toute évidence apocryphes sur les attributs et les prouesses des hommes de couleur. Séduite par Willi, plaquée au sol par la masse de Jensen Luhar, le nez dans l'herbe, je délaissai Miss Sewell en faveur de Justin avant de me rappeler confusément que la négresse de Nina avait affirmé ne pas être envoyée par elle. Heureusement que je savais que cette fille avait menti. Je voulais dire à Nina qu'elle avait raison…

Ce n'est pas par hasard que j'insiste sur cet épisode. Si l'on excepte les sensations quasi oniriques que j'avais éprouvées à l'hôpital de Philadelphie par l'entremise de Miss Sewell, c'était là ma première expérience de l'amour physique. Mais l'exubérance grossière du pion de Willi n'avait pas grand-chose à voir avec l'amour. Elle me rappelait davantage la frénésie avec laquelle le chat siamois de ma tante montait une pauvre chatte qui avait le malheur d'être en chaleur. Et je dois confesser que Miss Sewell devait être constamment en chaleur, car elle réagit aux avances frustes du nègre avec une lubricité qu'aucune jeune dame de ma génération ne se serait permis de manifester.

Quoi qu'il en soit, cette expérience s'avéra de courte durée et mes réflexions furent étouffées dans l'œuf. Le pion de Willi se releva brusquement, se tourna vers la droite, et ses grosses narines palpitèrent. «Mon pion approche», murmura-t-il en allemand. Il plaqua mon visage sur l'herbe. «Ne bouge pas.» Et il grimpa sur les branches basses de l'arbre comme un énorme singe noir.

Suivit une lutte absurde et sans importance à l'issue de laquelle le pion de Willi emmena avec nous au Manoir le prétendu pion de Nina, le dénommé Saul. Il y eut un instant quasi magique, quelques secondes avant que les gardes nous encerclent, où toutes les lumières, tous les projecteurs et toutes les lanternes s'allumèrent, et où je me crus transportée dans un royaume féerique ou sur le point de pénétrer dans Disneyland par une entrée secrète et enchantée.

Le départ de la négresse de Nina et les événements grotesques qui l'avaient suivi m'avaient distraite pendant quelques minutes, mais lorsque Culley revint à la maison avec le corps inanimé de Howard et le cadavre du voyou noir, j'étais prête à me concentrer entièrement sur ma rencontre avec C. Arnold Barent.

Mr. Barent était un parfait gentleman et il accueillit Miss Sewell avec toute la déférence que méritait un de mes représentants. Je sus immédiatement que la laideur et la grossièreté de mon pion ne l'empêchaient nullement de percevoir ma beauté et ma maturité. Étendue sur mon lit à Charleston, baignant dans la lueur verte des machines du Dr Hartman, je sus que l'éclat féminin que j'avais senti rayonner en moi était transmis à la sensibilité raffinée de C. Arnold Barent en dépit du caractère fruste de Miss Sewell.

Il m'a invitée à jouer aux échecs et j'ai accepté. Ce jeu ne m'avait jusque-là inspiré aucun intérêt, je l'avoue. Les échecs m'étaient toujours apparus comme un divertissement prétentieux et lassant pour le spectateur — Roger Harrison et mon cher Charles y jouaient régulièrement — et je n'avais jamais pris la peine d'apprendre les noms et les mouvements des diverses pièces. Je préférais de loin les parties de dames que je disputais avec Mama Booth pour tromper mon ennui d'enfant lors des journées pluvieuses.

Un certain temps s'écoula entre le début de ce jeu ridicule et le moment où Mr. C. Arnold Barent réduisit à néant mes illusions. Mon attention était souvent divisée, car j'étais fort occupée à préparer ma maisonnée dans l'éventualité du retour de la négresse de Nina. Le moment pouvait paraître mal choisi, mais j'estimais que le temps était venu pour moi de mettre en route le plan que j'avais conçu quelques semaines plus tôt. Pendant ce temps-là, je continuai de rester en contact avec l'homme que j'avais observé pendant plusieurs semaines lorsque Justin partait en promenade au bord du fleuve avec la négresse de Nina. Je n'avais plus l'intention de l'Utiliser comme on me l'avait indiqué, mais le maintenir conscient en apparence représentait un véritable défi pour mon Talent vu la visibilité de sa position et la complexité du vocabulaire technique en sa possession.

Plus tard, je devais me féliciter d'avoir fait l'effort de maintenir le contact avec lui, mais sur le moment ce n'était qu'une source d'irritation parmi tant d'autres.

Et la stupide partie d'échecs opposant Willi et son hôte suivait son cours telle une scène surréelle expurgée d'*Alice au pays des merveilles*. Willi allait et venait comme un chapelier fou en tenue de soirée, je laissais Miss Sewell se faire déplacer de temps en temps — me fiant à Mr. Barent qui m'avait promis qu'elle ne courrait aucun danger —, et les autres pions pitoyables sautaient d'une case à l'autre, en prenaient d'autres, se faisaient prendre à leur tour, et mouraient d'une mort futile avant d'être évacués de l'échiquier.

Je ne prêtai guère attention à ce jeu infantile qui ne m'intéressait guère jusqu'au moment où Mr. Barent eut à mon égard un geste fort décevant. Nina et moi avions notre propre conflit à résoudre. Je savais que sa négresse reviendrait avant l'aube. En dépit de ma fatigue, je me hâtai de préparer la maison en vue de son retour.

71.
Dolmann Island,
mardi 16 juin 1981

Tony Harod cherchait désespérément à comprendre. Il n'aimait guère se trouver dans une situation dangereuse comme celle-ci, mais il se sentait encore plus stupide de ne pas la comprendre. Et il n'y arrivait toujours pas.

Pour autant qu'il puisse en juger, Willi et Barent prenaient très au sérieux l'enjeu de leur partie d'échecs. Si Willi l'emportait — et Harod avait rarement vu le vieux salaud concéder une défaite —, Barent et lui continueraient de jouer à leur petit jeu en bombardant des villes et en anéantissant des nations entières. Si c'était Barent qui gagnait, le statu quo serait maintenu, mais Harod n'était guère rassuré après avoir vu Barent foutre en l'air celui de l'Island Club dans le seul but de constituer son échiquier. Debout sur une case noire à deux rangées du bord et à trois de cette dingue de Sewell, Harod chercha à comprendre.

Il aurait été ravi de continuer à se triturer les méninges sans bouger de place, mais c'était à Willi de jouer. « Pion en A4, *bitte.* »

Harod le regarda sans rien dire. On lui rendit son regard. Il y avait une trentaine de gardes debout dans l'ombre, mais ils ne faisaient aucun bruit et ça lui foutait les jetons.

« C'est vous qui devez bouger, Tony », dit Barent à voix basse. Le milliardaire en costume noir se trouvait sur la même diagonale que lui, à deux cases de distance.

Le cœur de Harod se mit à battre la chamade. Il était terrifié à l'idée que Barent ou Willi puissent *l'Utiliser* une nouvelle fois. « Hé ! Je ne comprends rien à cette merde ! Dites-moi seulement où je dois aller, bon Dieu ! »

Willi se croisa les bras d'un air dégoûté. « C'est ce que je viens de faire. Vous devez aller sur la case A4. Vous êtes sur la case A3. Avancez d'une case. »

Harod se plaça en hâte sur la case blanche devant lui. Il était à présent tout près de Tom Reynolds, ce zombi blond, et deux cases seulement le séparaient de la Sewell. Maria Chen était à côté de cette dernière, silencieuse. « Écoutez, vous avez trois pions. Comment pouvais-je savoir qu'il s'agissait de *moi ?* » Harod dut se pencher pour voir Willi, dissimulé par la masse noire de Jensen Luhar.

« Combien de pions blancs y a-t-il sur la colonne A, Tony ? dit Willi avec dédain. Maintenant, taisez-vous, ou je vous ferai avancer de force. »

Harod se détourna et cracha dans l'ombre, tentant de maîtriser les tremblements de sa jambe droite.

Barent répliqua aussitôt, ruinant les espoirs de Harod qui s'attendait à de longues périodes de réflexion entre les coups. « Roi en D5 », dit-il en avançant d'un pas, un petit sourire ironique aux lèvres.

Cette décision parut stupide aux yeux de Harod. Le milliardaire était à présent à l'avant-garde de ses pièces, à trois cases de Jensen Luhar. Il étouffa un rire hystérique lorsqu'il se rappela que le colosse noir était censé être un pion blanc. Il se mordit la joue et pensa avec nostalgie à sa maison et à son jacuzzi.

Willi hocha la tête comme s'il s'était attendu à cette riposte — Harod se rappela l'avoir entendu dire que Barent souhaitait recentrer son roi — et fit un geste de la main au vieux Juif. « Fou en A3. »

L'ex-pion répondant au nom de Saul s'avança péniblement sur une diagonale noire pour se placer sur la case que Harod venait de quitter. Il semblait encore plus mal en point vu de près. Son treillis était maculé de sang et de sueur. Il lorgna Harod de ses yeux de myope incurable. Harod était sûr que c'était ce fumier qui l'avait drogué et séquestré en Californie. Le sort du Juif lui était complètement indifférent, mais il espérait qu'il prendrait quelques pièces blanches avant d'être sacrifié. *Bon Dieu de merde*, pensa-t-il. *C'est complètement dingue*.

Barent mit les mains dans les poches de son pantalon et avança en diagonale, se plaçant sur la case blanche juste en face de Luhar. « Roi en E4. »

Harod ne pigeait rien au déroulement de la partie. Les rares fois où il avait joué étant gamin — le temps d'apprendre les mouvements des pièces et de constater qu'il n'aimait pas les échecs —, ses partenaires prétentieux et lui-même avaient d'abord éliminé leurs pions avant d'engager leurs pièces maîtresses. Ils ne faisaient *jamais* bouger leur roi, à moins qu'ils n'aient souhaité roquer, une tactique dont Harod avait tout oublié, ou que leur roi ne soit menacé. Et voilà que ces deux prétendus grands maîtres à qui il ne restait presque plus que des *pions* exposaient leurs rois comme un pervers expose sa bite. *Et puis merde*. Harod renonça à comprendre.

Willi et Barent étaient séparés par moins de deux mètres. Willi plissa le front, se tapota les lèvres et dit : « *Bauer... entschuldigen... Bischric zum C funf.* » Willi se tourna vers Jimmy Wayne Sutter et traduisit : « Fou en C5. »

Le Juif famélique qui se trouvait derrière Harod se frotta les joues et alla péniblement se placer à côté de Reynolds. Harod compta les cases depuis le bord de l'échiquier et constata que le fou se trouvait effective ment sur la cinquième case de la colonne C — à moins qu'il ne s'agisse d'une rangée, il ne le savait plus et s'en foutait complètement. Il lui fallut plusieurs secondes supplémentaires pour comprendre que le Juif protégeait la position de Luhar tout en menaçant la Sewell qui se trouvait sur la même diagonale que lui. La bonne femme ne semblait pas avoir conscience du danger. Harod avait vu des cadavres plus animés. Il la regarda de nouveau, essayant d'apercevoir sa chatte sous sa chemise déchirée. A présent que les règles de base des échecs commençaient à lui revenir, il se sentait plus détendu. Il ne courait aucun danger tant que Willi ne le faisait pas bouger. Un pion ne peut pas prendre un pion situé en face de lui, et Reynolds était à une case de lui sur sa droite, face à Maria Chen, le protégeant d'une attaque frontale. Harod détailla la Sewell et estima qu'elle ne serait pas si mal si elle prenait un bain.

« Pion en A6 », dit Barent avec un geste empreint de politesse.

Pris de panique, Harod crut une seconde que c'était à *lui* d'avancer, puis il se rappela que Barent était le roi noir. Miss Sewell obéit au milliardaire et se plaça en minaudant sur une case blanche.

« Merci, ma chère », dit Barent.

Harod sentit les battements de son cœur s'accélérer. Le fou juif ne menaçait plus le pion Sewell. Elle se trouvait sur la même diagonale que Tom Reynolds. Si Willi n'ordonnait pas à Reynolds de la prendre, ce serait elle qui le prendrait au prochain coup. Et elle ne serait alors qu'à une case de Harod, sur la même diagonale que lui. *Merde.*

« Pion en B6 », répliqua aussitôt Willi. Harod tourna la tête, se demandant comment il pourrait parvenir à la case indiquée, mais Reynolds s'y était placé avant même que Willi ait pris la parole. Le pion blond était sur une case noire, à côté de Miss Sewell et face à Maria Chen.

Harod humecta ses lèvres soudain sèches. Maria Chen ne courait aucun danger immédiat. Reynolds ne pouvait pas la prendre. *Bon Dieu*, pensa-t-il. *Qu'arrive-t-il aux pions qui se font prendre ?*

« Pion en F5 », dit Barent d'une voix neutre. Swanson donna un petit coup de coude à Kepler, qui cligna des yeux et s'avança d'une case. Barent semblait soudain beaucoup moins isolé que Willi.

« C'est le quarantième coup, je crois ? dit Willi en s'avançant en diagonale sur une case noire. Roi en H4, *mein Herr*.

– Pion en F4 », dit Barent en faisant de nouveau avancer Kepler d'une case.

L'homme au complet souillé s'avança d'un pas hésitant, glissant sur la case voisine de celle de Barent comme si elle recelait un piège. Lorsqu'il y fut placé, il s'y tapit dans un coin, fixant des yeux le colosse noir qui se trouvait sur la même diagonale que lui.

« Pion prend pion », murmura Willi.

Luhar s'avança sur sa droite, Joseph Kepler hurla et fit mine de s'enfuir.

« Non, non », dit Barent en plissant le front.

Kepler se figea, les muscles tétanisés, les jambes raides. Il pivota pour faire face au Noir. Luhar s'immobilisa sur la case noire. Seuls les yeux exorbités de Kepler exprimaient sa terreur.

« Merci, Joseph, dit Barent. Vous m'avez bien servi. » Il fit un signe de tête à Willi.

Jensen Luhar saisit des deux mains le visage buriné de Kepler, le serra et le tordit brutalement. En se brisant, sa nuque fit un bruit sec dont les échos résonnèrent dans la grande salle. Un spasme l'agita, puis il mourut en se souillant une nouvelle fois. Sur un geste de Barent, des gardes vinrent évacuer le cadavre à la tête ballottante.

Luhar resta seul sur la case noire, les yeux fixés sur le vide. Barent pivota pour lui faire face.

Harod n'arrivait pas à croire que Willi allait autoriser la capture de Luhar. Ça faisait au moins quatre ans que le Noir était un des favoris du vieux producteur, qui partageait son lit au moins deux fois par semaine. De toute évidence, Barent entretenait les mêmes doutes ; il leva l'index et une demi-douzaine de gardes sortirent de l'ombre, braquant leurs Uzi sur Willi et son pion.

« Herr Borden ? dit Barent en arquant un sourcil. Nous pouvons encore déclarer cette partie nulle et reprendre le jeu que nous avons dû interrompre. L'année prochaine... qui sait ?»

Le visage de Willi était un masque dénué de passion vissé sur une silhouette blanche. «*Ich bin Herr General* Wilhelm von Borchert, dit-il d'une voix atone. *Jouez.*»

Barent hésita, puis adressa un signe de tête à ses hommes. Harod s'attendait à une fusillade, mais les gardes se contentèrent de se mettre en position de tir. «Vous l'aurez voulu», dit Barent, et il posa sa main pâle sur l'épaule de Luhar.

Harod pensa par la suite qu'il aurait pu tenter de reproduire sur un écran la scène qui se déroula alors, à condition d'avoir à sa disposition un budget illimité, Albert Whitlock et une douzaine d'autres techniciens en effets spéciaux, mais qu'il n'aurait *jamais* pu obtenir le même effet sonore ni la même expression sur le visage des figurants.

Moins d'une seconde après que Barent lui eut doucement posé la main sur l'épaule, la chair de Luhar se mit à palpiter, à ondoyer, ses pectoraux se gonflèrent jusqu'à ce que son torse semble sur le point d'exploser, ses abdominaux frémirent comme le tissu d'un drapeau flottant au vent. Sa tête se dressa comme un périscope, ses tendons s'étirèrent, se bandèrent, puis claquèrent avec un bruit de tissu qui se déchire. Son corps vacillait sous l'emprise d'un horrible spasme — Harod pensa à une sculpture d'argile malaxée et broyée par un artiste capricieux — mais le pire, c'était les yeux. Ils roulaient dans leurs orbites, devenant deux billes blanches, et ces billes semblèrent se gonfler jusqu'à être aussi grosses que deux balles de golf, deux balles de base-ball, deux ballons de football sur le point d'exploser. Luhar ouvrit la bouche, mais ce ne fut pas un cri qui en sortit, ce fut un torrent de sang qui déferla sur sa poitrine. Harod entendit des bruits bizarres en provenance du pion, comme si ses muscles sautaient l'un après l'autre ainsi que des cordes de piano étirées au-delà de leur point de rupture.

Barent recula d'un pas pour ne pas tacher son costume noir, sa chemise blanche et ses souliers vernis. «Roi prend pion», dit-il en ajustant sa cravate de soie.

Des gardes vinrent évacuer le corps de Luhar. Seule une case blanche séparait désormais Barent de Willi. La règle du jeu les empêchait d'y prendre pied. Un roi ne peut mettre en échec un autre roi

«C'est à moi de jouer, je crois, dit Willi.

– Oui, Herr Bor… Herr General von Borchert», dit Barent.

Willi hocha la tête, claquà les talons, et annonça son coup suivant.

«On ne devrait pas être arrivés?» Natalie Preston se pencha vers le pare-brise strié de pluie pour scruter l'horizon.

Daryl Meeks était occupé à mâchonner un cigare éteint; il le fit passer d'un coin de sa bouche à l'autre. «Le vent était plus fort que je ne le croyais. Détendez-vous. On arrive bientôt. Cherchez les lampions sur la droite.»

Natalie se cala sur son siège et résista à l'envie de toucher pour la trentième fois le Colt planqué dans son sac.

Jackson posa les bras sur le dossier du siège avant. «Je ne pige toujours pas ce qu'une fille comme toi fait dans un tel endroit.»

Il avait prononcé ce cliché pour détendre l'atmosphère, mais Natalie se tourna vivement vers lui et rétorqua : «Écoute, *je* sais ce que je fais ici. Et toi, qu'est-ce que tu fais ici, gros malin?»

Percevant la tension qui l'habitait, Jackson se contenta de sourire et de dire posément : «Le Soul Brickyard n'a pas apprécié que ces types envahissent son territoire et malmènent des frères et des sœurs. Ils ont des comptes à rendre.»

Natalie dressa le poing. «Ces types ne sont pas n'importe qui. Ce sont des ordures.»

Jackson referma ses doigts autour du poing de Natalie et le serra doucement. «Ecoute, bébé, il n'y a que trois catégories de gens en ce bas monde : les ordures, les ordures noires et les ordures blanches. Les pires, c'est les ordures blanches, parce qu'elles ont plus d'expérience que les autres.» Il se tourna vers le pilote. «Sans vouloir t'offenser, mec.

– Y a pas de mal.» Meeks mâchonna son cigare et pointa un doigt vers le pare-brise. «C'est peut-être une de vos lumières, là-bas à l'horizon.» Il consulta son odomètre. «Plus que vingt ou vingt-cinq minutes.»

Natalie dégagea sa main et la plongea dans son sac à la recherche du Colt 32. Il lui semblait plus petit et moins lourd chaque fois qu'elle le touchait.

Meeks ajusta un levier et le Cessna perdit peu à peu de l'altitude.

Saul s'obligea à suivre le déroulement de la partie en dépit de la douleur et de la fatigue qui menaçaient de le terrasser. Il redoutait de perdre conscience ou de contraindre Willi à l'Utiliser prématurément à cause de son manque de concentration. Dans les deux cas, Saul plongerait dans un état onirique et dans une phase de mouvement oculaire rapide, ce qui déclencherait un autre phénomène.

Plus que toute autre chose au monde, Saul aurait voulu s'allonger et dormir d'un long sommeil sans rêve. Cela faisait presque six mois qu'il ne s'endormait que pour retrouver les rêves récurrents qu'il avait lui-même programmés, et il aurait accueilli la mort avec joie si elle n'avait été qu'un sommeil sans rêve.

Mais pas encore.

Après la mort de Luhar, la seule pièce blanche à cinq cases à la ronde, l'Oberst — Saul se refusait à accepter sa promotion — avait profité du quarante-deuxième coup pour avancer d'une case, plaçant le roi blanc en H5. Qu'il fût la seule pièce blanche sur l'aile roi ne semblait pas le troubler outre mesure; deux cases le séparaient de Swanson, trois de Sutter et deux de Barent.

Saul était la seule pièce blanche susceptible de venir en aide au vieil Allemand et il s'obligea à se concentrer. Si le prochain coup de Barent rendait nécessaire le sacrifice du fou blanc, il se lancerait aussitôt à l'assaut de l'Oberst. Presque six mètres l'en séparaient. Saul espérait que la présence de Barent dans leur ligne de tir empêcherait certains gardes d'ouvrir le feu. Restait à considérer Tom Reynolds, pion blanc lui aussi, placé sur une case noire à moins d'un mètre de Saul. Même si les hommes de Barent ne réagissaient pas, l'Oberst utiliserait sûrement Reynolds pour le neutraliser.

Barent se plaça en F5, à une case de distance de l'Oberst et près de la case occupée par Sutter.

«Fou en E3», annonça l'Oberst. Saul se ressaisit et se hâta de se déplacer avant que l'Oberst ne l'y oblige de force.

Même au repos, il avait du mal à visualiser la disposition des pièces. Il ferma les yeux et reconstitua l'échiquier pendant que Barent s'avançait en E4, juste devant lui.

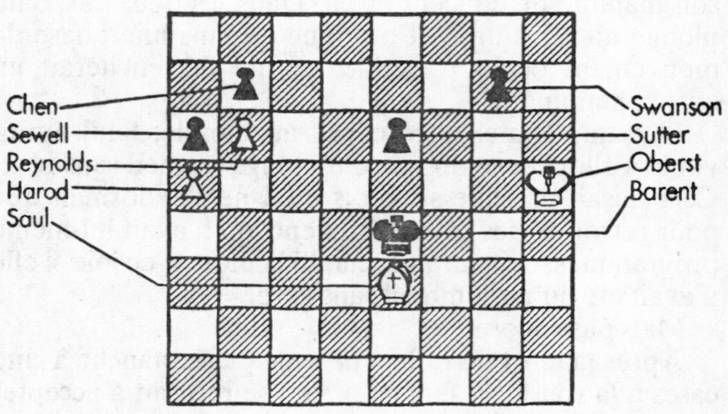

Si l'Oberst n'ordonnait pas immédiatement à Saul de bouger, Barent le capturerait au prochain coup. Saul garda les yeux fermés, se força à ne pas courir, se souvint de cette nuit, dans les baraquements de Chelmno, où il avait été prêt à se battre et à mourir plutôt que d'être emporté dans les ténèbres.

«Fou en F2», ordonna l'Oberst.

Saul recula d'un pas sur sa droite, séparé de Barent par une case et un pas en diagonale.

Le milliardaire réfléchit au coup suivant. Il jeta un coup d'œil à l'Oberst et sourit. «Est-il exact, Herr General, que vous ayez été aux côtés de Hitler lors de ses derniers instants?»

Saul écarquilla les yeux. L'étiquette des échecs interdisait aux joueurs d'entamer une discussion lors d'une partie.

L'Oberst ne parut pas s'offusquer. «*Ja*, j'étais dans le *Führerbunker* durant les derniers jours, Herr Barent. Et alors?

– Rien. Je me demandais seulement si votre passion pour le *Götterdämmerung* datait de cette période de formation.»

L'Oberst gloussa. «Le Führer n'était qu'un minable *poseur*[1]. Le 22 avril... c'était deux jours après son anniversaire, si ma mémoire est bonne... il a décidé de partir pour le sud afin de prendre le commandement des armées de Schoerner et de Kesselring avant la chute de Berlin. Je l'ai persuadé de rester. Le lendemain, j'ai quitté la ville à bord d'un petit avion, décollant sur une rue qui traversait le Tiergarten en ruine. A vous de jouer, Herr Barent.»

Barent réfléchit durant quarante-cinq secondes, puis fit un pas en diagonale pour se placer en F5. Il se retrouva de nouveau à côté de Sutter. «Roi en F5.

– Fou en H4», répliqua l'Oberst.

Saul traversa deux cases noires en diagonale pour se retrouver derrière l'Oberst. La blessure de sa jambe se rouvrit et il pressa le tissu du treillis sur elle lorsqu'il fit

1. En français dans le texte. *(N.d.T.)*

halte. Il était si près de l'Oberst qu'il pouvait sentir son odeur, un mélange de rance, d'eau de Cologne et de mauvaise haleine, un parfum aigre-doux qui évoquait dans son imagination celui du zyklon B[1].

«James?» dit Barent, et Jimmy Wayne Sutter émergea de sa rêverie pour avancer d'une case, se retrouvant en E5, à côté de Barent.

L'Oberst se tourna vers Saul et lui fit signe d'occuper la case vide qui le séparait de Barent. Saul s'exécuta.

«Fou en G5», annonça l'Oberst dans un silence total.

Saul regarda droit devant lui, contemplant le visage impassible de Swanson, l'agent fédéral, qui se trouvait à deux cases de lui, mais sentant la présence de Barent à sa gauche et de l'Oberst à sa droite. Il aurait sans doute éprouvé la même impression si on l'avait jeté dans une fosse entre deux cobras en colère.

La proximité de l'Oberst le poussait à agir *tout de suite*. Il lui suffisait de se tourner et…

Non. Le moment était mal choisi.

Saul jeta un bref coup d'œil sur la gauche. Barent regardait d'un air presque indifférent les quatre pions qui se languissaient dans le coin de l'aile dame. Il tapota les larges épaules de Sutter et murmura : «Pion en E4.» Le prédicateur des ondes s'avança sur la case blanche.

Saul perçut aussitôt la menace que Sutter faisait peser sur l'Oberst. Un pion parvenu à la huitième rangée pouvait être «promu» et devenir n'importe quelle pièce.

Mais Sutter n'était que sur la cinquième rangée. En tant que fou, Saul contrôlait une diagonale incluant la case de la troisième rangée où Sutter était obligé de passer. On lui demanderait probablement de «prendre» Sutter. En dépit de la répugnance que lui inspirait le prêtre hypocrite, Saul résolut à cet instant de ne plus permettre à l'Oberst de l'utiliser de cette façon. S'il lui

1. Gaz toxique employé dans les camps d'extermination nazis. *(N.d.T.)*

donnait l'ordre de tuer Sutter, Saul se retournerait contre lui quelles que soient ses chances de réussir.

Saul ferma les yeux et faillit plonger en état de rêve. Il s'ébroua et serra sa main blessée, laissant la douleur le raviver. Son bras droit était engourdi sur toute sa longueur, les doigts de sa main droite réagissaient à peine quand il essayait de les remuer.

Saul se demanda où était Natalie. Pourquoi diable n'avait-elle pas obligé la vieille à passer à l'action ? Miss Sewell était toujours debout sur la case A6, statuette abandonnée, les yeux levés vers les poutres de la grande salle.

« Fou en E3 », dit l'Oberst.

Se forçant à respirer, Saul regagna sa position précédente, bloquant le passage à Sutter. Il ne pouvait lui faire aucun mal tant qu'il restait sur une case blanche. Sutter ne pouvait rien contre lui tant qu'ils restaient dans cette position.

« Roi en F6 », dit Barent en reculant d'une case. Swanson se trouvait derrière lui, sur sa gauche.

« Roi blanc en G4 », annonça l'Oberst. Il se rapprocha de Sutter et de Saul.

« Et le roi noir ne se dégonfle pas, dit Barent sur le ton de la plaisanterie. Roi en E5. » Il avança d'un pas en diagonale pour se placer juste derrière Sutter. Les pièces allaient bientôt livrer bataille.

Saul contempla les yeux verts du révérend Jimmy Wayne Sutter. Il n'y vit nulle panique, rien qu'une interrogation, un tout-puissant désir de comprendre ce qui se passait.

Saul sentit que le jeu entrait dans sa phase finale.

« Roi en G5 », annonça l'Oberst, occupant une case noire située sur la rangée où se trouvait Barent.

Celui-ci hésita, regarda autour de lui, puis se plaça sur la case à sa droite, s'éloignant de l'Oberst. « Herr General, désirez-vous faire une pause pour prendre un rafraîchissement ? Il est deux heures et demie du matin. Je vous propose de manger un morceau et de reprendre la partie dans une demi-heure.

– *Nein*, répondit sèchement l'Oberst. C'est le cinquantième coup, je crois.» Il avança d'un pas vers Barent, occupant la case blanche située près de celle de Sutter. Le prédicateur ne daigna ni bouger ni regarder par-dessus son épaule. «Roi en F5.»

Barent se tourna pour fuir le regard de l'Oberst. «Pion en A5, s'il vous plaît. Miz Fuller?»

Un frisson parcourut le corps de la femme sur la colonne A et sa tête pivota comme une girouette rouillée. «Oui?

– Avancez d'une case, je vous prie», dit Barent. Il y avait un soupçon d'anxiété dans sa voix.

«Bien sûr, monsieur.» Miss Sewell fit mine d'avancer, se figea. «Mr. Barent, mon jeune pion ne court aucun danger, n'est-ce pas?

– Bien sûr que non, madame.» Barent sourit.

Miss Sewell avança sur ses pieds nus et s'arrêta face à Tony Harod.

«Merci, Miz Fuller», dit Barent.

L'Oberst croisa les bras. «Fou en F2.»

Saul recula d'une case sur sa droite. Il ne comprenait pas ce coup.

Barent eut un large sourire. «Pion en G5», dit-il aussitôt.

L'agent Swanson battit des paupières et avança de deux cases — c'était la première fois qu'il bougeait et il pouvait donc avancer ainsi —, se retrouvant sur la même rangée que l'Oberst.

Celui-ci soupira et se tourna vers cette diversion. «Le désespoir vous gagne, Herr Barent.» Il regarda fixement Swanson. L'agent ne fit mine ni de fuir ni de réagir. Il était sous une emprise mentale — celle de Barent ou celle de l'Oberst — qui le privait de toute volonté. Sa capture fut moins spectaculaire que celle de Luhar; à un instant donné, Swanson était debout en position de repos, et l'instant d'après il était mort, effondré sur la ligne de séparation d'une case blanche et d'une case noire. «Roi prend pion», dit l'Oberst.

Barent se rapprocha d'une case de Harod. « Roi noir en C4.

– Oui. » L'Oberst prit place sur la case noire adjacente à celle de Sutter. « Roi blanc en F4. » Saul comprit que l'Oberst se préparait à éliminer Sutter pendant que Barent attaquait Harod.

« Roi en B4 », dit Barent, et il se plaça sur la case voisine de celle de Harod.

Saul observa la réaction de Harod lorsqu'il se rendit compte qu'il était la prochaine victime de Barent. Plus blême que jamais, le producteur s'humecta les lèvres et jeta un coup d'œil par-dessus son épaule, comme pour cracher dans l'ombre. Les gardes se rapprochèrent.

Saul reporta son attention sur Jimmy Wayne Sutter. L'évangéliste n'avait plus que quelques secondes à vivre ; l'Oberst ne pouvait que capturer ce pion sans défense lors du prochain coup.

« Roi prend pion, confirma Wilhelm von Borchert en prenant pied sur la case blanche de Sutter.

– Une seconde ! s'écria celui-ci. Laissez-moi une seconde. J'ai quelque chose à dire au Juif ! »

Willi secoua la tête d'un air dégoûté, mais Barent lui dit : « Accordez-lui une seconde, Herr General.

– Faites vite », dit sèchement l'Oberst, de toute évidence impatient d'achever la partie.

Sutter chercha sa pochette, ne put la trouver, et essuya sa bouche couverte de sueur d'un revers de main. Il regarda Saul droit dans les yeux et s'adressa à lui d'une voix ferme tout à fait différente du rugissement mélodieux qu'il employait à la télévision.

« Livre de la Sagesse, chapitre III :

"Les âmes justes, elles, sont dans la main de Dieu
et nul tourment ne les atteindra plus.
Aux yeux des insensés, ils passèrent pour morts,
et leur départ sembla un désastre,
leur éloignement, une catastrophe.
Pourtant ils sont dans la paix.
Même si, selon les hommes, ils ont été châtiés,
leur espérance était pleine d'immortalité.

Après de légères corrections, ils recevront de grands bienfaits.

Dieu les a éprouvés
et les a trouvés dignes de Lui;
comme l'or au creuset, il les a épurés,
comme l'offrande d'un holocauste, il les a accueillis.
Au temps de l'intervention de Dieu,
ils resplendiront,
ils courront comme des étincelles à travers le chaume.
Ceux qui se confient en Lui comprendront la vérité,
ceux qui restent fermes dans l'amour demeureront auprès de Lui.
Car il y a grâce et miséricorde pour Ses élus."

– C'est tout, Frère James? demanda l'Oberst d'une voix légèrement amusée.

– Oui.

– Roi prend pion, répéta l'Oberst. Herr Barent, je me sens un peu fatigué. Demandez à vos hommes de s'occuper de ça.»

Sur un signe de Barent, un garde sortit de l'ombre, colla le canon de son Uzi sur la nuque de Sutter et lui tira une balle dans la tête.

«A vous de jouer», dit l'Oberst tandis qu'on évacuait le cadavre.

Saul et l'Oberst étaient désormais tout seuls dans l'aile roi. Barent resta quelques instants immobile au milieu des pions survivants, regarda Tony Harod, puis se tourna vers l'Oberst et lui demanda : «Accepteriez-vous de déclarer la partie nulle? Je suis prêt à négocier avec vous les modifications que vous avez évoquées.

– *Nein*. Jouez.»

C. Arnold Barent avança d'un pas et tendit une main vers l'épaule de Tony Harod.

«Non! Une minute, un instant, bordel!» Harod avait reculé jusqu'à la bordure de sa case. Deux gardes se placèrent de part et d'autre de lui et le mirent en joue.

«Il est tard, Tony, dit Barent. Soyez raisonnable.

– *Auf Wiedersehen*, Tony, dit Willi.

– Attendez ! s'écria Harod. Vous avez dit que je pourrais changer de place. Vous l'avez *promis !* » Sa voix était aussi geignarde que celle d'un gosse capricieux.

« Qu'est-ce que vous racontez ? » demanda Barent, irrité.

Harod hoquetait comme un poisson, à la recherche de son souffle. Il désigna Willi. « *Vous* l'avez promis. Vous avez dit que je pourrais changer de place avec elle... » Sans quitter des yeux la main tendue de Barent, il désigna Maria Chen d'un hochement de tête. « Mr. Barent vous a *entendu*. Il a dit qu'il était d'accord. »

D'agacée, l'expression de Willi devint amusée. « Il a raison, Herr Barent. Nous l'avons autorisé à changer de place. »

Barent était furibond. « Ridicule. Il souhaitait changer de place avec la fille si c'était elle qui était menacée. C'est absurde.

– Vous l'avez *promis !* » geignit Harod. Il se frotta les mains et les tendit vers l'Oberst comme pour l'implorer d'intercéder en sa faveur. « Dites-lui, Willi. Vous avez promis tous les deux que je pourrais changer de place si je le voulais. Dites-lui, Willi. Je vous en prie. Dites-lui. »

L'Oberst haussa les épaules. « A vous de décider, Herr Barent. »

Le milliardaire poussa un soupir et jeta un coup d'œil à sa montre. « Nous laisserons la dame prendre la décision. Ms. Chen ? »

Maria Chen regardait fixement Tony Harod. Saul était impuissant à déchiffrer l'expression de ses yeux noirs.

Harod s'agita, regarda dans sa direction, détourna la tête.

« Ms. Chen ? répéta Barent.

– Oui, murmura Maria Chen.

– Pardon ? Je n'ai pas bien entendu.

– Oui », répéta Maria Chen.

Harod courba les épaules.

« Quel gaspillage, dit l'Oberst d'une voix songeuse. Vous êtes en sécurité, Fräulein. Quelle que soit l'issue de la partie, le pion que vous êtes n'a rien à craindre. Il est vraiment dommage que vous échangiez votre place contre celle de ce tas de merde. »

Maria Chen ne répondit pas. La tête haute, elle changea de case avec Harod sans lui faire l'aumône d'un regard. Ses talons hauts claquaient sur les carreaux. Lorsqu'elle eut pris place sur la case blanche, elle sourit à Miss Sewell et se tourna vers Harod. « Je suis prête », dit-elle. Harod évitait de la regarder.

C. Arnold Barent soupira et caressa du bout des doigts ses cheveux aile de corbeau. « Vous êtes très belle. » Il posa le pied sur sa case. « Roi prend pion. »

Maria Chen rejeta violemment la tête en arrière et ouvrit sa bouche toute grande. Un bruit de crécelle émergea de son gosier lorsqu'elle tenta de respirer. Elle tomba en arrière, se griffant désespérément la gorge. Son agonie dura près d'une minute.

Pendant qu'on évacuait le corps, Saul essaya d'analyser les actes de Barent et de l'Oberst. Il conclut que ces morts spectaculaires ne témoignaient pas d'une nouvelle dimension de leur talent, mais qu'ils utilisaient celui-ci au service d'une démonstration de force brutale, s'emparant du contrôle du système nerveux de leur sujet et inhibant les programmes biologiques de son organisme. Ce processus exigeait de toute évidence beaucoup d'efforts de leur part, mais il ne devait pas différer outre mesure de leurs agissements habituels : apparition soudaine du rythme thêta chez la victime, puis induction d'un état de M.O.R. artificiel et perte de contrôle totale. Saul aurait parié sa vie qu'il ne se trompait pas.

« Roi en D5, dit l'Oberst en s'avançant vers Barent.

– Roi en B5 », répliqua Barent en reculant en diagonale pour se placer sur une case blanche.

Saul chercha un moyen par lequel Barent pourrait sauver la situation. Il n'en trouva aucun. Miss Sewell — le pion noir en colonne A — pouvait encore avancer, mais elle n'avait aucune chance d'être «promue» tant que l'Oberst disposait d'un fou. Harod, qui était désormais un pion noir et se trouvait sur la colonne B, ne servirait à rien tant que Tom Reynolds lui bloquerait le passage.

Saul lorgna en direction du producteur. Harod était abîmé dans la contemplation du sol, apparemment indifférent à la partie qui approchait maintenant de sa conclusion.

L'Oberst disposait de Saul – son fou — et pouvait d'un instant à l'autre mettre Barent en échec. Celui-ci n'avait aucun moyen de s'en tirer.

«Roi en D6», dit l'Oberst en prenant pied sur une case noire, sur la même rangée que celle occupée par Reynolds. Seule une case noire en diagonale le séparait de Barent. L'Oberst jouait avec sa proie.

Barent sourit de toutes ses dents et leva trois doigts en un salut dérisoire. «Je m'incline, Herr General.

– *Ich bin der Meister.*

– Bien sûr. Pourquoi pas ?» Barent franchit la distance qui les séparait et serra la main de l'Oberst. Puis il parcourut la grande salle du regard. «Il est tard. Cette soirée a cessé de m'intéresser. Je vous contacterai demain pour régler les détails de notre prochain affrontement.

– Je rentre chez moi cette nuit, dit l'Oberst.

– Bien.

– N'oubliez pas que j'ai confié à des amis européens des lettres et des instructions concernant les sociétés que vous possédez un peu partout dans le monde. Une sorte de sauf-conduit me permettant de regagner Munich en toute sécurité.

– Oui, oui. Entendu. Votre avion a déjà reçu l'autorisation de décoller et je vous contacterai par le canal habituel.

– *Sehr gut.*»

Barent parcourut du regard l'échiquier presque vide. «Tout s'est passé comme vous l'aviez prévu il y a quelques mois. Une soirée très stimulante

– *Ja.*»

Barent se dirigea d'un pas vif vers la porte-fenêtre. Un peloton de gardes se déploya autour de lui pendant que d'autres se mettaient en place dehors. « Voulez-vous que je m'occupe du Dr Laski ? » demanda le milliardaire.

L'Oberst se tourna vers Saul et le regarda comme s'il avait oublié sa présence. « Laissez-le, dit-il finalement.

– Et le héros de la soirée ? » demanda Barent en indiquant Harod. Le producteur s'était effondré sur sa case blanche, la tête entre les mains.

« Je m'occuperai de Tony, dit l'Oberst.

– Et la femme ? » fit Barent en indiquant Miss Sewell d'un hochement de tête.

L'Oberst s'éclaircit la gorge. « Le sort de ma chère amie Melanie Fuller devra figurer en bonne place parmi les sujets que nous aborderons demain. Nous devons lui témoigner tout le respect qu'elle mérite. » Il se frotta le nez. « Tuez ce pion tout de suite. »

Barent fit un geste, un garde s'avança et tira une rafale de mitraillette. Touchée au torse et au ventre, Miss Sewell s'envola et atterrit hors de l'échiquier, comme chassée par une main de géant. Elle glissa sur les carreaux et s'immobilisa, les jambes écartées, la chemise en lambeaux.

« *Danke*, dit l'Oberst.

– *Bitte sehr*, dit Barent. *Gutte Nacht, Meister.* »

L'Oberst hocha la tête. Barent et son entourage s'en furent. Quelques instants plus tard, l'hélicoptère décolla et s'envola vers le yacht ancré dans le port.

Il n'y avait plus dans la grande salle que Reynolds, la silhouette affaissée de Harod, quelques cadavres, l'Oberst et Saul.

« Eh bien. » L'Oberst enfouit ses mains dans ses poches et jeta à Saul un regard presque chagriné. « Il est temps de nous dire bonne nuit, mon petit pion. »

72.
Melanie

De toute évidence, C. Arnold Barent n'était pas le gentleman que j'avais imaginé.

J'étais fort affairée à régler divers détails à Charleston lorsque Mr. Barent fit assassiner cette pauvre Miss Sewell et il va sans dire que je ressentis un certain choc. Il n'est jamais agréable d'encaisser plusieurs balles dans la peau, même par l'intermédiaire d'un pion, et ma distraction temporaire ne fit qu'accentuer ma surprise et mon désagrément. Avant d'entrer à mon service, Miss Sewell était une personne sans intérêt et plutôt vulgaire, un défaut que son conditionnement n'avait pas permis de gommer complètement, mais c'était un membre utile et loyal de ma nouvelle famille et elle méritait une fin plus honorable.

Miss Sewell cessa de fonctionner quelques secondes après avoir été abattue par un des hommes de Barent — à l'instigation de Willi, remarquai-je avec quelque chagrin —, mais ces quelques secondes me permirent de reprendre le contrôle du garde que j'avais abandonné près de l'aile administrative du complexe souterrain.

L'homme disposait d'un pistolet automatique au mécanisme compliqué. Je n'avais aucune idée de son fonctionnement, mais tel n'était pas le cas de mon nouveau sujet. Je lui laissai donc la maîtrise de ses réflexes tout en lui ordonnant d'exécuter mes ordres.

Cinq gardes en période de repos buvaient du café assis autour d'une longue table. Mon sujet tira plusieurs brèves rafales, abattant trois d'entre eux et blessant un quatrième qui se précipitait vers une arme posée sur un comptoir. Le cinquième réussit à s'échapper. Mon sujet fit le tour de la table, enjamba les cadavres pour se diriger vers le blessé qui tentait de ramper vers un coin de la pièce et lui tira deux balles dans la tête. Un signal d'alarme retentit quelque part, hurlement de banshee qui emplit le labyrinthe de couloirs.

Mon sujet se dirigea vers la sortie principale, franchit un tournant et fut immédiatement abattu par un garde barbu d'origine mexicaine. Je m'emparai aussitôt de l'esprit du Mexicain et lui ordonnai de courir vers le sommet de la rampe de béton. Une Jeep occupée par trois hommes pila devant lui et l'officier assis à l'arrière lui lança une question. Je lui logeai une balle dans l'œil gauche, m'emparai du caporal qui tenait le volant, et regardai par les yeux du Mexicain la Jeep foncer vers la clôture électrifiée. Les deux hommes assis à l'avant du véhicule s'envolèrent au-dessus du capot, achevant leur course dans la clôture, et la Jeep fit deux tonneaux avant de sauter sur une mine dans la zone de sécurité.

Pendant que mon Mexicain s'avançait lentement sur l'allée pavée qui traversait la zone, je pénétrai l'esprit d'un jeune lieutenant qui arrivait sur les lieux en compagnie de neuf hommes. Mes deux nouveaux pions éclatèrent de rire devant l'expression des gardes lorsque le lieutenant retourna son arme contre eux.

Un peloton arrivait du nord, escortant une partie des pions libérés par Jensen Luhar lors de son évasion. J'ordonnai au Mexicain de lancer une grenade au phosphore dans leur direction. Les flammes éclairèrent des silhouettes nues qui s'égaillaient en hurlant dans les ténèbres. Les gardes paniqués commencèrent à échanger des coups de feu. Deux hors-bord s'approchèrent du rivage pour venir voir ce qui se passait, et j'envoyai le lieutenant les accueillir sur la plage.

J'aurais préféré assister aux événements qui se déroulaient en ce moment à l'intérieur du Manoir, mais seule Miss Sewell me l'aurait permis. Les Neutres de Barent étaient hors de ma portée. La seule pièce encore en vie dans la grande salle était l'israélite, et je sentais en lui quelque chose d'*anormal* qui me dissuadait de l'Utiliser. Il appartenait à Nina et je ne souhaitais pas avoir affaire à elle pour le moment.

Le pion que je contactai à ce moment-là ne se trouvait pas sur l'île. Ce fut fort difficile. Occupée comme je l'étais par les tâches à accomplir à Charleston, j'avais failli le laisser échapper. Seules les nombreuses heures que j'avais passées à le conditionner à distance me permirent de rétablir un lien avec lui.

J'avais pensé que Nina était complètement folle lorsque sa négresse avait traîné Justin dans ce parc donnant sur le port pendant plusieurs jours d'affilée pour lui faire observer cet homme à la jumelle. J'avais amorcé le premier contact au bout de quatre jours d'observation. La négresse de Nina m'avait enjoint d'être plus subtile que je ne l'avais jamais été... comme si Nina pouvait me donner des leçons de subtilité!

Je ressentais une certaine fierté à l'idée d'avoir maintenu le contact pendant plusieurs semaines sans que le sujet comprenne ce qui lui arrivait et sans que ses collègues perçoivent le moindre changement dans son comportement. Incroyable tout ce qu'on peut apprendre — le jargon et les connaissances techniques qu'on peut absorber — rien qu'en observant passivement par l'entremise des yeux d'un tiers.

En dépit des exigences et des machinations de Nina, je n'avais pas envisagé d'utiliser cette ressource jusqu'au moment où Miss Sewell s'était fait tuer.

Tout avait changé désormais.

Je réveillai le dénommé Mallory, lui ordonnai de quitter sa couchette, de traverser une petite coursive et de gravir une échelle conduisant à une pièce éclairée par des lampes rouges.

«Capitaine», dit un dénommé Leland. Je me souvins que Leland était un X.O.[1]. Je me rappelai les après-midi

1. Executive Officer. *(N.d.T.)*

interminables que je passais étant enfant à remplir des grilles de X et de O.

«Très bien, Mr. Leland, dit Mallory d'une voix sèche. Restez à votre poste. Je vais au C.I.C.[1].»

J'ordonnai à Mallory de sortir et de descendre l'échelle avant qu'on ait pu percevoir son changement d'expression. Je me félicitai de ne trouver personne dans la coursive baignée de lumière rouge. Un éventuel témoin aurait été troublé, voire inquiété, de découvrir sur le visage de Mallory un sourire si large qu'il révélait jusqu'à ses molaires.

1. Combat Information Center : passerelle stratégique. *(N.d.T.)*

73.
Dolmann Island, mardi 16 juin 1981

« Cramponnez-vous, dit Meeks. On va rigoler. »

Une petite boîte noire fixée à la console du Cessna venait d'émettre un *bip* et Meeks avait aussitôt perdu de l'altitude, se retrouvant moins de deux mètres au-dessus des vagues. Natalie agrippa les rebords de son siège et l'avion fonça vers la masse sombre de l'île, à dix kilomètres de là.

« Qu'est-ce que c'est que ce truc ? demanda Jackson en désignant la boîte noire à présent silencieuse.

– Un détecteur antiradar. Ils nous avaient repérés. Maintenant, soit on est trop bas, soit j'ai réussi à nous planquer derrière l'île.

– Mais ils savent qu'on arrive ? » Natalie avait des difficultés à garder un ton posé, impressionnée par les vagues légèrement phosphorescentes qui défilaient sous l'appareil à 150 km/h. Elle savait que la moindre erreur d'appréciation de la part du pilote enverrait le train d'atterrissage heurter les gerbes d'écume dont quelques centimètres seulement le séparaient. Elle lutta contre une violente envie de lever les pieds au-dessus du plancher.

« Ils savent sûrement qu'on est dans le coin, dit Meeks. Mais la trajectoire qu'on suivait était censée nous faire passer à sept ou huit kilomètres au nord de l'île. Pour ce qu'ils en savent, on est peut-être tout simplement sortis du champ de leur radar. On va approcher par le nord-est, je suis sûr que la côte ouest est mieux gardée.

– Regardez ! » s'écria Natalie. Le feu vert du quai était à présent visible et on apercevait un incendie à l'arrière-plan. Elle se tourna vers Jackson. « Peut-être que c'est Melanie ! dit-elle, tout excitée. Peut-être qu'elle est passée à l'action ! »

Meeks jeta un regard à ses deux passagers. « On m'a dit qu'ils faisaient des feux de joie dans un grand amphithéâtre. Peut-être que c'est seulement un son et lumière. »

Natalie consulta sa montre. « A trois heures du matin ? »

Meeks se contenta de hausser les épaules.

« Est-ce qu'on peut survoler l'île ? demanda Natalie d'une voix pressante. Je veux voir le Manoir avant qu'on atterrisse.

– Non. Trop risqué. Je vais longer la côte est et remonter le rivage sud, comme l'autre fois. »

Natalie opina. Le quai et les flammes étaient également invisibles et, vue de la côte est, l'île semblait complètement déserte. Meeks s'éloigna d'une centaine de mètres du rivage et reprit de l'altitude pour contourner les falaises de la pointe sud-est.

« Bon Dieu ! » s'écria le pilote, et tous trois se penchèrent vers la gauche pour mieux voir la scène tandis que l'appareil virait sèchement sur la droite pour regagner la tranquillité toute relative du large.

Au sud, l'océan était inondé de lumière et un immense champignon de flammes se dressait vers le ciel tandis que des arcs jaune et vert descendaient sur le Cessna. Alors que l'appareil se stabilisait deux mètres au-dessus des vagues, Natalie vit deux éclairs jaillir du navire éclairé par les flammes et foncer droit sur eux. Le premier missile s'abîma dans l'océan, mais le deuxième les frôla et s'écrasa sur la falaise à cent mètres de là. L'explosion souleva le Cessna d'une vingtaine de mètres, tel un rouleau emportant une planche de surf, puis le précipita vers la surface noire de l'eau. Meeks s'escrima avec ses leviers, mit les gaz à fond et poussa ce qui ressemblait à un cri de guerre.

Natalie colla sa joue à la vitre et vit une boule de flamme se désagréger en une centaine de flammèches lorsqu'une partie de la falaise s'effondra dans l'océan. Elle tourna la tête à temps pour voir trois nouveaux missiles foncer sur eux.

« Bon Dieu de merde, souffla Jackson.

– Cramponnez-vous, les enfants ! » hurla Meeks, et l'appareil vira si sèchement que Natalie vit des feuilles de palmier passer à six mètres sous sa fenêtre.

Elle se cramponna.

C. Arnold Barent s'était senti soulagé en quittant le Manoir pour prendre l'hélicoptère. La turbine du Bell Executive rugit, les rotors émirent un gémissement aigu, et Donald, son pilote personnel, éleva l'appareil au-dessus des frondaisons et de la lueur des projecteurs. A leur gauche, un hélicoptère Bell UH-1 Iroquois plus lourd et plus ancien transportait les neuf membres de la garde personnelle de Barent — Swanson manquerait désormais à l'appel —, et à leur droite décollait un appareil profilé aux lignes menaçantes, le seul hélicoptère d'assaut Cobra appartenant à un particulier. Le Cobra lourdement armé leur fournissait une couverture aérienne et resterait en alerte jusqu'à ce que l'*Antoinette* ait pris le large.

Barent s'enfonça dans le siège de cuir et poussa un soupir. Il n'avait guère couru de risques en affrontant Willi, protégé qu'il était par ses Neutres tireurs d'élite postés sur les balcons et dans les ombres, mais il était néanmoins soulagé d'en avoir fini avec l'Allemand. Il voulut redresser sa cravate et découvrit avec surprise que sa main tremblait.

« Nous arrivons, monsieur », dit Donald. Ils avaient fait le tour de l'*Antoinette* et descendaient doucement vers le pont d'envol situé sur la dunette. Barent constata avec satisfaction que la mer se calmait et que la faible houle ne poserait aucun problème aux stabilisateurs perfectionnés du yacht.

Il avait envisagé de ne pas laisser Willi quitter l'île vivant, mais les contacts européens du vieux lui avaient paru potentiellement dangereux. D'une certaine façon, Barent était ravi d'en avoir fini avec les préliminaires — et de s'être débarrassé de quelques gêneurs — et, malgré lui, il était impatient de jouer la partie à grande échelle que le vieux nazi lui avait proposée quelques mois plus tôt. Il était sûr qu'il parviendrait à convaincre le vieil homme de se contenter d'un terrain d'exercice satisfaisant mais limité : le Moyen-Orient, par exemple, ou une région de l'Afrique. Ce ne serait pas la première fois que le jeu se déroulerait à l'échelle internationale.

Mais le problème de la vieille de Charleston ne serait pas aussi aisément réglé. Barent prit note mentalement d'ordonner à Swanson de s'employer à l'éliminer dès le lendemain matin, puis il sourit de sa propre distraction. Il était vraiment fatigué. Eh bien, puisque Swanson n'était plus là, DePriest, le nouvel assistant spécial, s'en chargerait, lui ou un autre pion quelconque.

«Nous nous sommes posés, monsieur, dit le pilote.

– Merci, Donald. Veuillez contacter le capitaine Shires et lui faire savoir que je le rejoindrai sur la passerelle avant d'aller me coucher. Nous devons partir dès que l'hélicoptère sera arrimé.»

Barent franchit les soixante mètres qui le séparaient de la passerelle escorté par quatre membres de sa garde personnelle, le vieux Bell UH-1 les ayant déposés avant lui. Seul son 747 aménagé était plus sûr que l'*Antoinette*. Pourvu d'un équipage composé de vingt-trois Neutres superbement conditionnés auquel s'ajoutait sa garde personnelle, le yacht était encore supérieur à une île — rapide, bien armé, entouré de bateaux de patrouille lorsqu'il jetait l'ancre près de la terre comme en ce moment, et privé.

Le capitaine et les deux officiers présents sur la passerelle saluèrent respectueusement le milliardaire. «Prêts à mettre le cap sur les Bermudes, monsieur, annonça le capitaine Shires. Nous lèverons l'ancre dès que le Cobra se sera posé et aura été mis à l'abri sous sa toile.

– Excellent. Vous a-t-on signalé le décollage de l'avion de Mr. Borden ?

– Non, monsieur.

– Dès que son jet aura décollé, faites-le-moi savoir, voulez-vous, Jordan ?

– Oui, monsieur. »

Le deuxième officier s'éclaircit la gorge et s'adressa à son supérieur. « Mon capitaine, l'officier radar signale un navire croisant près de la pointe sud-est. Cap cent soixante-neuf. Distance quatre milles nautiques. Il s'approche de notre position.

– De notre position ? dit le capitaine Shires. Que dit le bateau de surveillance numéro Un ?

– Numéro Un ne répond pas à nos appels, mon capitaine. Stanley vient de m'aviser que le navire se trouvait à présent à trois milles nautiques et demi et qu'il avançait à vingt-cinq nœuds.

– Vingt-cinq nœuds ? » Le capitaine Shires prit une paire de jumelles à vision nocturne et rejoignit le second près des hublots tribord. La douce lueur rouge des consoles électroniques ne le gênait nullement.

« Identifiez tout de suite ce navire, ordonna sèchement Barent.

– C'est fait, monsieur, dit Shires. C'est l'*Edwards*. » Le capitaine semblait soulagé. Le *Richard S. Edwards* était le cuirassé de classe Forrest-Sherman qui avait pour mission de surveiller les abords de l'île durant le Camp d'Été. Lyndon Baines Johnson était le premier président à avoir « prêté » l'*Edwards* à Barent et ses successeurs avaient toujours respecté la coutume.

« Qu'est-ce que l'*Edwards* fait dans les parages ? » Barent n'était pas le moins du monde soulagé. « Ça fait deux jours qu'il aurait dû quitter les environs de l'île. Contactez immédiatement son capitaine.

– Distance : deux milles nautiques six, dit le deuxième

officier. Le radar confirme qu'il s'agit bien de l'*Edwards*. Aucune réponse à nos appels radio. Devons-nous essayer de communiquer par sémaphore ? »

Barent alla près du hublot, marchant comme dans un rêve. Il ne voyait que la nuit au-dehors.

« Changement de cap à deux milles de distance, mon capitaine, dit l'officier. Il se présente par le travers. Toujours aucune réponse à nos appels.

– Le capitaine Mallory a peut-être pensé que nous avions des problèmes », dit le capitaine Shires.

Barent émergea brusquement de sa songerie. « Foutons le camp d'ici ! hurla-t-il. Ordonnez au Cobra de l'attaquer ! Non, attendez ! Dites à Donald de préparer le Bell au décollage, je m'en vais. Shires, dépêchez-vous, bon sang ! »

Sous les yeux ébahis des trois officiers, Barent s'engouffra dans la porte, dispersant les gardes qui l'attendaient, et descendit quatre à quatre l'escalier conduisant au pont principal. Il perdit un de ses mocassins sur les marches mais ne s'arrêta pas pour le récupérer. Alors qu'il arrivait près du pont d'envol illuminé, il trébucha sur un cordage et déchira son blazer en tombant. Il s'était remis à courir avant que les gardes haletants aient eu le temps de le rattraper.

« Donald, *bon sang !* » hurla Barent. Le pilote, assisté par deux marins, avait arraché deux des cordages qu'ils venaient d'installer pour arrimer l'appareil et ils s'escrimaient avec les cales du rotor.

Le Cobra, armé de petits canons et de deux missiles thermosensibles, s'éleva en rugissant dix mètres au-dessus de l'*Antoinette*, s'interposant entre le yacht et son ancien protecteur. La mer fut brièvement illuminée par des éclairs qui rappelèrent à Barent les lucioles qu'il chassait étant enfant dans les forêts du Connecticut. Il aperçut pour la première fois les contours du cuirassé au moment où le Cobra explosait en plein vol. Un missile jaillit des débris de l'appareil et inscrivit un gribouillis de fumée sur le ciel nocturne avant de s'abîmer dans l'océan.

Barent se détourna de l'hélicoptère et alla jusqu'au bastingage tribord d'un pas incertain. Il vit l'éclair du canon de proue une fraction de seconde avant d'entendre le bruit de la détonation et celui du missile qui fonçait sur lui comme une locomotive emballée.

Le premier projectile rata l'*Antoinette* de dix mètres, mais son onde de choc secoua le yacht et aspergea sa dunette d'un paquet d'eau qui engloutit Donald et trois gardes. Le second fut lancé avant même que les eaux ne se soient calmées.

Barent écarta les jambes et agrippa le bastingage à s'en déchirer les paumes. « Va au diable, Willi », dit-il sans desserrer les dents.

Le second missile, guidé par un radar qui avait corrigé le premier tir, frappa la dunette du yacht à six mètres de Barent, déchira la coque et fit exploser la salle des machines et deux des réservoirs de diesel.

Une boule de feu consuma la moitié de l'*Antoinette* et s'épanouit à une hauteur de deux cent cinquante mètres avant de se rétracter et de s'estomper.

« Cible détruite, mon capitaine », dit la voix de l'officier Leland.

Dans la passerelle stratégique du *Richard S. Edwards*, le capitaine James J. Mallory, de l'U.S. Navy, attrapa un micro. « Très bien, X.O., virez de bord afin que le SPS-10 puisse repérer les cibles terrestres. »

Les officiers d'artillerie et les officiers de défense anti-sous-marin regardaient fixement leur supérieur. Cela faisait quatre heures qu'ils se trouvaient au quartier général, trois quarts d'heure qu'ils étaient aux postes de combat. Le capitaine leur avait déclaré qu'il s'agissait d'une intervention top secret qui relevait de la sécurité nationale. Il leur suffisait de regarder son visage livide pour comprendre qu'il se passait quelque chose d'*horrible*. Une chose était sûre : si le Vieux s'était trompé, sa carrière était foutue.

« Mon capitaine, est-ce que nous entamons la recherche des survivants ? dit la voix du X.O.

– Négatif, répondit Mallory. Repérez les cibles B trois et B quatre et ouvrez le feu.

– Mon capitaine ! s'écria l'officier de défense antiaérienne, courbé au-dessus de son écran radar SPS-40. Je viens de repérer un avion. Distance : deux milles sept. Vitesse : quatre-vingts nœuds.

– Préparez les Terrier », dit Mallory. En temps normal, l'*Edwards* ne disposait pour sa défense antiaérienne que de canons Phalanx 20 mm, mais on lui avait fourni cette année quatre missiles sol-air Terrier/Standard-ER installés près des lance-torpilles ASROC. Les hommes avaient passé cinq semaines à râler, privés du seul espace assez large et assez plat pour organiser un tournoi de Frisbee. C'était un Terrier qui avait détruit l'hélicoptère trois minutes plus tôt.

« C'est un appareil civil, dit l'officier radar. Un monomoteur. Probablement un Cessna.

– Feu », ordonna le capitaine Mallory.

Les officiers cloîtrés dans la passerelle stratégique entendirent deux missiles, un bruit sourd, un troisième missile, et un cliquetis signalant que le lanceur n'avait plus de munitions.

« Merde, dit l'officier d'artillerie. Je vous prie de m'excuser, mon capitaine. La cible s'est abritée derrière la falaise et Oiseau Un l'a perdue. Oiseau Deux a explosé sur la falaise. Oiseau Trois a touché *quelque chose.*

– La cible est-elle encore sur l'écran ? » Les yeux de Mallory étaient vitreux.

« Non, mon capitaine.

– Très bien. Artillerie ?

– Oui, mon capitaine ?

– Commencez à tirer sur le terrain d'atterrissage dès qu'il sera correctement repéré. Au bout de cinq salves, ouvrez le feu sur le bâtiment dénommé Manoir.

– A vos ordres !

– Je retourne dans ma cabine.»

Tous les officiers fixèrent la porte du regard après le départ du capitaine. Puis l'officier d'artillerie annonça : «Cible B trois repérée.»

Les hommes oublièrent leurs doutes et se mirent au travail. Dix minutes plus tard, au moment où Leland se préparait à frapper à sa porte, un coup de feu retentit dans les quartiers du capitaine.

Natalie n'avait jamais volé *entre* les arbres. L'absence de lune dans le ciel nocturne ne rendait pas l'expérience plus plaisante. Des masses de feuillage noir se précipitaient vers eux, puis disparaissaient quand Meeks sautait au-dessus d'une rangée d'arbres avant de plonger vers une clairière. En dépit de l'obscurité, Natalie distingua des bungalows, des sentiers, une piscine et un amphithéâtre au sein du décor qui filait sous le Cessna.

Le radar mental de Meeks était de toute évidence supérieur aux détecteurs mécaniques du troisième missile; il toucha un chêne-vert et explosa dans un incroyable geyser de feuilles et d'écorce.

Meeks obliqua à droite au-dessus de la bande dégagée de la zone de sécurité. On apercevait plusieurs foyers d'incendie, au moins deux véhicules en train de fumer, et les éclairs de coups de feu au sein des arbres. Un kilomètre et demi plus au sud, des bombes explosèrent sur la piste d'atterrissage. «Wow!» fit Jackson lorsque les réservoirs d'essence s'embrasèrent près du hangar.

Ils survolèrent le quai nord et prirent la direction du large.

«Il faut retourner là-bas», dit Natalie. Sa main était plongée dans son sac, son doigt posé sur la détente du Colt.

«Donnez-moi une bonne raison de vous obéir», dit Meeks en stabilisant l'avion cinq mètres au-dessus de l'océan.

La main de Natalie était vide lorsqu'elle sortit du sac. «*Je vous en supplie.*»

Meeks la regarda, puis se tourna vers Jackson et haussa un sourcil. «Et puis merde.» Le Cessna vira sèchement sur la droite et négocia un demi-tour gracieux, se retrouvant face au feu vert qui clignotait sur le quai.

74.
Dolmann Island, mardi 16 juin 1981

Dans le silence qui suivit le départ de l'hélicoptère de Barent, l'Oberst demeura immobile, les mains dans les poches. «Eh bien, dit-il à Saul. Il est temps de nous dire bonne nuit, mon petit pion.

– Je croyais avoir été promu au rang de fou.»

L'Oberst gloussa et se dirigea vers l'imposant fauteuil de Barent. «Quand on est pion, c'est pour la vie», dit-il en s'asseyant avec autant de grâce qu'un roi s'installant sur son trône. Il lança un regard à Reynolds, qui vint prendre position près de lui.

Saul ne quittait pas l'Oberst des yeux, mais il aperçut Tony Harod qui rampait dans l'ombre et posait la tête de sa secrétaire sur ses genoux. L'homme poussa un miaulement pitoyable.

«Ce fut une journée fort productive, *nein?*» dit l'Oberst.

Saul resta muet.

«Herr Barent m'a dit que vous aviez tué au moins trois de ses hommes cette nuit, poursuivit l'Oberst avec un sourire en coin. Quel effet ça fait d'être un assassin, *Jude?*»

Saul mesura la distance qui les séparait. Six cases, plus environ deux mètres. Soit à peu près neuf mètres. Une douzaine de pas.

«C'étaient des innocents, insista l'Oberst. De simples salariés. Ils laissent sûrement des veuves et des orphelins. Ça ne vous trouble pas, Juif?

– Non.»

L'Oberst arqua un sourcil. «Tiens? Vous avez donc fini par comprendre qu'il est parfois nécessaire de tuer des innocents? *Sehr gut.* J'avais peur de vous voir aller au tombeau habité par le sentimentalisme écœurant qui était le vôtre lorsque nous nous sommes connus, mon petit pion. C'est un grand progrès. Tout comme Israël, votre nation de bâtards, vous avez appris qu'il est parfois nécessaire de massacrer des innocents pour assurer sa survie. Imaginez le fardeau que représente pour moi cette nécessité, mon petit pion. Les gens nés avec mon talent sont fort rares, peut-être pas plus d'un sur plusieurs centaines de millions, pas plus d'une douzaine par génération. Ma race a été redoutée et persécutée durant toute l'histoire de l'humanité. Dès que nous faisons la démonstration de notre supériorité, les masses stupides nous traitent de sorciers ou de démons et nous détruisent impitoyablement. Nous avons grandi en apprenant à dissimuler l'éclat de notre différence. Et si nous survivons aux attaques du troupeau apeuré, c'est pour devenir la proie de nos rares semblables. Le problème, quand on naît requin dans un banc de thons, c'est que dès qu'on rencontre un autre requin on est obligé de défendre son terrain de chasse, hein? Tout comme vous, je suis avant tout et en fin de compte un survivant. Vous et moi, nous sommes plus semblables que nous n'aimerions l'admettre, pas vrai, mon petit pion?

– Non, dit Saul.

– Non?

– Non. Je suis un être humain civilisé et *vous* êtes un requin — une machine à tuer, un charognard dénué d'intelligence autant que de sens moral, une obscénité de l'évolution qui ne sait que mâcher et avaler.

– Vous cherchez à me provoquer, dit l'Oberst avec un rictus. Vous avez peur que je ne prolonge votre agonie. Rassurez-vous, mon petit pion. Votre mort sera rapide. Et elle est toute proche.»

Saul inspira profondément, essayant de lutter contre l'épuisement physique qui menaçait de le terrasser. Ses blessures saignaient toujours, mais la douleur avait laissé la place à un engourdissement qui lui paraissait mille fois plus sinistre. Il savait qu'il ne lui restait que quelques minutes pour passer à l'action.

L'Oberst n'avait pas achevé sa tirade. «Tout comme Israël, vous cherchez à donner des leçons de morale mais votre comportement est digne de la Gestapo. Toute violence est issue de la même source, mon petit pion. Le désir de pouvoir. Le pouvoir est la seule morale, Juif, la seule divinité éternelle, et l'appétit de violence est son seul commandement.

– Non. Vous êtes une créature pitoyable et pathétique qui ne comprendra jamais la morale humaine et le besoin d'amour qui est son fondement. Mais sachez une chose, Oberst. Tout comme Israël, j'ai fini par comprendre qu'il existe une morale exigeant un sacrifice et un impératif supérieur à tous les autres : plus jamais nous ne nous laisserons persécuter par votre engeance et par ceux qui la servent. Une centaine de générations de victimes l'exigent. Nous n'avons pas le choix.»

L'Oberst secoua la tête. «Vous n'avez rien compris, cracha-t-il. Vous êtes aussi stupide et aussi sentimental que vos frères débiles qui sont entrés passivement dans les fours crématoires en souriant, en tiraillant sur leurs bouclettes et en faisant signe à leurs rejetons demeurés de les suivre. Vous faites partie d'une race souillée et sans espoir, et le seul crime du Führer a été de ne pas réussir à vous exterminer jusqu'au dernier comme il avait projeté de le faire. Mais quand je vous tuerai, mon petit pion, cela n'aura rien de personnel. Vous m'avez bien servi, mais vous êtes trop imprévisible. Je n'ai plus l'utilité d'un tel défaut.

– Quand je vous tuerai, ce sera totalement personnel.» Saul fit un pas vers l'Oberst.

Celui-ci poussa un soupir de lassitude. «Vous allez mourir tout de suite. Adieu, Juif.»

Saul sentit le pouvoir de l'Oberst le frapper de plein fouet, comme un coup de massue sur le cerveau et sur les reins, une invasion aussi brutale et irrésistible que la pénétration d'un pal en acier trempé. Il sentit sa conscience s'effilocher comme les vêtements d'une femme subissant un viol et, simultanément, un rythme thêta apparut dans son cerveau, déclenchant la phase de M.O.R., le privant totalement du contrôle de ses actes, tout comme un somnambule, un cadavre ambulant, un *Musselman*.

Mais alors même que la conscience de Saul se réfugiait dans le sombre grenier de son esprit, il percevait la présence de l'Oberst dans son cerveau, puanteur fétide aussi âcre et douloureuse que la première bouffée de gaz empoisonné. Et durant la seconde où il partagea la conscience de l'Oberst, il perçut la surprise de celui-ci lorsque le passage en état de M.O.R. déclencha le flot de souvenirs et de sensations que Saul avait enfoui dans son subconscient comme des mines dans un champ de blé blanchi par l'hiver.

Aussitôt après s'être débarrassé de la conscience de Saul Laski, l'Oberst se retrouva face à une deuxième personnalité — une personnalité fragile, créée par hypnose et drapée autour des centres de contrôle nerveux comme une tunique en papier d'argent se faisant passer pour une armure. Il n'avait rencontré ce phénomène qu'une seule fois dans sa vie, en 1941, lorsqu'il avait participé avec les *Einsatzgruppen* au massacre des patients d'un asile d'aliénés lituanien. Désœuvré, l'Oberst s'était glissé dans l'esprit d'un schizophrène incurable quelques secondes avant que le pistolet d'un S.S. lui fracasse le crâne et l'envoie choir dans la fosse glaciale. La seconde personnalité enchâssée dans la première l'avait surpris, mais elle n'avait pas été plus difficile à maîtriser. Cette personnalité artificielle ne lui poserait aucun problème. La petite surprise préparée par le Juif était si futile et si pathétique que l'Oberst sourit et gaspilla quelques secondes à savourer l'œuvre de Saul avant de la détruire.

Mala Kagan, vingt-trois ans, porte dans ses bras Edek,

sa fille âgée de quatre mois, sur le chemin des fours crématoires d'Auschwitz; elle serre dans son poing droit une lame de rasoir qu'elle dissimule depuis plusieurs mois. Un officier S.S. se fraie un chemin parmi les femmes nues qui s'avancent avec lenteur. «Qu'est-ce que tu tiens dans ta main, catin juive? Donne-moi ça!» Jetant son bébé dans les bras de sa sœur, Mala se tourne vers le S.S. et desserre les doigts. «Prends ça!» s'écrie-t-elle en lui labourant le visage. L'officier recule en chancelant, du sang jaillit entre ses doigts levés. Une douzaine de S.S. braquent leurs armes sur Mala quand elle s'avance vers eux, la petite lame coincée entre le pouce et l'index. «La vie!» s'écrie-t-elle au moment où les mitraillettes entrent en action.

Saul sentit le mépris de l'Oberst et sa question muette. *Tu veux m'effrayer avec des fantômes, mon petit pion?*

Saul avait passé trente heures à recréer par hypnose l'ultime minute de Mala Kagan. L'Oberst anéantit sa personnalité en une seconde, sans plus d'effort que s'il avait écarté une toile d'araignée de son visage.

Saul avança d'un pas.

Sans se laisser démonter, l'Oberst pénétra de nouveau dans son esprit et chercha à en atteindre les centres de contrôle, déclenchant à nouveau la phase de M.O.R.

Shalom Krzaczek, soixante-deux ans, rampe à quatre pattes dans les égouts de Varsovie. Il fait noir comme dans un four et des excréments se déversent sur les survivants silencieux chaque fois qu'une «toilette aryenne» est actionnée au-dessus de leurs têtes. Shalom s'est réfugié dans les égouts quatorze jours plus tôt, le 25 avril 1943, après avoir passé six jours à lutter désespérément contre des troupes d'élite nazies. Il est accompagné de Leon, son petit-fils âgé de six ans. C'est le seul survivant d'une famille jadis nombreuse. Le petit groupe de Juifs a rampé pendant deux semaines dans le labyrinthe de passages étroits et puants pendant que les Allemands arrosaient toutes les latrines et toutes les bouches d'égout du ghetto à la mitraillette, au lance-flammes et à la grenade. Shalom avait sur lui six croûtons de pain qu'il a partagés avec Leon, tapi dans les ténèbres et les excréments. Pendant quatorze jours, ils se sont cachés, ils ont rampé, tentant de franchir les murailles du ghetto, buvant goutte à goutte ce qu'ils espéraient être de l'eau de pluie. Ils ont survécu. Et voilà qu'on soulève une plaque d'égout au-dessus de leurs têtes, voilà qu'apparaît le visage buriné d'un résistant polonais. «Venez! Sortez de là. Vous êtes en sécurité ici.» Rassemblant ses forces, aveuglé par le soleil, Shalom émerge du conduit en rampant et s'effondre sur le pavé. Quatre autres survivants le suivent. Leon n'est pas parmi eux. Les joues inondées de larmes, Shalom essaie de se rappeler quand il lui a parlé pour la dernière fois. Il y a une heure? Une journée? Ecartant faiblement les mains de ses sauveteurs, Shalom redescend dans le conduit obscur et rebrousse chemin en rampant sans cesser d'appeler Leon.

L'Oberst anéantit la membrane protectrice qu'était Shalom Krzaczek.

Saul avança d'un pas.

L'Oberst s'agita sur son siège et frappa le crâne de Saul aussi violemment qu'une hache.

Peter Gine, dix-sept ans, dessine assis dans un coin pendant qu'une longue file de jeunes garçons se dirige vers les douches d'Auschwitz. Durant les deux années qu'il a passées à Terezin, Peter a produit avec ses amis un journal intitulé Vedem — «Nous guidons» — où il publiait poèmes et dessins. Avant d'être transféré ici, il en a confié la collection complète — huit cents pages — au jeune Zdenek Taussig, qui avait pour mission de la dissimuler dans la vieille forge près du baraquement Magdebourg. Peter n'a pas revu Zdenek depuis leur arrivée à Auschwitz. A présent, il consacre son dernier fusain et son dernier bout de papier à croquer les innombrables garçons nus qui défilent devant lui dans l'air glacial de novembre. D'une main assurée, Peter dessine les côtes saillantes, les yeux vitreux, les jambes squelettiques, les mains protégeant pudiquement les testicules contractés par la peur. Un kapo chaudement vêtu et armé d'un gourdin se dirige vers lui. «Qu'est-ce que ça veut dire? Rejoins les autres!» Peter ne quitte pas son œuvre des yeux. «Dans une minute. J'ai presque fini.» Furieux, le kapo le frappe au visage et lui écrase la main à coups de talon, lui brisant trois doigts. Il agrippe Peter par les cheveux, l'oblige à se lever et le pousse brutalement vers la file qui avance avec lenteur. Palpant sa main douloureuse, Peter se retourne et voit son dessin emporté par la bise de novembre, s'accrocher quelques instants aux barbelés de la haute clôture, puis s'envoler, libre, vers la forêt à l'ouest.

L'Oberst écarta promptement Peter Gine.

Saul avança de deux pas. Le viol mental commis par l'Oberst lui faisait l'effet de deux pointes d'acier plongées dans les yeux.

Dans les cellules de Birkenau, une nuit avant d'être gazé, le poète Yitzhak Katznelson récite un poème à son fils âgé de dix-huit ans et à une douzaine d'autres silhouettes blotties dans les ténèbres. Avant la guerre, Yitzhak était connu dans toute la Pologne pour ses poèmes humoristiques et ses chansons destinées aux enfants, qui célébraient tous les joies de la jeunesse. Ses deux plus jeunes enfants, Benjamin et Bension, ont été assassinés en même temps que leur mère, à Treblinka, dix-huit mois auparavant. Il récite son dernier poème en hébreu, une langue inconnue de tous ses compagnons hormis son fils, puis le traduit en polonais :

J'ai fait un rêve
Un rêve horrible :
Mon peuple avait péri,
Avait péri!

Je me réveille en criant.
Ce que j'ai rêvé est bien vrai :
C'est bien arrivé,
Ça m'est arrivé.

Dans le silence qui suit, le fils de Yitzhak rampe sur la paille pour s'approcher de lui. «Quand je serai plus vieux, murmure-t-il, j'écrirai moi aussi de grands poèmes.» Yitzhak passe le bras autour des épaules malingres de son fils. «Oui», dit-il, et il entonne une vieille berceuse polonaise. Les autres prisonniers se joignent à lui et le baraquement s'emplit bientôt d'une douce mélodie.

L'Oberst détruisit Yitzhak Katznelson d'une pichenette.

Saul avança d'un pas.

Stupéfié par ce qu'il observait, Tony Harod avait l'impression que Saul Laski se dirigeait vers Willi en luttant contre les assauts d'un vent violent. Quoique silencieuse et invisible, la bataille que se livraient les deux hommes était aussi tangible qu'une tempête électrique. A l'issue de chaque escarmouche, le Juif levait une jambe, l'avançait et posait le pied sur le carreau comme un paraplégique apprenant à marcher. Il avait ainsi franchi six cases et atteint la dernière rangée de l'échiquier lorsque Willi sembla se ressaisir, émergea de sa songerie et jeta un regard à Tom Reynolds. Le tueur blond bondit en direction du Juif, levant vers lui ses mains d'étrangleur.

A quatre ou cinq kilomètres de là, l'*Antoinette* explosa avec assez de force pour briser plusieurs vitres du Manoir. Ni Willi ni Laski ne remarquèrent quoi que ce soit. Harod regarda les trois hommes se rejoindre, regarda Reynolds étrangler Laski, et entendit de nouvelles explosions retentir du côté de l'aéroport. Tout doucement, il posa la tête de Maria Chen sur le carreau glacial, lui lissa les cheveux, se leva et contourna lentement les trois silhouettes entremêlées.

Saul était à deux mètres cinquante de l'Oberst lorsque le viol mental s'interrompit. On aurait dit que quelqu'un venait de stopper un incroyable bruit lancinant qui emplissait le monde. Saul vacilla et faillit s'effondrer. Il reprit le contrôle de son corps comme s'il était revenu dans la maison de son enfance : un peu triste, hésitant, conscient des années-lumière qui le séparaient de cet environnement jadis familier.

Durant plusieurs minutes — une éternité —, Saul et l'Oberst avaient presque été une seule et même personne. Au cours de ce déchaînement d'énergie mentale, Saul avait pénétré l'esprit de l'Oberst autant que celui-ci avait pénétré le sien. Saul avait senti la monumentale arrogance du monstre laisser la place à l'incertitude, puis à la peur, lorsque l'Oberst s'était rendu compte qu'il n'affrontait pas une poignée d'adversaires mais une véritable armée, une légion de morts surgissant des fosses communes qu'il avait aidé à creuser et lançant un ultime hurlement de défi à son visage.

Saul lui-même avait été stupéfié, presque terrifié, par les ombres qui avançaient à ses côtés, qui se dressaient pour le défendre avant d'être rejetées dans les ténèbres. Il se rappelait avoir construit nombre d'entre elles — à partir d'une photo, d'un dossier, d'un objet pieusement conservé au Yad Vashem — mais d'autres lui étaient inconnues : le jeune chantre hongrois, le dernier rabbin de Varsovie, l'adolescente transylvanienne qui s'était suicidée le jour du Grand Pardon, la fille de Theodore Herzl qui était morte de faim à Theresienstadt, la petite fille de six ans tuée par des femmes de S.S. à Ravensbruck — *d'où sortaient-ils?* L'espace d'une seconde de terreur, prisonnier de ses propres circonvolutions cérébrales, Saul se demanda s'il n'avait pas accédé à une impossible mémoire raciale qui transcendait ses centaines d'heures de séances d'hypnotisme et ses longs mois de cauchemars librement consentis.

La dernière personnalité écartée par l'Oberst était Saul Laski lui-même, à quatorze ans, en train de regarder, impuissant, son père et son frère Josef se diriger vers les douches de Chelmno. Mais cette fois-ci, quelques secondes avant que l'Oberst ne les bannisse de son esprit, Saul se rappela ce qu'il ne s'était pas autorisé à se rappeler jusque-là : son père se retourne, tenant Josef au creux de son bras, et s'écrie en hébreu : «Entends-moi! O Israël! Mon fils aîné survit!» Et Saul, qui pendant quarante ans avait imploré le pardon de ce péché impardonnable entre tous, vit s'éclairer le visage de la *seule* personne capable de le dispenser : Saul Laski à quatorze ans.

Saul chancela, se ressaisit, et se précipita sur l'Oberst.

Tom Reynolds s'interposa, levant vers sa gorge des mains robustes.

Saul l'écarta d'un geste, soudain investi de la force de sa légion d'alliés, et franchit le dernier mètre qui le séparait de l'Oberst.

Il eut le temps d'entrevoir un visage décomposé, des yeux bleu pâle écarquillés, puis il bondit sur le vieil homme, ses doigts se refermèrent autour d'une gorge flétrie, et le trône de l'Oberst tomba à la renverse sous le poids des trois hommes à présent entremêlés.

Herr General Wilhelm von Borchert était un vieil homme, mais il y avait encore de la force dans les bras qui martelaient Saul, lui écrasaient le visage et le torse, tentaient désespérément de résister à son attaque. Saul ne sentait pas leurs coups, il ne sentait pas le genou qui lui défonçait le ventre, il ne sentait pas les poings de Tom Reynolds qui s'acharnaient sur son dos et sur sa nuque. La masse du pion accentuait encore la puissance de ses bras tendus, de ses doigts qui cherchaient la gorge de l'Oberst, se refermaient sur elle, se joignaient sur la nuque rasée. Il savait qu'il ne lâcherait pas prise tant que l'Oberst serait encore en vie.

L'Oberst frappait, se débattait, griffait, visant les yeux de Saul après avoir échoué à dénouer ses doigts. La salive jaillissant de sa bouche béante inondait les joues de Saul. Le visage de l'Oberst passa du cramoisi à l'écarlate, de l'écarlate au pourpre, et sa poitrine se souleva par spasmes. Saul sentit une force surnaturelle lui parcourir les bras lorsque ses mains s'enfoncèrent dans la chair de l'Oberst. Les talons du vieil homme martelaient les pieds du trône renversé.

Saul ne remarqua pas l'explosion qui fit sauter la porte-fenêtre et toutes les vitres encore intactes de la pièce, projetant sur lui une averse de verre brisé. Il ne remarqua pas la bombe qui détruisit les étages supérieurs du Manoir et incendia les vieilles poutres en cyprès, emplissant la grande salle d'une épaisse fumée. Il ne remarqua pas l'acharnement redoublé avec lequel Reynolds lui décochait coups de poing, de griffes et de pied, tel un jouet mécanique pris de démence. Il ne remarqua pas l'intervention de Tony Harod, qui revint du buffet avec deux magnums de Dom Pérignon 1971 et en fracassa un sur la nuque de Tom Reynolds. Le pion s'écarta de Saul, inconscient mais toujours secoué de spasmes, agité de tremblements nerveux engendrés par les ordres de l'Oberst. Harod s'assit sur une case noire, déboucha le second magnum et but une longue gorgée de champagne. Saul ne remarqua rien. Ses mains enserraient la gorge de l'Oberst et il raffermit encore son étreinte, ne prêtant aucune attention au sang qui coulait de son visage lacéré pour asperger le visage pourpre et les yeux exorbités de l'Oberst.

Une période de temps impossible à mesurer s'écoula avant que Saul ne comprenne que l'Oberst était mort. Ses doigts étaient si profondément enfoncés dans la gorge du monstre que même lorsque ses mains s'arrachèrent à la chair morte, elles y laissèrent de larges sillons, telles les empreintes d'un sculpteur dans l'argile encore humide. La tête de Willi était rejetée en arrière, son larynx broyé comme du plastique friable, ses yeux aveugles et protubérants enchâssés dans un visage noir et bouffi. Tom Reynolds gisait sur une case voisine, caricature grotesque du masque mortuaire de son maître.

Saul sentit ses dernières réserves de force le fuir comme de l'eau gouttant d'une outre percée. Il savait que Harod était quelque part dans la pièce et qu'il fallait s'occuper de lui. Mais pas tout de suite. Peut-être jamais.

Avec la conscience revint la douleur. Son épaule droite était cassée et saignait abondamment, comme si des éclats d'os étaient en train de s'y concasser. Son sang recouvrait le visage et le torse de l'Oberst, faisant ressortir sur la gorge broyée l'empreinte pâle de ses mains.

Deux nouvelles explosions secouèrent le Manoir. Des tourbillons de fumée envahissaient la grande salle et dix mille éclats de verre reflétaient la lueur des flammes. Saul sentit une vague de chaleur inonder son dos et sut qu'il devait se lever, localiser le foyer d'incendie et s'en aller. Mais pas tout de suite.

Saul posa la joue sur la poitrine de l'Oberst et s'abandonna aux effets de la pesanteur. Il entendit un nouveau bruit derrière la porte-fenêtre fracassée mais ne lui accorda aucune attention. Il avait besoin d'un bref répit, d'une petite sieste avant de se remettre en route. Il ferma les yeux et laissa les chaudes ténèbres l'engloutir.

75.
Dolmann Island, mardi 16 juin 1981

« Eh bien, c'est râpé », dit le pilote.

Dès que le bombardement avait pris fin, Meeks avait perdu de l'altitude pour survoler le terrain d'atterrissage. La piste elle-même ne présentait que quelques cratères qu'un bon pilote aurait pu éviter avec beaucoup de chance, mais deux arbres s'étaient effondrés sur le tarmac à son extrémité sud tandis qu'un étang de fuel flambait à son extrémité nord. Un jet privé brûlait sur l'aire de manœuvre principale et des carcasses fumantes étaient dispersées sur la zone d'impact et autour des ruines du hangar.

« Plus rien à faire, reprit Meeks. On aura tout essayé. Vu la jauge, il est temps de rentrer à la maison. Et je suis sûr qu'on fera la fin du trajet sur des vapeurs d'essence.

– J'ai une idée, dit Natalie. On peut atterrir ailleurs.

– Pas possible », dit Meeks en secouant la tête. La visière de sa casquette bleue oscilla lentement. « T'as vu l'état de la plage nord quand on l'a survolée il y a quelques minutes. La marée monte et la tempête n'arrange rien. Pas question.

– Il a raison, Nat, dit Jackson avec lassitude. Nous ne pouvons plus rien faire ici.

– Le cuirassé..., commença Meeks.

– Tu as dit toi-même qu'il devait être à présent à huit kilomètres de la pointe, coupa Natalie.

– Oui, mais il a le bras long. Quelle est cette idée qui t'est venue si subitement ? »

Ils approchaient de l'extrémité sud de la piste, qu'ils survolaient pour la troisième fois. « Tourne à gauche, dit Natalie. Je vais te montrer.

– Tu déconnes, dit Meeks alors qu'ils survolaient la pelouse à quelques centaines de mètres de la falaise.

– Ça m'a l'air parfait, dit Natalie. Allons-y avant que le bateau revienne.

– Pas le bateau, le navire, corrigea Meeks par automatisme. Et tu es vraiment cinglée. »

Les fourrés brûlaient toujours au sommet de la falaise, là où le missile avait explosé vingt minutes plus tôt. A l'ouest, le ciel était illuminé par l'aéroport en flammes. A cinq kilomètres de là, les débris de l'*Antoinette* brûlaient encore, comme des braises sur du velours noir. Lorsque le cuirassé avait eu fini de bombarder l'aéroport, il avait longé la côte en direction de l'est et tiré au moins une douzaine de salves sur le Manoir et ses environs immédiats. Le toit du vaste édifice était la proie des flammes, son aile est était complètement détruite, des nuages de fumée montaient des projecteurs, et il semblait bien qu'un projectile avait frappé le patio de la façade sud, faisant exploser toutes les vitres et criblant de débris le mur qui donnait sur la pelouse et la falaise.

La pelouse elle-même paraissait intacte, bien que parsemée de zones d'ombre là où les projecteurs avaient sauté. Les flammes qui rongeaient le sommet de la falaise permettaient de distinguer buissons et arbustes tout proches. Les vingt mètres de pelouse correctement éclairés semblaient praticables, si l'on ignorait le cratère près du patio et les débris qui l'entouraient.

« C'est parfait, insista Natalie.

– C'est de la folie, dit Meeks. La pelouse fait une pente de trente degrés au niveau du Manoir.

– C'est parfait pour un atterrissage. Tu pourras te poser plus vite. Ce n'est pas pour cette raison que les porte-avions britanniques sont munis d'une plate-forme d'envol en plan incliné ?

– Là, elle t'a eu, mec, dit Jackson.

– Tu parles, dit Meeks. *Trente degrés?* Et même si on pouvait réussir à freiner avant de s'encastrer dans ce bâtiment en flammes, les zones d'ombre de cette pelouse... et il y en a plein... risquent de dissimuler des branchages, des fosses, des jardins japonais... Non, c'est trop risqué...

– Moi, je vote oui, dit Natalie. Nous *devons* essayer de retrouver Saul.

– Oui, renchérit Jackson.

– Qu'est-ce que c'est que ces conneries? dit Meeks, incrédule. Depuis quand un avion en vol est-il une démocratie?» Il tira sur sa casquette et regarda le cuirassé qui s'éloignait à l'est. «Dites-moi la vérité. Ceci est le début de la révolution, pas vrai?»

Natalie jeta un regard à Jackson, puis tenta sa chance. «Oui.

– Ouais! Je le savais. Je vais vous dire une chose, les enfants : vous volez en compagnie du seul socialiste du Comté de Dorchester qui soit à jour de ses cotisations.» Il sortit son cigare froid de sa poche de poitrine et le mâchonna quelques instants. «Oh, et puis merde! dit-il finalement. De toute façon, on sera probablement à court de jus avant d'arriver au bercail.»

Une fois que son moteur tourna au ralenti, l'avion sembla faire du surplace lorsqu'il glissa vers la falaise blanche qui luisait à la lueur des étoiles. Jamais Natalie ne s'était sentie aussi excitée. Serrant sa ceinture de sécurité jusqu'à s'en couper le souffle, elle se pencha en avant et agrippa la console alors que la falaise se précipitait soudain vers eux. Lorsqu'ils en furent à trente mètres, elle s'aperçut que le Cessna volait trop bas, qu'il allait s'écraser sur les rochers.

«Ce foutu vent ne m'aide pas», grommela Meeks. Il effleura le levier et tira doucement sur le manche à balai. Ils frôlèrent les buissons qui poussaient au sommet de la falaise et s'engouffrèrent dans un tunnel de ténèbres bordé d'immenses arbres. «Mr. Jackson, si ce navire fait mine de revenir, ayez l'obligeance de me le faire savoir.»

On entendit un grognement sur la banquette arrière.

Trente mètres les séparaient de la première tranche éclairée et le Cessna toucha terre au moment précis où il y pénétra. Natalie fut plus secouée qu'elle ne l'aurait cru. Elle sentit le goût du sang dans sa bouche et s'aperçut qu'elle s'était mordu la langue. Quelques secondes plus tard, ils se retrouvaient dans une zone d'ombre. Natalie pensa à des branches tombées et à des jardins japonais.

«Jusqu'ici ça va», dit Meeks. L'avion traversa l'avant-dernière tranche éclairée en tressautant et replongea dans les ténèbres. Natalie avait l'impression de grimper le long d'un mur de pierre. La roue droite heurta violemment un obstacle invisible, le Cessna dérapa et menaça de piquer du nez à 80 km/h, et Meeks joua du levier, des freins et des stabilisateurs comme un organiste pris de démence. L'appareil se redressa et reprit sa course pour pénétrer dans la dernière tranche éclairée. Une lueur aveuglante envahit soudain le pare-brise. Le mur sud du Manoir en flammes se précipita à leur rencontre.

Le Cessna roula sur des mottes de terre et fit une embardée à l'issue de laquelle son aile droite effleura la bordure du cratère. Le patio n'était plus qu'à cinq mètres. Un parasol en lambeaux s'envola, emporté par le souffle de l'hélice.

Meeks fit faire demi-tour à son appareil avant de l'immobiliser. Natalie était sûre d'avoir vu des pistes olympiques moins raides que cette pente. Le pilote ôta le cigare de sa bouche et le contempla comme s'il venait juste de se rendre compte qu'il était éteint. «Pause pipi, tout le monde descend. Ceux qui ne seront pas revenus dans cinq minutes ou à l'apparition de forces hostiles devront rentrer à pied.» Il saisit le 38 à crosse de nacre planqué dans un holster glissé entre les sièges et en porta le canon à sa tempe pour saluer. « *¡ Viva la revolucion!*

– Dépêchons-nous», dit Natalie en s'efforçant simultanément de déboucler sa ceinture et d'ouvrir la porte. Elle faillit tomber au pied de l'avion, laissant choir son sac et manquant de se fouler une cheville. Elle attrapa le Colt et laissa le reste sur place, puis s'écarta lorsque Jackson la suivit hors de l'avion. Il ne portait qu'une lampe-torche et sa sacoche noire, mais il avait passé un bandeau rouge autour de son crâne.

«Où on va? cria-t-il pour couvrir le bruit de l'hélice. On nous a sûrement vus arriver. Mieux vaut se grouiller.»

Natalie indiqua la grande salle d'un hochement de tête. Cette partie du Manoir était privée d'électricité, mais la lueur orange des flammes permettait de distinguer derrière la porte-fenêtre fracassée de vagues silhouettes au sein d'une épaisse fumée. Jackson se fraya un chemin à travers les dalles renversées du patio, ouvrit la porte d'un coup de pied et alluma sa lampe-torche. Le rayon poignarda les nuages de fumée, révélant une immense salle carrelée parsemée d'éclats de verre et de débris de pierre. Natalie passa devant Jackson, l'arme au poing. Elle porta un mouchoir à son visage pour mieux respirer. Sur la gauche, derrière un espace dégagé, se trouvaient deux tables couvertes de boissons, de nourriture et d'équipement radio. Entre ces tables et la porte, le sol était couvert d'objets qu'elle prit pour des sacs de linge sale avant de se rendre compte qu'il s'agissait de cadavres. Jackson braqua sa lampe sur eux et se dirigea prudemment vers le plus proche. Le rayon lumineux éclaira le visage sans vie de la belle Eurasienne qui avait accompagné Tony Harod lorsqu'il était venu chercher Saul à Savannah trois jours plus tôt.

«Arrêtez de lui fourrer votre lampe dans les yeux», dit une voix familière dans les ténèbres. Natalie se baissa et braqua son arme sur sa gauche tandis que Jackson faisait pivoter sa lampe-torche. Harod était assis en tailleur sur le carreau à côté d'un fauteuil renversé près duquel gisaient d'autres cadavres. Il tenait dans ses mains une bouteille à moitié vide.

Natalie s'approcha de Jackson, lui fit signe de prendre le Colt. «Il n'Utilise que des femmes, dit-elle en désignant Harod. S'il fait un geste, ou si je me conduis de façon bizarre, tue-le.»

Harod secoua la tête d'un air morose et avala une gorgée de champagne. «Tout ça, c'est fini. Fini et bien fini.»

Natalie leva les yeux. Elle aperçut des étoiles à travers le toit fracassé, trois étages plus haut. A en juger par le bruit qu'elle entendait, un dispositif anti-incendie était entré en action quelque part, mais le feu semblait sur le point de dévorer les premier et deuxième étages. Des coups de feu retentirent au loin.

«Regarde!» s'écria Jackson. Le rayon de sa lampe éclairait les corps gisant près du fauteuil.

«Saul!» Natalie se précipita vers lui. «Oh, mon Dieu, Jackson! Est-ce qu'il est mort? Oh, mon Dieu, Saul.» Elle l'écarta du cadavre sur lequel il était allongé, lui arrachant les doigts de la chemise de soie. Elle vit tout de suite que le mort était sans doute l'Oberst — Saul lui avait montré les photos de «William Borden» parues dans les journaux — mais son visage noir, ses traits difformes, ses yeux exorbités, ses mains tavelées figées comme des serres, ne semblaient ni humains ni reconnaissables. On aurait dit que Saul s'était couché sur le corps d'une momie contrefaite.

Jackson s'agenouilla près de Saul, lui tâta le pouls, lui souleva une paupière et approcha la lampe de son visage. Natalie ne voyait que du sang; le visage, la gorge, les épaules, les bras, les vêtements de Saul étaient couverts de sang. Il était sûrement mort.

«Il est vivant, dit Jackson. Son pouls bat. Faiblement, mais il bat.» Il ouvrit la fermeture à glissière du treillis de Saul et le retourna doucement, parcourant son corps du rayon de la lampe avant de la tendre à Natalie. Jackson ouvrit sa sacoche, prépara une seringue, la planta dans le bras gauche de Saul, nettoya son épaule et commença à appliquer un pansement. «Bon Dieu. On lui a tiré deux balles dans le corps. La jambe, ce n'est pas grave, mais il faut stopper l'hémorragie au niveau de l'épaule. Et on s'est acharné sur ses mains et sur sa gorge.» Il jeta un coup d'œil en direction des flammes. «Il faut foutre le camp d'ici, Nat. Je lui ferai une injection de plasma dans l'avion. Donne-moi un coup de main, veux-tu?»

Saul gémit lorsqu'ils le relevèrent. Jackson lui passa un bras autour du corps et le souleva maladroitement.

«Hé! dit Harod dans les ténèbres. Je peux venir avec vous?»

Natalie faillit lâcher la lampe-torche lorsqu'elle récupéra le Colt que Jackson avait posé sur le carreau. Elle donna l'arme à son compagnon et prit Saul dans ses bras pour que l'ex-médecin puisse être en mesure de tirer. «Il va m'Utiliser, Jackson. Tue-le.

– Non.» C'était Saul qui venait de parler. Ses paupières s'agitèrent faiblement. Même ses lèvres étaient tuméfiées. Il les humecta avant de poursuivre. «M'a aidé», coassa-t-il en indiquant Harod d'un mouvement du menton. Un de ses yeux était couvert de sang séché, mais l'autre s'ouvrit et se posa sur Natalie. «Hé! Qu'est-ce qui t'a retenue?» Natalie fondit en larmes en le voyant essayer de sourire. Elle fit mine de le serrer dans ses bras, mais relâcha son étreinte en le voyant grimacer de douleur.

«Allons-y», dit Jackson. Les détonations se rapprochaient.

Natalie hocha la tête et parcourut une dernière fois la grande salle du rayon de sa lampe. Le feu avait gagné les couloirs du premier étage et la scène, éclairée par la lueur écarlate des flammes, ressemblait à un détail de l'enfer vu par Jérôme Bosch, les éclats de verre évoquant les yeux d'une légion de démons tapis dans les ténèbres. Elle regarda une dernière fois le cadavre de l'Oberst, réduit au néant par l'étreinte de la mort. «Allons-y», acquiesça-t-elle.

Plus aucun projecteur n'éclairait leur terrain d'atterrissage de fortune. Natalie s'avança, le Colt dans une main et la lampe dans l'autre, suivie de Jackson qui portait Saul. Le psychiatre avait replongé dans l'inconscience avant de franchir la porte-fenêtre. Le Cessna était toujours là, son hélice tournait toujours, mais le pilote avait disparu.

«Bon Dieu!» Natalie balaya du rayon de la lampe la banquette arrière et les environs immédiats de l'avion.

«Tu sais piloter cet engin?» demanda Jackson en installant Saul sur les sièges rembourrés. Accroupi près du psychiatre, il commençait déjà à préparer le plasma et les bandages stérilisés.

«Non.» Elle regarda en direction de la falaise. La pente qui y conduisait était totalement plongée dans l'obscurité. Éblouie par la lueur de la lampe, elle n'arrivait même pas à distinguer les arbres.

Elle entendit un halètement devant elle et leva la lampe de la main gauche, calant de l'autre main le Colt sur l'aile du Cessna. Daryl Meeks leva le bras pour se protéger les yeux et se pencha pour tousser et cracher.

«Où étais-tu passé?» demanda Natalie en baissant sa lampe.

Meeks fit mine de répondre, cracha, toussa, puis dit finalement: «Les projos se sont éteints.

– J'avais remarqué. Où…

– Tais-toi et monte», dit Meeks en s'essuyant le visage avec sa casquette.

Natalie opina et fit le tour de l'avion pour monter côté passager, redoutant de toucher un levier ou de desserrer le frein en enjambant le siège du pilote. Tony Harod l'attendait, planqué sous l'aile.

«S'il vous plaît, gémit-il. Emmenez-moi avec vous. Je vous jure que je lui ai sauvé la vie. S'il vous plaît.»

Natalie sentit l'esquisse d'une intrusion dans sa conscience, comme si une main la pelotait furtivement dans le noir, mais elle avait anticipé cette tentative. Elle s'était rapprochée de Harod dès qu'il avait pris la parole et elle lui décocha un violent coup de pied dans les testicules, se félicitant d'avoir préféré des chaussures de marche à des baskets. Harod laissa choir sa bouteille et tomba sur l'herbe en position fœtale, les deux mains entre les jambes.

Natalie grimpa sur l'aile et réussit à ouvrir la porte. Elle ne savait pas quel degré de concentration était nécessaire à un vampire psychique pour faire son numéro, mais Tony Harod était sûrement incapable de se concentrer pour le moment. «Fonce!» Cet ordre était inutile; Meeks avait fait démarrer le Cessna avant même qu'elle ait refermé la porte.

Elle chercha sa ceinture de sécurité, ne la trouva pas, et se contenta de s'agripper des deux mains à la console sans lâcher le Colt pourtant encombrant. L'atterrissage avait été excitant, mais le décollage s'avéra plus impressionnant que le Space Mountain, le Matterhorn Ride et le Wildcat Rollercoaster — les montagnes russes préférées de son père — réunis. Natalie vit tout de suite ce que Meeks était allé faire en bout de piste. Deux balises distantes de dix mètres crachotaient des étincelles rouges au bout du long couloir de ténèbres.

«Faut bien savoir où s'arrête la terre et où commence le vide! cria Meeks pour couvrir le bruit du moteur et celui des cahots. Ça marchait quand je jouais avec mon vieux à lancer des fers à cheval dans le noir. On posait nos clopes sur les pieux.»

Plus le temps de parler. Les cahots s'accentuèrent, les balises se précipitèrent vers l'avion, puis se retrouvèrent *derrière* lui, et Natalie vécut le pire cauchemar de l'amateur de montagnes russes : et si vous arriviez au sommet d'une pente pour découvrir que les rails s'*arrêtent* et que le wagonnet *continue?*

Lors d'une période plus calme, lorsque cette information lui avait paru modérément intéressante, Natalie avait estimé que les falaises qui se dressaient près du Manoir avaient une hauteur de soixante mètres. Le Cessna en avait descendu trente et ne semblait pas vouloir reprendre de l'altitude lorsque Meeks fit une chose intéressante; il *piqua du nez* et accéléra pour foncer à pleins gaz vers les gerbes d'écume qui emplissaient le pare-brise. Plus tard, Natalie ne se souvint ni d'avoir hurlé ni d'avoir appuyé sur la détente du Colt, mais Jackson lui assura que son hurlement était impressionnant et lui montra le trou que sa balle avait percé dans le plafond du Cessna.

Meeks lui en voulut durant tout le trajet de retour. Dès qu'il eut redressé l'avion, ayant acquis assez de vitesse pour prendre son envol, et eut repris de l'altitude pour se diriger vers l'ouest, Natalie se consacra à un autre problème. «Comment va Saul? demanda-t-elle en se tournant vers Jackson.

– Il est dans les pommes.» L'ex-médecin était à genoux près de la banquette arrière. Il n'avait pas cessé de s'occuper de Saul durant le décollage échevelé.

«Est-ce qu'il survivra?»

Jackson regarda Natalie, ses yeux à peine visibles à la lueur des cadrans. «Si j'arrive à stabiliser son état. C'est probable. Je ne peux rien te dire sur l'état de ses organes ou de son cerveau. Sa blessure à l'épaule est moins grave que je ne le croyais. Apparemment, la balle qui l'a touché venait de loin, à moins qu'elle n'ait ricoché. Je la sens à cinq centimètres sous l'épiderme, juste à côté de cet os. Saul devait avoir le dos courbé quand il a été touché. S'il s'était tenu droit, la balle lui aurait emporté le poumon droit en ressortant. Il a perdu beaucoup de sang, mais je lui injecte du plasma à dose massive. Il m'en reste encore pas mal. Hé, Nat, tu sais quoi?

– Quoi donc?

– C'est un Noir qui a inventé le plasma. Un type nommé Charles Drew. J'ai lu quelque part qu'il est mort dans un accident de voiture durant les années 50. Il a perdu tout son sang et n'a pas pu être sauvé parce que l'hôpital de Caroline du Nord où il a atterri n'avait pas de "sang de nègre" dans sa chambre froide et a refusé de lui transfuser du "sang blanc".

– Je ne vois pas le rapport avec notre situation», répliqua sèchement Natalie.

Jackson haussa les épaules. «Saul aurait apprécié cette histoire. Son sens de l'ironie est plus aigu que le tien, Nat. Sans doute parce que c'est un psy.»

Meeks ôta son cigare de sa bouche. «Ça me navre d'interrompre ce dialogue romantique, mais est-ce que votre ami a besoin de se rendre à l'hôpital le plus proche?

– Tu veux dire ailleurs qu'à Charleston? demanda Natalie.

– Ouais. On mettrait une heure de moins pour aller à Savannah, et Brunswick ou Meridian sont encore plus près. Et je me sentirais plus rassuré rapport à l'essence.»

Jackson jeta un bref regard à Natalie. «Accorde-moi dix minutes, dit-il à Meeks. Je veux lui transfuser encore un peu plus de sang, et après on verra en fonction de son état.

– Si nous pouvons regagner Charleston sans mettre la vie de Saul en danger, faisons-le, dit Natalie, se surprenant elle-même. J'ai besoin de retourner là-bas.

– C'est toi qui payes.» Meeks haussa les épaules. «Je peux foncer tout droit plutôt que de longer la côte, mais on risque d'amerrir si je me suis trompé sur le contenu du réservoir.

– Ne te trompe pas, dit Natalie.

– Ouais. T'aurais pas du chewing-gum?

– Non, désolée.

– Dans ce cas, plante ton doigt dans le trou que t'as fait dans mon plafond. Ce sifflement commence à me porter sur les nerfs.»

En fin de compte, ce fut Saul qui décida de leur destination. Lorsque Jackson lui eut transfusé un litre et demi de plasma, son état se stabilisa, son pouls redevint régulier, et il mit fin au débat en ouvrant son œil valide et en demandant: «Où sommes-nous?

– On rentre à la maison», dit Natalie en s'agenouillant près de lui. Elle avait changé de place avec

Jackson quand celui-ci avait annoncé que Saul allait beaucoup mieux mais que ses *deux* jambes étaient engourdies. Meeks n'avait pas apprécié leur gymnastique et avait proclamé que seuls les dingues se mettaient debout dans un avion ou dans un canoë.

«Tu vas t'en tirer», ajouta Natalie en caressant le front de Saul.

Il hocha la tête. «Je me sens tout drôle.

– C'est la morphine, dit Jackson en se penchant en arrière pour lui prendre le pouls.

– Je me sens plutôt bien», ajouta Saul, apparemment sur le point de retomber dans les vapes. Soudain, il ouvrit les deux yeux et sa voix se fit plus forte. «L'Oberst. Il est vraiment mort?

– Oui, dit Natalie. J'ai vu son cadavre.»

Saul eut un souffle rauque. «Barent?

– S'il était sur son yacht, il n'est plus de ce monde, dit Natalie.

– Comme nous l'avions prévu dans nos plans?

– Plus ou moins. Tout a marché de travers, mais Melanie a sauvé la situation sur la fin. Je ne sais absolument pas pourquoi. Si elle ne m'a pas menti, l'Oberst, Mr. Barent et elle s'entendaient aux dernières nouvelles comme larrons en foire.»

Les lèvres tuméfiées de Saul esquissèrent un pauvre sourire. «Barent a éliminé Miss Sewell. Cela a sans doute irrité Melanie.» Il se tourna vers Natalie et plissa le front. «Qu'est-ce que vous faites ici, tous les deux? On n'avait jamais dit que vous viendriez sur l'île.»

Natalie haussa les épaules. «Tu veux qu'on te ramène là-bas et qu'on reprenne tout à partir du début?»

Saul ferma les yeux et prononça quelques mots en polonais. «J'ai du mal à me concentrer, ajouta-t-il en anglais d'une voix traînante. Et si on laissait tomber la dernière partie, Natalie? Si on s'occupait d'elle plus tard? C'est la plus dangereuse du lot, la plus puissante. Je crois que même Barent a fini par la craindre. Tu n'y arriveras pas toute seule, Natalie.» Sa voix était de moins en moins audible. « C'est fini, Natalie, marmonna-t-il. Nous avons gagné. »

Natalie le prit par la main. Lorsqu'elle le sentit s'endormir doucement, elle dit à voix basse : « Non, ce n'est pas encore fini. Pas tout à fait. »

Ils volèrent vers le nord-ouest, vers un rivage incertain.

76.
Charleston,
mardi 16 juin 1981

Aidés par un vent favorable et par les talents de navigateur de leur pilote, ils atteignirent l'aérodrome de Meeks trois quarts d'heure avant le lever du soleil. La jauge d'essence indiquait le zéro depuis quinze kilomètres lorsque le Cessna se posa en douceur entre deux rangées de balises.

Saul ne se réveilla pas lorsqu'ils l'installèrent sur une civière pliante que Meeks conservait dans son hangar. « Il nous faut un deuxième véhicule, dit Natalie alors que les deux hommes descendaient le psychiatre de l'avion. Est-ce que celui-ci est à vendre ? » Elle indiqua un minibus Volkswagen vieux de douze ans garé à côté du 4 x 4 flambant neuf de Meeks.

« Mon Electric Kool-Aid Express ? dit le pilote. Pourquoi pas ?

– Combien ? » demanda Natalie. On apercevait des motifs psychédéliques sous la peinture verte écaillée de la carrosserie, mais l'arrière du véhicule était assez vaste pour accueillir la civière et ses fenêtres étaient pourvues de rideaux, ce qui risquait de s'avérer fort utile.

« Cinq cents dollars ?

– Adjugé. » Pendant que les deux hommes attachaient la civière sur la banquette placée derrière le siège du conducteur, Natalie fouilla dans le break en quête des neuf cents dollars en petites coupures que Saul avait cachés dans ses chaussures de rechange. C'étaient leurs dernières réserves. Elle chargea sacs et valises dans le minibus.

Jackson se tourna vers elle sans cesser de prendre la tension artérielle de Saul. «Pourquoi deux voitures?

– Je veux le confier à une équipe médicale le plus vite possible. Est-ce qu'il est dangereux de le conduire à Washington?

– Pourquoi Washington?»

Natalie sortit une chemise cartonnée de l'attaché-case de Saul. «Il y a là-dedans une lettre de… d'un parent de Saul. Elle nous permettra d'obtenir l'assistance de l'ambassade d'Israël. C'était notre dernière carte, pour ainsi dire. Si nous le confions à un médecin ou à un hôpital de Charleston, ses blessures par balles seront signalées à la police. Inutile de courir ce risque si on peut l'éviter.»

Jackson s'accroupit sur la pointe des pieds et hocha la tête. Il prit le pouls de Saul. «Ouais, on doit pouvoir aller jusqu'à Washington, à condition de ne pas trop tarder à le soigner.

– On s'occupera de lui à l'ambassade.

– Il faut l'*opérer*, Nat.

– Il y a une salle d'opération à l'ambassade.

– Ah ouais? Bizarre.» Il écarta les bras, paumes tendues vers le ciel. «Bon, alors pourquoi tu ne viens pas avec nous?

– Je veux aller récupérer Poisson-chat.

– On peut le prendre en chemin avant de quitter la ville.

– Il faut aussi que je me débarrasse du C-4 et du matériel électronique. Pars devant, Jackson, je te rejoindrai à l'ambassade avant ce soir.»

Jackson la regarda un long moment avant d'acquiescer. Ils descendirent du minibus et Meeks vint les rejoindre. «On ne parle pas de la révolution à la radio. Elle ne devait pas se déclencher partout en même temps?

– Reste à l'écoute», dit Natalie.

Meeks opina et prit les cinq cents dollars qu'elle lui tendait. «Si la révolution continue comme ça, je risque de faire un joli profit.

– Merci pour la promenade.» Natalie lui serra la main.

«Vous devriez changer de métier si vous voulez jouir de la vie après la révolution. Restez cool.» Le pilote regagna son mobile home en sifflotant un air indéchiffrable.

«Rendez-vous à Washington», dit Natalie en serrant la main de Jackson avant de monter dans le break.

Il la prit par les épaules, la serra contre lui et l'embrassa sur la bouche. «Sois prudente, bébé. Tu n'es pas obligée de foncer dans le tas toute seule, on peut attendre que Saul soit en sécurité pour s'en occuper tous les trois.»

Natalie hocha la tête mais n'osa pas lui répondre de vive voix. Elle se hâta de sortir de l'aérodrome et s'engagea sur la route de Charleston.

Elle avait quantité de tâches à accomplir mais ne devait pas pour autant lever le pied. Sur le siège avant, elle disposa la cartouchière chargée de C-4, le moniteur et les électrodes, la petite radio, le Colt et deux chargeurs de rechange, le pistolet à fléchettes ainsi qu'une boîte de munitions. Sur la banquette arrière se trouvaient le reste du matériel électronique et, dissimulée sous une couverture, une hache que Saul et elle avaient achetée le vendredi précédent. Natalie se demanda quelles seraient les réactions d'un flic découvrant cet attirail après l'avoir arrêtée pour excès de vitesse.

La nuit faisait place à la pénombre grisâtre que son père appelait la fausse aurore, mais une épaisse masse nuageuse occultait le soleil levant et tous les réverbères étaient encore allumés. Natalie s'engagea lentement dans les rues du Vieux Quartier, le cœur battant la chamade. Elle s'arrêta à moins d'une rue de la maison Fuller et lança un «couinement» radio, n'obtenant aucune réponse. Finalement, elle appuya sur le bouton d'appel et dit : «Poisson-chat? Tu es là?» Rien. Au bout de quelques minutes, elle passa devant la maison mais ne vit rien dans la ruelle où Poisson-chat était censé faire le guet. Elle posa la radio sur le siège, espérant que l'adolescent s'était endormi, était parti à leur recherche, ou avait été arrêté pour vagabondage.

La maison et la cour étaient plongées dans l'obscurité, l'eau gouttait encore des arbres arrosés par la tempête durant la nuit. Mais une faible lueur verte filtrait à travers les volets du premier étage.

Natalie fit lentement le tour du pâté de maisons. Son cœur battait à lui en faire mal. Sa peau était moite et ses mains trop faibles pour se refermer. Le manque de sommeil lui donnait des vertiges.

Il était absurde d'y aller seule. Elle devrait attendre que Saul soit rétabli, que Jackson et Poisson-chat l'aident à élaborer un plan. Il serait tellement plus sensé de faire demi-tour et d'aller à Washington… loin de cette maison sombre tapie dans les ténèbres qui émettait une faible lueur verte comme des champignons phosphorescents poussant dans le coin le plus reculé de quelque forêt sinistre.

Natalie laissa le moteur tourner au ralenti, s'efforçant de contrôler son souffle paniqué. Elle posa son front sur le volant froid et s'obligea à réfléchir en dépit de sa fatigue.

Comme Rob lui manquait ! Rob aurait su quoi faire.

Son épuisement était sûrement responsable des larmes qui coulaient sur ses joues. Elle se redressa brusquement et s'essuya le nez d'un revers de main.

Jusqu'ici, pensa-t-elle, tout le monde s'était défoncé pour mettre fin à ce cauchemar, sauf la petite Miss Natalie. Rob était mort à la tâche. Saul s'était rendu sur l'île tout seul… *tout seul…* sachant qu'elle abritait cinq de ces monstres. Jack Cohen avait voulu les aider et en était mort. Même Meeks, Jackson et Poisson-chat avaient fait plus que leur part de boulot, obéissant sans broncher aux ordres de la petite Miss Natalie.

Au fond de son cœur, elle *savait* que Melanie Fuller

aurait disparu s'ils attendaient encore quelques heures. Peut-être même était-elle déjà partie.

Natalie serra le volant à s'en faire blanchir les phalanges. Elle obligea son esprit harassé à analyser ses motivations. Elle savait que sa propre soif de vengeance avait été émoussée par le temps, par les événements, par le cauchemar de ces sept derniers mois. Elle n'avait plus grand-chose de commun avec la jeune femme qui, par un lointain dimanche de décembre, avait trouvé porte close chez l'entrepreneur de pompes funèbres, sachant que le corps de son père gisait entre quatre murs et jurant de châtier son assassin inconnu. Contrairement à Saul, elle n'était plus motivée par la quête d'une improbable justice.

Natalie contempla la maison Fuller, distante d'un demi-pâté de maisons, et se rendit compte que la force qui la motivait désormais ressemblait davantage à l'impératif qui l'avait poussée à devenir enseignante. Laisser vivre Melanie Fuller équivaudrait à fuir une école où un serpent venimeux rôdait parmi les enfants inconscients de sa présence.

Les mains de Natalie tremblaient lorsqu'elle passa autour de sa taille la cartouchière chargée de C-4. Le moniteur avait besoin de piles de rechange et elle s'affola en se rappelant qu'elle les avait laissées dans le minibus. Elle ouvrit maladroitement la petite radio et transféra ses piles dans le moniteur.

Deux des électrodes refusèrent de se fixer à son cuir chevelu; elle les laissa pendre, puis relia le moniteur au détonateur. Celui-ci était muni d'un dispositif électrique, mais aussi d'une mise à feu mécanique en cas de mauvais fonctionnement, et Saul et elle avaient également prévu une mèche qui brûlerait trente-deux secondes avant de le déclencher. Un goût de bile dans la bouche, elle fouilla ses poches à la recherche d'un briquet, mais celui qu'elle portait depuis si longtemps avait dû rester sur l'île avec le contenu de son sac. Elle fouilla dans la boîte à gants. Coincée entre deux cartes se trouvait une pochette d'allumettes ramassée dans un restaurant de Tulsa. Aucune n'avait été craquée. Elle les fourra dans sa poche.

Natalie jeta un coup d'œil aux objets posés sur le siège et passa en prise sans cesser d'appuyer sur le frein. Alors qu'elle avait sept ans, une amie l'avait mise au défi de sauter du plus haut plongeoir de la nouvelle piscine municipale. Ce plongeoir, le plus haut des six, placé trois mètres au-dessus du deuxième, se trouvait sur une tour réservée aux adeptes chevronnés du plongeon. Natalie savait à peine nager. Mais elle était immédiatement sortie du petit bain, était passée d'un pas assuré près d'un maître nageur trop occupé à baratiner une adolescente pour faire attention à une fillette, avait gravi l'interminable échelle, était allée au bout de la planche étroite et avait sauté vers une piscine si lointaine qu'elle semblait rétrécie par la distance.

Tout comme aujourd'hui, Natalie avait su que *réfléchir* signifiait renoncer, que le seul moyen de réussir était de se vider l'esprit, de ne penser à une action que lorsqu'elle était engagée. Mais lorsqu'elle accéléra dans la rue silencieuse, elle eut la même pensée qui l'avait habitée au moment où elle avait sauté du plongeoir, sachant qu'il était impossible de revenir en arrière : *Je suis vraiment en train de faire ça ?*

Depuis le retour de la vieille dame, la cour était protégée par un mur de brique haut de près de deux mètres et surmonté d'une grille en fer forgé haute de plus d'un mètre. Mais on avait conservé le portail d'origine, flanqué de garnitures en fer forgé. Le portail était fermé par une chaîne mais ne semblait pas solidement coulé dans le ciment. Le break roulait à 50 km/h lorsque Natalie vira sèchement à droite, rebondit sur le trottoir et défonça la garniture.

Le portail s'effondra sur le pare-brise, l'étoilant d'une myriade de fractures, le pare-chocs avant accrocha la fontaine décorative et fut arraché à la voiture, qui glissa le long de la cour, écrasa buissons et arbustes, et acheva sa course sur la façade de la maison.

Natalie avait oublié d'attacher sa ceinture. Elle se cogna la tête au pare-brise et retomba violemment sur son siège, des étoiles dans les yeux et de la bile dans la gorge. Pour la deuxième fois en trois heures, elle s'était mordu la langue jusqu'au sang. Les armes qu'elle avait soigneusement disposées sur le siège à côté d'elle étaient éparpillées sur le tapis de sol.

Ça commence bien, se dit-elle, encore secouée. Elle se pencha pour récupérer le Colt et le pistolet à fléchettes. Les munitions de ces deux armes avaient glissé quelque part sous le siège. Et puis merde ; les deux pistolets étaient bien chargés.

Elle ouvrit la portière d'un coup de pied et émergea dans la grisaille qui précédait l'aube. On n'entendait que l'eau qui jaillissait de la fontaine fracassée et celle qui coulait du radiateur en miettes, mais elle était sûre d'avoir fait assez de bruit pour réveiller la moitié du pâté de maisons. Elle n'avait que quelques minutes pour accomplir ce qu'elle avait à faire.

Natalie avait compté défoncer la porte grâce aux quinze cents kilos de son automobile, mais elle avait manqué son but de cinquante centimètres. Elle passa le Colt à sa ceinture, serra le pistolet à fléchettes dans sa main droite et tourna le loquet. Peut-être que Melanie allait lui faciliter la tâche.

La porte était fermée. Elle se rappela y avoir aperçu toute une batterie de verrous et de chaînes.

Elle posa le pistolet à fléchettes sur le toit du break, attrapa la hache sur la banquette arrière et attaqua les charnières de la porte. Au sixième coup, un mélange de sueur et de sang lui coulait dans les yeux. Au huitième coup, le bois commençait à se fendre. Au dixième coup, la porte céda et s'affaissa, retenue au chambranle par les verrous et les chaînes.

Natalie reprit son souffle, résista de nouveau à son envie de vomir et jeta la hache dans les buissons. Toujours aucun bruit de sirène dans la rue, aucun bruit de mouvement dans la maison. La lueur verte émanant de l'étage éclairait la cour de tons maladifs.

Natalie dégaina le Colt et l'arma, se rappelant qu'il lui restait sept cartouches dans le chargeur, une balle ayant été tirée par mégarde à bord du Cessna. Elle récupéra le pistolet à fléchettes et s'immobilisa une seconde, une arme dans chaque main, se sentant ridicule. Son père aurait dit qu'elle ressemblait à Hoot Gibson, son cow-boy préféré. Natalie n'avait jamais *vu* un seul film de Hoot Gibson, mais c'était aussi *son* cow-boy préféré.

Elle poussa la porte d'un coup de pied et entra dans le hall obscur, ne pensant ni à ce qu'elle ferait ensuite ni à ce qu'elle ferait après. Elle était stupéfiée de constater que son cœur pouvait battre si fort sans jaillir de sa poitrine.

Poisson-chat était assis à califourchon sur une chaise deux mètres derrière la porte. Ses yeux morts regardaient Natalie sans la voir et une pancarte était suspendue par une ficelle à sa bouche béante. La faible lueur provenant de la cour permettait de déchiffrer les lettres malhabilement tracées au stylo feutre : VA-T'EN.

Peut-être qu'elle est partie, peut-être qu'elle est partie, pensa Natalie en contournant Poisson-chat pour se diriger vers l'escalier.

Marvin jaillit de la salle à manger sur sa droite une seconde avant que Culley n'apparaisse sur le seuil du salon à sa gauche.

Natalie logea une fléchette dans la poitrine de Marvin et laissa choir le pistolet à présent inutile. Puis elle leva la main gauche pour agripper le poignet droit de Marvin avant que le couteau de boucher qu'il tenait n'achève de décrire son arc meurtrier. Elle réussit à ralentir sa descente, mais sa pointe s'enfonça d'un centimètre dans son épaule pendant qu'elle dansait maladroitement avec l'ex-chef de bande, que les bras nus de Culley se refermaient sur eux comme un étau. Natalie sentit les mains du géant se croiser dans son dos, sut qu'il ne mettrait que deux secondes à lui briser l'échine, glissa le Colt sous le bras gauche de Marvin, plongea le canon dans le ventre mou de Culley et tira à deux reprises. Le bruit des détonations fut étouffé de façon obscène.

Le visage inexpressif de Culley ressembla brièvement à celui d'un enfant contrarié, son étreinte se relâcha, et il recula en trébuchant, s'agrippant au chambranle de la porte du salon comme si le plancher était soudain devenu vertical. Résistant à la force qui le poussait vers la pièce voisine, faisant craquer le bois de la seule force de son biceps, il entreprit de gravir le mur imaginaire qui avait remplacé le plancher et avança lentement vers Natalie, tendant le bras droit comme pour s'agripper à elle.

Natalie cala son arme sur l'épaule soudain flasque de Marvin et tira à deux nouvelles reprises; la première balle transperça la paume de Culley avant de se loger dans son ventre, la seconde lui arracha le lobe de l'oreille gauche comme par magie.

Natalie s'aperçut qu'elle pleurait et hurlait : « Tombe ! Tombe ! » Culley ne tomba pas mais agrippa de nouveau le chambranle avant de s'asseoir lentement, suivant le même rythme que la chute au ralenti de Marvin. Le couteau tomba sur le sol. Natalie saisit la tête du jeune Noir avant qu'elle ne heurte le parquet ciré; elle l'étendit aux pieds de Poisson-chat et se redressa aussitôt, pivotant pour couvrir de son arme la porte de la salle à manger et le petit couloir conduisant à la cuisine.

Rien.

Haletante, toujours sanglotante, elle gravit le long escalier. Elle appuya sur un interrupteur. Le chandelier de cristal fixé au plafond de l'entrée refusa de s'allumer et le palier de l'étage resta plongé dans l'ombre. Au bout de cinq marches, elle distingua la lueur verte qui rampait sous la porte de la chambre de Melanie Fuller.

Natalie s'aperçut que ses sanglots s'étaient transformés en petits gémissements. Elle les refoula. A trois marches du palier, elle déboucla sa cartouchière et la passa autour de son bras gauche, plaçant le détonateur mécanique à portée de sa main. Il suffirait d'appuyer sur un bouton pour l'enclencher. Le voyant vert clignotait toujours; l'appareil était toujours relié à l'explosif. Elle resta immobile pendant vingt secondes, laissant à la vieille le temps de passer à l'action si tel était son plan.

Silence.

Natalie scruta le palier. Un fauteuil en osier Bentwood était placé à gauche de la porte de la chambre. Natalie sut aussitôt, avec une certitude irrationnelle, que c'était là que Mr. Thorne avait monté la garde lors de ses nombreuses veilles. Elle ne distinguait rien au bout du couloir qui conduisait vers l'arrière de la maison.

Entendant un bruit au rez-de-chaussée, elle pivota vivement mais ne vit que les trois corps. Culley était tombé en avant, heurtant de son front le parquet ciré.

Elle se retourna, leva son arme et posa le pied sur le palier.

Elle s'attendait qu'on bondisse sur elle depuis le couloir obscur, elle était prête, et elle faillit tirer dans les ténèbres lorsque rien ne vint.

Le couloir était désert; les portes fermées.

Natalie se tourna vers la porte de la chambre de Melanie, le doigt crispé sur la détente, le bras gauche tendu et ployant sous la lourde cartouchière. Elle perçut le tic-tac d'une horloge quelque part au rez-de-chaussée.

Peut-être fut-ce un bruit qui l'alerta, ou un courant d'air caressant sa joue, mais un signal subliminal la poussa à lever la tête vers le plafond peuplé d'ombres et le carré noir qui s'y découpait — une trappe accédant au grenier —, encadrant un corps tendu, prêt à bondir sur elle, une tête d'enfant au sourire dément, des griffes métalliques qui accrochaient la pâle lueur verte.

Natalie tira au moment même où elle tentait de s'écarter, mais Justin fondit sur elle en sifflant, la balle se planta dans le bois, et les griffes d'acier lui labourèrent le bras droit, lui arrachant le Colt des doigts.

Elle recula en chancelant, leva le bras gauche pour se protéger. Chaque année, à l'époque de Halloween, la petite Natalie avait l'habitude d'aller à l'épicerie du coin pour s'acheter des «griffes de sorcière», de faux ongles en cire longs de dix centimètres qu'elle se fixait au bout des doigts. C'étaient de tels ongles que portait Justin. Mais les siens étaient des lames de scalpel. Elle imagina Culley, ou un autre pion de Melanie, en train de façonner des timbales d'acier, d'y souder les lames et de les emplir de plomb fondu, et vit l'enfant plonger les doigts dans le métal liquide puis attendre qu'il ait séché et durci.

Justin bondit sur elle. Natalie s'adossa au mur et garda le bras levé. Les griffes de Justin s'enfoncèrent dans la cartouchière, déchirant toile, plastique et explosifs. Natalie serra les dents lorsqu'elle sentit au moins deux lames se planter dans sa chair.

Poussant un cri de triomphe inhumain, Justin lui arracha la cartouchière et la jeta par-dessus la balustrade. Natalie entendit un bruit sourd lorsque les six kilos d'explosif inerte atterrirent au rez-de-chaussée. Elle baissa les yeux, vit le Colt reposant entre deux barreaux de la balustrade. Elle fit un pas dans cette direction mais se figea aussitôt lorsque Justin la devança, bondissant vers le pistolet et l'envoyant valser dans le vide d'un coup de Ked.

Natalie feinta vers la gauche, s'élança vers la droite, tenta de se précipiter vers l'escalier. Justin lui bloqua le passage, la força à reculer, mais elle eut le temps d'apercevoir la masse de Culley sur les marches. Il avait couvert un tiers de la distance qui les séparait. Il laissait derrière lui un sillage écarlate.

Natalie se retourna pour foncer dans le couloir mais se ravisa, persuadée que c'était ce que la vieille attendait. Dieu seul savait ce qui se tapissait dans ces pièces obscures.

Justin se précipita vers elle toutes griffes dehors. Natalie acheva de faire demi-tour, saisissant de sa main ensanglantée le fauteuil en osier. Un de ses pieds s'encastra dans la bouche de Justin, lui brisant plusieurs dents, mais le petit garçon n'hésita pas une seconde et avança en battant des bras comme une créature possédée du démon. Ses lames labourèrent les pieds, arrachèrent l'osier du siège. Puis il s'accroupit et bondit, visant les jambes de Natalie, cherchant à atteindre l'artère fémorale. Elle abattit le fauteuil sur lui, tentant de le clouer au plancher.

Il était trop rapide. Les griffes d'acier ratèrent sa cuisse de quelques centimètres et il esquiva son attaque avec souplesse. Il feinta sur la droite, bondit sur la gauche, abattit ses griffes, se déroba, fonça de nouveau. Les semelles de ses Ked couinaient sur le parquet.

Natalie esquiva chacune de ses attaques, mais elle sentait déjà ses bras succomber à la fatigue et à la perte de sang. La griffe qui s'était plantée dans son bras gauche semblait l'avoir ouvert jusqu'à l'os. Elle ne cessait de reculer et se trouvait à présent plaquée contre la porte de la chambre de Melanie Fuller. Une partie perverse de son esprit lui montrait la porte s'ouvrant brusquement derrière elle, des mains squelettiques tendues pour la recevoir, des dents qui claquaient en s'approchant de sa gorge…

La porte resta fermée.

Justin se tendit et sauta sur elle, encaissant les coups qu'elle lui assenait à la gorge et à la poitrine, battant furieusement des bras pour l'atteindre aux mains, aux bras, aux seins. Ses bras étaient trop courts de quelques centimètres pour y parvenir.

Justin planta ses griffes dans l'armature du fauteuil et tira dessus, tentant de le lui arracher des mains ou de le casser. Les échardes volaient, mais le siège tenait.

Quelque part au sein de la panique qui avait envahi l'esprit de Natalie, un noyau de calme tentait de lui envoyer un message. Elle entendait presque la voix posée, à la limite de la pédanterie, de Saul : Le monstre utilise un corps d'enfant, Natalie, la masse et l'organisme d'un garçon de six ans. Melanie n'a que la peur et la colère comme armes. Tu as ta taille et ton poids, ta masse et ton envergure. Ne les gaspille pas.

Justin siffla comme une bouilloire sur le point d'exploser et se lança de nouveau à l'assaut, s'accroupissant au ras du sol. Natalie vit le crâne chauve de Culley apparaître au bord du palier.

Elle encaissa le choc, tendit le fauteuil devant elle, rassembla toutes ses forces et poussa. Justin se retrouva coincé entre les pieds du siège et plaqué contre la balustrade. Celle-ci craqua mais tint bon.

Souple comme un singe, vif comme un chat sauvage, Justin sauta sur la rambarde large de quinze centimètres, trouva son équilibre en une seconde et se prépara à sauter sur elle depuis son perchoir. Sans hésiter une seconde, Natalie fit un pas vers lui, saisit le fauteuil comme si c'était une batte de base-ball et frappa Justin de toutes ses forces, l'envoyant voler dans les airs comme une balle de chair et de sang.

Un même cri jaillit des gorges de Justin, de Culley et de tous les zombis tapis derrière la porte de la chambre, mais l'enfant-démon avait la peau dure.

Échevelé, arc-bouté dans le vide, Justin saisit le chandelier massif qui se trouvait juste au-dessous du niveau du palier. Ses griffes d'acier se refermèrent sur la chaîne qui le retenait, ses pieds firent tinter le cristal, déclenchant un chaos musical, et l'instant d'après il grimpait sur le chandelier, oscillant cinq mètres au-dessus du sol.

Natalie laissa retomber la chaise, incrédule. La main de Culley se posa sur la dernière marche et il continua de se hisser. Une horrible grimace déforma le visage de Justin et il accentua ses oscillations, tendant les griffes de son bras gauche vers la balustrade qui se rapprochait un peu plus à chaque mouvement.

A son apogée — au moins un siècle plus tôt —, le chandelier aurait supporté sans broncher dix fois le poids de Justin. La chaîne de fer et les montants de fer en étaient encore capables. Mais la poutre qui soutenait l'ensemble avait souffert pendant plus d'un siècle de l'humidité, des insectes et de la négligence.

Justin et le chandelier disparurent à la vue de Natalie, suivis par une masse de plâtre, de fils électriques, de fer et de bois pourri. Le bruit de l'impact fut impressionnant. Des éclats de cristal frappèrent les murs comme si on avait lancé une grenade de verre.

Natalie aurait voulu descendre récupérer le Colt et le C-4, mais elle savait qu'ils étaient enfouis sous la masse de débris qui emplissait l'entrée.

Mais que fait la police? Qu'est-ce que c'est que ce quartier? Natalie se rappela que la plupart des maisons voisines n'étaient pas éclairées lors de ses précédentes visites, que leurs habitants étaient vieux ou absents. Son arrivée avait été bruyante et spectaculaire, mais peut-être n'avait-on pas remarqué sa voiture, peut-être n'avait-on pas localisé le bruit. Et les hauts murs de brique rendaient la cour invisible depuis la rue. Peut-être avait-on entendu les coups de feu qu'elle avait tirés, mais la végétation tropicale du quartier avait tendance à étouffer et à déformer les bruits. Peut-être que les gens avaient peur de se mêler des affaires des autres. Elle regarda sa montre couverte de sang. Moins de trois minutes s'étaient écoulées depuis qu'elle avait franchi la porte.

Oh, mon Dieu, pensa-t-elle.

Culley se dressa sur le palier, ses yeux pâles de débile se posèrent sur ceux de Natalie.

Pleurant en silence, elle leva le fauteuil et frappa Culley à la tête — une fois, deux fois, trois fois. Un des pieds se cassa et rebondit sur le mur. Culley redescendit cinq marches en glissant, se cognant le menton à chacune d'elles.

Natalie vit son visage en sang se redresser, ses membres frémir, et il reprit son ascension.

Elle pivota et attaqua la lourde porte avec le fauteuil. « Va au *diable*, Melanie Fuller ! » hurla-t-elle à pleins poumons. Au quatrième coup, le fauteuil tomba en pièces.

Et la porte s'ouvrit doucement.
Elle n'était pas fermée à clé.

Les volets fermés, les rideaux tirés, ne laissaient filtrer qu'une infime partie de la lumière d'avant l'aube. Les oscilloscopes et le reste du matériel électronique badigeonnaient les occupants de la chambre d'une pâle lueur verte. L'infirmière Oldsmith, le Dr Hartman et Nancy Warden — la mère de Justin — se dressaient devant Natalie, lui bloquant l'accès au lit. Tous trois portaient une blouse blanche souillée et arboraient la même expression — une expression que Natalie n'avait vue que dans des documentaires sur les camps de la mort, chez les survivants qui fixaient leurs libérateurs derrière les barbelés — les yeux exorbités, la mâchoire pendante, l'image même de l'incrédulité.

Derrière cet ultime rempart se trouvaient le lit et son occupante. C'était un lit à baldaquin aux rideaux de dentelle, dont l'occupant n'était que vaguement visible sous une tente à oxygène, mais Natalie n'avait nulle peine à distinguer la silhouette flétrie enfouie dans les draps; le visage ridé, difforme, l'œil fixe, la courbe du crâne tavelé et frangé de rares cheveux bleus, le bras droit squelettique gisant sur les couvertures, les doigts longilignes griffant spasmodiquement drap et couvre-lit. La vieille s'agitait faiblement sur sa couche, et Natalie pensa à nouveau à une créature marine à la peau suintante extraite de son élément.

Elle regarda vivement autour d'elle, s'assurant que personne n'était caché derrière la porte ou dans le couloir. A sa droite se trouvait une antique commode surmontée d'un grand miroir piqueté. Sur une coiffeuse jaunie par les ans étaient soigneusement disposés un peigne et une brosse. Des mèches de cheveux bleus y étaient accrochées. A gauche, elle vit une pile de plateaux, de tasses et d'assiettes sales, plusieurs tas de draps souillés hauts d'un mètre ou plus, une immense armoire à la porte ouverte sur des étagères en désordre, des instruments médicaux gisant dans la poussière, et quatre bonbonnes d'oxygène posées sur des chariots à roulettes. Les sceaux de deux de ces bonbonnes étaient intacts, laissant à penser qu'elles étaient destinées à remplacer celles qui alimentaient présentement la tente où gisait la vieille femme. Jamais Natalie n'avait affronté une telle puanteur. Elle entendit un léger bruit et découvrit deux rats fouillant le tas d'assiettes sales et de draps jaunis. Les rongeurs ne prêtaient aucune attention aux autres occupants de la pièce, comme si celle-ci n'avait jamais abrité un être humain. Et tel était le cas, pensa soudain Natalie.

Les trois cadavres ambulants remuèrent les lèvres à l'unisson. « Va-t'en, dirent-ils d'une voix d'enfant capricieux. Je n'ai plus envie de jouer. » Le visage de la vieille, allongé et déformé par le plastique de la tente, oscilla et sa bouche édentée produisit un bruit de clapotement.

Les trois pions levèrent la main droite à l'unisson. La lumière verte émanant du moniteur accrocha les lames de leurs scalpels. *Ils ne sont que trois ?* pensa Natalie. Ils auraient dû être davantage, mais elle était trop épuisée, trop terrifiée, pour y réfléchir. Plus tard.

Pour l'instant, elle voulait dire quelque chose ; elle ne savait trop quoi. Peut-être expliquer à ces zombis et au monstre qui les manipulait que son père avait été — était — une personne importante — bien trop importante pour se faire tuer comme un figurant dans un mauvais film. Tout le monde — *tout le monde* — méritait mieux. Quelque chose comme ça.

Mais la créature qui avait été un chirurgien s'avança lentement vers elle, les deux autres la suivirent, et Natalie se contenta de bondir sur sa gauche, de briser le sceau d'une bonbonne d'oxygène, de l'ouvrir au maximum et de la lancer de toutes ses forces sur le Dr Hartman. Elle le rata. La bonbonne était incroyablement lourde. Elle tomba par terre avec un bruit épouvantable, fit tomber Nancy Warden à la renverse, et roula sous le lit à baldaquin, emplissant la chambre d'oxygène pur.

Hartman leva son scalpel et lui fit décrire un arc descendant. Natalie recula d'un bond, mais pas assez vite. Elle poussa un chariot à roulettes vers le chirurgien et baissa les yeux pour découvrir que son chemisier était déchiré et se couvrait d'écarlate.

Culley entra dans la chambre, rampant sur les coudes.

Natalie sentit la rage qui l'habitait atteindre de nouveaux sommets. Elle, Saul, Rob, Cohen, Jackson, Poisson-chat... ils étaient *tous* allés trop loin pour s'arrêter là. Saul apprécierait peut-être l'ironie de la situation, mais Natalie *haïssait* l'ironie.

Investie de cette force qui permet à une mère de soulever l'automobile qui vient d'écraser son fils, à un homme d'affaires de transporter un coffre-fort hors d'un immeuble en flammes, Natalie souleva au-dessus de sa tête la deuxième bonbonne d'oxygène et la jeta au visage du Dr Hartman. La valve se brisa lorsque la bonbonne et sa cible s'écrasèrent sur le plancher.

Nancy Warden rampait vers elle. L'infirmière Old smith leva son scalpel et bondit sur elle. Natalie jeta un drap taché d'urine sur l'infirmière et esquiva son attaque. La silhouette fantomatique alla se cogner à l'armoire. Une seconde plus tard, la lame du scalpel commença à déchirer le mince tissu.

Natalie avait attrapé un oreiller grisâtre, et elle s'en faisait un tampon tout en courant lorsque la main de Nancy Warden se referma autour de sa cheville.

Natalie tomba de tout son long sur le tapis élimé, tenta de se dégager à coups de pied. La mère de Justin avait perdu son scalpel, mais elle s'accrochait des deux mains à la jambe de Natalie, apparemment résolue à l'attirer sous le lit avec elle.

A moins d'un mètre de là, Culley se dressait sur le seuil. Ses abdominaux avaient été déchiquetés par la balle et il était suivi d'un sillage de viscères qui s'étendait jusque sur le palier.

L'infirmière Oldsmith acheva de se débarrasser de son suaire et pivota lentement comme un mime rouillé.

« Arrêtez ! » hurla Natalie à pleins poumons. Elle s'escrima sur la pochette d'allumettes, la laissa choir, la rattrapa, gratta une allumette tandis que Nancy Warden la forçait à avancer d'un pas vers le lit, essaya de mettre le feu à l'oreiller. Il refusa de prendre. L'allumette s'éteignit.

Culley lui empoigna les cheveux.

Les mains toujours libres, Natalie alluma une seconde allumette, mit le feu à toute la pochette, et approcha sa torche éphémère de l'oreiller, résistant à l'envie de la lâcher lorsqu'elle lui brûla les doigts.

L'oreiller s'enflamma aussitôt.

Natalie leva le bras et le lança sur le lit.

Saturés par l'oxygène qui montait de sous le lit, le baldaquin, les draps et les montants en bois explosèrent dans un geyser de flamme bleue qui monta jusqu'au plafond avant d'arroser les quatre murs en moins de trois secondes.

Sentant l'air se réchauffer, Natalie retint son souffle, se débarrassa d'un coup de pied de la torche vivante qui l'agrippait par la cheville et se prépara à fuir.

Culley l'avait lâchée mais s'était redressé en même temps qu'elle. Il lui bloquait le passage, pareil à un cadavre à moitié étripé qui aurait déserté la table d'autopsie.

Il serra Natalie dans ses bras et la fit valser. Sans cesser de retenir son souffle, elle vit la vieille femme sur le lit s'agiter frénétiquement au sein d'une boule bleue de flamme concentrée, corps calciné, anguleux, désarticulé — une sauterelle en train de frire et de se désintégrer sous ses yeux — et la vieille femme poussa un cri suraigu qui fut repris une seconde plus tard par l'infirmière Oldsmith, Nancy Warden, Culley, le cadavre du Dr Hartman, et Natalie elle-même.

Dans un ultime sursaut d'énergie, Natalie força Culley à faire un tour sur lui-même, puis franchit le seuil et s'effondra sur le palier au moment même où explosait la deuxième bonbonne. Le corps de Culley la protégea des flammes et la maison s'emplit durant une seconde de l'odeur de la viande rôtie. Le géant ouvrit les bras lorsqu'ils heurtèrent le coin de mur près de l'escalier, et Natalie dévala les marches roulée en boule pendant que la torche vivante passait par-dessus la balustrade et allait s'abîmer au milieu des débris du chandelier.

Natalie resta étendue sur les marches, le visage collé aux barreaux de la rampe. Elle sentait la chaleur venant de l'étage et voyait le reflet des flammes dans les éclats de cristal qui parsemaient le sol, mais elle était trop épuisée pour se relever.

Elle avait fait de son mieux.

Des bras robustes la hissèrent et elle les frappa faiblement de ses poings aussi mous que des balles de coton.

«Du calme, Nat. J'ai besoin de l'autre bras pour Marvin.

– Jackson!» Le grand Noir la soutint de son bras gauche, traînant son ex-chef de la main droite par le devant de sa chemise. Natalie aperçut confusément une pièce tout en verre au mur fracassé, un jardin, le tunnel obscur d'un garage. Le minibus attendait dans la ruelle. Jackson l'installa doucement sur le siège arrière, puis alla étendre Marvin sur le plancher du compartiment bagages.

«Bon Dieu, quelle journée!» marmonna-t-il. Il s'accroupit près de Natalie et essuya son visage couvert de sang et de suie avec un linge. «Nom de Dieu, t'es vraiment dans un sale état.»

Natalie humecta ses lèvres craquelées. «Laisse-moi voir», murmura-t-elle. Jackson lui passa un bras sous les aisselles et l'aida à se redresser. La maison Fuller était la proie des flammes et l'incendie avait gagné la demeure des Hodges. Entre les deux bâtiments, Natalie aperçut des camions de pompiers, des véhicules et des badauds qui bloquaient la rue. Deux lances tentèrent vainement de maîtriser le sinistre pendant que d'autres arrosaient copieusement les toits des immeubles voisins et les arbres de leurs jardins.

Natalie se retourna et découvrit Saul, assis auprès d'elle, lorgnant les flammes de son regard de myope. Il la regarda, lui sourit, secoua la tête d'un air incrédule et se rendormit.

Jackson cala une couverture enroulée sous sa tête et l'enveloppa dans une autre. Puis il descendit, ferma la portière et s'installa au volant. Le petit moteur démarra au quart de tour. « Mesdames et messieurs, la visite est terminée. Il faut qu'on foute le camp avant que les flics et les pompiers s'amènent par ici. »

La circulation devint fluide à moins de trois rues de distance, mais ils croisèrent néanmoins quelques véhicules de secours qui fonçaient vers l'incendie.

Jackson rejoignit la Highway 52 et prit la direction du nord-ouest, passant devant le parc qui donnait sur le port, puis dans le quartier des motels. Sur Dorchester Road, il rejoignit l'Interstate 26 et sortit de la ville en passant par l'aéroport.

Natalie s'aperçut qu'elle ne pouvait pas fermer les yeux sans avoir des visions de cauchemar et sentir un cri monter dans sa gorge. « Comment va Saul ? » demanda-t-elle d'une voix tremblante.

Jackson lui répondit sans se retourner. « Ce type est fabuleux. Il s'est réveillé assez longtemps pour me dire ce que tu allais faire. »

Natalie changea de sujet. « Et Marvin ?

– Il respire. Pour le reste, on verra plus tard.

– Poisson-chat est mort, dit-elle sans pouvoir contrôler le tremblement de sa voix.

– Ouais. Écoute, bébé, d'après la carte, il y a une aire de repos quelques kilomètres après Ladson. Je m'arrêterai pour nettoyer tes blessures. Je panserai tes estafilades et te mettrai de la crème pour brûlures. Et je te ferai une piqûre pour que tu puisses dormir. »

Natalie hocha la tête et ajouta : « Okay.

– Nat, tu sais que t'as une grosse bosse sur le front et que t'as plus de sourcils ? » Il la regardait dans le rétroviseur

Natalie secoua la tête.

« Tu veux me raconter ce qui s'est passé là-bas ? demanda doucement Jackson.

– Non ! » Natalie se mit à pleurer en silence. Comme ça faisait du bien !

« Okay, bébé. » Il commença à siffler un air, puis s'interrompit. « Merde ! Moi qui voulais seulement me tailler de cette ville de merde pour retourner à Philly, et voilà que c'est la retraite de Russie ! Enfin, si quelqu'un nous emmerde avant qu'on arrive à l'ambassade d'Israël, il va le regretter. » Il brandit un calibre 38 à crosse de nacre et le planqua aussitôt entre les deux sièges.

« Où as-tu trouvé ça ? demanda Natalie en essuyant ses larmes.

– Je l'ai acheté à Daryl. Tu n'es pas la seule qui soit prête à financer la révolution, Nat. »

Natalie ferma les yeux. Les images de cauchemar étaient toujours là, mais elle avait un peu moins envie de hurler. Elle se rendit compte que Saul Laski n'était pas le seul à avoir renoncé au droit de faire ses propres rêves — du moins pour un temps.

« Je viens de voir un panneau, dit la voix grave et rassurante de Jackson. On approche de l'aire de repos. »

77.
Beverly Hills,
samedi 20 juin 1981

Tony Harod se félicitait d'avoir survécu.

Lorsque cette salope de négresse l'avait attaqué sans raison, il avait bien cru que sa chance avait tourné. Il lui avait fallu une demi-heure pour se remettre et il avait passé le reste de cette nuit de folie à éviter des groupes de gardes qui avaient tendance à tirer sur tout ce qui bougeait. Il s'était dirigé vers l'aéroport, espérant pouvoir quitter l'île à bord de l'avion privé de Willi ou de Sutter, mais il s'était hâté de regagner l'abri de la forêt en découvrant le feu de joie qui avait envahi la piste.

Il passa plusieurs heures dissimulé sous un lit dans un des bungalows du Camp d'Été, non loin de l'amphithéâtre. A un moment donné, quelques gardes y entrèrent par effraction, pillèrent la cuisine et le salon en quête d'alcool et d'objets de valeur, s'attardèrent quelques minutes pour jouer au poker, puis regagnèrent leur détachement d'une démarche chancelante. Ce fut grâce à eux que Harod apprit que Barent était à bord de l'*Antoinette* lorsque le yacht avait été détruit.

Le ciel s'éclaircissait à l'est lorsqu'il sortit de sa cachette et prit le chemin des quais. Quatre hors-bord y étaient amarrés et il réussit à faire démarrer l'un d'eux — un bolide long de quatre mètres — grâce à des talents acquis lors de sa période de délinquance à Chicago. Un garde qui cuvait son vin à l'ombre d'un chêne-vert tira dans sa direction à deux reprises, mais il était déjà à huit cents mètres du rivage et personne ne se lança à sa poursuite.

Il savait que Dolmann Island n'était qu'à une trentaine de kilomètres de la côte et, même si ses talents de navigateur étaient fort limités, il ne lui serait pas très difficile de gagner celle-ci en gardant le cap à l'ouest.

Le ciel était couvert, mais la mer était d'huile, comme pour se faire pardonner la tempête et la folie de la nuit. Harod trouva une corde, bloqua le volant, se bricola une tente de fortune avec une toile goudronnée, et s'endormit. Lorsqu'il se réveilla, il était à moins de trois kilomètres de la côte et n'avait plus d'essence. Il lui avait fallu une heure et demie pour faire vingt-huit kilomètres. Il mit huit heures pour franchir les trois derniers, et il ne serait sans doute jamais arrivé à destination si un marin-pêcheur ne l'avait pas aperçu et n'était pas venu à sa rencontre. Le marin géorgien le fit monter à son bord, lui offrit de l'eau, de la nourriture, de la crème solaire, et assez de carburant pour gagner la côte. Puis il suivit le chalutier, louvoyant entre des îles et des pointes boisées qui ne devaient guère avoir changé durant les trois derniers siècles, pour finalement jeter l'amarre dans un petit port près d'un trou perdu du nom de Saint Mary's. Il découvrit qu'il était à l'extrême sud de la Georgie, près d'un delta séparant cet État de la Floride.

Harod se fit passer pour un touriste égaré ayant loué un bateau près de Hilton Head. Les gens du coin, qui avaient peine à croire que quelqu'un puisse se perdre à ce point, semblaient néanmoins penser qu'il en était capable. Dans un esprit de rapprochement entre côte est et côte ouest, il invita ses sauveteurs, les propriétaires de la marina et cinq badauds, au bar le plus proche un infâme troquet situé près de la route du parc national Santa Maria —, où il dépensa deux cent quatre-vingts dollars pour leur témoigner sa reconnaissance.

Les péquenots buvaient toujours à sa santé lorsqu'il persuada Star, la fille du barman, de le conduire à Jacksonville. Il n'était que sept heures et demie du soir et la nuit ne tomberait que dans une bonne heure, mais une fois qu'ils furent arrivés à destination, Star décida qu'il était trop tard pour qu'elle refasse les cinquante kilomètres de route jusqu'à Saint Mary's et parla de trouver une chambre dans un motel à Jacksonville Beach ou à Ponte Vedra. Star approchait la quarantaine et poussait l'extensibilité de son pantalon en polyester au-delà de ce que Harod aurait cru possible. Il lui donna cinquante dollars, lui dit de passer le voir la prochaine fois qu'elle irait à Hollywood, et se fit déposer près du stand d'United Airlines à l'aéroport international de Jacksonville.

Il lui restait presque quatre mille dollars dans son portefeuille — Harod détestait voyager sans argent de poche et personne ne lui avait dit qu'il n'y aurait rien à acheter sur l'île —, mais il se paya un billet de première avec une de ses cartes de crédit.

Il somnola durant le trajet Jacksonville-Atlanta, mais une fois que l'avion eut repris son vol vers Los Angeles, il vit que l'hôtesse qui lui apportait sa vodka et son déjeuner était persuadée qu'il s'était trompé de classe. Il baissa les yeux, renifla, et comprit son attitude.

Le sang versé la nuit précédente n'avait guère taché sa veste de soie Giorgio Armani, mais elle empestait la fumée, l'essence et le poisson. Son pantalon de toile Sarrgiorgio et ses mocassins en crocodile Polo étaient carrément dégueulasses.

Mais Harod n'appréciait guère de se voir traiter ainsi par une connasse d'hôtesse de l'air. Il avait *payé* son billet de première et n'aimait pas payer pour rien. Il jeta un coup d'œil vers les toilettes; elles étaient vides. La plupart des autres passagers de première, une douzaine en tout, somnolaient ou lisaient.

Harod attira l'attention de l'hôtesse blonde et hautaine. «Oh, mademoiselle?»

Lorsqu'elle s'approcha de lui, il détailla ses cheveux teints, son visage lourdement fardé, son mascara mal appliqué. Il y avait des taches de rose à lèvres sur ses incisives.

«Oui, monsieur?» Impossible de se méprendre sur la condescendance de sa voix.

Harod la regarda sans rien dire pendant quelques secondes. « Rien, répondit-il finalement. Rien. »

Il arriva à L.A.X. dans la matinée du mercredi, mais il lui fallut trois jours pour rentrer chez lui.

Par prudence, il loua une voiture et alla jusqu'à Laguna Beach, où se trouvait une des villas de Tari Easten. Il y avait séjourné à quelques reprises quand elle était entre deux amants. Harod savait que Tari se trouvait en Italie pour tourner un western-spaghetti féministe, mais la clé était toujours cachée dans le troisième pot de rhododendron. La maison, décorée dans un style pseudo-africain, avait besoin d'être aérée, mais il y avait de la bière anglaise dans le frigo et des draps de soie propres sur le matelas aquatique. Harod dormit durant presque toute la journée, regarda des vieux films de Tari sur le magnétoscope durant la soirée, et sortit vers minuit pour aller chercher des plats chez un traiteur chinois. Le jeudi, il chaussa des lunettes noires et se coiffa d'un chapeau colonial appartenant à un petit copain de Tari, puis alla jeter un coup d'œil à sa maison. Tout *paraissait* normal, mais il retourna à Laguna Beach le soir venu.

Les journaux du jeudi contenaient un entrefilet consacré à C. Arnold Barent, le milliardaire reclus, décédé d'une crise cardiaque dans sa propriété de Palm Springs. Son corps avait été incinéré et la branche européenne de sa famille comptait organiser une cérémonie funèbre dans l'intimité. Quatre présidents américains en vie avaient envoyé leurs condoléances et le journaliste s'attardait sur les nombreuses entreprises philanthropiques de Barent avant de s'interroger sur l'avenir de son empire financier.

Harod secoua la tête. Aucune mention du yacht, de l'île, de Kepler ou du révérend Jimmy Wayne Sutter. Leurs notices nécrologiques apparaîtraient sûrement dans les prochains jours comme des fleurs à l'éclosion tardive. Quelqu'un cherchait à étouffer l'affaire. Des politiciens embarrassés ? Les larbins du trio ? Une version européenne de l'Island Club ? Harod ne voulait pas le savoir et ne souhaitait qu'une chose : qu'on lui foute la paix.

Le vendredi, il passa la journée à surveiller sa maison en s'efforçant de ne pas se faire repérer par les flics de Beverly Hills. Tout semblait normal. Il se sentait bien. Pour la première fois depuis plusieurs années, il avait l'impression de pouvoir faire ce qu'il voulait sans courir le risque de recevoir une tonne de merde sur la tête au premier faux mouvement.

Le samedi, vers dix heures du matin, il entra dans sa propriété, salua son satyre, embrassa la bonne espagnole, et dit à la cuisinière qu'elle aurait quartier libre dès qu'elle lui aurait préparé un brunch. Il téléphona au directeur du studio chez lui, appela Schu Williams pour savoir où en était le projet *Traite des Blanches* — on remontait le film pour le débarrasser d'une douzaine de minutes qui avaient fait chier les spectateurs des avant-premières —, appela sept contacts essentiels pour leur faire savoir qu'il était revenu en ville et qu'il bossait toujours, et accepta un appel de Tom McGuire, son avocat. Harod lui confirma qu'il allait s'installer dans la maison de Willi et qu'il souhaitait conserver le dispositif de sécurité. Tom pouvait-il lui recommander une bonne secrétaire ? McGuire n'arrivait pas à croire que Harod avait viré Maria Chen après toutes ces années. « Même les plus futées commencent à s'accrocher quand on les garde trop longtemps. J'ai dû la sacquer avant qu'elle commence à repriser mes chaussettes et à coudre son nom sur mes slips.

– Où est-elle ? Elle est retournée à Hong Kong ?

– Je n'en sais rien et je n'en ai rien à foutre. Appelle-moi si tu connais quelqu'un qui maîtrise la sténo et qui suce bien. »

Il raccrocha, resta assis un long moment dans sa salle de projection, puis alla s'installer dans son jacuzzi.

Nu dans l'eau agréablement chaude, Harod envisagea d'aller faire quelques brasses dans la piscine, mais ferma les yeux et commença à somnoler. Il crut entendre claquer les talons de Maria Chen qui lui apportait son courrier. Il se redressa, attrapa une cigarette dans le paquet posé près de sa vodka bien tassée, l'alluma et offrit son corps au jet d'eau chaude, laissa ses muscles se détendre. *Ce n'est pas si terrible, il suffit de penser à autre chose.*

Il était sur le point de s'endormir et de se brûler les doigts à la cigarette lorsqu'il entendit des talons hauts claquer sur le carrelage.

Il ouvrit les yeux, ficha la cigarette entre ses lèvres et leva les bras, prêt à bondir si nécessaire. Son peignoir orange n'était qu'à deux mètres de là.

L'espace d'une seconde, il ne reconnut pas la jeune femme séduisante vêtue d'une robe blanche toute simple qui venait d'entrer, son courrier à la main, puis il vit des yeux de nymphette dans un visage de missionnaire, une moue boudeuse à la Presley et un corps de mannequin.

« Shayla. Putain, tu m'as fait peur.

– Je vous ai apporté votre courrier, dit Shayla Berrington. Je ne savais pas que vous étiez abonné au *National Geographic*, vous aussi.

– Bon Dieu, je voulais t'appeler, s'empressa de dire Harod. Pour m'expliquer et m'excuser au sujet de cette horrible histoire de l'hiver dernier. » Toujours mal à l'aise, il envisagea de l'Utiliser. Non. Il avait décidé de prendre un nouveau départ. Autant se dispenser de cette merde pour le moment.

« Ce n'est pas grave. » La voix de Shayla avait toujours été douce, rêveuse, mais elle paraissait maintenant encore plus somnolente. Harod se demanda si la pauvre mormone avait découvert la drogue durant sa traversée du désert. « Je ne suis plus fâchée, dit-elle distraitement. Le Seigneur m'a aidée à surmonter cette épreuve.

– Génial, dit Harod en chassant des cendres de son torse. Et tu avais foutrement raison de dire que *Traite des Blanches* n'était pas un film pour toi. C'est une merde infâme, un truc à proscrire pour une fille de ta classe, mais je parlais à Schu Williams ce matin et il travaille sur un projet pour Orion qui te conviendrait à merveille. D'après lui, Bob Redford et un jeunot du nom de Tom Cruise ont accepté de tourner un remake de ce vieux…

– Voilà votre *National Geographic*», coupa Shayla en lui tendant la revue et une pile d'enveloppes.

Harod remit la cigarette à sa bouche et attrapa le courrier pour ne pas le mouiller. Le pistolet en argent qui apparut soudain dans la main de Shayla était si petit que c'était sûrement un jouet; même ses détonations semblaient issues d'un jouet, un pistolet à amorces de gamin dont les échos résonnaient sur le carrelage.

«Hé!» Harod contempla les cinq petits trous qui lui criblaient le torse et essaya de les chasser d'un geste de la main. Il leva les yeux vers Shayla Berrington, bouche bée, et sa cigarette fut emportée par le tourbillon du jacuzzi. «Oh, merde!» Tony Harod s'adossa doucement à la céramique, sentit ses doigts glisser, ses lourdes paupières se fermer, son visage couler lentement dans les eaux agitées.

Le visage dénué de toute expression, Shayla Berrington passa les dix minutes suivantes à regarder l'eau bouillonnante virer au rose, puis à l'écarlate, retrouvant sa transparence à mesure que les eaux usées s'évacuaient pour laisser la place à l'eau chaude amenée par les jets. Puis elle fit demi-tour et s'éloigna lentement, la tête haute, le corps bien droit, faisant claquer ses talons sur le carrelage. Elle éteignit le plafonnier en sortant. La pénombre régnait dans la pièce aux volets clos mais quelques rayons de soleil se reflétaient sur le jacuzzi, projetant des taches de lumière sur le mur en stuc blanc qui ressemblait à un écran de cinéma lorsque le film est fini et que le projecteur traverse de son faisceau une pellicule vierge.

78.
Césarée, Israël,
dimanche 13 décembre 1981

Natalie arrêta fréquemment sa Fiat sur la route de Haïfa pour profiter du paysage et du soleil hivernal. Elle ne savait pas quand elle reviendrait par ici.

Sur la route côtière, elle rencontra un convoi militaire qui la retarda de quelques minutes, mais lorsqu'elle tourna pour se diriger vers le kibboutz Ma'agan Mikhael, elle se retrouva toute seule et remonta à vive allure la route qui serpentait entre les bosquets de caroubiers.

Comme à son habitude, Saul l'attendait au pied des rochers, près du portail de la propriété Eshkol, et il descendit lui ouvrir. Elle quitta son siège d'un bond pour se précipiter vers lui, le serra dans ses bras et recula d'un pas pour l'examiner. « Tu as l'air en pleine forme », dit-elle. C'était presque exact. Il semblait rétabli. Il n'avait jamais repris ses kilos perdus, sa main et son poignet gauches portaient encore des bandages datant de sa dernière opération, mais sa barbe était aussi blanche et fournie que celle d'un patriarche, la sempiternelle pâleur de son visage avait laissé place à un hâle cuivré, et les cheveux qui poussaient encore sur son crâne tombaient en boucles sur ses épaules. Saul sourit et ajusta ses lunettes cerclées d'écaille, tout comme Natalie s'y était attendue. Tout comme il le faisait chaque fois qu'il se sentait gêné.

« Tu as l'air en forme, toi aussi. » Il referma le portail et fit un signe au jeune sabra qui montait la garde près de la clôture. «Montons à la maison. Le dîner est presque prêt.»

Natalie quitta la route des yeux pour regarder la main bandée de son passager. «Comment ça va?

– Hein? Oh, ça va.» Saul ajusta ses lunettes et regarda ses bandages comme s'il les voyait pour la première fois. «On pourrait croire qu'un pouce est indispensable, mais une fois qu'on en est privé, on se rend compte qu'on s'en passe sans problème.» Il lui sourit. «A condition que rien n'arrive à l'autre.

– C'est quand même bizarre.

– Quoi donc?

– Deux balles dans le corps, une pneumonie, une commotion cérébrale, trois côtes cassées, et assez de plaies et de bosses pour remplir le quota annuel d'une équipe de foot.

– Les Juifs ont la peau dure.

– Non, ce n'est pas ce que je veux dire.» Natalie gara la Fiat près de la maison. «En dépit de la gravité de tes autres blessures, c'est la morsure de cette femme qui a failli te tuer — ou du moins te faire perdre un bras.

– Les morsures humaines s'infectent très fréquemment, dit Saul en lui ouvrant la portière.

– Miss Sewell n'était pas humaine.

– Non.» Saul ajusta ses lunettes. «Je suppose qu'elle avait cessé de l'être à ce moment-là.»

Saul avait préparé un dîner délicieux à base de mouton et de pain frais. Ils parlèrent de tout et de rien durant le repas — les cours que Saul donnait à l'université de Haïfa, le dernier reportage photographique de Natalie pour le compte du *Jerusalem Post*, le temps qu'il faisait. Après le fromage et les fruits, Natalie eut envie de boire un café sur l'aqueduc. Saul emplit une bouteille Thermos pendant qu'elle allait enfiler un pull-over dans sa chambre; il faisait souvent frais sur la côte en cette saison.

Ils descendirent lentement la colline et longèrent

l'orangeraie, s'émerveillant de la douce lumière dorée et s'efforçant d'ignorer les deux jeunes sabras qui les suivaient à une distance respectueuse, l'Uzi en bandoulière.

«J'ai été navrée d'apprendre la mort de David», dit Natalie alors qu'ils arrivaient sur les dunes. Devant eux, la Méditerranée se parait de nuances cuivrées.

Saul haussa les épaules. «Il a eu une vie bien remplie. Sa troisième crise a été foudroyante et il n'a pas souffert.

– Je regrette d'avoir raté l'enterrement. J'ai passé une journée entière à l'aéroport d'Athènes, mais tous les avions étaient pleins.

– Tu ne l'as pas raté. J'ai souvent pensé à toi.» D'un geste, Saul ordonna aux gardes du corps de rester où ils étaient, puis il se dirigea vers l'aqueduc. La lumière horizontale faisait de leurs ombres des géants arpentant le sable crénelé.

Ils s'accordèrent une pause à mi-chemin et Natalie se prit à bras-le-corps. Le vent était glacial. On apercevait au levant trois étoiles et un croissant de lune.

«Tu es toujours décidée à partir demain? A retourner là-bas?

– Oui. Départ de Ben-Gourion à onze heures et demie.

– Je te conduirai là-bas. Je laisserai la voiture chez Sheila et je demanderai à un de ses fils de me ramener.

– Ça me ferait plaisir.» Natalie sourit.

Saul servit le café et lui tendit un gobelet en plastique. Des volutes de vapeur montaient dans l'air glacé. «Tu n'as pas peur? dit-il.

– De quoi? De retourner aux États-Unis ou d'apprendre qu'il en existe d'autres? demanda-t-elle en buvant une gorgée de nectar turc.

– De retourner là-bas.

– Si.»

Saul hocha la tête. Quelques voitures roulaient sur la route côtière, l'éclat de leurs phares se perdant dans la lueur du crépuscule. Un peu plus au nord rougeoyaient les murailles de la cité des Croisés. Le mont Carmel était à peine visible, drapé dans une aura d'un violet si riche que Natalie aurait cru à un trucage si elle l'avait vu sur une photo.

« Enfin, je ne sais pas, reprit-elle. Je vais essayer de m'y réhabituer. L'Amérique était déjà un pays terrifiant avant... avant tout ça. Mais c'est chez moi. Tu comprends ?

– Oui.

– Tu n'as jamais envie de rentrer chez toi ? Aux États-Unis, je veux dire ? »

Saul opina et s'assit sur une large pierre. Les crevasses inaccessibles au soleil étaient emplies de givre. « Tout le temps. Mais il y a tant de choses à faire ici.

– Je n'en reviens toujours pas de la rapidité avec laquelle le Mossad a... a cru toute l'histoire. »

Saul sourit. « Notre histoire a toujours été marquée du sceau de la paranoïa. Je pense que nos révélations étaient conformes à leurs préjugés. » Il acheva son café et les resservit tous les deux. « En outre, ils avaient sur les bras quantité de données inexplicables. A présent, ils ont une trame où fixer leurs fils... une trame bizarre, bien sûr, mais c'est mieux que rien. »

Natalie indiqua la mer qui s'assombrissait au nord « Tu crois qu'ils retrouveront... les autres ?

– Les mystérieux contacts de l'Oberst ? Peut-être. A mon avis, ce sont des gens auxquels ils ont déjà eu affaire. »

Le regard de Natalie s'assombrit. « Je pense encore à celui qui manquait à l'appel... dans la maison.

Howard. Le rouquin. Le père de Justin.

Oui. » Natalie frissonna lorsque le soleil s'enfonça sous l'horizon, signalant la venue du vent.

« Poisson-chat vous a dit par radio qu'il avait "endormi" Howard. En supposant que c'était bien lui qui t'avait suivie. Quand Melanie a envoyé un de ses zombis — probablement Culley — assassiner Poisson-chat, il a presque sûrement récupéré Howard au passage. Peut-être était-il encore inconscient quand la maison a brûlé. Peut-être que c'était *lui* qui t'attendait dans une des pièces de l'étage.

– Peut-être, dit Natalie en serrant le gobelet pour se réchauffer les mains. A moins que Melanie ne l'ait enterré quelque part, le croyant mort. Ça expliquerait pourquoi le nombre de cadavres recensé dans les journaux ne colle pas.» Elle contempla les étoiles qui apparaissaient dans le ciel. «Tu sais que c'est un anniversaire aujourd'hui ? Ça fait un an que…

– Que ton père est mort», dit-il en l'aidant à se lever. Ils rebroussèrent chemin le long de l'aqueduc éclairé par le crépuscule. «Tu ne m'as pas dit que tu avais reçu une lettre de Jackson ?»

Le visage de Natalie s'éclaircit. «Une longue lettre. Il est retourné à Germantown. En fait, c'est lui le nouveau directeur de Community House, mais il s'est débarrassé de cette vieille bicoque, il a dit au Soul Brickyard de se trouver un autre Q.G. — il pouvait se le permettre, c'est encore un membre de la bande, je pense — et il a ouvert une dizaine d'antennes d'assistance le long de Germantown Avenue. Clinique gratuite et tout le reste.

– Est-ce qu'il t'a dit ce que devenait Marvin ?

– Oui. Jackson l'a plus ou moins adopté, je pense. Il m'a dit que Marvin faisait de nets progrès. Il a atteint le niveau mental d'un enfant de quatre ans… un enfant très brillant, à en croire Jackson.

– Tu comptes aller le voir ?»

Natalie ajusta son pull-over. «Peut-être. Probablement. Oui.»

Ils descendirent précautionneusement du contrefort friable de l'antique ouvrage d'art et se retournèrent pour contempler le paysage. Les dunes incolores ressemblaient à un océan figé léchant les ruines romaines.

«Tu comptes faire d'autres reportages photographiques avant de reprendre tes études ?

– Oui. Le *Jerusalem Post* m'a demandé d'en faire un sur le déclin des synagogues américaines, et je crois que je commencerai par Philadelphie.»

Saul fit un signe aux deux sabras qui les attendaient à l'ombre d'un pilier. L'un d'eux avait allumé une cigarette qui luisait comme un œil rouge dans la pénombre. «Les photos que tu as consacrées aux prolétaires arabes de Tel-Aviv étaient excellentes.

– Regardons la réalité en face, dit Natalie avec une nuance de défi dans la voix. Les Israéliens les traitent comme des nègres.

– Oui.»

Ils restèrent plusieurs minutes en bas de la colline, silencieux, frigorifiés, mais hésitant à regagner la maison où les attendaient chaleur, lumière, banalités et sommeil. Soudain, Natalie se blottit entre les bras de Saul, enfouit la tête dans sa veste, sentit sa barbe lui caresser les cheveux.

«Oh, Saul», sanglota-t-elle.

Il lui tapota maladroitement le dos de sa main bandée, heureux de laisser cet instant se figer pour l'éternité, acceptant sa tristesse comme une source de joie. Il entendit le vent caresser doucement le sable, poursuivant ses efforts incessants pour enfouir toutes les œuvres de l'homme, rêvées ou accomplies.

Natalie s'écarta un peu, chercha un Kleenex dans sa poche et se moucha. «Merde. Je suis navrée, Saul. J'étais venue te dire shalom, mais je crois que je ne suis pas prête.»

Saul ajusta ses lunettes. «N'oublie pas que shalom ne veut pas dire adieu. Ni bonjour. Ça veut seulement dire… *paix*.

– Shalom, dit Natalie en se blottissant à nouveau dans ses bras pour se protéger du vent glacial.

– Shalom et *L'chaim.*» Saul lui caressa les cheveux de la joue et regarda le sable tourbillonner sur l'étroite route. «A la vie.»

Épilogue.
Vendredi 21 octobre 1988

Le temps a passé. Je suis très heureuse ici. Je vis à présent dans le midi de la France, entre Cannes et Toulon, mais heureusement pas trop près de Saint-Tropez.

Je suis presque complètement guérie et j'arrive à me déplacer sans l'aide d'un déambulateur, mais je ne sors que rarement. Henri et Claude s'occupent de faire les courses au village. De temps en temps, je les laisse m'emmener dans ma *pensione* italienne de Pescara, au bord de l'Adriatique, et même dans le cottage que je loue en Écosse, pour observer mon nouveau sujet, mais cela m'arrive de moins en moins fréquemment.

Dans les collines qui entourent ma maison se trouve une abbaye abandonnée où je monte parfois m'asseoir et réfléchir parmi les vieilles pierres et les fleurs sauvages. Je pense à l'isolement, à l'abstinence, et au lien cruel qui les relie.

Je me sens bien vieille ces temps-ci. Je me dis que c'est à cause de ma longue maladie et des crises de rhumatisme auxquelles je suis sujette par des journées froides comme celle-ci, mais je me surprends à rêver aux rues de Charleston et aux derniers jours que j'y ai passés. Je fais des rêves de faim.

Lorsque j'avais envoyé Culley kidnapper Mrs. Hodges un beau jour de mai, je ne savais pas encore comment j'Utiliserais cette vieille femme. Il me semblait parfois futile de la maintenir en vie dans la cave de sa maison, tout aussi futile que de lui teindre les cheveux en bleu et de lui faire administrer diverses injections destinées à simuler une affection identique à la mienne. Mais j'ai été amplement récompensée de mes efforts. Pendant que j'attendais dans l'ambulance de location à une rue de ma maison, avant que Howard ne me conduise vers l'aéroport et vers l'avion où nous devions embarquer, j'ai éprouvé une certaine reconnaissance pour cette famille qui m'avait si bien servie durant l'année écoulée. Je ne pouvais guère plus demander aux Hodges. Il m'avait paru inutile d'attacher au lit la vieille femme anesthésiée, mais je pense à présent que si je n'avais pas pris cette précaution, elle aurait jailli de son bûcher pour se ruer hors de la maison en flammes, ruinant la mise en scène qui m'avait coûté tant de sacrifices.

Ma pauvre maison. Ma chère famille. J'ai encore les larmes aux yeux quand je pense à ce jour-là.

Howard m'a été fort utile durant les premiers jours, mais une fois que j'ai été installée dans ma nouvelle demeure et assurée que personne ne m'y avait suivie, il m'a semblé nécessaire qu'il ait un accident dans une région éloignée. Claude et Henri sont issus d'une famille du pays qui m'a également bien servie au fil des ans.

J'attends toujours Nina. Je sais désormais qu'elle a usurpé le contrôle de toutes les races inférieures du monde — les nègres, les israélites, les Asiatiques et les autres — et ce simple fait m'empêche de regagner l'Amérique. Willi avait raison dès les premiers jours où nous l'avons connu, lorsque nous l'écoutions poliment dans un café de Vienne où il nous expliquait en termes scientifiques que les États-Unis étaient devenus une nation de bâtards, un grouillement de *sous-peuples* impatients de renverser les races pures.

A présent, Nina les contrôle tous.

Cette nuit-là, sur l'île, j'étais restée assez longtemps en contact avec un garde pour voir ce que les pions de Nina avaient fait à mon pauvre Willi. Même Mr. Barent était sous sa coupe. Willi avait eu raison dès le début.

Mais je ne me contenterai pas d'attendre que Nina et ses suppôts abâtardis viennent me chercher ici.

Ironiquement, c'est Nina et sa négresse qui m'ont donné cette idée. Toutes les semaines que j'ai passées à observer le capitaine Mallory à la jumelle, et la conclusion satisfaisante de cette petite comédie. Cette expérience m'a rappelé un autre contact, presque dû au hasard, survenu ce lointain samedi de décembre le jour même où j'avais cru que Willi était mort et où Nina s'était attaquée à moi — où j'étais allée dire adieu à Fort Sumter.

J'avais d'abord aperçu une forme grise filant tel un requin dans les eaux sombres de la baie, puis j'étais entrée en contact avec le capitaine sur sa tour — on appelle ça un kiosque, ai-je appris depuis —, les jumelles autour du cou.

Je l'ai retrouvé à six reprises et j'ai renoué le contact avec lui. Ces épisodes sont beaucoup plus agréables que l'accouplement mental qui me liait à Mallory. Depuis mon cottage des environs d'Aberdeen, on peut aller se promener sur les falaises et voir le sous-marin gagner son port d'attache. Ils sont fiers de leurs codes, de leurs chiffres et de leurs procédures de sécurité, mais je sais à présent ce que mon capitaine sait depuis fort longtemps : ce serait très, très facile. Ses cauchemars me servent de manuel.

Mais si je dois agir, il ne faut pas tarder. Ni le capitaine ni son bâtiment ne rajeunissent. Et moi non plus. Tous deux risquent d'être bientôt trop vieux pour être opérationnels. Et moi aussi.

Ce n'est pas tous les jours que je pense à Nina et prépare un énorme Festin. Mais c'est de plus en plus souvent.

Je suis parfois réveillée par le chant des jeunes filles qui passent près de ma maison sur le chemin de la laiterie. Ces jours-là, le soleil est merveilleusement chaud; il illumine les petites fleurs blanches qui poussent entre les pierres de l'abbaye, et je suis heureuse de partager avec elles le soleil et le silence, heureuse d'être là, tout simplement.

Mais parfois — certains jours comme celui-ci, des jours où les nuages descendent du nord —, je me rappelle la silhouette silencieuse d'un sous-marin glissant dans les eaux sombres de la baie et je me demande si l'abstinence que je me suis imposée a servi à quelque chose. Ces jours-là, je me demande si un ultime et gigantesque Festin ne pourrait pas me rajeunir, après tout. Comme le disait Willi chaque fois qu'il nous exposait une de ces farces malicieuses dont il avait le secret : *Qu'est-ce que j'ai à perdre ?*

Il doit faire plus chaud demain. Peut-être serai-je plus heureuse. Mais aujourd'hui, je suis envahie par le froid et par la mélancolie. Je suis toute seule, je n'ai personne pour jouer avec moi.

L'hiver approche. Et j'ai très, très faim.

DU MÊME AUTEUR

Aux Éditions Denoël

Dans la collection Présences

LES LARMES D'ICARE

Dans la collection Présence du futur

L'ÉCHIQUIER DU MAL 1 et 2 (Folio Science-Fiction n°s 9 et 10)

LE STYX COULE À L'ENVERS

Chez d'autres éditeurs

LES FORBANS DE CUBA

ROBOTS

LE CONSEILLER

LES FEUX DE L'ÉDEN

L'AMOUR, LA MORT

LES FILS DES TÉNÈBRES

L'HOMME NU

NUIT D'ÉTÉ

HYPÉRION

LA CHUTE D'HYPÉRION

ENDYMION

L'ÉVEIL D'ENDYMION

Dans la même collection

1.	Isaac Asimov	*Fondation*
2.	Isaac Asimov	*Fondation et Empire*
3.	Ray Bradbury	*Fahrenheit 451*
4.	H.P. Lovecraft	*La couleur tombée du ciel*
5.	Mary Shelley	*Frankenstein ou Le Prométhée moderne*
6.	Fredric Brown	*Martiens, go home!*
7.	Norman Spinrad	*Le Printemps russe,* 1
8.	Norman Spinrad	*Le Printemps russe,* 2
9.	Dan Simmons	*L'Échiquier du mal,* 1
10.	Dan Simmons	*L'Échiquier du mal,* 2
11.	Stefan Wul	*Oms en série*
12.	Serge Brussolo	*Le syndrome du scaphandrier*
13.	Jean-Pierre Andrevon	*Gandahar*
14.	Orson Scott Card	*Le septième fils*
15.	Orson Scott Card	*Le prophète rouge*
16.	Orson Scott Card	*L'apprenti*
17.	John Varley	*Persistance de la vision*
18.	Robert Silverberg	*Gilgamesh, roi d'Ourouk*
19.	Roger Zelazny	*Les neuf princes d'Ambre*
20.	Roger Zelazny	*Les fusils d'Avalon*
21.	Douglas Adams	*Le Guide galactique*
22.	Richard Matheson	*L'homme qui rétrécit*
23.	Iain Banks	*ENtreFER*
24.	Mike Resnick	*Kirinyaga*
25.	Philip K. Dick	*Substance Mort*
26.	Olivier Sillig	*Bzjeurd*
27.	Jack Finney	*L'invasion des profanateurs*
28.	Michael Moorcock	*Gloriana ou La reine inassouvie*
29.	Michel Grimaud	*Malakansâr*
30.	Francis Valéry	*Passeport pour les étoiles*

31. Isaac Asimov — *Seconde Fondation*
32. Philippe Curval — *Congo Pantin*
33. Mary Gentle — *Les Fils de la Sorcière*
34. Richard Matheson — *Le jeune homme, la mort et le temps*
35. Douglas Adams — *Le Dernier Restaurant avant la Fin du Monde*
36. Joël Houssin — *Le Temps du Twist*
37. H.P. Lovecraft — *Dans l'abîme du temps*
38. Roger Zelazny — *Le signe de la licorne*
39. Philip K. Dick et Roger Zelazny — *Deus irae*
40. Pierre Stolze — *La Maison Usher ne chutera pas*
41 Isaac Asimov — *Fondation foudroyée*
42. Fredric Brown — *Une étoile m'a dit*
43. Francis Berthelot — *Rivage des intouchables*
44. Gregory Benford — *Un paysage du temps*
45. Ray Bradbury — *Chroniques martiennes*
46. Roger Zelazny — *La main d'Oberon*
47. Maurice G. Dantec — *Babylon Babies*
48. René Barjavel — *Le Diable l'emporte*
49. Bruce Sterling — *Mozart en verres miroirs*
50. Thomas M. Disch — *Sur les ailes du chant*
51. Isaac Asimov — *Terre et Fondation*
52. Douglas Adams — *La Vie, l'Univers et le Reste*
53. Richard Matheson — *Je suis une légende*
54. Lucius Shepard — *L'aube écarlate*
55. Robert Merle — *Un animal doué de raison*
56. Roger Zelazny — *Les Cours du Chaos*
57. André-François Ruaud — *Cartographie du merveilleux*
58. Bruce Sterling — *Gros Temps*
59. Laurent Kloetzer — *La voie du cygne*
60. Douglas Adams — *Salut, et encore merci pour le poisson*

À paraître:

61.	Roger Zelazny	Les Atouts de la Vengeance
62.	Douglas Adams	Globalement inoffensive
63.	Robert Silverberg	Les éléphants d'Hannibal
64.	Stefan Wul	Niourk
65.	Roger Zelazny	Le sang d'Ambre
66.	Orson Scott Card	Les Maîtres Chanteurs

Ouvrage reproduit
par procédé photomécanique.
Impression Bussière Camedan Imprimeries
à Saint-Amand (Cher), le 2 juillet 2001.
Dépôt légal : juillet 2001.
1er dépôt légal : septembre 2000.
Numéro d'imprimeur : 013147/1.
ISBN 2-07-041588-0./Imprimé en France.

5461